# 메리골드
# 마음 식물원

# MARIGOLD MIND BOTANICAL GARDEN

# 메리골드 마음 식물원

윤정은 장편소설

북로망스

마음의 얼룩을 마법처럼 꽃피워 드립니다.

당신의 마음이 피어나는 곳.

마음 식물원으로 오세요.

걱정 말아요, 행복해질 거예요.

믿어요, 우리는 당신의 행복이 꽃피우리라는 것을.

마음을 보고 싶은 이에게
마음을 꽃피워 드립니다.

행복하고 싶지만
행복이 무엇인지 모르겠고
나를 위로하고 싶지만
슬픔을 안아주는 법을 잊었고
내 것임에도 도통 내 마음을 모를 때
마음 식물원으로 오세요.

우리 마음에 온기를 나누는 그 순간
다정한 싱그러움이 당신에게 피어납니다.

어서 오세요.
당신이라는 꽃 한 송이를 기다리는
있는 그대로의 당신이 환대받는
여기는 메리골드 마음 식물원입니다.

— 주인 백

# 차례

# 프롤로그

"세상에서 가장 아름다운 비밀을 알려줄까?"

정원에서 꽃에 물을 주는 엄마는 나비를 따라 뛰어 노는 아이에게 콧잔등을 찡긋하고 웃음을 지으며 말했다. 볼이 빨갛고 통통한 여자아이는 쿠키 부스러기를 입가에 묻힌 채 고개를 끄덕인다.

"뭔데? 신난다. 우리만의 비밀이야?"

"응, 우리끼리만 아는 거야. 약속."

"응, 약속!"

엄마는 흙이 묻은 손을 빨간 꽃이 수놓인 검은색 앞치마에 닦으며 아이의 사랑스러운 눈을 바라본다.

"있잖아, 너에게는 마음을 꽃으로 피워내는 능력이 있단다."

"정말? 나한테도 다른 친구들처럼 신기한 능력이 있다고?"

"그럼. 방법은 네가 스무 살이 되면 천천히 알게 될 거야. 마음의 정원을 아름답게 가꾸다 보면 말이지."

"좋아! 그런데 엄마, 마음의 정원이 뭐야?"

아이와 엄마는 정원 한가운데 풀썩 주저앉아 서로를 바라본다.

"우리 안에 피어나는 여러 마음들을 가꾸는 곳이야. 때로는 어둡고 컴컴한 마음도 있고, 밝고 환하게 빛나는 마음도 있지. 인생에서 모두 겪어 나가야 하는 거란다. 그러니 모두 잘 보살펴 주어야 해."

"응. 검은 마음도 하얀 마음도 잘 보살펴 줄게."

"그렇지. 저기 하늘 좀 봐. 한낮인데 달이 떠 있는 게 보이니?"

"응! 어떻게 낮에 달이 떠 있지? 엄마가 마법을 부린 거야?"

"마법이 아니야. 낮에도 달이 떠 있는데, 해가 너무 밝아서 달이 보이지 않을 뿐이야. 검은 마음도 하얀 마음도 해와 달처럼 마음의 정원에 함께 살고 있는 것처럼. 엄마가 비밀 하나 더 알려줄까?"

"와! 오늘 비밀 많다. 좋아 엄마!"

아이는 작은 두 손으로 입을 가리며 놀라는 시늉을 한다. 엄마는 부드럽게 웃으며 아이의 머리카락을 귀 뒤로 넘겨준다.

"세상은 말이야, 내가 보고 싶은 대로 보인단다. 아름다운 세상을 보고 싶으면 아름다운 마음을 가지려고 노력해야 해. 춥고 외로운 이에게 따뜻한 차 한잔을 건넬 수 있는 사람이 되면 세상은 아름다워 보일 거야."

"엄마가 동네 사람들한테 차를 대접하는 것처럼?"

"맞아. 우리가 가꾸는 꽃과 나무가 사실은 우리를 보살피는 것처럼 말이야. 언젠가 이해하게 되는 날이 올 거야."

"응, 엄마. 그런데 이거 아빠한테도 말해도 돼?"

"그럼, 물론이지. 대신 우리 가족의 비밀로 하자. 이건 엄마와의 약속이야. 알았지?"

"응, 약속!"

아이와 엄마는 진지하게 새끼손가락을 걸고 고개를 끄덕인다. 두 사람의 웃음소리에 빨간 꽃잎 바람이 진한 꽃향기를 풍기며 동그랗게 두 사람의 주변을 감싼다. 엄마와 아이는 익숙한 듯 꽃바람의 품에 안겨 웃는다. 아이가 엄마 품에 안겨 뒹굴다 냄새를 킁킁 맡는다.

"엄마 냄새 좋아. 나중에 이 앞치마 나 주면 안 돼?"

눈동자를 반짝이며 묻는 아이를 바라보며 엄마가 햇살처럼 웃는다.

"음식 냄새 배었을 텐데… 그래도 갖고 싶어?"

"응! 난 엄마 냄새가 세상에서 제일 좋아. 엄마 냄새 맡으면 편안해."

"알았어. 엄마는 우리 아기 냄새가 제일 좋은데 통했네. 지금 해볼까?"

"응!"

엄마는 앞치마를 풀어 아이에게 둘러준다. 아이는 담요처럼 널찍한 앞치마를 두르고 폭신한 잔디밭을 구른다. 붉은 동백꽃 무늬의 앞치마를 몸에 두르고 뛰어다니는 아이는 마치 춤추는 한 송이의 꽃 같다.

"엄마! 나 슈퍼 히어로 같지? 커서 이 앞치마 입고 사람들 구하는 멋진 어른이 될 거야! 야호!"

엄마는 그 순간 날개라도 되는 양 앞치마를 펄럭이며 뛰어가는 아이를 보며 가슴이 철렁한다. 불안한 마음을 지우려 고개를 젓다가, 이내 뛰어다니는 아이에게 양팔을 흔든다.

"이제 그만하고 들어가서 밥 먹을까? 엄마가 김밥 싸줄게."

"좋아! 난 엄마 김밥이 세상에서 제일 맛있어! 두 줄 먹을래! 엄마 요리사 최고!"

아이의 해맑은 웃음에 엄마는 가슴이 미어진다. 오지 않기를 바라던 날이 가까워 오고 있다. 아이는 아직 자신의 능력을 모르지만, 아이에게서 사람들의 마음을 위로하고 치유하는 소명을 발견한 후로 나날이 마법의 징후들이 나타나고 있다.

마법의 능력이 없는 엄마는 수없이 책을 펼쳐 아이의 미래에 대비하려 했다. 하지만 책을 찾아볼수록 선명해지는 것은 단 하나였다. 아이가 앞으로 슬픔과 고독의 길고 어두운 터널을 지나와야만 능력을 완성시키고 세상을 이롭게 할 수 있다는 것…. 이걸 축복이라고 할 수 있을까? 다른 선택을 받았다면 좋았을 텐데….

생각이 밀려올 때마다 엄마는 아이를 위해 나직이 기도를 읊조린다. 사랑스러운 이 아이가 앞으로 상처 입은 사람들의 마음을 꽃피워 줄 수 있기를… 막다른 골목 앞에 서더라도 길을 열어줄 비밀의 문이 바로 '사랑'임을… 함께한 이 시간 속에서 잊지 않기를….

"기억하렴, 자신을 진심으로 사랑하며 하얀 마음과 검은 마음을 동시에 끌어안는 순간 세상에서 가장 아름다운 꽃이 피기 시작한단다."

"예쁜 꽃들이 여기 있네."

한낮의 해변에 홀로 서 있던 여자가 무릎을 양팔로 감싸고 앉아 고운 모래를 가냘픈 손가락으로 쓸어 담는다. 손가락에서 빠져나온 모래들은 여자의 온기가 닿는 순간 하얀 안개꽃이 되어 바다에 흩날린다. 하얀 꽃잎들은 바람결을 타고 하늘로 올라가 겨울눈처럼 고요히 해변에 소복소복 쌓인다. 꽃바다를 바라보는 여자의 눈빛은 천진한 호기심으로 반짝인다. 보기 좋게 검게 그을린 피부에 콧잔등으로 주근깨가 가득하다.

"한여름의 크리스마스네. 눈이 오는 것 같아."

헐렁한 블랙 미니 드레스를 입은 여자는 목에 걸려 있던 와인색 스카프를 풀어 걷고 긴 머리를 대충 묶고 바다로 걸어간다. 여자의 눈동자에는 밤의 달과 낮의 해가, 즐거운 농담과 깊은 슬픔이 동시에 담겨 있다. 나비처럼 가볍게 해변을 거닐다 햇빛에 정면으로 누워 망중한을 즐기던 여자의 팔에 유리병이 닿는다. 매끄럽고 단단한 유리의 질감에 놀란 여자가 병을 집어 들었다.

"유리병 속에 편지가 있네?"

발신인이 적혀 있지 않지만 익숙한 필체의 편지다.

"달콤한 낮잠 같던 생이… 생각보다 길었나 보네."

편지를 다시 읽으려고 보니 꽤나 오래전에 쓴 듯 종이는 낡고 물기에 번진 자국이 있다. 유리병을 막고 있던 코르크 마개의 장식이 마모된 것을 보니 여러 바다를 건너온 듯도 하다.

사랑하는 당신, 안녕하신가요?

당신에게 전하지 못한 말이 있는데, 주소를 알지 못해 바다에 편지를 부칩니다.

당신이 떠나기 전날 밤, 꿈결에 속삭이던 당신의 이야기를 듣고 저에게 희망이 생겼습니다. 다 못 이룬 소명을 위해 돌아올 것임을 알기에, 그런 당신을 기다리겠다는 욕심이기도 합니다. 기다리는 일은 사랑하는 일이니까요.

아름다운 시를 전하며 이만 편지를 줄입니다.

만나는 그날까지 부디 건강하세요.

내 그대를 생각함은 항상 그대가 앉아 있는 배경에서 해가 지고 바람이 부는 일처럼 사소한 일일 것이나 언젠가 그대가 한없이 괴로움 속을 헤매일 때에 오랫동안 전해 오던 그 사소함으로 그대를 불러보리라.

— 황동규, 「즐거운 편지」

"당신은 이미 알고 있었군요…."

능력은 스스로 깨닫고 완성해야 하기에 그는 기다림을 선택했다. 편지를 반복해 읽으며 과거를 회상한다. 자신에게 마법 능력이 있다는 걸 알게 된 날, 조절 능력이 부족해 엄마와 아빠를 사라지게 만들어 버린 뒤 스스로에게 형벌을 주듯 백만 번을 다시 반복해 태어나며 부모를 찾아다닌 지난날이었다. 사람들에게 위로차를 건네며 "지나간 일은 지나간 일일 뿐이에요. 현재를 살아요"라고 말하면서도 정작 자신은 깊은 죄책감을 버리지 못했다.

"생을 끝내고 싶은 게 아니라… 후회와 슬픔에 잠겨 사는 생을 끝내고 행복하게 살고 싶은 거였어."

어쩌면 생을 마치고 싶었던 마음은 생을 놓치고 싶지 않은 간절한 마음이 아니었을까.

'희망'이나 '사랑' 같은 달콤한 감정이 부풀어 오를 때면 애써 외면했다. 흰머리가 생기면 반복해 다시 태어나는 삶도 멈추지 않을까 싶어, 그날만을 간절히 기다렸다.

그러다 사랑하는 사람을 만나고, 메리골드 사람들과 어우러져 살고 싶어졌고, 당혹스러웠다. 그저 능력을 완성하기 위해 마음 세탁소를 열었던 것인데, 사람들의 마음에 얼룩 같은 고통을 지우고 다려주면서 내 마음의 고통도 옅어진 걸까.

"어쩌면 고통까지 끌어안을 수 있을 때 소명을 다할 능력이 완성되는 것일지도 몰라."

생각에 깊이 잠긴 여자의 어깨를 토닥이듯 하얀 데이지 꽃잎들이 몰려와 빙글빙글 회전한다. 꽃잎의 포옹을 받으며 고개를 숙이자, 작은 물웅덩이에 비친 얼굴에 그간 보지 못했던 새로운 감정이 거울처럼 투명하게 비친다.

"지금 비치는 감정은 나에 대한 사랑이자 희망이구나."

여자가 스스로 감정을 읽어내자 물웅덩이는 순간 거울처럼 투명해진다. 여자는 속 깊은 마음까지 비칠 듯 맑은 수면을 보며 말한다.

"내가 정말 원했던 것은… 고통을 끌어안되 슬픔이 흘러가도록 길을 열어 주고 오늘을 사는 것이었어. 사실은… 나… 살고 싶어."

여자의 눈물이 수면에 닿자 삽시간에 웅덩이 주변으로

하얀 꽃들이 피어나 데이지 꽃밭으로 변한다.

"나한테… 꽃을 피울 수 있는 능력이 있었던가? 그런데 왜 이제야…."

다시 거울을 바라보자 여자가 잊고 지냈던 기억들이 빠르게 흘러간다. 억겁의 생을 지나면서도 떠올리지 못했던, 떠올리면 살고 싶어질까 가장 깊은 곳에 감추어 두었던 향기로운 기억의 조각들이 퍼즐처럼 맞추어졌다.

"엄마가 어린 시절 해준 이야기들이 사실이었어. 나를 진정으로 사랑하며 생의 모든 감정을 끌어안는 순간, 마음을 꽃으로 피우는 능력이 완성되는 거야…!"

딸의 능력을 눈치 챈 엄마와 그때 나눈 이야기들이 공처럼 굴러 눈동자를 닮은 투명한 구슬이 된다. 여자는 자신이 이토록 오래도록 생을 반복해 살아낸 이유를 깨달았다. 삶에 주어진 소명이 있기에, 스스로 알을 깨고 나와 꽃을 피우기까지 그토록 오랜 인고의 시간이 필요했던 것이다.

"씨앗은 싹을 틔워 꽃을 피우고, 꽃이 지면 열매가 자라 그 열매가 다시 씨앗이 되어 땅으로 돌아가듯, 시련과 고통을 극복하며 피어나는 단단함이 있어야 했던 거야."

말을 마친 여자는 꽃을 한 송이 꺾는다. 지난 생에서 사람들의 마음을 위로하고 치유해 주었던 여자는 앞으로 사람들이 스스로 마음을 양육하고 꽃피울 수 있도록 돕는 것이 자신의 소명임을 다시 한번 되새긴다.

"데이지의 꽃말은 희망이지. 그렇다면 내가 가진 능력은 희망을 꽃 피우는 것인지도 몰라. 고통도 슬픔도 얼룩도 우리 생의 꽃으로 피어난다는 사실을 알게 해주는 거야."

결심한 여자의 눈빛이 윤슬처럼 빛난다. 여자의 걸음을 꽃잎들이 나비처럼 사뿐사뿐 따라 걷는다. 왜 태어났고, 어디로 가며, 무엇을 해야 하는지 이제 알게 되었다. 마침내.

"돌아가자. 해야 할 일을 알았어."

"슬픔이여 안녕. 슬픔이여 안녕! 마침표야 느낌표야?"

검고 긴 머리카락이 탐스러운 여자가 달콤 헤어 문을 열고 들어와 테이블에 놓인 책의 제목을 읽는다. 여러 번 읽었는지 오래된 책장마다 손때가 묻고 표지는 조금 찢겨 있다. 의자에 앉아 졸던 원장이 여자를 발견하고 깜짝 놀라 호들갑스럽게 다가온다.

"어머 손님, 기척도 없이 언제 들어오셨어요? 맞다, 종종 동네 고양이가 낮잠 자러 드나들어서 문을 살짝 열어뒀지. 손님도 그 고양이만큼 발걸음이 가벼우시네요,

호호."

달콤 헤어 원장은 손님 하나 없는 한낮에 찾아온 이가 반가워 얼른 가운을 둘러준다.

"그 책이 거기 있었네. 아까 마음 사진관 사장님이 오셔서 찾으셨는데! 그나저나 손님, 머리는 어떻게 해드릴까요?"

"잘라주세요. 최대한 짧게."

"예? 이렇게 탐스럽고 긴 머리를 짧게 잘라달라고요? 아깝지 않으세요?"

"머리 감기 귀찮아서요."

"그렇긴 하죠. 그럼 금방 잘라드릴게요. 그나저나 6월이 되니 벌써 이렇게 덥네요. 올여름은 비도 많이 온다는데, 덥고 습할 땐 짧은 게 최고죠!"

눈치 빠르고 손도 빠른 원장은 분무기를 들어 머리카락에 뿌린다. 여자들이 탐스러운 머리카락을 짧게 자를 땐 보통 마음이 복잡하거나 변화를 원할 때니까. 원장은 금세 쇼트커트로 자른다.

"다 됐습니다. 손님은 긴 머리도 짧은 머리도 다 잘 어울리시네요. 둘 다 어울리기 쉽지 않은데. 호호호."

달콤 헤어 사장의 웃음에 여자도 가볍게 눈인사를 건넨다.

"고맙습니다. 그런데… 메리골드에 우리 분식 아직 있

나요?"

"그럼요, 우리 마을에서 가장 오래된 엄마 집밥 같은 식당이잖아요. 그런데 요즘에는 사장님 대신 연자 씨라고, 동네분이 하세요. 사장님 걱정돼서 내일 올라가 보려고 하는데. 주책이야, 제가 말이 너무 길었죠?"

"괜찮아요."

여자가 헤어 가운을 벗고 거울을 보며 미소를 짓는다. 원장은 여자를 거울로 훔쳐본다. 블랙 미니 드레스에 오버핏 블랙 재킷을 걸친 여자는 머리가 마음에 드는지 흡족한 표정으로 거울을 보더니 카운터에 현금을 놓아두고 나간다.

원장은 문을 나서는 여자의 뒷모습을 보며 고개를 갸웃거린다.

"동네에서는 처음 보는 분인데…. 그나저나 이 시간 되면 늘 낮잠 자러 오더니… 레이지는 어디 간 거야?"

밖으로 나온 여자는 웃으며 습관적으로 머리를 쓸어 올리다 멈춰 섰다. 운동화 끈이 어느새 풀려 있다.

"운동화 끈이 풀리면 누가 나를 그리워하는 거라던데… 미용실 이름만큼 달콤한 순간이네."

운동화 끈을 고쳐 맨 여자가 주변을 둘러보며 중얼거린다. 시원해진 목덜미가 어색해 챙겨 온 와인색 모자를 눌러 쓴다. 여자의 장난기 가득한 눈빛이 반짝인다. 두 손을 망원경처럼 동그랗게 만들어 주변을 살펴보더니 아랫입술을 깨문다.

"바로 저기야."

여자가 바라본 곳은 바로 바닷가 앞에 방치된 오래된 폐공장이다. 슬픔이 안녕, 하고 사라질 듯 공장을 향해 씩씩하게 걷는 여자의 뒷모습을 따라 길가의 해바라기 꽃들도 고개를 흔들며 인사를 건넨다. 어쩐지 좋은 일이 생길 것만 같은 오후의 풍경에 누군가가 환히 웃으며 소리 나지 않는 손뼉을 친다.

"그라체, 마침내 오고야 말 행복이 있는 도시가 여기 메리골드제. 행복을 찾은 이가 마음을 꽃피우러 마침내 돌아왔구만. 어서 와, 수고했어."

바닷가 끝 인적이 없는 폐공장 앞에서 여자가 열쇠를 꺼내 문을 열고 들어간다.

"아우 먼지야. 사놓고 너무 오래 놔뒀네…."

매캐한 냄새에 코를 막고 얼른 창문을 연다. 벽에 걸린 먼지 가득한 액자를 오른쪽으로 밀자 숨어 있던 금고가 드러난다. 여자가 한번 손짓하자 빨간 꽃잎들이 날아와 금고를 연다. 그 안에는 여자가 아끼는 찻잔과 주전자, 사진첩 그리고 몇 가지 물품들이 있다.

여자는 정사각형의 두터운 진갈색 가죽 상자의 뚜껑을 연다. 상자가 열리자 천장까지 무지갯빛 오로라가 번진다. 눈이 부셔 한쪽 눈을 감고 조심스레 물건을 들어 올린다. 투명한 유리구슬이다.

"늘 이 구슬이 함께였어. 엄마, 아빠의 유품이라 생각해 간직해 왔는데. 나를 위한 구슬이었구나."

손에 오목하게 들어오는 유리구슬을 코앞까지 들어 올려 유심히 살핀다. 모래사장에서 만난 물웅덩이 거울의 투명함과도 닮았다. 이 유리구슬이라면 마음의 심연까지 비출 것만 같다.

"내게 마음꽃을 피우는 능력이 있다니 정말 놀라워. 매번 물웅덩이에 갈 수 없으니 투명한 것들로 연습해 봐야겠다."

유리구슬을 내려두고 백팩에서 텀블러를 꺼내 뚜껑에 차를 따른다. 투명한 물성이 있어야 한다면, 이 차도 가능하지 않을까.

"꽃잎아, 잘 부탁해."

여자는 마음을 다해 차를 바라보며 오른손으로 꽃잎 하나를 들고 가볍게 후, 분다. 순식간에 라넌큘러스가 텀블러 뚜껑에서 피어오른다. 이번엔 유리구슬을 들고 사랑하는 이들을 떠올리며 눈을 감았다 뜬다. 빨간 꽃바람이 동그렇게 지나간 자리에 초록잎 바람이 회오리치고, 소용돌이가 멈추자 작은 화분에 사랑나무가 피어났다.

“놀라워…. 사랑나무의 꽃말은 ‘사랑은 죽음보다 강하다’인데. 나… 정말 당신들과 함께 살고 싶었나 봐.”

듣고 싶은 마음의 말이 나무로 피어났다. 순간 정원을 가꾸던 아빠와의 대화가 떠올랐다.

“아빠, 정원을 왜 이렇게 열심히 가꿔?”

“정원을 가꾸는 일은 마음을 가꾸는 일과 같거든.”

“그럼 꽃과 나무만 있으면 행복한 거야?”

“꽃과 나무를 돌보고 피워내는 마음의 여백이 있다면 행복할 거야.”

“아빠, 아빠는 우리 마을의 지킴이잖아, 그럼 나도 마을 지킴이가 되는 거야?”

“아빠처럼 마을 지킴이가 되고 싶어?”

“응, 소중한 사람들을 지켜주는 일이잖아. 정말 대단해!”

“물론이지. 그리고 너는 아빠보다 더 소중한 것을 지키는 사람이 될 거야.”

봉인이 해제된 아름다운 기억들이 꽃처럼 피어난다.

“마지막 생을 끝내지 못한 결정적 이유가 있었어. 이제 후회를 끝마치고 엄마와 아빠의 몫까지 열심히 살아낼 거야.”

조용한 바닷가 앞이 공사로 분주하다. 오래전에는 정미소였고 그 후로 오래 비어 있던 단층 공장에 활기가 돈다. 방치되다시피 버려져 있던 직사각형의 긴 건물은 오랜만에 북적거린다. 땀을 흘리며 철거 작업을 하는 이들에게 공장 주인이라는 여자가 아이스커피를 건넨다. 안전모를 벗으며 김 씨가 궁금하다는 표정으로 묻는다.

“커피 고마워요. 그런데 사장님은 천장까지 뜯어내고 여기서 무얼 하시려고요?”

“천장 대신 개폐가 쉬운 천막을 칠 거예요.”

“사장님, 요즘 공장 터를 카페로 만든다던데, 여기도 그런 겁니까?”

이번에는 커피를 들이켜고 남은 얼음을 씹어 먹던 박 씨가 땀을 닦으며 묻는다.

“카페는 아니에요. 이 자리에 꽃과 나무를 틔울 생각이에요.”

“컥… 버려진 거나 다름없는 공장 터에서 꽃과 나무요? 심지어 바닷가 앞에서요? 여기는 인적도 드물어 뭘 팔아도 안 될 텐데요?”

“무언가를 파는 건 아니에요. 사람이 많이 오지 않아도 괜찮아요.”

이해되지 않는 사장의 대답을 듣고 박 씨는 얼음물을 삼키다 사레에 걸려 콜록거린다. 인생 참 어렵게 사네, 쓸데없는 관심 끄고 얼른 오늘 할 일이나 잘 끝내자, 마지막 날이니 삼겹살에 소주나 한잔 해야지. 박 씨는 고개를 절레절레 저으며 몸을 움직인다.

"어이 김 씨, 일 끝나고 삼겹살에 소주 한잔 딱, 어때?"

"좋지! 오늘까지 하면 얼추 끝이니 서두르자고!"

그들의 이야기를 들으며 불판 위에서 노릇노릇 구운 삼겹살 생각에 입맛을 다시던 사장이 혼잣말을 한다.

"이번 생에는 나도 저런 온기를 나누고 싶네…."

여자는 바닥에 널브러진 판넬을 들고 청바지 뒷주머니에서 매직펜을 꺼낸다. 판넬을 바닥에 누이고 스스럼없이 주저앉아 글자를 쓴다. 망설임 없이 써낸 문장을 여자는 만족스러운 듯 바라본다.

**마음을 꽃피워 드립니다.**
**있는 그대로의 당신이 환대받는 곳,**
**마음 식물원입니다.**

"식물원에는 꽃도 있고 식물도 있고 돌도 있고 나비도 있으니까 어떤 마음이든 꽃으로 나무로 피워낼 수 있지. 기쁘고 슬프고 공허하고 불안한, 그리고 알 수 없는 마음들까지 피워내 보자."

판넬로 만든 간판을 들어오는 문 옆에 세워둔 여자는 바지 주머니에서 이어폰을 꺼내어 음악을 재생시킨다. 척 맨지오니의 〈Feels So Good〉 전주가 흘러나온다. 트럼펫 연주에 맞추어 온몸으로 천천히 리듬을 타며 여자가 흥얼거린다.

"참 세상 부러울 게 없는 사람이구만. 보는 내가 다 기분이 좋아. 근데 저리 환하게 웃고 있는데도 슬퍼 보이기도 해. 얼굴에 빛과 어둠이 다 있어."

음악에 맞추어 팔다리를 움직이는 여자를 보며 김 씨는 따라 웃는다. 이보다 더 좋을 수 없는 도시라지만, 메리골드에서 경험하지 못했던 또 다른 좋은 일이 생길 것만 같다.

"어이 김 씨, 이리 와봐. 시멘트 틈에 민들레 꽃밭이 있네. 이게 다 네잎클로버야? 희한하네. 언제부터 여기 이렇게 피어 있대?"

박 씨의 부름에 김 씨도 공장 안쪽 시멘트 틈에 자리 잡은 민들레와 클로버 군락을 본다.

"파내기 아깝네 그래. 미안하기도 하고."

"그치? 가만, 여기 어차피 꽃 같은 게 들어온다고 하지 않았어? 아예 여기를 좀 더 파서 흙을 넣고 꽃밭을 넓게 만들어 줄까?"

"좋은 생각이여, 사장님한테 말해 보자고. 아따, 노란색이 곱네."

김 씨와 박 씨가 꽃을 보며 이를 드러내고 웃는다. 웃음은 또 다른 웃음을 불러오고, 고단한 하루도 미소로 저문다. 아무리 힘들어도 하루의 끝이 웃음이라면, 오늘은 웃는 하루다. 김 씨는 남은 일을 처리하기 위해 서둘러 몸을 움직인다. 아직 입꼬리에 웃음기를 남긴 채로.

오늘은 반세기에 한 번 달이 완벽하게 얼굴을 숨기는 칠흑 같은 밤이다. 어둠은 비밀을 숨기기에 참 좋은 가림막이다. 김 씨와 박 씨가 돌아가고 마음 식물원 사장은 공장 안에서 하늘을 바라본다. 어둠에 숨은 달을 찾아 정면으로 눈맞춤을 하자, 시계 초침이 12시 정각에 멈추고 여자를 제외한 사람들의 시간이 멈춘다. 그 순간 여자는 유리구슬을 안고 소망을 빈다.

"지금 이 순간 모든 이들이 마음의 아픔을 털어내고 평화롭길 바라요."

유리구슬에 여자의 진심이 닿는 순간 식물원 안에 달이 뜬다. 은은한 달빛이 비추자 다양한 꽃과 나무가 겨울잠을 자고 일어나 기지개를 펴듯 천천히 피어난다. 새로운 시작을 의미하는 백합, 천진난만하게 노란 프리지아, 희망의 개나리, 감사의 달리아, 즐거움의 노란 백합과 행복의 보랏빛 라넌큘러스까지, 아름다운 꽃말을 가진 꽃들이 공장 안을 한가득 채운다.

꽃들이 피어난 뒤, 여자가 페퍼민트 화분에서 잎을 하나 따서 후, 분다. 백여 평 정도 긴 직사각형의 건물 한쪽에는 꽃밭이 가득하고, 반대편에는 싱그러운 초록이 가득한 나무들이 자라나 이내 나비와 새가 날아다닌다. 여자의 손을 잡듯 꽃잎들도 날아다닌다.

"그토록 그리워하던 마음이 내 안에 있었어. 고마워 꽃잎들아."

이곳에선 기쁨도 슬픔도 꽃이 되고, 나무가 되고, 흙이 되고, 돌도 되고, 흘러가는 바람도 될 것이다. 어떤 마음이든 이 꽃과 나무들이 따스하게 안아줄 것이다. 여자는 오래된 것이 아름답다 생각하며 낡은 공장 외관을 그대로 두기로 한다. 여자는 이제 사랑의 붉은 동백 꽃잎과, 희망의 하얀 데이지 꽃잎, 평화의 초록 페퍼민트 잎으로 마음을 피워내는 능력을 완성시켰다.

"꽃보다 아름다운 이들이 삶에 지쳐 고단할 때, 자신의 마음을 피워 돌보게 하기 위해 너희가 내 곁에 있어야만 했던 거야."

여자의 말에 대답이라도 하듯 파도처럼 꽃잎들이 춤을

춘다. 박수를 치며 꽃잎들과 함께 춤을 추던 여자는 유리 구슬을 들어 말한다.

“지금은 여름이지만, 5월의 초록처럼 시작하는 여린 잎들로 이곳을 채워줘. 손님들이 피워낼 꽃과 나무 자리는 남겨주고.”

말이 끝나자 유리구슬에서 오로라가 번지듯 형형색색의 빛이 뿜어져 나온다. 작은 반딧불들이 날아다니며 빛을 밝힌 자리에 5월의 초록들이 살며시 피어난다. 기차처럼 기다란 건물에서 입구를 향해 서면 왼편으론 바다와 꽃들이, 오른편으로는 산과 나무가 보였다.

여자가 딱 소리를 내며 손가락을 튕기자, 신호에 맞추어 꽃잎들이 벽으로 모여든다. 꽃잎의 춤이 멈춘 곳에는 마치 바다와 이어지기라도 한 듯한 커다란 통유리창이 나 있다.

“진짜 창이 생겼네. 이건 책에서만 보던 능력인데. 나도 할 수 있어?”

처음 쓰는 능력에 만족하며 산을 맞대고 있는 벽을 향해 다시 손가락을 튕기자 꽃잎들이 또 한번 커다란 창을 낸다. 천장에는 햇빛과 빗물이 자유롭게 들어오도록 수동식 개폐장치를 달았다. 흉물스럽게 방치되어 있던 해안의 낡은 공장이 순식간에 초록빛을 머금은 마음 식물원으로 피어났다.

여자가 빨간 꽃잎 하나를 하늘로 올린다. 두 손을 모아 고개를 숙이며 감사를 표하자 시계는 째깍째깍 움직인다. 12시 1분이다. 여자가 허리에 손을 얹고 만족스럽게 둘러본다. 개운한 기분으로 워커를 벗고 맨발로 흙 위를 거닐다 발끝에 닿은 손가락 두 마디만한 돌 하나를 집어 든다.

"너도 왔니? 돌이 참 예쁘네. 반질반질하고 묵직한 게. 잡고 있으니까 안정감이 들어. 우리 친구할까? 이제부터 내 반려돌 하자."

손에 입김을 불어 따뜻한 온기를 돌에 담는다. 작은 돌 하나를 발견해 소중히 대하면, 이 돌은 그저 돌이 아닌 소중한 나만의 돌이 되겠지. 이번 생에 처음 사귄 친구가 반갑다.

"이름은 방글이 어때! 너랑 있으면 안심되어서 방글방글 웃게 되는 거지. 괜찮지? 내 이름은… 지은이야."

여자는, 아니 지은은 입구 앞으로 뛰어가 스프링클러 버튼을 누른다. 물이 쏴아아, 하고 분사된다.

"앗, 차가워! 비 내리는 것 같잖아! 성능 좋네."

스프링클러를 멈추고 지은은 건물 끝으로 걸어가 책장에 손을 대고 민다. 책장이 스르르 밀려 작은 방이 나온다. 푹신한 침대와 화장대 그리고 싱크대와 냉장고가 있다.

"방도 잘 만들어졌네. 좋아. 그런데 다시 태어날 때마다 외모는 왜 선택이 안 되는 거야. 내가 모르는 능력 업그레이드가 또 있나… 하암. 모르겠다. 어차피 지금 모르는 일은 당장 해결되지도 않는데 잠이나 자자. 고양이로 살면서 종일 자서 그런가, 계속 졸리네… 씻어야 하는데… 하암… 너무 졸려.”

반려돌 방글이를 손에 꼭 쥐고 흙 묻은 발만 대충 턴 지은이 침대 위로 풀썩 쓰러진다. 내일의 일은 내일에 맡기고, 미동도 없이 달콤한 잠에 빠져든다.

“엄마 사랑해.”

병원 밖을 나온 윤지의 귀로 들어온 오음절이 심장에 박힌다. 다섯 살배기 남자아이가 윤지에게 달려오는 듯하더니, 몇 걸음 뒤에 있던 엄마에게 달려가 안긴다.

‘그렇지… 나일 리가 없는데….’

오늘은 열 번째 시험관 시술이 실패한 날이다. 남편은 지금으로 충분하고 아이가 없어도 된다고 했지만 윤지는 아니었다. 얼마나 좋을까 저 여자는… 남들은 아이도 잘 낳는데 나는 뭐가 부족해서 안 되는 걸까. 여러 생각이 윤지를 괴롭혔다. 길거리에서 임산부만 봐도 질투가 나고, 아이와 엄마가 함께 지나가는 모습에는 눈물이 나 고개를 숙이고 다녔다.

"애기 엄마, 어디 아파요? 왜 이러고 앉아 있어, 어지러워요? 이 앞에 병원까지 도와줄까?"

길 한가운데에 쪼그리고 앉아 있는 윤지를 보며 지나가던 할머니가 걱정스러운 눈길로 묻는다. 윤지의 배는 시험관 시술로 인한 과도한 약의 부작용으로 복수가 차 있어 흡사 임신 초기로 보이기도 한다. 윤지가 바람 빠진 풍선처럼 일어나 할머니에게 고개를 숙이며 말한다.

"저 괜찮아요… 고맙습니다…."

인사를 하고 걷다가 쨍한 여름날 오후의 햇살에 윤지가 눈을 감는다. 어디로 가야 할까. 집으로 돌아가고 싶지 않다. 이번이 마지막이라고 남편과 약속했는데. 뭐라 말을 해야 할까. 남편은 거듭된 시험관 시술로 건강이 약해지는 것이 걱정되어 시술을 반대했다. 이 험한 세상에 아이에 대한 책임을 짊어지지 않는 것도, 무한한 희생을 하지 않는 것도 괜찮은 삶이라고 말했다. 진심인지 모르겠지만 이번에도 실패라고 하면 정말 그만하자고 할 것 같다. 윤지는 버스 정류장에서 집으로 가는 버스를 여러 대 보내고 나서 아무 버스에 올라탔다. 어디로 가야 할지 모르니 어디로 가는지 모를 버스에 올라 맨 뒷자리에 가서 눈을 감는다.

"종점이에요, 손님. 운행 종료입니다."

"네…?"

"버스는 30분마다 다시 출발하니 느긋하게 기다려 주세요. 좋은 하루 되세요."

깜빡 잠이 들었던 윤지는 흰머리가 지긋한 버스 기사님의 말을 듣고 시계를 확인하며 천천히 내린다. 정류장에 내리자마자 코끝에 짠내가 감긴다.

"언제 바다까지 왔지?"

꿈결인지 몽롱하다. 버스 노선도를 찾아 정류장을 손가락으로 짚으며 집까지의 거리를 세어보니 열한 번째 정류장이 윤지가 사는 동네이다. 후끈한 여름 날씨에 가만히 서 있어도 땀이 흐른다. 윤지는 땀을 닦으며 집으로 돌아갈 버스를 기다리기 위해 돌아앉았다가 손 글씨로 써 붙인 채용 공고에 시선이 멈추었다.

마음 식물원 마인드 테라피스트 채용

있는 그대로의 당신이 환대받는 곳, 마음 식물원입니다.

꽃과 나무를 돌보며 마음을 돌볼 마인드 테라피스트를 구합니다.

마음의 정원을 함께 가꾸어 갈 분을 기다립니다.

· 급여: 협의 후 결정.
· 자격 요건: 경력, 나이, 성별 무관.

· 우대 사항: 식물을 좋아하는 분.

※버스 정류장 너머 마음 식물원에서 상시 면접 진행

"꽃과 나무를 돌보는 일은 내가 하는 일인데."

대학에서 원예학과를 졸업해 플로리스트로 일하던 윤지는 시험관 시술로 일을 쉬게 되면서 얼마 전부터 지인의 식물 구독 업체에서 아르바이트를 하고 있었다.

"그런데 마인드 테라피스트라니… 이건 뭐지? 식물을 돌보면서 마음을 돌보는 신개념 테라피인가?"

마음은커녕 몸도 돌보지 못했던 윤지는 그동안 난자 배양을 위해 호르몬 주사제를 매일 배에 주사했고, 이로 인해 몸의 균형이 깨지면서 수차례 입원도 했다. 윤지는 정류장 앞으로 펼쳐진 한낮의 바닷가를 바라본다. 찬란한 윤슬이 반짝이던 그날처럼 오늘도 눈이 부시다.

"준호 씨!"

"윤지 씨, 무슨 일이야?"

"이거 보여? 내가 이제 헛것이 보이는 건가?"

"잠깐만, 안경 좀 닦고. 보자… 두 줄 맞는데?"

"두 줄이면 임신 맞지?"

드디어 다섯 번째 시험관 시술에서 두 줄을 봤던 날이

다. 아이는 윤지 안에서 먹고 자고 살아 숨 쉰다. 몸 안에 생명체가 자라는 기분은 생경하고 따뜻했다. 곁에 사랑하는 이가 있어도 공허하고 외로운 기분이 가끔 들었는데 아이와 함께하니 외롭지 않았다.

"내가 이렇게 행복해도 되나…."

벚꽃이 흩날리던 봄날이었고, 졸다 깨니 꽃들이 보인다. 이토록 평화로운 적이 있던가. 행복한데 불안하다. 이유 모를 불안감을 떨치려 고개를 저었다. 그날 밤 갑작스러운 출혈과 통증으로 응급실을 찾은 부부에게 청천벽력 같은 의사의 말이 들려왔다.

"산모님. 계류유산입니다. 임신 종결을 진행해야 하니 입원 수속을 밟으시죠."

"…유산이요? 아이 심장 소리도 들었는데 무슨 말씀이세요? 12주나 되었는데요!"

"저희도 너무 안타깝지만 임신을 종결시켜야 하는 상황입니다…."

준호가 윤지의 손을 붙잡고 위로해 주었지만 윤지에게는 아무 말도 들리지 않았다. 그 아이는 어떤 아이였을까. 이름도 지어주지 못한 '그 아이'가 생각나 길을 지나다 어린아이들이 보이면 고개를 숙였다. 잠시 윤지 안에 머물다 간 그 아이를 생각하며 윤지는 걷는다. 걷다 보니 마음식물원 앞이다.

**마음을 꽃피워 드립니다.**
**있는 그대로의 당신이 환대받는 곳,**
**마음 식물원입니다.**

"채용 공고를 낸 그 식물원이구나. 마음을 꽃피운다니… 지금 나의 검고 깊은 심연도 꽃피울 수 있을까… 이 어두운 마음이 어찌 꽃이 될 수 있을까… 후…."

한숨을 쉬며 식물원을 살펴본다. 왠지 그간 일했던 꽃집이나 식물원과는 다른 느낌이 난다. 능소화 넝쿨이 얽힌 동그란 아치가 입구인 듯하다. 입구로 향하는 길 위로 작은 기찻길 같은 나무 레일이 깔려 있다. 세어 보니 나무 레일 위의 나무판이 일곱 개다.

"일곱 개의 기차 레일을 지나면 외관은 낡았지만 향기가 가득하고 나비가 날아다닐 듯한 저 식물원에서 시간 여행이라도 할 수 있을 것 같아."

입구로 들어가면 새로운 세상이 열릴까. 문 안에서 풍겨 나오는 향기에 윤지는 겁이 덜컥 난다. 초록의 향기에 희망과 기대가 부풀려고 한다. 방금 전만 해도 떠나보낸 아이에 대한 미안함과 죄책감으로 슬펐는데… 갑자기 희망과 기대라니. 지금은 아니다. 다시 아이가 생기면 그때 행복해져야 한다.

"한 번 더 해볼래. 될 때까지 하면 돼. 쓸데없는 생각 말고 집에 가자."

윤지는 도망치듯 빠른 걸음으로 정류장을 향해 걷는다. 배차 시간표를 살피다 마음 식물원을 다시 한번 바라본다. 꽃과 나무가 가득한 저 안은 괴로움 없이 평화로워 보인다. 저 곳에서 나도 평화로워질 수 있을까. 그럼 아이도 나를 찾아오려나.

"파트타임 직원도 뽑는지 물어나 볼까."

식물원 방향으로 걸음을 떼었다가 버스 정류장으로 발길을 돌리길 여러 번 한 끝에 비로소 걸음을 멈춘다. 어떤 한 걸음은 온 힘을 다하는 용기가 필요하다.

"어차피 아이가 안 생기면 정식으로 일하려 했으니 물어나 보자. 버스 시간도 많이 남았고, 그냥 잠깐 들르는 거야."

마침내 용기를 낸 윤지를 식물원에서 바라보던 지은이 안도하며 찻물을 올린다.

"다행이다. 얼른 차 끓여야지. 가벼운 산책처럼 소풍처럼 낮잠 자는 삶도 좋았지만, 여기가 내 자리인 거 같아. 꽃잎들아 이제 시작해 볼까."

지은은 식물원 한가운데에 선다. 오른손잡이인 지은은 왼편에서 오른쪽을 보면 과거에서 미래로 건너가는 듯했고, 오른쪽에서 왼편을 보면 미래에서 과거로 건너가는 느낌이 들었다. 어느 시절의 지은은 오른편으로만 가고 싶었고, 다른 시절의 지은은 왼편으로 가고 싶어 했다.

"오른쪽이든 왼쪽이든 이제 상관없어. 오늘을 살면 돼. 이제부턴 내게 주어진 능력을 원망하지 말고 받아들이자. 누군가를 살리는 일이니까."

이번 생에서 어우러져 살고 싶어 고심 끝에 써 붙인 채용 공고에 반가운 발걸음이 찾아온다.

"안녕하세요…. 저… 버스 정류장에 적힌 공고문 보고 왔는데요. 여기가 마음 식물원인가요?"

문이 없는 입구에서 허공에 노크하는 시늉을 하며 조심스레 묻는 윤지의 목소리에 지은이 양손을 가지런히 모으고 가볍게 인사를 건넨다.

"네. 어서 오세요, 여기는 마음을 피워드리는 마음 식물원입니다."

"어서 와요, 일단 꽃이랑 나무들 둘러보고 계세요, 저는 차를 준비할게요."

"네, 고맙습니다."

입구와 가까운 곳에 작은 싱크대가 있고, 옆에는 오래된 직사각형 원목 테이블에 찻잔이 놓여 있다. 많은 꽃집과 식물원에서 일해봤지만 이번 공간은 좀 다르다. 외부에서 봤을 때는 가로로 길게 건물이 있고 입구엔 레일이 깔려 있어 기차 같기도 하다. 계단도 문도 담장도 없는 내부에는 여름에 볼 수 없는 꽃이 가득하다. 한 편은 울창한 숲 같기도 하고 한 편은 소담하고 정갈한 정원 같기도 하다. 밖은 뜨거운 한여름인데 안은 적당히 따뜻하고, 기분 좋게 서늘하다.

"여긴 안 덥네. 에어컨을 틀어두셨나…?"

오랜만에 낯선 공간에 왔지만 꽃과 나무가 있어서인지 편안하다. 집과 병원, 아르바이트 말고는 다닐 데가 없는 윤지였다. 숨을 들이마시자 초록의 향이 코끝에서부터 폐부 깊숙한 곳으로 들어온다.

"아, 좋다. 여기서는 식물만 잘 자라는 게 아니라 사람도 잘 자라겠어."

병원을 나설 땐 세상이 끝난 것처럼 절망스러웠는데, 이곳에 들어오니 윤지의 가슴 한구석이 간지럽다.

"꽃과 나무를 보기만 해도 마음이 진정되는 느낌이죠? 마음까지 초록으로 채워지는 기분이랄까. 여기 차 한잔 해요."

"네, 감사합니다."

지은은 머그컵에 담긴 위로차를 윤지에게 건넨다. 새로 시작하는 생의 첫 위로차인데, 늘 해오던 일처럼 익숙함에 기분이 좋아 웃는다. 윤지는 머그잔을 받아 들고 지은을 본다. 7월의 쨍한 태양을 닮은 듯하다. 고개를 드니 식물원 천장에서 쏟아지는 햇살에 눈이 부시다. 지은이 길고 하얀 막대기를 수동으로 돌린다. 하얀 차양막이 반쯤 덮이자 그늘이 생긴다.

"이제 눈부시지 않죠? 애들도 햇볕에 산책하라고 천장 열어뒀어요."

"식물에겐 햇빛과 바람이 가장 좋죠."

"아시네요! 맞다, 채용 공고 보고 왔다고 했죠?"

"네, 제가 원예학과 졸업하고 플로리스트와 조경 일을 했어요. 지금은 사정상 아르바이트를 하고요. 혹시 여기도 파트타임 근무가 가능한가요?"

"파트타임 근무도 좋죠. 제가 여기 식물원을 열기 전에 인생을 굉장히 타이트하게 살았거든요. 그래서 이번엔 한낮에 서핑도 하고 책도 읽을 거라서, 낮에 서너 시간만 일해주시면 좋겠어요. 어때요?"

"네, 좋아요 사장님."

"합격! 이름이 뭐예요?"

"윤지예요."

"윤지 씨, 반가워요. 오늘은 처음이니 편히 있다 가요. 햇살 쨍한 거 너무 아름답죠? 오후 2시의 햇살은 오후 2시에만 있으니까 우리 지금을 즐기자구요."

"네…."

바다를 바라보는 창문 앞 테이블에 앉아 차를 몇 모금 마시니 윤지의 속이 스르르 풀린다. 식물원 사장이 식물에 물을 주는 광경을 바라보고 있자니 이상하리만치 불편하지가 않다.

그간 임신을 준비해 오면서 사람들을 만나는 일이 늘 불편했던 윤지다. 누군가를 만날 때면 입에 넣는 음식마다 체하기 일쑤였고, 시험관 시술로 예민해졌나 싶어 양해를 구하고 아무것도 먹지 않은 날에도 돌아와서는 헛구역질을 했다.

"딩크로 살아도 좋지, 남편이 행정공무원이니까 노후에 연금도 나올 테고, 여유 있으니 둘이 취미생활 하면서 살면 되지. 왜 힘들게 아이를 가지려고 해? 그러다 너 몸 상해."

"너 마흔 중반이면 적은 나이가 아닌데 자궁이라도 들어내면 어쩌려고 그래? 근종 같은 건 없어? 좀 붓고 살찐 거 같은데 괜찮은 거야?"

"그래도 애는 하나 있어야지. 내 주변엔 나이가 50인데 시험관을 스무 번 넘게 했다나…. 첫째 어렵게 가지고 올해는 글쎄 자연 임신으로 둘째 생겼대!"

윤지의 대답을 듣지도 않고 걱정하는 척하던 이들은 곧 본인들의 하소연을 쏟아낸다.

"애 키우느라 힘들어 죽겠어. 내 인생은 하나도 없고

애만 종종거리며 따라다니잖아. 너는 매인 몸도 아니고 얼마나 자유롭니. 글쎄 며칠 전엔 동네 애 엄마들이 말이야….”

“어쩌니… 힘들겠네.”

“그러니까 지금 얼마나 좋아. 애도 없고. 난 네가 세상에서 제일 부럽다!”

처음엔 위로하는 듯하다 하소연과 푸념으로 끝나는 대화가 불편해 윤지는 아무도 만나지 않기를 선택했다. 활발하고 잘 웃던 윤지는 독한 호르몬제의 부작용으로 몸이 붓고 무기력해졌다. 아이가 생기면 우울한 마음이 한 번에 해소될 것이라 믿으며 버텼지만 야속하게도 아이는 찾아와 주지 않았다.

“에휴, 자꾸 생각나네. 근데 나뭇잎이 바람에 스스스… 흩날리는 소리가 꼭 음악 소리 같네. 사장님은 어디 가셨지?”

지은이 있던 자리엔 조리개만 남아 있다. 윤지는 입고 온 풍덩한 회색 원피스를 두 손으로 쓸어내리며 일어선다. 따뜻한 차를 마셔서 그런지 꽉 막혀 답답했던 마음이 온화해진다. 일어나 가까이의 식물들을 살펴보니 귤나무가 보인다.

“이 계절에 귤나무를 보니 반갑네. 주황색 귤이 얼핏 메리골드 꽃을 닮았어.”

귤을 보니 웃음이 맴돈다. 그러고 보니 참으로 오랜만에 혼자 웃었다. 오래전 그 아이를 떠나보내던 날부터 윤지는 혼자 있을 때면 웃는 법이 없었다. 미안했고, 후회했고, 자책했다. 플로리스트로 잘 하고 있던 일도 더 이상 하고 싶지 않았다. 예쁜 꽃을 보고 기분이 좋아 웃게 될까 두려웠다. 경계심 없이 오랜만에 웃는 자신이 낯설어 윤지는 그만 올라간 입꼬리를 손으로 지그시 내린다.

"이상해, 정말. 오늘은…."

이만 가야겠다고 생각하며 고개를 돌리니 귤나무 사이에 한 사람이 숨어들기 좋을 동그란 자리가 있다. 허리를 굽혀 살펴보려다 그만 다리에 힘이 풀려 털썩 주저앉았다. 고개를 들어 귤나무를 바라보니 울창한 숲 안에 숨어든 듯한 기분이다. 두 그루의 나무가 서로 안아주듯 포개진 모양새다. 순간 머리 위로 굵은 물방울이 떨어진다. 내 눈물인가, 아직 울지 않았는데. 오랫동안 울지도 못했는데.

"갑자기 소나기가 오네요! 잘 됐다! 얘네들 목 축이게 천장 열어둘게요. 윤지 씨는 오른쪽 끝, 민들레 꽃밭으로 가요! 거긴 비가 안 들어와요."

"아… 네…!"

어디선가 나타난 지은이 겅중겅중 뛰어 비를 맞으며 신나게 목소리를 높인다. 윤지는 지은이 두 팔을 벌려 비를 맞는 모습을 본다. 마치 꽃이나 나무인 것처럼, 비가 오기만을 기다린 사람처럼 세차게 내리는 소낙비를 맞는다. 그런 지은을 보며 윤지는 이끌리듯 귤나무 밑에서 일어나 두 팔을 벌리고 함께 비를 맞는다.

비를 맞던 두 사람은 눈이 마주치자 누가 먼저랄 것 없이 웃음이 터졌다. 어린아이들처럼 비를 맞으며 시원하게 웃던 윤지의 웃음이 어느새 어깨를 들썩이는 울음으로 바뀐다. 멈추고 싶어도 멈추지 못하는 울음에 주저앉아 무릎에 얼굴을 묻는다.

"윤지 씨. 나 신경 쓰지 말고 마음껏 울어요. 웃음이든 울음이든. 무엇이든 터뜨리고 나면 괜찮을 거예요. 괜찮지 않더라도 괜찮고요."

지은이 흐느끼는 윤지 옆에 앉아 토닥토닥 등을 쓰다듬는다. 울어야 하는데 울지 못하면 눈물이 몸 안에서 흘러다니다 기필코 터지고야 만다.

이렇게 비가 내려 좋은 건, 비를 핑계로 마음껏 우울할 수 있기 때문이다. 우울한 것도 타인의 눈치를 봐야 하는 세상에 비라도 와야 우울할 자유가 생기는 것만 같다. 빗물을 타고 슬픔은 제 길을 향해 흘러간다. 떠올리면 괴로워 마음 깊은 곳에 숨겨둔 기억까지 빗물에 흘려보내고 싶다. 제발, 제발.

"하아…."

목구멍이 따갑다. 마취가 풀렸는지 몸을 휘감는 통증에 고통스럽다. 간신히 고개를 돌리니 간이의자에 앉아 잠든 남편이 보인다. 시선을 돌리니 병상에 누운 여자들이 보인다.

여기는 산부인과 병동 6인실이다. 윤지를 제외하면 모두 임산부이다. 경부가 짧아 입원한 사람, 임신 중독으로 입원한 사람, 출산을 앞두고 입원한 사람들이 누워 있다.

같은 환자복을 입었지만 같은 처지는 아니다. 저들의 배에는 아이가 있고, 윤지의 배에는 아이가 없다. 몸을 일으키려다 찢어지는 듯한 통증에 포기한다. 하체에 연결된 소변줄로 액체가 흐른다. 가까스로 팔을 들어 아직 볼록한 배를 만진다.

정말 없는 건가. 있어야 하는데. 윤지의 침대 옆에 휴대폰이 있다. 손을 뻗어 전원을 켠다.

— 새아가, 수술 끝났니? 고생했다. 몸조리 잘하렴.

— 윤지야… 괜찮아? 아이는 다시 가지면 돼. 몸부터 챙겨. 힘내.

— 이번엔 순한 약 쓰는 병원으로 바꿔봐. 맘카페에서 봤는데 여기가 잘한대.

쏟아지는 메시지를 몇 개 읽다 덮는다. 모두 틀린 말은 아닌데 아프다. 두드려 맞은 것처럼. 휴대폰을 끈다. 마음도 휴대폰 전원처럼 꺼버릴 수 있다면 얼마나 좋을까.

"윤지 씨 일어났어? 고생했어…."

얼굴빛이 거뭇한 남편이 잠에서 깬 윤지의 손을 맞잡는다. 남편의 손이 차다.

"손이… 차갑네…."

"추워? 진통제 좀 놔달라고 할까?"

"…아니."

"목말라? 물 떠다 줄까?"

"…아니. 커튼 좀 쳐줘…."

"알았어. 잠깐만."

남편은 서둘러 커튼을 치고 링거액이 떨어지는 속도를 살피더니 빈 물통을 든다.

"일어났다고 간호사 선생님께 말하고 화장실 다녀올게. 깼는데 옆에 없으면 놀랄까 봐 한참 참았거든."

부스스한 준호가 물통을 들고 나가자 윤지는 이 방에 있는 여자 중 자신이 가장 불행하게 느껴졌다. 다시 혼자가 된 것 같았다.

"아아아아악…! 선생님…! 애가 나오려나 봐요…!"

진통에 시달리던 산모가 침대를 빼 나가는 소리가 들린다. 저이는 이제 아이를 품에 안는구나. 진통의 괴로움에 울부짖는 소리마저 미칠 듯이 부럽다. 윤지가 신경질적으로 팔목의 링거를 빼버리자 피가 뚝뚝 흘렀다.

"윤지 씨! 무슨 일이야! 잠깐만, 선생님 모셔올게!"

"준호 씨… 나 집에 갈래…. 퇴원 수속 밟아줘…."

"지금 막 깨어났는데 무슨 소리야. 의사 선생님이 절대 안정하라고 하셨어. 내일 집에 가자, 응?"

윤지가 마른 입술을 파르르 떨며 준호의 팔을 잡는다.

"갈래… 제발…."

"알았어…. 대신 조금이라도 몸이 안 좋으면 바로 입원하는 거야. 알았지?"

고개를 끄덕이는 윤지의 팔에서 흐르는 피를 닦아내며 준호도 속으로 울음을 참는다. 윤지는 몸에서 보이지 않는 무언가가 빠져나가는 것을 느낀다. 무엇이든 빠져나가라지. 윤지가 준호의 부축으로 힘겹게 일어났다.

'어서 이 방에서 나가자. 나는 아이 없는 여자다. 나만, 아이 없는 여자다.'

병원에서 돌아온 윤지는 암막커튼 안에서만 지냈다. 준호의 낮은 한숨이 늘었음을 느끼지만 아무것도 하고 싶지 않다. 슬픔을 삼키기에도 버겁다.

"가까운 산에 아이를 위해 작은 나무를 심었어. 가끔 가서 물도 주고 돌봐주면 좋을 것 같아서. 같이… 가볼래?"

어느 주말 외출에서 돌아온 준호의 말에도 윤지는 고개만 저었다.

"나무 옆에는… 아니다. 다음에 이야기 할게. 필요한 거 있으면 불러줘."

방문을 닫고 나가는 준호의 얼굴에도 그늘이 진다. 그날 이후 부부는 떠나보낸 아이의 이야기를 입에 담지 않았다. 앙상하게 야윈 윤지는 일주일 뒤 아무 일도 없었다는 듯 일을 시작했고 생활을 이어갔다. 중요한 대화는 메시지로 나누고, 시험관 시술을 위해 병원에 다녀오는 일이 부부가 함께하는 유일한 외출이었다. 고요하고 쓸쓸했다.

'우리가 바라는 건 뭘까.'

가끔 준호는 생명 없는 물체 같은 윤지의 말라버린 표정을 보며 생각에 잠겼지만 입 밖으로 꺼내진 않는다. 윤지가 더 힘들 테니까… 생각하면서. 준호가 방에서 나가면 윤지는 '시험관 임신 성공' 사례를 검색하다가 다시 '아이 없는 부부의 삶'을 검색하면서 읽다 꺼버리기를 반복한다.

다른 사람들이 누리는 인생의 속도를 따라가고 싶다. 그렇게 사는 것이 행복이라 배웠고 믿어왔는데 인생의 오답만 쓰고 있는 것 같아 괴롭다.

모범생이었던 윤지는 하라는 것만 했고, 금지된 것은 하지 않았다. 학창 시절 선생님처럼 누군가 가야 할 길의 방향을 알려준다면… 얼마나 좋을까…. 간절히 바라면 이루어진다는데.

"제가 오늘 왜 이러나 몰라요… 원래 이런 사람이 아닌데 갑자기 펑펑 울어버리고…."

"뭐 어때요, 울고 싶으면 울어요. 여기서 일하면서 앞으로도 울고 싶을 때 귤나무 밑에서 울어요. 울고 나니까 시원하죠?"

"네… 사장님 고맙습니다…."

윤지는 타인에게 폐를 끼치는 것도 싫어하고, 타인이 자신의 영역에 침범하는 것도 싫어한다. 요즘 같은 세상에 약점을 드러내거나 속마음을 보이면 흠이 되니까.

그래서 윤지는 결혼하며 안도했다. 어서 아이를 가져 가정 안에서만 살고 싶었다. 뜻대로 되지 않는다는 사실은 너무도 이율배반적이라 생각하며 뜻대로 되는 일도 있음을 증명해 내고 싶었던 걸지도 모른다.

"그런데 왜 아무것도 안 물으세요? 이름 말고는 아무것도 묻지 않으셨잖아요.”

윤지가 마신 위로차는 서서히 마음을 풀어주어 속에 있는 말을 꺼내게 하고, 마음을 들여다 볼 수 있도록 솔직해지게 만든다. 위로차의 효능이 발휘되며 윤지는 슬슬 마음을 꺼낸다.

“뭘 물어요. 말을 마음에 담아 두는 데엔 이유가 있을 테니까요. 그리고 세상의 끝 같은, 이 도시 끝 바닷가에 혼자 오는 사람 중에 이유를 말할 수 있는 사람이 과연 있을까요? 내가 물어보면 좋겠어요?”

“그건 아닌데… 사람들은 늘 묻잖아요. 대답하기 곤란한 것들도 묻고, 대답을 피하면 속을 감춘다 하고, 대답하면 다른 말 하고.”

“힘들었겠다.”

“네…. 충고하는 사람 의견에 수긍하지 않으면 수긍할 때까지 들어야 하구요. 왜 그럴까요….”

“음… 잘은 모르겠지만 어쩌면 우린 모두 외로워서 그런 거 같아요. 말하고 싶고 들어줄 이가 필요해 타인과 만나는 거죠.”

“들어주면 좋은가요?”

의아하다는 듯 윤지가 지은을 바라본다.

“지금 말하는 건 어때요?”

“들어오기 전보다는 조금 편안해진 거 같아요. 울어서

그런 거 같기도 하고…."

"공감해 주고 고개를 끄덕여 준다면 위로받는 기분이 들 거예요. 마음을 알아주는 이가 한 명이라도 있다는 사실에 살아갈 힘도 나고요."

지은의 말에 윤지는 고개를 끄덕인다.

"어쩌면 진심으로 공감되는 대화를 해본 적이 없는 걸지도 몰라요."

"맞아요. 사실 저도 잘 모르겠어요."

"눈을 보고 마음으로 이야기를 듣다 보면 느껴지는 순간이 와요. 살아가는 모든 일이 그렇듯, 연습이 필요해요."

"연습이라… 사실 저는 아이가 없으니 사람들이 편하겠다고 하거나, 부럽다고 하거나, 더 늦기 전에 가지라고 하거나… 하는 말들이 불편했어요. 그래서 대화할 때도 눈을 피하게 됐고요."

"그런 감정들은 불편하죠."

"왜 이렇게 말이 술술 나오죠. 남편한테도 얘기한 적 없는데…. 그래서 아이를 가지려고 시험관을 열 번이나 했는데 오늘도 성공하지 못했어요."

"그랬구나…. 많이 힘들었겠어요. 괜찮아요, 하고 싶은 말 해요. 여기는 마음의 얼룩이나 상처를 피워내는 공간이에요. 일반적인 식물원과 달리 마법이 깃든 공간인데, 저한테 특별한 능력이 있거든요. 앞으로 조금씩 놀라게 될 거예요."

지은이 왼손을 들어 한 바퀴 돌리자 빨간 꽃잎들이 손의 궤적을 따라 동그랗게 휘이 돌아간다. 윤지는 생전 처음 보는 광경에 눈이 휘둥그레진다. 이 사장님 마술을 하시나…?

"저는 사람들의 마음을 어루만지는 일을 해요. 여기 와서 마신 위로차가 마음에 응어리를 풀어주는 데 도움을 주죠. 앞으로 일하면서 손님의 이야기를 들어줄 때도 있을 테니, 연습한다고 생각하고 말해봐요."

지은이 싱긋 웃어 보인다. 윤지의 눈은 호기심으로 반짝이기까지 한다. 윤지는 날아다니는 꽃잎을 보며 침을 꿀꺽 삼키고는 잔에 남은 위로차를 단숨에 들이켠다.

"동화책에서 이런 장면을 읽은 적이 있는데, 정말 눈앞에 마법이 펼쳐지니 신기해요! 저 지금 현실 맞죠?"

"그럼요. 돈 워리!"

"왜 이렇게 속이 간지럽게 말이 쏟아질까요. 저는 결핍 같은 거 몰랐어요. 말 잘 듣는 아이로 자라 대학에 가고, 저 같은 남자를 만나 결혼했어요. 남들처럼 평범한 가정을 꾸리고 싶었어요. 보기에 좋은…."

"윤지 씨, 정말 몰라서 묻는 건데 남들처럼 평범한 건 어떤 건가요? 왜 남들 보기에 좋아야 하죠? 내가 좋아야 하잖아요."

고개를 갸웃거리는 지은의 물음에 윤지가 답하지 못하고 머뭇거린다.

"잘 모르겠어요. 드라마에 나오는 사람들 이야기인 듯도 하고…. 저는 아이만 낳으면 되는데 이 하나가 안 되니 인생에 실패한 기분이 들어요. 제가 잘못된 걸까요?"

"잘못된 게 어디 있어요. 정해진 것도 없고요."

"그런가요…. 사실 아이를 정말 가지고 싶은 건지도 모르겠어요. 너무 어려워요. 제 인생인데 왜 이리 갈팡질팡 흔들릴까요. 근데 사장님은 흔들리지 않는 단단한 사람처럼 느껴져요. 뿌리가 단단히 땅에 박힌 사람처럼… 저는 매일 흔들리는데."

"그럴 리가요. 나도 매일 흔들리는걸요. 흔들리지 않는 존재가 어디 있겠어요. 나무들 좀 봐요. 나무가 땅에 뿌리를 단단히 내리고 있어도 바람에 따라 잎과 가지가 흔들리는 거 보이죠?"

"보여요."

"나무도 매 순간 바람에 흔들리지만 뿌리가 뽑히지는 않아요. 우리의 매일도 그렇지 않을까요?"

"아… 그런가요…?"

"다른 사람들이 하는 어떤 것을 내가 하지 못한다 해서 무조건 실패는 아니라 생각해요. 인생이 값을 매길 수 있는 것도 아니고요. 다만 타인의 판단 기준 말고 내가 원하는 것을 알기 위해 안으로 시선을 돌리면 편안해지지 않을까요."

어쩌면 이 말도 윤지를 향한 것 같지만 지은 자신에게 하는 말일지도 모른다. 지은도 이유를 찾지 못할 때면 행복도 즐거움도 보지 못했다. 능력을 자각한 첫날, 자신의 실수로 부모님을 잃은 뒤 백만 번을 다시 태어나며 부모님을 찾기에만 몰두하느라 오랜 시간 슬프게 보냈다. 그리고 사랑하는 사람 덕분에 마법의 결계를 풀고 드디어 백만 번째 삶을 끝내기로 한 날, 눈을 감으며 든 생각은 지은에게도 의외였다. '다시 태어나면 지나간 과오나 실수에 얽매이지 않고, 이루지 못한 것만 보느라 오늘의 행복을 놓치는 삶을 살지 말아야지.' 사는 일은 누구에게나 이리도 어렵다.

"그러고 보니 우산 없이 비를 흠뻑 맞은 게 처음인 거 같아요. 문득 예기치 못한 비를 만났을 때 지금처럼 비를 즐긴다면 우산에 연연하지 않았을 수도 있겠단 생각이 들어요."

"좋은 생각이에요. 예상치 못한 비가 내리면 말이죠."

"네."

"내 생각엔 비가 올 땐 빗속에서 행복할 줄 알아야 해요. 비를 피하지 못할 땐 신나게 비를 맞아도 즐겁잖아요. 살면서 항상 맑기만 할 수는 없고 사람 마음도 항상 똑같을 수 없잖아요. 이 빗속에서 어떻게 행동할지는 우리가 선택하는 거예요."

"아… 비가 내릴 땐 빗속에서 행복할 방법을 찾기요."

"네, 식물들은 비가 내리지 않으면 자랄 수 없어요. 우리에게 오는 시련이나 마음의 고통 같은 것들은 예상치 못한 비가 아닐까 생각해요."

"저 이제 비 오는 날 우산 안 가지고 다닐까 봐요…."

"농담도 하는 걸 보니까 기분이 나아졌나 봐요? 나무는 떨어진 잎과의 이별에 슬퍼하느라 뿌리 뽑히거나 다른 나뭇잎에 소홀하지 않아요. 지나간 건 지나간 일일 뿐이죠."

"아…."

어려운 문제를 꼭 풀어야 하는 건 아닌데, 때론 풀지 못한 문제도 미궁으로 놔두어도 된다는 걸 왜 몰랐던 걸까. 고개를 끄덕이다 클로버와 민들레 꽃밭에 시선이 간다. 꽃잎이 하나, 둘, 셋, 넷…? 네잎클로버라고?

"사장님, 네잎클로버는 행운의 상징이잖아요. 찾기 힘든 건데 어떻게 이렇게 한 자리에 모여 있죠?"

지은은 네잎클로버 하나를 따서 윤지에게 건넨다. 윤지가 소중하게 받아 올린 행운의 상징이 이곳에 무리 지어 있다. 꿈을 꾸고 있는 걸까. 깨고 싶지 않은 달콤한 꿈이다.

"네잎클로버의 꽃말이 뭔 줄 알아요?"

"행운 아니면 행복 아닐까요?"

"맞아요. 행운. 그럼 세잎클로버의 꽃말은요?"

"글쎄요…?"

"바로 행복이에요."

"아…."

행운이건 행복이건 뭐가 중요한가. 결국 보고 싶은 것을 보고 믿고 싶은 것을 믿고 싶어 풀 하나에도 의미 부여를 한다.

"세 잎도 네 잎도 꽃말의 의미보다 존재 자체에 기쁨이 있지 않을까요. 우연한 행운이나 행복이 오리라 믿으면 진짜 좋은 일이 생길 것 같은 기분이 들잖아요."

지은은 민들레를 한 송이 따서 윤지의 귀에 꽂아준다. 지은의 스스럼없는 행동에 윤지가 웃는다.

"윤지 씨는 플로리스트 일을 했다고 했죠? 그럼 꽃을 좋아하겠네요?"

"네, 보고 있으면 좋아요. 사실 저는 꽃이 지기 위해 핀다고 생각해요. 그래서 꽃이 최대한 천천히 지도록 돌보아 주는 일에 보람을 느껴요."

"아름다운 말이네요. 피어나기 위해 존재하기도 하고, 지기 위해 피어나기도 하고."

"꽃이나 나무를 돌보다 보면 상념이 사라져요. 제가 쓸모 있는 존재가 되는 느낌이 들어요."

윤지의 말에 두 사람 주변에 빨간 꽃잎이 빙그르르 돈다. 지은이 꽃잎에게 동그라미를 만들어 보이자 꽃잎이 이내 마음을 비추는 유리구슬을 앞으로 가져다 놓는다. 꽃바람에 진한 동백 향기와 장미향이 한데 섞여 풍긴다. 지은이 유리구슬을 윤지의 눈앞에 들어 올린다.

"마음 식물원에서는 우연히 발견한 클로버처럼 행운 같은 행복이 피어나요. 이 유리구슬은 마음의 실체를 꽃이나 나무로 피워 보살피고 양육할 수 있게 도와주죠."

"네? 마음의 실체를 볼 수 있다구요…?"

"근사하지요? 우리 모두는 소중한 한 송이 꽃이잖아요. 마음의 상처나 얼룩을 식물 가꾸듯 직접 보살펴 준다고 생각해 봐요. 잎도 닦아주고, 물을 주고, 햇빛을 쐬어주고, 가끔 영양제도 주며 보살펴 준다면 어떨까요?"

"만약 그럴 수 있다면… 마음이… 편안해질 것 같아요. 덜 슬플 것 같고요."

그럴 수 있을까. 그럼 다시 웃을 수 있을까. 막연한 기대가 부풀어 오른다.

"그래서 마음 식물원을 열었어요. 나는 그런 능력을 부여받았거든요. 믿기 어렵겠지만 내게는 사람들의 마음을 치유하고 원하는 것을 현실로 만들어 주는 특별한 능력이 있어요."

"믿어져요. 식물원에 들어왔을 때부터… 아니 사장님을

만난 뒤로 꽉 막힌 마음이 서서히 풀리며 편안해지는 거 같았어요."

"다행이에요. 아마도 윤지 씨를 만나기 위해 채용 공고를 쓰고 싶었나 봐요. 어떤 일인지 직접 경험해 볼래요?"

"제 마음을 유리구슬에 비추어 피워내요?"

"역시 플로리스트 경력직답네요. 마음에 있는 슬픔을 식물로 피우는 거예요. 집으로 가져가 보살펴 주면 슬픔이 서서히 옅어질 거예요. 물론 피운 마음 식물을 잘 돌본다면 말이죠. 만약 원하지 않으면 일만 도와도 좋아요. 선택은 윤지 씨가 해요."

아이를 떠나보낸 미안함으로 행복해지기를 거부하고 지내면서도 웃고 지내던 날들로 돌아가고 싶어질 때면 죄책감이 밀려왔다. 그래도 될까. 흔들리는 윤지의 눈동자를 보며 지은이 말한다.

"때론 원인을 자책으로 돌리는 거 같아요. 나 때문에 힘든 일이 생긴 거 같은. 근데 있잖아요, 진짜 듣고 싶었던 말은… 바꿀 수 없는 지난 후회에서 나와서 오늘을 살아, 네 잘못이 아니야, 이제는 행복해지렴, 너를 위해서…. 이런 말 아닐까요."

흔들리던 윤지의 눈동자는 유리구슬에 고정된다. 손을 뻗으면 닿을 듯 행복과의 거리가 한 걸음이다. 꽃나비가 윤지의 볼을 스친다. 윤지가 지은을 향해 고개를 끄덕이며 천천히 손을 내민다. 과거와 현재가 한 걸음의 차이이고 지나간 슬픔을 어제에게 주고 나올 용기도 한 걸음 차이다.

"지우고 싶은 상처나 고통은 떠올리는 것만으로도 괴롭죠. 일부러 생각하려 말고 유리구슬을 봐요. 눈을 감는 게 좋아요. 간절한 소망을 유리구슬이 읽으면 마음 식물이 피어나 있을 겁니다."

"놀라워요…. 그런데 왜 눈을 감아야 하죠…?"

"때론 어둠이 더 선명하고 밝으니까요. 눈을 감는 게 불편하면 눈을 뜨고 보아도 괜찮아요. 눈을 감는 건 일종에 마음을 정리하는 문을 의미해요. 열고, 닫고."

"네에… 제 마음을 들여다 볼… 용기가 나지 않으면 어떻게 하지요? 막상 유리구슬을 손에 드니 겁나요."

"그럴 수 있어요. 윤지 씨 그거 알아요? 용기는 나는 게 아니라 내는 거래요. 식물도 스스로 자라는 아이들이 있고, 물을 주고 보살펴야 자라는 아이들이 있잖아요? 용기도 절로 나기를 기다리면 잘 나지 않더라고요."

말을 마친 지은은 입구를 향해 걷는다. 지은이 시야에서 사라지자 윤지는 유리구슬을 눈앞까지 들어 올리고 눈을 감고 간절히 어제의 슬픔을 딛고 행복해지고 싶다고 소망한다. 눈을 뜨니 유리구슬에 섬광처럼 잊은 듯 살던 장면이 빠르게 스쳐 지나간다. 생살을 베인 듯 아파온다.

"윤지 씨. 우리에게 근사한 선물이네. 고마워!"

"고마워. 근데 나 얼떨떨하고 걱정돼. 아직 식도 안 올렸는데 갑자기 계획에도 없던 아이라니… 잘할 수 있겠지?"

"걱정하지 마. 잘 할 거야. 준비하던 샵 오픈도 미루지 말고. 내가 많이 도울게."

결혼 전 함께 살던 첫해에 두 사람에게 아이가 생겼다. 그 해에는 윤지가 꽃집을 오픈하고 다음 해 봄에 식을 올리려던 참이었는데, 갑자기 찾아온 아이 소식에 윤지는 당혹스러웠다. 준비되지 않은 상태에서 배가 불러오자 기쁘지만은 않았다.

그렇게 매일 밤 울음을 삼키던 중, 배 속의 아이가 임신 7개월에 탯줄을 목에 감고 떠났다. 유도분만으로 사산한 아이를 낳은 윤지는 화장터에도 가지 못했다. 준호는 그때도 묵묵히 혼자 아이를 보내고 왔다. 시간이 아픔을 희석시켜 준다지만 실상은 돌처럼 굳어 있다.

그날 이후 윤지와 준호는 떠난 아이를 가슴에 묻어야 했다. 그 뒤로 샵을 오픈했고 이듬해에 계획했던 대로 식을 올렸다. 겉으론 아무렇지 않은 척 평화로운 일상을 보내는 듯했지만, 시험관 시술을 놓지 못하고 다시 아이를 가지려 애를 써야 했다. 그것만이 윤지의 죄책감을 덜어 줄 것 같았기 때문이다.

유리구슬에서 번져오는 기억은 창문 밖 바다의 넓은 지평선에서 재생된다. 첫 번째 아이를 잃고 침대 위에 웅크리며 소리 죽여 울기만 하던 어린 윤지가 보인다.

"미안해… 아가야… 미안해… 윤지야… 미안해… 준호야… 미안해… 미안해…."

아이를 안듯 유리구슬을 안고 미안하다 울부짖는다. 묻어둔 기억들이 윤지를 휘감는다. 없던 일처럼 묻어두었지만 자책하고 또 자책하던 날들이었다. 어느새 8년의 세월만큼 쌓인 슬픔을 다시 마주하며 윤지는 바닥에 주저앉아 아기처럼 몸을 웅크린다. 내가 안아줄게, 이제는 괜찮아. 이제 보내주자 윤지야… 네 잘못이 아니야. 안아주어야 할 마음을 제때 안아주지 못하면 슬픔은 소멸하지 않고 덩이져 웅크려 있다.

"고마워… 미안해… 사실은… 많이 힘들었어…. 이제는 나도… 웃어도 될까."

눈을 뜨는 순간 유리구슬에서 초록빛이 번진다. 빛이 끝나는 지점에서 페퍼민트 잎들이 회오리치듯 뱅글뱅글 내려와 유리구슬을 감싼다. 반딧불이 날아다니는 듯 빛을 내는 초록잎들의 향연을 넋 놓고 바라보던 윤지의 마음에 반짝 하고 빛이 터지고 초록잎들이 지나간 자리에는 유리구슬 대신 작은 나무 묘목이 들려 있다.

"병꽃나무네… 의미는… 내 마음 속 사랑, 내가 너를 기억해…."

아직 꽃이 피지 않은 이 묘목은 5월에서 6월 사이에 고운 분홍색 꽃이 핀다. 아기가 태어나면 입히려고 사두었던 배냇저고리와 비슷한 색이다. 지난 8년간 꺼내 보지 않았으니 그 옷도 색이 바랬으려나.

윤지는 너무 보고 싶었던 그 아이가 다시 품에 와준 것 같아 왼쪽 팔에 묘목을 안고 아이를 달래듯 안는다. 우리 아기… 사실은 내가 많이 보고 싶었어…. 엄마가 너무 무서웠어…. 내가 가면 네가 떠난 게 사실이 될 거 같아서…. 미안해 아가야…. 마지막 가는 길을 엄마가 함께했어야 하는데….

살면서 크게 힘든 일을 겪어본 적 없던 윤지는 첫 번째 유산과 두 번 째 유산의 충격 모두 감당할 수 없어 외면해 버렸다. 그래야 없던 일이 될 것 같았다. 아무 일 없었던 듯 살면 아무렇지 않을 줄 알았는데 도저히 아무렇지 않지 않았다.

"보고 싶었어…."

눈물은 왜 마르지 않는 걸까. 병꽃나무를 안고 숨죽여

우는 윤지의 어깨에 따스한 손길이 닿는다. 어깨의 들썩임이 잦아들자 지은이 화분 하나를 더 건넨다. 철쭉이 한 송이 피어 있는 작은 화분이다.

"이건 내가 주는 선물이에요."

"저한테요?"

"네, 우리 마음 식물원의 첫 직원에게 주는 선물입니다. 철쭉의 꽃말 알아요?"

"나를… 사랑해요…."

"맞아요. 매일 날씨가 맑을 수 없듯이 우리의 감정도 폭풍처럼 몰아치고, 눈보라치고, 견디기 어려울 만큼 뜨거운 태양이 비추어요. 하지만 흐린 날도 맑은 날도 모두 내 인생이잖아요. 먼저 나를 사랑해 주면, 내게 온 역경과 시련들도 살아낼 수 있을 거예요."

"…끌어안지 않고 아프지 않고 살 순 없나요?"

"해가 뜨고 달이 지는 것처럼 아픔과 기쁨은 자연스러운 감정 같아요. 매일 기쁘기만 하다면 그 감정이 과연 '기쁨'으로 느껴질까요? 이 화분들을 잘 돌보며 힘든 마음과 화해하고 안아주며 오늘을 살아봐요."

"화해하고… 안아주면… 행복해지나요?"

"글쎄요, 행복까지는 모르겠지만 최소한 사는 게 지금보단 편안해지지 않을까요? 일단 오늘밤은 달고 편안한 잠에 들 거예요. 다음 주부터 하루 4시간씩 출근하는 거 어때요?"

"알겠어요, 사장님, 심장에 붙은 돌덩이가 떨어진 것처럼 마음이 가볍네요. 오랜만에 가벼워 어색해요. 감사합니다. 다음 주에 뵐게요."

윤지가 오른손에는 철쭉 화분을, 왼손에는 병꽃나무 화분을 안고 인사를 한다. 슬픔이 꽃이 필 수 있다니. 앞으로 이 식물원을 아주 많이 좋아하게 될 것 같은 기분이 든다.

"고맙습니다 사장님. 정말 고마워요…."

아기를 안듯 화분들을 소중히 품에 안고 뒤돌아 선 윤지를 향해 지은이 세상 무해한 웃음을 지으며 손을 흔든다. 그녀가 웃으면 꽃이 피는 것 같다. 신비하고 이상하고 아름답고 좋은 사람과 함께 일할 날이 기대된다. 영화에서는 시간여행을 하고 돌아오면 그 장소가 사라지던데….

일곱 개의 나무 발판을 천천히 밟고 나온 윤지가 눈을 질끈 감고 뒤를 돈다. 눈을 뜨면 꿈에서 깨버릴까 겁이 난다. 손에 든 화분도 사라지고, 비밀의 정원 같던 마음 식물원도 사라질까 봐 실눈을 살짝 뜬다.

"있어. 꿈이 아니야."

여러 번 눈을 비벼도 마음 식물원이 사라지지 않았음을 확인한 윤지는 터질 듯한 가슴을 진정시키고 사뿐히 걸음을 뗀다.

"매일이 똑같은 날씨가 아니듯 걸음도 같은 걸음이 아

니구나. 오는 걸음과 가는 걸음의 무게가 이리 다를 수 있다니."

바다의 짠내를 맡으며 크게 숨을 들이쉬는데 가방에서 진동이 울린다.

"응, 준호 씨. 여러 번 전화했어? 미안, 전화 온 걸 몰랐네."

"무슨 일 생긴 줄 알고 걱정했어. 괜찮은 거야?"

준호의 걱정에 미안해진다. 배 속의 아이들을 보내고 준호도 많이 힘들었을 텐데 내색하지 않는 마음은 오죽할까.

"괜찮아, 어쩔 수 없지…. 앞으로 어떻게 할지는 같이 고민해 보자. 그나저나 우리 주말에 어디 갈까?"

"좋지. 당신 외출할 수 있겠어?"

"가고 싶은 곳이 있어. 우리 오래전 그 아이 보낸 장소에 가보자. 그때… 도저히 자신이 없어서… 당신 혼자 아이 보내주고 왔잖아. 그런데 나는 아직 제대로 보내주지 못했더라고. 두 번째 아이 보내고 나무 심었다고 했잖아. 거기 맞지?"

"맞아… 그때 윤지 씨 너무 힘들어 보여서 나중에 이야기하려고 했는데. 사실 첫 번째 아이 보내고 와서도 나무를 심었어. 두 번째 아이는 장례식도 치르지 못했으니 나무만 심었고. 알고 있었어?"

놀란 준호의 목소리가 수화기를 타고 들린다.

"알지… 왜 몰라. 준호 씨도 많이 힘들었을 텐데… 내 감정이 너무 힘들어서 옆을 보지 못했어. 보고 싶어 준호 씨. 버스 온다. 금방 갈게."

기다리던 버스가 도착했다. 기다리면 오는 버스처럼 기다리는 것들이 스쳐 지나지 않고 찾아와 준다면 얼마나 좋을까. 일단 집으로 가야지. 집으로.

윤지가 버스를 타는 모습까지 확인한 지은이 가슴을 쓸어내리며 안도의 숨을 쉰다. 첫 손님과의 만남에 지은도 긴장해 이제야 몸에 힘이 풀린다. 찻주전자에 남은 위로차를 잔에 따르지 않고 벌컥벌컥 마신다.

"배고프네. 고양이로 살 때는 사람들이 알아서 먹을 걸 챙겨줬는데, 사람이 되니 식사를 챙겨야 하는구나. 번거롭지만 나름 괜찮아. 그런데 뭐 먹지?"

기분이 좋아진 지은이 흥얼거리며 싱크대 찬장을 연다.

"좋아, 라면이다!"

지은이 양은 냄비에 물이 끓기도 전에 스프를 뜯어 탈탈 털어 넣는다. 고양이로 살면서 사람들이 먹는 라면 냄새가 어찌나 좋던지. 특히 달콤 헤어 사장이 퇴근 후 가게 문을 닫고 휴대용 버너에 끓여 먹던 라면 냄새가 황홀했다.

"끓는다, 끓어! 자 이제 면을 넣어 볼까, 맛있어져라~ 맛있어져라~!"

라면이 끓어오르고, 냄비 뚜껑을 그릇 삼아 면을 가득 담는다. 빨간 꽃잎들이 후룩룩 후루룩 면발을 빨아들이는 소리에 맞춰 빙글빙글 날아다닌다. 라면 한 그릇에 행복해진 지은을 보며 꽃잎들도 음표를 만들며 날아다닌다. 이윽고 마지막 남은 국물까지 들이켜고 꽃잎을 보며 깔깔 웃는다.

"너희도 즐겁니? 식물원 오픈 첫 날인데 마음꽃이 피어서 정말 다행이야. 직원도 구하고. 모든 일이 다행이야 정말… 하암… 졸려…."

부른 배를 두드리며 반쯤 감긴 눈으로 몇 걸음 걸어가 벽 모서리를 슬쩍 밀자 벽이 빙글 돌아 반쯤 열린다. 수고했어 오늘도, 라고 말하듯 꽃잎들이 지은의 어깨를 토닥인다.

"고마워, 꽃잎들아… 이만 자야겠어…. 친했던 철학자가 고민이 있을 땐 일단 잠을 자래. 어차피 고민해도 당장 해결되지 않으니 일단 자고 내일을 잘 맞이하라는 거지…. 참… 그 사람 맞는 말만 하는 사람이었는데… 하암…."

지은이 침대 위로 털썩 쓰러진다. 나무도 꽃도 나비도 새도 바다도 하늘도 지은을 따라 잠이 든다.

“마음 세탁소에도 올라가 봐야 하는데… 일단 오늘은 너무 졸리네. 꿈에서 먼저 다녀와야겠다… 하암….”

초승달이 식물원을 바라본다. 마치 활짝 웃는 사람의 눈매처럼 입모양처럼 가늘고 긴 반원을 그리며 긴 밤을 지킨다.

❋

“윤지 씨 일어났어? 고등어 구웠어, 밥 먹자.”

간밤에 심야 영화를 보고 돌아와 일요일 한낮까지 두 사람은 침대에서 뒹굴었다. 윤지는 노릇하게 구워진 고등어 냄새를 맡으며 기지개를 켠다. 열심히 살아야 하는 시기가 있고 조금 여유롭게 살아야 하는 시기가 있듯, 주말은 성실하게 살아낸 평일의 바쁨을 안아주듯 늘어지게 게으름을 피운다. 아직 마음껏 게을러도 되는 시간이 반나절이 넘게 남았다.

“고마워 준호 씨, 양치만 하고 갈게.”

윤지가 칫솔질을 하는데 격양된 준호의 목소리가 들린다.

“자기가 가져온 화분에서 새싹이 돋았어!”

"정말? 그 화분에 새싹이 돋았어?"

칫솔을 문 윤지가 황급히 거실로 나선다. 준호가 들고 있는 철쭉 화분은 신기하게도 일 년 동안 꽃이 피고 지고를 반복했다. 봄에 피는 꽃인 줄 알았는데 여름에 피어난 꽃은 가을에 졌고 겨울에 다시 폈다가 봄에 졌다.

자세히 보니 피어난 꽃 옆에 작은 새싹이 돋았다. 수줍게 고개를 내민 초록잎이 귀엽고 장하다. 저마다 피고 지는 자신의 계절이 다른 걸까.

철쭉 화분 옆에는 잎이 반질거리는 병꽃나무 화분이 있다. 화분들을 바라보며 다정한 두 사람이 화분처럼 서 있다.

"준호 씨, 새싹 너무 귀엽지."

"새로운 잎은 안 나는 줄 알았더니 신기하네. 사랑아, 너도 볼래?"

준호가 강아지 사랑이를 안고 와 화분 가까이에 코를 대어준다. 사랑이는 지난겨울 산책길에서 만난 강아지다. 길에서 발견해 유기견 보호센터에 보냈지만 주인을 찾지 못해 데려온 새로운 가족이었다. 사랑이는 화분을 보며 꼬리를 흔든다. 윤지는 사랑이를 한번 쓰다듬고 화장실로 돌아가 마저 하던 일을 마친다.

"윤지야, 오늘도 좋은 날이네."

거울 속 자신을 향해 웃어 보이다가, 전세 만기가 5개월 뒤라는 사실이 떠올랐다. 집 주인이 전세금을 올리려나, 어쩌면 이사 가야 할 수도 있겠는데.

"걱정을 한다고 걱정이 사라지는 것도 아니고. 아직 오지 않은 일 지레 겁먹지 말자. 오늘은 새싹이 돋은 날이니, 기대하지 않은 좋은 일이 생길거야. 불안할 때면 눈앞에 살아 있는 희망을 보라고 사장님이 말해주셨어."

윤지는 걱정까지 닦아낼 양으로 얼굴을 박박 문지른다. 걱정을 하기엔 아직 일요일이 반이나 남았으니까. 윤지는 화장실에서 나와 밥을 데우고 있는 준호의 뒷모습을 응시한다.

처음 준호와 데이트하던 날, 윤지는 그의 동그란 뒤통수를 보며 자신의 뒤통수를 만져보았다. 아기 때부터 울지 않고 순해서 바닥에 곧잘 뉘여 있었다는 윤지의 뒤통수는 납작했다. 한때는 아기가 태어나면 준호의 뒤통수처럼 동그랗게 만들어 줘야지, 하며 신생아 베개를 손바느질로 만들기도 했다.

윤지는 준호의 등 뒤로 다가가 그를 안고 등에 볼을 비빈다. 좋다, 좋은 일이 생길 것만 같은 그런 기분이다. 마음 화분에 핀 새싹은 희망인 것일까. 사장님이 용기는 나는 게 아니라 내는 거라고 했는데, 그렇다면 희망도 생기는 게 아니라 만드는 걸까.

"준호 씨는 생선을 참 맛있게 잘 굽는다니까! 배고프다.

밥 뜰게."

"윤지 씨, 날씨도 좋은데 우리 밥 먹고 사랑이랑 산책 갈까?"

"나도 그 생각 했는데! 우리 통했네?"

나른한 일요일이다. 이대로 충분히 좋은.

첫 단추를 잘못 끼우면 다시 끼우면 된다지만, 그건 첫 단추를 잘못 끼워본 적 없는 이들의 말이다.

상수는 단정히 다려진 반팔 셔츠를 꺼내 입으며 첫 단추를 잠그지 않고 두 번째 단추부터 잠근다. 새벽 4시, 상수가 집을 나서는 시간은 매일 일정하다. 밖으로 나와 열쇠로 문을 잠근다. 상수가 다니는 회사는 집에서 자전거로 20분이면 도착한다.

"좋은 아침입니다."

"안녕하세요, 신상수 기사님! 오늘도 제일 먼저 출근하셨네요. 어제 저 운행일지 주셨나요?"

"네, 책상 위에 올려두었어요. 이쪽에 있군요. 위에 신문이 놓여 있어 못 보셨나 봐요."

"거기 있었구나. 고마워요. 내일은 이번 주 주유 영수증 주셔야 해요. 오늘도 안전운행 하세요."

"네, 수고해요."

사무실 일을 보는 최 주임이 서류를 정리하는 사이 상수는 출근 카드를 찍는다. 네모난 출근카드에 매일의 출퇴근이 찍히고, 이 기록은 한 달 치 월급이 된다. 메리골드 시내에서 마을 끝 해변까지 노선이 상수의 담당이다.

인사를 마치고 미리 화장실에 들른다. 운행을 시작하면 아무리 급해도 참기 마련이다. 손을 닦고 나와서는 대기실 커피 자판기 앞에서 향만 맡는다. 마시고 싶지만 운행하다 배가 아플까 싶어 마실 수가 없다.

"왜 자판기 앞에서 그러고 있어, 한잔 뽑아줘?"

"아니야, 그냥 봤어. 이따 운행 끝나고 마시려고. 그럼 오늘도 수고합세."

커피 냄새를 맡고 있던 자신을 들킨 것 같은 부끄러움에 황급히 대기실을 빠져 나온다.

"형님도 참. 아직도 신 기사를 몰라? 저이가 언제 일 시작하기 전에 커피 마시는 거 봤어? 사람 참 시계같이 정확해. 틈이 없더라고."

"그런가? 화장실 때문이면 회차 때 후딱 갔다 오면 되는데. 유도리가 없네. 새벽에 이 맛 좋은 거 한잔 안 들고 어찌 일을 한 대."

"그러니 사고 한 번 없이 운행하는 거지. 신 기사는 식사도 매일 같은 식당에서 한다던데?"

"그래? 규칙적인 걸 좋아하나 보네. 하기야 옷도 아주 깔끔하게 다려 입고 다니잖아. 신사 같은 양반이라 이름도 신상수인가, 껄껄."

"하하, 그런 거 같은데? 근데 지금 이거 빗방울 아니야? 흐미, 세차했는데 왜 비가 오고 난리야."

"세차를 했으니까 비가 오지. 자네 세차만 하면 비가 오잖아. 이 정도면 일기예보 미리 보고 세차하는 거 아니야?"

"비를 몰고 다니는 남자지, 껄껄. 아이고 시간 봐라. 그만 농 따먹고 우리도 출발하자고. 보니까 지나가는 비 같은데. 이번 여름엔 소나기가 많이도 온다."

같은 버스 회사에 오래 근무했지만 회식 한 번 참석한 적 없고 사석에서 이야기 나눈 적 없는 상수다. 젊은 날 고향이 싫어 도망치듯 떠난 상수는 도시에서 인테리어 현장의 목수로 일했다. 그러나 그는 끝내 번잡한 도시의 이방인이었다.

화려하지만 어딘지 차가운 도시의 틈에서 상수는 늘 버거웠다. 혼자 나이 50이 되도록 월세를 옮겨 다녀야 하는 것이 현실이었다. 고향에서 도망쳤던 그때와 달라진 것이 있다면, 기력을 잃은 몸뚱어리와 주름진 얼굴뿐이었다.

"상수 씨, 저 연자예요. 언니가 요즘 좀 이상해요. 쉬는 날 와주실 수 있나요?"

불경기로 일거리가 줄어들 즈음 연자에게서 전화가 왔다. 고향에 가보니 누나는 알츠하이머 초기였고, 상수는 미련 없이 고향으로 돌아왔다. 어쩌면 돌아갈 핑계로 딱이었는지 모른다. 성공해 돌아가고 싶었지만, 남들이 말하는 성공이란 건 그의 손에만 잡히지 않았으니까.

곧바로 동사무소에서 진행하는 취업 훈련을 받고 버스 회사에 입사했다. 먹고살 수 있을 만큼의 환경에 큰 불만은 없지만 가끔은 현재에 만족하는 자신이 한심하다는 생각도 든다. 어릴 적 살던 곳으로 돌아온 지 몇 년이 지났지만 여전히 재산은 없고 노후 대비도 없다.

"오늘도 잘 부탁한다."

현실과 달리 버스 운전석에 앉으면 온전한 그의 세상이 펼쳐진다. 운전대를 꺾는 대로 도로가 펼쳐지고 그 덕에 승객들은 목적지를 오간다. 해왔던 일 중 가장 보람차다. 버스 기사로 취직한 뒤로는 고향 밖으로 떠난 적이 없는 상수다. 버스 차창으로 마음껏 아름다운 풍경을 볼 수 있으니 여행도 굳이 필요하지 않다. 이리 공짜 여행을 하고 있으니 좋지 아니한가.

"형님, 우리 정년이 언제까지인 줄 알아요? 요즘 청년들이 취업 어렵다고 버스 운전사로도 취직한다고 하더니만, 이번 주에 진짜로 젊은 기사가 출근했어요. 참… 우리가 언제까지 일할 수 있을지.”

“그러게 말이여. 열심히 살았는데 나이는 들고 자식들은 커서 데면데면하고 와이프는 자기 인생 산다고 신났는데, 나는 갈 데도 없고 만날 사람도 없다니까? 동생은 휴일에 뭐 하나?”

“저라고 별 수 있겠어요. 작은 텃밭 하나 있는데 거기서 상추랑 고추 같은 거 키워요. 근데 형님은 주택담보대출 다 갚았어요?”

“갚기는… 한참 남았지. 둘째가 미국으로 대학원 간다고 해서 대출을 더 받았어. 최대한 일할 수 있을 만큼 일해야 하는데… 걱정이긴 하지.”

“그래도 형님은 집이라도 있지, 나는 전세여. 몸은 여기저기 고장 나고 사는 일이 걱정이네요. 에휴, 골치 아프다.”

기사들이 나누는 잡담에 그들과 자신을 비교해 본다. 아내와 자식을 건사하는 가장의 무거움이 없으니 다행인 건가. 저들의 입은 괴로움을 토하는데 눈에는 생기가 있어 보이는 건 왜일까.

젊은 시절엔 산 날보다 살아갈 날이 많다 느꼈는데, 이제는 살아갈 날이 더 적게 남은 듯하다. 할 수 있는 일은 늙어가는 일밖에 없는 것 같다.

"그래도 먹여 살릴 처자식 없고 혼자 몸이라 얼마나 가벼워."

바라는 건 일상의 반복이다. 같은 시간에 출퇴근을 하고, 집으로 돌아와 식사하고, 빨래하고, 청소하고, 설거지를 마치고, 뉴스를 보며 졸다 잠이 드는 일상의 반복이 상수를 안심시킨다.

"안녕하세요, 좋은 아침입니다."

첫 번째 정류장에서 탑승한 첫 번째 손님을 향해 인사를 건네며 웃는다. 버스 운행을 하지 않았더라면 어찌 이리 많은 사람들을 만나 인사하고 웃을 수 있었겠는가. 그래서 버스 운전이 좋다. 상수가 아끼는 삶은 버스 안에 있다. 직사각형의 네모 안에서 안온하다.

우기의 섬마을은 하늘에서도 물이 쏟아지고 땅에서도 물이 넘실댄다. 비가 세차게 내리는데 우산도 쓰지 않고 까만 돌바위를 건너다니며 여섯 살 어린 상수가 목이 터져라 엄마를 부른다.

"엄마! 엄마! 내 목소리 들려? 아직 안 나왔어? 빨리 나와!"

상수가 아무리 불러도 바다는 검은 파도만 토해낼 뿐 대답이 없다.

"바다가 아빠도 삼키고 엄마도 삼킨 거야? 뱉어내! 뱉어내라고!"

선장이었던 아빠와 해녀였던 엄마는 바다에 나갔다가 돌아오지 않았다. 바다는 상수가 태어나기 전 아빠를 먼저 삼켰고, 이번에는 엄마까지 삼켜버렸다. 상수는 바다가 무섭다.

"상수야, 우산도 안 쓰고 여기 있음 어째, 감기 걸려. 집에 가자."

사촌 누나가 상수의 손을 잡는다. 석 달 전 엄마를 잃은 상수는 장례를 치른 후에도 매일 바다에 나와 엄마를 기다린다. 상수가 바닷가에 앉아 기다리면 물질을 끝내고 숨을 헐떡이며 물에서 나오던 엄마였다. 비릿한 짠내를 풍기며 어망을 들고 해변에 올라오면 엄마는 무거운 물옷을 벗어 매면서도 웃어 보였다.

"싫어, 집에 안 가! 여기서 기다리면 엄마가 물속에서 나온단 말이야!"

상수는 누나가 씌워주는 우산을 뿌리치며 크게 운다. 누나 역시 3년 전 바다에서 부모를 잃고 상수의 집에 들어와 사는 신세다.

"누나… 나는 누구랑 살아? 혼자 사는 거야?"

상수의 말에 누나는 양손에 힘을 주어 안으며 말한다.

"왜 혼자 살아, 누나가 있는데. 비 그만 맞고 이제 집에 가자."

상수를 겨우 달래 집으로 온 누나는 곧장 부엌으로 가 흐느끼며 밥을 짓는다. 미역국에 맨밥만 차린 간소한 밥상 앞에 마주 앉아 밥을 먹다가 상수가 먼저 숟가락을 내려놓고 누나 옆에 눕는다.

"누나가 상수 클 때까지 엄마 해줄까?"

"누나는 내 엄마 아니잖아. 우리 엄마는 한 명뿐인걸."

"맞아. 그럼 누나가 상수 누나 해줄까?"

"그건 지금도 하잖아!"

토라졌다가 금방 새근새근 잠이 든 상수의 숨소리를 듣는다. 보드라운 볼을 쓰다듬으며 누나는 마음이 복잡하다. 이제 둘이 어떻게 먹고살아야 하지, 학교는 다니지 못하겠지, 옆집 순이는 육지의 어느 작은 도시에서 방직 공장에 다닌다던데… 어디 공장에라도 취직해 볼까, 생각하다 옷자락을 꼭 붙잡고 잠이 든 상수가 깰까 봐 꼼짝없이 누운 자세 그대로 깜빡 잠이 든다.

"누나, 우리 왜 육지로 가는 거야?"

"응, 육지에 가면 공장에서 일해서 먹고살 수 있대."

"그럼 누나는 학교 안 다녀?"

육지로 가는 배 안에서 단출한 봇짐 두 개를 들고 앉아 상수의 물음에 답을 하던 누나가 멈칫하다가 이내 웃음을 지어 보인다.

"응, 이제 안 다녀."

"좋겠다. 그럼 나도 학교 안 다닐래!"

"상수는 학교 다녀야지. 누나가 열심히 일해서 대학교도 보내줄게."

"공부하기 싫은데… 그리고 섬에서 살고 싶어 누나. 엄마가 거기 있단 말이야."

누나는 대답 대신 상수의 손을 잡고 봇짐을 끌어안는다. 마을 사람들이 십시일반으로 보태준 돈에 작은 집을 정리한 돈을 모아 순이의 연락처 하나 들고 고향을 떠나는 마음은 무섭고 불안하기만 하다. 공부를 더 하고 싶지만 동생 먼저 공부를 시키고 자신은 야학을 다닐 참이다.

"어떻게든 되겠지. 잘 될 거야. 상수 굶기지 않고 공부도 끝까지 시켜주고 장가도 보내야지. 근데 배고프다. 꼬르륵거려 잠이 안 와."

갑자기 세상에 둘만 덜렁 남아버린 상수와 누나. 앳된 두 사람이 고픈 배를 부여잡고 육지로 향한다. 어떤 미래가 펼쳐질지 모르겠지만 일단 돈을 벌 수 있다니 가보자. 열아홉 꽃다운 청춘인 누나가 상수의 손을 꼭 잡는다.

“밧줄 잘 내리고 왔죠? 해가 쨍쨍하니 페인트 잘 마르게 후딱 끝내봅시다. 오늘은 101동, 102동 작업을 진행합니다. 모두 안전모부터 착용하시고요.”

“….”

“신상수 씨, 왜 안 올라가고 그러고 있어요? 어디 불편해요?”

“저… 사장님. 저는 오늘 작업 빠지면 안 될까요…?”

“아니, 그걸 현장에 와서 말하면 어쩝니까. 작업자가 한 명만 빠져도 계획이 틀어지는데, 못 할 거 같으면 미리 말을 했어야죠!”

“…죄송합니다.”

“보니까 어디 아픈 데는 없는 거 같은데 왜 그래요? 하고 싶은 사람 줄 섰으니 내일부터 나오지 말고 오늘은 얼른 일해요! 쯧.”

파랗게 질린 스물한 살의 상수는 사장의 책망에 고개를 숙인다. 더 큰 도시에서 일하기 위해 신문에서 찾은 인력사무소의 소개를 받고 잡은 일자리였다. 집세를 벌기 위해 일당이 높은 일을 소개해 달라 하니 이곳으로 배정을 받았다. 인력사무소 소장은 기술이 없는 상수에게 가장 좋은 일자리라고 했다.

"웁… 우웁…."

일을 시작한 지 일주일이 되었지만 상수는 매일 구토와 어지럼증에 시달렸다. 외벽 도색을 시작하기 전까지 이토록 높은 곳에 올라와 본 적이 없으니 고소공포증이라는 것도 모르고 살았다. 한 달만 하고 그만두자 다짐했지만 공중에서 오줌이라도 지릴 것처럼 겁이 난다. 15층에 올라 밧줄을 내리고 자신이 의지해야 하는 그 줄을 바라보니 생각보다 가느다란 것 같아 불안해진다.

"상수야, 뭐 하냐. 후딱 타라."

"반장님… 저… 너무 무서워요…."

"인마 당연히 무섭지! 10년 줄 탄 나도 무서운데! 괜찮다."

"반장님…!"

"안전장치를 믿고, 나 자신을 믿고, 붓질에 집중하다 보면 발이 땅에 가까워지는 법이다. 남의 돈 받아먹기가 쉬운 줄 알았나? 일해서 뜨신 밥 먹는데 얼마나 고맙나. 가서 오줌부터 싸고 와라. 그러다 바지에 지리겠다 인마."

반장은 청년 상수의 겁먹은 얼굴에 짜증 섞인 말을 뱉고 줄에 오른다. 상수는 내려가는 반장의 뒤통수를 외면하고 고개를 숙이고 있다 냅다 계단으로 뛴다. 1층까지 숨차게 뛰어 내려온 상수는 안전모와 안전장치를 내팽개치고 아파트 후문을 향해 달린다. 도망치자, 도망쳐, 나는 할 수 없어, 나는 한심한 사람이야, 누가 자신을 쫓아오기라도 하는 것처럼 뛰고 또 뛴다.

"왜 길이 안 끝나, 헉헉. 언제까지 뛰어야 해. 언제까지 도망쳐야 해, 헉헉."

상수가 식은땀을 잔뜩 흘리며 잠에서 깬다. 머리맡에 놓인 물을 벌컥벌컥 들이켜고 땀을 닦은 상수는 가슴을 쓸어내린다. 땀으로 러닝셔츠까지 젖었다. 청년 상수의 악몽은 아직까지도 반복된다.

"걱정 마. 학교 안 가도 돈 많이 벌어 집도 사고 누나도 편하게 해줄게."

누나와 살던 작은 동네를 떠나 큰 도시에 오자마자 상수는 다시 도망쳤다. 상수는 극복이나 열심 같은 단어가 버거웠다. 아직 꿈속에 머물러 있는 듯 지난날들이 상수를 스쳐 지나간다.

"쉰이 넘었는데 잘 살고 있는 건가. 이 나이 먹도록 모르겠어."

돌아보면 그때는 누나도 참 어렸다. 학교도 관두고 상수를 먹여 살리기 위해 갖은 고생을 다 한 누나를 생각하면 미안함과 부담감이 동시에 몰려온다.

이제 누나는 어린 상수를 돌보던 시절보다 더 아이 같아졌다. 알츠하이머에 걸려 기억하는 일보다 기억하지 못하는 일이 더 많아졌으니까. 고단한 기억을 잊는다는 건 일부분 다행이다. 상수의 죄책감을 덜고 누나를 마주할 수 있으니 말이다.

잊힌 듯 지운 듯 살다가도 도시에서 잘못 끼운 첫 단추가 기억 위로 떠오르면 순간 숨이 쉬어지지 않는다. 그때 도망치지 않았더라면… 큰 도시로 나가지 않고 메리골드에서 공부나 기술을 배웠더라면… 그럼 나는 단추가 단정히 끼워진 오늘을 살고 있을까. 남들처럼 결혼도 하고 집도 사고 자식도 있는 시끌벅적한 풍경에 들어갈 수 있었을까.

살아본 적 없는 인생을 그리던 상수는 거실로 가 화분에 물을 준다. 답답할 땐 화분에 물을 주고 나뭇잎을 닦으면 마음이 진정된다.

"젊은 시절 누구나 한심할 수 있는데… 거기서 빠져 나오는 일이 쉽지 않네."

어른이라면 도망치지 않고 살아야 하니까. 그래야 된다고 강요하는 건 아니지만, 젊은 날을 흘려보냈다면 이제라도 성실한 삶을 살아가야 도리가 아닐까. 그래야 쨍하게 시린 청춘을 희생하며 키워준 누나에게 덜 미안하지 않을까.

잎사귀를 닦는 상수 옆에 어느새 누나가 쪼그리고 앉아 손을 모으고 귀엣말을 속삭인다.

"아저씨, 나 배고파."

"아침으로 뭐 먹을까."

"김에 밥 먹을까?"

"누나는 김밥을 그리 말고도 또 김에 밥이 먹고 싶어?"

"나 김밥 만들 줄 모르는데. 나 배고파, 밥 줘."

상수는 뒤돌아 조금 울고 싶어졌다. 총명하던 누나였는데. 따뜻한 밥을 김에 싸 누나의 입에 넣어준다. 누나는 맛있게도 먹는다. 다행이다. 이거라도 할 수 있어서.

"아저씨, 우리 빠방 언제 타?"

"누나, 버스 타고 싶어? 그럼 내일 탈까?"

"오늘 타고 싶어, 오늘, 오늘."

"우리 누나는 버스 타는 게 즐겁구나. 오늘은 보호사님이랑 김밥집 가는 날이잖아."

"이쁜 언니 오는 날이야? 그럼 나 그 언니랑 놀래. 아저씨, 나 빨리 밥 줘."

또 다시 밥을 퍼 누나 앞에 놓는다. 누나는 밥그릇을 받자 싱글벙글 웃는다. 사투리를 진하게 쓰던 누나는 한번씩 이렇게 상수가 본 적 없는 어린아이로 돌아가 버린다. 양 볼 가득 밥을 입에 물고 누나가 웃는다. 상수도 따라 웃는다.

아기 새처럼 밥을 받아먹는 주름진 누나의 눈가에도 작고 이쁜 것이 반짝인다. 둘은 서로의 반짝임을 모른 척한다. 그러고 보면 가장 가까운 사이가 어쩌면 비밀이 가장 많은 사이일지도 모른다. 그건 아마도 사랑하는 이의 마음을 지켜주고 싶어서일 것이다.

"내일은 오전 근무만 하는 날이니 우리 도시락 싸서 소풍 갈까?"

"좋아. 히히. 나 밥 더 줘."

"아유, 배가 이리 빵빵한데! 이리 와서 화분에 꽃 좀 봐. 꼭 누나처럼 고운 꽃이 피었어."

걸음을 옮기는 상수의 코끝이 빨개진다. 젊은 날엔 고마운 줄도 모르고 툴툴대기만 했는데 이제 와 미안하다니. 메리골드에 둘이 와서 매일 밤 숨죽이며 울던, 세상 풍파를 헤쳐 나가던 젊은 누나의 슬픈 눈빛은 이제 어디에도 없다.

어쩌면 기억을 잃는다는 건 단순한 행복으로 가는 길이 아닐까. 이렇게라도 생의 고단함을 잠시 잊는 누나를 보며 상수는 옷걸이에서 매일 입는 단정한 셔츠 대신 단추가 없는 옷을 골라 입는다. 첫 단추를 잘 끼우는 건 너무 어려운 일이니까.

먹던 그릇을 정리하고 사과를 한 입 베어 물자 담당 복지사가 벨을 누른다. 누나와 상수의 하루가 동시에 시작된다.

“방글아, 나는 세탁하면서 구정물이 빠져나가면 마음의 때까지 빠진 듯 개운하더라. 탈탈 털어 줄에 널면 바람에 흩날리는 빨래에서 물방울이 꽃잎처럼 날리는 것 같아.”

뒷마당의 튼튼한 나무 두 그루 사이에 줄을 걸고 빨래를 털어 널 때면 한 줄기 햇살에 충만히 만족스럽다. 산들바람에 흩날리는 빨래 냄새를 맡으며 마음 세탁소 옥상에서 하얀 면 티셔츠가 바람에 말라가던 광경을 그린다.

“보고 싶다.”

당장 달려가고 싶지만 할 말을 고른다. 외모도 바뀌었는데… 알아볼 수 있을까? 슬픔 속에 지은을 잊고 살아가는 이들의 고요함에 돌을 던지는 건 아닐지 걱정이 된다.

“자연스레 만나지겠지? 괜찮아, 잘 될 거야.”

주머니에 방글이를 넣고 품이 넓은 나무에 기댄다. 너도 나처럼 비밀이 많지. 비밀을 많이 간직한 존재들은 유독 품이 넓고 깊은 것 같아. 나무도 바다도 하늘도 바람도 말이야.

“한번 안아보자.”

품을 내어주기만 하는 나무를 지은이 뒤돌아 안는다. 너도 참 사느라 수고가 많다, 이번엔 바다와 하늘을 안는 시늉을 한다. 빨간 꽃잎들이 지은의 발 주위에 몰려와 빙글빙글 돈다. 꽃잎 하나를 집어 들어 오래전 누군가와 나눈 대화를 떠올린다.

"지은 씨, 행복해지려면 먼저 무얼 해야 하는 줄 알아요?"

"글쎄요. 즐거운 일을 만드는 거?"

"일단 감정을 피하지 말래요. 슬픔을 인정하고 불행과 화해하래요. 잘못할 수도 있고, 실수할 수도 있고, 화해가 어렵다면 그럴 수도 있어, 라고 자신에게 말해주래요."

"그럴 수도 있어…."

"어렵죠. 지은 씨의 슬픔까지 사랑하지만, 이제 진심으로 행복해지면 좋겠어요. 지은 씨 마음의 얼룩은 제가 지워주고 싶은데… 방법을 몰라 엄마가 남긴 책에서 읽은 글이에요."

"고마워요."

정말 좋은 기억은 바래지 않고 생생하다. 지은은 청바지 뒷주머니에서 사진을 꺼내어 그 사람의 얼굴을 만져본다. 그가 찍은 사진을 얼마나 많이 들여다보았는지 귀퉁이가 닳아 있다.

"해인 씨… 이 사진을 본 순간 알았지. 내게 남은 몫의 생이 있다는 걸. 당신도 그립고 사람들도 그립고 옥상에서 바라보는 마을 풍경도 그리워."

말이 끝나자 빨간 꽃잎들이 지은을 뱅글뱅글 감싸 안아 마음 세탁소 옥상에 내려준다. 오랜만에 돌아온 집이다. 긴장이 풀리고 편안하다. 천천히 옥상을 거닐며 빨랫줄 앞으로 간다.

"아직도 옥상에 하얀 반팔 티를 걸어두네… 여전히 초를 밝히고… 입구에 마음 사진관 팻말도 있고…."

꽃잎들도 신이나 옥상을 굴러다닌다.

"집에 오니까 좋지? 곧 돌아오자."

밤은 깊고, 도시에 꽃향기는 아득한 밤이다.

이상하다. 분명 타이어 정비를 마치고 나왔는데 차가 왼쪽으로 기운다. 승객들에게 양해를 구하고 버스 밖으로 나가보니 낭패다. 무엇에 찔렸는지 타이어 바람이 빠져 있다.

상수는 허리춤에 손을 올리고 머리를 긁적인다. 고려해 본 적 없는 사고에 머리가 하얘진다. 정해진 루틴대로의 네모난 버스라는 평온이 펑크나 버렸다. 차창 밖으로 내다보는 승객들에게 고개를 꾸벅 숙이고 다른 타이어들을 살피는 척하며 오른손 검지 손톱을 물어뜯는다.

어떻게 해야 하지, 모르겠어, 상수가 당황해 타이어만

바라보고 있으니 지나가던 버스들이 비키라고 경적을 울린다. 빵빵— 빵빵— 이내 다른 버스가 도착하고, 기사가 내린다. 상수는 고개를 푹 숙인다.

“형님, 버스에 문제라도 생겼어요?”

같은 회사에 소속된 박 기사가 다가온다. 박 기사는 작은 사고 한 번 없이 운행 시간도 칼같이 지켜온 상수의 곤혹스러워하는 모습을 보며 큰일인가 싶어 서둘러 버스를 살핀다.

“타이어가 펑크 났구만! 이거 운행하기 힘들겠는데요? 어차피 같은 라인이니 승객 분들 우리 버스로 옮겨 타시라고 하고 서비스 차량을 불러야겠어요!”

박 기사는 곧장 회사에 전화를 걸어 상황을 설명하고 승객들을 자신의 버스로 이동시킨다. 승객들은 별말 없이 뒤이어 온 버스에 올라탄다.

“큰 사고 아니니 걱정하지 마세요. 곧 수리 차량 온다니까 버스 조금 앞으로 빼두고 잠시 기다리고 계세요. 아차차, 형님 번호 좀 찍어줘 봐요, 혹시라도 다른 문제 있으면 전화해요!”

상수는 박 기사가 건넨 핸드폰을 받아 들고 여전히 고개를 숙인 채 번호를 찍는다. 박 기사가 다시 버스에 오르면서 걱정스러운 눈길로 상수를 살핀다.

“저 형님 괜찮으려나? 많이 놀랐나 보네.”

박 기사의 버스가 출발하고 회사의 수리 차량이 이어 도착했다. 참 빠르네, 사람들은 참 빨라, 상수는 수리 기사에게 인사를 한다. 차량에서 내린 두 명의 기사는 상수에게 고개만 까딱한 뒤 타이어 펑크를 처리한다.

"대충 때우긴 했는데 혹시 모르니 정비 봐야 해요. 여기서 5분 거리에 센터가 있으니 완료 후 회사로 입고시켜 드릴게요. 수고하세요!"

"…아, 네."

인사를 하는데 갑자기 휴대폰 진동이 울린다. 누나 전화가 아니라면 시계와 알람으로나 사용하는 휴대폰 화면에서 회사 번호를 확인하고는 얼른 통화를 누른다.

"신 기사님 괜찮으세요? 박 기사님한테 전화 받았어요! 오늘 다른 기사님들이 운행 뛰어주기로 하셨으니까 반차 처리하고 댁에서 좀 쉬시면 어때요?"

최 주임이 빠르게 용건을 말하고 전화를 끊는다. 상수에겐 너무도 큰일인데 다른 사람들은 이리 해결이 빠르다니. 상수는 크고 작은 문제들을 해결하는 게 아직도 어렵다. 어려움을 피하기 위해 인간관계도 만들지 않고 매일 정해진 루틴대로 살고 있는데, 예상치 못한 변수가 생길 때면 정말 아찔하다.

사람들이 가고 혼자 남은 도로변에서 상수가 주변을 둘

러본다. 집으로 가는 버스를 찾기 위해 노선표를 살펴보니 반대편으로 가서 타야 한다. 신호등 앞에 선 상수의 눈에 그제야 바다와 마음 식물원이 보인다.

"저 건물은 원래 저기 있었나? 버스처럼 직사각형이네."

가로로 긴 건물엔 전면 통창이 나 있고 싱그러운 꽃과 나무가 가득한 내부가 훤히 보인다. 정류장에서 몇 걸음 떨어져 있지 않은 직사각형의 건물을 바라보며 상수는 절로 입이 벌어진다.

"해를 등지고 있어 그런가… 건물 뒤로 후광이 비추는 거 같어. 꽃들도 참 곱고. 우리 누나가 좋아할 것 같은데 나중에 한번 가봐야겠어."

집으로 가는 버스가 도착했다. 상수는 버스에 올라서다 알 수 없는 이끌림에 멈칫한다. 한 걸음 올라섰다가 버스에서 다시 내려 기다란 직사각형의 건물을 바라본다. 누나와 함께 오려면 만일의 상황에 대비해 먼저 살펴보고 동선을 파악하는 편이 좋을 것이다.

길을 건너 건물을 향해 몇 걸음 걷자, 얼마 지나지 않아 바다가 보인다. 낮의 해변은 쉼 없이 파도가 친다. 7월의 쨍한 햇살은 짙은 바다를 반짝이게 한다. 윤슬을 본 적이 있던가. 황홀함에 바다를 바라보는데 주머니에서 진동이 울린다.

"형님, 어디 안 좋아 보이던데 괜찮아요?"

"박 기사, 아깐 내가 너무 놀라서 경황이 없었어. 괜찮아. 도와줘서 고마워."

"고맙기는요, 동료끼리 도와야죠. 푹 쉬고 내일 봐요!"

회사에 입사하고 처음으로 동료의 걱정을 받으니 전화를 끊고도 한참 동안 마음이 찡하다. 바다를 등지고 다시 걸어 나오니 앞에 숲이 펼쳐진다. 정류장에서 볼 때는 바다에 떠 있는 것만 같던 건물이 이제는 숲에 안겨 있는 것만 같다.

**마음의 얼룩도 상처도 모두 꽃피워 드립니다.**
**어서 오세요, 여기는 마음 식물원입니다.**

"마음을 꽃피운다니. 마법이라도 부리나? 재미난 공간이네."

건물 앞에 손 글씨로 적힌 판넬을 읽으며 상수는 고민에 빠진다. 지우고 싶은 얼룩과 상처가 어찌 꽃이 된단 말인가, 돌이나 흙 같은 거면 몰라도, 지나치게 희망적인 사람이 운영을 하나 보다.

"말도 안 되지만 누나랑 와보려면 들어가 볼까."

평소와 다른 빠른 결정을 하고 상수는 기차 레일을 옮겨놓은 나무 계단을 천천히 걸어간다. 문짝이 없이 동그란 아치에 능소화가 활짝 핀 입구에서 머리카락이 짧고 볼에는 주근깨가 가득한 여자가 앞치마에 손을 넣고 오래 알던 이를 반기듯 활짝 웃는다. 놀란 상수는 뒤를 돌아보지만 아무도 없다. 싱그럽게 웃는 여자의 등 뒤로 꿈결 같은 말소리가 들린다.

"어서 오세요, 마음의 얼룩과 상처를 꽃피워 드리는, 여기는 마음 식물원입니다."

"저는 제가 어떤 사람인지 잘 모르겠어요."

"내가 어떤 사람인지 아는 사람이 몇이나 있을까요? 생의 끝에 가서야 아… 나는 이런 사람이었던 거 같다, 하고 알게 되는 거 아닐까요."

"그런가요."

"삶은 나에게로 향하는 여행 같아요. 보이는 나와 실제의 내가 하나가 되어 자신을 온전히 받아들이는 과정이 아닐까 싶어요. 상수 씨, 차 한 잔 더 드릴까요?"

"네, 고마워요. 찻값은 정말 안 받습니까? 여기는 쉼터 같은 공간인가요?"

"그런 셈이죠. 말씀 드렸듯이 찻값도 무료, 마음을 피우는 비용도 무료입니다. 돌아가서 어느 날 우연히 고단한 어떤 이에게 손 내밀어 주시면 돼요. 그러니 세상에서 가장 비싼 차일 수도 있어요. 하하."

섬세하고 고운 손으로 차를 따르는 사장이라는 여자가 웃는다. 외모는 상수보다 어려 보이는데 눈빛과 억양은 나이를 가늠할 수 없을 만큼 깊다. 상수는 홀린 듯 마음 식물원 안으로 들어와 유쾌한 사장에게 위로차를 대접 받고 마음 식물원에 대한 이야기를 들었다. 낯설어 두리번거리는 상수에게 팔짱이라도 끼듯 빨간 꽃잎들이 날아와 맴도는 광경도 황홀하다.

"꽃잎이 날아다니니 영화의 한 장면에 들어와 있는 것 같네요."

"아름답죠? 이 꽃잎들은 마음 식물을 피우는 걸 도와줘요. 안심하세요, 좋은 녀석들이니."

코끝을 찡긋하며 웃는 사장의 미소에 상수도 슬며시 따라 웃어본다. 마음이 스르르 풀린다는 위로차를 마시며 누구에게도 털어놓은 적 없는 속마음을 이리 술술 말하는 걸 보면 아름다운 마법에 걸린 것일지도 모르겠다. 고개를 드니 커다란 나뭇잎이 우산처럼 상수를 향해 드리워져 있다. 나뭇잎 아래에 앉아 있으니 감싸인 듯 보호받는 느낌이 든다.

"우산 같죠? 가끔 비 오는데 우산 없이 오시는 분들 있으면 이 나뭇잎을 꺾어드려요."

"아… 네."

"상수 씨. 자연은 참 놀라워요. 나무 곁에 이렇게 가만히 있는 것만으로도 위로가 돼요. 치료제 같달까? 저는 여기서 꽃과 나무들이랑 같이 살면서 편안해진 거 같아요."

"편안하다니. 정말로 부러워요. 저는 도통 사는 일이 편치 않았거든요. 힘든 일이 생기면 해결하려 시도해 보지 않고 도망쳐 버리곤 했어요. 힘들어서요."

"힘들 땐 도망치는 것도 방법이죠."

"아…. 그런 말은 처음 들어봐요. 젊은 시절 동료에게 이런 고민을 털어놓으면 아직 배가 덜고파 그런다 했거든요."

시간은 후회할 때 거꾸로 흘러간다. 지은의 눈에 쉰의 상수가 스물하나의 상수로 보인다. 타고나기를 소심한 사람이 상처를 입으면 굴을 파고 들어가기 마련이다. 상처의 크고 작음은 본인이 정할 수밖에 없다. 남들이 눈에는 작은 상처여도 자신에겐 심장을 반으로 가른 듯 아프기도 하다.

커다란 나뭇잎이 상수의 어깨를 괜찮다는 듯 어루만지자 선선한 바람이 불어온다. 상수는 지난 일을 떠올리며 고개를 숙이고 있다가 부드러운 바람결에 불현듯 말을 잇는다. 배 속에 묵직하게 자리 잡은 돌을 꺼내듯, 무겁고도 천천히 자기 고백을 한다.

“저는… 사실 부모 없이 사촌 누나의 희생으로 자랐어요. 평생 저만 바라보며 살았는데, 젊은 날엔 누나의 헌신이 부담스럽고 가끔 미련해 보여 짜증도 났어요.”

“지금 알고 있는 걸 그때 알았더라면 아마도 젊은 날이 아니겠죠. 지금은 어때요?”

“누나가 병에 걸려서 제가 이곳으로 돌아왔는데, 지금은 누나가 아픈 이유가 잘 살지 못한 제 탓 같습니다. 한심하죠.”

“한심하긴요. 그동안 많이 힘들었겠어요. 고생했어요.”

“이런 말을 들은 것도, 이런 이야기를 입 밖으로 꺼낸 것도 처음이네요. 여기서는 왠지 말해도 될 것만 같아요. 혹시 민폐라면 미안해요.”

“괜찮아요. 때론 하나의 사건이 평생을 지배하기도 해요. 저는 오랜 시간 어떤 일에서 헤어 나오지 못하고 살았어요. 살아도 산 게 아니고 웃어도 웃는 게 아닌 껍데기로 살았어요.”

“하도 밝으셔서 전혀 몰랐습니다. 그럼 지금도 그런가요?”

“지금은 지나보니 슬픔 ‘때문’이 아닌 슬픔 ‘덕분’에 생이 찬란했구나 싶어요. 과거의 과오는 어쩔 수 없이 지나간 일이라 생각해요. 껍데기에 영혼이 돌아왔나 봐요. 이제는 웃을 일이 있으면 마음껏 웃어요.”

"아…."

지은이 분홍색 샤프란 화분 앞으로 가 상수에게 손짓한다.

"상수 씨, 이 화분에 핀 샤프란의 꽃말을 알아요?"

"샤프란이면… 섬유 유연제 아닌가요?"

"섬유 유연제나 향신료로도 쓰이죠. 꽃말은 지나간 행복과 후회 없는 청춘이래요. 비밀 하나 알려드릴까요? 이 화분은 젊은 날의 후회 가득한 마음을 피워낸 어떤 손님의 꽃이에요."

후회 가득한 이가 피워낸 후회 없는 청춘의 꽃이라니. 젊은 날은 누구에게나 후회스러운 걸까.

"이 식물원 안에 핀 많은 꽃과 나무들은 사람들의 후회와 아픔으로부터 왔어요. 돌과 흙까지 모두요."

"후회와 아픔이 꽃과 나무 돌과 흙으로 다시 태어난다는 건가요? 어떻게 그럴 수가 있죠…?"

상수가 너무 놀라 가까이의 나무 기둥을 손으로 짚는다. 반짝이는 지은의 눈빛이 진지하다.

"후회와 아픔은 때론 생을 살아가게 하는 힘이 되니까요. 가치 없는 감정은 없어요. 슬픔이 있어야 기쁨도 있고, 후회가 있어야 다음의 후회 없는 선택도 있지 않을까요?"

"그런가요."

"혹시 상수 씨도 피워내고 싶은 마음이 있나요?"

마음 식물을 피우고 싶냐는 제안에 상수는 기쁘면서도 머뭇거린다. 정말… 그래도 될까.

"있어요…. 그런데… 그 마음을 꺼내도 될지 두렵고 걱정이 됩니다."

"걱정은 자연스러운 거죠. 두렵기 때문에 두려움을 안고 앞으로 나아갈 수 있기도 해요."

"그리 생각할 수도 있겠네요."

"생각에 따라 받아들임이 다르죠. 마음을 피워내지 않으셔도 좋아요. 선택은 언제나 자신의 몫이니 편히 결정하세요. 저는 식물에 물 좀 주고 올게요."

상수에게 생각할 시간을 주기 위해 물 조리개를 든다. 짙은 파란색 조리개는 창문 너머 바다를 닮았다. 상수가 천천히 일어나 지은의 곁으로 간다.

"제가 결정하는 데 시간이 오래 걸리는 편인데… 그동안 식물에 물주는 걸 도와드려도 될까요?"

"고맙죠! 물은 저쪽에서 담으시면 되고, 저는 그럼 반대편 화분에 물을 줄게요!"

지은은 경쾌한 걸음으로 다른 물 조리개를 집어 든다. 물 조리개 안으로 시원하게 물이 찰랑거린다. 걱정은 걱정을 낳고, 기쁨은 기쁨을 낳는다. 걱정을 이 물줄기처럼 흘려보낼 수 있다면 얼마나 편안해질까.

지은은 진지하게 화분에 물을 주는 상수를 뒤로하고 유리구슬을 들어 하얀 천으로 입김을 호호 불어 닦으며 평화를 소원한다.

'유리구슬아. 오늘 밤 가장 편안한 잠을 잘 사람은 누구니. 오늘 밤 개안한 얼굴로 이 공간을 나갈 사람은 누구니. 그 사람의 시간을 기다리자.'

'나를 용서할 수 있을까.'

상수는 화분에 물을 주며 같은 생각을 반복한다.

엄마가 아닌 누나의 헌신이 젊은 날엔 당연하게 느껴졌다. 일하고 돌아와서 힘든 내색 없이 밥 차려주는 누나에게 투정을 부리기도 했다. 누나의 살을 먹고 살고 누나의 땀으로 학교를 다녔지만 고마운 줄 몰랐다. 때론 자신만 보는 누나가 부담스러워 성을 내기도 했다.

상수가 성을 낼 때면 누나는 낮은 한숨을 쉬며 뜨개질을 했다. 눈물은 흘리지 않았지만 무언가가 완성되어 갈 때마다 누나의 눈물인 것 같아 상수는 이것들을 몸에 걸치지도 않았다.

"우리 상수, 이제 곧 있으면 대학 가서 번듯한 회사에 다녀야지. 그리고 착하고 좋은 여자 만나 결혼만 하면 나는 소원이 없겠어."

주문을 외듯 내비치는 누나의 속내를 들을 때마다 상수는 불안해졌고 도망치고 싶었다. 회사는커녕 공부도 싫고 혼자 있는 시간이 편안하다. 나로 살아가는 일도 버거운데 가정을 이루어 아내와 자식들을 책임져야 한다 생각하면 숨이 막힌다. 상수는 스무 살이 되었고, 학생도 직장인도 되지 못했다.

밤늦도록 문간에서 뜨개질을 하며 상수를 기다리는 누나의 눈가에 주름을 보고 상수는 마침내 도망치기로 결심했다. 누나가 기대하는 삶을 이뤄갈 자신이 없다. 상수는 자기 방식대로, 누나는 누나의 방식으로 삶을 살면 된다고 마음을 먹었다. 도망치자, 누이로부터. 도망치자, 현실로부터. 도망치자, 한심한 나로부터.

"엄마가 살아 계셨으면 이 고생 안 했을 건데! 괜히 여기 와서 이 고생을 해! 그놈의 뜨개질 좀 그만해 누나! 밤이 늦었는데 뭐 하는 거야! 지지리 궁상떨지 말고 옷 좀 사 입어!"

"그러게… 엄마가 살아 계셨으면 좋았을 텐데. 상수야, 누나 옷 많아, 걱정 마. 잠이 안 와서 하는 거야. 그리고 돈 모아서 너 대학 등록금도…."

"아직도 몰라? 나 공부 못해 누나. 포기해. 대학 안 간다고! 진짜 답답해. 나 내일 집에서 나갈 거야."

상수의 말에 뜨개질을 하던 누나의 손이 멈춘다. 상수는 방문을 세게 닫고 들어가 버린다. 집을 떠나겠다는 말이 괜한 말은 아니었다. 마침 도시에서 일하는 친구가 일자리를 알선해 준다고 해서 마음이 동하던 차였다. 화를 삭히지 못하고 이불을 뒤집어쓰고 누웠는데 누나가 방문을 두드린다.

"상수야, 밥 차려놨어. 나와서 먹어."

저녁을 거른 상수가 염치를 무릅쓰고 나와 보니 깡마르고 왜소한 누나가 동그마니 불 앞에 서서 불고기를 데우고 있다. 차려진 밥상 앞에 앉아 밥을 욱여넣으며 상수는 목이 막힌다. 누나가 물 컵을 건네며 앞치마 주머니에서 슬그머니 봉투를 하나 꺼낸다.

"일단 이 돈으로 생활해. 무리하지 말고 일하다 안 맞으면 다시 공부해. 누나는 너만 행복하면 돼. 힘들면 언제든지 돌아와. 밥 잘 챙겨 먹고."

상수는 누나가 준 봉투를 집어 들고 방에 들어가 가방에 대충 옷가지들을 담는다.

"갈게. 내 걱정은 하지 말고. 누나도 이제 누나 인생 살아. 연락할게."

멀어지는 상수의 발걸음 소리가 자취를 감추고 나서야 누나는 조용히 눈물을 훔쳤다.

젊은 날엔 왜 그리 누나의 사랑이 답답하고 화가 났는

지. 상수는 봉투 안에 함께 들어 있던 누나의 편지가 아직도 생생하다.

**태어난 모든 사람은 사랑받아야 해. 특별한 이유 없이 너라는 이유로 너를 사랑해. 누나의 기대로 네가 힘든지 몰랐어. 미안해. 언제든 기댈 곳이 필요할 때 힘든 마음속을 함께 걸어줄게. 그리고 누나는 언제나 네 편이야.**

누나의 편지를 읽으며 도시로 가는 기차에서 미안한 한편 후련하기도 했다. 누나가 원하는 삶이 아니라 내가 원하는 대로 살아야지.

그리 도망치듯 도시로 나왔지만 세상은 차가웠다. 불빛은 화려한데 내 방은 한 칸도 없다. 이방인, 혹은 방문자로 겉돌듯 살았다. 그리 살다 돌아와 보니 고생을 많이 한 탓인가 상수는 또래보다 나이 들어 보인다.

돌이켜 보니 상수를 키우기로 결심한 그때의 누나는 겨우 열아홉, 한참 앳된 나이였다. 내가 누나의 기대대로 살았더라면… 누나가 이리 빨리 병에 걸리지 않았을 텐데…. 상수는 메리골드에 돌아온 이후부터 죄책감에 마음이 편치 않다. 나 때문에 누나가 아픈 것 같다. 아니… 그때… 누나의 결혼을 말리지만 않았어도…!

“모르는 사람들이랑 살기 싫어. 누나는 시집가! 난 혼자 살게. 왜 나까지 데려가려 그래?”

열네 살, 상수가 한창 사춘기를 겪던 나이에 누나는 입매가 다부져 보이는 남자와 결혼을 한다고 했다. 가족이라고는 친동생처럼 키운 사촌 조카밖에 없는 누나를 배려해 상수와 함께 살기로 했다고는 하지만, 남자의 집안에서는 가난한 데다 사촌 조카까지 데려오는 결혼을 반길 리 만무했다.

어느 날은 나이 지긋한 어르신이 집까지 찾아와 누나에게 더 이상 아들과 만나지 말아달라고 부탁을 하고 있었다. 누나는 어린 동생을 혼자 둘 수 없다며 어르신에게 무릎까지 꿇었지만, 어르신은 대답 없이 대문 밖으로 나가버렸다. 뒤늦게 이를 알게 된 남자가 사과하며 가족과 연을 끊고 살겠다고 매달렸지만 착한 누나는 안 된다며 울기만 했다. 그때만 해도 어렸던 상수는 그저 서러웠다. 누나에게 혼자 살겠다고 큰소리쳤지만 무섭기도 했다.

“상수야, 우리 셋이 같이 살아보자. 살다가 아기가 생기면 어머님도 우리를 받아주실 거야.”

누나가 잔뜩 골이 나 있는 상수에게 말을 꺼내자마자 상수가 버럭 화를 냈다.

"받아주긴 뭘 받아줘! 남이랑 살기 싫어! 결혼할 거면 내가 다 커서 나가면 하든가! 내가 제일 소중하다며! 전부 말뿐이지!"

"말뿐이긴, 네가 제일 소중하지. 가족이라곤 너랑 나밖에 안 남았잖아…."

"그럼나 혼자 살 테니까 내버려 둬! 난 그 아저씨랑 안 살 거니까, 누나나 가서 살아."

상수는 거칠게 언성을 높여갔고, 몇 달 뒤 누나는 밥상에 자주 올리기 어려운 불고기와 잡채를 볶아 올리며 상수에게 결혼을 하지 않기로 했다고 전했다. 상수가 크면 결혼할 테니 걱정 말라는 말을 들으며 상수는 숟가락으로 밥을 덥석 퍼 먹었다.

누나는 상수의 숟가락에 불고기를 올려주며 웃지도, 울지도 않았다. 물질을 그만두고 다른 일을 하겠다며 섬을 떠나던 그 날과 몹시 닮은 누나의 얼굴을, 상수는 못 본 척하고 밥그릇을 비워냈다.

한동안 말수가 부쩍 줄어든 누나는 그때부터 매일 밤 뜨개질을 시작했고, 시장 가판에서 음식 장사를 했다. 고운 소녀였던 누나를 외로이 홀로 사는 할머니로 만든 건 상수 자신인 것만 같다.

그때 결혼을 말리지만 않았더라면. 혼자 살겠다며 누나의 속을 쓰리게 하지 않았더라면. 애초에 누나와 함께 살지 않았더라면, 누나는 지금보다 행복했겠지? 바다가 엄마를 삼키지만 않았더라면 우리는 모두 행복했을 텐데. 모든 일이 야속하다.

"감정을 씻어 내리려면 물줄기가 필요하겠어. 식물에 물을 주듯 우리, 저이의 마음에 물을 주자. 하늘아, 도와줘."

바닥에 주저앉아 후회로 괴로워하는 상수를 지켜보던 지은이 빨간 꽃잎 하나를 하늘로 올려 보낸다. 하늘아, 바다야 오늘은 저이를 도와주련. 부탁해.

숱한 미안함을 피워내도 된다면… 비라도 사정없이 쏟아부어 주면 허락의 표식이라 믿을 텐데. 모르겠다. 모를 땐 도망치자. 몸을 돌리자 소나기가 쏟아진다.

쏴아아— 하고 내리는 소나기에 물에 젖은 흙냄새가 연기처럼 피어오른다. 상수는 양팔을 벌려 비를 맞는다. 엄마를 찾아 섬마을에서 비를 맞던 그날처럼 하늘이 대신 울어주기라도 하듯 감정을 비를 타고 흐른다.

자유롭다. 살며 자유로움을 느낀 적 있던가. 어디에도 묶이지 않았으니 자유롭지 못할 이유도 없지만, 스스로를 틀 안에 가두어 왔던 상수였다.

세상은 정해진 일상을 살면 성실하다고 평했다. 성공하지 못했으니 성실하기라도 해야 할 것 같았다. 대체 성공 그딴 게 뭐라고. 엄마가 살지 못한 오늘까지 잘 살아 있으면 성공 아닐까? 이건 억지인가.

너털웃음을 짓는 상수의 몸에서 모락모락 김이 오른다. 한기로 몸이 떨리는데 커다란 나뭇잎이 빗속에서 상수의 머리 위로 드리운다.

"봐요, 우산으로 쓰기 딱 좋죠? 비를 맞으니 우리도 나무 같아요! 신난다!"

커다란 나뭇잎의 줄기를 상수의 손에 쥐어주고 흠뻑 비를 맞은 맨발의 지은이 겅중겅중 뛰어다닌다. 참 이상한 사람이야. 뛰어다니는 모습이 마치 요정의 날갯짓처럼 가볍고 자유로워 보인다.

"금방 비가 그쳤네요! 이 하얀색 테이블을 창문 앞으로 옮기면 예쁠 것 같지 않아요? 도와줄래요?"

입구로 뛰어간 지은이 동그랗고 하얀 테이블과 의자 두 개를 가리키며 상수에게 도움을 청한다. 상수는 쓰고 있던 나뭇잎을 내려두고 걸어가 테이블을 번쩍 든다. 지은이 의자를 들고 따라와 바다를 향해 난 창문 앞에 두더니 박수를 친다.

"역시 창문 앞이 어울린다니까. 근데 올여름은 유난히 소나기가 자주 오는 거 같아 좋네요!"

"예고 없이 내리는 비를 좋아하세요?"

"비가 시원하게 내리면 근심까지 씻겨 내려가는 것 같지 않아요? 내 안에 실패하고 후회스러운 마음들도 비를 맞고 성장하는 것 같고요. 사는 일은 매일 성장하는 일이잖아요! 그래서 비가 필요해요."

"다들 성공을 위해 사는데, 성장이라니요?"

지은이 건넨 수건으로 비에 젖은 머리를 닦으며 상수가 묻는다.

"어제의 나보다 1밀리미터라도 성장한다면 사는 일은 성공 아닌가요? 성장, 성공, 그런 거 구분하는 게 뭐가 중요해요. 다 신경 쓰기엔 생각보다 생이 짧아요. 굳이 구분하면 어제보다 1분만 일찍 일어나도 성장이고 성공 아니겠어요?"

머리에 망치를 얻어맞은 듯 정신이 아찔해진다. 다른 사람들이 말하는 성공이라는 녀석에게 연연하고 살다보니 자신이 한심해 보였는데, 사장의 말대로라면 매일 성실히 살아가는 나도 그간 성장하며 살아온 사람이었구나 싶다.

"그런가요. 그런데 이 나무는 왜 새장 안에 넣었어요?"

상수가 창문 앞 나무 스툴에 놓인 새장 속 나무 화분을 가리키며 묻는다. 지은은 새장의 나무를 다정한 눈길로 바라보며 말한다.

"마음을 피워 위탁하고 가셨어요. 새장 밖으로 나갈 용기가 생기면 찾으러 오겠다고요."

"만약 그분이 찾으러 오기 전에 새장보다 나무가 커지면 어쩌나요?"

"각자의 역할이 있고 자리가 있듯, 나무도 자신이 자랄 만큼의 자리를 알아요."

"역시… 나무도 살아 있는 생명체군요. 저… 실례가 안 된다면 저도 이제 말씀하신 마음 식물을 피워도 될까요?"

"물론이죠. 이 유리구슬을 두 손으로 들어보세요."

"감사합니다. 구슬이 참 투명하고 예뻐요."

"눈동자 같지요? 마음을 비추는 거울이에요. 유리구슬을 안고 지우고 싶은 감정을 눈을 감고 생각해요. 눈을 뜨면 꽃잎들이 그 마음을 피워줄 거예요. 저는 젖은 옷 좀 갈아입고 올게요."

동그란 유리구슬을 바라보던 상수는 가슴 한 편이 뜨겁게 끓어오른다. 행복해지고 싶다. 사회적 통념이 요구하는 인생의 업적을 이루지 못했다는 자책과 누나를 향한 죄책감에서 자유로워지고 싶다. 그래도 된다면 말이다.

불길은 눈물로 툭툭 떨어진다. 소나기처럼 떨어지는 상수의 눈물을 맞던 유리구슬에서 오로라가 영롱하게 비친다. 순간 식물원은 어두워지고 바다 방향의 창문이 하얗게 바뀌면서 상수의 생이 빠르게 재생된다.

톡— 톡— 톡.

성실하게 반복되는 상수의 일상이다. 단정히 정리를 하고, 출근해 일하고 집으로 돌아와 하루를 보내는 반복된 삶이 그럭저럭 괜찮아 보인다.

화면이 바뀌자 이번엔 어린 상수의 손을 잡고 해사하게 웃는 누나의 얼굴이 보였다. 그리고 누나 곁에서 많은 이들이 이야기를 나누며 웃고 있다. 누나는… 혼자가 아니었구나. 동네 사람들과 음식을 나눠 먹고, 꽃구경을 하고, 목욕탕을 가는 일상이다. 그동안 웃으며 살아줘서 고마워… 안도와 함께 동그란 원을 그리듯 가슴의 응어리가 풀어진다.

상수의 눈물 섞인 웃음을 타고 빨간 꽃잎들이 유리구슬에서 빙글빙글 흘러나오다 초록잎으로 바뀐다. 진한 페퍼민트 향이 상수의 코를 스친다. 알싸하고 시원한 향을 맡으며 숨을 쉰다. 초록잎들은 음표 모양으로 날아다니다 상수의 손으로 다가온다. 나뭇잎이 초록색 나비처럼 날아 손바닥을 간질인다.

"간지러워… 하하…."

상수의 웃음소리를 듣고 나뭇잎들은 빛처럼 사라진다. 눈이 부셔 감았다 떠 손을 보니 작은 씨앗이 손에 들려 있다.

"꽃도 아니고 식물도 아니고 씨앗이네? 대체 무슨 씨앗이지?"

소리 없이 나타나 곁에 서 있던 지은이 어리둥절해 있는 상수의 어깨에 큰 수건을 둘러준다.

보물처럼 귀히 씨앗을 들고 있는 상수는 지은에게 햇살이 비추는 느낌을 받는다. 진심을 다한 웃음의 따스함에 마음이 벅차다. 마음이 가볍다. 이상하다. 한 번도 느껴본 적 없는 개운한 마음이다.

"상수 씨. 오늘 마음 식물원에 방문해 주셔서 고맙습니다."

지은의 인사에 상수도 천천히 허리를 숙인다. 때론 어떤 불운은 행운의 문을 여는 열쇠가 된다. 오전의 사고가 없었다면 마음 식물원에 올 일도 없었을 것이다. 상수는 머뭇거리며 입을 뗀다.

"염치없지만 제 마음 씨앗도 위탁할 수 있을까요? 회사와 집 말고 다른 장소에 온 건 오랜만입니다. 어딜 가고 싶어도 나이 든 사람이 젊은이들 노는 데 끼면 민폐가 될까 봐 피했는데, 여기는 편안해요. 오가는 길에 마음 씨앗도 돌보고, 사장님 바쁘실 때 식물들을 같이 돌보면 어떨까요."

느리지만 힘을 주어 말하는 상수를 바라보며 지은은 콧잔등이 주름지게 환히 웃는다. 웃는 지은을 따라 꽃잎들도 물결치듯 흘러간다.

"좋아요! 여기 오시면 초록의 싱그러운 기운에 마음도 개운해질 거예요. 자주 와서 초록숨 쉬어요. 늘 열려 있으니 편히 와요. 우산은 선물이에요!"

지은은 상수의 손에 우산으로 쓰던 나뭇잎 줄기를 쥐어 준다. 상수는 지은에게 다시 인사를 하고 입구를 향해 걸어가다 뒤돌아 묻는다.

"사장님. 저… 누나가 꽃을 참 좋아하는데 다음엔 동행해도 될까요?"

"물론이죠! 여기는 누구에게나 열려 있는 마음 식물원인걸요."

"감사합니다. 감사합니다, 사장님."

걸어 나오며 얼떨떨하다. 영화에서 보던 시간 여행을 한 것일까. 들어가기 전의 나와 마음 씨앗을 피워낸 후의 나는 다른 사람인 것만 같다. 마음에도 소화가 필요했던 걸까.

"아저씨, 나 배고파! 밥 줘!"

"어디서 누나 목소리가 들리는 거 같은데? 몇 시지? 내 정신 좀 봐. 벌써 저녁 먹을 시간 되어가네. 기다리겠어. 불고기 볶아 밥 먹어야지."

박 기사가 운전하는 버스가 불빛을 비추며 정류장으로 다가온다. 상수가 옅은 웃음을 지으며 반갑게 손을 흔든다.

※

상수가 마트에서 저녁 재료를 가득 사 양손에 나눠 들고 골목길을 도는데 멀리서 누나가 상수를 향해 손을 흔든다. 놀란 상수가 뛰어간다.

"위험한데 왜 밖에 나와 있어요! 길이라도 잃으면 어쩌려고."

"에이, 상수야 누나가 왜 길을 잃어. 학교 끝난 지 언젠데 이제 오니, 기다렸잖아. 선생님 말씀 잘 듣고 친구들이랑 잘 놀았어?"

누나는 요즘 자신이 행복했던 때로 시간 여행을 하고 있다. 지난번에는 중학교 졸업식 날이더니 이번에는 아무래도 상수가 어린아이였던 시절인 듯하다.

"누나, 오늘은 새로운 친구를 만났어."

"잘했네. 어떤 친구야? 집에 데려와, 맛있는 거 해줄게."

"참 아름다운 마음을 가진 친구인데, 그 친구네가 식물원을 하더라고. 다음에 같이 갈래? 꽃 좋아하잖아."

"우리 동네에 식물원이 있어? 좋아. 같이 가보자."

상수는 짐을 내려 두고 누나의 손을 잡는다.

"있잖아, 하고 싶은 말이 있어. 고마워. 나 때문만 아니었어도 누나가 편히 살았을 텐데… 나 때문에 고생시켜서 미안해."

"무슨 그런 말을 해, 너랑 살아서 외롭지 않고 너무 좋은걸. 네 덕분에 누나가 이렇게 열심히 사는 거 몰라? 섬 떠나 여기서 너랑 사는 거 너무 좋아. 혹시 밖에서 무슨 말 들은 건 아니지?"

"무슨 말을 듣기는. 나 키우느라 고운 시절 다 보냈잖아. 결혼도… 내가 말리고. 누나가 아픈 것도 이제와 보니 나 때문인 거 같아. 덜 고생했으면 좋았을 텐데. 미안해…."

고개를 숙인 상수를 이제 한참 작은 체구의 누이가 까치발을 들어 안는다.

"상수야, 부모 잃고 더부살이하며 살아갈 희망 없던 내가 너를 만나 따뜻하고 행복해. 내게 지킬 사람이 있다는 건 희생이 아니라 기쁨이야."

누나는 구부정하게 안긴 상수의 등을 쓸어내린다.

"아저씨, 근데 나 배고파. 밥 줘."

"아… 배고파 누나…? 오늘은 불고기랑 잡채 어때?"

"나 불고기랑 잡채 제일 좋아해! 상수가 불고기랑 잡채 해주면 밥 잘 먹어서 나도 좋아해!"

눈물을 멈추려 시선을 돌린다. 어둠이 내려앉은 마을 골목길에는 연통을 통해 밥을 짓는 연기가 모락모락 올라

온다. 익숙한 풍경이 새삼 정겹다.

숨을 들이켜니 저녁 냄새가 들어온다. 달디 단 밥 냄새와 고등어 굽는 냄새, 고기 볶는 냄새, 된장 끓는 냄새, 나물 무치는 고소한 참기름 냄새, 멸치 육수 냄새, 김치 볶는 냄새가 어우러진다.

행복의 냄새를 힘껏 들이쉬고 우리 가족의 행복을 요리하러 상수도 집으로 들어간다. 따뜻하다. 오늘도, 내일도 누나에게 맛있는 밥을 해줘야지.

"누나, 들기름 둘러 계란 프라이도 부쳐 먹을까?"

"좋아! 나 세 장!"

지글지글, 상수와 누나의 집에서 정겨운 사랑의 소리가 저녁밥 짓는 냄새를 타고 퍼진다. 미안하고, 고맙고, 싸우고, 화해하고, 사랑하고. 가족의 온기가 집에 가득하다.

"여보세요, 마음 사진관이죠? 범준 씨구나. 여기 달콤 헤어요! 해인 사장님 출발했어요? 전화를 안 받으시길래. 아, 달리기 해서 오신다고요. 오케이, 수고해요!"

책을 찾으러 온다는 해인이 언제쯤 도착할지, 사진관 직원 범준이 친절히 알려준다. 달콤 헤어 사장은 손때 묻은 해인의 책을 카운터에 올려둔다.

“사장님, 안녕하세요!”

마침 해인이 땀을 닦으며 미용실로 걸어 들어온다. 하얀색 반팔 티셔츠에 검은 반바지를 입은 해인의 머리에 운동용 헤어밴드가 둘러져 있다. 이를 드러내며 활짝 웃는 해인의 웃음에 달콤 헤어 사장도 함박웃음을 짓는다. 저 총각은 언제 봐도 기분 좋게 웃는단 말이야.

“어서 와요, 해인 사장님. 책 여기 있어. 땀 좀 봐, 물 줄까요?”

“네, 고맙습니다. 이 책 한참 찾았는데 여기 있었네요.”

“고맙긴, 여기 선풍기 앞에 앉아요. 나도 몰랐는데 어떤 손님이 이걸 물끄러미 보고 계시더라고. 순간 해인 사장님이 들고 있던 게 생각나지 뭐예요. 그 아가씨 아니었음 끝내 기억 못했을지도 몰라!”

“다행이네요. 감사합니다, 그럼 다음에 또 올게요.”

“그래요. 아, 해인 사장님. 바닷가 앞 쌀 공장 자리에 마음 식물원 생긴 거 알아요? 이 동네에선 처음 보는 여자가 열었어! 간판에 ‘마음’ 자 들어가니 친근하더라고요.”

“아, 그랬군요. 몰랐어요. 메리골드 간판에 ‘마음’이 들어가는 게 이상한 일은 아니지요. 오히려 달콤 헤어가 더 눈에 띄잖아요, 사장님.”

해인의 말에 달콤 헤어 사장도 깔깔 웃는다.

“맞아, 마음 세탁소랑 마음 사진관 생기고 그쪽 언덕 올라가는 길엔 간판에 죄다 '마음'이 들어가잖아요. 마음 카페, 마음 책방, 마음 약국… 마음 슈퍼! 이러다 마음 서커스까지 생기겠다고 우리끼리 웃었잖아. 사실 나도 마음 헤어로 바꿀까 생각도 했다니까?"

"지금 이름도 좋은걸요. 물 잘 마셨습니다. 그럼 가볼게요."

해인은 손때 묻은 책을 소중히 품에 안고 일어서더니 달콤 헤어 사장에게 묻는다.

"저… 사장님. 혹시 마음 식물원이 밤중에 갑자기 생기거나 그런 건 아니죠? 얼마 전 제가 바닷가 쪽을 달릴 땐 못 봤거든요."

"아니, 갑자기 생기진 않고 우리 윗집 아저씨가 거기 일 다녀왔다던데? 공사가 빨리 끝났다나 봐."

"혹시 마음 식물원 사장님 머리가 검고 길고, 피부가 창백한가요? 눈빛은 슬퍼 보이고… 검은색 바탕에 꽃무늬 치마를 입었다거나… 꽃향기를 풍기거나 하진 않았나요?"

"아니, 얼굴이 까맣고 주근깨도 많아. 명랑하고 즐거워 보이던데? 머리는 길었는데 내가 쇼트커트로 잘라줬지. 무슨 사연이 있는지 짧게 잘라 달라는데, 여자들은 꼬치꼬치 캐묻고 그런 거 싫어해서 안 물었어."

"그렇군요. 알겠어요, 사장님."

풀 죽은 표정으로 해인이 나간다. 해인의 나가고 달콤 헤어 사장이 빗자루질을 시작한다.

"우리 마음 세탁소 지은 사장님이 왜 안 보고 싶겠어, 나도 이렇게 보고 싶은데. 어느 날 긴 치마 휘날리며 '딱 1센티미터만 잘라주세요' 하고 새침하게 주문할 것 같은데 말이야. 그나저나 소나기가 오려고 그러나, 그새 먹구름이 끼었어."

달콤 헤어 사장은 다시 달리기를 시작하려는 해인에게 소리친다.

"해인 사장님! 우산 가져가요, 곧 비가 오려나 본데?"

해인은 달콤 헤어 사장을 향해 손을 흔들며 대답한다.

"괜찮아요. 어차피 소나기라 금방 지나갈 거예요."

해인은 바닷가 끝을 천천히 살핀다. 해변가에 식물원이라니. 염분 가득한 바닷바람에 식물이 제대로 자라기는 하는 건가.

메리골드에 '마음'이 쓰인 간판이 새로 달리면 해인은 가슴이 철렁했다. 혹시나 하는 마음에 달리기를 하며 동네를 살펴왔다. 지은이 떠나도 지은이 떠나지 않은 느낌. 정말 좋은 사랑은 잊히지도 사라지지도 않고 가슴 속에, 기억 속에 생생히 살아 숨 쉰다 했던가. 그렇다면 나는 이번 생에 정말 좋은 사랑을 만나는 행운을 누렸구나.

지은이 떠난 후에도 해인은 아름다웠던 사랑의 기억으로 일부러 더 자주 웃고, 밥도 잘 먹고, 숨도 잘 쉬며 사람들과 잘 어울려 지낸다. 사랑하는 사람이 그랬다. 세상에서 가장 중요한 일은 숨 쉬는 일이라고. 사랑하는 사람의 삶의 태도를 따라 살며 해인은 살아 있다는 사실 그 자체로 충분히 만족스럽다. 비어 있던 마음이 채워지는 기쁨은 다시 태어난 듯 새로운 삶을 살게 했다.

"어제는 옥상에서 빨간 꽃잎을 발견하고 너무 놀랐어요. 지은 씨가 돌아온 줄 알았거든요. 내게 오는 길이 너무 멀고 험하지 않길 바라요. 보고 싶어요, 지은 씨."

아무래도 마음 식물원으로 가봐야겠다, 해인이 다시 달리려던 참에 주머니에서 진동이 울린다.

"여보세요, 사장님 어디세요?"

"범준아, 지금 달콤 헤어 앞이야. 무슨 일 있니?"

"손님 오셨어요! 그냥 사진 말고 마음 사진 찍고 싶다는데, 사장님께서 오셔야 할 거 같아요."

"알겠어, 일단 차 한 잔 내드리고 있어. 금방 갈게."

해인은 범준의 전화를 받고 사진관을 향해 몸을 돌린다. 분명 지은이 돌아온 것 같은데… 해인을 따라다니던 하얀 고양이 레이지도 보이지 않고 가방에서 한두 개씩 나오던 꽃잎도 더 이상 보이지 않는다….

"내일은 꼭 마음 식물원에 가봐야겠어."

사진관을 향해 달리는 해인의 심장박동수가 평소보다 높다. 뜀박질 때문에 뛰는 건지, 기대감으로 뛰는 건지. 해인은 심장에 손을 얹고 뛴다. 날은 더워 땀이 흘러내리는데 마음은 봄꽃이라도 피는 듯 간지럽다.

기분 좋은 예감은 틀리지 않던데.

"안녕하세요, 윤지 씨. 사장님은 어디 가셨어요?"

"사장님 바다에 서핑하러 가셨어요. 뭐라더라… 파도가 거세게 칠 때는 피하지 말고 파도를 타야 한다나. 헤쳐 나와야 할 파도가 있으신가 봐요. 사장님답죠?"

"그러게요, 오후엔 제가 있을 테니 윤지 씨 편히 들어가요."

"네, 저는 1시간 뒤에 퇴근할게요!"

퇴근 후 마음 화분에 물을 주러 온 상수를 시든 잎을 자르던 윤지가 반긴다. 평생 몸에 밴 성실한 습관대로 일정한 날에, 일정한 시간으로 물을 주러 식물원에 들리는 상수가 오는 날이면 지은은 바다로 나간다.

"윤지 씨, 식물에 열매가 맺혔는데 이 동그란 건 뭔가요?"

"어머, 어머, 올리브예요. 기사님 마음 식물이 올리브나무였구나. 이거 따서 스파게티에 넣어 먹으면 맛있어요!"

"올리브요…? 그 요리할 때 쓰는 올리브오일의 올리브 말입니까?"

"맞아요, 올리브나무의 꽃말이 평화와 풍요인데, 기사님에게 풍요로운 평화가 오려나 봐요! 이 나무가 더 자라서 옮겨 심으면 저도 올리브를 따 먹어도 될까요?"

"물론이죠. 올리브나무는 쉰 넘어 처음 봐요. 제 마음이 이리 동그랗고 예쁜 열매라니 봐도 봐도 신기하네요."

이래서 사장님이 이야기해 주지 않고 기다리라 했나. 마음 식물을 돌보고, 기다리며 천천히 편안해진다. 이렇게 사는 인생도 나름 살 만하다 느낀다. 결혼해서 가정을 이루는 사람도 있고, 자신처럼 혼자 살아감이 편안한 사람도 있는 거라며 현실을 인정하게 됐다.

"그때 그 선택을 하지 않았다면 아마 다른 선택에 대한 후회를 하겠지. 누구도 어떤 선택이 옳았는지 확신할 순 없어. 그때는 맞고 지금은 틀리고, 혹은 그때는 틀리고 지금은 맞고. 다 그럴 수 있지."

며칠 전에 식물의 잎을 닦으며 지은은 화분에게 하는 말인지, 자신에게 하는 말인지 모를 말을 했다. 상수가 알지 못하는 지은의 삶에도 그늘이 있고 후회가 있겠지. 후회할 때마다 시간이 거꾸로 간다던 지은의 말이 생각난다. 어쩌면 사장님은 많은 후회로 시간을 거꾸로 돌리고 계신 걸까.

"왔어요? 나무에 열매 맺힌 거 봤죠? 올리브 너무 귀엽더라!"

서핑복을 입고 물을 뚝뚝 흘리며 들어오는 지은이 어제보다 더 젊어진 것 같아 눈을 비빈다. 저리 환히 웃고 있는데도 울고 있는 것 같다니 참….

"그러고 보니 이 식물원에 핀 꽃과 나무들 중 사장님의 마음 식물도 있겠어."

지은이 방으로 들어가자 상수는 세상에서 가장 아름다운 꽃과 나무가 가득한 식물원 전경을 둘러보며 정성스레 식물의 잎을 닦는다. 부러 수고스럽게 돌보는 마음은 희생이 아닌 우러나온 사랑과 기쁨이기도 함을 어렴풋이 알 것도 같다.

옷을 꺼내던 상수가 특별한 날 입으려 사둔 하얀색 반팔 셔츠를 꺼낸다. 버스회사에 입사하고 첫 월급을 받아 좋은 날 입으려고 사둔 셔츠다. 상수는 하얀 셔츠를 입으며 지은과의 지난 대화를 떠올렸다.

"사장님, 오늘따라 근사하시네요."

"제가 좋아하는 블랙 미니 드레스인데 멋지죠? 기분이

좀 가라앉아서 꺼내 입어봤어요."

"기분이 좋지 않으면 옷을 대충 입지 않나요?"

"저는 기분이 좋지 않으면 일부러 좋아하는 옷을 꺼내 입어요."

"그래요?"

"아끼던 블라우스가 있었어요. 좋은 날 입으려 아껴뒀더니 그 옷을 입을 만큼 좋은 날은 자주 오지 않더라고요. 너무 아까워서 일부러 꺼내 입었는데 하필 그날 잉크가 옷에 튀었지 뭐예요. 이제 어차피 흙이 묻어도 상관없겠다 싶어 매일같이 입었죠. 그랬더니 매일 기분이 좋았어요."

"맞아요. 저도 아껴둔 양복이 작아져 못 입은 적 있어요."

"그렇죠? 오늘을 좋은 날로 만드는 건 옷을 골라 입는 것과 비슷한 거 같아요. 어떤 옷을 입을지 고민하며 어떤 감정을 입을지도 고민하죠. 예쁜 날일지 칙칙한 날일지는 내가 결정하는 거잖아요."

"역시 사장님은 생각하는 것도 남달라요."

상수는 지금껏 첫 번째 단추를 잘못 끼우면 끝까지 어긋난 인생을 살게 될 거라 생각했다. 그런데 이제는 첫 단추를 잘못 끼우더라도 다시 단추를 풀면 된다는 생각이 든다. 어긋난 단추도 멋져 보이지 않는가.

상수는 옷을 입고 누나와 아침을 먹은 뒤 출근해 근무를 시작했다. 사이드미러에 비치는 자신의 모습이 근사해 보여 기분이 좋다. 근무가 끝나갈 무렵이 되니 오후의 해가 뉘엿뉘엿 지고 있다. 그런데 하루의 끝을 향해 달려가는 지친 승객들은 휴대폰을 바라보며 미간을 찌푸리고 있다. 마침 저녁놀은 보랏빛과 핑크빛으로 하늘을 아름답게 물들이고 있다. 상수는 버스의 안내방송 마이크를 켠다.

“안녕하세요, 운전기사 신상수입니다. 오늘도 수고하셨습니다. 여러분이 타고 계신 버스는 지친 하루를 쉬게 해줄 집, 혹은 다음 일정을 위한 장소로 모셔다 드리고 있습니다. 지금 하늘이 아주 아름답습니다. 잠시만 고개를 들어 하늘을 보고 쉬어가시면 좋겠습니다. 버스의 창이 큰 이유는 풍경을 보며 쉬어가라는 뜻 아닐까요. 정류장에 도착해 내리실 때엔 지친 마음을 버스에 두고 내리시길 바랍니다. 오늘은 제가 이 버스를 운행하는 마지막 날입니다. 승객 여러분 고맙습니다.”

안내 방송을 들으며 승객들이 고개를 돌려 하늘을 바라본다. 짜증으로 가득 차 있던 승객이 옆 승객을 바라보며 가벼운 눈인사를 건넨다. 버스를 탈 때의 무거움은 내려두고 가뿐한 마음으로 목적지를 향해 걸어가는 승객들을 바라보는 상수의 마음도 한결 가볍다. 아름다운 말 한

마디를 건네는 일은 아름다운 마음의 씨앗을 나누어 주는 것과 같다.

“사장님, 마음 식물 값의 후불은 이런 건가 봅니다.”

마이크를 끄고 핸들을 돌리는 상수의 마음도 가볍다. 운행을 마치고 마지막 일지를 쓰고 나오니 박 기사가 커피 자판기 앞에 서 있다. 상수가 커피 두 잔을 뽑아 박 기사에게 한 잔 건넨다.

“마지막 날이 되어서야 커피를 드십니까? 대단하셔요. 그나저나 이제야 형님이랑 대화 좀 해보나 했더니… 어디로 가세요?”

“일전엔 고마웠어 박 기사. 몇 년 후면 나도 60이거든. 언제까지 할 수 있을지 모르겠지만 한 살이라도 젊을 때 운전 일을 더 하고 싶어서 옮기기로 결정했어.”

“어떤 운전을 하시려고요? 혹시 개인택시로 가셔요?”

“사실 나한테 알츠하이머를 앓고 있는 누나가 있는데, 누나가 다니는 요양보호원에서 운전사를 구한다고 하더라고. 거기 가서 오며 가며 시간을 보내고 싶어. 우리 누나가 내가 운전하는 버스 타는 걸 좋아하거든.”

“그러셨구만. 잘 하셨어요, 형님. 근데 좀 서운하네요. 우리는 이제 못 보는 거요?”

박 기사의 장난 섞인 핀잔에 상수는 남은 커피를 마저 마시고 한 잔을 더 뽑는다.

"형님이 커피를 두 잔이나 드시다니! 근데 신수가 훤한 것이 뭔가 좀 분위기가 달라졌는데요? 좋은 일 있어요? 혼자 좋지 말고 같이 좋읍시다. 좋은 일 있음 국밥 한번 사요!"

"커피 맛이 이리 좋은 줄 몰랐어. 그래, 국밥 살게. 날 잡아보자고."

"기다릴게요! 근데 형님은 주말에 뭐 해요? 취미 없어요? 저는 등산하고 자전거 타다가 나이 드니 힘도 들고, 이참에 낚시나 해볼까 하는데."

"나는 별거 없어. 내가 어디 갈 데가 있나. 낚시라… 나도 같이 한번 가도 될까?"

상수의 말에 박 기사가 놀라 마시던 커피를 뿜는다. 밥을 사라는 말도 농이었는데 진짜 산다고 하고, 사람이 달라져도 너무 달라졌다.

"이 형님 신수도 훤해지고 말도 많아진 게 아무래도 정말 좋은 일이 있나 보네!"

상수는 슬며시 웃으며 주머니에서 티슈를 꺼내 박 기사에게 건넨다.

"자네, 올리브나무 본 적 있나?"

"올리브나무요? 외국 요리 할 때 쓰는 거 아니에요?"

"다음 주에 국밥 먹고 올리브나무 보러 가세. 커피 맛있네. 가끔 마시러 와야겠어."

커피 자판기 앞에 선 두 남자의 등 뒤로 붉은 노을이 타오른다. 아름다운 저녁이다.

오늘 점심 메뉴는 닭도리탕 정식이다. 오전 11시 30분부터 오후 2시까지 판매하는 점심 한정 닭도리탕 정식에는 매콤한 닭고기 살에 양념이 잘 밴 보들보들 당면과 쫄깃한 떡 사리, 부드럽게 으깨지는 강원도 감자 반 개가 들어 있다. 반찬으로는 부침개 몇 조각과 하얗게 무친 콩나물, 김치, 멸치가 나온다.

닭도리탕 정식은 우연이 가장 좋아하는 메뉴이다. 늘 붐비는 이 식당에서 혼자 밥을 먹으려면 직장인들이 서둘러 먹고 빠진 오후 12시 40분 정도가 제격이다.

아는 맛이 가장 무섭다고 했던가. 거의 매일 먹는 아는 맛이 벌써 혀에 감돌며 허기진다. 우연은 맵고 빨간 음식이 좋다. 빨간색 음식 없이 어찌 빨간 맛 회사 생활을 견딜 수 있을까. 매움에 혀가 마비되면 스트레스에 찌든 감정도 잠시 마비되는 기분이다. 정말이지 캡사이신은 신이 내린 선물 같다.

"맛있게 드세요."

"네… 감사합니다."

드디어 메뉴가 나오고, 보글보글 끓어오르는 탕을 본다. 뚝배기의 빨간 국물을 보고 있자니 잠시나마 자신의 생도 끓어오르는 기분이 든다.

'내가 이렇게 뜨겁게 끓어오른 적이 있었나….'

"김은 셀프예요, 손님."

가뜩이나 마른 몸을 구부정하게 웅크리고 뚝배기만 보고 있으니, 지나가던 종업원이 김을 가리킨다. 우연은 고개를 끄덕, 하고는 마른 김을 접시에 몇 장 담을까 고민하다가 혹시라도 남을까 싶어 다섯 장만 담아 온다.

다시 자리에 앉아 식사를 하려는데 하얀색 블라우스에 빨간 양념 튄 자국이 보인다. 닭도리탕은 아직 먹지 않았는데… 아…. 서빙 직원이 뚝배기를 식탁에 툭 하고 내려놓을 때 국물이 튄 모양이다.

식탁 위에도 빨간 국물이 튀어 있어 휴지를 꺼내 닦고 눈치를 본다. 말해야 하는데…. 손님이 많아 힘든 건지 서빙 직원의 표정은 잔뜩 성이 나 있고 땀이 뚝뚝 흐른다. 사장님은 영수증을 바쁘게 체크하고 주방에선 밀려드는 주문에 쉬지 않고 요리를 한다.

'그래 별거 아니야. 일단 먹자.'

우연은 벽에 걸린 앞치마를 들고 와 목에 건 뒤 밥을 먹기 시작한다. 어렵게 찾은 단골 식당인데, 불편해지면 다음에 오기 미안하니까….

이 식당은 번잡한 빌딩숲에서 드물게 제대로 음식 맛을 내는 곳이다. 근처 백반집들은 김치찌개, 된장찌개, 오뎅탕, 육개장 할 것 없이 모두 비슷한 맛을 낸다. 입사 초기에 여러 메뉴를 시켜 먹으며 똑같은 맛을 내는 식당들에 질릴 때쯤 이 식당을 찾았다.

괜찮아… 그냥 먹자. 정신없이 오늘의 첫 끼를 흡입하고 일어서려는데 하얀 블라우스의 빨간 도트 무늬가 눈에 거슬린다. 사서 오늘 처음 입은 건데… 우연은 물티슈로 얼룩을 닦아본다.

"다 드셨죠? 그릇 치워드릴게요."

테이블 회전율을 위해 손님의 여유를 허락하지 않는 충실한 직원이 그릇을 치우며 행주질을 하자 우연이 우물쭈물 입을 뗀다.

"저…."

"예, 손님. 계산은 저쪽에서 하시면 돼요. 고맙습니다."

"…아. …네."

그래, 좋은 게 좋은 거지. 블라우스는 빨면 되니까. 우연은 카운터에 카드를 내민다. 띠리릭, 하고 점심값이 결제 된다.

"맛있게 드셨어요? 좋은 하루 되세요, 손님."

친절한 사장님의 인사에 우연은 고개를 꾸벅 숙인다. 계산을 마치고 나오니 덥고 습한 공기가 훅, 하고 폐부를 찌른다. 검은색 가죽 가방에서 양산을 꺼내 펼쳐 들고 높은 유리벽 건물 앞에 선다. 우연이 일하는 대형 영어 교육 전문 기업이다.

우연은 이곳에서 온라인 강의를 여러 지역의 아이들에게 판매하는 텔레마케팅을 하고 있다. 스물여섯에 입사해 서른아홉까지 결근 없이 근무 중이다. 2년제 전문대학을 졸업하고 햄버거 가게에서 아르바이트를 하던 중, 사원증을 걸고 일하는 사람들이 내심 부러워 전공과 무관하게 여러 회사에 지원을 했다가 유일하게 합격한 회사가 바로 이곳이다.

회사에 들어서다 말고 건물을 물끄러미 바라보며 오래전 일을 생각한다. 낡은 상가 2층에서 시작한 회사는 사무실 확장으로 세 번의 이사를 거쳐 이제 도심 한가운데 빌딩을 3층부터 7층까지 사용한다. 유리로 반짝거리는 화려한 건물의 월세와 늘어난 직원들의 급여를 위해 사장과 상무, 전무는 더 많은 상품 개발과 판매를 독촉한다.

처음 인턴으로 입사했을 때가 벌써 10년도 더 전이다.

우연은 고객에게 홍보할 내용을 종이에 받아 적고 앵무새처럼 열심히 따라 하다가 지독한 인후염으로 고생을 하기도 했다. 힘든 점이 있어도 웬만해선 표현하지 않는 성격이라, 힘들어 하면서도 지금까지 회사를 다녔고 팀장이 되었다.

세 명의 팀원으로 구성된 영업3팀의 실적은 좋지도 나쁘지도 않다. 중간, 그 정도면 딱 좋다. 평소 말을 많이 하지 않고 들어주는 성격이지만 회사에서 업무를 원활히 수행하려면 말을 많이 해야 한다. 다만 할 말이 뻔히 정해져 있어 오랫동안 회사 생활을 버틸 수 있었는지도 모른다.

시계를 보니 점심시간이 10분 남짓 남아 있다. 양산을 접어 가방에 넣고 건물 유리로 옷매무새를 점검한다. 하얀 블라우스에 검은색 정장 바지, 검은색 단화를 갖춰 입고 어깨까지 오는 머리는 단정히 뒤로 묶은 이가 비춘다. 로비로 들어서자 달콤하게 빵 굽는 냄새가 코를 간질인다. 오른쪽으로 고개를 돌려보니 1층 로비의 카페 문이 빵 나오는 시간에 맞춰 활짝 열려 있다. 카페 안으로 본능적으로 걸음을 옮긴 우연은 쇼케이스 안 딸기 타르트에 시선이 멈춘다.

'예쁘다…. 얼마지? 만 원이네. 이 값이면 하루 점심값인데. 비싸다.'

우연은 자신을 위해 작은 사치도 하지 않는 편이다. 내일 점심은 삼각 김밥으로 해결해야겠다고 결심하고 돌아서려는데, 뒤에서 또각거리는 구두 소리가 들린다.

"우연 팀장, 점심 먹었어?"

"어, 신 팀장. 점심 먹었어?"

"아니, 나는 일복이 왜 이리 많니? 우리 팀으로 배정된 콜, 계약 성사율이 높아서 결재하느라 점심시간 끝나는 줄도 몰랐잖아. 샌드위치나 하나 사서 올라가야지."

"수고가 많네."

"그렇지, 내가 다른 팀 실적 부족한 거 메꿔서 이달 매출 목표 맞추느라 목이 터져요. 이러고 퇴근하면 애들 숙제 봐주고 집안일 하고 정신이 없어. 나 같은 사람은 슈퍼맘 상이라도 줘야 하는데 말이야. 그치?"

"어… 그렇지."

"그나저나 점심시간엔 샌드위치가 최고야. 찌개에 밥 먹으면 맛은 있는데 시간도 오래 걸리고 번거롭잖아. 안 그래?"

"어… 뭐 그렇지. 샌드위치가 깔끔하긴 하지."

고음에 속사포로 쏟아내는 신 팀장의 말에 우연이 고개를 끄덕인다.

입사 동기인 신 팀장은 회사에서 매출 1위 팀을 이끌며 인센티브를 많이 받아간다고 들었다. 연봉 상승률도 가장 높은 그룹에 속하고, 업무 평가도 최고점인 S등급을 사수

한다. 자신감 넘치는 신 팀장의 말에 고개를 끄덕이며 우연은 말을 끊기 미안해 메뉴가 나올 때까지 같이 기다리기로 한다.

"샌드위치 포장 나왔습니다. 맛있게 드세요."

"네, 감사합니다. 빨리빨리 좀 주지. 할 일도 많은데 왜 이리 느려. 얼른 가자, 우연 팀장."

"그래."

포장된 샌드위치를 받아 들고 엘리베이터를 향해 앞서 걷는 신 팀장의 걸음에 맞추어 구두 소리가 난다. 또각또각… 또각또각…. 신 팀장의 구두 소리에 숨이 가빠오고 어지럽다.

"우연 팀장, 안 타?"

"어…. 먼저 가…."

간신히 말을 뱉은 뒤 비상구 계단을 찾아 들어가 벽에 기댄다. 또각거리는 신 팀장의 구두 굽 소리가 귀에서 맴돈다. 또각또각… 따르릉따르릉… 규칙적인 소리가 마치 전화벨 소리 같다. 따르릉… 따르릉… 부재중입니다… 찾지 말아 주세요… 제 인생도 부재중입니다.

우연히 시작된 우연의 직장 생활은 좋아하는 일은 아니

더라도 참을 만했다. 생활에 필요한 것들을 살 수 있고, 가끔 부모님에게 용돈을 드리고, 세일하는 옷을 살 수 있는 삶보다 더 나은 삶이 있을 거라고 기대하지도 않았다. 그런데….

"따르릉… 따르릉… 따르릉."

지난겨울 즈음부터 회사에서 전화벨만 울리면 우연의 심장이 빠르게 뛰고 속이 울렁거리면서 숨이 가빠졌다. 신경질적으로 울리는 전화 코드를 몰래 뽑은 적도 있다. 그 뒤로 핸드폰에서 울리는 전화벨 소리도 두려워지기 시작했다. 전화가 울리면 한참을 바라보다가 끊기고 나서야 메시지로 "무슨 일이야? 전화 받기 어려운 상황이라 문자 보내줘"라고 답을 했다.

그 시기에 반년 정도 만나던 애인과도 헤어졌다. 우연이 전화도 받지 않고 문자에도 답하지 않으니 남자 친구가 인연을 정리하고 싶다고 메시지로 이별을 통보했다. 메시지를 받고도 우연은 해명하지 않았다. 자신도 왜 이러는지 모르겠는데 어떻게 설명한단 말인가. 남자 친구는 거래처 사람이었는데 텔레마케팅 회사 팀장이 전화를 무서워 한다고 업계에 소문이 퍼질까 두렵기도 했다.

"따르릉… 따르릉… 따르릉."

"팀장님 바쁘세요? 이번 주 내내 제가 팀장님 전화 당겨 받았는데 무슨 일 있으세요?"

"아무 일도 없어… 결산이 좀 많아서… 고마워."

"팀장님, 요즘 콜 안 받아주셔서 저희 너무 힘들어요. 신경 좀 써주세요."

우연이 모니터를 보는 척하며 받지 않은 전화를 대신 받은 팀원이 입술을 삐죽이며 말한다.

"따르릉… 따르릉… 따르릉."

전화가 울리자 파티션을 뚫기라도 할 듯 팀원들의 시선이 느껴지지만 우연은 결재 파일을 들고 일어선다. 돌아보지 않아도 뒤통수에 따갑게 꽂히는 시선을 뒤로하고 구토를 참으며 휴게실에 들어선다. 물을 벌컥벌컥 들이켜고 나서야 숨이 쉬어진다. 창백한 우연을 향해 신 팀장이 다가온다.

"아까부터 왜 그래, 무슨 일 있어 우연 팀장?"

신 팀장이 우연에게 말한다. 신 팀장은 우연에게 어떻게든 이유를 알아낼 테니 우연이 무겁게 입을 연다.

"못 받겠어… 전화가… 무서워…."

"뭐? 갑자기 전화가 무섭다고?"

"…어."

"어머, 나도 하루에 수십 통 통화하다 보면 울렁거려서 휴가 때 템플스테이 간 적 있어. 슬럼프인가? 좀 쉬어야 하는 거 아니야? 쉬는 동안 고객 리스트 우리 팀에 넘겨주면 내가 잘 관리해 줄게."

업무 평가도 좋으면서 추가 보너스와 한 해에 두 번 보내주는 포상휴가까지 야무지게 챙기는 신 팀장이 걱정하는 척 우연의 어깨를 두드리며 실속 챙기기를 잊지 않는다. 그러고는 휴게실 문을 나서려던 차에 갑자기 오른쪽 손가락을 관자놀이에 대고 유레카를 외친다.

"그래, 요즘 콜 포비아라고 하지? 자기처럼 힘들어하는 사람들 많잖아. 전화 말고 문자나 메일로 소통해 비대면으로 가입할 수 있는 상품을 출시해도 좋겠다! 그럼 성인 영어 판매율도 늘겠네! 제안서 작성해야지!"

신 팀장의 뒷모습을 바라보며 우연은 낮은 한숨을 쉰다. 그래, 이 일은 저런 사람이 하는 거겠지. 우연은 들고 나온 다이어리에서 종이를 꺼내 힘을 주어 천천히 글자를 적는다.

**사 직 서**

제목과 인적 사항을 기록한 뒤 퇴사 사유를 무어라 적을까 고민한다. 13년간 텔레마케팅 일을 해온 사람이 전화가 무서워 퇴직한다고 쓴다면 우스운 건가. 우연이 천천히 퇴사 사유란에 한 줄의 문장을 적는다.

**퇴사 사유 : 회사 근처 식당 밥이 맛이 없어요.**

적어 놓고 실소를 머금는다. 납득되지 않는 퇴사 사유 아닌가. 종이를 반으로 접고 찢어 휴지통에 던져 넣으며 지금의 나 같다고 생각한다.

손목시계를 본다. 아직 4시 반. 퇴근까지 1시간 반이나 남았네. 회사에 있으면 시간은 느리게만 간다. 폰을 꺼내 온라인 쇼핑몰 장바구니에 담은 상품들을 결제한다. 사두면 언젠가 필요하겠지. 이건 사치품 아니고 생필품이니까 괜찮아. 우연이 결제한 물품들은 새벽 배송으로 늦어도 내일 아침이면 문 앞에 배달될 것이다.

"뜻대로 되는 일은 택배밖에 없네."

다섯 건의 결제를 마치고 일어선다. 열린 창문 밖에선 매미들이 목청껏 울어댄다. 걔네들은 목청도 좋아. 저 목소리로 여기 들어와 나 대신 일해주면 좋으련만.

우연은 결재 파일을 가슴에 안고 빌딩 숲 사이에 우거진 초록 나무들 틈에 붙어 있는 매미의 울음소리를 듣는다. 여름 하늘은 왜 이리 쨍하니 파란 것인가. 내 마음은 회색빛인데.

누구를 향한 원망인지 모를 마음으로 사무실을 향해 걸어 들어간다. 숨이… 막힌다.

"윽… 속 아파… 회사 가기 싫다. 도망가고 싶어. 일 안 하고 먹고 살 수는 없는 걸까."

주말 이틀 동안 누워 있던 자세 그대로 눈을 떴다. 월요일 아침이다.

회사 생각을 하자 속이 울렁거린다. 우유에 시리얼을 말아 삼키려는데 구토가 올라온다. 화장실로 뛰어가 게워 내고 세수한 다음 거울을 본다. 눈 밑이 움푹 꺼지고 기미가 잔뜩 낀 얼굴이 낯설게 느껴진다.

놀란 마음에 얼른 고개를 돌리고 칫솔을 입에 문다. 천천히 이를 닦다가 이내 칫솔질이 거칠어진다. 이가 아프다. 수도꼭지를 틀고 잠시 서 있으려니 눈물도 틀어진다. 뚝뚝 떨어지는 눈물을 수돗물에 흘려보내고 얼굴을 닦고 나와 늘 하던 대로 로션을 바르고 선크림을 바른다.

금요일에 들어와 벗어둔 옷을 들어 더러워진 곳은 없는지 대충 살핀 다음 그대로 입는다. 출근 준비를 마치니 휴대폰에서 메시지 알림음이 들린다.

— 고객님의 대출 이자 납입일은 15일입니다. (연이자 3.48% 적용)

무표정하게 문자메시지를 닫고 현관 앞에 선다. 나가고 싶지 않지만 나가야 한다. 대출 이자와 관리비 그리고 자신을 먹여 살리기 위한 비용들이 필요하다.

결심한 듯 문을 열자, 문 앞을 택배 상자들이 가로막고 있다. 요즘 택배들은 작은 쿠션 하나를 사도 큰 박스에 담아 보낸단 말이야, 낭비야. 우연은 택배 박스를 문 안으로 밀어 넣는다.

3층 빌라의 투룸 전세로 이사 올 때까지만 해도 이 정도면 잘 흘러가는 삶이라고 생각했다. 딱히 큰 사건이 있는 것도 아니고, 몸을 뉘일 수 있는 집도 있고, 직장도 있고, 밥도 먹고 살고 있으니 문제가 없었다. 그래, 가기 싫어도 나가는 거야. 좋아서 회사 다니는 사람이 몇이나 있겠어, 우연은 스스로를 설득하며 정류장을 향해 걷는다.

'아무 문제 없는데… 정말 아무 문제 없어 보이는데 말야… 왜 이렇게 사는 게 힘들지.'

버스를 기다리며 신고 있는 검은색 낮은 구두를 내려다보는 우연의 등은 동그랗게 구부러진다.

'매운 거 먹고 싶다.'

고개를 든 우연은 편의점을 바라보며 고민한다. 라면이나 떡볶이를 사 먹고 갈까. 오늘 점심도 닭도리탕 정식 먹으러 가야겠다. 매운 게 몸에 들어가면 속은 따갑지만 피가 돌며 땀이 난다. 그럴 때면 살아 있는 느낌이 난다. 매운 감각에만 신경 쓰다 보면 잠시나마 고민도 잊을 수 있다.

매운 걸 먹고 탈이 나서 일을 못하면 어쩌나 고민하는 사이, 타야 할 버스가 온다. 줄 서 있던 사람들은 우르르 버스에 몸을 싣는다. 우연이 올라타려면 앞에 있는 사람을 밀고 버스 계단에 서야 겨우 문이 닫힐 것 같다. 우연은 다음 버스를 타기로 한다. 타야 할 버스를 제때 타는 것도

운 좋은 사람들이나 가능한 일 아닌가.

'시민 1, 시민 2, 시민 3… 나는 몇 번째 시민일까.'

학생 때 읽은 극본이 떠올라 이 상황을 대입해 본다. 이 버스 정류장의 시민 20쯤이 자기 자신인 것 같다. 그럼 나 하나 사라져도 티가 나지 않겠지. 시민 21은 금방 시민 20이 될 테니. 우연은 고개를 숙이고 다음 버스를 기다린다.

'지겨워….'

언제까지 매일 출근하고 대출 이자를 갚는 생활을 계속해야 하는 걸까. 아니… 언제까지 이 일을 할 수 있을까.

하고 싶은 일도, 할 줄 아는 일도 없이 10년 넘도록 한 업계에 있었지만 10년 후에도 이 일을 할 수 있을지 자신이 없다. 그렇다고 이제 와 무슨 일을 다시 시작한단 말인가.

생활에 여유가 있는 것도 아닌 주제에 배부른 투정을 하는 것 같지만, 다람쥐 쳇바퀴 돌듯 제자리걸음만 하는 생활도 지겹다.

주머니에서 진동이 짧게 울린다. 전화가 문제다. 생각을 깨는 건 언제나 전화다.

— 우연아, 아침 먹었어? 미안한데 이번 달에 30만 원만 빌려줄 수 있을까? 여름휴가 기간이라 그런가 매출이 적어서 가게 관리비 낼 돈이 부족하네. 아빠가 엄마 카페 하

는 거 안 좋아하잖아. 그나마 매출 괜찮다고 하니 허락한 거라 말을 못하겠네. 너 힘들면 엄마가 알아서 해볼게.

평생 주부로 살면서 모은 돈으로 작년부터 테이크아웃 전문 카페를 운영하는 엄마는 종종 아버지에게 비밀로 하고 우연에게 돈을 빌린다. 아버지는 엄마가 일을 나가면 밥은 누가 차려 주냐며 카페 창업을 반대했다. 타협이 어찌 되었는지는 모르지만 엄마는 어쨌든 카페를 열었다.

우연은 짧은 한숨을 쉬며 은행 어플을 열어 엄마에게 돈을 이체했다. 엄마는 좋겠다. 하고 싶은 일이 있고, 돈 보내주는 딸도 있어서. 엄마라도 살아 있는 생명체 같은 삶을 살고 있어 다행이라는 생각을 한다.

휴대폰의 진동이 울린다. 회사의 고객관리 프로그램에서 관리하는 학생의 연락이다. 1년 치 영어교육 프로그램을 구입하면 특별히 개별 관리로 진도를 체크해 준다고 판촉을 하기 때문에 우연은 학생들에게 '선생님'이라 불린다.

"쌤, 저 이번 달 진도 다 했어요. 여기는 학원이 별로 없는데 영어 시작한 뒤로 왠지 저도 큰 학원 다니는 기분 들어 좋아요. 저 이제 뭐 하면 돼요?"

한 달에 한 번 전화로 진도를 체크하고 일주일에 한 번 프로그램 내에서 과제 메시지를 보내는데, 유독 이 학생은 이 프로그램으로 공부하는 걸 좋아한다.

얘가 몇 학년이었더라, 학생의 인적 사항을 검색해 읽다가 주소에서 멈칫한다. 사는 곳이 메리골드라고…? 메리골드면 꽃 이름인데. 꽃 속에 살고 있는 건가.

엄마가 예전에 꽃을 배운다고 사다 둔 수북한 책 더미에서 저 꽃 이름을 읽은 적이 있다. 그때도 꽃 속에 파묻혀 사는 엄마가 매일 똑같이 지루한 일상을 사는 자신보다 즐겁지 않을까 생각했었다. 그 사이 버스가 도착한다.

"가기 싫다…."

지하철로 환승해 플랫폼 앞에 서 있으면 역에 도착한 지하철이 입을 벌려 사람들을 쏟아낸다. 출퇴근 시간 지하철은 전쟁이다. 지하철이 토해내는 사람들이 점으로 보이기 시작하고, 고개를 들면 점들이 쏟아져 내린다.

힘들어도 출근하려면 지하철을 타야만 한다. 고개를 떨구고 발끝만 바라본다. 빨리 집에 가고 싶다. 가서 아무것도 안 하고 싶어. 위가 쓰리다.

내과에서 맵고 자극적인 음식을 그만 먹으라는 권고를 받았다. 역류성 식도염이라나. 그런데도 매운 것만 먹고 싶네? 매운 거 안 먹고 이 지겨운 회사 생활을 어찌 버티지? 저녁은 김치찌개나 매운 떡볶이를 먹을까?

“우연 팀장, 지금 몇 달째 팀원들이 콜 대신 받느라 힘들다고 하소연하고 있어. 이번에 신입도 안 받는다 그러고, 실적도 최저인 거 알지?”

“죄송합니다. 상무님….”

“계속 이럴 게 아니라, 이유를 알아야 해결책을 찾지. 우리가 몇 년 같이 일했니? 상사 계급장 떼고 친한 언니라고 생각하고 말해봐. 무슨 일이야?”

“그냥… 좀 피곤한 것 같아요….”

“사람 답답하게 하네. 내 친구가 하는 정신건강의학과 있는데, 명함 줄 테니까 거기 한번 다녀와. 마케팅 하는 사람이 통 웃지도 않고 칙칙하게 다닐 거야? 나도 커버해 주는 데 한계가 있어.”

“….”

“어디서 좋은 조건으로 이직 제안 왔어? DB 빼가려고 작업하는 건 아니지?”

“그런 건 절대 아니에요, 상무님.”

박 상무가 신경질적으로 안경을 벗어 책상 위에 던진다. 우연이 입사했을 때 대리였던 박 상무는 창립 멤버로 능력을 인정받아 부사장 승진을 앞두고 있다는 소문이 회사 내에 파다하다. 매출 1위는 못해도 중간은 찍어주던 우연의 팀이 이 중요한 시기에 실적 최하위로 내려가면서 심기가 편치 않다.

“사직서 썼다 찢었다 하는 거 모를 줄 아니? 회사는 월급을 주고 직원은 일을 하는 게 기본 아니야? 힘든 일 없는 사람이 어디 있어. 힘든 사정 몇 달씩 봐주면 그게 학교지, 직장이야? 기업은 이익을 목표로 하는 곳이야. 우연 씨, 개념 없게 일하지 않았잖아?”

“죄송합니다.”

“김 비서한테 두통약 좀 가져다 달라고 해줘. 아니다, 서랍에 있다. 됐어, 나가봐.”

“네….”

우연은 온몸에 수분이 빠져나간 사람처럼 버적버적 마른 입술을 깨물었다. 머릿속에 하얘지면서 손끝부터 냉기가 올라온다. 감정이 사라지면 체온도 사라지는 건가. 체온이 사라지면 회사를 그만 다녀도 되겠지. 나쁘지 않네.

징— 지이잉—

위층 남자는 오전 6시부터 5분 간격으로 4개의 알람을 진동으로 맞추어 두고 마지막 알람에서야 일어난다. 바닥에 이불을 깔고 자는지 핸드폰이 바닥에 딱 붙어서 일찍 깨는 날이면 우연도 같이 진동의 울림을 센다.

징— 지이잉—

마지막 네 번째 알람 진동이 두 번에서 멈춘걸 보니 일어난 모양이다. 우연의 알람이 울리려면 아직 40분이 남았다.

어제 박 상무와의 대화를 복기한다. 회사 관두면 뭐 해 먹고 살지? 전공 관련 일은 경력이 없으니 이제 와서 어려울 테고. 회사를 관두지 않으면 어떻게 살지? 계속 다니면서 잘 풀린다는 전제 하에 10년 뒤 꿈꿀 수 있는 최선의 미래는 박 상무인 건가.

"그건 싫은데…."

박 상무의 화난 표정이 떠오르자 한기가 돈다. 이불을 턱 끝까지 끌어올린다. 아니지, 박 상무 정도면 성공한 건데. 그런데 정말 하기 싫은 일을 꾸역꾸역 해내서 승진하는 것이 성공일까? 쓸데없는 생각 말고 일단 출근이나 하자. 내야 할 카드 값과 관리비, 대출 이자가 입을 벌리고 있지 않는가. 이불을 걷고 일어나 기지개를 켠다.

"허…."

어, 이상하다. 목에서 소리가 갈라져 나온다. 꿈이 이리 생생한가.

"…허… 쿨럭쿨럭… 컥…."

격렬하게 기침을 하며 몸을 완전히 일으켜 세운다. 목

소리가 제대로 나오지 않는다.

"엉망진창이네….?"

이보다 더 완벽하게 자신을 표현할 단어가 있을까.

"어디가까지가 바닥인 거야."

샤워기에 물을 틀고 뚝뚝 떨어지는 물을 맞으며 어쩌면 아직도 바닥이 아닐지 모른다는 생각에 소름이 돋는다. 물의 온도를 더 뜨겁게 올린다.

두 번째 실업급여를 받기 위해 교육에 참석하는 날이다. 하필 전 직장 근처에 실업급여 수급 면담장이 있어 어쩔 수 없이 그 앞을 지나야 한다.

박 상무와 면담을 하고 얼마 지나지 않아 우연은 권고사직을 당했다. 오래 근무한 직원이라고 퇴직금에 위로금도 주고 8개월간 실업급여를 받을 수 있게 회사가 배려해주었으니 감사히 여기라는 박 상무의 마지막 말이 귓가에 맴돈다. 막상 10년 넘게 일한 직장에서 나가라고 하니 마음이 착잡하다.

'나는 이 회사의 포스트잇이었네. 언제든 쉽게 떼고 붙일 수 있고… 쓰기도 쉽고 버리기도 쉬운….'

휴직이 아닌 권고사직은 사내 이슈가 되었다. 박 상무

가 우연보다 젊고 계약 조건이 좋은 경쟁사의 팀장을 스카우트하려고 작업한 거라는 소문이 우연의 귀에도 들려왔지만 아무래도 상관없다. 전화만 울리면 심장이 빨리 뛰며 숨이 가빠졌으니까.

일을 할 수 없다는 걸 우연도 알고 있었다. 인터넷 검색창에 '콜 포비아'를 쳐본다. 전화로 상품을 팔아야 하는 사람이 콜 포비아라니.

회사에는 차마 이유를 말할 수 없었다. '아버지 사업이 갑자기 망했다더라', '결혼을 앞두고 파혼했다더라', '전세 사기를 당했다더라', '주식과 코인으로 큰돈을 잃고 실어증에 걸렸다더라' 하는 소문에도 우연은 대응하지 않았다.

'어쩌면 이런 결론이 나길 기다렸는지 몰라.'

차라리 잘 됐다는 생각이 든 건 왜일까. 들어둔 적금과 퇴직금을 아껴 쓰면 1년은 버틸 수 있으니 당장 구직 활동을 하지 않아도 되지만, 단 하나의 아쉬움은 점심시간에 먹던 닭도리탕 정식이다. 혀를 마비시키는 알싸한 매운맛이 직장 생활의 유일한 구원이었는데.

그래서 실업급여 교육을 받으러 가는 날이면 우연은 정장을 입고 오후 1시 40분쯤 늦은 점심으로 식당에 간다. 테이블에 앉아 음식을 기다리는 동안 형식적으로 이력서를 넣은 곳에서 불합격 통보 문자를 보내왔다.

'다행이야. 서류 전형에 불합격해서….'

2년제 문예창작학과 수료에 텔레마케팅 회사 근무가 주요 경력인 우연이 관련 없는 직종에 원서를 넣고 있으니, 사실 불합격을 바라고 지원하는 것이나 다름없다.

"내년이면 마흔인데, 자꾸 다른 직종으로 이직하려고 하지 마시고 동일 직종에 넣으세요. 연봉이 부담스러울 수 있으니 직급을 낮춰 지원하시면 가능할 겁니다."

"네…."

"혹시 취업 안 하고 실업급여만 수급하려고 다른 직종 넣으시는 건 아니죠? 문예창작학과 출신이라고 해도 받던 연봉 그대로 출판사 에디터나 웹소설 피디에 지원하시면 뽑아줄 리가 없죠."

"네…."

"정말 하고 싶으시면 국가 지원으로 운영되는 출판 기획자 양성 과정을 신청해 보세요. 나이 제한이 39세니까 올해가 마지막이네요. 서류 드려요?"

"…네."

실업급여 수급 담당자에게 서류를 받아 나오는데 식은 땀이 흘러 등 뒤가 서늘하다. 가방에 넣어둔 핸드폰이 짧은 진동을 울린다.

— 우리 딸, 스트레스 받지 말고 천천히 생각해. 이번 달 장사 잘 돼서 매출이 좋아! 통장으로 50만 원 보냈으니

까 대충 먹지 말고 엄마가 반찬 해준 거랑 고기 먹어, 알았지?

— 많이 보냈네. 고마워.

짧은 답장을 하고 핸드폰을 집어넣으려는데 메시지가 연달아 들어온다. 엄마다.

— 우연아. 엄마가 중학생 때 살았던 메리골드 마을 알지? 오랜만에 가고 싶어서 기차표를 예약했는데 하필 단체 예약이 들어왔지 뭐야. 기차표 아까운데 잠깐 다녀올래? 바다도 보고 와.

메시지와 함께 기차표가 전송된다. 날짜가 바로 내일이다. 엄마는 참, 같이 가자고 하면 안 간다 할 게 뻔하니 이런다니까…. 엄마답다. 우연은 답장 버튼을 누른다.

— 알았어.

— 잘 생각했어. 엄마 친구가 메리골드에 새로 생긴 데가 있다고 추천하더라. 주소 보내둘게, 여기도 가봐. 사랑해 딸!

문자를 읽고 휴대폰을 가방 깊숙한 곳에 넣는다. 마침 닭도리탕이 나왔다. 보글보글 끓는 닭도리탕이 다가온다.

"앗 뜨거…."

"죄송해요 손님! 죄송합니다! 제가 오늘 처음인데… 옷에 국물이 튀었어요, 제가 변상해 드릴게요!"

우연의 하얀 반팔 블라우스에 익숙한 빨간 반원이 번진

다. 오늘은 옷보다 살에 튄 부분이 많아 다행이라고 생각한다. 직원이 건넨 물수건으로 슥슥 블라우스를 문지른다.

"괜찮아요. 그럴 수도 있죠…."

"감사합니다…! 혹시라도 불편하시면 말씀해 주세요!"

허리를 꾸벅 숙이는 남자 직원의 달아오른 얼굴을 보며 우연은 미소를 지어 보이고 괜찮다는 손짓을 한다. 식당을 둘러보니 지난번의 그 직원은 보이지 않는다. 쉬는 날인가.

밥을 먹으며 우연도 직장에서 자신을 찾는 학생들이 있는지 궁금해진다. 유독 우연을 따르던 학생을 생각하다 엄마가 보내준 기차표를 꺼낸다.

"아… 그러고 보니 그 학생이 사는 도시도 메리골드였는데…."

닭도리탕을 건성으로 씹으며 기차표를 본다. 엄마가 살던 동네가 메리골드였구나. 그래서 그렇게 꽃을 좋아하고 꽃말을 외우고 다니는 건가.

"스읍… 매워."

오늘따라 많이 맵다. 주방장도 바뀌었나. 뚝배기의 반을 남기고 일어서는데 사장이 다가와 말을 건다.

"손님, 음식이 오늘 맛없으셨어요? 매번 깨끗하게 비우셨는데 오늘은 많이 남기셨네요."

"그냥, 배가 좀 불러서요."

"반이나 남겨서 어떡해, 단골손님 특별 서비스로 오늘은 계산 안 받을게요! 저희 직원이 실수했는데 너그럽게 이해해 주시고, 고맙습니다."

"아… 괜찮은데…."

"저희가 안 괜찮아요. 다음에 또 오세요! 그땐 더 맛있게 해드릴게요."

"네… 감사합니다…."

정말 괜찮은데. 소매의 빨간 얼룩은 주방세제에 베이킹소다 섞어 빨아 햇볕에 널어 말리면 깨끗하게 사라지는데.

우연은 꾸벅 인사를 하고 나와 한낮의 대로변을 걷는다. 아직도 여름이 한창이다. 8월 중순이면 더위가 한풀 꺾인다고 했는데.

그런데 이 거리를 오후 3시에 걸어 다니는 사람들은 표정이 왜 다르지? 우연이 출퇴근길에 늘 보았던 화나고 퉁명스러운 사람들은 어디로 가고, 천천히 걸으며 웃기도 하고 나란히 걸으며 이야기하는 이들의 분위기가 왠지 편안하다. 지하철역을 향해 걸어가며 사람들을 표정을 살피던 우연이 순간 놀란다.

"그러고 보니 사람들이 보이네? 예전엔 점으로 보여서 고개도 못 들고 걸었는데. 점들이 우르르 쏟아져 나한테 밀려오는 것 같았는데…."

아무 일도 일어나지 않기를 바라지만 무슨 일이라도 일어났으면 싶은 그런 여름날, 어쩌면 무슨 일이 시작되려는지도 모른다. 늘 고개를 숙이고 걷던 길에서 고개를 들고 걸을 수 있게 된 건 결코 우연이 아닐 테니까.

우연은 엄마가 보낸 기차표 시간을 다시 확인하고 미리 알람을 맞춘다.

"기차표 버리면 아까우니까. 어차피 할 일도 없고."

여름은 한창이고 매미가 세차게 울어대고 땀은 흐르지만 불쾌하지는 않다. 실직을 했고 미래에 대한 대책도 없이 내년이면 마흔이 된다. 20대 초반에 생각하던 마흔은 안정적으로 자리 잡힌 삶이었는데. 안정이 뭐람, 먹는 건가. 사는 일이 참 어렵다.

"여기 뭐가 있다고 보러 오라는 거야."

엄마는 여기서 어린 시절 살았다고 하지만 도시로 나와 더 오랜 시간을 살아왔기에 우연은 이 동네가 처음이다. 엄마가 준 주소로 택시를 타고 왔는데 카페처럼 보이는 건물 말고는 아무것도 없다. 일단 왔으니 카페에서 커피 한잔 마시고 가야겠다 생각하는데 눈앞에서 피부가 새카맣고 깡마른 여자가 바다로 텀벙 뛰어든다.

시원하게 헤엄치는 광경을 바라보던 우연은 여자의 환한 표정을 보며 무심결에 미소를 짓다 놀라 웃음을 거둔다. 박 상무의 목소리가 환청처럼 들린다.

"뭐가 좋다고 웃고 다녀? 매출 그렇게 하고 웃음이 나오니? 사람 속도 좋아."

"죄송합니다."

"죄송할 일을 왜 만들어? 죄송할 시간에 일을 해. 팀장이 아무한테나 웃어 보이면 가벼워 보이는 거 몰라? 직급에 맞게 행동해."

사회 초년생일 때의 우연은 언제나 웃는 사람이었다. 아니, 웃는 사람이어야만 했다.

목소리에도 표정이 있다는 걸 그때 배웠다. 보이지 않지만 전화선을 타고 들리는 목소리는 무표정일 때 퉁명스러웠고, 웃는 얼굴일 때 부드러웠다. 우연이 웃고 있으면 고객들이 우연의 설명에 더 귀를 기울였고 첫 번째 콜에서 상품을 결제하기도 했다.

그때부터 우연은 웃는 시간이 많아졌다. 그러고 집에 돌아오면 감정이 탈진되어 아무 소리도 들리지 않는 충전의 시간을 보내야만 다음 날을 이어갈 수 있었다. 침묵 총량의 법칙이라도 있는 것일까.

'오랜만에 무얼 팔지 않아도 되는데 웃었네.'

우연에게 웃음은 감정 노동이자 회사 생활이었다. 웃고

싶지 않아도 수화기만 들면 절로 웃음을 짓던 날들에 지친 줄도 모르고 있었다. 혼자 헤엄을 치며 즐거워하는 여자의 상쾌한 웃음이 푸른 바다처럼 시원하다.

'아침부터 좋은 일이 있나.'

고개를 갸웃거리며 동네를 둘러보니 기분 좋은 바람이 분다. 우연의 이마에 송골송골 맺힌 땀방울을 식혀주기라도 하듯 때를 잘 맞춘 바람이 분다. 어린 시절 엄마가 낮잠 자는 우연에게 해주던 부채질처럼 부드러운 바람이다. 이상하게 경계심이 풀어지고 마음이 놓인다. 숨을 크게 들이쉰다. 꽃바람이 폐부 깊숙이 스며든다. 바람에서도 꽃향기가 난다.

'사람들이 같은 섬유 유연제라도 쓰나. 이 도시는 향이 좋네. 그나저나 저기가 카페 맞겠지?'

단층으로 길게 뻗은 건물이 한창 유행한다는 식물 인테리어 카페 같다. 바다를 향해 액자처럼 나 있는 창 안에 알록달록한 꽃들과 초록잎이 가득 채워져 있다.

'저기서 나는 꽃향기인가 보다. 목마른데 저기 들렀다 갈까.'

멀리서 보기만 해도 코끝에 초록향이 묻는다. 도시에서는 새빨간 고춧가루 냄새와 회색의 먼지 냄새만 가득했는데….

우연은 마음 식물원을 사진으로 찍는다. 찍은 사진을

열고 네모난 건물 아래에 동그라미를 여럿 그린다. 낡고 긴 건물이 왠지 기차 같다.

지이잉— 지이잉—

사진에 기차 바퀴를 그리는데 전화가 울린다. 발신자는 신 팀장이다. 심장이 두근거린다. 왜 전화를 했지…? 차라리 문자를 하지. 그나마 우연과 회사에서 대화를 자주 나누던 동기지만 전화 통화를 하려면 마음의 준비가 필요하다. 진동이 멈추자 신 팀장에게 문자를 보낸다.

— 지금 전화 받기 어려운데 문자로 말해줘.

핸드폰을 끄고 가방에 넣는다. 진땀이 흐른다. 더워서 흐르는 건지, 긴장 되어 흐르는 건지 분간되지 않지만 어지럽다. 왼손을 이마에 대고 휘청대자 누군가가 우연의 팔을 잡아준다. 깜짝 놀라 옆을 보니 바다에서 헤엄치던 그 여자다.

"어… 저…."

"놀랐다면 미안해요. 얼굴이 창백하고 힘들어 보여서요. 괜찮아요?"

"저… 네… 괜찮아요…."

가뜩이나 낯선 동네에 와서 긴장하고 있는데 낯선 사람이 말까지 걸어오니 우연은 눈을 마주치지 못하고 말을 더듬는다. 잔뜩 긴장한 우연을 보며 지은이 미안한 표정을 짓는다.

"날이 더우면 어지럼증이 올 수 있어요. 이 해변에는 편의점이나 식당이 없어요. 제가 저기 보이는 마음 식물원에서 일하는데, 괜찮으시면 시원한 냉차 한잔 드시고 가실래요? 안색이 많이 안 좋아 보여요."

지은의 부축에 현기증이 가라앉은 우연은 낯선 이의 호의가 부담스럽지만 거절이 어려워 고개를 끄덕인다.

"네… 고맙습니다. 붙잡아 주신 것도 고마워요."

"그럼 저 먼저 들어가 있을게요. 천천히 와요."

우연에게 미소를 지어 보이며 여자가 성큼성큼 앞서 걸어간다. 오늘 만날 손님이 저이였구나. 입구에서 뒤를 돌아보며 우연이 잘 오고 있는지 살핀다. 머리를 대충 툭툭 털고 아침에 우려 놓은 위로차를 얼음 컵에 넣는다. 머뭇거리는 우연의 발걸음을 느끼며 골똘히 생각하던 여자가 휴대폰을 꺼내어 스피커에 연결한다.

"오늘은 음악이 필요할 것 같아. 그나저나 아무리 봐도 신기해. LP판들이 이 작은 기계에 다 들어 있는 거 아니야. 신기하지 꽃잎들아?"

빨간 꽃잎들이 대답이라도 하듯 여자의 발 주변을 동그랗게 돈다. 여자는 꽃잎들에게 미소를 지으며 들어오는 이의 느린 발걸음을 응원한다.

❋

“왜 이렇게 사는 게 힘들기만 한지, 누가 인생이 아름답다고 말한 건지.”

우연이 마음 식물원 앞에 서자 좋아하는 가수의 노래가 흘러나온다. 지칠 때마다 구석으로 숨어들어 이 노래 한 곡을 듣고 나오면 다시 일할 힘이 났다. 노래 가사처럼 혼자라는 생각이 들지 않게 손잡아 줄 다정한 이가 있다는 상상을 하며 버텨냈다.

낯선 사람과 낯선 공간에 들어서기를 잠시 망설이고 있는데, 때마침 흘러나오는 노랫말이 손을 잡듯 우연을 안으로 이끈다.

조심스레 입구에서 안을 들여다보니 해변의 여인이 노래를 흥얼거리며 촛불을 켜고 있다. 촛대에 촛불을 켜고 짧은 묵념을 하더니 노래를 흥얼거리다 우연을 향해 웃는다. 우연은 놀라 딸꾹질이 나온다.

“이 노래 너무 좋지 않아요? 우연히 듣게 된 후로 촛불 켤 때마다 듣고 있어요. 이 촛불은 오늘 힘든 마음을 가진 사람들을 위한 초인데, 가사랑 잘 맞아요.”

지은의 말에 우연은 눈을 마주치지 못하고 고개를 작게 끄덕인다. 우연의 반응을 보니 대화보다는 필담이 나을 듯해 지은이 앞치마에서 수첩과 연필을 건넨다.

어서 와요. 시원한 냉차 줄까요? 원하면 따뜻한 차도 있는데 어떤 게 좋아요?

지은의 배려에 코끝이 찡하다. 펜을 들어 답을 적는다.

냉차 부탁드려요.

우연의 대답을 읽고 지은이 얼음 컵을 두어 번 흔들어 건넨다. 갈증이 심하던 차에 냉차를 마시니 우연의 속이 뻥 뚫린 듯 시원하다.

숨을 돌린 우연을 뒤로하고 채반을 든 지은이 화분에서 루꼴라와 바질, 방울토마토를 툭툭 따서 개수대로 가져와 씻는다. 그다음 접시 두 개에 나누어 담고 반으로 자른 오렌지를 담아 올리브오일을 휘 둘러 화이트 발사믹을 뿌린다.

우연은 식물원 입구 앞의 2인용 네모난 나무 테이블에 앉아 샐러드를 만드는 지은의 움직임을 훔쳐본다. 좋아하는 음악 덕분인지 시원한 냉차 덕분인지 현기증은 가라앉고 기분도 나아졌다.

'검은색 민소매에 짧은 청바지를 입고도 우아할 수가 있네.'

우연이 감탄하는 사이, 지은이 몸을 돌려 걸어와 테이블 위에 놓인 수첩과 연필을 집어 들어 글자를 적는다.

이 근처에 식당이 없는데, 괜찮으시면 샐러드 드실래요? 만들다 보니 너무 많이 만들었어요.

위로차를 냉차로 내준 건 처음이라 지은이 우연을 조심스레 살피며 묻는다. 그러고 보니 지은이 메리골드에 처음 온 날도 저런 표정이었을까. 계절은 여름인데 저이의 속은 한파를 지나고 있다. 지은의 쪽지를 읽고 우연이 연필을 들어 답을 쓰려다 말고 더듬더듬 입을 연다.

"그… 그냥 주시지 말고… 값을 낼게요."

위로차의 효능이 통했는지 우연은 해변에서보다 한결 편안해 보이지만 여전히 눈을 맞추지는 않는다. 그래도 저이가 목이 말랐는지 위로차를 단숨에 들이켜더니, 덕분에 빠르게 편안해졌네. 위로차를 마시면 굳은 마음이 풀리면서 자신도 몰랐던 속마음을 꺼내놓는 효능이 나타난다.

"혹시 식물 키워봤어요? 여기서 직접 키운 걸 먹는 거라 값을 매기긴 그렇고, 시간 되면 이따 가지치기 하는 거 도와주실래요?"

"저희 엄마가 꽃을 좋아하셔서 도와드린 적이 있어요. 그리고… 제가 불편할까 봐 마음 써주셔서 고맙습니다. 가끔 낯선 상황이 좀 어렵게 느껴져서요."

앉은 자리에서 깍듯이 인사하는 우연에게 지은도 샐러드 볼을 건넨 후 허리를 숙여 인사를 건넨다.

"방금 수확한 샐러드는 처음 먹어보는데 정말 신선하네요. 드레싱은 뭘 쓰신 거예요?"

"맛있죠? 자연은 우리에게 주는 게 이리 많아요. 친절해. 드레싱은 유기농 올리브오일과 화이트 발사믹을 썼어요. 괜찮아요?"

"정말 맛있어요. 오렌지랑 같이 먹으니 상큼해요."

오랜만에 빨간색이 아닌 초록색과 연두색, 오렌지색이 섞인 음식을 먹으니 건강해지는 기분이다. 빨간 맛 음식들은 먹을수록 알싸하게 매운 기분에 도파민이 솟아나지만 속은 더부룩했다. 오랜만에 샐러드를 먹으니 맛있네, 이래서 신 팀장이 점심에 루꼴라 샌드위치만 먹는 건가. 그러고 보니 이제야 신 팀장에게 전화가 왔었다는 사실이 기억난다.

"잘 먹었습니다. 정말 맛있게 먹었어요."

"맛있게 먹어주어 고마워요. 정리하고 나무 몇 그루만 가지치기 해요."

"네, 제가 뭘 하면 될까요?"

"잘라낸 가지들 정리해서 버려주시면 돼요. 그런데 이름이 뭐예요?"

"기우연이요. 우연이라고 편히 불러 주세요."

"그래요. 난 마음 식물원 사장이라 대부분 그냥 사장이라고 불러요. 근데 언니라고 불러도 되고, 편한 대로. 여기 앞치마 입어요."

우연은 앞치마를 받아 목에 걸고 겉감을 스윽 한번 쓸

어내린다. 식물원 사장과 같은 앞치마를 입었을 뿐인데 마치 직원 유니폼을 입은 듯 이곳에 소속감이 드는 이유는 뭘까. 100평 남짓해 보이는 식물원을 다 둘러보지도 못했는데 벌써 이곳이 좋다.

회색 빌딩숲에 살며 닭도리탕과 떡볶이, 라면의 빨간색으로 살아 있음을 확인하곤 했는데, 이곳은 특별히 화려하게 꾸미지도 않았어도 훨씬 생기가 넘치고 근사해 보인다.

“와… 벽이 아니라 통창이네요?”

“창밖의 산도 마치 식물원의 일부처럼 보이죠? 그래서 일부러 통창을 냈어요.”

“자연을 좋아하는 편이 아니었는데, 여기서 보는 산과 바다는 감동이네요.”

“근사하죠. 딱 이 가운데 서 있잖아요? 그럼 산과 바다가 양팔로 안아주는 듯이 포근해요. 난 외로울 때 여기 있어요. 나뭇잎도 닦고 꽃에 물도 주고 분갈이도 하다 보면 마음에도 꽃바람이 부는 것 같달까.”

“마음에 꽃바람이요? 사장님이 지금 손질하는 나무는 무슨 나무예요?”

“이건 올리브나무예요. 손님이 위탁하고 가셨어요.”

“위탁도 가능하군요.”

“원하시면요. 새순이 돋았네, 오늘 가지치기 안 해줬으면 새순한테 미안할 뻔했어요."

지은이 빙긋 웃더니 우연에게 가위를 건네며 말한다.

"시든 가지, 우연 씨가 잘라볼래요? 어렵지 않죠? 꽃이든 나무든 시든 잎을 정리해 주지 않으면 새순이 잘 자랄 수 없어요. 아깝다고 시든 가지 그대로 두면 식물 전체에 안 좋은 영향을 미쳐요."

"마치 사람과 비슷하네요. 시들고 정리해야 할 것들을 끌어안고 살면 새살이 돋아나지 못하듯이요."

오랜만에 대화가 즐거운 손님을 만나 말을 이어가다 보니 상수의 올리브나무 손질이 끝나 있다. 더 이야기 나누고 싶어 그제 온 손님의 사과나무도 손질하기 시작한다. 지금은 혼자라는 생각이 들지 않는다. 우연도, 지은도.

"저는 내일모레면 마흔인데도 아직 어른으로 사는 일이 힘들어요."

"힘들죠! 어른으로 사는 법을 배운 적도 없는데 나이 들었으니 성숙한 어른이 되라고 강요받는 느낌이잖아요? 나는 아직 준비가 안 되었는데. 우리 우연 씨, 그동안 힘들었겠다."

"그렇게 말해주셔서 고맙습니다."

도란도란 지난 일들을 이야기하다 보니 지은의 위로에 눈물이 핑 돈다.

당연히 누구나 어른이 되는 줄 알았다. 학교를 졸업하고 시작한 사회생활은 몸에 맞지 않는 옷 같았지만 다들 이리 사니 힘든 게 당연한 줄 알고 살았다. 성인이 되어서도 속 깊은 이야기를 누군가와 나누기는 어려웠다.

어째서 이제껏 털어놓은 적 없는 이야기들을 처음 보는 여자에게 꺼내놓고 있는 걸까. 보이지 않게 쌓아올려 있던 마음의 벽이 식물원의 유순한 공기를 타고 흐르는 웃음과 햇살에 쉽게 허물어진다.

"이런 이야기는 처음 해봐요. 사회 부적응자로 보일까 봐… 다들 잘 사는데 저만 이러는 것 같아서 속에 담아 두고만 있었어요. 쓸데없이 제 이야기만 했죠?"

"괜찮아요. 여기는 마음 털어놓고, 힘든 마음은 식물로 피워 돌보고 데려가기도 하는 마음 식물원인걸요. 들어올 때 팻말도 읽었죠? 나는 친구도 가족도 없고, 이야기를 옮기지 않으니 염려 말아요."

"간판 읽었어요. 그런데 사장님도 외로우셨겠어요…."

"돌아보니 혼자인 것 같아도 혼자이지 않았어요. 꽃과 나무, 하늘과 바다, 그리고 바람이 친구이자 가족이었으니까. 손님들도 친구였고, 마을에서 함께 살던 이들도 가족이었고요."

지은의 긴 속눈썹에 서늘한 슬픔이 맺혔다가 금세 따뜻한 온기로 바뀐다. 머리칼을 쓸어 귀 뒤로 넘기는 여자의 얼굴엔 아이의 천진함도 있고, 세월의 풍파를 겪은 노파의 깊은 고독도 있다.

"그리고 우연히 진짜 사랑을 하고 난 뒤, 나를 정말 사랑하게 되었어요."

"와… 정말 부러워요."

"물론… 다 지난 일이지만요. 이곳에 온 뒤로 슬플 때면 춤을 추고 바다에 들어가기도 해요. 그럼 슬픔과 외로움이 바람처럼 슥 흘러가곤 해요."

"그러니까… 감정은… 바람처럼 불었다 멈추었다 하는, 그런 거죠?"

"맞아요! 우연 씨, 표현이 너무 좋다."

"하하… 저 문예창작학과 나왔거든요. 글 쓰면 배고프다 그래서 전혀 다른 회사에 취직했지만요. 전화로 온라인 영어프로그램을 판매하는 일이었는데, 사실 저는 내성적인 편이라 매일 전화하는 일이 곤혹스러웠어요. 다른 일들도 있었고… 그래서 두 달 전에 그만뒀어요. 앞뒤 대책 없이 무작정요. 한심하죠?"

"그럴 수도 있죠. 전 회사에서 즐거움은 한순간도 없었어요?"

"있었어요. 프로그램을 구매해 수강하는 아이들과 주에

한 번, 혹은 월에 한 번씩 통화할 때 즐거웠어요."

영어 프로그램을 수강했던 몇몇 아이들이 떠오르니 우연의 표정이 금세 밝아진다.

"우연 씨는 글 쓰고 아이들과 함께하는 일을 좋아하는 건가요?"

"잘 모르겠어요. 그렇다고 생각했는데, 그렇지 않은 것 같기도 하고…."

"대부분 모르고 사는 경우도 많아요. 좋아하고 행복한 일보다 생계가 우선인 날들이 더 많으니까. 그럼 우연 씨는 어떨 때 행복해요?"

"행복…이요? 그것도 잘 모르겠어요. 행복이라 부르면 거창해 보여서 부담스러워요."

"질문을 바꿔서… 하루 중 무엇을 할 때 편안하거나 기분이 좋아져요?"

지은의 질문에 오른쪽 엄지손톱을 물어뜯던 우연이 드디어 찾았다는 표정으로 입을 뗀다.

"닭도리탕 정식 먹을 때요! 그리고 5시 50분부터 가방 딱 싸고 기다리다가 6시 땡 하면 회사 나설 때! 프로그램 하는 아이가 성적이 올랐을 때! 문 열고 들어가 집 냄새 맡을 때, 밤에 씻고 자려고 누웠을 때 편안해요. 그런데 이게 행복인지는 잘 모르겠어요."

편안의 순간을 말하는 우연의 눈빛이 반짝거린다. 지은

은 앞치마 주머니에 가위를 꽂고 우연을 바라본다.

"행복에 대한 기대치가 높으면 오히려 행복이 와도 모를 수 있어요."

"행복에 대한 기대치도 있나요?"

"생각해 봐요. 행복이 무엇인지도 모른 채 행복을 찾기 위해 열심히 살아가는데, 사실 행복이라는 게 별거 없이 소소하고 시시하거든요. 예를 들면 오늘 저는 물놀이하고 우연 씨랑 이야기해서 행복해요."

"정말요? 저 처음 보는데 지금이 행복해요?"

"우연 씨가 오지 않았다면 혼자 놀 뻔했는데 식사도 같이 하고, 가지치기도 도와주니 일이 수월히 끝났어요. 맞다, 엄마 친구분이 여기를 알려주셨다 했죠? 그분 성함 혹시 알아요?"

"신상수 님이라고 했어요."

"상수 씨! 처음에 같이 손질한 올리브나무가 상수 씨 나무인데, 이것도 인연이네요? 만약 오늘 돌아가야 되는 게 아니라면, 우연 씨도 우연히 상수 씨를 만날 수 있겠다!"

"썰렁해요…."

지은의 싱거운 농담에 우연이 오들오들 떠는 시늉을 하자 둘은 함께 웃는다. 우연은 웃으며 식물원 내부를 둘러본다. 코끝에 걸린 초록의 향이 더욱 짙어지는 듯 기분 좋아지는 풍경이다. 보고 또 봐도 질리지 않을 것 같다. 이름 모를 꽃과 나무와 식물들이 한 폭의 그림 같다 생각하는데 손등이 간지럽다. 하얀 꽃나비가 날아와 손등에 앉는다.

"여기는 세상에 없는 곳 같아요. 왜… 영화에서 보면 마지막 순간에, 그동안 고생했다고 신이 인간을 잠시 아름다운 정원에 머물게 해주던데, 그런 장소 같아요."

"사느라 수고했다고 선물처럼 오늘이 온 걸 수도 있지요."

"그런가요? 그럼 정말… 저에게 선물일지도 모르겠어요. 사실 어떤 꿈이 있어서 직업을 선택한 것도 아니고, 꾸역꾸역 일하다 보니 점점 남들과 비교되고 제 자신이 작아지더라고요. 어느 순간부터는 전화벨 소리에 가슴이 뛰고 막 어지러워요. 직급이 올라가도 제가 잘하고 있다기보다는 오히려 뒤처지고 있다는 생각이 들고요."

"많이 힘들었겠어요."

"네… 사실 힘든 줄도 모르고 힘들었던 것 같아요. 취업도 어려운 시대에 4대 보험 되는 직장에서 근속하는 것도 행운이건만, 배부른 투정을 했나 싶고요. 아직 결혼도 하지 않았는데 직장까지 관두면 부모님께 죄송하기도 하고요. 못난 딸이잖아요."

"그렇게 생각할 수 있어요. 남들이 가는 속도에 맞추어 살아가는 것이 바른 길이라고들 생각하니까. 아이를 키워

보지는 않았지만 살면서 만난 분들의 이야기를 들어보니, 그래도 부모는 무엇보다도 자식이 행복한 길을 응원하시더라고요."

"그럴까요? 친구들은 집도 사고, 결혼도 하고, 애도 낳고… 주변에 학부형 된 친구들도 많은데 저만 어린애처럼 사는 것 같아서 위축돼요. 그래서 아무도 만나기 싫었어요."

우연의 축 처진 어깨를 지은이 토닥인다. 지은의 토닥거리는 손놀림에 초록 페퍼민트 꽃잎이 향을 내뿜는다. 페퍼민트 향은 마음을 진정시키는 데 효과가 있다.

"정해진 건 없어요. 결혼하는 사람도 있고, 하지 않는 사람도 있고. 아이를 낳는 사람도 있고, 둘이 사는 사람도 있고. 결혼했다가 돌아오는 사람도 있잖아요. 살아가는 방식은 저마다 달라요. 어머니가 메리골드에 가보라고 기차표를 주신 걸 보면, 이미 우연 씨의 선택이 무엇이든 응원한다는 무언의 격려 같은데요?"

"역시 그럴까요?"

"바꿔 생각해 봐요. 우연 씨는 부모님이 어떨 때 가장 좋아요?"

"두 분 건강하시고, 즐겁게 사실 때요."

"그것 봐요. 남들 하는 대로 살면서 우울한 딸보다 가고 싶은 길 위에서 즐거워하는 딸을 보고 싶지 않으시겠어요? 가족은 아마 같은 마음일 거예요."

눈시울이 붉어지는 우연의 어깨를 다시 부드럽게 쓰다듬으며 지은이 자리에서 일어선다.

"마음 식물원은 힘든 마음을 피워 잘 돌볼 수 있도록 돕는 곳이에요. 세상에 하나뿐인 특별하고 이상한 식물원이긴 해요."

"마음을 피운다는 건… 정확히 무슨 뜻일까요?"

"일종에… 마법이랄까요? 간절한 이들의 눈에만 보이는…?"

"네에…?"

"농담이에요. 따뜻한 차가 마시고 싶네요. 찻물 끓이고 있을게요. 꽃이나 나무 중 무엇으로 마음을 피워내고 싶은지 고민해 봐요."

"그런데요 사장님… 힘든 마음을 꺼내면 더 힘들어지지 않나요?"

"마음을 피워내면 감정을 밖으로 꺼낸 것이니 편안해질 거예요. 피워낸 마음 식물을 양육하다 보면 힘든 마음이 서서히 사라지고, 같은 어려움이 와도 견뎌낼 수 있는 단단함이 생겨요. 그리고 식물을 돌보듯 내 마음도 돌보게 돼요."

"내 마음을 돌본다고요? 어떻게요?"

"타인과의 관계보다 중요한 건 나와의 관계 형성이에

요. 식물처럼 시들거나 물이 부족하거나 영양이 부족하지 않은지 마음에게 수시로 묻고 살피면 돼요. 마음을 들여다보는 연습을 하다 보면 나와의 관계가 좋아지고, 그럼 사는 게 편안해지죠."

"나와의… 관계요…?"

"우리는 바쁘다는 핑계로 마음 돌보기를 곧잘 미루잖아요? 식물 돌보듯 내 마음을 돌보면 마음에 깊게 새겨진 얼룩 같은 상처도 실은 꽃을 피우는 과정이었다는 걸 알게 될 거예요."

"와… 정말 말씀하시는 게… 영화 대사 같아요."

"하하하, 마음 식물을 피울지에 대한 선택은 자유롭게 해요. 만약 피워내고 싶으면 하얀 테이블에 올려둔 동그란 유리구슬을 바라보면 돼요. 진심으로 안아주고 싶은 감정이 거울처럼 유리구슬에 투영되면 마음이 피어나요. 원치 않는다면 편안히 나가면 돼요. 그럼 찻물 좀 끓일게요."

긴말을 마친 지은은 뱅그르르 몸을 돌려 가벼운 걸음으로 찻주전자를 들고 움직인다. 나비처럼 가벼운 지은의 몸짓을 바라보던 우연이 눈을 비벼본다. 현실이다. 믿기지 않는 듯 고개를 저으며 테이블 앞으로 걸어간다. 동화를 좋아했던 우연이었지만 실제로 동화 속에 들어와 있는 것 같은 기분은 난생 처음이다.

현실감이 없지만 현실적이야, 두 손에 꽉 차게 들어올 만한 유리구슬을 두 걸음 떨어져 살핀다. 투명한 구슬에 가까이 가기만 해도 마음을 들킬 것만 같다. 피워낸 마음이 너무 못나면 어쩌지? 가시로 피어나면 어쩌지?

살아간다는 건 늘 두려운 일이지만 두려움 앞에서 주춤거리는 것도 습관이 되었나 보다. 마음을 들키기 싫어 늘 눈을 반쯤 내리깔고 살던 우연에게 눈동자를 닮은 유리구슬을 정면으로 바라보는 일은 큰 용기가 필요하다.

"나무의 시작은 씨앗이었지."

두 주먹을 꽉 쥐고 눈도 질끈 감고 유리구슬 앞에 서 있는 우연을 보며 지은이 조용히 속삭인다. 나무의 시작도 씨앗이고, 마음을 들여다볼 작은 용기도 마음 돌봄의 시작이다. 용기를 내는 일은 아무도 대신해 줄 수 없다. 결심하는 순간 놀라운 마법이 시작된다는 것을 알게 되면, 거센 파도가 몰려와도 잠식당하지 않고 극복할 방법을 찾을 것이다.

찻물이 치익 하고 끓는다. 불을 끄고 두 개의 머그컵을 꺼낸다. 하나는 우연을 위해, 하나는 지은 자신을 위해.

"후… 차 맛 좋다. 오늘은 하늘이 맑고 쨍하네."

한여름의 쨍한 하늘을 바라보며 불어올 가을바람을 그린다. 지금은 타들어 가듯 더워도 성실한 바람은 제 몫을 다해 가을로 향해 갈 것이다. 다가올 계절처럼 그리운 이의 얼굴이 눈에 선하다. 코끝에 가을이 묻는 날 나도 용기를 내볼까.

"개나리…? 내 마음이…?"

두 손 위에 놓인 개나리 화분 주위로 꽃잎이 빙글빙글 돌며 춤을 춘다.

흩날리는 꽃잎의 아름다움에 넋을 잃은 우연은 순간 지은의 말을 떠올린다. 지은의 말처럼 힘든 마음이 꽃이 될 수 있다면… 눅진해져 어느 부분이 상처인지 구분 없어진 마음을 잘 돌보면… 얼룩을 씻어내고 행복해질 수 있을까.

가벼워지고 싶고, 털어버리고 싶고, 이전과 달라지고 싶었다. 힘든 마음들을 지우면 나도 만족스러운 하루를 살아갈 수 있지 않을까 기대하며 유리구슬을 안았다.

"이토록 아름다운 장면은 처음 봐. 마음이 꽃필 수가 있다니."

오른손으로 눈을 비빈다. 눈을 비비면 사라질까, 총천연색 꿈일까 볼도 꼬집어본다.

"안 사라졌네. 고단한 마음이 고운 노란빛 꽃이라니."

가슴속에서 뜨거운 무언가가 끓어오른다. 부글부글, 끓

어오르는 뚝배기 앞에서야 살아 있음을 확인하던 우연의 안에서 그보다 뜨거운 감정이 끓고 있다. 진한 눈물이 마음꽃에 떨어지는 순간 섬광처럼 휙 무언가 지나간다. 이상하리만치 마음이 가볍다. 내내 가슴을 짓누르던 무거운 마음의 돌덩이, 그것이 정말 이 꽃으로 피어난 것일까

"고운 영춘화가 피었네요, 꽃이 우연 씨 닮았어."

곁에 온 지은이 꽃을 보며 해사하게 웃는다.

"여… 영춘화라고요? 그것보다도, 너무 놀라워요. 마음식물이 핀다는 말씀이 진짜였네요?"

"그럼 진짜지. 난 진실만 말해요. 사실 농담 같은 거 별로 소질 없거든. 연습해도 잘 안 되더라고, 깔깔깔."

지은이 웃자 주변이 환하게 빛난다. 그녀의 웃음은 봄날의 햇살처럼 따뜻하고 눈이 부시다. 꽃잎들도 웃는 듯 나풀거린다. 세상을 웃게 하는 웃음에 우연도 이를 드러내고 환히 웃는다.

"언니 웃는 얼굴 앞에서 웃지 않을 사람이 없겠어요. 언니는 웃는 게 재능인 거 같아요."

"언니라고? 하하하! 웃는 게 재능이란 말은 처음 들어요. 맞다, 나는 외동이라 동생이 없는데, 우연 씨가 내 동생할래요?"

"좋아요. 저도 외동이라 언니 있는 친구들이 부러웠거든요."

"딱이네! 헌데 우연 씨 영춘화 본 적 있어요?"

"아니요, 저는 개나리꽃인 줄 알았어요."

"영춘화는 봄의 시작을 알리는 희망의 꽃인데, 개나리보다 빨리 피고 자세히 보면 꽃잎도 달라요. 마른 나뭇가지들 사이에서 피어나서 겨울 안에 있는 듯해도 사실은 가장 먼저 봄을 알려주죠."

"그런가요. 힘든 계절 속에서도 꽃을 피워낸 거로군요."

우연은 꽃을 다시 살핀다. 하루살이처럼 살다 직업마저 놓아버린 현실에서 어떻게 살아야 할지 미궁이라 생각했던 오늘이 봄의 시작이라면, 이미 무언가 시작되었다는 것일 테다. 형체 없는 희망과 기대가 몽글몽글 피어난다.

"그런데 영춘화나 개나리 같은 꽃들은 원래 봄에 피지 않나요? 생각해 보니 지금 한여름인데요?"

"여기는 마음 식물원이잖아요! 모든 일엔 이유가 있듯, 지금 봄꽃이 핀 이유가 뭔지 돌보면서 천천히 찾아봐요."

"네, 그럴게요. 그런데요, 이 꽃이 죽으면 어쩌죠?"

"그럼 새 화분을 사면 되지."

"네?"

"화분의 식물이 죽으면 잘 보내주고 새 화분을 사야지. 안 그래요? 너무 무겁게 생각하지 마요. 꽃은 피고 지고 반복하는 법이니까. 사람의 마음도 해가 비추었다가 그늘이 졌다가, 즐거웠다가 슬펐다 하는 것처럼요. 일어나지 않은 일에 미리 겁먹지 말고."

"엄마가… 엄마 친구분이 여길 가보라고 하신 이유가 있었네요. 엄마가 오늘 아침에 저한테 여길 꼭 다녀오라고 하셨거든요."

"참 좋은 엄마네. 부럽다. 나는 오래전에 엄마를 잃었거든."

"아… 죄송해요."

"죄송할 게 뭐 있어요. 사실 나도 그동안 두렵다는 이유로 어제에 잠겨 오지 않을 미래만 생각하며 살았어요."

"지금은요?"

"지금은 오늘만 생각하며 살아요. 지금 행복하고, 지금 즐겁고, 슬프면 울어버리고 말이야. 슬픔도 참지 않고 기쁨도 참지 않지. 나는 웃는 표정이 부자연스러웠던 사람이거든? 슬픈 표정이 문신처럼 새겨졌던 시절도 있었어요."

"지금 언니 웃는 건 햇살처럼 환한데, 슬프기만 한 모습은 상상이 안 돼요."

"연습하니까 되던데요. 행복한 것처럼 뇌를 속이라고, 친구가 말해줬거든요? 그 뒤로 거울 보고 어떻게 웃을까 연습했어요."

"웃는 것도 연습이 필요해요?"

"사는 일은 늘 연습이 필요하니까. 거울 보면서 '행복해'

하고 웃어봐요. 그러면 끝음절 '해'에서 자연스럽게 입이 벌어지면서, 신기하게 눈도 따라 웃고 있더라니까? 입이랑 눈이 웃으니 마음도 웃는 거예요. 근사하죠?"

"꿀팁이네요."

"돌아가서 웃는 연습 하다 또 울고 싶을 땐 목 놓아 크게 울어 봐요. 참기만 하면 감정이 소화되지 못하고 안에 머물러 얼룩으로 굳어지기도 하니까."

"어른인데… 그렇게 울어도 될까요?"

"어른이라고 무조건 울음을 참아야 되나? 어른도 울어도 돼. 나이가 든다고 방법을 절로 아는 건 아니잖아요. 마음을 스스로 양육할 줄 알게 되면 진정한 어른이 되는 것이지."

"아… 저는 남들처럼 돈 벌어서 월세에서 전세로 옮기고 집 사고 아이 낳고 키우면서 승진하고 차 사고 집 넓히고, 그리 사는 게 어른인 줄 알았어요."

"살아가는 방식은 저마다 달라요. 그리 사는 삶이 어른이라고 누가 정한 걸까요? 그리 살아가는 어른도 어른이고, 다른 방식으로 살아가는 어른도 어른이라고 생각해요."

"자신만의 방식으로 살아가는 어른…."

"충분히 고민하고 시행착오도 겪고 시도하고 노력한 뒤에야 깨달을 수 있어요. 내가 원하는 방식의 삶을 말이에요. 우연 씨는 행복해 보이는 삶을 살고 싶어요, 아니면 행복한 삶을 살고 싶어요?"

"물론 행복한 삶이요."

"그럼 행복한 척 보여주는 거 말고, 내 안에서 소소한 즐거움과 기쁨을 찾아봐요. 작은 즐거움들이 매일 모이면 행복한 매일이 아닐까."

안전하게 살기 위해 타인에게서 보이는 행복의 이미지를 나의 것이라 착각했던 건 아닐까. 순간의 깨달음에 우연은 머리에 돌이라도 쾅 맞은 양 정신이 번쩍 든다.

"내일모레면 마흔인데 세상 기준으로는 이뤄놓은 것도 하나 없고… 오래전 마음에 품은 꿈이 하나 있었는데. 너무 늦고 무모한 것 같아 방바닥만 긁고 있었어요. 그런데 이곳에 와서 용기가 생겼어요. 무엇을 해야 할지 확실히는 모르겠지만요."

"무언가를 시작하기에 늦거나 이른 나이는 없어요. 세상의 기준 말고 자신만의 기준으로 인생을 살아요. 아무도 대신 살아주지 않는 내 인생이잖아. 누구보다 소중한."

"그럴게요. 감사합니다…."

해변에서 마주쳤던 우연은 마치 한겨울 마른 나뭇가지처럼 바싹 말라 감정도 의지도 없어 보였다. 하지만 시든 나무도 잎을 틔우고 다시 꽃을 피우기 마련이니까.

해변에서 휘청거리는 우연을 부축해 주면서 어떤 사연

이 있는지는 몰라도 그 마음을 안아주고 싶다고 생각한 지은이었다.

우연이 마음꽃을 피우자 지은의 마음에도 꽃이 핀다. 마주 보고 있는 우연의 등 뒤로 영춘화가 두어 줄기 피어난다. 꽃잎들과 눈 짓을 주고받으며 지은이 우연을 향해 두 팔을 벌린다.

"이리 와요, 동생 생긴 기념으로 한번 안아보자."

양팔을 벌린 지은의 품에 우연이 안긴다. 살며시 등을 쓸어내리며 토닥이는 지은의 따뜻한 손길에 우연이 어린아이처럼 엉엉 울음을 터뜨린다.

"괜찮아, 마음껏 울어. 울고 나면 시원해질 거야."

지은의 토닥임에 꽃잎들도 우연의 등을 토닥이듯 날아다닌다. 한참 울던 우연의 어깨 들썩임이 잦아든다. 퉁퉁 부은 눈으로 지은의 품에서 떨어진 우연이 눈물을 닦으며 웃는다. 환하게 빛나는 그녀의 낯빛에 지은과 꽃잎들은 안도한다.

"정말 고마워요, 언니. 제가 나중에 보답할게요. 진짜로요. 마음꽃을 피운 비용은 어찌 드려야 할지… 계좌번호 알려주시겠어요? 이체할게요."

"마음꽃 엄청 비싼데?"

"어… 그럼… 다음 달에 실업급여 받으면 그때… 아니면 카드 할부 될까요…?"

"그걸로는 안 되는데. 마음꽃 값은 말이지… 값을 매길 수 없을 만큼 값지거든. 돈 대신, 돌아가서 몇 가지 할 일이 있어."

침을 꿀꺽 삼킨 우연이 고개를 끄덕인다. 할 수 있는 일이 있다니 기쁘다.

"첫 번째, 규칙적인 루틴을 만들 것. 일단 정해진 시간에 일어나서 이불 정리를 해. 단정하게. 그리고 하루에 한 번, 간단하게라도 영양가 있는 집밥을 만들어 천천히 먹도록 해. 두 번째, 당장 일하지 않더라도 해 떠 있는 시간에 매일 30분씩 밖으로 나가서 산책해."

"밖으로 나가요? 귀찮은데… 집에서 제자리걸음 안 돼요?"

"안 돼요. 그리고 세 번째. 잠들기 전에 하루 동안 감사한 일들을 세 가지씩만 적어. 짧게 써도 돼."

"하루에 감사한 일이 세 개나 있을까요…?"

"물론이지. 아침에 무사히 눈 뜰 수 있음에 감사, 살아있음에 감사, 식사할 수 있음에 감사만 해도 벌써 세 개인걸? 메리골드에 올 수 있는 기차표에 감사, 엄마의 다정함에 감사. 쓰다보면 더 많아질걸?"

"그런 당연한 일들이 감사할 이유였군요. 몰랐어요."

당연히 누리던 삶의 요소들이 감사의 이유라니. 그렇다면 살아온 모든 날들이 감사한 날들인 건가.

"만약 화가 났다면 화낼 수 있어 감사, 이렇게 써도 돼요?"

진지한 우연의 표정을 보며 지은이 앞치마 주머니에 두 손을 찔러 넣고 고개를 끄덕인다.

"무엇을 쓰든 우연 씨의 자유! 식물원이나 내가 보고픈 날 한 번쯤 와주면 더 좋고. 오늘 함께하며 즐거웠어. 동생은 처음이거든."

"꼭 올게요. 여러 번 올게요. 자주 온다고 귀찮아하기 없기예요! 그런데 마음 식물원은 자선 단체인가요? 사회적 기업 뭐 그런 거?"

"어쩌면 그럴 수도 있겠지. 굳이 구분이 필요하면. 이제 돌아가면 마음껏 행복하기에 집중해. 그거면 충분해."

"제가 받기만 해서 죄송한데…."

영춘화 화분을 끌어안고 곤란해하는 착한 우연의 마음에 골똘히 생각하던 지은이 손뼉을 치더니 양손을 모은다.

"부탁 하나 들어줄 수 있니? 정말 중요한 일인데."

"네! 제가 할 수 있는 거면 무엇이든요!"

"언덕 끝에 가면 우리 분식이라고 있어. 우리 마을에서 가장 오래된 맛있는… 아니, 인심 좋은 식당인데, 거기서 김밥 두 줄… 아니 세 줄만 사다 줄래? 떡볶이 먹고 싶으면 사 오고."

"그거면 돼요? 다른 거 더 시키셔도 좋아요, 언니!"

당황한 우연의 표정을 보며 지은이 진지하게 대답한다.

"지금 우리에게 가장 중요한 일은, 배가 고프다는 거야."

지은의 말에 둘이 동시에 깔깔 웃는다. 우연은 울다 웃으면 어찌 되는지를 잠시 생각하며 눈물을 닦는다. 그러고 보니 배가 몹시 고프다.

"다녀올게요. 저도 너무 배고파요!"

우연은 영춘화 화분을 바다 앞 테이블 중앙에 내려놓는다. 다녀올게, 말이라도 하듯 눈맞춤을 하고 밖으로 나가 입구에서 한 번 더 뒤를 돌아본다. 마치 시간여행이라도 다녀온 것처럼 문도 없는 이 입구를 나가면 사라져 버릴까 싶어 지은과 식물원을 바라본다.

지은이 우연을 향해 손을 흔든다. 배가 고프니 어서 다녀오라며 익살스러운 몸짓을 한다. 우연은 손을 흔들고 식물원을 나선다.

'웃자. 웃어보자. 슬픔도 웃음 뒤에 함께 흘려보내자.'

지은은 우리 분식 사장의 김밥 맛을 떠올리며 입맛을 다신다.

"아줌마, 내가 메뉴 개발하지 말라고 신신당부 했는데… 약속은 지켰으려나?"

지은의 긴 속눈썹에 그리움이 걸린다. 보고 싶다, 모두.

“우연 팀장, 대체 전화 왜 안 받아? 문자는 금방 답장하면서 답답하게! 참참, 내 정신 좀 봐, 콜 포비아라고 했지. 미안해. 내가 우연 팀장 이 집 단골이래서 일주일 내내 온 거 알아?”

우연이 세 번째 실업급여를 받으러 교육을 받고 단골 식당에 들어서자 신 팀장이 숟가락을 들다 말고 벌떡 일어서 말을 쏟아낸다. 우다다다, 쏟아내는 익숙한 그 말투에 우연이 빙그레 웃는다.

“문자로 말하면 편하잖아. 반가워 신 팀장. 같이 앉아도 되지?”

“빨리 앉아. 맨날 보다가 안 보니 허전하잖아. 동기 사랑 나라 사랑이라는 말 몰라? 근데 자기 요즘 피부과 다녀? 얼굴이 왜 이리 좋아졌어?”

“천천히 해, 천천히. 체하겠다. 사장님! 여기 정식 하나요!”

주문을 하고 벽에 걸린 앞치마를 멘다. 오늘은 빨간 국물이 튀어도 티 나지 않도록 검은색 옷을 입었다. 투정 섞인 말을 내뱉는 신 팀장이 반가운 걸 보니 우연도 그녀가 보고 싶었던 것 같다.

“우연 팀장 나가고, 내가 얼마나 부러웠는지 알아?”

"매출 1위 신 팀장이 왜?"

"사직서 낸 그 용기가 부러워서 그러지! 매출 1위 지킨다고 매일같이 노심초사 그만하고 싶어서! 매출 2위로 떨어져 봐, 상무님 바로 호출 오고, 말도 마. 그래도 어쩌겠어. 우리 첫째 초등학교 들어가고 둘째는 유치원 들어갔는데 돈이 좀 많이 들어? 맞벌이를 해도 허덕인다니까. 나 하도 말을 많이 해서 목에 염증 달고 사는 거 알아? 아뜨거!"

"그랬구나, 천천히 먹어, 입 데겠어."

"그러게, 앗뜨! 빨리 먹고 일하는 게 습관이라 샌드위치만 주구장창 먹었는데, 우연 팀장 여기 온다고 자기 팀원이 알려줘서 겸사겸사 왔더니 왜 이리 맛있어?"

"한식은 냄새 배고 번거로워서 싫다더니?"

"노우 노우, 콩나물도 어쩜 이리 아삭해? 두 접시씩 먹잖아. 이 반찬이랑 밥이 뭐라고 이리 기분이 좋은지. 아침저녁으로 남편하고 애들 밥 챙기는 데도 정신없어서 내 밥은 대충 때우기 바빴는데, 남이 차려주는 밥 먹으려니 눈물이 나더라. 그동안 자기만 이렇게 좋은데 다닌 거야?"

신 팀장이 눈을 흘기자 우연이 미소를 짓는다. 그러고 보니 입사 동기라고는 둘만 남았는데, 회식 말고는 같이 밥을 먹어본 적이 없다.

"신 팀장. 그런데 갑자기 궁금한 게 있어. 왜 그동안 남들처럼 나한테 기 팀장이라고 안 하고 우연 팀장이라고 불렀어?"

신 팀장이 깔깔깔 웃는다. 이에 커다란 고춧가루가 낀 줄도 모르고 시원하게 웃어젖힌다.

"친근하잖아! 나 회사에서 매출만 밝히는 비정한 인간이라고 아무도 상대 안 해주는데. 그래도 우연 팀장은 입사 동기고 친구 같아서 나만의 위안이었어. 기분 나빴다면 사과할게."

의외다. 피도 눈물도 없이 일만 하는 사람인 줄 알았더니 신 팀장도 외로웠구나.

닭도리탕 국물에 비빈 밥을 김에 싸서 크게 입에 넣고 즐거워하는 그녀가 어색하다. 회사에서 보던 신 팀장과 우연 앞의 그녀는 같은 사람인데 다른 사람 같다.

조금만 곁을 내어주면 될 텐데, 마음을 말해주면 좋았을 텐데, 왜 각자의 마음 안에 벽을 쌓고 살아온 걸까. 이 마음은 왜 시간이 지나서야 보이는 걸까.

우연은 테이블 아래의 서랍에서 이쑤시개를 두 개 꺼내 하나를 신 팀장에게 건넨다. 잠깐, 그런데 신 팀장 이름이 뭐더라… 미경이… 미정이… 물어보면… 서운하겠지…? 그래, 이름 부르지 말자.

"나 싫어하는 줄 알았는데."

"싫지! 친해지고 싶은데 틈이 없잖아. 조금만 버티면 임원 승진인데 멋있게 서른아홉에 회사를 관두는 용기까지! 너무 부러워. 좋아할래야 좋아할 수 없지 않아?"

신 팀장이 말하면서 깔깔 웃는다. '싫다'의 반어법은 '좋다'임을 눈빛에 담아 건네는 신 팀장의 웃음에 우연도 함께 웃으며 멋쩍은 표정을 짓는다.

"나 안 좋아하는 줄 알았지. 그런데 내가 전에 콜 포비아라고 말했잖아. 텔레마케팅 회사 팀장이 전화 공포증으로 권고사직 받은 건데 불쌍하지 않아? 이래도 싫어?"

"그게 제일 부러워. 솔직히 우리 일 오래하면 전화공포증 가끔 오잖아. 나도 전화벨 울리면 어디로 도망가고 싶더라. 힘들 땐 한번씩 쉬어가는 용기도 필요하잖아."

"별게 다 부럽다. 그럼 이제부터 우리 친구 하면 되겠네. 가끔 만나 밥 먹자."

"정말? 친구 끊긴 지 오래거든. 너무 좋다!"

명쾌하고 단순한 신 팀장이 대답하며 거울을 꺼내 우연이 건넨 이쑤시개로 고춧가루를 뺀다. 신 팀장의 눈 밑에 다크서클이 진하게 내려와 있다. 잠을 제대로 자지 못한 눈치다. 충혈된 눈은 피곤해 보인다. 그래, 우리 사는 일은 각자 너무 힘들지.

"근데 우연 팀장, 컨디션 나아지면 재취업 생각은 전혀 없어? 박 상무가 조만간 회사 차려 독립하는데 우연 팀장에게 연락할 거라는 소문이 돌던데?"

신 팀장의 말에 우연은 냅킨으로 입을 닦으며 고개를 설레설레 흔든다.

"박 상무님이? 그럴 리가. 연락 온다 해도, 나 하고 싶은 일이 생겼어."

"하고 싶은 일? 서른아홉에 말이지? 멋있다! 계획이 있었구나? 뭔데? 나 점심시간 10분밖에 안 남았다, 빨리 말해줘."

박수를 치는 신 팀장에게 손사래를 치는 우연의 볼이 발그레해진다.

메리골드에 다녀와 마음꽃 값을 치르기 위해 지은이 제시한 세 가지를 지키며 오랫동안 품고 있던 꿈을 꺼냈고, 용기가 없어 시작하지 못했던 일을 더 이상 미루지 않기로 했다. 40대에서 50대로, 60대에서 70대로, 그 너머로도 삶은 계속되니까.

하지 않고 후회하기보다 후회하더라도 가보는 거다. 해도 후회, 하지 않아도 후회라면 해보고 나서 후회하는 편이 최소한 가보지 않은 길에 대한 미련은 덜 수 있으니까.

"일단 실업급여가 남은 동안 나를 좀 더 보살피기로 했어. 지금은 심리 상담도 받고 있어. 일주일에 한 번인데 도움이 많이 돼. 어제는 보습학원 국어 강사로 면접 보고 왔어. 전화상담 안 해도 되고, 학부모와 문자나 어플로 소통한대. 일주일에 3일씩 애들 가르치면서 동화를 써보려고."

"동화? 낭만적인데?"

"그런가? 지난주에 두 편 써서 공모전에 응모했어. 어떻게 될지 모르지만 일단 계속해 보려고. 마흔이 되는 나에게 주는 선물로 1년만 하고 싶은 일 하고 살아보기로 했어."

"대박…! 그럼 이제 동화 작가 되는 거야? 그동안 보면서 문장력이 남다르다고 생각했는데…. 역시 잘했네! 근데 자기 무슨 과 나왔지?"

"아직 습작이야. 나 문예창작학과 나왔거든. 회사에서 일하는 건 버거웠는데, 아이들이랑 연락하고 진도 봐주고 애들 성적 오르는 건 즐거웠어."

"역시 자기는 뭐가 달라도 다르다니까. 우연 팀장이 담당하는 애들은 선생님 좋다고 프로그램 연장도 많았잖아? 잘할 것 같아. 시간 얼마 없네. 빨리 나가자, 내가 밥이랑 커피 살게."

"고마워, 신 팀장. 잘 먹었어. 다음 달 점심은 내가 살게."

"정말? 다음 달 점심도 나랑 먹을 거야?"

"그럼, 친구 하자며. 사실 나도 친구 별로 없거든."

"너무 좋지, 그럼 전화하면 받는… 아니다. 문자할게!"

우연은 신 팀장의 숨 가쁜 말에 함께 빠르게 고개를 끄덕인다. 강한 줄만 알았던 이의 속살도 한 꺼풀 벗겨보면 사실 이리 외롭구나. 식당 바로 옆 카페로 종종걸음을 옮기는 신 팀장의 팔을 살포시 잡아 멈추며 우연이 입을 열었다.

"신 팀장, 반차 낼 수 있어?"

"내 주제에 반차 쓸 수 있으려나. 무슨 일 있어?"

"아니, 혹시 버거워 숨이 턱 막히는 날 반차 내고 문자해. 신 팀장이 가보면 좋을 공간이 있어. 다녀오면 숨이 트일 거야."

"그래, 반차 내고 숨 쉬러 갈 날이 있으면 너무 좋겠다, 어떤 매력이 있는 곳인데 그래?"

"왜 그런 날 있잖아, 힘든 줄도 모르고 살았는데 살다 보니 너무 힘들어 문득 보니, 너무 지쳤구나, 힘들다 싶을 때."

"있다마다! 뒤도 안 돌아보고 전속력으로 도망치고 싶은 날 있지. 그런데 문제는 갈 데가 없어…. 지난번엔 번아웃으로 고생하다가 결국 반차를 냈는데, 갈 데도 없고 뭘 해야 할지도 모르겠더라고. 점심에 카페에 가서 '쉬는 법' 검색하다가 애들 픽업 시간 다가오니까 또 어떡해. 저녁 먹일 게 없어서 장 보러 갔잖아. 그래도 분주하지 않게 장 보니까 기분이 좀 나아지더라? 지금 생각하면 분위기 좋은 데 가서 밥이라도 먹을걸 그랬어. 애들 나중 학비며 대출이자 생각하면 도망갈래도 일하게 되는 게 현실이잖아. 도망가고 싶을 때 도망갈 수 있는 사람도 대단한 거야.”

“우리 신 팀장 고생했네. 장하네.”

“내가 좀 장하지. 어머, 시간 다 됐다. 나 들어간다! 다음 달에도 내가 밥 사줄게, 안녕!”

“어. 문자할게!”

시계를 보며 뛰듯 빠른 걸음으로 들어가던 신 팀장이 다섯 걸음쯤 걷다 뒤를 돌아본다. 할 말이 있는 듯 머뭇거리다 손을 흔들고 회사를 향해 걸음을 재촉한다. 그녀의 뒷모습을 보며 우연은 조용히 혼잣말을 한다. 고마워. 그리고 핸드폰을 꺼내어 신 팀장에게 문자를 적는다.

— 다음에 도망가고 싶을 때 어디 갈지 모르겠으면 문자해. 마음의 대나무 숲이 필요할 때, 도망가기 좋은 장소 알려줄게. 다음 달 점심에 만나.

메시지 화면을 닫고 하늘을 본다. 눈부신 햇살에 절로 눈이 감긴다. 눈썹 위 관자놀이에 손으로 차양을 만들어 하늘을 올려다본다. 늦여름의 진초록 나뭇잎은 바람에 살랑거리고 매미는 힘차게 울어댄다. 우연은 눈을 감고 정면으로 햇볕의 온기를 맞이한다.

좋다, 좋아. 늦여름의 햇살을 가만히 느낄 수 있는 여유, 볼을 스치는 바람의 미세한 온도 차이를 느낄 수 있는 일상이라니.

"행복해…."

새어 나오는 생경한 단어에 놀라 두 눈을 뜬다. 누구의 음성인지 주변을 둘러봐도 우연 혼자뿐이다.

"가벼운 행복의 매일을 살아. 이 꽃처럼 기대하고 희망을 품으면서."

언니가 말한 가벼운 행복이 이런 건가. 우연은 햇살을 맞으며 더 걷기로 했다. 마음이 내킬 때까지 걸어보자. 운동화를 신고, 가방엔 물병도 있고, 원하는 대로 갈 수 있으니 마음 내키는 대로. 가보자. 발길 닿는 대로, 바다처럼 자유롭게, 햇살처럼 따뜻하게. 우연의 발걸음에 맞추어 핸드폰 진동이 울린다. 문자를 확인한 우연은 탄성을 내뱉는다.

— 기우연 님 축하드립니다. 신진 작가 동화 공모전에서 우수상에 선정되셨습니다.

쏴아아, 쏴아아.

타는 듯 뜨거운 여름 하늘 아래 초록 바람이 우연에게 분다.

"마침표는 말이야, 쉼표라는 뜻이기도 해. 끝은 또 다른 시작을 의미하니까."

지은의 말이 귓가를 스친다. 점을 찍는다는 건 다음 페이지를 넘기라는 뜻이기도 했구나.

"조만간 메리골드 가는 기차표 사야겠네."

연락처에서 엄마를 검색해 통화 버튼을 누르려다 고민한다. 눌러… 말아…?

“천천히 하자. 문자로 보내야지.”

공모전에 붙었다는 문자를 캡처해 하트 이모티콘과 함께 전송하고 백팩을 고쳐 맨다. 뜨거운 여름 공기가 불쾌하지 않다. 달콤한 냄새가 난다. 버터 냄새와 딸기향이 풍기는 방향을 향해 코를 킁킁거리니 베이지색 간판의 아담한 빵집이 있다.

“마음 빵집이라고? 메리골드 마을에서 오신 분인가? 우연이 아니라 운명이네. 일단 들어가 보자.”

**이곳에 들어오시면 좋은 일이 생길 거예요.**

입구 유리창에 손 글씨로 적힌 글자를 읽으며 문을 열고 들어간 우연이 케이크 진열장 앞에 선다. 먹고 싶지만 비싸서 안 사 먹던 딸기 타르트가 눈앞에 있다. 침을 꿀꺽 삼킨다.

“어서 오세요, 천천히 보시고 필요한 거 있으시면 말씀하세요.”

“네, 저 딸기 타르트 하나 포장해 주세요. 혹시 꽃 모양 초도 있나요?”

“몇 개 드릴까요?”

“하나만 주세요. 고맙습니다.”

친절한 직원이 딸기 타르트를 포장하는 동안 웃음이 새

어 나온다. 참으려 해도 참을 수 없는 게 행복인 건가. 문자를 여러 번 다시 읽으며 양손으로 얼굴을 가린다. 타르트와 초를 건네는 직원의 얼굴에도 우연처럼 웃음이 번진다.

"오늘 좋은 일 있으신가 봐요."

"네, 저를 축하해 주고 싶은 날이라서요."

"축하드려요. 맛있게 드세요."

"네, 고맙습니다."

얼른 집으로 돌아가 초를 켜야지. 빵집 문을 열고 나서는데 빌딩숲 사이의 가로수에서 매미가 세차게 울어댄다. 회사에 있을 땐 시끄럽게 들렸는데, 이제는 매미 울음도 축하 팡파르처럼 들려 발걸음이 홍겨워진다.

우리 삶이 매일 춤이라면 얼마나 좋을까. 그리 할 수 있을 것 같다. 춤을 추는 이는 나 자신이니까. 가만… 이거 동화 소재로 써도 되겠는데. 수첩을 꺼내 메모를 하고 다시 걷는다.

"오늘은 감사 일기 길게 쓰겠네."

맴맴맴—

맴맴맴맴—

여름이 한창이다.

자괴감에 휩싸여 실패로 남길 뻔했던 과거는 이제 인생의 여러 챕터 중 하나로 남게 되었다. 인생이라는 책의 다음 챕터를 열면 언젠가는 끝이 나고, 또 다음 장이 기다리고 있을 것이다. 기대가 된다.

마음 식물원은 윤지가 근무한 뒤로 손님이 늘어났다. 지역 커뮤니티에 소개 글을 올리니 마음 식물을 피우는 손님뿐만 아니라 꽃이나 나무를 구매하고 싶어 하는 손님들도 방문한다. 이들에게는 마음 상태에 어울리는 식물을 추천해 주고 꽃말과 관리 방법을 알려주는 식물 테라피를 하고 있다.

"사장님, 화분이 점점 늘어나는데 낡은 공장 외관 느낌을 살려서 철제로 장을 짜고 아래에 바퀴를 달아서 창문 없는 양쪽 끝에 세우는 거 어때요?"

"안 그래도 필요하던 참이었는데, 딱 좋다! 역시 전공자는 달라. 윤지 씨 온 뒤로 우리 식물원이 활기차졌어. 내가 직원을 참 잘 뽑았어."

"그럼요. 요즘 식집사들도 많고, 꽃이나 나무만 키워도 정서적으로 힐링이 되거든요."

"식집사가 뭐야? 식사 대접하는 집사님들이 아직도 계셔?"

"에? 무슨 말씀이세요. 사장님 이럴 때 보면 완전 옛날 사람 같다니까. 식물을 정성껏 키우는 사람들이요! 식집사!"

윤지의 놀림에 지은은 머리를 긁적인다. 옛날 사람이라는 거 아직 말 안 했는데 어찌 알았지, 역시 요즘 젊은이들은 똑똑해, 하며 흐뭇하게 윤지를 바라본다.

"흙이 왜 이리 안 빠지지? 아… 화분 안에서 뿌리가 오래 자라 엉겨 붙었네. 사장님, 저 좀 도와주세요!"

"어떻게 도와줄까?"

"손님이 몬스테라 분갈이를 맡기고 가셨는데 화분 안에서 뿌리가 많이 자라 도저히 안 빠져요."

"그거라면 내게 맡겨!"

지은이 눈동자를 빛내며 양팔을 저어 두어 번 원을 그리자 화분을 향해 빨간 꽃잎이 날아간다. 빨간 꽃잎은 손뼉 치듯 화분의 양 옆으로 날아가 쨍그랑 화분을 깬다.

"사장님! 깨는 건 저도 할 수 있어요! 아무 때나 마법을 쓰시면 어떡해요!"

"그래도 직접 깨면 다칠 수 있잖아. 얘는 어떤 화분에 옮겨 닮을까, 사각 무광 그레이 화분 어때? 이쁘지? 그것도 내가 할까?"

"아니요 사장님! 그냥 제가 할게요, 제가."

윤지가 한숨을 쉬며 화분에 흙을 채운다. 집에서 키우기 좋은 몬스테라는 관리만 잘해주면 수십 년을 살 수도 있는 식물이라 두 번째 화분은 뿌리가 자랄 여유를 주며 심는다. 꽃잎들이 깨진 화분 조각들을 그새 정리했다. 지은이 어떻게 마법을 쓰게 되었고 어떤 사연이 있는지 궁금하지만, 지은이 그랬듯 윤지도 먼저 말을 꺼내지는 않기로 했다.

무슨 일을 할까 둘러보던 윤지는 힘이 없는 식물에 영양제를 주려 높은 찬장에 손을 뻗어 영양제를 꺼낸다. 앰플 형태의 기다란 영양제를 흙 속으로 찔러 넣자니, 시험관 시술을 할 때 배에 직접 호르몬제 주사를 찌르던 시절이 떠올라 고개를 세차게 흔든다.

"윤지 씨 괜찮아? 냉차 한 잔 줄까?"

"잠시 어지러워서요. 캐모마일 될까요?"

"잠시만 기다려."

얼음을 꺼내어 컵에 담는 소리를 들으며 윤지는 천천히 식물원 안을 걷는다. 가끔 힘든 기억이 올라올 때 초록잎과 꽃들에 시선을 두고 심호흡을 하면 진정이 된다. 윤지는 주사를 하도 많이 찔러 멍 자국이 가득한 배에 그래도 덜 아플 만한 곳을 찾아 주사를 놓던 기억이 떠올랐다. 아이만 가질 수 있다면 다 괜찮을 거라 생각하고 참아내던 일들이 사실은 참 버거웠던 모양이다.

"캐모마일 아이스 나왔습니다. 무슨 일 있는 거 아니지? 위로차 줄까?"

"고마워요 사장님. 위로차 마실 정도는 아니에요. 화분에 영양제를 주는데 시험관 할 때 배에 주사 찌르던 기억이 잠깐 떠오르지 뭐예요. 이제 괜찮아요."

차를 마시고도 가늘게 입가가 떨리는 윤지의 팔짱을 끼고 지은이 발걸음을 맞춰 걷는다. 지은과 함께 천천히 걷던 윤지가 잠시 걸음을 멈춘다. 입가 경련도 멈춘다.

"전부터 궁금했는데… 이 기계는 왜 여기 있어요?"

"여기가 오래전에는 정미소였거든. 역사를 남겨두고 싶어서 도정기를 일부러 남겨두었어."

"어쩐지… 그래서 여기만 들어오면 배고픈가 봐요. 근데 바닷가 앞에 정미소가 있었어요? 소금 공장이 어울릴 거 같은데."

"그러게, 일이 안 들어와서 내가 인수했어. 국화를 좋아해서 쌀 넣는 자리에 심었지. 이쁘지 않니?"

"이질적이지만 멋져요. 왜 하필 하얀 국화에요? 추모할 때 쓰잖아요."

"잊지 않으려고. 보고 싶은 사람들이 있는데 못 만났거든. 그리운 마음이 들 때마다 국화에 물을 주고 있어."

속내를 드러내지 않아 좀처럼 보이지 않던 쓸쓸함이 지은의 얼굴에 드리우자 윤지가 오른팔을 들어 힘을 줘 보인다.

"사장님, 이런 일 하면 어깨 근육 발달하는 거 아시죠? 슬플 땐 제 어깨 빌려드립니다. 기대세요."

"든든한데? 고마워. 필요할 때 말할게. 식물들 햇빛 받게 천장 좀 열자."

처음 봤을 땐 햇살처럼 환한 사람인 줄만 알았는데, 가까이서 본 지은은 사뭇 달랐다. 얼굴 왼편에는 밤하늘의 달처럼 우수에 찬 슬픔이 걸려 있고, 오른편에는 햇살 같은 밝음이 걸려 있다. 해와 달이, 낮과 밤이 한 사람에게 공존할 수 있음을 지은을 보고 알았다. 천장 개폐기 레버를 돌리는 지은의 얼굴이 이번에는 오른쪽이다.

"사장님도 행복하세요. 꼭이요."

"아가 어디 갔니, 우리 아가 어디 갔니… 엄마 손 놓지 마, 아가…!"

"사장님, 일어나 보세요, 땀이 흠뻑 젖었네, 또 악몽 꾸셨어. 이 더위에 선풍기도 안 틀고! 물 좀 드세요."

"아가? 연자여? 아이고… 숨 차라… 깜빡 잠이 들었고만… 요즘 들어 자주 이러네…."

우리 분식 사장이 엎드려 잠들었던 빨간 테이블에서 힘겹게 몸을 일으키자 연자가 컵에 물을 가져와 입에 대어준다. 목을 축인 뒤 선풍기를 틀고 손수건으로 우리 분식 사장의 땀을 닦는다.

그녀가 알츠하이머 초기라는 걸 알게 된 뒤로 연자가 분식집 운영을 도맡았다. 다행히 우리 분식 사장은 대소변도 잘 가리고 길을 잃지도 않지만 그 대신 잊는 게 많아졌다. 그리고 요즘에는 악몽을 반복해 꾼다. 피를 나누진 않았지만 가족이나 다름없는 연자가 우리 분식 사장의 곁을 지켜주어 서로에게 다행인지도 모른다.

"연자야, 나가 딸을 낳은 적도 없는디 왜 꿈에선 딸을 잃어버리나 몰러. 아가 손을 잡을라 치면 회오리에 휩쓸려 사라져. 어찌나 생생한지 이편이 생시인지 저편이 생시인지 헛갈리더라고. 야속하게 얼굴을 안 보여줘. 머리카락이 짧고 피부가 까맣고 깡말랐어."

"그런 여자를 본 적은 없어요?"

"한 번도 없으야. 아이고 심장이여…."

"혹시 딸이 있었던 거 아니에요?"

"나가 아무리 알츠하이머라도 딸이 있는 걸 잊어버릴라고! 죽기 전에 아가 한 번이라도 안아주고 싶어. 꿈이어도 가슴이 미어져. 아가 손을 잡을라 치면 미끄러져 놓치고 깬다니께."

"잘 생각해 봐요. 드마라 보면 기억상실증에 걸려서 다 잊어버리잖아요. 그런 거 아니에요?"

"그럴랑가? 껄껄. 나가 사는 거 자체가 드라마여. 나는 연자 자네 보면 우리 사촌 언니 생각나. 남편 일찍 여의고, 언니가 아들 상수를 혼자 키웠잖어. 조실부모한 나도 가족처럼 잘 챙겨주던 언니였는디…."

"상수 씨가 친동생이 아니었어요?"

"친동생이나 매한가지지 뭐가 중하겄어."

"눈물 나네요…."

"지 엄마 장례 치르고 입 꾹 다물고 암것도 안 먹는디… 속이 타들어가게 아파서 안 되겄다 싶은겨. 온 집에 챔기름 냄새 돌게 김밥을 산처럼 말았더니 그제야 상수가 묵드라고. 나랑 둘이 얼매나 정신없이 김밥을 먹었는지. 그제야 살겄대."

"김밥이 살렸네요. 그래서 사장님이 김밥을 파시는 거예요?"

열 번도 넘게 들은 이야기를 처음 들은 듯이 맞장구치며 우리 분식 사장의 헝클어진 머리를 정리해 준다.

"맞어. 엄마 보고 싶어서 울던 애가 김밥을 양손으로 막 집어 먹는 게 어찌나 이쁘던지. 그전까정 사는 재미가 별로 없었거든. 체할라 작은 등을 살살 문지르는데 아가 너무 말라서 한쪽 가심이 찌르르….”

“사촌 조카니까 가족이긴 했지만, 더 가까운 가족이 될 운명이었나 봐요.”

“으잉 맞으. 돈 벌러 섬에서 나와 메리골드에 와서 오늘까지 왔제. 섬마을 사람들이 도와줄라 카는디 부담시렵고 젊은 마음에 겁나서 방을 뺐어. 그땐 그르케 사람들의 시선이랑 말이 무섭드라고.”

“젊어서 그래요 젊어서. 지금은 누가 뭐라 하건 말건 그러려니 하는데 말이죠.”

연자도 유부남인 줄 모르고 속아 아들을 임신해 낳아 키우며 사람들의 말과 시선에 남몰래 울던 시절을 떠올린다. 인생의 불운이 아이에게 옮겨 갈까 노심초사하던 날들이었다. 그래도 다행이다. 시간이 흘러 지나가고 오늘은 이리 마음 맞는 사람과 이야기 나눌 수 있으니. 우리 분식 안에는 낡은 선풍기가 탈탈 돌아가고 물을 한 모금 마신 우리 분식 사장이 입을 연다.

“배 타는 터미널에서 어디로 가야 하나 막막해서 보는디 메리골드라는 이름이 이쁘더라고. 꽃 이름이잖어. 우리도 행복해질 수 있을까 싶어 왔지.”

“그래서 여기 오신 다음엔 편안해지셨어요?”

“응, 여기선 묻지를 않대. 상수 키우고 김밥집 하고 사람들 밥 먹이는 재미에 살아지대. 살다 보면 살아지는 게 얼마나 감사한 일이여. 메리골드서 밥 해먹고 살며 행복했응께, 해피엔딩 아니겄어?"

"그렇죠? 조금 있으면 상수 씨 올 시간이네요. 오늘 상수 씨가 자주 가는 바닷가 앞 식물원으로 나들이 가신다고 했잖아요."

"오매 그려? 나들이 가는 날이여? 참말로 잊는 게 많아. 허허. 그래도 김밥 마는 법은 안 잊어 다행이여, 나가 열 줄만 말아서 갈게. 사람들이랑 노나 먹구로."

"열 줄이나요? 힘드시면 제가 쌀게요."

"아녀 아녀, 정신 온전할 때 나가 싸고 싶어. 좀 있음 이거도 못 할 거 아녀. 정신 온전할 때 미리 말해두고 싶네, 그간 고마워 연자야."

"왜 그런 말씀을 하세요, 요즘 약이 좋아져서 초기 상태로 오래 간대요. 그럼 사장님이 김밥 좀 말고 계세요, 저는 휠체어에 먼지 털고 있을게요, 잠시만요."

연자는 뒤돌아 손등으로 눈가를 훔친다. 시간도 흐르고 계절도 흐르고 사람도 흘러가지만 가족과 이별의 시간이 흘러가는 걸 목도하는 건 괴롭다. 피가 섞여야만 가족인가, 서로를 진심으로 위하고 아끼는 다정의 매일이 모이면 가족이지.

희생과 배려를 강요하고 부당한 행동도 '가족이니까'라

며 정당화하는 이들 때문에 남보다 못한 게 가족이라는 말이 생겼지만, 남이라서 오히려 적당히 가까울 수 있는 사이가 메리골드에서는 서로의 가족이 되어준 게 아닐까. 그러고 보면 피가 섞인 가족도 귀한 손님을 대하듯, 아끼는 친구를 대하듯 배려하고 조심한다면 다정한 관계가 될 수 있지 않을까.

연자는 아들 재하에게 그런 가족이 생기기를 소망한다. 휠체어에 먼지가 없는데도 괜스레 바퀴까지 닦으며 연자가 훌쩍인다. 우리 분식 사장은 주름이 깊게 파인 손으로 김밥을 꾹꾹 눌러 말다 말고 연자를 본다.

"연자야, 지우개로 지운 것처럼 암것도 생각 안 나서 좋은 것도 많어. 힘들었던 건 생각나지 않고 아가가 된 듯이 새롭고 좋다니께. 한 개도 지루하지가 않어. 즐거운 것만 아는 날들이 살며 얼마나 되겄어."

"그래도요…."

"나는 지금이 가장 편안한 거 같어. 모든 일에는 좋은 점도 있고 힘든 점도 있는겨. 이 손바닥 뒤집는 것처럼 어느 편을 보느냐에 따라 다른 거 아일까 싶어. 워메, 김밥에 당근을 안 넣고 계란만 잔뜩 넣었네. 내 정신 좀 봐."

"저 당근 안 넣은 김밥 좋아해요. 제가 먹을게요."

"우리 연자가 당근을 싫어했구만, 애기 맹키로?"

"네, 썰지 말고 주세요. 들고 크게 베어 먹게."

연자가 우리 분식 사장의 어깨를 감싸 안고 얼굴을 기댄다. 사장에게서 고소한 냄새가 난다. 연자가 김밥을 천천히 씹으며 우리 분식 사장의 등을 살살 문지른다. 마치 등 뒤에 마음이 보이는 양, 기억나지 않는 시절의 응어리진 마음이 녹아내리듯 풀리길 바라는 것처럼.

김밥을 천천히 씹으며 맛을 음미한다. 짭짜름한 맛과 달콤한 맛, 고소한 맛이 동시에 입 안에 번진다. 생의 맛인가. 뭉글하다. 생을, 아니 김밥을 씹어 넘긴 연자가 라디오를 켠다.

"반복해서 자주 꾸는 꿈이 있나요? 꿈은 때때로 마음을 비추는 매개가 되기도 하지요. 저는 지난밤 꿈에 놀이동산을 다녀왔어요. 바쁜 일정으로 힘들었던 차에, 신나게 놀고 싶은 마음이 꿈에서 해소된 걸까요?"

디제이의 목소리를 들으며 연자는 우리 분식 사장의 반복되는 꿈을 다시 곰곰이 생각해 본다.

"안녕하세요."

"상수 씨, 일찍 퇴근하셨네요?"

"네, 누나랑 시간을 오래 보내고 싶어서요."

"잘하셨어요. 김밥 좀 드세요."

"가서 먹을게요. 아마 누나가 김밥을 산처럼 굉장히 많이 쌌을 테니까요."

김밥에 재료를 빼 먹을라 중얼거리며 김밥만 싸고 있는

우리 분식 사장을 보며 상수가 말한다. 연자는 고개를 끄덕이며 동의한다. 김밥을 다 싼 우리 분식 사장이 잠시 멍하니 허공을 응시하다 뒤를 돌며 천진한 눈빛으로 연자를 본다.

"아줌마, 나 배고파. 왜 밥 안 줘?"

"방금 먹었는데 배고파?"

연자는 익숙하게 어린아이를 대하듯 대답한다.

"언제 먹었어, 치. 나 배고프단 말이야. 자기들끼리 밥 먹고. 아저씨, 나 배고파!"

"그래, 밥 먹고 가자."

"이거 다 먹을 거야. 그런데 아줌마, 아저씨는 누구야? 친절하네, 얌얌."

자신이 싼 김밥을 허겁지겁 먹는 사장이 흘린 음식을 닦으며 연자가 김밥 다섯 줄을 말아 도시락 통에 넣는다.

"금세 배고프다고 하실 테니 이거 가져가셔서 드세요."

"고맙습니다. 벌써 두 줄을 다 먹었어? 배가 빵빵하네, 그만 먹을까?"

"싫어, 나 배고프단 말이야! 더 먹을 거야!"

"체하지 않게 꼭꼭 씹어, 그렇지, 착하네. 그런데 도시락 통이 세 개나 되네?"

"이건 줄 사람 있어. 비밀이야. 아저씨 거 아니야."

우리 분식 사장은 김밥을 연신 욱여넣다 말고 도시락

통을 꼭 끌어안는다. 빼앗길 새라 소중하게 끌어안을 걸 보고 상수는 고개를 끄덕인다. 도시락 통을 품에 안고 두 손으로 김밥을 먹는 누나의 입가를 닦아준다. 누나를 돌볼 수 있는 기회가 생겨 참 다행입니다, 하는 속마음은 깊숙이 넣어둔다.

여름의 해는 뜨겁고 매미도 한 철의 노래를 크게 부른다. 슬픔을 대신 울어주듯, 목청 다해 크게도 운다. 매미의 울음소리가 거센 이유는 울지 못하는 이들의 울음을 대신하기 때문 아닐까.

"저희 다녀올게요, 고마워요 연자 씨."

"그래요, 즐거운 시간 보내고 오세요. 방금처럼 가끔 언니가 여기 어디냐고 묻더라구요, 상수 씨한테도 그래요?"

"네. 지난주부터 잘 지내다가도 어디냐고 한번씩 물어요."

"사람은 아이로 태어나 다시 아이로 돌아간다더니… 우리도 나중엔 그리 되겠지요? 참, 언니한테 화장실 가고 싶은지 시간마다 물어보시고요. 혹시 모르니 여기 성인용 기저귀, 바지, 티셔츠 넣었으니 들고 가시는 게 좋겠어요."

"네, 매번 감사합니다."

"감사는요. 사장님이 우리에게 베풀어 준 따뜻한 마음에 비하면 이건 일도 아니에요."

미소를 머금고 정중히 인사를 하는 상수를 향해 연자도

인사를 한다.

"아줌마 우리 다녀올게! 빠빠이."

인사하는 우리 분식 사장의 얼굴이 천진하다. 연자는 행복한 순간을 기억하고 싶어 시야에서 멀어질 때까지 바라본다.

"사장님 배고파요. 돈가스 되나요?"

문 앞에 단골 고등학생이다. 연자는 활짝 웃으며 고개를 끄덕인다.

"그럼, 이제 학교 끝난 거야? 학원 가기 전에 든든히 먹고 가야지. 더우니까 슬러시 따라서 먹어."

"네…."

"왜 풀이 죽었어. 학교에서 무슨 일 있었어?"

"아 글쎄 담임이요…!"

연자의 등 뒤에서 학생이 슬러시를 쭉 들이키며 성적이 떨어져 담임에게 한 소리를 들었다고 하소연 한다. 연자는 추임새를 넣으며 돈가스를 2인분 튀긴다. 속이 상할 땐 배 속을 든든히 채워야 힘이 난다고 우리 분식 사장님이 말했으니까. 선풍기는 탈탈 돌아가고 일상도 뱅글뱅글 돌아간다.

“이번 생에는 유독 밥이 맛있네….”

마음 세탁소를 운영할 때 우리 분식 사장이 매일 밤 김밥 두 줄을 말아 문에 걸어두면, 먹기 귀찮아도 성의가 고마워 챙겨 먹던 지은이었다. 그때는 확실히 알약 한 알로 에너지를 채울 때보다 몸에 힘이 돌았다. 바로 전 생에서는 고양이 레이지로 사느라 맛있는 걸 못 먹었으니 이번 생에는 맛있는 음식을 많이 먹을 테다, 하고 요리책을 펼쳐 서툰 칼질로 재료를 손질하고 양념을 조합하다 보니 지은에게도 먹는 즐거움이 생겼다.

“백만 두 번째 삶에야 비로소 나를 먹여 살리는 일이 즐거워지다니, 별일이네. 아니지, 이게 사는 일인데. 별게 다 별일이야.”

지은은 기지개를 켜고 일어나 냉장고를 열어 재료를 살핀다. 전날 사둔 크루아상을 먹을까 하다 된장국을 끓이기로 했다. 따뜻한 식탁을 차리는 행위는 자신을 위한 치유 레시피와도 같다. 탕탕탕 도마에 칼이 부딪히며 내는 경쾌한 소리를 들으며 재료를 손질하다 보면 마치 음악을 연주하는 느낌이 든다. 간단한 음식이라도 만들다 보면 스스로에게 엄마가 되어주는 기분이랄까. 엄마도 내가 먹는 모습을 보면 한껏 기뻐했으니까.

"그러고 보면 우리 분식 사장도 내가 먹는 걸 보면서 엄마처럼 좋아했는데 말야. 아줌마 보고 싶네."

우리 분식 사장을 생각하면 절로 미소가 지어진다.

"조만간 김밥 먹으러 가야지. 외모가 변했으니 못 알아보려나? 그럼 이렇게 말해야지. 아줌마, 이 건물 얼마야? 내가 살게."

지은이 메리골드에 와서 우리 분식에서 김밥을 먹고 사장에게 했던 말을 다시 해본다. 앞에 우리 분식 사장이 있기라도 한 듯, 목소리 톤을 바꾸어 대답한다.

"이 건물을 아가씨가 어떻게 사, 머리가 아픈겨? 아가씨 돈 많어?"

"음… 많다면 많지."

"워메, 집이 부자여?"

"돈이 얼마나 있으면 부자라고 할 수 있지? 열심히 벌긴 했는데 어느 순간부터는 돈 쓰는 재미가 없더라고. 안 쓰니까 모여. 그래서 많아. 아무튼 누가 주인인지만 알려줘. 건물 가격은 세 배로 쳐준다고 해. 대신 아줌마는 지금 월세 반으로 깎아주고 평생 동결."

우리 분식 사장과 나누던 대화를 떠올리니 그날이 어제처럼 생생하다.

"육수 끓는다, 불 줄여야지."

멸치와 다시마 넣은 육수가 넘치려 하자 불을 줄이고

감자, 애호박, 양파, 버섯, 두부를 넣고 파르르 끓인다. 우언은 닭도리탕이 부글부글 끓고 있는 걸 보면 살아 있음을 느낀다 했는데, 지은은 된장국이 열렬하게 끓을 때 살아 있음을 느낀다. 생이 이 안에서 어우러져 끓고 있달까.

맛있는 냄새가 솔솔 올라와 불을 끄고 그릇에 국을 뜬다. 달걀을 하나 톡 까서 프라이를 한다. 갓 지은 밥과 된장국, 달걀 프라이에 김치를 아삭아삭 씹어 먹으며 충만하게 아침을 시작한다.

"배부르다. 진짜 좋네. 언젠가 메리골드 사람들한테도 맛있는 음식을 해주고 싶다. 사랑하는 이들이 따뜻하게 배를 채우는 모습을 보고 싶어. 결심했어, 내일은 꼭 용기를 낼 거야."

내일은 보고픈 이들에게 가보리라 다짐하며 지은은 설거지를 하고, 식물원의 나무와 꽃들을 손질하기 시작한다. 시든 잎을 잘라내고, 커져서 화분이 작아진 식물은 옮겨 심는다. 흙을 채우고 물을 주며 손으로 토닥토닥 새 집에서도 잘 자라라 말을 걸어준다.

식물에게 아름다운 말을 해주면 잘 자란다고 하는데, 지은은 사람도 식물도 온기와 애정을 가지고 가꾸면 반질반질 윤기가 나는 점이 비슷하다고 생각한다. 식물에게는 자가 치유 능력이 있는데, 이렇게 스스로 상처를 치유한 식물을 보면 자연스레 인간의 삶을 떠올리게 된다.

분갈이를 마치고 바다 앞으로 난 창을 여니 아침 바람의 온도가 제법 달라졌다.

"바람에 가을 묻었네. 코끝에 가을 걸렸어."

어제까진 여름이 한창이더니 9월이 시작되자마자 진초록이던 나뭇잎이 부분적으로 노랗게 변하고 있다. 어떤 나무는 성미 급하게 벌써 낙엽이 진다. 낙엽을 쓸며 꽃잎에게 말을 건다.

"무성하게 초록으로 싱그럽던 나무도 계절 가니 물이 들고 잎이 떨어지고 앙상한 나뭇가지로 겨울을 견디고 봄을 맞이해. 다시 잎이 피기 위해선 나뭇잎을 비워내는 시간이 필요한 거지. 사람도 나무처럼 쉬어가는 시간이 필요할 거야. 빈 가지가 있어야 새싹이 나지. 꽃도 피고."

지은의 말에 꽃잎들은 빗자루처럼 낙엽을 휘이 쓸어 모은다. 생각에 잠긴 지은은 한참 뒤 깨끗해진 바닥을 보며 환하게 웃는다.

"도와준 거야? 고마워, 꽃잎들아, 덕분에 빨리 끝났네! 오전 할 일도 끝났으니 이제 산책을 해볼까."

거울을 보니 짧게 자른 머리가 그새 어깨에서 찰랑거린다. 눈에 들어온 노란 고무줄로 대충 묶고 앞치마는 벗어두고 밖으로 나온다. 어차피 마음 식물원은 문이 없으니, 누구든 들어와 식물을 향유할 수 있다. 지은이 없어도 윤지가 있고 상수가 있고, 식물원을 다녀간 손님들이 다시 와서 물도 주고 시든 잎도 따준다. 이 공간은 모두의 것이다.

"바다와 정미소는 안 어울리는 것 같더니, 식물원은 제법 잘 어울려. 여길 사두길 잘했어! 내 선견지명 칭찬해!"

검은색 반팔 티셔츠에 남색 반바지를 입은 지은이 양 주머니에 손을 넣고 걸어 나와 마음 식물원의 전경을 바라본다.

이 건물은 마음 세탁소를 운영하던 시절, 사정이 어려워진 공장 사장 딸의 이야기를 듣고 제값보다 비싸게 사둔 곳이다. 이미 문을 닫은 지 오래된 낡은 건물이지만 온기가 느껴졌다. 딸은 할머니 때부터 운영되던 공장이고 다시 쓸 수 있는 집기도 없다며 비싸게 주지 말라 했지만, 아버지의 병원비에 보태라는 말에 눈물을 떨구었다.

그러고 보면 돌아와야 할 것임을 직감했던 걸까. 마지막 날, 꿈에서 깨 소명을 다해야 한다는 예감과 이 마을에서 자연스럽게 늙어가고 싶다는 소망이 생겨났다. 하지만 시간이 필요했다. 고양이 레이지로 살아가는 동안 천천히 그 답을 찾아가야 했다.

"정답은 사랑."

빙그레 웃으며 지은이 뒷주머니에서 노트와 연필을 꺼내어 모래사장에 털썩 주저앉는다. 빈 종이를 들고 한참 동안 바다를 바라본다. 고개를 돌리니 바람에 흔들리는 나뭇잎과 스르르 흩날려 구르는 모래가 시야에 들어온다. 세상에서 가장 아름다운 음악은 자연의 소리가 아닐까.

"…이제 답장을 할 수 있겠어."

바람의 노래를 들으며 지은이 아랫입술을 살짝 깨물고 노트에 천천히 글자를 적는다. 노트를 내려놓은 다리 위로 부드러운 모래알들이 굴러간다. 해변과 하나인 듯, 바다와 모래의 품에 안긴 듯 편안한 시간이다.

사랑하는 당신, 안녕하신가요?

바다에 부친 편지는 잘 받았어요.

그동안 마음 세탁소에서 사람들의 마음을 치유하며 내 능력을 완성했다고 생각했어요. 하지만 알고 보니 진정한 능력은 아직이었죠.

그날은 답을 알지 못해 시간이 필요했어요. 부여받은 소명을 완수하기 위해, 당신과 행복하게 살기 위해 돌아왔어요. 이제 저편이 고향인지 이편이 고향인지 분간되지 않아요.

고통은 지우고 싶은 얼룩이었지만 때로는 지혜를 알아가는 입구였어요. 두렵지만 문을 여니 고통도 슬픔도 나이

테의 일부분이더군요.

지나간 슬픔은 어제에 맡기고
오지 않은 고민은 내일에 맡기고
이제는 오늘을 살고 싶어요.

두 번 다시 오지 않을 오늘을…
어쩌면 두 번이 와도 좋을 오늘을 당신과 함께하고 싶어요.
당신이 있는 곳이 나의 집이니까요.

노트에 쓴 편지를 뜯어 손바닥 크기의 유리병에 돌돌 말아 넣는다. 물이 들어가지 않도록 코르크를 힘껏 밀고 바다에 던지니, 빨간 꽃잎들이 물음표를 그리듯 지은의 곁을 뱅그르르 맴돈다.

"왜 직접 전해주지 않고 바다에 던지냐고?"

꽃잎들이 고개를 끄덕이듯 위아래로 흔들린다.

"운명을 믿는 거지. 해인 씨도 바다에 부친 편지가 언젠가 내게 닿게 되리라는 걸 알았으니까."

바다는 파도가 넘나들며 제 할 일을 한다.

"모습이 바뀌어 금방 알아보지 못하려나?"

이번에는 주머니에서 반려돌 방글이를 꺼내어 묻는다.

"해인 씨가 찍어준 행복사진을 보여주면 알겠지?"

꽃잎들은 커다란 원을 그린다.

"일단 만나면 어떻게든 될 거야. 걱정을 한다고 걱정이 사라지지 않으니 일단 가보자. 내일은 정말 만나러 가는 거야!"

주먹을 불끈 쥐며 일어선 지은이 냅다 달리기 시작한다. 아마도 숨이 차서 헐떡거리고 땀이 날 때까지 달릴 것이다. 그러다 바다에 풍덩 뛰어들겠지. 검게 탄 피부에 주근깨가 늘어나건 말건 신경 쓰지 않고 바다에 안겨 있겠지. 들숨 하나에 그리움이 들어오고, 날숨 하나에 그리움은 배가 된다.

손에 들린 작은 여자아이 인형의 머리카락을 쓰다듬는 누나의 눈망울은 소풍 가는 어린아이 같다.

"아가야, 가서 마음껏 뛰놀자. 애기 배고프지, 엄마가 맛있는 밥 줄게. 오후엔 무슨 간식 먹을까?"

인형에게 말을 거는 누나의 표정이 행복하다. 시장을 지나다 팔뚝만 한 길이의 여자아이 인형 앞에서 한참 동안 멈춰 서 있던 누나였다. 그 인형을 사주었더니 배고플 때가 아니면 역정을 내지도 않고 인형과 함께 행복한 모습이다. 자식이 없는 누나가 딸을 가지고 싶었던 걸까 생각하는 사이 목적지에 도착했다. 상수가 택시에서 먼저 내려 누나를 천천히 부축해 준다.

"저기 봐봐, 예쁜 꽃이며 나무가 참 많지? 실컷 꽃구경하다 바닷가 앞에서 도시락 먹자."

"좋아! 아저씨 최고네! 아가야, 너도 좋지? 우리 꽃구경 가자."

경계심 없이 마음 식물원으로 들어온 우리 분식 사장은 천장이 뻥 뚫린 식물원 내부 광경에 입을 벌리고 하늘을 올려다보다 작은 풀꽃에게 말을 건넨다.

"얘들아 덥지? 그늘 만들어 줄게."

누나의 말에 상수가 들고 있던 우산을 편다. 받아든 우산을 꽃에 씌워주는 누이의 다정함을 보며 상수의 마음이 울컥한다. 그동안 내가 받은 사랑이 저런 것이었구나. 뒤늦게 알게 된 사랑의 형체에 상수는 애써 입가에 미소를 짓는다. 누나가 밝게 웃으니 상수도 따라 웃는다.

"힘들면 여기 휠체어에 앉아. 저기 바다 보이는 창문 앞에 하얀 테이블에서 김밥 먹는 건 어때?"

"아저씨, 나 여기 너무 좋아! 아직 배는 안 고픈데… 우리 애기도 배 안 고프대!"

"그래, 나도 아직 안 고파. 찬찬히 보고 있어, 식물에 물 좀 주고 올게."

"응! 근데 아저씨, 밖은 엄청 더운데 여기 안은 가을 같아. 덥지도 않고 꽃들도 너무 고와! 담에 또 올 수 있어?"

"내일도 모레도 다시 올 수 있어. 마음 식물원은 누구에게나 열린 공간이거든. 사장님이 아주 좋은 분이셔."

"야호! 신난다! 아가야, 너도 신나지? 꽃구경하자."

우리 분식 사장은 식물들과 눈맞춤을 하다 다리를 절룩거리며 테이블에 앉는다. 갑자기 졸리네… 인형을 품에 안고 눈을 감는다. 얼마나 시간이 지난 걸까. 테이블에 엎드려 자다 깬 우리 분식 사장 앞에서 상수가 커다란 화분에 물을 준다. 평소에 감정 표현이 없는 상수가 기분 좋은지 땀을 뻘뻘 흘리면서도 콧노래를 부르며 즐거이 물을 주는 모습에 우리 분식 사장은 눈시울이 빨개진다. 콧물을 손등으로 슥 닦는다.

"아이고… 잠이 덜 깼나, 주책이여! 좋은데 왜 눈물이 나는겨. 편안해 보여. 마음에 백힌 돌이 빠졌나벼. 감사합니다… 감사해요."

양쪽 어깨를 번갈아 들썩이며 우리 분식 사장은 흥겹게 노래를 부른다. 됐네, 그거면 됐어. 그렇지 잘했네, 가사도 음정도 뒤죽박죽인 노래를 부르는 누나를 상수가 본다. 눈이 마주친다. 그리고 웃는다. 눈도, 입도 함께. 우리 분식 사장은 연이어 노래를 부른다.

"행복하네 그랴, 행복해. 덩실덩실 행복해. 꽃들아 나무들아 반가워."

우리 분식 사장의 노랫소리에 빨간 꽃잎들이 날아와 덩실덩실 춤을 춘다.

"이쁜 꽃잎들이네. 잘 지낸겨? 보고 싶었구만."

"투명한 구슬이 이리 보석처럼 이쁘다냐, 감추어 둔 마음도 들켜버릴 만코롬 맑으네. 오묘한 것이 이 안에 무지개도 있고, 바다도 있고, 숲도 있고, 나무도 있고, 꽃도 있고, 나비도 날아다니네 그랴."

우리 분식 사장이 어깨춤을 추다 테이블에 놓인 유리구슬을 발견하고 양손으로 고이 들어 코앞까지 가져와 살핀다. 이 작은 구슬 안에 온 세상 아름다움이 다 들었네, 호호. 웃다 보니 구슬 너머 마음 식물원 전경이 눈에 들어온다. 앉은 자리에서 오른편으로는 에메랄드빛 바다가 보이고 왼편으론 숲이 보인다. 이름 모를 아름다운 꽃과 나무가 가득하고 나비가 날아다니는데, 천장이 열려 있어 파도 소리와 바람이 나무를 스치는 소리도 들린다.

"시상에나… 낙원이네. 지금도 꿈은 아니겄제? 나가 증맬로 갈 때가 됐는지, 요렇게 아름다운 데에 다 와 있고!"

만약 오늘이 마지막 날이라면 여기서 눈을 감아도 충분

하다. 아름다운 소리에 귀를 기울이던 우리 분식 사장은 작게 한숨을 내쉬며 유리구슬을 품에 안고 어루만진다. 마치 사랑하는 이라도 되는 듯 정성스럽고 따뜻하게 끌어안고 입을 연다.

"만약에 말이여… 지금이 끝날이라면 욕심 좀 부려 볼라네. 세 가지 소원이 있어라. 상수가 배꼽에서부터 즐거워 웃는 거 보고, 메리골드 사람들 배 터지게 밥 멕이고 시답잖은 농담이나 주고받고, 꿈속에서 만난 애기를 한번 안아주고 싶어라."

쉬이이— 쉬이이—

우리 분식 사장이 간절한 소망을 빌자 싱그러운 페퍼민트 초록잎의 바람이 불어온다. 사장의 눈에서 뜨거운 눈물 한 방울이 떨어져 유리구슬에 닿는 순간, 초록잎 바람이 유리구슬로 빨려 들어가 오로라로 변해 하늘을 비춘다. 이윽고 천장이 닫히고 하얀색 데이지 꽃잎들이 눈처럼 흩날린다. 꽃잎이 내린 자리에 서서히 별과 달과 해가 동시에 뜨고, 유리구슬이 있던 자리엔 진한 보랏빛 리시안셔스 꽃다발이 피어난다. 우리 분식 사장이 환상적인 광경에 깜짝 놀라 왼손으로는 인형을 붙잡고 오른손으로는 앞치마 자락을 쥔다.

"끝날이 틀림없구먼…."

간절한 마음은 불가능한 일도 가능하게 이끌어 주는 것

인가. 그렇다면… 그렇다면….

“배고파, 정말 배고파. 배고프면 냄새도 헛것이 나나? 익숙한 냄새가 나는데.”

해인과 메리골드 마을 사람들을 만나면 무슨 말부터 꺼내야 할지 몰라 웅얼웅얼 말을 되뇌던 지은이 익숙하게 풍기는 냄새에 걸음을 멈춘다. 냄새에 이끌리듯 꽃잎들의 재촉에 이끌려 들어간 식물원에 그리운 이가 앉아 있다. 아줌마다. 여기 어떻게 왔지? 나 없는 사이에 주름이 왜 이리 많이 늘었어!

“뭐야, 다리도 불편한데 왜 찾아왔어! 혼자 온 거야? 뭐 타고 왔어? 기다리면 내가 갈 텐데.”

그 사이 늙어버린 우리 분식 사장에게 마음과 다른 말로 투덜대던 지은은 순간 아차 싶다. 맞다, 외모가 바뀌었지. 지은이 헛기침을 하며 눈가를 닦고 있는데, 우리 분식 사장이 다리를 절룩이며 걸어와 지은을 안는다. 고소하고 진한 참기를 냄새를 풍기며 떠날 때 선물한 빨간 꽃무늬 자수의 검정 실크 앞치마를 두른 우리 분식 사장이 지은의 등을 쓰다듬는다.

“드디어 찾았구나… 엄마가 너무 늦게 왔지… 참말로

미안해….”

“아줌마 왜 그래, 무슨 일이야. 어디 아파? 나 얼굴 바뀌었다고 아직 말 안 했는데. 그런데 갑자기 엄마라니…?”

“엄마가 미안해… 기다렸지… 일찍 못 와서 미안해… 왜 이렇게 말랐어….”

“아줌마, 난 아가가 아니라 지은이야. 아줌마 내 이름 잊은 거 아니지?”

“한시도 너를 잊은 적 없어. 아가야… 드디어 얼굴을 보여주는구나. 매일 꿈에서 그리 슬프게 가더니….”

우리 분식 사장의 품에 안겨 있던 지은이 눈을 돌리자 상수가 자신과 함께 왔다고 말하며 사장이 조금 아프다는 사인을 보낸다. 지은이 이해했다는 듯 고개를 끄덕인다. 인간들이 나이가 들면 기억이 뒤섞인다더니 그 상황인가.

“아줌마, 꿈에서 나 닮은 아이 봤어? 그나저나 아줌마 너무 보고 싶었어.”

“엄마도 너무 보고 싶었어.”

“아… 알았어. 아줌… 아니 엄마.”

지은은 포기한 듯 우리 분식 사장의 말을 맞춰주기로 한다.

“꽃처럼 이쁜 아가… 지난 일은 네 잘못이 아니야. 큰 소명을 지닌 사람은 때론 큰 시련을 겪기도 해. 시련을 극복하며 능력을 꽃피우는 거야.”

그 순간 지은은 너무 놀라 우리 분식 사장을 바라본다.

"정말 엄마야?"

"엄마지 아가. 너무 보고 싶었어. 하지만 볼 수 없더라도 우리 딸이 틀림없이 잘 지낼 거라 믿었어. 그 믿음이 네가 곁에 없어도 나를 살게 했어. 혼자 지내서 외로웠지? 이제 엄마 왔어, 괜찮아."

"엄마…!"

지은은 혼란스러운 마음에도 그토록 부르고 싶던 엄마를 목 놓아 부를 수밖에 없다. 사실은 그 어느 순간에도 혼자이지 않았어, 엄마. 억겁의 세월 동안 꽃잎들이 곁에 있어 주었고, 우리 분식 사장의 모습으로, 다른 생의 이웃이자 친구로, 기억나지 않는 숱한 인연들이 나를 지켜주었어….

"고마워 엄마. 걱정하지 마. 나는 그 어느 순간에도 혼자가 아니었어."

슬픈 울음이 행복한 눈물로 바뀌자, 초록잎들이 회오리치며 지나간 자리에 진한 향기의 초록 세이보리와 우산대처럼 노란 꽃을 펼친 펜넬이 피어났다.

지은이 오른팔로 눈물을 닦고 펜넬의 꽃을 꺾어 우리 분식 사장의 귀 뒤에 꽂아준다. 주위로 번지는 진한 향기를 맡으며 두 사람이 서로 닮은 미소로 환하게 웃는다.

"내 마음 식물이 피었어. 세이보리는 사랑의 힘을 뜻하고, 펜넬은 지혜의 꽃이야. 나는 지혜와 사랑의 힘이라는 능력을 완성했어. 내 힘으로 말이야. 장하지?"

"잘했네, 정말 잘했어. 우리 딸 정말 자랑스러워."

"엄마, 나 이제 요리도 할 줄 알아. 펜넬로 맛있는 샐러드랑 수프 해줄게. 배고프지?"

"배고파? 엄마가 너 주려고 김밥 많이 싸왔어. 잠깐만 기다려."

지은이 배고프다는 말에 화들짝 놀란 우리 분식 사장이 다리를 절룩이며 하얀 테이블로 종종걸음을 걷는다. 지은을 향해 이리 오라며 손짓을 하고 자리에 앉은 우리 분식 사장이 고단한지 금세 고개를 떨군다.

"한 번이라도 다시 엄마를 불러보고 싶었어. 아줌마… 아니, 엄마. 고마워."

상수가 식물원을 보자마자 들어오고 싶었던 건 우연이 아니라 운명이었다. 두 사람의 아름다운 재회를 바라보며 상수는 숨죽여 운다.

"아이고, 달게 잤다. 근데 여가 어디여?"

잠에서 깬 우리 분식 사장이 깜짝 놀라 주변을 둘러보자 상수가 단번에 곁으로 달려왔다.

"누나 괜찮아?"

"상수 아녀? 괜찮여. 근디 이 고운 꽃다발은 뭐여? 여기는 어디고?"

"여기는 마음 식물원이고, 이 예쁜 보라색 꽃들은 누나의 마음이 꽃으로 피어난 거야."

"마음이 뭣이 어쨌다고? 요로코롬 신기한 데가 어디 있다냐."

반복되는 우리 분식 사장의 물음에도 상수는 지치지 않고 누나의 눈을 바라보며 침착하게 대답해 준다. 누나가 곁에 있어만 준다면 수백 번이라도 대답할 수 있다.

싱크대에서 세수를 마친 지은이 뒤를 돌자 빨간 꽃잎들이 어깨를 안듯 스르르 몰려온다. 언제나처럼 꽃잎들의 향기가 잔뜩 긴장한 지은을 편안하게 해준다. 지은이 어깨에 앉은 꽃잎들에 미소를 지어주고는 우리 분식 사장과 상수가 있는 테이블로 빠르게 걸어온다.

"아이고, 이 이쁜 처자는 누구여?"

방금 전까지 뜨거운 포옹을 나눈 사실을 잊은 듯 우리 분식 사장이 지은을 처음 보는 사람처럼 반긴다. 상수가 지은에게 귀엣말을 건네자 지은은 고개를 끄덕인다.

"그나저나 이 아가씨는 신발도 안 신고 맨발로 흙바닥을 돌아다니고 그려? 밥도 안 묵고 댕기나, 깡말랐구만. 이리 와서 김밥 먹어."

"마침 배고팠는데 잘됐다."

지은이 물기가 마르지 않은 목소리로 대답하고 우리 분식 사장 옆자리에 앉는다. 김밥을 바라보며 그저 먹먹해 젓가락을 들지 못하는 지은의 입에 사장이 김밥을 넣어 준다.

"안 멕혀도 밀어 넣어야 해, 안 그럼 말라서 허리 꼬부라져! 근데 나가 이 말을 어디서 한 거 같은디… 아주 입에 착착 붙네. 오뎅 국물도 좀 마시고. 근데 아가씨는 이름이 뭐야?"

메리골드에 와서 우리 분식에 처음 갔던 그날처럼 이름을 묻는다. 대답하기 귀찮아 눈앞에 있던 '지은 마트' 전단지를 보고 말했는데, 그게 지은의 이름이 되었다.

"지은이."

"지은이? 예쁜 이름이네. 맛있게 먹고 다음에 올 때는 라면도 시켜 먹어!"

이곳이 우리 분식이라 여기는 듯한 사장의 말을 들으며 지은이 고개를 끄덕인다. 보온병에서 따라주는 오뎅 국물을 숟가락으로 휘휘 젓고는 파와 후추가 가득한 국물을 마신다. 따뜻하네, 국물이.

"아줌마 약속 지켰네? 음식 맛 유지하고 초심 잃지 말라고 했었는데."

"워메, 또 사람 볼 줄 아네. 내가 음식을 잘하긴 하지. 근데 아가씨는 왜 사람 보자마자 반말이여?"

"내가 보기보다 나이가 많아. 아줌마보다 오래 살았거든."

"껄껄 그려. 그렇다 치자. 오래 살았다 치자."

"근데 아줌마 앞치마 예쁘다? 어디서 샀어?"

"보는 눈이 있고만. 이 앞치마는 내가 아주 사랑하는 사람이 선물한 거여. 한 50세기 전에 사서 지금은 없다던디? 근디 50세기면 얼만큼인겨?"

우리 분식 사장은 앞치마를 만지작거리고 지은은 김밥을 양볼 가득 터지게 넣어 씹고 상수는 오뎅 국물을 따라 마신다. 지은은 지금 이 순간에 있으면서도 벌써 지금이 그립다.

'나는 오늘을 아주 많이 그리워하게 될 거야. 고단한 날 꺼내볼 따뜻한 이불 같은 순간이야….'

시간이 천천히 지나가길 바란다.

"잘 묵으니께 얼매나 보기 좋아. 내일 또 와! 두 줄 말아줄 테니까! 굶지 말고 챙겨 묵어."

"고마워. 나 지금 행복해 아줌마. 밥 다 먹고 산책 갈래? 바다 보러 가자."

지은이 우리 분식 사장의 손을 잡고 말한다. 아이처럼 맑게 웃으며 사장도 지은의 손을 맞잡는다. 상수가 휠체어를 펴고 두 사람이 양팔을 부축해 휠체어에 사장을 앉힌다.

"상수 씨가 아줌마 동생이었군요. 몰랐어요."

"사촌 누나예요. 사장님도 우리 누나를 아시는군요."

"우리 분식 단골이었어요. 그런데 아줌마한테 딸이 있었어요?"

"아니요, 꿈에서 어떤 아이가 나온다고 자꾸 그래요…. 당황하셨을 텐데 고맙습니다."

지은은 어깨를 으쓱 올려 보이며 괜찮다는 눈짓을 하고 휠체어를 밀기 시작한다.

"자주 와. 아줌마가 좋아하는 꽃 많이 피워놓을게."

"아가 고마워. 이제 외롭지 말어. 언제나 희망을 잃지 말어… 행복하렴. 너를 위해서."

눈물을 흘리며 우리 분식 사장이 꿈에서 깨어난다. 상수와 메리골드 마음 식물원을 다녀온 뒤론 꿈속의 아이가 얼굴을 보여주며 활짝 웃는다. 오늘은 꿈에서 다육 화분을 선물했다. 이제는 잠이 드는 것도, 꿈을 꾸는 것도 슬프지 않다.

"꿈속의 아이가 자라 다정하고 따뜻한 사람과 만나 결혼도 하고 엄마 아빠 닮은 예쁜 아이도 낳고… 그거까정 보고 가길 바라면 늙은이 욕심이 과한 건가. 콜록콜록….”

“어르신, 괜찮으세요? 땀을 뻘뻘 흘리시네. 닦아드릴게요, 잠시만요.”

요양보호소의 주말 직원인 상미가 지나가다가 기침을 하는 우리 분식 사장에게 물과 손수건을 건넨다. 상미는 주중에 마트에서 파트타임으로 일하고 주말에는 메리골드에 와서 요양보호사로 일한다. 일전에 우연히 동창들과 메리골드에 여행을 왔다가 길을 잃고 마음 사진관에 다녀간 인연으로 메리골드에 이끌리듯 오게 되었다.

사실 상미는 주말에 메리골드로 쉬러 온다. 일을 마치고 우리 분식에서 연자가 말아주는 김밥 한 줄과 오뎅 두 꼬치가 주말의 행복이다. 가끔 소주 한잔 얼큰하게 걸친 날에는 김치 냄비 우동을 보글보글 끓여주는데 이것도 별미다.

주말 동안 다른 도시에서 오롯이 자신의 이름으로 일하며 퇴근 후에는 자신만 돌보면 되는 이편의 삶과, 푹 쉬고 돌아간 평일이면 아내이자 엄마로, 마트 직원으로 건강하게 임하는 저편의 삶이 어찌 좋지 아니한가.

“어르신 또 꿈꾸셨어요? 오늘은 밝아 보이시네요.”

“응, 어차피 다 잊어버리겠지만 다행이여, 참말로. 기억이라는 게 꼭 기억하라고 있는 건 아니고… 잊어도 될 것은 잊어도 되는가 봐. 오늘은 기분이 좋아.”

"그래도 어르신, 나쁜 일만 잊고 좋았던 일은 꼭꼭 담아 두셔요."

"아녀, 어찌 보면 잊는 게 오히려 축복이여."

"축복이요?"

"으잉, 나가 나이들어 봉께 밉고 힘들었던 것도 생각이 안 나. 그런 걸랑 깡그리 잊어버리고 좋았던 감정만이 가슴 속에 남으니께. 좋았던 일이 무엇인지도 자세히 기억나지 않지만 기분은 좋아. 그럼 된 거 아녀?"

"그런가요. 어르신 말씀이 맞아요."

"때론 잊어버리는 게 아름다운 일인 거여. 생의 마지막 소풍 떠나는 순간까정 미움과 아픔까지 간직하면 힘들어 우째 가. 다른 사람들은 모르겄고 나는 그래."

우리 분식 사장이 컵을 쟁반에 올려놓고 소중히 여기는 꽃 화분에 눈인사를 한다.

"꽃이 예뻐요. 파릇파릇 싱싱하니 우리네 젊은 날 같아요. 어르신은 젊은 날이 그립지 않으세요?"

"나는 한 개도 그립지가 않어. 나이 들어 이제야 행복해졌는걸."

"지금 행복하세요?"

"엄청. 젊을 땐 나중에 놀아야지 하믄서 일하느라 놀지도 못허고, 나이 들어 돈 써야지 생각하고 돈도 못 쓰고, 나이 들어 편히 쉬어야지 하고 쉬지도 못했잖어. 행복을 미뤘어."

"맞아요. 젊은 날엔 할 일이 왜 이리 많은가 몰라요."

"그라니께 젊은이도 놀아. 젊을 때 놀아야 혀! 하고 싶은 거 하고 먹고 싶은 거 먹고 명랑하게 힘든 일 툴툴 털고. 그리 지내다 보면 정말 재미진다니께. 믿어봐."

우리 분식 사장의 말에 상미는 귀까지 빨개진다. 젊은이라니. 쑥스럽지만 이곳 요양보호소에선 상미가 젊은 편에 속한다. 상미만 보면 피부가 어쩜 이리 뽀얗고 아기 같으냐며 할머니들의 주머니에서 사탕이 한 움큼씩 나온다. 사랑받는 기분이 이런 걸까.

"저도 마음 사진관에서 제 마음을 사진으로 찍어서 보기 전까지는 나를 귀하게 여긴다는 게 어떤 의미인지 몰랐어요. 내 삶의 주인은 나라고 하는데, 저는 마치 손님처럼 살았어요. 남들 눈치 보느라 놀지도 못했고요. 어르신 말씀 듣고 제가 한 수 배우네요. 고맙습니다."

"남덜 눈치 보지 말고 자기 눈치 보며 살아 젊은이. 내 속 들여다보며 내 눈치 보는 게 제일이여."

고개 숙여 인사를 하는 상미를 우리 분식 사장이 귀엽게 바라본다. 요즘 젊은 애들은 어쩜 이리 예의도 바른지, 참 이쁘네. 두 사람을 향해 다른 할머니들이 걸어온다.

"우리 내일 김치 담글 건디, 같이 담글텨? 김밥집 했으면 김치도 잘 담그지 않어?"

"주 종목이 다르지. 나는 김밥 전문이고 김치는 사 먹었으야."

"깔깔깔, 그렇네! 식당에서 김치를 많이들 사서 쓰지? 이따 피아노 칠 건데 오후에 건너오라고. 근디 다들 알지? 지금 이 약속도 우리가 까맣게 잊어버릴 수 있어야."

"당연하제. 잊는 게 뭐 별거여? 피아노는 기억나는 사람만 치면 되제. 맞네, 상미는 아즉 안 잊어버릴 테니께 네가 칠텨? 깔깔깔."

"그럴까요? 그럼 제가 이따 칠게요."

모두 즐겁게 웃는다. 자신의 아픔을 자연스레 받아들이는 방법을 이곳에서 배운다. 상미는 코끝이 찡하게 뭉클해 창밖으로 고개를 돌린다.

"어르신, 봉숭아꽃이 벌써 피었네요? 손톱에 꽃물 들여 보신 적 있으세요?"

"있다마다. 그기… 몇 년 전이냐… 아유 몰라. 무튼 있어, 한챔 젊을 때. 지금 물 한번 들여볼까?"

"네, 제가 따올게요. 잠시만요."

눈물이 나올 것 같아 상미가 빠르게 나가 봉숭아를 딴다. 봉숭아꽃 무더기 속에 완만하게 솟은 상미를 바라보며 할머니들의 얼굴에도 웃음꽃이 피어난다.

"상미 쟈는 젊은 애가 마음이 저리 여려서 어쩐댜. 우리가 뭔 말만 하면 코끝이 빨개져서 울라 그랴. 궁금한 거도 많고, 감동도 잘하고. 참 귀여워."

"그지? 근디 올해는 봉숭아가 일찍 폈네. 이래이래 찧어서 손에 올리고 둘둘 묶고 기다리면 빨갛게 손톱 물드는 거 알랑가 몰라?"

"맞어, 봉숭아 꽃물이 첫눈 올 때까정 남아 있으면 첫사랑 이루어진대서 손톱도 못 잘랐잖여. 낄낄낄."

"워메 언니가 그랬어야? 나도 그랬는디. 그래서 만난 게 먼저 간 영감이잖어. 보고 싶네 우리 영감. 봉숭아 물들이면 저세상에서 얼른 다시 만날랑가."

상미가 빻아 올려주는 꽃잎들을 보며 할머니 셋이 깔깔 웃는다.

"근디 김밥집 자네는 영감이 없응께 이제 만나야겄어. 아님 숨켜둔 영감이라도 있는겨?"

"비밀이여, 나는 첫눈이 올 때까지 우리가 나란히 여기에 있으면 좋겠어. 서로 알아보면서 말이여."

"하하하, 맞네. 자네가 참 현명해. 우리가 몇 번의 첫눈을 여기서 볼 수 있을까? 난중 되면 잊어버리겄지만. 오래 같이 있자고. 첫눈 올 때까지 손톱 안 잘라야겄어. 상미가 잊지 말고 우리 손톱 지켜줘."

"네, 어르신들. 걱정 마세요. 제가 오래오래 꽃물 남으라고, 꽃잎 빻아서 얼릴 거예요. 물 빠지면 또 들이고, 또 들여서 내내 꽃물이 들어 있게요."

"그나저나 오늘은 우리 셋 다 맑은 정신이 오래 가네 그랴? 이따 피아노 칠 게 뭐 있나, 지금 치자고! 상미야, 우리랑 같이 피아노 치면서 사진 찍자."

"좋아요, 어르신."

피아노 주변으로 모여든 할머니들이 음정도 박자도 무시하고 각자의 노래를 한다. 틀리는 것이 우스워 덩달아 웃음꽃이 핀다.

"그러고 보니 사람이 꽃보다 아름다워. 자네들이 참 고와. 우리 어디 못 가도 괜찮여, 우리 있는 곳이 정원이고 꽃밭이지."

"그렇지, 우리가 꽃이고 마음이 정원이여. 다들 꽃구경하고 싶을 땐 거울 보라고."

농담이 오가는 즐거운 시간이 조금이라도 오래 가기를. 아직 젊은 상미는 할머니들을 바라보며 빌어본다. 상미도 할머니들만큼 더 살면 인생을 알게 되려나, 고개를 갸우뚱하며 폴라로이드 카메라를 들어 할머니들을 찍는다. 저리 즐겁게 웃다가도 금방 돌아서면 여기가 어딘지 묻고, 배고파하는 할머니들을 위해 앞치마 주머니에 떡이 가득하다. 챙기고 싶고, 건네고 싶은 이 마음은 사랑이다. 상미는 손톱에 든 봉숭아 꽃물을 바라보며 소원을 빈다.

"자, 어르신들 사진 찍고 이제 간식 먹어요. 스마일, 김치!"

찰칵—

순간의 행복이 박제된다.

영원할 수 없음을 알기에 더욱 소중한 오늘의 행복이다.

범준이 마음 사진관에서 여러 사진 작업을 맡기 시작한 뒤로 해인은 부쩍 여유로워졌다. 이제 범준은 증명사진, 백일사진, 우정사진, 커플사진, 영정사진까지 고객이 원하는 사진을 찍고 출장을 나가기도 한다. 범준은 사람들이 기념하고 싶은 순간을 사진으로 찍으며 느끼는 긴장과 설렘이 좋다며, 인생의 한 장면에 셔터를 누르는 이 일에 가슴이 떨린다고 했다.

해인은 며칠 전부터 옥상에서 익숙한 냄새가 나는 듯해 마을을 살펴보고 싶던 차에, 범준에게 사진관을 맡기고 마음 식물원에 내려가 보려는 참이다.

'가기 전에 바다로 나가봐야겠다.'

그간 바다에 부친 편지가 지은에게 닿지 않았을까 내심

기대했던 해인은 이번에도 해변을 걸으며 유심히 주변을 살핀다. 혹시라도 답장이 오지는 않았을까. 그 희망이 해인을 혼자여도 외롭지 않게 해주었고, 지은이 곁에 없어도 함께인 듯 따뜻하게 만들어 주는 불씨가 되었다.

"형, 오늘 자전거 타기 좋은 날씨네요! 여름도 슬슬 끝나려는지 오후 바람이 제법 선선해요."

"그러게. 뜨거웠던 여름도 지나가네. 네 말대로 오늘은 자전거를 타야겠다. 고마워!"

"맞다, 얼마 전에 바닷가 앞에 마음 식물원 생긴 거 아세요? 거기서 마음꽃을 피워준다던데. 손님의 마음에 맞는 꽃을 추천해 주는 걸까요? 아님 형처럼 신비로운 능력을 가진 사람이 또 있는 걸까요?"

"그래? 범준이 너는 다녀왔니?"

"가고 싶죠. 근데 시간이 없어요! 주중에 일하고 주말엔 게임하느라 바빠요. 유튜브 볼 시간도 없다니까요. 언제 아빠 오시면 같이 가볼까 싶어요. 형 가보시게요?"

"응. 들어보니 나도 궁금하네. 우리도 사진관에 식물을 더 들여놓으면 좋잖아."

"관리하기 쉬운 식물로 데려와요! 근데 형은 자전거 타는데 화이트 셔츠를 입고 가요? 이상하네, 오늘따라 더 멋있는데… 설마 저 몰래 여자 친구 만나는 거 아니시죠? 흐흐흐."

"그냥… 형 옷이 몇 벌 없잖아."

해인은 머쓱하게 웃고 거울을 본다. 목 끝까지 단정하게 잠겨 있는 단추 하나를 풀고 머리를 쓸어 넘긴 뒤 베이지색 바탕에 갈색 안장이 놓인 자전거를 닦는다. 깨끗하게 반짝이는 자전거를 타고 해인이 출발한다. 해인의 뒷모습을 보며 범준은 감탄한다.

"저 형은 정말 인간 베이지야. 언제 봐도 단정하고 부드럽단 말이야. 멋있어."

범준은 해인을 따라 입은 자신의 화이트 셔츠 소매 깃을 만져 본다.

"멋있어 나도. 아주 좋아. 오늘도 좋은 하루가 되겠어."

범준은 콧노래를 부르며 빗자루를 꺼내어 바닥을 쓴다. 청소기를 써도 되는데 마루가 상하지 않게 하고 싶다는 해인의 고집으로 청소기가 금지다. 해인이 기다리는 사람이 언제 올지는 모르지만, 그 사람을 위해 모든 걸 그대로 간직하고 싶어 한다. 사랑까지 순애보라니… 진짜… 멋있지 않은 부분이 뭐람. 콧노래를 흥얼거리며 청소를 한다.

"하루 사이에 바람이 이리 순하게 바뀌다니. 계절은 정말 놀라워."

해인은 자전거를 타고 볼을 스치는 바람이 어제보다 시원하게 느껴짐에 감탄하면서도, 신경은 온통 마음 식물원을 향해 있다. 마음 식물원이라… 마음을 꽃이나 나무로 피워낼 수 있는 사람이라도 온 걸까. 요 며칠 옥상에 꽃잎이 떨어져 있는 건 지은 씨가 다녀간 흔적이 아닐까.

지은이 떠나기 전날 밤 꿈결에 속삭이던 말을 떠올린다. 소명을 깨닫고 나면 틀림없이 돌아올 것이라고… 해인이 희망을 저버릴 수 없는 이유이기도 하다. 어쩌면 지은을 사랑하는 일이 해인을 살아가게 하는 이유이기도 했다. 기다림은 해인을 성숙하게 했다. 마음 사진관을 시작할 때엔 해인이 지은에게 기댔지만, 이제는 지친 그녀가 편히 기대어 쉴 수 있을 만큼 마음이 단단해졌다.

"이 생이 아니어도 괜찮아요. 우리에게 다음 생이 허락된다면, 행여 또 다른 시공간이 존재한다면, 바람으로도 나뭇잎으로라도 당신과 함께하길 바라요."

지은을 만나기 전 해인의 삶은 오로지 무채색이었다. 저마다의 색으로 생동감이 넘치는 사람들에게서 느끼는 간극은 메울 수 없을 듯이 극명해 보였다. 하지만 지은을 만나고 마음 사진관에서 사람들의 마음을 사진으로 찍은 뒤부터 해인의 일상에도 그동안 보지 못했던 색이 깃들기 시작했다.

혹시 모를 수군거림이 두려워 꺼내 보이지 못했던 능력으로 사람들의 마음을 들여다볼 수 있게 해주었고, 다시 자신의 마음과 화해하고 행복해지는 이들을 보며 해인도 행복을 느끼게 되었다.

"당신이 그래서 마음 세탁소를 운영하며 그토록 즐거워 했군요. 웃고 행복해하는 사람들을 보면서 당신이 느꼈을 감정을 이제 저도 느껴요."

함께 울고 웃다 보니 살아가는 오늘이 고마워진다. 매일 길을 걷고 계절이 흘러감을 느끼는 안온한 일상이 사실 가장 온전한 축복임을, 머리가 아닌 가슴으로 느낀다. 해인은 숨을 크게 들이쉬며 바다로 달린다. 익숙한 냄새를 맡으니 왠지 좋은 일이 생길 듯한 예감이 든다.

그런데 골목 어귀로 빼꼼히 보이는 모래사장에서 무언가 반짝거린다. 혹 답장이 든 유리병일까. 마음이 급해진 해인이 자전거 페달을 세게 밟다가 그만 좁은 골목 안으로 마주 오던 자전거와 부딪히고 말았다.

"죄송합니다, 제가 앞을 못 봤어요. 괜찮으세요?"

"네… 괜찮아요."

와인색 모자를 눌러 쓰고 검은색 마스크를 쓴 여자가 절룩거리며 황급히 자전거를 세워 일어서려고 한다.

"다리에 상처가 난 것 같은데, 제가 도와드릴게요. 잠시만요."

"괜찮아요! 안 아파요!"

해인이 다가서려 하자 여자는 도망치듯 자전거를 타고 가버린다. 저런… 급한 일이 있나. 멀어지는 여자의 뒷모습을 바라보며 자전거를 세우는데, 문득 익숙한 꽃내음이 바람을 타고 분다. 이 향기는… 설마…?

"저기요! 말 좀 물을게요!"

해인이 여자를 향해 손으로 나팔을 만들어 소리치자 여자는 더 빠르게 달리기 시작한다. 이 향기는 분명 지은 씨인데….

"그래, 지은 씨는 저런 짧은 청바지에 반팔은 안 입지. 마스크를 써서 잘 안 보였지만 피부도 까만 것 같았고… 머리카락도 짧았는데… 마른 것만 비슷하네. 그런데 왜 이리 가슴이 뛰지. 심장이 고장 났나."

해인이 혼잣말을 중얼거리며 자전거를 일으켜 세우려던 차에 발밑에 사진 한 장이 떨어져 있다. 파도에 밀려 온 유리병은 모래사장 위에서 반짝반짝 빛을 내고 있다.

"방금 저분이 떨어뜨리신 거 같은데…."

해인이 사진을 들어 올려 낡은 귀퉁이를 뒤집어 본다. 순간 얼어붙은 해인이 믿기지 않는 눈으로 사진을 보고 또 본다.

"…왜 내가 여기 있지? 이 여자는 누구야?"

도무지 이해되지 않는 상황이다. 당황한 해인의 땀을 식혀주듯 시원한 페퍼민트 향의 바람이 불어온다. 성급했던 여름의 소나기가 물러가고, 순한 가을이 오려나 보다.

우리 분식 사장이 다녀간 뒤, 지은은 오래도록 잠을 잤다. 달게 자고 깨어나니 어느새 오후다.

"이리 오래 잔 거야? 해가 중천에 떠 있네. 꽃잎들아 굿모닝. 아니지, 굿 애프터눈이야."

잠이 덜 깬 지은의 인사에 꽃잎들이 웃는 모양으로 일렁인다. 기지개를 켜고 일어나 모자와 마스크를 집어 들고 창밖을 보니 하늘이 맑고 푸르다. 이런 날 바다에 뛰어들지 않는 건 날씨에 대한 예의가 아니다.

"양치랑 세수는 이따 해야지. 어차피 자전거 타면 땀도 날 테니, 바다에 들어갔다 와서 씻는 거야. 크… 역시 난 천재라니까. 그치 방글아? 근데 넌 더 반질반질 예뻐진 거 같다?"

침대 옆 탁자에 놓인 반려돌 방글이에게도 인사를 건넨 뒤, 지은이 하얀색 자전거를 꺼낸다. 안장에 앉은 먼지는 대충 손으로 털고 앉는다. 천천히 동네를 돌며 바다와 하늘이 맞닿은 수평선에 감탄을 연발한다.

"대체 어디까지 하늘이고 바다인지! 마치 하나로 이어진 것 같아! 정말 예뻐!"

지은이 바다를 보며 감탄하는 순간 눈앞이 번쩍, 하며 넘어진다. 한눈을 팔다가 반대편에서 오던 자전거와 부딪힌 것이다.

“죄송합니다, 제가 앞을 못 봤어요. 괜찮으세요?”

잠깐만. 지은은 넘어진 채로 몸이 굳는다. 이 목소리는 해인 씨잖아! 참았던 숨을 내쉬며 고개를 들어 인사하려다 순간 멈칫한다. 나… 모습이 변했잖아…. 어떻게 설명해야 할지 미처 준비하지 못했는데… 다친 데를 살펴보려는 해인을 뒤로하고 지은이 냅다 도망친다. 내가 그리던 재회는 이런 게 아닌데…!

“돌아보지 마… 보면 망부석 된다…. 저녁에 씻고 행복사진 가져가서 제대로 만나자. 지금 내가 지은이라고 밝히면 놀라 기절할지도 몰라.”

자전거 페달을 있는 힘껏 밟는 지은의 얼굴이 까만 마스크 안에서 빨갛게 익어간다. 마치 한 송이 장미꽃처럼, 그토록 뜨거웠던 지은의 여름도 끝나간다.

“있어!”

모래사장에서 유리병을 발견한 해인이 탄성을 터뜨린다. 코르크로 막은 유리병 안에 종이가 들어 있다. 혹 자신이 보낸 편지가 다시 흘러온 것일지도 모르지만, 해인은 모래사장 끝으로 걸어가 크게 심호흡을 한 뒤 유리병을 들어 올린다.

"침착하자… 떨지 말고… 진정하고… 이제 읽는 거야."

눈을 질끈 감았다 뜨면서 떨리는 손으로 편지를 꺼내 읽는다.

"사랑하는 당신, 안녕하신가요? 바다에 부친 편지는 잘 받았어요."

두 줄을 소리 내어 읽다 외마디 탄성을 지르며 편지를 가슴에 안는다. 편지를 소중히 안고 감격하는 사이 풍덩, 하는 소리가 들린다. 저 멀리서 누군가 물에 뛰어 들어 유유히 헤엄을 친다. 지은의 편지를 마저 읽다 문득 고개를 들어 헤엄치는 이를 자세히 보니, 사진 속 그 여인이다.

"아…!"

갈색 빛으로 그을려 건강해 보이는 여자가 물에서 나와 짧은 단발머리의 물기를 손으로 털어낸다.

"사람이 아니라… 물고기 같아… 인어인가…."

태양을 뒤로하고 걸어 나오는 여자는 마치 빛을 머금은 듯 눈이 부시다.

해인이 모래사장의 반대편 끝에 있는 옛 정미소 자리로 걸어간다. 분명 아무도 쓰지 않는 낡은 건물이었는데, 외관 벽은 그대로인 채 능소화가 덩굴진 동그란 아치 입구가 사뭇 달라진 분위기다. 크게 낸 창문 안으로 꽃과 나무가 울창하다.

"저기가 바로 마음 식물원이구나. 좋아하던 능소화가 가득 피었는데… 입구에 문도 없네. 당신다워요."

마음에 기분 좋은 바람이 분다. 훗날 오늘을 기록한다면 첫 문장은 이렇게 시작해야지.

'그날은 아주 기분 좋은 바람이 부는 날이었어.'

해인의 멈추었던 손목시계 바늘이 어느새 움직이기 시작한다.

한참이나 해변을 서성이던 해인이 주머니에서 사진 한 장을 꺼낸다. 모래사장에서 찾은 편지를 꺼내 읽다가, 다시 사진을 들여다보고, 마음 식물원을 올려다본다. 몇 번을 반복한 후에야 이윽고 결심한 듯 해인이 모래를 털고 자리에서 일어선다. 어느새 해가 뉘엿뉘엿 내려오며 붉은 노을이 번지고 있다.

"예감이 맞을 거야. 가보자."

걸음을 옮기며 해인이 심장에 손을 얹는다. 지은을 만나면 어떤 말을 해야 할지 매일 상상했는데, 아무것도 기억나지 않고 머릿속이 하얗다. 심호흡을 하고 마음 식물원 앞으로 걸어간다. 식물원 앞 팻말에 익숙한 글씨체로 글이 적혀 있다.

마음을 꽃피워 드립니다.

있는 그대로의 당신이 환대받는 곳,

마음 식물원입니다.

“답을 찾았군요. 수고했어요.”

해인의 눈시울이 붉어진다. 혼자 얼마나 많은 시간을 고민하고 애썼을지. 눈물이 나올 것 같아 머리를 여러 번 쓸어 올리며 시선을 돌린다. 편지와 사진을 바지 뒷주머니에 넣고 숨을 깊이 들이쉰 후 안으로 걸어 들어간다. 하나, 둘, 셋, 넷, 다섯, 여섯, 일곱. 일곱 개의 계단을 세며 식물원 입구에 선다.

“안녕하세요, 마음을 꽃피우고 싶어서 왔어요.”

해인의 목소리에 사랑나무 화분을 닦고 있던 지은은 뒤를 돌아보지 못하고 손에 들고 있던 화분을 놓친다. 오늘 밤 해인을 찾아가면 선물하려던 화분이다. 그런데 놀랍게도 떨어뜨린 화분에서 쨍그랑 깨지는 소리가 나지 않는다.

“이… 이상하다?”

지은이 질끈 감았던 눈을 떠 바닥을 내려다보니 화분이 없다. 당황해 고개를 들자 눈앞에서 해인이 사랑나무 화분을 들고 있다. 웃는 얼굴로, 해가 지고 바람이 부는 듯이 나를 사랑한다던 이가, 언젠가 한없이 큰 괴로움 속을 헤맬 때에 오랫동안 불러오던 그 사소함으로 내 곁에 있어 주셨다던 그가… 내 앞에 있다.

키가 큰 해인을 올려다본다. 처음 만난 그날처럼 여전히 부드러운 베이지색의 이 남자는 세월의 흔적도 아름답게 담아왔구나…. 그리웠던 냄새에 이끌려 지은이 해인의 목을 와락 끌어안았다가 황급히 팔을 푼다.

"잘 지냈어요, 지은 씨?"

"어… 어… 어떻게 알았어요? 완전히 다른 모습인데?"

지은이 놀라 말까지 더듬는다. 설마 내가 능력을 완성하는 동안 해인도 다른 능력을 완성한 걸까? 그럴 리가 없는데…. 독심술이라도 연마한 걸까? 가뜩이나 큰 눈이 두 배로 커져 깜빡거리는 지은을 보며 해인은 귀엽다는 듯 웃는다.

"웃지 말아요. 재밌어요?"

"네, 재밌어요. 지은 씨는 모습이 달라져도 여전히 지은 씨네요."

"저는 이 상황을 어떻게 설명해야 할지 몰라 얼마나 고민했는데요. 오늘 밤에 이 나무를 들고 짠, 나타나려 했는데… 치…."

"제가 지은 씨를 어떻게 몰라요. 마음 세탁소를 떠난 뒤로 줄곧, 다시 돌아올 거라고 믿었어요. 고양이 레이지로 돌아왔을 때에도요. 한동안 보이지 않아 걱정했지만 옥상에 떨어져 있던 빨간 꽃잎을 보고 알 수 있었어요."

"레이지가 나인 건 어떻게 알았어요? 옥상에 꽃잎도 떨어져 있었어요?"

지은이 꽃잎을 향해 눈을 흘긴다. 빨간 꽃잎들은 두 사람 곁에서 멀찍이 떨어져 나풀거린다.

"지은 씨가 어떤 모습이든 알아볼 수 있어요. 지은 씨가 능력을 완성해 돌아올 때까지 기다릴 생각이었어요. 기다리는 건 제가 가장 잘하는 일이니까요."

"고마워요. 해인 씨가 바다에 부친 편지를 받았어요. 꿈결에 남은 소명이 있다는 말을 들었다고 했죠? 저도 해야 할 몫의 소명이 남았음을 깨달아 그게 무엇인지를 찾았어요."

"답을 찾았어요?"

해인과의 대화에 긴장이 풀린 지은이 방긋 웃으며 왼손은 배에 대고 오른팔로 큰 원을 그리면서 허리를 깊이 숙였다.

"어서 오세요, 마침내 능력을 완성한 지은의 마음 식물원입니다."

지은의 손짓에 빨간색 동백 꽃잎과 하얀색 데이지 꽃잎, 초록색 페퍼민트 잎이 주위를 빙그르르 감싼다. 해인은 꽃잎의 환대를 받으며 취한 듯 어지럽다. 사실은 어쩌면 이 생에서 지은을 다시 만나지 못할 수도 있다고 생각했다. 언젠가 지은에게 닿길 바라며 바다에 편지를 부쳤지만 정말로 닿을 줄은 몰랐다. 기다린 시간보다 더 오래 기다릴 수 있었는데 해인의 생각보다 지은이 빨리 돌아와 주었다.

"길을 잃지 않고 내게 와주어 고마워요, 지은 씨."

이번에는 해인이 지은을 포옹한다. 꽃잎들도 두 사람 주위를 천천히 돌며 재회를 축하한다.

밖은 여름인데 안은 가을이고, 봄이다. 계절의 경계가 무색할 만큼 꽃과 나무와 나비와 새가 아름답게 조화를 이룬다. 마치 해인이 마음 사진관에서 벽장의 문을 열고 들어가 만났던 미지의 세계인 듯, 지은이 살던 세상의 끝 지구본에도 표시되지 않는 선한 이웃들의 마을처럼 평화롭고 따뜻하다. 차가 우려나는 동안 지은은 LP판을 꺼내어 음악을 튼다.

"냇 킹 콜의 〈This Autumn〉이네요? 저도 어제 이 곡 들었어요."

"역시 통했네요. 절기로도 이제 곧 가을이잖아요."

"맞아요. 그런데 식물원은 이미 가을 같아요. 봄 같기도 하고."

"그렇죠? 이쪽으로 앉아요. 오랜만에 제가 내린 위로차 마셔 봐요."

지은이 바닷가를 향해 난 창문 앞 하얀 테이블에 찻잔을 내려놓고는 해인의 앞으로 의자를 빼내어 준다. 콧등을 찡긋하며 장난스럽게 웃는 지은의 표정에 해인도 덩달아 웃으며 의자에 앉는다. 서로 마주 앉아 찻잔을 든 두 사람은 어제 만난 듯 편안하다. 차를 한 모금 마시고 지은이 묻는다.

"그런데 진짜 보자마자 저인 줄 알았어요?

토끼처럼 동그란 눈을 보며 해인이 뒷주머니에서 사진을 꺼낸다.

"이건 해인 씨가 찍어준 행복사진인데? 이게 왜 해인 씨한테 있어요?"

"사실 이거… 자전거 타다 부딪혔을 때 지은 씨가 떨어뜨리고 갔어요. 혹시라도 답장이 올까 싶어 자주 해변으로 나가곤 했는데, 오늘 지은 씨의 편지를 받고 이 사진도 본 거예요."

"아…."

외마디 탄성을 지른 지은이 아랫입술을 깨물며 골몰히 생각을 정리한다.

"해인 씨가 행복사진을 찍어준 날… 많이 혼란스러웠어요. 낯선 여자가 해인 씨와 나란히 있는 모습이 어떻게 나의 행복사진이라는 건지 이해할 수 없었거든요. 하지만 이내 알았어요. 나에게 남은 생이 더 있음을요. 하지만 무엇을 해야 할지 몰라 말하지 못하고 떠났어요. 미안해요."

"괜찮아요. 이것도 당신을 사랑하는 제 운명인걸요."

해인이 가슴 앞에 두 손을 맞대고 고개를 숙이며 장난스럽게 웃는다.

"해인 씨. 안 본 사이 너스레가 많이 늘었네요?"

"그럼요. 제가 사진관에서 손님들 긴장을 얼마나 잘 풀어주는지 알면 깜짝 놀랄걸요? 그리고 미안해 말아요. 돌아와 준 것으로 충분하니까요."

지은은 고마운 마음에 찻잔을 만지작거리며 말을 고른다.

"있죠, 실은 겁이 났어요. 억겁의 시간 동안 사랑했던 이들은 결국 모두 떠나갔으니까…. 사랑하지 않아야 소중한 이들이 떠나지 않을 거라 생각했다면 너무 바보 같죠? 그런데 저도 결국 해인 씨를 사랑하게 되어버린 거예요. 메리골드 마을 사람들도요. 내가 망쳐 버릴까 봐, 또 떠나보낼까 봐 겁이 났어요."

"이해해요. 이제 아무도 떠나지 않아요, 지은 씨. 걱정 말아요."

"고마워요. 이제야 능력을 완성하고 해인 씨와 사람들을 찾아가려 했는데, 우리가 처음 만난 그날처럼 먼저 나를 발견해 주었네요."

같이 있으면 편안하고 자꾸 웃게 되는 사람. 투명한 해인의 눈동자를 바라보고 있으니 지은의 속 이야기들이 술술 흘러나온다.

"저는 치유의 소명을 가지고 태어났대요. 진정한 치유는 고통까지도 삶에 받아들이고 힘든 마음을 보살피며 함께 살아가는 것이었어요."

"마음 세탁소에서 힘든 마음을 깨끗이 지워주었는데, 마음 식물원에서는 힘든 마음을 꽃피워 돌봐주는 건가요?"

"맞아요. 고통을 피하지 않고 안아주면서 마음을 돌보고 양육하는 순간부터 치유가 시작되는 거예요."

"아름다운 능력이네요. 지은 씨."

"더 아름다운 건 사람 그 자체인걸요. 우리 마음도 날씨처럼 맑다가 흐리고 뜨겁다가 차가워지잖아요. 이를 양분으로 갖가지의 감정을 피워 올리죠. 저마다의 마음 정원을 잘 가꿀 수 있도록 돕는 일이 정원지기로서의 마법 능력을 완성시키는 일인가 봐요."

"굉장하군요. 우리 마음이 정원이라니… 보잘것없이 여겼던 여러 마음들이 소중하게 느껴져요. 그러면 혹시 제 마음도 피울 수 있나요?"

"마음을 피워내고 싶어요? 물론이죠. 이 유리구슬이 마음을 비추는 거울이에요. 유리구슬을 손에 쥐고 간절히 소망해 봐요."

해인은 유리구슬을 들어 가슴에 안는다. 입가에는 여전히 미소를 머금고 있다. 눈을 감고 이를 드러내며 환히 웃는 순간 유리구슬에서 오로라가 번지며 초록색 반딧불들이 빛과 함께 날아오른다. 싱그러운 초록빛이 해인의 주변을 감싼다.

"그러고 보니 웃는 얼굴로 유리구슬 든 사람은 해인 씨가 처음이에요!"

반딧불이의 향연이 계속되고, 하얀색 데이지 꽃잎이 유리구슬을 맴돌다 흩어진다. 꽃잎이 지나간 해인의 손에는 노랗게 활짝 핀 해바라기 꽃다발이 들려 있다. 해인이 코끝으로 잠시 향기를 맡고는 지은에게 꽃을 건넨다.

"해바라기의 꽃말을 알아요?"

해인의 물음에 지은이 고개를 끄덕인다. 눈물이 흐를 것 같다.

"우리 사진관 앞에도 이 꽃을 심었는데… 해바라기는 해를 좋아해서 해를 따라다니고, 해가 지면 뜰 때까지 기다린다고 하죠. 꽃말은 기다림이에요."

지은은 해바라기에 얼굴을 묻는다. 어떤 말로 이 마음이 그에게 가닿을 수 있을까. 해인은 말하지 않아도 마음을 알아줄 테지만 지금은 꼭 표현하고 싶다. 지은은 해

바라기를 품에 안고 몇 걸음 걸어 화단에서 토끼풀을 따 온다.

"손 좀 내밀어 줄래요?"

해인이 두 손을 내밀자 지은이 해인의 왼손 약지에 토끼풀을 걸어 묶는다. 생각지 못한 토끼풀 반지에 해인이 수줍게 웃는다. 웃음도 전염이 되는지 식물원의 꽃과 나무, 새와 나비들도 웃는다. 꽃다운 미소의 두 사람이 서로에게 꽃을 선물하고 사랑의 꽃을 피운다. 레코드에서 흘러나오는 냇 킹 콜의 〈Let There Be Love〉가 사랑스럽게 공기를 감싼다. 자연스럽게 허밍으로 멜로디를 흥얼거리는 사이, 두 사람의 밤은 깊어만 간다.

"오늘 제 마음의 날씨는 맑음이에요. 구름 한 점 없이 맑고 화창해요. 정원지기의 하루를 잘 살았네요."

오늘 우리 마음의 정원에는 꽃들이 활짝 피었다. 꽃다발을 들고 식물원 밖으로 나와 하늘을 보는 두 사람을 향해 별빛들이 반짝인다. 별이 빛나는 밤에, 사랑도 무한히 빛난다.

# 에필로그

“우연아. 난 말이야. 사람들이 놀이공원에 왜 오는지 이해가 안 됐거든? 기껏 돈 내고 높은 데 올라가서 금방 떨어지고… 긴 줄까지 서서 왜 그 고생을 하느냔 말이지.”

츄러스를 두 개째 먹으며 입가에 묻은 흑설탕을 닦는 신 팀장이 말과 다르게 흥겨워 보인다.

“신 팀장님, 지금 여기서 제일 큰 머리띠 쓰고 있는 거 알고 계세요? 너무 즐거워 보이는데. 우리가 지금 이 나이에 비눗방울하고 팝콘 박스가 웬 말이야.”

신 팀장이 남은 츄러스를 입에 넣고 손을 턴다.

“과거형이잖아. 그랬었다는 거지. 이제야 놀이공원의 재미를 알게 되었으니 맘껏 즐겨야지.”

“즐겨도 너무 즐겨, 메리골드까지 와서 놀이공원이

라니."

"놀이공원 도장 깨기 너무 재밌잖아. 그리고 나 승진해서 신 부장이야. 앞으로 조심해 줘."

"신 부장은 입에 안 붙잖아. 친구야, 네가 신 이사가 되건 신 사장이 되건, 나는 너를 신 팀장으로 부를 거야. 그런데 너 정말 다른 친구는 없는 거야? 왜 맨날 나만 불러?"

"알면서, 나 친구 없는 거. 너 마감 치고 여유 있을 때를 틈타 놀아야지. 애들이랑 오면 비눗방울도, 팝콘 박스도 애들 차지다. 그나저나 핫도그 먹을래?"

"그래, 놀아라. 마음껏 놀아! 난 놀이기구 줄 서 있을게. 핫도그에 설탕 빼고 케첩, 머스터드 듬뿍! 그리고 이 머리띠… 나는 빼고 싶은데 말이지."

"노우, 조금만 더 하고 있어! 너도 이런 머리띠는 안 해 봤을 거 아냐. 은근 잘 어울려! 핫도그에 설탕 빼고 케첩, 머스터드 오케이! 입력 완료! 좋아! 다녀올게!"

오후 반차를 쓰고 나와 놀이공원 기념 티셔츠까지 사 입은 신 팀장… 아니 신 부장의 발걸음이 가볍다.

우연도 오랜만에 쉬는 날이라 즐겁다. 실업급여를 받는 동안 공모전에 출품한 동화가 당선되면서 우연은 동화책 작가로 데뷔를 했다. 그리고 공모전에서 닿은 인연으로 만화영화 제작사에서 스토리를 구성하는 작가 일을 받아 바쁘게 지내고 있다. 출근하지 않아도 되는 삶이지만 출근할 때보다 더 많은 일을 하고 있는 우연은 늘 마감에 치인다고 말하지만 눈에 생기가 넘친다.

"저렇게 좋아할 거면서. 기우연 너도 좀 놀아야지! 나도 놀고!"

놀이공원은 핫도그를 사러 가는 길도 신나게 만드는 흥분되는 매력이 가득하다.

신 부장은 우연의 퇴사 이후 자신의 삶을 돌아보았다. 꿈을 위해 안정된 직장을 박차고 나가는 우연이 부러웠지만 신 부장은 지켜야 할 가정을 위해 안정을 선택했다. 대신 치열했던 현장에서 조금만 힘을 빼기로 했다.

"열심이 DNA에 새겨진 걸 어째. 하던 대로 열심히 하자. 성취감도 있고 좋아."

부장이 되자 법인카드 사용액도 올라갔고, 40년짜리 아파트 대출금을 좀 더 빨리 갚을 수 있겠다는 희망에 숨통이 트인다. 매달 들어오는 월급은 신 부장에게 금융 치료를 선물해 준다. 아이들의 학비를 내주고 독립할 수 있도록 도와주려면 정년까지 버텨야 한다.

"노는 것도 제일 열심히 놀 거야, 내가."

신 부장은 핫도그를 주문하고 비눗방울을 후— 분다. 공중으로 날아가는 작은 비눗방울들에 지나가던 아이들이 걸음을 멈추고 신이 나서 폴짝 뛰어오른다. 누군가를 행복하게 만드는 데에 꼭 큰 힘이 필요하지는 않은가 보다.

놀이공원 스피커에서 흥겨운 테마송이 흘러나오자 이윽고 퍼레이드 팀이 거리로 나와 흥겨운 춤을 춘다. 사람들이 모여들어 동그랗게 원을 그린 자리에서 마음이 동한 이들은 신나게 춤을 춘다. 신 부장도 사람들의 틈에서 춤을 추다가 쑥스러움과 흥겨움이 뒤섞인 웃음을 터뜨린다.

"하하하! 오랜만에 실컷 웃었네! 얼마 만에 근심 없이 웃는 건지! 역시 우연이 옆에 있길 잘했어. 좋은 사람과 있으니 같이 즐겁네."

신나게 춤을 추다 헐떡이며 의자에 앉아 주변을 둘러본다. 비눗방울을 잡으러 뛰어다니는 볼이 빨간 아이와 웃고 있는 부부에게 시선이 멈춘다. 그림처럼 아름다운 가족이네. 아이는 긴팔 티셔츠 위에 하얀 반팔 티셔츠를 입었는데, 등 뒤에는 '봄이다'라고 적혀 있다.

"아이 이름이 봄이라는 건가?"

가족의 등 뒤를 살핀다.

"너는 나의 봄이다? 낭만적인 가족이네."

엄마와 아빠, 아이가 각각 '너는' '나의' '봄이다'라고 적힌 흰색 반팔 티셔츠를 맞추어 입고 있다. 재미있는 가족이다.

"안녕하세요, 입고 계신 티셔츠가 예뻐서 저도 가족들이랑 맞추어 입고 싶은데요. 실례가 되지 않는다면 뒷모습 사진 한 장 찍어도 될까요?"

신 부장의 요청에 부부가 동시에 고개를 끄덕인다. 신

부장이 휴대폰을 꺼내자 세 사람이 뒤를 돌아 허리에 손을 올리고 포즈를 취한다. 세 사람도 웃고, 신 부장도 웃는다. 놀이공원에 웃음이 가득 떠다닌다.

베이지색 셔츠를 입은 아빠가 안아달라고 두 팔을 벌리는 아이를 높이 들어 올려 목말을 태운다. 탐스럽게 구불거리는 검은 머리칼의 엄마는 파스텔 톤의 솜사탕을 들고 이들을 따뜻하게 바라본다.

"뒷모습도 참 예쁘게 나왔어요. 고맙습니다. 아이가 정말 행복해 보여요."

"하하, 고맙습니다."

인사를 건네고 성큼성큼 걸어 돌아서는 신 부장의 뒤로 갑자기 누군가 바짓단을 붙잡는다. 방금 사진을 찍었던 아이다.

"어라? 엄마 아빠 어디 가셨어? 아줌마가 같이 찾아줄까?"

"아이스크림 사러 가셨어요. 이거 선물이에요."

"이 꽃 나한테 주는 거야? 고마워, 정말 예쁘다. 그런데 네 이름이 봄이니?"

"네."

"이 비눗방울이랑 머리띠는 아줌마가 선물로 줄게. 덕분에 정말 오랜만에 꽃 선물을 다 받아보네. 혹시 무슨 꽃인 줄 알아?"

"은방울꽃이요. 엄마가 그러는데 꽃말은 다시 찾은 행복이래요. 엄마가 좋은 걸 나누면 행복해진다고 했어요. 그럼 안녕히 계세요!"

양손을 배꼽에 올려 인사를 한 봄이가 아이스크림을 든 아빠에게 뛰어가 안긴다.

"꽃도 선물 받고 정말 럭키네! 다음에 애들하고 남편이랑 같이 와야겠다. 정말 이상한 도시야. 자꾸 웃게 돼."

신 부장이 은방울 꽃다발을 들어 향을 맡는다. 레몬향과 사과향이 어우러진 듯 상큼하다.

"어제 야근해서 피곤했는데, 꽃향기를 맡으니 기운이 난다!"

핫도그와 은방울 꽃다발을 들고 걸어가는 신 부장의 걸음이 가볍다. 이대로라면 어깨에서 날개가 돋아나 날아간다 해도 이상하지 않을 것만 같다. 저만치 멀리서 봄이가 아이스크림을 베어 물고 엄마의 손을 잡는다.

"엄마, 나 잘했어?"

"응, 잘했어."

"근데 왜 아줌마한테 은방울꽃을 주라고 했어?"

볼이 빨간 아이가 엄마에게 묻는다. 엄마는 빙그레 미소를 지으며 아이의 눈높이에 맞추어 무릎을 굽힌다.

"아까 아줌마가 우리 사진을 찍어주셔서 엄마가 참 행복했거든. 그래서 꽃을 선물하고 싶었어."

"맞아. 나도 사진 찍을 때 행복했는데! 꽃 줄 때는 아줌마가 웃으니까 나도 기분이 좋았어. 나도 아줌마에게 행복을 선물한 거야! 그렇지?"

"정답이야! 우리 앞으로도 이렇게 행복을 나눠줄까?"

"응, 좋아! 검은 마음도 하얗게 바꾸는 마법을 쓰자!"

친절은 때론 행복의 씨앗이다. 씨앗을 마음에 심은 아이에게 엄마는 목에 두르고 있던 와인색 머플러를 목에 감아준다. 부드러운 머플러에 볼을 부비며 아이는 아빠에게 귓속말을 한다.

"아빠, 이건 비밀인데 엄마가 꽃보다 훨씬 예뻐."

아이의 귓속말이 엄마에게까지 들린다.

"그럼, 엄마가 제일 예쁘지. 우리 회전목마 타고 올게요, 쉬고 있어요."

두 사람이 회전목마를 향해 걸어가는 뒷모습을 바라보며 손을 흔드는 여자의 얼굴에 미소가 가득하다.

"나의… 봄이다."

문자 그대로 나의 봄날이다. 따스한 봄바람이 볼을 스친다. 살아 있다. 살기를 거부한 숱한 날들을 지나 여전히 살아 있다. '바람이 분다. 살아야겠다.' 폴 발레리의 문장 같은 날이다. 가만히 눈을 감고 새소리와 사람들의 즐거운 목소리를 듣는다. 햇살이 좋다. 내 안에 진심이 흐른다.

해가 뜬다. 살아야겠다.

별이 보인다. 살아야겠다.
비가 내린다. 살아야겠다.
눈이 내린다. 살아야겠다.

오랜 세월, 끝을 꿈꾸었으나
끝과 시작은 맞닿아 있었다.

"살아 있다. 살아야겠다."

꽃보다 아름다운 당신에게.

수고 많았어요.
'그럼에도 불구하고'
살아내 주어 고마워요.

말하는 대로 믿고,
상상을 현실로 이룰 수 있는 능력은
마음의 정원을 돌보며 싹 피우기 시작해요.

믿어보세요.
메리골드의 마음 세탁소와 마음 사진관
그리고 마음 식물원에서 발견한 희망이라는 씨앗이
당신 안에서 피어나고 있어요.

행여 너무 잘 살아내려 애쓰지 말아요.
지금 그대로의 당신으로 충분해요.
당신이라는 꽃 한 송이 덕분에
이 도시가 식물원으로 완성될 테니까요.

햇살 가득한 날에
내게 온 모든 불행에게 포옹을
비가 내리는 날에
내게 온 모든 행복에게 환호를

생이 무한한 듯 꿈을 꾸고
생이 유한한 듯 오늘을 살아요.

이 책의 끝장을 덮고 난 뒤
당신이 해야 할 유일한 일은
'지금 이 순간' 사소한 일들로
행복해지는 것이랍니다.

— 지은

# 메리골드 마음 식물원



**초판 1쇄 발행** 2025년 6월 18일
**초판 2쇄 발행** 2025년 7월 10일

**글** 윤정은
**기획편집** 정다움
**디자인** 상록
**콘텐츠 그룹** 정다움 이가람 박서영 전연교 김신우 정다솔 문혜진 기소미

**펴낸이** 전승환
**펴낸곳** 책읽어주는남자
**신고번호** 제2024-000099호
**이메일** book_romance@thebookman.co.kr

**ISBN** 979-11-93937-72-3 03810

# 메리골드
# 마음 사진관

# MARIGOLD MIND PHOTO STUDIO

# 메리골드 마음사진관

윤정은 장편소설

북로망스

나도 모르는 내 마음을 찍어드립니다.

읽고 싶은 마음이 있다면 오세요,

마음 사진관으로.

# 차례

# 프롤로그

"오늘따라 유난히 편안해 보여요, 지은 씨."

"편안해요. 더 바랄 수 없이 만족스러운 날이에요."

조도를 낮춘 조금은 어두운 세탁소 한편, 시간을 가늠하기 어려운 공간에서 나지막한 목소리가 오간다. 향긋하게 내린 차를 한 모금 마시고 내려놓은 지은이 나긋한 바람결에 숨을 깊이 들이쉬었다.

"해인 씨. 당신에게서 여전히 익숙하고 그리운 냄새가 나요."

"같은 그리움일지도 몰라요. 지은 씨가 그렇듯… 저 역시 오래전 헤어진 엄마를 많이 그리워하니까요. 엄마는 '리라'라는 예쁜 이름을 가졌어요."

"사랑의 꽃인 라일락 말이죠?"

"맞아요. 그래서인지 엄마는 늘 푸른 꽃향기가 났어요."

지은의 눈빛이 이내 호기심으로 반짝였고 해인은 이야기를 이어나갔다.

"엄마는 무표정하던 사람들이 카메라 앞에 설 때만큼은 환하게 웃는 모습을 보고 마법 같은 순간이라고 느끼셨대요. 그래서 행복 카메라를 만드셨고요. 엄마는 그런 사람이었거든요, 따뜻한 사람. 마음이 슬픈 사람을 웃게 해주는 걸 좋아했어요."

"행복 카메라라니. 낭만적인데요. 더 이야기해 줘요."

"매뉴얼 북에 따르면 행복 카메라에는 불행과 행복을 찍는 필름 두 가지가 들어간대요. 셔터 버튼을 한 번 누르면 두 감정이 동시에 찍히는 거죠."

"환상적이네요. 저 푸른 꽃잎들처럼. 아… 그런데 해인 씨, 우리 전에도 이 얘기 나눈 적 있어요? 왠지 익숙해요."

"아니요, 처음 하는 이야기인걸요."

해인은 침을 꿀꺽 삼킨다. 이미 지은과는 행복 카메라에 대해 아주 많은 이야기를 나누었다. 이야기를 들을 때마다 흥미로워 눈을 반짝이는 지은에게 해인은 했던 말을 하고 또 하며 그녀의 눈빛을 마음에 담았다.

부모님을 잃은 슬픔에 백만 번이나 똑같은 모습으로 자신을 가두고 다시 태어나야 했던 지은이다. 메리골드에서 마법의 결계가 풀리고 비로소 나이 들어가게 된 것은 해인의 행복 카메라가 우연히 찍은 사진 한 장 때문이었다. 끝없는 환생을 멈춘 건 지은이 그토록 바라던 일이었지만, 해인은 기억을 잃어가는 지은이 애처롭다. 길고 검은 머리카락이 어느새 눈처럼 새하얗게 바뀐 지은을 바라보며 해인은 더 이상 미룰 수 없는 때가 왔음을 깨달았다.

"당신에게 선물을 하고 싶어요. 지은 씨가 행복해질 수 있도록… 당신이 가장 바라던 일을 실현시켜 줄게요."

해인의 말에 지은이 숨을 멈추고 고요히 공기 속에 머문다. 지은이 내쉬는 숨결에 시계의 초침이 움직이고 바람은 두 볼을 스친다. 마침내 결심한 지은이 해인의 눈을 바라보며 입을 열었다.

"좋아요. 고마워요."

"여기 앉아요. 눈을 감고 속으로 열을 세는 거예요. 그리고 간절히 바라는 순간을 떠올려요. 사진으로 그 마음을 찍어줄게요. 인화되는 순간, 그 마음은 현실이 됩니다."

"알겠어요."

눈을 감은 지은의 표정은 단호하면서도 편안해 보인다.

"지금 선택에 후회는 없나요?"

"후회로 가득한 삶은 이미 오래 살아온걸요. 바라던 순간이에요. 염려 마요."

"그래요, 그럼 이제…."

"잠깐만요. 곁에 있어줘서, 힘들 때 기댈 어깨를 내어주어서, 손잡아 주어서, 마음을 찍고 결계를 풀어주어서 고마워요. 해인 씨를 만난 덕분에 이번 생은 외롭지 않고 따뜻했어요."

지은이 행복한 미소와 함께 이야기를 마치는 순간 행복 카메라가 찰칵, 하는 경쾌한 소리로 사진을 찍는다. 곧이어 지은의 눈동자 위로 나이테처럼 켜켜이 쌓인 추억들이 흘러가고, 행복한 기억들이 해인의 행복 필름에 새겨진다. 아름다운 인생의 장면들이 이윽고 필름의 마지막 장에 다다랐다.

"나… 그동안 행복했네."

긴장이 풀린 듯 나른해진 지은의 목소리를 뒤로 하고 해인은 옥상으로 걸어 올라가 카메라의 필름을 빨랫줄에 걸었다. 그러자 뒤따라 온 지은의 곁으로 진한 라일락 향기가 번지면서 양손에 날아든 초록색 나뭇잎들이 천천히 한 장의 사진으로 바뀌었다. 이윽고 지은이 사진을 바라보는 순간, 흩날리던 꽃잎들이 지은의 눈물을 타고 푸른 하늘로 날아 올라가고, 지은도 이내 꽃잎과 함께 빛으로 부서지듯 사라졌다.

마지막 꽃잎이 해인의 손으로 톡, 하고 떨어지고 나서야 해인은 털썩 주저앉았다. 그녀가 가장 원하던 삶을 이뤄줄 수 있는 사람이 바로 자신이라는 사실을, 해인은 처음부터 알고 있었다. 카메라 필름을 빼낸 자리에 푸른 꽃잎이 날아와 담긴다. 꽃잎 같은 사람이 마침내 꽃잎이 되었다. 서서히 어둠이 걷히며 날이 밝아온다. 슬픔으로 퍼렇게 멍든 해인의 마음처럼 새벽도 푸르다.

"푸른 새벽은 사랑하는 이가 행복하길 바라는 마음으로 시작하는 것이었구나. 그래서 아침이… 아침이구나."

1층으로 내려온 해인이 남은 차 한 모금을 마시며 생각에 빠져든다. 간절히 바라는 일은 언젠가 상상하지 못하는 방식으로 이루어진다던데. 얼마나 더 간절히 바라야만 하는 걸까. 해인은 가슴이 아프지만 지은이 행복하기를 진심으로 기도한다.

"엄마, 피자 이런 거 몸에 안 좋아. 나 간장계란밥 먹고 싶어. 집에 가자, 응? 이거 사지 말자!"

대형 마트 계산대에서 어린 윤이 큰 소리로 엄마의 손을 잡고 조른다. 가뜩이나 마른 엄마는 움츠러든 어깨 때문에 등이 더 굽어 보인다. 엄마는 크고 불빛이 화려한 공간에 오면 몸이 더 움츠러든다. 계산대에 있던 점원이 불쾌한 표정으로 윤과 엄마를 위아래로 훑어보더니 목소리를 높여 말한다.

"안 사실 거면 나와주세요! 지금 마감 시간이라 바빠요. 뒤에 줄 서 있는 거 안 보여요?"

"아이코 깜짝이야! 어린이한테 왜 큰소리를 내세요! 아줌마! 내가 안 먹고 싶거든요! 엄마, 빨리 가자. 일루 와."

윤은 계산대의 아주머니를 노려보며 지갑에서 지폐를 꺼내려는 엄마의 팔목을 잡아끈다. 엄마는 힘없이 윤의 손에 이끌려 마트 밖으로 나온다. 피자를 괜히 먹어보고 싶다고 말했나 보다. 한 달 전부터 피자가 먹고 싶다고 엄마를 졸랐는데 사실 피자는 아홉 살 인생에서 한 번도 먹어본 적 없는 음식이다.

무심코 먹고 싶은 것, 가지고 싶은 것을 말하면 엄마 아빠가 미안해한다. 들을 수는 있지만 말을 할 수 없는 엄마는 어린 윤이 떼를 쓰면 도배 일을 하고 가져온 자투리 벽지에 "미안해 아가, 엄마가 다음에 꼭 해줄게"라고 적었다. 입술이 쭉 나오던 윤은 언제부턴가 조르지 않는 데에 익숙해져 갔다.

그런데 며칠 전 피자 가게 앞을 지나는데 냄새가 너무 좋아 지나칠 수가 없었다. 배 속이 꼬르륵… 사람들이 피자를 먹는 모습을 몰래 숨어 구경했다. 가게 안에 있는 사람들은 행복해 보였다. 환한 불빛 아래 모여 앉아 온갖 재료가 올라간 커다란 피자를 웃으며 나누어 먹는다. 한참을 구경하다 집으로 돌아와 엄마를 보자마자 저도 모르게 말이 나와버렸다.

"엄마, 있잖아. 내가 꼭 먹고 싶은 건 아닌데, 혹시 열 밤 뒤에 피자 사줄 수 있어? 꼭 먹고 싶은 건 아냐. 알지?"

오랜만에 무언가를 사달라는 말에 놀란 엄마는 잠시 멍

하니 윤을 응시하다 메모지에 "알았어, 우리 딸"이라고 적었다. 윤은 신이 났다. 열 밤을 세 번 지나 드디어 피자를 파는 대형 마트에 갔다. 열 밤이 두 번이건 세 번이건 그건 중요치 않다. 지난번에 구경한 매장이 아니어도 괜찮다. 윤은 기다리는 일에 익숙하니까. 사실 이번에도 그냥 지나치려 했는데 엄마가 "피자 사러 가자"라고 적은 종이를 내밀어 눈이 튀어나올 듯 깜짝 놀랐다. 아침에 등교하며 얼마나 심장이 두근거리던지. 종일 기분이 좋았다. 학교 수업이 끝나기만을 기다려 집으로 부리나케 달려갔다.

"엄마, 나 너무 설레! 우리 진짜 피자 사러 가는 거야? 오늘 내 생일인가? 헤헤."

일을 마치고 돌아온 엄마의 팔에 매달려 종알거리다 마감 임박 세일 시간에 맞추어 계산대에 선 엄마를 보니 마른 등이 유난히 더 굽어 보인다. 가슴이 두근거린다. 엄마의 지갑엔 만 원짜리 두 장과 천 원짜리 다섯 장이 들어 있었다. 잠시 카드와 현금을 번갈아 보던 엄마가 카드를 꺼냈다.

"아줌마, 이거 승인 거절 떴어요. 다른 카드 줘봐요."

승인 거절이라는 마트 계산원의 퉁명스러운 말투에 엄마는 놀라 눈을 크게 뜬다. 매번 시장에서 몇 천 원어치 장을 보다 오랜만에 카드를 꺼냈는데 거절이라니 어찌할

바를 모르겠다. 그런데 지갑에 있는 현금 2만 5천 원에서 1만 5천 원을 꺼내려는 찰나, 윤이 엄마를 잡아끌고 나온 것이다. 마트 앞에 정차된 아빠의 야채 트럭 앞까지 둘은 앞만 보고 걸었다. 투두둑, 하고 윤의 손에 엄마의 남방 소매 단추가 뜯겨 잡힌다. 그제야 윤과 엄마는 서로를 마주본다. 윤을 바라보는 엄마의 눈가에 물기가 고이고, 윤은 못 본 척 고개를 돌린다. 엄마의 얼굴, 마른 얼굴. 짧은 시간 동안 더 수척해진 얼굴에 윤은 마음이 따갑다. 어려도 감정은 다 안다. 마트 앞을 지켜보고 있던 아빠가 황급히 트럭에서 내린다.

"피자는 어디 있어?"

"아빠, 여기 피자 맛없어 보여. 나 맘 바뀌었어! 우리 얼른 집에 가서 간장 계란밥 먹자. 나 그거 먹고 싶어!"

트럭 앞자리에 나란히 앉은 세 사람은 말이 없다. 아빠는 거뭇해진 턱수염을 어루만지며 집으로 향한다. 세 사람은 서로에게 미안해 창밖만 바라본다. 우리는 왜 이리 미안해야만 하는 걸까. 가난은 사랑하는 이를 매일 미안하게 만든다. 침묵을 깬 건 봉수다.

"윤아, 배추랑 호박 넣고 맛있게 팔팔 끓인 된장국도 먹고, 고소하게 호박전도 부쳐줄까?"

"아빠, 배추랑 호박 시들었어? 팔아야 하는데 어떡해."

언젠가부터 트럭에서 못 팔고 남아 시든 채소들만 먹어

온 이들이었다. 싱싱한 채소는 당연히 먹을 엄두도 내지 않았다. 너무 일찍 철들어 버린 아이가 안쓰러워 말없이 아이의 손을 쓰다듬는다. 아이의 손이 따뜻하다.

"우리 오늘은 시든 거 말고 싱싱한 야채 먹자. 아빠 오늘 많이 팔았어! 아파트 장 서서 갔는데 오늘따라 손님이 많더라. 얼른 가서 아빠가 맛있게 해줄게."

"와 신난다! 호박전도 먹는다니!"

환호성을 지르는 윤의 목소리에 영미와 봉수는 허공을 바라본다. 둘의 눈빛에 깊은 슬픔이 배어 있다. 집을 향해 언덕을 오르는 낡은 트럭의 뒷모습에도 오늘은 슬픔이 묻어난다. 우리는 어디로 가야 할까. 우리가 가는 곳이 우리의 집이 맞을까. 낡은 단칸 월세방에 불이 켜진다. 집이다. 그래도, 집이다.

가난한 집에도 밤은 오고 불이 켜진다. 한 구짜리 버너에 올린 낡은 프라이팬에선 지글지글 야채전이 부쳐지고, 불빛도 켜지고 사랑도 켜졌지만 오늘 밤은 이상하게 배가 고프다. 먹어도 먹어도 허기가 져서 세 사람은 말없이 밥을 입에 꾹꾹 눌러 넣는다. 두 그릇의 밥공기를 비우고 정적을 깬 사람은 봉수다.

"우리 내일 여행 갈까?"

윤과 영미가 놀라 먹던 밥을 삼키지도 못하고 봉수를

바라본다. 여행이라니, 우리 형편에.

"왜 이렇게 놀라, 아빠 비상금 있어. 전에 엄마가 유튜브에서 봤다고 어디 가보고 싶다고 했잖아, 거기가 어디지? 메리… 실버?"

영미가 된장국 묻은 입술을 옷소매로 슥 닦으며 도배지로 만든 메모지에 네 글자를 꾹꾹 눌러 쓴다. "메리골드." 도배 일을 하다 점심을 먹으러 간 함바식당의 주인장이 텔레비전으로 유튜브를 보고 있어서 무심결에 눈길을 주었다가 밥이 식는 줄도 모르고 영상이 끝날 때까지 보았다. 천국이 있다면 저곳이 아닐까, 천국이 우리 같은 사람에게도 허락된다면 그곳에서 생을 마치고 싶었다. 아니, 생을 마칠 순 없더라도 죽기 전에 한 번이라도 저 아름다운 도시를 직접 눈에 담고 싶었다. 빠듯한 살림에 차마 가보자는 말은 꺼내지 못하고 영미는 봉수와 윤에게 영상을 보여줬다.

"그렇지, 거기. 메리골드. 두 면은 바다이고 두 면은 도시인 언덕 끝에 있는 마을이라고 했지? 거기엔 꽃바람도 불고 좋은 사람들도 많을 거라고 했잖아. 아빠도 태어나서 한 번도 바다에 가본 적이 없어. 그리고 마음… 세탁소? 그런 데도 있고 김밥이랑 떡볶이 파는 분식집도 있다는데, 우리 내일 하루 장사 쉬고 김밥 먹으러 갔다 올까?"

봉수는 짐짓 과장되게 얼굴 근육을 움직여 말한다. 윤

과 영미는 덩달아 흥이 나 고개를 끄덕인다. 다시 밥을 씹는다. 윤은 혀끝에 닿는 밥알이 아까보다 달게 느껴진다.

"아빠, 오늘은 밥에 설탕을 넣었나 봐. 엄청 달아."

"우리 윤이 맛있어? 많이 먹어."

"아빠, 더우니까 집에 오면 목에 두른 거, 그거 벗어. 상처 때문에 손님들 무서울까 봐 쓰는 거지? 안 무서운데. 괜찮은데. 근데 턱에 이 상처는 언제 생긴 거야?"

"이거? 별거 아니야. 알았어, 벗을게. 더워도 국은 따뜻해야 제 맛이지. 식기 전에 더 먹자."

짧게 자른 윤의 머리카락을 손가락으로 빗어 넘기며 봉수는 목에 맨 등산용 스카프를 풀어 허벅지에 올려두고 아이의 숟가락 위에 멸치 반찬을 올린다. 종일 매고 있던 스카프를 푼 자리가 허전해 목을 만지자 지렁이처럼 목울대 주위로 길게 그어진 상처가 만져진다. 어지간하면 없어질 텐데, 깊게 밴 상처는 흉이 져 그날을 잊지 못하게 한다.

어쨌든 오늘은 밥그릇을 비워야지. 그리고 일찍 잠자리에 들어야지. 밥상을 치우고 잠자리에 든 세 사람은 눈을 감았지만 동이 틀 때까지 뒤척거린다. 어쩌면 세 사람에게 처음이자 마지막이 될지도 모를, 여행 전날 밤이다. 어쩌면, 아마도 어쩌면, 참말로.

다음날 아침, 일찍 일어난 봉수는 아직 자고 있는 가족들이 깨지 않게 살금살금 트럭을 살펴보러 나왔다. 여행이란 단어가 자신의 입 밖으로 나오다니, 생소하다. 꿈이었나. 한여름의 자동차는 새벽부터 뜨겁다. 자동차 열쇠를 꽂아 오른쪽으로 돌리니 '푸르르'하고 트럭도 깨어난다. 시동이 걸리다 꺼진다. 다시 한 번, 또 한 번.

푸르르, 푸르르, 푸르르 탈탈탈탈.

"아이고, 다행이다. 시동 안 걸리는 줄 알고 마음 졸였네. 감사합니다, 감사합니다!"

시동이 걸리고 트럭에 생기가 돌자 봉수는 안도한다. 중고로 구매한 낡은 트럭은 더운 날과 추운 날 어김없이 말썽을 부리는데, 오늘은 참말로 다행이다.

"아침부터 운이 좋네, 세 번 만에 시동이 걸리고. 오늘은 운수가 좋은 날이야. 기름이 얼마나 있나 볼까?"

혼잣말에 멜로디를 넣으며 남은 연료 게이지를 확인해 보니 반 정도 차 있다. 내비게이션으로 거리를 확인해 보니 메리골드에 갈 수는 있지만 돌아오기엔 부족한 상태다. 봉수는 오른쪽 조수석에서 돌돌 말린 검은 비닐 봉투를 꺼내어 거스름돈으로 준비해 둔 천 원짜리 다발을 센다. 끝까지 세고 다시 또 세어본다. 셀 때마다 천 원씩 불어난다면 잠도 자지 않고 밥도 먹지 않고 돈을 셀 수 있을 텐데, 속도 모르는 야속한 돈은 마흔여덟 장에서 멈춘다.

'딱 두 장만 더 있으면 5만 원인데, 기름을 넣으면 다음 장사는 어쩌지? 물건 살 돈이 없는데… 벌써 석 달치 월세도 밀렸는데, 정말 큰일이네.'

다시 돈을 넣으며 조수석 깊숙이 넣어둔 서류 봉투를 꺼낸다. 국가에서 제공하는 무료 건강검진을 받았는데 병원에서 당장 입원하지 않으면 목숨이 위험하다고 한다. 어쩌면 길어야 석 달을 살 수 있다고 했다. 봉수는 당장 입원하라는 말에 벌떡 일어나 뒤도 보지 않고 트럭으로 돌아왔다.

"이보시오, 사람 형편 봐가면서 돈 벌려고 해야지, 아무리 병원이 영리여도 이러면 안 되는 거 아닙니까? 죽어도 내 집에서 죽을랍니다!"

큰소리치며 병원을 나왔지만 입술이 바싹 바르고 손이 벌벌 떨렸다. 병도 사람을 골라서 오는 건가. 고단한 이에겐 고단함만 쌓인다. 열심히 살았는데 남는 건 고통밖에 없다. 거기다 입원이라니. 살아봐야 석 달인데 죽을 목숨에 왜 돈을 쓰는가. 남겨진 영미랑 윤은 어떡하라고. 낮에 다녀온 병원 생각에 봉수가 눈을 질끈 감고 있는데 영미가 세상이 무너진 것 같은 얼굴로 마트 주차장으로 들어서고 그 옆에 윤이 화가 잔뜩 나 씩씩거리고 있던 것이 지난밤의 일이다.

"소설처럼 마법을 쓸 수 있다면 천 원짜리가 5만 원짜리로 색깔이 확 변했으면 좋겠어. 허허."

자기가 생각해도 어이가 없었는지 봉수가 고개를 절레절레 흔들며 지저분한 차 내부를 정리한다. 시한부고 뭐고 아직은 살아 있다. 일단 그럼 된 거 아닌가.

인기척에 봉수가 황급히 손에 들고 있던 종이를 감추고 차에서 내린다. 영미가 잠을 설친 푸석푸석한 얼굴을 하고 나와 트럭 뒤편의 야채들을 정리하고 있다. 도배 일을 쉬는 날에는 영미도 야채 장사를 거든다. 손님이 오기까지 긴 기다림도, 서로의 땀을 닦아주는 일도, 비닐 봉투에 야채를 담아 손님에게 건네는 손길도 모두 함께한다. 정리를 마친 영미가 봉수를 발견하고 메모지에 글자를 적는다.

**우리 메리골드 가서 야채 팔 수도 있잖아.**

그렇지. 메리골드에 가서 트럭에 남은 야채를 팔 수도 있겠지. 살면서 영미는 봉수가 하는 일에 반대하는 일이 없다. 봉수와 친형제처럼 가까이 지내던 친구가 식당 운영 적자를 대출에 대출로 막으며 버티다 보증을 부탁했을 때에도 영미는 봉수의 뜻에 따랐다. 1년이면 나아질 줄 알았던 경제난은 3년이 넘도록 그대로였고, 결국 연락을 끊고 사라진 친구의 보증 빚을 떠안게 되었을 때에도 영미는 그저 봉수를 다독여 주었다.

그동안 열심히 일해 겨우 장만한 집과 차를 빼앗기고 나니 봉수는 미안함과 수치심에 고개를 들 수 없었다. 예전의 활기는 온데간데없었다. 믿었던 친구의 배신에 좌절한 봉수는 장사를 하면서도 표정이 어두웠고 말수도 줄어들었다. 야채 트럭의 매출도 자연히 떨어졌고 영미라도 부지런히 일을 늘려 월세방 보증금을 마련해야 했다. 그런 봉수의 심정을 알기에 영미는 오늘처럼 무모하게 여행을 떠나려는 그의 마음을 말하지 않아도 안다. 그래서 이번 여행도 함께한다.

"가서 관광을 해야지, 야채 팔 생각부터 하게 해서 미안해, 영미야. 우리 윤이 낳고도 여행 한 번을 제대로 못 갔네. 늘 나중에, 나중에. 리어카 장사할 땐 트럭 장만하면 가자 하고, 또 윤이 태어나니 윤이 키우다가 전셋집 옮기면 가자고 했잖아. 비로소 내 집 장만하고 여유가 생기나 했는데… 정말 미안해 영미야."

봉수는 고개를 깊게 떨구며 영미의 손을 잡는다. 그날, 만 18세가 되어 보호가 종료되고 사회로 나가야 했던 그날처럼 둘이 잡은 손에 힘이 들어간다.

봉수와 영미는 같은 보육원 출신이다. 봉수의 부모는 철없는 10대 후반에 불장난으로 봉수를 낳았고, 노름과

도박을 하다 밥 먹듯이 교도소에 들어갔다. 없는 살림살이를 두 사람은 치열하게 몸싸움하며 부셔댔다. 아빠와 엄마가 서로 욕하며 싸우는 모습에 익숙해진 봉수는 큰 소리가 들려와도 울지 않게 됐다. 어느 날 밤엔 엄마가 울었는지 진한 화장이 얼룩진 얼굴로 담배를 피우며 이런 말을 한 기억이 있다.

"내가 그때 열일곱에 너를 가져서 네가 알아서 떨어지라고 계단을 몇십 번을 굴렀는데도 살아서 태어난 거야. 네 놈은 참 태어날 팔자였나 봐. 질겨… 딸꾹… 아우 봉수야, 너 돈 있니? 엄마 술 좀 사다 줘."

"엄마, 나한테 돈이 어디 있어. 이럴 거면 왜 낳았어?"

"돈 없어? 딸꾹, 이 자식아, 네가 아니었으면 내가 이렇게 안 살았어! 저 거지 같은 새끼랑 안 살았지! 딸꾹… 야, 술 사 오라니까 뭐 하는 거야!"

"엄마는 대체 왜 이러고 살아?"

"어린놈의 새끼가 엄마한테 못 하는 말이 없어, 너 일루 와!"

그게 엄마의 마지막 매질이었다. 그날 엄마는 자신의 손목에 칼을 그었고, 봉수의 목을 끈으로 졸랐다. 목의 상처는 그때 생겼다. 그러나 안타깝게도 엄마와 봉수는 그날 둘 다 죽지 않았다.

'내가 태어나지 않았어야 하는데. 나는 존재 자체가 불

행인 건가.'

매를 맞은 밤이면 이불 속에 숨어 부모가 차라리 죽어버렸으면 좋겠다고 간절히 빌었다. 일곱 살쯤부턴 부모가 술이 취하면 봉수는 본능적으로 집 밖으로 도망쳤다. 한쪽이 술이 덜 깨면 다시 봉수를 때리기 때문이다. 그나마 양쪽이 번갈아 교도소에 들어갔는데 그 밤 이후 둘이 같이 사라졌다. 오랫동안 보지 못할 거라 했고, 먼 친척에 의해 보육원에 맡겨졌다.

'여기선 그래도 매일 맞지는 않네, 다행이다.'

여덟 살에 보육원에 맡겨져 3일째 되던 날, 봉수는 안도했다. 하지만 보육원 아이들은 먹을 것이 부족해 늘 굶주렸고, 조금이라도 잘못하면 원장에게 얻어맞았다. 소리치고 도망쳐도 갈 곳이 없었다. 누가 나서서 도와줄 수도 없었다. 도와줬다가 두 배로 맞기만 하니, 갈 곳 없는 처지에 다른 아이의 울음소리를 듣고도 이불을 뒤집어쓴 채 함께 울기만 했다.

지옥에서 도망쳐 봤자 죽음 아니면 다시 지옥이다. 희망보다 절망을 먼저 배운 아이들은 불행인지 다행인지 보호 종료가 되면 정부에서 5백만 원을 지원받아 나왔다. 맞고 배고프고 힘들어도 보육원 말고는 살아본 적 없는, 키만 훌쩍 자란 아이들은 사회에 나와 방황했다. 지금보다 더 나은 삶이 있을 거라곤 기대하지 않았지만, 지금보다 더 불행한 삶을 준비 없이 마주한 이들의 소식은 처참했다.

"영미야, 나랑 같이 가자. 우리 서로에게 가족이 되어 주자."

가족이 되어주자는 봉수의 말에 영미는 고개를 끄덕했다. 손을 잡고 방을 보러 다녔다. 보증금 5백에 월세 20짜리 방을 얻고 영미는 섬유 공장에서 실밥을 따고 미싱사로 일하다 정부에서 제공하는 도배사 자격증을 취득했고, 봉수는 공사 현장 인부, 수산시장 새벽 배송, 동대문 새벽시장 사입 등의 일을 쉬지 않고 했다. 열심히 일해 번 돈을 허투루 쓰지 않고 차곡차곡 모아 적금에 넣었고 어느덧 두 사람에게 윤이 찾아왔다.

"예쁘다 영미야, 너무 예뻐. 이렇게 작고 예쁜 아이가 세상에 어디 있어!"

갓난아이를 처음 본 두 사람은 기쁨과 절망을 동시에 느꼈다. 감정이라는 것이 이렇게 동전의 양면처럼 한 번에 올 수 있다니. 너무 행복한데 너무 슬펐다. 이 아이도 우리처럼 가난하게 살면 안 되는데. 불운과 불운이 만나 가정을 이루고 행운이 태어났다. 아이만은 매끄럽고 윤나게 키우고 싶었다. 그래서 이름을 윤이라고 지었다. 봉수와 영미는 윤이 태어난 이후 더욱 열심히 일했다. 세상살이를 힘들어하거나 원망하는 것조차 사치였으니까. 그리고 오늘이다. 열심히 산 것 같은데, 손에 무언가 쥔 것 같았는데 모래성처럼 모두 빠져나갔다. 결국 어제와 같은 오늘. 내일도 어제와 다를 바 없는 오늘. 감히 희망을 기대할 수 없는 삶을 살아온 봉수는 삶의 빛이었던 영미를 보물처럼 조심스레 끌어안는다.

"영미야, 왜 이렇게 말랐어. 나 만나서 고생 많지?"

영미는 봉수의 품에 안겨 고개를 두어 번 젓는다. 다 괜찮다는 듯 봉수의 등을 두 손으로 토닥거린다.

'버텨낸다면 이 길의 끝에 무언가 있지 않을까.'

희망은 배우지 않아도 마음에 절로 품어진다. 잡초 같은 마음이다. 뽑고 또 뽑아도 징그럽게 절로 자라는 희망, 바로 그 잔인한 감정 말이다. 그리고 열여덟 살, 시설 보호 종료가 되던 날 막막함에 짐 가방을 메고 문 앞에 서 있는 자신의 손을 힘주어 잡아준 날을 잊지 못한다. 봉수는 영미에게 우산 같은 사람이다. 영미는 그의 오른손을 펼친다. 이 손가락은 생의 비를 막아준 우산대이다. 손바닥을 물끄러미 보다 손가락으로 마음을 적는다.

**고마워.**

도배 일로 굳은 손가락으로 손바닥에 글을 적으니 간지럽지도 않다.

"영미야 내가 더 고마워. 그리고 사랑해."

둘은 동시에 서로를 보고 하늘을 올려다본다. 구름 한 점 없이 맑은 날, 비도 오지 않고 눈도 오지 않을 그런 날이다. 여행 떠나기 딱 좋은 날이구나.

**봉수, 나 윤이 키우며 생각했어. 아이가 이렇게 예쁜데 우리는 왜 미움받고 버려졌을까. 그리고 왜 원장 같은 나쁜 놈은 돼지처럼 배 튀어나와 잘만 사는 거지? 세상이 불공평해.**

영미가 내민 메모지에 봉수는 먹은 것도 없는데 명치가 아프다. 마음이 체한 것 같다. 아무 대답도 못하는 봉수에게 영미는 다시 마음을 적어 보인다.

**우리 다시 태어나지 말자. 또 버려지면 너무 아파.**

봉수는 고개를 끄덕인다. 보육원을 떠난 뒤에도 둘은 서로의 부모에 대해 말한 적 없다. 입으로 꺼내어 봤자 무얼 하겠는가. 꺼내고 다시 보면 더 곪아 터지는 상처가 있다. 둘은 동시에 같은 생각이라도 한 듯 서로를 마주 본다. 오늘인가, 우리가 약속한 그날이.

"영미야 있잖아, 우리 차에 메리골드에 갈 만큼만 기름이 있는데 주유 먼저 하고 갈까?"

말을 들은 영미의 표정이 굳는다. 봉수의 말은 단순한 주유의 의미가 아니다. 그의 언어를 이해한 영미는 단호하게 고개를 젓는다. 표정이 결연하다. 지금까지 살아온 것 자체가 말도 안 되는 날들이라 생각했다.

"아이고 이 불쌍한 것, 엄마 아빠는 어데 가고… 아이고… 내가 죄가 많아서 자식새끼들이 저 모양이제…."

낡은 시골집 마당에 덩그러니 서 있는 영미를 보며 할머니는 주저앉아 울었다. 전화 한 통으로 통보하듯 자식을 버리고 간 엄마와 아빠 대신 영미는 노쇠한 할머니 손에 자랐다. 둘은 각자 재혼해 아이를 낳았다고 했고 영미를 한 번도 찾아오지 않았다. 할머니는 임종 일주일 전 자신의 죽음을 예감한 듯 영미를 보육원에 데려다줬다. 이미 열 살이나 된 영미는 보육원 복도에 서서 울고 또 울었다. 할머니가 없는 세상은 상상조차 할 수 없었다. 낡은 시골집이어도 간장에 비빈 밥밖에 먹지 못해도 할머니랑 살고 싶었다. 영미를 따듯하게 쓰다듬어 주던 할머니의 주름진 손길이 그리웠다. 단 하루라도 더 할머니 곁에 있고 싶었던 영미는 할머니에게 연락해 주리라는 기대에 눈을 질끈 감고 혀를 깨물었다.

"어, 야! 너 피…!"

잠이 오지 않아 복도를 서성이던 봉수가 영미를 발견하고 놀라 소리를 지르려는 찰나, 영미가 봉수의 입을 틀어막았다. 영미는 울지 않았다. 눈물 대신 핏방울이 뚝뚝 떨어졌다. 봉수는 이 날 처음 만난 영미의 아픔을 읽었다. 둘은 잠든 보육교사의 방문을 조용히 두드려 병원 치료를 다녀왔다. 그날 이후 봉수는 영미가 아파 오랜 날을 속으로 울었다. 둘은 살아도 같이 살고 죽어도 같이 죽기로 손가락 걸고 약속했다.

"영미야, 언젠가 네 목소리 듣고 싶다. 내가 열심히 일해서 네 목소리 찾아줄게."

봉수는 그날이 생각날 때마다 속으로 다짐했다. 한 순간의 실수로 간절한 다짐도 지키지 못하는 못난 놈이라는 자책도 매일 하면서. 영미는 대답 대신 지갑에서 2만 5천원을 꺼내 건넨다. 물끄러미 지폐를 바라보는 봉수의 남방 앞주머니에 돈을 꽂고 희미하게 웃는다.

**봉수 나랑 살아줘서 고마워. 근데 우리 다음 생에는 같은 장소에서 같은 이름으로 만나지 말자.**

둘이 같이 산 지 1년 째 되던 날, 시장에서 통닭을 사 와 나눠 먹은 뒤 영미가 적어 건넨 마음을 기억한다.

"그래, 같은 장소에서 같은 이름으로 만나지 말자. 우리 두 번은 하지 말자, 이런 삶."

봉수는 웃으며 대답했다. 슬픔은 원래 속으로 삼키는 것 아닌가. 그래서 늘 속에선 피 맛이 났다. 뱉을 일 없는 슬픔의 맛은 빨갛다.

"엄마 아빠, 언제 일어났어? 우리 정말 오늘 여행 가는 거야? 오늘 장사 안 해도 돼?"

"우리 딸 일어났어? 그럼, 장사 안 해도 돼요. 걱정 마세요 공주님!"

"아빠, 그럼 우리 트럭에 야채 싣고 가서 메리골드서 장사할까? 하아암 졸려…."

잠에서 깬 윤이 부스스한 잠의 흔적을 안고 걸어와 둘에게 안긴다. 영미는 윤의 눈곱을 떼어주며 고개를 끄덕이며 웃는다. 다정한 세 사람. 세 사람은 다시 집으로 들어가 계란 프라이를 올린 밥을 김에 싸 먹고 옷을 갈아입고 양치를 하고 간단한 짐을 챙겨 트럭에 오른다.

"오늘은 우리 휴게소 가서 핫바도 먹고, 알감자도 먹고, 소시지도 먹자! 먹고 싶은 거 다 사줄게!"

"우와 진짜? 신난다! 나 그럼 못난이 핫도그도 먹을래! 케첩 세 번 발라서!"

"그래, 우리 윤이 핫도그도 먹자! 자 이제 출발합니다, 안전벨트 매세요!"

자동차에 기름은 다 채우지 않은 채로 여행을 떠난다. 핸들을 잡은 봉수의 두 손에 힘이 들어간다. 세 사람은 길을 떠난다. 드디어, 오랫동안 생각해 온 그날인 것이다. 불운과 불운이 만나 행운이라 자신들에게 거짓말하던 달콤한 꿈에서 나와야 할 때, 가장 아름다운 장소에 가기로 했다. 태어난 건 선택할 수 없었지만 죽는 건 선택하고 싶었다. 그래도 최대한 미루고 버티고 기왕이면 잘 살아보려 했는데. '잘'을 빼고도 '살아본다'는 것 자체가 왜 이리 어려운지. 세 사람이 출발하자마자 비가 내린다. 방금까지 쨍쨍하던 하늘에서 장대비가 내린다.

“비가 내리네, 안전하게 모실게요, 갑니다!”

봉수가 와이퍼를 작동시킨다. 다행이다. 오늘은 가야 할 곳이 있어서. 목적지가 있고 책의 마지막 장을 덮을 수 있다면 조금 더 참을 수 있다. 빗방울은 점점 세차게 내리고 핸들을 잡은 봉수의 손에는 굳은 힘이 들어간다.

“사장님 안녕하세요, 오늘은 김밥 좀 많이 말아주세요.”

“아이고 해인 사장, 웬일로 김밥을 마이 말아달랴? 배가 마이 고픈 겨? 좀 이따 재하 여기로 오기로 한 겨?”

“재하는 야근이래요. 알록달록 예쁜 김밥이 많으면 보기 좋잖아요. 오늘은 왠지 김밥이 많이 먹고 싶네요. 한 다섯줄 쯤 가능할까요?”

“여윽시 해인 사장이 내 김밥의 진가를 아는고마잉! 그람 그람, 열 줄도 말아줄 수 있지! 포장해 줘?”

“아니요, 먹고 갈게요. 그런데 오늘은 해가 일찍 졌네요. 오후인데 벌써 캄캄한 밤 같아요.”

해인은 김밥을 주문하고 허공을 응시하며 테이블에 앉는다. 마음이 허한지 자꾸 배가 고프다. 밥을 많이 먹으면 마음의 허기를 밀어낼 수 있을까. 궁금하다. 평소보다 빨리 어두워진 바깥을 살펴보던 우리분식 사장은 콧노래를 흥얼거리며 김밥을 만다. 우리분식 사장의 뒷모습을 물끄러미 바라보던 해인이 들고 있던 쇼핑백을 조심스럽게 테이블 위에 올렸다.

"뭐여? 영양제여?"

"아니요, 지은 씨가 사장님께 꼭 전해드리라고 한 선물이요. 지은 씨가 입던 스커트를 앞치마로 만들었대요."

"어메, 그 이쁜 거를! 아이고 지은 사장도 참말로…."

김밥을 테이블에 내려놓고 쇼핑백에서 앞치마를 꺼낸 사장이 서둘러 새 앞치마를 맨다. 검은색 바탕에 붉은 동백꽃이 새겨진 앞치마다. 우리분식 사장은 앞치마를 꺼내 들고 요란하게 목소리를 높였다.

"아이고! 가면서도 무슨 선물을 남기고 그랴! 늙은이 눈물 나게…. 워메 뭐로 맹글었길래 이래 보들보들 좋은겨? 입기 아까워서 어쩐댜. 고마우! 근디 지은 사장이 입던 거면 이제 내 앞치마에서도 꽃잎들 날아다니고 막 그러는가?"

해인은 우리분식 사장의 농을 들으며 피식 웃는다. 기분 좋은 농이다. 어떤 말은 사람을 죽게 하고, 어떤 말은 사람을 살게 한다. 말하는 대로 인생이 흘러간다는데 사장의 농은 사람을 살린다.

"자자, 여기 김밥 나왔어잉. 마이 묵어!"

해인이 눈앞에 산더미처럼 쌓인 김밥을 바라보며 젓가락을 손에 드는 순간 딸랑, 하고 분식집의 문이 열린다. 세 명의 가족이다. 못 보던 얼굴. 커트 머리에 눈이 크고 청바지를 입은 여자아이와 흰머리가 반이 넘는 단발머리를 노란 고무줄로 단정히 묶은 여자, 그리고 카키색 반팔 티 위에 초록색 체크 남방을 입은 남자다. 낯선 도시에 온 이들답게 어색함과 흥분이 묻어난다. 눈동자엔 찐득하고 깊은 슬픔과 절망이 묻어 있다.

"저… 김밥 좀 먹을 수 있습니까?"

"아이고 그람 그람, 여가 김밥 집인디 얼마든지 먹을 수 있제. 첨 보는 얼굴들인디 여행 왔나벼? 아가 자다 깼고만, 잠이 얼굴에 가득해. 얼른 여기 앉으. 천천히 골라."

우리분식 사장이 손짓으로 가리킨 자리에 봉수가 먼저 앉고 맞은편으로 윤과 영미가 앉는다. 윤이 차에서 잠드는 바람에 휴게소에 들르지 못한 세 사람은 배가 몹시 고프다. 메뉴판을 동시에 바라보는 세 사람을 향해 옆 테이블에 앉아 있던 해인이 말을 건넨다.

"이 동네 처음이신가 봐요. 괜찮으시면 이 김밥 드실래요? 방금 시켰는데 일행이 못 올 거 같아요. 혼자 먹기엔 너무 많은데. 몇 줄만 가져가세요."

세 사람은 놀라 해인을 바라본다. 낯선 도시에서 처음

만난 낯선 이가 이유 없이 김밥을 준다니. 저 안에 알 수 없는 무언가를 넣은 것은 아닌지 의심의 눈길을 보내지만 아무리 봐도 남자의 눈은 선해 보인다. 머뭇거리며 대답하지 못하는 봉수와 영미와 달리 두 사람의 표정을 살피던 윤이 벌떡 일어나 두 손을 공손하게 모으고 허리를 숙여 인사한다. 먹을 수 있는 기회가 있을 땐 열심히 먹어야 하는데 이게 웬 행운인가.

"감사합니다, 맛있게 잘 먹을게요."

윤이 받아 온 김밥 세 줄을 앞에 두고도 둘은 머뭇거린다. 우리분식 사장이 오뎅 국물을 커다란 스텐 그릇에 담아 후추를 한 번 툭 치고 들고 온다.

"아이고 부담 없이 먹어요, 해인 사장이 평소엔 두 줄만 먹는데 오늘따라 다섯 줄이나 시킨다 했더니 배가 불른가. 김밥 남음 아깝잖여? 안 그려? 머 안 시켜도 되니께 편하게 먹고 가잉. 아가, 돈가스 꼬치 하나 줄까? 너 피카츄 꼬치 알어?"

"피카츄 꼬치 알아요! 먹어본 적은 없어요."

"아이고 그렇구만, 그기 많이 남아 있는디 할미랑 나눠 먹어줄 텨?"

"정말요? 우와 감사합니다!"

볼이 미어지게 김밥을 입에 넣고 씹으며 앉은 자리에서 윤이 고개를 꾸벅 숙인다. 봉수와 영미도 얼결에 고개를 숙이고 김밥을 먹기 시작한다. 체면을 차리기엔 배가 고프다. 이상하게 처음 온 동네인데 따뜻하다. 참 이상한 사람들이네, 처음 본 우리에게 이렇게 잘해주고. 살면서 받아본 기억 없는 친절과 호의가 낯설지만 일단 배가 고프니 허겁지겁 먹기 시작한다. 김밥은 금세 동이 난다. 봉수는 양 볼이 미어터지게 잘 먹는 윤을 애잔하게 바라보다 사장을 향해 손을 든다.

"저… 사장님, 여기 김밥 두 줄 주세요."

"아이고 맛있지? 그려 두툼하게 말아줄게잉."

우리분식 사장이 신이 나 김밥을 말기 시작한다. 두 줄인데 네 줄 같은 김밥 산이 세 사람 앞에 놓인다. 분명 허기를 채우고도 남을 양인데 이상하게 먹어도 먹어도 배가 고프다. 이상해, 정말 이상한 도시야.

"먹어도 먹어도 맛있제? 그기 내가 김밥을 잘 말아서 그랴. 마음에 허기가 지면 계속 배가 고픈 겨. 먹어도 먹어도 마음이 채워지지 않응께 배에서 음식을 달라고 아우성치는 거제. 마음이 가득 차면 그땐 배가 안 고파지니께, 허기 채울 때까지 걱정 말고 묵어잉. 이제 문 닫을 시간이래도 김밥 재료가 남아 아까웠는디 잘 됐어! 허허, 아가, 오뎅 하나 먹을 텨? 사비스여!"

"정말요? 감사합니다! 할머니 저는 오뎅 열 꼬치는 더 먹을 수 있어요!"

입이 미어터지게 김밥을 먹는 윤을 보며 우리분식 사장은 오뎅을 한 손으로 가득 집어 초록색 플라스틱 그릇에 담는다. 오뎅을 윤의 테이블에 내려두고 해인 앞에는 오뎅 국물을 내려두며 앞자리에 앉는다.

"근디 해인 사장, 증말 세탁소 안에 사진관을 차린 겨?"

"네, 지은 씨가 없으니 세탁소를 열 수도 없고, 지은 씨의 공간을 그냥 둘 수도 없어서요. 세탁소 1층 가운데에 세 평 정도를 유리벽으로 둘러서 사진관으로 만들었어요. 허벅지 즈음 높이로 나무 기둥을 올리고, 그 위는 다 유리예요. 1층 벽면에 책장도 짜 넣었어요. 앞으로 2층에는 영사기를 올려두고 필름을 상영하려고 해요. 마음 세탁소를 추억하는 분들이 오시면 바 테이블에서 차도 내어드리고요. 마을 분들이 편하게 이용하시면 좋겠어요."

"아이고 잘했네. 가만 있자, 마음 사진관이 오늘 오픈했는디 나도 가서 영정사진이라도 함 찍어야제?"

"사장님께서 벌써 영정사진을 찍으시려구요? 아직 한창이세요."

"나가 지은 사장 가는 거 보고, 오늘이 마지막 날이라면 뭐를 가장 하고 싶을까 생각을 해봤어. 근디 나는 마지막까지 여서 김밥을 말고 싶더라고. 배고픈 사람들 볼이 미어터지게 밥을 먹는 거를 보고 싶어. 그라니께 죽는 거도 사는 거도 무섭지가 않아. 무얼 하고 살고 싶은지를 훤머리가 이래 마이 나서야 알게 되는 것이 참말로… 그라니께 나는 영정 사진 찍는 게 슬프지가 않으!"

"그럼 제가 곱게 찍어드릴게요."

훈훈한 외모의 남자와 나이 든 분식집 할머니의 대화가 웃음소리를 타고 건너편 테이블로 흘러 들어왔다. 봉수와 영미는 본의 아니게 두 사람의 이야기를 들으며 잠시 숟가락을 멈추었다. 오늘이 생에 마지막 날이라면 나는 무엇을 하고 싶은가. 봉수가 영미와 윤을 바라본다. 윤이 아작아작 김밥을 씹는 소리 외에는 아무 소리도 들리지 않는다. 바로 그때 분식집 안으로 꽃잎이 날아들며 정적을 깼다. 분식집 안으로 파란 꽃잎이 원을 그리며 날아들어오더니, 순간 눈앞에 전단지를 내려놓은 것이다. 윤이 놀라 두 눈을 비빈다.

"엄마, 내가 지금 뭐 본 거야? 우리 꿈꾸고 있어?"

영미도 놀라 윤을 바라본다. 봉수는 입 안 한가득 씹던 김밥을 까맣게 잊은 사람처럼 눈만 껌뻑거린다. 자리에서 일어선 해인이 꽃잎에 날아온 종이를 세 사람 앞에 내려놓았다.

"좀 놀라셨죠. 걱정 마세요, 꿈 아니고 현실입니다. 이상한 일은 아무 일도 일어나지 않아요. 사실 이 옆 건물에는 마음의 얼룩을 지워주는 마음 세탁소가 있는데요. 오늘 세탁소 1층에 마음 사진관을 열었어요. 김밥 다 드시면 사진 찍으러 오시겠어요? 오픈 기념으로 테스트 촬영을 해드릴게요."

파란 꽃잎들이 해인의 손끝 언저리에서 주변을 빙그르르 감싸며 돈다.

'이상한 삼촌이야. 인간으로 변신한 괴물인가? 그럼 우리는… 이제 어떻게…?'

그림책에서 보았던 마법사가 눈앞에 나타났다는 생각에 윤이 힘껏 들이쉰 숨을 두 손으로 틀어막는다.

"진짜가 봐, 꽃잎들도 날아다니고! 대박 사건, 너무 신기해!"

윤의 말을 들은 해인이 손가락으로 원을 그리자 꽃잎들이 세 사람의 주변을 감싸며 사라진다.

"꼬마 아가씨, 겁먹지 않아도 돼. 이 꽃잎은 내 친구들이야."

해인이 윤을 보며 빙그레 웃자 윤도 해인을 따라 빙그레 웃는다. 좋은 감정은 복사한 듯 같은 감정을 불러온다.

"최근에 제가 사랑하는 사람이 곁을 떠났습니다. 누구나 마지막을 맞이하지만, 갑자기 떠나게 되면 남겨진 이들이 너무 슬프죠. 우리분식 사장님도 자신이 아니라 남겨진 이들을 위해 영정사진을 찍으시려는 거니까 놀라지 마세요. 아, 물론 가족사진도 찍어드릴 수 있습니다."

영정사진이라는 말에 봉수와 영미는 찰나의 눈빛을 교

환한다. 영미는 조심스럽게 꽃잎이 테이블에 두고 간 전단지를 들고 읽는다. 두 손이 떨려 종이도 함께 떨린다. 손을 진정시키려고 아랫입술을 깨물지만 입술도 함께 떨린다.

지우고 싶은 마음이 있으신가요.

마음의 얼룩을 행복한 기억으로 바꾸어 찍어드려요.

보고 싶은 마음을 사진으로 찍어 보여줄 수도

보고 싶은 순간을 사진으로 찍어 보여줄 수도 있어요.

당신이 행복할 수 있다면

당신의 슬픔이 안녕할 수 있다면

얼룩진 마음을 행복한 마음으로 바꾸어 드립니다.

어서 오세요, 행복한 마음을 찍어드리는 마음 사진관입니다.

—사진관 주인 백

“엄마, 우리 가족사진 한 번도 안 찍어봤잖아! 오늘 무료래. 우리 찍으러 가자, 응? 응? 나 가족사진 찍어보고 싶었단 말이야.”

윤이 전단지를 읽고 있는 영미의 팔을 잡고 울상을 짓는다. 영미가 반응이 없자 이번엔 팔에 볼을 비비며 입술을 삐죽거린다. 이윽고 전단지에서 눈을 뗀 영미가 윤의 볼을 어루만지며 고개를 끄덕이고, 봉수를 향해 눈빛을 보낸다. 어떤 마음은 말하지 않아도 마음으로 공명한다.

"진짜? 우리도 사진 찍을 거야? 신난다! 오늘 내 인생 최고의 날이야!"

금방이라도 울 것 같던 윤의 환호성에 분식집이 온기를 띤다. 봉수는 윤의 머리카락을 쓸어내리며 마음속으로 혼잣말을 한다.

'마음을 찍어주는 사진관이라… 찍힐 마음 같은 게 있으려나. 인생에서 언제나 행운은 기가 막히게 우리를 피해 갔는데. 그런데 오늘은 평소랑 뭔가 다르네.'

줄곧 내리던 비는 세 사람이 우리분식에 들어온 뒤로 어느새 잦아들었다. 익숙한 일이다. 날씨가 맑다는 일기예보에 장사를 많이 하려고 야채를 잔뜩 들여오면, 어김없이 바람이 불고 인적이 뚝 끊기기 일쑤였다. 불행에 익숙한 이들은 행복을 고려할 겨를이 없다. 불행이 문신처럼 새겨져 그것이 불행인지도 모르기 때문이다.

"비가 멈췄네요. 일기예보가 오늘도 틀렸네요. 맑을 거라더니."

해인의 혼잣말에 봉수는 '저렇게 근사해 보이는 사람한테도 일기예보는 틀릴 수 있구나' 생각한다. '그 비가, 나에게만 내리는 비가 아니었나.'

"얄궂네, 아까는 밤처럼 캄캄하더니 다시 밝아졌다? 오늘은 무신 날이긴 날인가 벼. 아이고, 고와라! 아가 일루 와봐, 너 무지개 본 적 있어? 무지개 떴어야!"

우리분식 사장이 비 갠 하늘에 선명하게 뜬 무지개를 보며 박수를 친다. 윤은 먹던 오뎅 꼬치를 보물처럼 소중하게 쥐고 사장 옆에 서 무지개를 바라본다.

"우와… 할머니 너무 예뻐요. 무지개가 이렇게 생겼어요? 저 무지개 처음 봐요!"

"여는 지대가 높아서 무지개가 잘 보여. 비 그치면 가끔 뜨니께 종종 놀러와 아가, 아이고 이뻐라, 오늘따라 더 곱네."

어느새 입구 앞에 나란히 서 하늘의 무지개를 한 방향으로 바라본다. 오늘 처음 만난 이들이 낯설지 않고, 오늘 처음 본 무지개가 이토록 따뜻하고 아름답다니. 봉수는 세상이 '아름답다'고 느낀 게 언제인지를 떠올려 본다. 영미의 손을 처음 잡은 날이었나, 윤이 태어나 품에 안겼던 그날인가. 이상하게 마음이 아이스크림 녹듯 흐물거린다. 안 되는데, 이렇게 살고 싶어지면….

"마음 사진관 첫 손님이네. 너 이름이 뭐니?"

"제 이름은 윤이에요."

"윤? 예쁜 이름이네. 너랑 어울려. 내 이름은 해인이야. 만나서 반가워."

"우와, 삼촌도 이름 예뻐요!"

"이제 나랑 사진 찍으러 같이 갈래?"

"삼촌이랑요? 네, 좋아요!"

윤에게 손을 내민 해인이 우리분식 사장을 본다. 사장은 한쪽 눈을 찡긋하며 어서 가라고 손짓을 한다.

"아이고 근디 야채가 떨어졌네, 사러 나가야 허는디 무릎이 아퍼. 어이 아가, 어여 사진 찍고 할미한테 다시 와잉. 너 매운 거 묵을 줄 알어?"

"네, 저 김치도 고추장도 잘 먹어요!"

"아따 잘 됐다잉, 마침 열무가 맛있게 익었응께 시원하게 열무국수 말아주께. 할미 혼자 묵기 심심한디 올거제?"

"감사합니다! 할머니 혼자 있어서 심심해요? 그럼 내가 국수 먹고 놀아줄게요. 좀 이따 봐요!"

윤이 왼손은 해인의 손을 잡고 오른손은 배꼽에 가져다 대며 허리를 숙여 인사한다. 어느 때보다 생기발랄한 윤을 보며 영미는 눈빛이 흔들린다. '안 되는데, 이러면… 살고 싶어지면 안 되는데…. 우리처럼 비루한 삶을 윤에게 주면 정말 안 되는데.' 복잡한 마음으로 분식집을 나선다.

"저 사장님, 여기 계산 좀 부탁드립니다. 얼마입니까?"

분식집 문을 나서려던 봉수는 바지에 손을 닦으며 돈을 꺼내려다 남방 주머니에 아무것도 없어 놀란다. '아까 영미가 준 돈이 어디 갔지?' 빈 주머니에서 손을 꺼내지도 못하고 놀란 봉수를 보며 우리분식 사장이 분식집 문밖으로 봉수의 등을 민다.

"지갑을 두고 왔나 보구마잉. 언능 사진 찍고 와서 천천히 줘, 오픈 기념 공짜야 공짜!"

"아… 저, 그래도 금방 차에 다녀올 수 있습니다. 잠시만요."

"아이고 뭐가 그리 급혀! 이 동네에 밥집은 여기밖에 읎어. 이따 아가 간식까지 더 묵고 천천히 줘도 되니께 괜찮여."

사장의 괜찮다는 말에 괜스레 눈물이 핑 돈다. 왜 이리 받아본 적 없는 온기로 마음을 덥히는지. 여름이라 날이 더워 그런가, 메리골드에 온 뒤로 체온이 올라간다. 눈물이 떨어질 것 같아 봉수는 고개를 꾸벅 숙이고 분식집을 서둘러 나선다.

"아이고, 살 사람은 살아야제. 저 반짝거리는 뽀얀 애기를 봐. 어쩔 거여. 이제 됐응께 난 믹스 커피나 한잔 해야긋다."

마음 사진관을 향해 걸어가는 이들의 뒷모습을 보며 우리분식 사장이 혼잣말을 한다. 사실 우리분식 사장이 세 사람을 처음 발견한 건, 출근길에 올려다 본 메리골드의 가파른 언덕에서였다. 조금만 밀면 당장이라도 떨어질 것처럼 아슬아슬하게 서 있는 트럭에는 산송장 같은 두 사람과 엄마에게 기대어 잠든 아이가 타고 있었다. 사장은 그 길로 얼른 분식집 문을 열고 들어가 밥을 안쳤다. 갓 지은 밥에는 참기름 한 통을 들이부었다. 고소한 냄새라도 맡으면 차에서 내릴까 싶어 문 앞에서 선풍기를 틀고 밥을 볶았다. 아이가 고소한 냄새를 맡고 잠이 깨기를 간절히 바랐다. 그다음 해인이 들어왔고 김밥을 잔뜩 말아달라는 말에 사장은 내심 안도했다.

"뭐든 선택은 스스로 하는 것잉께 가만히 있는 사람덜한테 말을 할 수도 없고. 혹시 내 챔기름 마법인가? 아니제, 이제 이 앞치마 가지고 이래이래, 손 휘휘 저으면 나도 마법 쓸 수 있으려나?"

사장은 앞치마의 빨간 꽃잎을 손으로 쏘는 시늉을 한다. 한참을 혼자 웃다가 오른손으로 왼쪽 가슴을 쓸어내리고는 스텐 컵에 믹스커피를 털어 넣고 젓가락으로 휘휘 젓는다. 송장 같은 사람들이 허기를 느끼고 밥을 먹는다. 그 사람들을 위해 밥을 해줄 수 있으니 행복하다. 그러고 보면 행복, 그까짓 거 믹스커피 한 잔만큼이면 충분한 거 아닌가.

"으메! 행복이고 자시고 맛이 왜 이려? 커피에서 웬 맬치 맛이랑 후추 맛이 난댜? 내 정신 좀 봐! 나가 긴장을 다 했나 보네, 오뎅 국물에 커피는 처음 타봤는디 나름 커피 맛 좋다잉. 아주 좋아. 껄껄!"

사장의 웃음에 남은 꽃잎들이 춤을 추듯 문을 나선다.

오늘을 저리 춤추듯 살 수 있다면, 그럴 수만 있다면 얼마나 좋을까. 사장은 꽃잎을 보며 생각한다.

“오메 비가 다시 오네, 장마인가. 저리 비가 시원하게 와야 무지개도 뜨고 해도 나제. 비가 오고 폭풍이 불고 바람이 불어야, 또 마른 날이 오제. 시원하게 내리는 비 핑계 삼아 시원하게 울어재낄 수도 있고 말이여. 오늘 밤은, 저 비에 많은 게 씻길 거여. 암, 그럴 겨.”

목구멍이 간지럽다. 자고 일어나면 연기처럼 사라질 것 같은 비현실적인 도시에서 생경한 일들을 겪고 있다. 영미는 낯선 이들을 따라 마음 사진관으로 들어가며 어제와 오늘의 온도 차를 선명하게 느낀다. 어제 윤과 마트 계산대 앞에 서 있을 땐 눈보라가 휘몰아치는 한겨울이었는데, 오늘 우연히 들어간 우리분식의 온도는 뜨거운 한여름이다. 차갑고 뜨거운 가운데 마음 세탁소 안의 사진관이라는 저 공간으로 들어서는 길은 따뜻한 꽃바람이 불어오는 봄이다.

‘왜 이러지, 땀띠인가.’

영미는 목덜미 주변을 벅벅 긁는다.

“엄마, 목 간지러워? 손톱으로 긁으면 어떡해, 목 빨개졌어, 피 날 거 같아! 내가 호, 해줄까?”

봉수의 손을 잡고 앞서 걷던 윤이 입구에서 목을 긁고 있는 영미의 손을 잡아 내린다. 자신을 향해 뛰어와 입술을 오므리며 호, 하고 불어주는 윤에게 영미는 고개를 끄덕이며 이번엔 손등으로 목을 문지른다. 종아리까지 오는 낮은 패널 앞에 도착한 영미는 그 앞에 적힌 글을 읽는다.

증명사진 가족사진 취업사진

영정사진 마음사진 행복사진

가능합니다.

‘행복사진… 행복… 행복이 뭐지….’

한 음절씩 끊어 읽다 마지막에 시선이 걸린다. 마음사진과 행복사진이라. 그런 사진은 대체 어떤 사진일까. 행복이 무엇인지도 모르겠는데 행복사진을 찍어준다니. 참 이상하고 수상한 사진관이네. 영미는 의심의 눈길로 건물을 바라본다. 자신을 지키기 위해서 보이는 대로 믿지 않는 것에 익숙한 영미다. 호의와 환대는 불행이 데리고 온 동료들로 알고 살아왔다. 잘해주는 사람에 대한 습관적 경계주의보가 걸린 영미는 불안한 마음으로 주변을 살핀다. 살펴보아도 흠이 없다. 겉보기에도 따뜻한 분위기의 단단하게 잘 지어진 2층 목조 건물이다. 도배를 하며 많은 공간을 다녀보아 공간이 풍기는 느낌에 민감한 영미다. 들어서는 순간 불편한 공간에선 틀림없이 무슨 일이 일어나도, 난다.

'이상해. 정말 이상해.'

이상하다. 이 공간은 안심이 된다. 일곱 개의 나무 계단을 지나 라일락꽃이 흐드러지게 핀 동그란 아치형 입구도 아름답다. 두 면이 도시고 두 면이 바다인 이 마을에선 꽃향기와 바다의 짠 내음이 뒤섞여 풍긴다. 라일락 꽃향기인가. 늘 도배풀 냄새만 맡던 영미의 코 속은 모처럼 좋은 향기로 간지럽다.

사진관을 연 기념으로 지은이 해인에게 선물했던 라일락 정원에 은은한 향기가 감돈다. 그동안 마음 세탁소를 운영하며 사람들의 얼룩진 마음을 깨끗이 세탁해주고 다림질하며 행복해했던 지은의 마음을 닮고 싶어 사진관을 시작한 해인이었다. 카메라 앞에서만큼은 거짓으로라도 웃는 사람들에게 거짓 없이 마음을 움직이는 사진을 찍어주고 싶은 마음이었다. 어떤 이유로 마음이 움직이는지는 모르겠지만.

"이유를 모를 때는 일단 지금 할 수 있는 일부터 해야지. 시작해 보자."

해인은 긴 다리로 성큼성큼 앞장서 걸어가 먼저 문을 연다. 봉수와 윤이 들어간다. 마지막으로 영미가 세 걸음 남겨두고 문 앞에서 내부를 들여다본다. 조명은 밝지 않다. 다행이다. 영미가 문 앞에서 안을 바라보자 앞서 들어가던 봉수와 윤이 뒤돌아 손짓을 한다.

"영미야 들어가자. 우리 윤이 말대로 가족사진 한번 찍어보자."

**혹시 민폐 아닐까?**

영미는 주머니에서 구겨진 메모지와 펜을 꺼내 적는다.

"무료라잖아. 우리한테 언제 이런 기회가 오겠어."

봉수는 평소와 달리 조금 들뜬 모습이다. 그는 분수를 잘 아는 사람이다. 과한 욕심을 부리지도, 헛된 희망을 품지도 않는 이가 무슨 이유인지 사진을 찍고 싶어 한다. '영정사진을 찍을 수 있다는 말에 흔들린 걸까. 쉬이 흔들리는 사람이 아닌데. 이상해.'

**사진만 찍고 금방 돌아가자. 우리 중요한 일이 있잖아. 오늘 아니면 안 돼.**

"그럼, 금방 돌아가야지. 아까 낮엔 날이 너무 밝았으니까 사진 찍고 밤 어두워지면 가자."

**알았어.**

먼지처럼 사라지고 싶었다. 애초에 세상에 온 적 없던 사람들처럼 셋이 사라지려 했는데 메리골드에 와보니 고소한 참기름 냄새가 나고, 밥이 따뜻하고, 꽃향기도 나고, 사람들도 좋다. 하루쯤은 이런 동네에서 살다 가도 되겠지. 먼지가 되기 전에 누군가 우리의 장례를 치러줄 수 있게 사진 하나쯤 남기는 것도 괜찮겠지. 어차피 그 사진도 불에 타 재가 될 테니. 영미와 봉수는 동시에 사진관으로 들어간다. 좋은 음악이 들리고, 좋은 향기가 나고, 따뜻한 불빛이 비추는 저 공간으로 들어간다. 허락된 적 없는 온기에 몸이 떨리지만 용기를 내본다.

"들어가자, 영미야."

봉수의 목소리가 떨린다.

"진짜 원하는 걸 얻기 위해선 때론 위험을 감수해야 하는 순간도 있어."

어디선가 목소리도 들리는 것 같다. 그런데 무슨 위험을 말하는 걸까. 온 생이 위험이 아닌 적이 없었는데. 만약 다시 태어날 수 있다면 저 반짝거리는 해인이라는 남자처럼 살고 싶다. 슬픔과 불행이라곤 모를 것 같은, 다정하고 따스한 이로 살아보고 싶다. 헛된 욕심. 알지만, 그래도. 혹시나. 만약에.

"이쪽 바 테이블로 일단 앉으세요."

"여기요? 우와 삼촌, 여기는 이뻐서 맨날 밖에서 훔쳐보던 카페 같아요!"

"마음에 들어?"

"네! 완전 너무 너무 너무 좋아요! 저 이런 카페 꼭 한번 들어와 보고 싶었어요!"

"고마워, 꼬마 아가씨. 준비할 시간이 필요한데 기다리는 동안 뭐 좀 마실래? 두 분도 따뜻한 차 한잔 드시겠어요?"

"그럼… 우리 차도 부탁드립니다. 초면에 실례가 많습니다…."

거칠한 양손을 겸연쩍은 듯 포개어 잡은 봉수가 대답한다. 세탁소 손님들의 마음을 열 때 위로 차를 마시는 바 테이블 자리로 세 사람을 안내한 해인이 긴장한 듯 차를 권한다. 일단 행복 카메라가 지은을 찍었고, 몇 번 만져보긴 했지만 행복 카메라가 익숙지 않아 긴장이 된다. 차분한 성격의 해인이지만 혹시라도 행복사진이 실패할까 걱정되는 마음을 감추지 못한다. 행복사진이 아니라 그냥 가족사진을 찍어주어도 될 텐데. 해인은 직감적으로 이 가족에게 행복 카메라를 작동시켜야만 한다는 느낌이 드는 것이다.

"드세요, 원래는 세탁소에서 손님들께 드리는 특제 차인데. 맛있을 거예요."

"이 차, 어린이가 마셔도 돼요? 아빠가 어린이는 커피 같은 거 마시면 안 된다고 했는데."

"괜찮아, 어린이가 마셔도 되는 차야. 어때? 맛있지?"

"따뜻하고 맛있어요! 아이스크림처럼 달콤해! 엄마 아빠도 마셔봐!"

맛있는 걸 봤을 때 생각나는 사람은 사랑하는 사람이라 했다. 해인이 종이를 세 장 들고 나와 세 사람 앞에 내려놓는다. 재생지로 만든 종이에 한 줄의 글귀가 적혀 있다.

"저희 사진관은 사진을 찍기 전에 간단하게 편지를 쓰는 시간이 있어요. 어려운 건 아니고, '나에게 쓰는 편지'인데요, 오늘 내가 가장 듣고 싶은 말을 여기에 적으시면 됩니다. 다른 사람들은 이 종이의 글을 읽지 않을 거니까 어떤 내용을 쓰셔도 좋습니다. 부담 갖지 마시고요. 길게 쓰셔도 되고, 할 말 없으시면 한 줄만 쓰셔도 돼요. 다 적으시면 말씀해 주세요, 저 카메라 세팅하고 있을게요."

말을 마친 해인이 바 테이블 끝에 가서 냉수를 컵에 가득 따라 단숨에 들이켜고 사진관 안으로 들어간다.

세 사람은 바 테이블에 앉아 멍하니 종이를 바라본다. 이상하게 응어리진 마음이 녹아내리는 기분이다. 마음에 담아둔 말이 터져 나오기 직전, 영미가 가장 먼저 적고, 그 다음은 윤이 그림을 그리며 즐거워한다. 가족의 모습을 바라보던 봉수도 볼펜에 침을 한 번 묻히고 글을 적는다. 해인은 세 사람이 집중할 수 있도록 음악을 낮게 줄인다.

"할 수 있어, 할 수 있어, 해내자."

뒤돌아 눈을 질끈 감은 해인이 두 주먹을 쥐고 스스로를 응원한다. 눈을 뜨자 세 사람이 사진관 문 앞에 나란히 서서 고개를 갸웃하고 있다.

"다 쓰셨군요. 오늘이 사진관 여는 첫날이라 저도 긴장했어요. 쓰셨으면 종이는 이 테이블 위, 여기 편지 봉투에 넣고 밀봉하시면 됩니다. 저는 보지 않고, 적어주신 주소로 내년 이맘때 보내드려요."

"우리 같은 사람들 찍어주는데 뭘 긴장하고 그래요. 사진을 무료로 찍어주는 것만으로도 충분히 좋습니다. 그런데 주소를 지금 써야 하나요?"

"아니요, 사진 찍고 쓰셔도 됩니다. 그럼 이쪽 중앙으로 오시죠."

테이블 위에 놓인 빨간색 우체통을 보며 봉수는 내년 이맘때라는 것이 과연 있을지 생각한다. 우리는 이 문을 나서면, 내일은 없을 사람들인데. 먼지처럼, 흔적 없이…. 우리가 사라진대도 누구 하나 슬퍼할까. 남겨질 사람이 걱정이지만, 그래서 셋이 함께 떠나면 되는 거다. 윤에게 이 고통스러운 삶을 물려주지 않아도 되니 오히려 괜찮을 거다. 그런데 출발하기 전과 다르게 왜 이렇게 마음이 불편한 걸까. 불안한 거 같기도 하고. 봉수가 우체통을 바라보며 머뭇거리는 동안 윤은 신이 나서 의자에 앉아 있다.

그 옆에 영미도 어색한 표정으로 앉는다. 이어 봉수도 결심한 듯 앉는다.

“준비 되셨어요? 저희 사진관은 원하는 사진을 찍어드릴 수 있는데요, 오늘은 특별히 두 가지 버전으로 찍어드릴게요. 하나는 행복사진, 하나는 원하시는 미래의 사진입니다. 행복사진은 필름을 인화하는 데 30분 정도 걸리고, 미래사진은 포토 프린터로 즉시 가능합니다.”

“포토…? 그… 저는 배운 게 적어 요즘 사람들 쓰는 말은 잘 모릅니다. 그러니까… 지금 당장 빨리 나오는 게 미래사진이라는 거죠?”

봉수가 생소한 단어에 미간을 찌푸린다. 사진이 나오기까지 30분이나 더 지체하다간 정말 살고 싶어질지도 모른다. 시간이 없다. 윤이 찍고 싶어 하니 사진을 찍되 바로 나가야 한다. 어렵게 먹은 결심이 무너지기 전에. 어차피 3개월 뒤에 죽으나, 오늘 죽으나 같다.

“네, 그럼 둘 중 하나만 찍으셔도 됩니다. 무엇을 선택하시겠어요?”

해인의 말에 봉수는 두 사람을 바라본다. 기대가 가득 찬 윤과 표정이 없는 영미가 결정을 하라는 듯 봉수를 본다. 봉수는 해인에게 고개를 돌리고 말한다.

“빨리 나오는 걸로 해주세요. 고맙습니다.”

“알겠습니다. 그럼 언제쯤의 미래를 보고 싶으세요?”

"거참, 적당히 알아서 해주시지. 그냥 뭐 한 3개월 뒤로 해주시죠."

있을지 없을지 모를 미래사진을 찍어준다는 저 사람이나, 시한부라며 3개월을 통보한 의사나 죄다 사기꾼인 것 같은데, 사진관은 돈을 안 받는다니 그럼 누구 말이 맞는지 보기라도 해보자는 심정이다.

"알겠습니다. 그럼 세 분 눈을 감아보세요, 제가 열을 셀 동안 인생에서 가장 행복했던 순간을 떠올려 보시는 겁니다."

"행복했던 순간이요? 미래사진이라 하지 않았나요?"

"맞습니다. 믿기 어려우시겠지만 제 카메라는 어떤 생각을 하든 원하는 미래를 보여줄 수 있는 마법 카메라예요."

"거참 별 희한한 카메라도 다 있네요. 알겠습니다. 그리고 사진 찍고 우리 트럭에서 필요한 야채 좀 챙겨 줄게요. 아무리 그래도 사람이 염치가 있지, 너무 공짜로 받는 것도 민망해서…."

"아… 마음 사진관은 원래 돈을 받지 않아요. 편히 찍으셔도 됩니다. 일단 야채는 감사히 받을게요. 자, 그럼 눈을 감고 가장 행복했던 순간을 지금 마음에 떠올려 보세요. 사진 찍습니다, 하나, 둘, 셋!"

찰칵!

불꽃이 일어나듯 강렬한 빛을 내며 해인의 카메라가 사진을 찍는다. 사진을 찍으며 해인도 마음의 장막이 걷히는 기분이 든다. 엄마와 아빠가 사고로 떠난 뒤 오랫동안 마음을 닫고 살았던 해인이다. 사람들 앞에서 감정을 드러내지 않기 위해 카메라의 뷰파인더 뒤에서 세상을 관망해 온 해인이었다. 카메라의 뒤에 숨어서만 진짜 표정을 지었고 그래야 사람들과 잡음이 없었다. 그랬던 그가 지은을 만나며 변해가기 시작했다.

우연히 지은의 눈물을 찍은 뒤부터 해인은 웃는 얼굴도 무표정한 얼굴도 모두 제 얼굴처럼 편안하게 느껴지기 시작했다. 카메라 뒤에 숨어 있던 감정들이 일상에서 자연스럽게 나왔다. 해인은 정답을 찾고 싶었다. 그래서 마음 사진관을 운영해 보기로 한 것이다. 마법 능력을 애써 숨겨왔던 그가 이제 사람들 앞에서 솔직해지려 한다. 눌렀던 셔터에서 손을 뗀다.

포토 프린터에서 아무것도 새겨지지 않은 하얀 사진이 나온다. 인화지가 끝까지 프린트되자 사진으로 푸른 라일락 꽃잎들이 몰려든다. 진한 꽃향기를 머금은 푸른 꽃잎들이 사진 주위를 맴돈다. 뱅글뱅글 돌아다니는 꽃잎을 보며 윤이 소리친다.

"여기는 정말 환상적이에요, 삼촌! 우리 동화 속에 있는 거 같아요! 삼촌 최고!"

윤의 말이 끝나자 푸른 꽃잎들이 초록 나뭇잎으로 바뀌며 세 사람 앞으로 사진을 가져다준다. 영미와 봉수 눈높이에 사진이 와 있고 윤은 두 사람의 팔짱을 끼며 기대에 가득 차 사진을 올려다본다.

"그 사진을 볼지 말지도 여러분의 선택입니다. 사진을 보신다고 해서 저희가 미래를 바꾸어 드리지는 않습니다. 그저 선택을 하게 도와드릴 뿐입니다. 저도 정답을 찾고 싶지만, 아마도 인생에 정답은 없는 것 같습니다. 다만 우리는 물음표를 지닌 채 선택을 하고 그 선택에 책임을 집니다. 최선을 다해. 그런 사람들을 우리는 어른이라고 부르죠."

카메라를 내리고 필름을 꺼내며 해인이 말한다. 선택을 하고 책임을 지는 사람이 어른이라니. 이런 말이 자신의 입에서 나왔다는 사실에 스스로 놀라며 꺼낸 필름을 주머니에 넣고 뒤를 돌다, 다시 세 사람을 향해 몸을 돌린다.

"사진은 보지 않고 나가셔도 됩니다. 만약 사진을 보신다면 사진값은 후불입니다. 살면서 언젠가 어려움에 처한 누군가를 조건 없이 도와주시면 됩니다. 그럼 저는 나가 있겠습니다."

해인이 고개 숙여 인사한 뒤 유리문을 열고 나간다. 다리가 떨려서 도저히 그 자리에 서 있을 수가 없다. 혹시나 해서 이들의 행복사진도 찍어두었다. 세 사람 앞에서 푸른 꽃잎으로 사진을 인화할 수도 있지만 표정을 보니 너무 놀랄 것 같아 옥상 계단을 오른다.

"사진 찍는 삼촌, 저도 같이 가요! 여기 구경할래요."

"그럴래? 그럼 이리 오렴."

처음 와본 공간이 온통 신기한 윤은 해인을 따라 뛰어나간다. 윤과 해인이 사라지고 음악도 끊겼다. 정적이 흐른다. 눈앞에 떠 있는 저 사진을 봐야 할까, 보지 말아야 할까. 초록 나뭇잎에 싸여 사진은 보이지 않는다.

"영미야, 우리 사진 보지 말고 그냥 나갈까?"

영미가 보지 말자면 그냥 일어서 나갈 참이다. 살아 있을지 없을지도 모를 미래에 사진값을 내라니.

"거참 알고 보면 사람 가지고 장난치는 못된 사람들일지도 몰라."

봉수의 말에 가만히 초록 잎에 둘러싸인 사진을 바라보던 영미가 손을 뻗는다. 영미가 손을 대자 나비처럼 날아다니던 초록 잎들이 사방으로 퍼져 연기로 사라진다. 사진을 본 영미는 일순간 온 눈에 핏줄이 선다. 이토록 충격을 받은 영미를 본 적이 없다. 봉수가 영미의 손에 쥐인 사진을 다급하게 붙잡는다. 3개월 뒤가, 정말 있기는 하단 말이야?

"아아… 아… 대…!"

봉수가 놀라 영미를 바라본다. 이것도 마법인가? 우리

가 지금 죽어서 이상한 경험을 하는 건가? 영미는 사진을 손에 쥐고 실성한 듯 울며 괴성을 지른다. 영미가 쓰러질 듯 몸을 비틀며 울자 봉수도 함께 영미를 붙잡고 소리를 치며 운다.

"아아아아아, 보…수… 보…수… 아…대… 유…이… 아아아아…!"

짐승처럼 울부짖는 영미는 사진을 손에 쥐고 가슴을 친다. 봉수가 영미를 끌어안자 이번에는 봉수의 가슴을 친다. 영미가, 영미가 말을 하다니. 봉수는 이 마음이 무엇인지 정체 모를 울음으로 함께 운다.

"보…수… 우…리… 사라야 대. 유…이… 으…이… 아대… 보…수… 우…리… 사자…. 아아아아아아…."

영미의 말을 알아들은 봉수가 눈물과 콧물을 함께 흘리며 고개를 끄덕거린다.

"그래, 영미야. 알았어, 우리 살자, 그래 살자. 살아보자, 살자! 근데 영미야, 나… 사실은 말이야…."

"보…스…이…아아아아아… 이거…. 사…지…. 바…야… 대."

영미가 반밖에 남지 않은 혀로 안간힘을 다해 말한다. 이마의 핏줄이 밖으로 튀어 나오려 하고 눈은 이미 핏빛으로 물들어 있다. 그제야 봉수가 사진을 본다. 사진을 본 봉수는 그 자리에 그대로 얼어붙는다.

3개월 뒤의 사진에는 얼굴에 상처가 가득한 윤이 퉁퉁 붇고 멍든 눈으로 혼자 기사를 읽고 있다. 사진 속 기사를 확인한 봉수도 바닥에 쓰러져 짐승의 울음소리를 낸다. 윤이 있는 장소는 영미와 봉수가 자란 보육원이었고, 기사의 헤드라인에는 이렇게 적혀 있었다.

'절벽으로 떨어진 신원 미상의 세 가족, 아이만 살아남고 부모 끝내 사망….'

오늘의 선택을 바꾸지 않는다면 봉수와 영미만 죽고 극적으로 구출된 윤만 살아남는다. 연고가 없는 윤은 경찰 조사 끝에 두 사람이 자란 보육원으로 맡겨진다. 봉수는 지독한 운명의 늪에서 길을 잃는다. 죽지도 살지도 못하는 이 지겨운 생을 대체 어쩌란 말인가. 마음대로 죽을 자유도 없단 말인가… 봉수가 바닥에 털썩 주저앉아 영미를 본다. 영미는 바닥을 손톱으로 긁으며 짐승의 울음소리를 내고 있다. 영미의 손톱 끝이 너덜너덜해져 피가 흐른다. 밖에는 장대비가 세차게 흐른다. 내리는 빗소리인지 울음소리인지 분간할 수 없을 만큼 많은 비가 내린다.

"영미야, 이러지 마 영미야, 내가 잘못했어, 영미야 우리 살아도 살 수가 없어… 사실은 말이야…."

떨릴릴리 띨릴리리 띨릴리리리리리리.

아까부터 끈질기게 울리던 전화벨 소리가 이제야 크게

들린다. 봉수는 폴더폰을 집어던진다. 전화기가 바닥에 부딪히면서 수화기에선 다급한 여자의 목소리가 들린다.

“여보세요, 임봉수 씨 맞죠? 얼마 전에 저희 병원에 다녀가셨잖아요! 정말 죄송하지만 저희 실수로 검사 결과가 잘못 전달됐어요! 그날 실습 온 간호조무사가 큰 실수를 했습니다. 정말 죄송합니다. 임봉수 씨 건강에는 이상 없으신데 결과지가 섞이는 바람에… 임봉수 씨 듣고 계세요?”

고요한 공간에 전화기 속 목소리가 크게 울려 퍼진다. 바닥을 긁으며 울던 영미도, 주저앉아 무릎을 꿇고 영미에게 자신의 병을 실토하려던 봉수도 동시에 돌처럼 굳어버린다. 죽는 게 아니라고…? 어려움을 남겨두고 갈 바에야 다 함께 죽는 편이 낫다고 생각했다. 만약 메리골드에 오지 않았더라면, 만약 잠들었던 윤이 배고프다고 깨지 않았더라면, 만약 우리분식으로 들어오지 않았더라면, 만약 저 사람들을 만나지 않았더라면, 만약 마음 사진관에 들어오지 않았더라면… 봉수는 이 전화를 영원히 받지 못했을 것이다. 수많은 ‘만약’이라는 경우의 수 앞에서 봉수는 실성한 듯 웃기 시작했다.

“하하하하… 하하하하하… 하하하…. 영미야… 하하하하… 미안해… 내가 미안해 영미야… 하하하하하하…. 엉엉… 엉엉… 영미야 우리 살자, 살 수 있어, 사는 날까지 살자…. 내가 잘못했어…."

무릎을 꿇고 울음인지 웃음인지 알 수 없이 흐느끼며 손으로 머리를 감싸고 괴로워하는 봉수에게 다가가 영미는 온몸으로 그의 등을 끌어안는다. 봉수, 우리 봉수, 힘들었구나. 말도 못하고, 우리 봉수. 그래서 메리골드에 오자고 했구나. 둘은 보육원을 나오던 그날 약속했었다. 아이는 둘쯤 낳고, 집도 구하고, 마당에 정원도 가꾸며 작은 집에서 성실히 살다가, 살다가, 만약 정말 힘들면, 말도 안 되게 살기 버거운 날이 온다면 한쪽만 남겨두지 말고 같이 세상을 떠나기로 약속했었다. 그때는 세상에서 가장 아름다운 곳에서 죽자고 했었다.

"태어날 땐 우리 마음대로 선택하지 못했지만 죽을 장소는 우리가 선택하자 영미야. 우리, 마지막 눈감는 순간은 아름답게 죽자. 하지만 우리 열심히 살자. 그런 날이 오지 않도록. 영미야 우리 같이 살자."

오래전 봉수의 말을 기억한 영미는 메리골드에 가자고 했던 순간부터 그날임을 직감했다. 봉수에게 무슨 일이 있다. 틀림없이. 불안한 마음에 영미는 간밤에 미리 트럭을 이리저리 살펴보다가 병원에서 받은 소견서를 읽고 말았다. 윤이 태어나기 전의 약속이기 때문에 어떻게든 봉수를 말려볼 작정이었지만 그 안내문을 읽고 앞이 캄캄해졌다. 영미와 둘이 살아갈 윤의 미래를 생각해 보아도 자신의 지난날처럼 암담했다. 그래서 영미는 봉수의 여정을 따라 온 것이다.

하지만 메리골드에 와서 태어나 처음 바다를 본 뒤로 영미는 살고 싶어졌다. 희망, 가져본 적 없는 감정이지만 영미는 바다에서 희망을 보았다. 바닷가 절벽 앞에 차를 댄 순간 갑자기 해가 얼굴을 가렸고 어둠이 찾아왔다. 칠흑 같은 어두움에 드넓은 바다가 넘실댔다. 숨 막히게 아름답고 깊고 무섭다. 그때 멀리서 배 한 척이 움직였다. 우주처럼 적막한 검은 바다에 작은 배 한 척이 파도에 넘실대며 떠갔다. 배에 켜진 작은 등이 바다의 길을 가리켰다. 넓고 깊은 바다에서 저리 작은 배의 희미한 불빛이 비추는 곳으로 길이 생기는 것을 보며, 영미는 어쩌면 암흑 같은 자신들의 인생에도 작은 등이 켜질 수 있지 않을까, 짧게 희망을 품었다. 봉수가 시동을 걸고 직진하기 전에 영미를 돌아본다. 순간 영미는 눈을 질끈 감아버렸다. 영미가 고개를 끄덕였다면 봉수는 아마 엑셀을 밟았을 것이다.

"보…수… 히드러서… 보…수…. 미…아…내…."

발음이 제대로 되지 않는 영미의 힘겨운 말을 들으며 봉수가 다시 운다. 우리 영미, 말을 할 수가 있다니. 우리 영미의 목소리를 살아생전에 들을 수 있다니. 둘은 한참을 얼싸안고 울다 서로를 바라본다. 평생의 아픔을 토해내듯 울어댄 두 사람의 얼굴은 퉁퉁 부어올랐지만 표정은 말갛다. 그래, 우리 살자. 살아보자. 슬픔이 길을 지나갈 수 있도록 두 사람이 울음으로 배웅한다. 시간이 나면 좀 울고 싶었다. 시간을 내서 울 기회가 없었는데 이런 기분이구나. 옷소매로 눈물을 닦아주며 봉수가 말한다.

"우리 영미 목소리가 정말 예쁘다. 이렇게 예쁜 목소리를 더 오래 들어야지, 우리 윤이 데리고 이 마을에서 하루 자고 다시 가보자. 밀린 월세 내고 방 빼자. 보증금 천만 원은 아직 있으니까 지금 집보다 저렴한 월세 찾아보자. 나도 야채 파는 거 말고 다른 일도 더 해볼게. 오토바이 면허 있으니까 배달해도 돼, 영미야."

"고…마…어… 보…수… 수…고…해…서…. 나… 여…기… 조…아…."

영미도 너무나 오랜만에 듣는 자신의 목소리가 신기하다. 밖으로 나오는 발음들이 신기해 말을 하다 말고 웃는다. 두 사람이 얼싸안고 있는 아름다운 시간들. 이때 진한 꽃내음이 풍긴다. 짙푸른 라일락 꽃잎이 두 사람의 주변을 뱅글뱅글 감싼다. 두 사람은 황홀하게 꽃잎을 바라본다. 꽃잎이 봉수와 영미의 얼굴에, 손가락에, 입술에, 머리에 닿을 때마다 울음의 흔적이 사라진다. 영미의 손톱에 배인 피가 말라가는 걸 보며 둘은 눈이 동그래진다. 우리,

정말 꿈꾸고 있는 건가.

"영미야, 우리 살아 있는 거 맞지?"

"어… 어…."

꽃잎은 말끔해진 두 사람의 주변을 천천히 돈다. 둘은 다정히 손을 포개고 일어선다. 두 사람이 마주 잡은 손의 온기는 여전히 따스하다. 그래, 이 손을 잡고 살기로 했지, 살자고 했지. 두 사람이 일어서자 꽃잎은 두 사람을 빙그르르 태워 옥상으로 데려간다.

"이건 완전 꽃 엘리베이터네. 허허. 영미야, 꼭 오늘이 우리 결혼식 같다. 우리 영미 드레스도 꽃길도 아직 못 해줘서 늘 미안했는데, 오늘 이렇게 꽃도 타보네. 우리 돌아가면 드레스랑 반지부터 알아보자."

"보…수… 무…리…하지…마…."

"알았어, 천천히 더 벌어서 살게. 그래도 금반지는 하나 사주고 싶었는데 말이야."

다정하게 팔짱을 낀 두 사람이 2층 옥상으로 올라온다. 어느새 비는 그쳐 있고 바닥에 물기만 축축하다. 깊었던 밤이 허리를 꺾고 있다. 둘을 내려놓은 꽃잎은 하늘로 퍼진다. 하늘에서 내려온 꽃잎인 건가. 영미는 옥상을 두리번거린다. 아무도 없는 옥상에는 여러 개의 빨랫줄이 걸려 있다. 두 줄에는 하얀 면 티셔츠가 걸려 있고, 다른 한 줄에는 필름이 걸려 있다.

"필름이 물에 젖었나? 왜 여기에 말리고 있지?"

봉수와 영미가 필름 앞으로 다가서자 진초록 나뭇잎이 작은 불꽃을 터뜨리듯 팡! 하고 터지면서 두 사람 앞에 사진 한 장을 내려놓는다. 마치 초록의 나비 같다.

"영미야, 우리 진짜 살아 있는 거 맞지? 나 좀 꼬집어 볼래?"

봉수가 믿을 수 없는 광경에 두 눈을 벅벅 문지르고 자신의 볼을 꼬집는다. 아무리 문질러도 사진은 사라지지 않는다. 사진을 들어 올리자 초록 나뭇잎은 사라지고 또렷한 상이 떠오른다. 사진 속엔 세 사람이 있다. 낡고 작은 방에 펼쳐진 동그란 양철 밥상 가운데에 된장찌개를 놓고 계란 프라이를 서로의 밥그릇에 얹으며 함께 웃고 있다. 수건돌리기라도 하듯 젓가락이 모두 서로의 밥그릇 위를 오간다. 계란 프라이 두 개를 서로 나누어 주려고 자기 밥그릇의 계란을 옆 사람에게 주고, 또 옆 사람에게 주며 웃던 그 풍경이다. 사진 속 세 사람은 웃고 있다.

"영미야, 우리 사진이 언제 이리 찍혀 있네. 우리 매일 저녁 이렇게 행복했네."

"사진이 마음에 드세요? 사실 제가 허락 없이 행복사진을 찍어버렸어요. 원래는 2층에서 영사기로 함께 보셔야 하는데, 오늘은 오픈 첫날이라 정신이 좀 없어서…."

사진을 보고 있는 두 사람 옆으로 해인이 나온다.

"아닙니다, 우리는 이 사진이 너무 좋습니다. 그런데 이렇게까지 사진을 찍어주시는 분과 통성명도 못 했네요. 저는 임봉수라고 합니다."

"저는 해인이라고 편하게 불러주세요."

"해인 사장님, 반갑습니다. 그런데 윤이는 어디에 있나요?"

"너무 졸려 해서 옥상 끝방에서 자고 있어요. 밤이 깊었는데 괜찮으시면 눈 좀 붙이고 가시는 게 어떨까요? 마침 방이 하나 더 있어요."

"아닙니다, 우리가 그렇게까지 민폐를 끼쳐서 되겠습니까, 괜찮습니다. 윤이는 제가 업어 차에 태우면 됩니다."

미안함에 손사래를 치는 봉수와 어쩔 줄 몰라 하며 공손히 손을 모은 영미를 보며 해인은 어쩌면 이 사람들을 위해 마음 사진관을 꼭 오늘 열어야 했던 거였구나 싶다. 이들을 살리기 위해 오늘이어야만 했던 것이다. 해인은 두 사람의 손에 들린 사진과 눈앞에 있는 두 사람을 번갈아 본다.

어쩌면 사진은 거짓말에 약할지도 모른다. 행복한 척 웃음 지어도 가짜 웃음은 티가 나고, 억지로 웃지 않으려 해도 진짜 웃음 역시 티가 난다. 그럼에도 불구하고 우리가 사진을 찍으며 웃는 이유는, 우리가 행복한 순간을 사진으로 굳이 남기는 이유는, 행복하지 않은 어떤 날에 꺼내어 볼 희망이자 빛이 필요하기 때문 아닐까. 희망의 빛, 그걸 보게 하려고 사진을 찍는 걸까. 여러 생각이 스쳐가는 찰나에 해인은 졸음으로 가득 찬 봉수의 눈을 본다.

“저, 봉수 님 눈이 반은 감기셨는데… 지금처럼 졸린 상태로 운전하시면 사고 납니다. 눈만 붙이고 가시지요. 소중한 가족들 태우고 가다 사고라도 나면….”

“아, 그렇지 그렇지. 사고 나면 안 되지! 그럼 미안하지만 신세 좀 지겠습니다. 잠깐만 눈 좀 붙이고 가겠습니다.”

사고가 난다는 말에 봉수가 정신이 번쩍 들어 영미의 손을 잡고 옥상 한쪽에 있는 방으로 향한다. 몇 걸음 못 가 봉수가 걸음을 멈추고 뒤를 돌아 해인을 본다.

“우리가 참 염치가 없습니다. 아무리 오픈 기념이라 해도 이렇게 받기만 해서…. 생각해 보니 우리분식에 밥값도 못 냈네요. 혹시 고장 난 거 있으면 가져오세요. 제가 고쳐드릴게요. 짐 옮길 거 같이 해도 좋고. 제가 손재주가 있어서 고치거나 몸 쓰는 거 하나는 자신 있습니다! 하하.”

“안 그래도 할 일이 많았는데 잘 됐어요. 일단 오늘은 들어가서 좀 주무세요. 들어가 바로 오른쪽에 있는 방 쓰시면 됩니다.”

“고맙습니다!”

영미와 봉수가 해인을 향해 인사를 한다. 방으로 들어가다 다시 한번 더 인사를 한다. 해인도 두 사람을 향해 고개를 숙인다.

두 사람이 완전히 방으로 들어가자 해인이 안도의 숨을 내쉬며 가슴을 쓸어내린다. 오랫동안 쓰지 않던 능력을 꺼내보게 된 것만으로도 마법 같다.

"괜찮아, 잘했어. 수고했어."

해인은 오른손 주먹을 쥐고 왼편 심장을 쿵쿵 치며 말한다. 굉장히 힘들지만 처음 느끼는 감정이 피어오른다. 이 마음은 대체 뭐지? 심장을 치는 해인의 등 뒤로 라벤더 꽃잎이 몰려온다. 새벽이 오고 있다는 신호다.

"아, 매뉴얼 북에서 읽은 그 순서인가? 아침을 여는 푸른 새벽의 시간."

글로만 읽을 땐 이해되지 않던 푸른 새벽의 행복을 비는 시간이 바로 지금이다. 행복사진을 찍고 원본 필름을 걸어 밤에서 새벽이 오는 시간에 하늘로 올려 보내면 행복이 아닌 얼룩의 시간을 빠르게 감아 망각하게 해준다. 인간이 가진 재능 중 쓸 만한 것이 바로 망각 아닌가. 온통 시궁창 같던 암흑의 시간이 망각을 통해 희미해지며 새벽을 밝히고 새 아침을 만든다. '시간이 지나면 다 괜찮아질 거야'는 의미 없는 희망 고문이 아닌, 시계태엽을 돌리는 마법의 주문인 것이다.

해인은 널어둔 필름 앞으로 가서 어색하게 손을 모으고 눈을 감았다 다시 뜬다.

“그런데 무엇을 빌어 하늘로 올려주어야 하지? 그래. 일단 오늘은 저 가족의 행복을 빌어보자.”

해인이 다시 눈을 감는다. 오늘 처음 만난 이들이지만 행복하길 바라본다. 눈을 뜬 내일도 행복하게 살아가길 바라본다. 해인이 소망을 빌자 빨랫줄에 널려 있던 필름 속 이미지가 천천히 하늘로 날아간다. 해인의 등 뒤에 있던 푸른 꽃잎들도 하늘로 함께 날아가며 천천히 어둠이 걷히고 푸른 새벽이 온다. 이제 곧 해가 뜨고, 새 아침이 올 것이다. 간밤에 어떤 일이 있었건 아침이 올 것이다.

눈을 뜬 해인이 빨랫줄에 걸려 있던 필름을 걷어 손에 쥐고 새벽이 오는 하늘을 향해 비춰본다. 필름에 맺혀 있던 이미지는 푸른 꽃잎으로 스르르 변하며 하늘로 올라간다. 동네에 진한 꽃내음이 번지고 서서히 아침이 밝아온다. 해가 뜨며 필름은 말갛게 비워진다. 아무것도 새겨지지 않은 빈 필름을 하늘로 비추어 본다.

“지은 씨의 빨간 꽃잎이 노을을 불태워 밤을 밝히듯, 나의 파란 꽃잎이 아침을 여는구나. 진짜 책에서 읽은 그대로 되네. 신기해. 하암… 너무 졸리다. 긴장이 풀려 그런가. 나도 잠깐 눈 좀 붙여야겠다.”

계단을 내려가는 해인의 등 뒤로 말간 얼굴을 한 새 아침의 해가 천천히 떠오른다. 소리 없이 고요하게, 아침이 밝아온다. 새 아침이 온다는 사실 만으로도 광명이다. 그러고 보면 광명은 언제나 이렇게 소리 없이 온다. 오는 줄도 모르게, 일상처럼, 아침처럼. 그렇게. 기다리면 언제나, 틀림없이.

가장 먼저 일어난 봉수가 1층으로 내려와 무얼 수리해줄지 살피고 있을 때 우리분식 사장이 나타나 가게 문을 연다. 몇 시에 잠들건 새벽에 일어나는 봉수와 손님이 있건 없건 일찍 문을 여는 우리분식 사장이다.

"아이고, 잘 잤는감? 일찍도 일어났네."

"안녕히 주무셨습니까, 혹시 제가 도와드릴 일이 있습니까?"

"으미 오늘 시간이 있는 겨? 그럼 저기 저거 좀 저리로 옮겨주면 고맙지! 그르치 그걸 거기로! 아이고 역시 힘이 장사여."

"아닙니다. 또 뭘 도와드리면 될까요?"

"잉, 거시기 저 중요허게 도와줄 일이 있었는디… 아 맞다, 나 무릎이 아퍼서 장을 못 봤는디, 당근이 똑 떨어졌지 모여! 자네 야채 트럭에 당근 있으까?"

"물론이죠, 당근만 드리면 될까요?"

"그러면은 오늘은 비빔밥 좀 해 묵을랑께, 그 버섯이랑 오이도 좀 줘 봐바. 얼마여?"

"돈은 됐습니다, 제가 그냥 드릴게요."

"뭘 그냥 준댜, 받아야 할 건 제대로 받고 그냥 주는 건 그냥 주는 거제. 잠깐만 기둘려, 자네 어제 김밥값 안 냈제? 그게 3천 원이여!"

"그럼 야채는 다 해서 5천 원입니다."

"그려? 그럼 내가 자네 2천 원만 주면 되제? 사비스로 깻잎 있음 몇 장 줘 봐바. 이따 애기 참치랑 깻잎 넣고 김밥 좀 싸 줄랑께."

"네, 많이 드릴게요. 트럭에 좀 다녀올게요!"

우리분식 사장이 내미는 2천 원을 받아 들고 트럭에 온 봉수는 조수석을 열어 검은 봉지를 꺼낸다. 소중한 천 원짜리 잔돈 다발에 2천 원을 끼우고 침을 묻혀가며 천천히 돈을 센다.

"마흔여덟… 마흔아홉… 쉰! 정말 간절했던 천 원짜리 두 장이 더 생겼네! 쉰 장이라니. 오랜만에 세보네."

새 아침을 맞자마자 2천 원을 번 봉수는 가슴이 벅차다. 어제와 같은 아침이지만 오늘은 다른 아침이고, 내일도 다를 것만 같은 아침의 시작이다. 이리 가벼운 마음이 드는 아침은 처음이다. 다시 태어난 듯 마음이 가볍다. 불운과 불행이 완전히 씻겨 내려가진 않았지만, 어쩌면 봉수의 인생에도 깨닫지 못했던 행운이 드문드문 도처에 있었을지도 모른다. 어젯밤 하루만으로도 인생에서 만날 수 있는 모든 행운을 다 만난 것 같다. 봉수는 인생에서 가장 큰 행복을 담은 행복사진을 소중하게 운전석 선바이저에 끼운다.

"행복이 뭐 별거냐, 지금 살아 있는 거! 이게 행복이지. 윤이랑 영미랑 함께 밥을 먹을 수 있는 모든 날들이 행복이지! 정말 행복사진이네. 껄껄!"

봉수는 마음이 슬플 때 이 사진을 꺼내어 볼 참이다. 행복했던 순간이 슬픈 날들을 견디게 해줄 테니. 슬프고 다치고 상처받은 시간을 집으로 돌아가 만날 행복을 기다리며 다독이게 될 테니. 봉수는 다시 태어난 듯 살아갈 희망이 생긴다. 사진을 끼우고 백미러를 보며 거울 속 자신과 눈이 마주친다. 두 주먹을 불끈 쥐고, 거울 속에 비친 자신의 눈동자에 힘을 주며 말한다.

"할 수 있어, 봉수 이놈아. 허튼 생각하지 말고 열심히 살어!"

"지금 뭔 소리 하는 겨?"

"아이고 깜짝이야. 사장님 언제부터 거기 계셨어요?"

"나 지금 왔제. 찾아보니께 우리 파도 없고 계란도 다 떨어졌어. 늙은이라 무릎이 아파서 장 보기가 힘든디, 일주일에 두 번씩 우리 가게에 쓸 재료들 싹 다 배달 좀 해줘."

"배달이요?"

"잉, 배달. 요즘 거시기 배달 안 되는 데가 없다던데? 맞네, 여행 왔다고 했제? 멀리 사는 겨?"

"아… 저 그게… 저희는 사실."

봉수가 머리를 긁적이는 사이 영미가 곁에 다가온다. 봉수의 오른팔을 살짝 잡는다. 두 사람의 대화를 들은 영미가 사장을 향해 고개를 끄덕인다.

"아이고 애기 엄마도 잘 잤는감? 그래 배달을 해준다는 겨, 안 해준다는 겨? 멀리 살면 어쩔 수 없고."

**해드릴게요.**

영미가 메모지를 꺼내 우리분식 사장에게 적어 보인다. 어젯밤 목소리를 내긴 했지만 말을 하지 않고 살아 영미는 이게 더 편하다. 사장은 메모지를 받아 들더니 이를 활짝 드러내고 웃으며 박수를 친다. 사장의 박수에 두 사람도 함께 웃는다.

"잘 됐구만! 잘 됐어! 장 보러 나가는 기 제일 힘들었는디 두 사람 덕분에 이제 편하거써! 아이고, 그럼 난 들어갈게, 야채는 가게로 갖다줘어!"

"네, 사장님. 필요하신 야채들 알려 주시면 가장 싱싱하고 맛있는 것들로 가져다 드리겠습니다. 염려 마세요. 제가 예전에 동네에서 가장 좋은 야채로 가장 많이 파는 사람이었습니다! 감사합니다."

"감사는 뭐, 이제 늙은이 걱정 하나 덜었네. 돈 워리 비 해피, 어제부터 이 노래가 라디오에서 그르케 나오더니만 해피여 해피! 어메, 근디 밤에 비가 그렇게 퍼붓더니 쌍무지개가 떴네? 고와라. 그라체, 날도 궂고 비가 와야 무지개도 뜨는 것이고 해도 뜨는 것이제. 아, 근디 두 사람은 이름이 뭐여?"

"저는 봉수이고 이 사람은 영미입니다."

"봉수랑 영미, 아따 이름도 이쁘다. 무지개처럼 이쁘다, 그럼 나는 먼저 들어갈게잉."

우리분식 사장이 온 얼굴에 주름 가득 웃어 보인다. 양팔을 엇박자로 흔들며 뱃살을 출렁이며 트위스트 춤을 추듯 온몸을 들썩이며 가게 안으로 들어간다. 그 모습을 나란히 서 바라보던 영미는 종이에 글을 적어 봉수에게 보인다.

**봉수 우리 살자.**

"그래 영미야. 우리 살자. 근데 여기는 우리 집에서 너무 먼데, 왜 일주일에 두 번씩 배달을 해드린다고 했어?"

**봉수 여기 좋아. 우리 여기서 살자.**

"여기서? 이사 오자는 말이야?"

응 나 좋아. 메리골드.

“그럴까? 사실 나도 여기가 이상하게 좋네. 우리가 고향 같은 게 없어서 그리운 도시가 없었는데 여기는 푸근해. 우리 월세 석 달치 밀린 거 내면 이 동네 보증금 할 돈이 되려나. 알아봐야겠다.”

나도 나가서 벌어볼게. 오늘부터 우리는 여기가 고향이야.

“그래 영미야, 우리 여기를 고향으로 하자. 이 도시는 우리를 환대해 주는 기분이 들어. 여기서 살자, 일단 방부터 구해보자.”

고마워 봉수. 나는 봉수 덕분에 어린 시절부터 지금까지 너무 행복해.

“영미야….”

그러니까 봉수는 아파도 우리 옆에 있어. 나는 봉수랑 있으면 행복해.

“영미야….”

핸드폰 꺼내 봐봐. 우리 사진 찍자.

울음이 터질 것 같은 표정으로 서 있던 봉수는 핸드폰을 꺼내 셀카 모드로 돌린다. 눈물이 맺히는데도 슬프지가 않다. 두 사람의 눈에서 흐르는 뜨거운 눈물의 맛은 짭조름하다. 아프지 않다. 살아갈 희망이라는 게 생겼다. 저기 보이는 쌍무지개처럼, 우리네 삶도 어쩌면 여기서는 고되지만은 않을 것 같다. 두 사람은 심장 뻐근하게 행복해서 운다.

핸드폰을 손에 쥐고 웃으며 울고 있는 두 사람의 등 뒤로 일곱 빛깔 무지개가 번진다. 마치 날개 돋듯이, 무지개가 아름답게 퍼져나간다. 인생이 빨간 맛인 줄로만 알았는데, 노란 맛도 초록 맛도 있을 것만 같은 기대를 품고 무지개를 본다.

"봉수, 거 무랑 가지도 좀 있는가? 묵은지랑 무 넣고 김치무조림 바글바글 끓이고 가지전 좀 해 먹을까 봐. 먹고 싶은 게 많은 걸 보니 나가 아즉 젊으네! 청춘이여, 껄껄. 그나저나 오늘 할 일이 많은디 혹시 자네들 시간 있는감? 가게 일 좀 안 도와줄 텨? 일당 두둑이 쳐 줄게, 와서 당근 채 좀 썰어줘 봐잉! 자, 가능하면 양손 동그라미 혀봐!"

"하암, 할머니 동그라아미! 동그라미 백 개요! 가지전 좋아해요! 저도 할래요!"

"아이고 우리 꼬마 아가씨, 가지도 묵을 줄 알어? 기특혀, 껄껄."

잠에서 깬 윤이 눈곱도 떼지 않고 양손을 위로 올려 동그라미를 그리고 양쪽 다리도 구부려 동그라미를 만든다. 아이의 동그라미를 바라보며 모두 웃는다.

어쩌면 인생은 파란 맛인 것 같기도 하고. 이곳에서 그동안 맛본 적 없는 생의 맛을 만나게 되지 않을까. 주황색 당근과 보라색 가지를 봉투에 잔뜩 담으며 입가에 웃음이 새어 나온다. 윤이 뒤에서 영미의 허리를 감싸 안는다. 영미는 허리에 감긴 아이의 작은 손을 잡아 입을 맞추고 우리분식 사장을 향해 양팔로 크게 동그라미를 만든다. 동그라미를 한 영미의 팔 뒤로 소리 없이 동그란 해가 뜬다. 고요하게 새 아침이 시작되었다.

"여기 아침 해가 정말 예쁘다. 매일 보는 해가 이렇게 예뻤나? 영미야, 윤아 거기 서봐, 사진 찍어줄게. 사람들이 사진을 왜 그렇게 찍나 했더니, 소중한 순간을 잡아두고 싶어 그런가 봐. 자, 하나 둘 셋!"

찰칵!

사진 몇 장 들어 있지 않던 봉수의 핸드폰 앨범도 잠에서 깨 기지개를 켠다. 사진을 찍은 봉수는 사진관 밖으로 나온 해인을 발견하고 달려간다.

"해인 사장님 안녕하세요!"

"네 안녕하세요."

"궁금한 게 있습니다. 사진을 찍고 푸른색 꽃을 봤어요. 그런 장면은 태어나 처음 본 거라… 꽃이 어떻게 날아다닐 수 있는지 아무리 생각해도 이해되지 않아서요. 마술 도구처럼 신비한 장치가 있습니까?"

"마술은 아니고 일종의 마법이죠."

"마법…이요?"

"네, 마음 사진관에서 행복사진 찍을 때만 마법 같은 일이 일어나죠. 푸른 꽃은 사람들 마음에 든 멍을 찍을 때 나타나요. 원래 하얀 목화솜처럼 고운 마음이 상처로 이리 맞고 저리 맞아 검푸른 멍이 든대요. 그런데 행복사진을 찍으면 행복한 기억이 마음 아픈 상처의 기억을 덮어 아름다운 푸른색으로 변하면서 멍이 빠진대요. 하늘이 파란 건 사람들 마음의 멍을 희석시켜 주느라 꽃잎이 많이 올라가서가 아닐까 싶어요. 꽃잎은 매번 머무는 게 아니라 제가 사진 찍는 대상을 향해 간절한 마음으로 행복을 빌면 행복사진을 찍는 순간에만 나타나요."

"아… 그래서 하늘이 유난히 쨍하게 아름다운 날에는 이상하게 마음이 시리고 눈물이 나는 것이었군요. 정말 놀랍네요."

봉수는 벌린 입을 다물지 못하고 하늘과 해인을 번갈아 바라본다. 코끝에 아름다운 꽃향기가 맺힌다. 어쩌면 이 도시에서는 정말로 행복을 찾을 수 있을 것만 같은, 희망이라는 꿈을 한번 더 가져보고 싶은 기분 좋은 바람이 분다.

"유난스럽다, 정말. 다 늙은 사람들끼리 가끔 만나서 밥 먹을 수도 있지. 왜 그렇게 난리야?"

"엄마, 사람들이 욕해. 내가 석호랑 헤어진 지 벌써 7년인데 아직도 석호네 엄마랑 밥을 먹고 그 집 며느리까지 만나면 어쩌라는 거야. 석호 그 자식이 바람나서 헤어진 거 몰라?"

"그거야 젊은 시절엔 그럴 수 있지. 너희 대학 때 만났잖아. 그리고 석호 와이프가 얼마나 싹싹한데. 걔가 나한테 어머니 어머니 하면서 얼마나 잘하는 줄 아니? 네가 그 반만 따라갔어도 석호가 바람 안 났을 거다."

"대체 일하는 사람한테 전화해서 이런 말을 하는 저의가 뭔데? 그리고 왜 모르는 번호로 전화를 걸었어?"

"시끄러! 목소리 낮춰! 니 엄마 귀 안 먹었어. 저의는 무슨. 어려운 말 쓰지 말어, 너 많이 배웠다고 엄마 무시하는 거야? 니가 전화를 안 받으니까 지나가던 사람 전화기 잠깐 빌렸어. 딸한테 엄마가 이렇게 힘들게 전화를 해야겠니? 매정한 년."

"문자를 남기라고."

"문자 쓰기 귀찮아. 그리고 석호 엄마를 만나건 말건 너는 너 인생이고, 나는 내 인생인데 왜 난리야. 너도 결혼했잖아. 괜히 여자가 잘 나간다고 유세 부리지 말고 우리 판사 사위 박 서방이랑 애나 하나 만들어. 여자는 자기 남편 돈 받아 생활비 쓰고, 보호받아야 행복한 거야. 맨날 그렇게 야근하다 박 서방도 바람나지. 쯧쯧쯧, 수지 맞을라고 이름을 수지라고 지었더니 대체 뭘 하는 거니."

"이름 짓기 귀찮아서 동사무소 직원이 지었다며."

"계집애가 쪼잔하게 고모가 그냥 한번 던진 말을 기억해. 짓기 귀찮은 게 아니고 추천 받은 거지! 너 나온 해에 가장 유행하는 이름이라길래 지었지! 아무튼 다른 집 자식들은… 어머머 내 정신 좀 봐, 운동 가야 하니까 이만 끊자."

"알아듣게 두서 있게 말하라고! 자꾸 이런 식이면… 여보세요? 엄마? 엄마!"

뚜뚜뚜….

오늘도 이런 식이다. 업무 시간인 걸 뻔히 알면서도 받을 때까지 전화를 걸던 엄마는 자기 할 말만 하고 끊는다. 회의 시간에 진동이 하도 울려 핸드폰을 꺼두면 사무실 번호로 전화를 건다. 그러고서 한다는 말은 대부분 위하는 척하는 교묘한 비난, 신세 한탄, 혹은 오빠가 힘드니까 돈을 보내주라는 말이다. 하도 전화가 많이 와서 이제 비서가 눈치껏 메모를 남기고 전화 연결을 하지 않지만, 오늘처럼 모르는 번호로 전화하는 날엔 속수무책으로 당한다. 오늘의 용건은 7년 전 헤어진 전 남자친구 석호네 엄마랑 밥을 먹으러 갈 건데 나도 올 것이냐는 말이다. 말이 말 같아야 말이지. 머리가 아프다.

"내 이름은 수지가 아니라 수현이라고. 이름 바꿨다고 몇 번을 말해!"

끊어진 전화기에 대고 중얼거리며 다시 읽던 서류로 시선을 돌린다. 분기에 한 번 있는 그룹사 통합 마케팅 전략 기획 목표를 회장님께 보고하기 위해 프레젠테이션을 준비하던 수현은 손가락으로 지끈거리는 관자놀이를 누른다.

— 재판이 세 개 있어.

휴대폰 진동이 짧게 울리고 엄마의 잘난 사위 박 서방에게 메시지가 온다. 앞뒤 설명을 생략한 사실 통보 문자를 보내는 주민등록등본 1열의 박동욱. 문자의 해석은 긴말하기 귀찮은데 재판이 세 개 있어 스트레스 받고 피곤하니 엄마 집에서 자겠다는 의미이다. 수현은 핸드폰을 열어 '힘내'라고 썼다 지우고 "알겠어"라고 답장을 보낸다.

똑똑똑.

"상무님, 30분 뒤 회의 시작입니다."

"알겠어 아정 씨. 미안한데 혹시 두통약 있을까?"

"그러실 줄 알고 지금 가져왔어요. 생수 여기 있어요."

"역시 아정 씨야. 고마워."

"또 어머님한테 전화 받으셨어요? 사내로 오는 전화는 제가 돌리긴 했는데."

"어, 실수로 받았어. 약 잘 먹었어. 보고서 좀 더 검토하고 이동할게. 아정 씨는 어젠다 모두 이해했지? 오늘 중요한 보고야."

"네, 충분히 복기했습니다. 상무님 그럼 20분 뒤에 회의 리마인드 드릴게요. 그런데 상무님, 제가 이런 말씀 드려도 될지 모르겠지만…."

"해도 될지 모르겠다면 하지 마. 네 안에서도 확신이 안 드는데 그런 말을 미리 까는 건 네 죄책감을 덜고자 하는 널 위한 워딩이지. 단어 선택 신경 쓰라고 했지?"

"죄송합니다 상무님. 무례했다면 사과드립니다."

"오케이, 그 사과 받아들일게. 악의 없는 것도 알고, 아정 씨가 어떤 염려를 하는지 아는데, 이건 내 일이야. 그리고 여긴 회사고. 나랑 사적으로 친해도 공적으론 구분해 주길 바라. 이런 말을 해도 상대가 불편하지 않겠다는 확신이 들면 그때 말해. 말 한마디로 상처 주고, 말 한마디로 치유하는 세상이야. 때론 하고 싶은 말을 상대를 위해 삼키는 것도 어른에게 필요한 덕목이야."

"네, 조심하겠습니다. 그럼 이만 나가보겠습니다."

지수현의 비서 아정은 노트북을 노려보며 한 손으로 관자놀이를 지압하는 자신의 상사에게 조용히 목례를 하고 방을 나온다. 같은 동네에서 자란 아정은 수현의 집안 분위기를 잘 안다. 아정의 언니와 친구였던 수현은 동네에서 공부 잘하기로 유명한 '엄친딸'이었다. 수현이 아정의 집에 놀러 올 때면 아정은 괜스레 곁을 맴돌았다. 그러다가 수현이 화장실에서 몰래 엄마와 전화 통화하는 걸 여러 번 듣기도 했다. 공부도 잘하고 똑똑하고 멋진 저 언니는 왜 저리 화난 듯 미간이 늘 찌푸려져 있나 했더니, 저런 이유였나. 아정은 화장실 앞에 서 있다가 수현이 나오면 들키지 않으려 방으로 뛰어 들어가곤 했다.

왕래가 끊기고 아정이 대학을 졸업했을 무렵, 하고 싶은 일을 찾지 못한 아정은 운이 좋게 전자기기 회사에 입사했다. 그다음 해 수현이 상무로, 아정이 비서로 발령을 받으면서 오랜만에 만나게 됐지만 아정은 표 나게 좋은 티 내는 걸 질색하는 수현의 성향을 알기에 반가움을 크게 내색할 수 없었다. 조용히 문을 닫고 수현의 방문을 응시하다 자리로 돌아올 뿐이었다.

한편 수현은 지금 회사에서 가장 중요한 이슈를 다루어야 한다. 수현의 말 한마디에 한 해 마케팅 예산의 절반이 왔다 갔다 하는 프로젝트의 시작이다. 이번 분기 전략 기획 보고는 향후 유럽과 미국 시장 진출을 위한 휴대폰 신제품 블라인드 테스트로 더욱 신중을 기해야 한다. 전 그룹사의 핵심 인력들이 한 달 밤을 새우다시피 만들어 낸 전략들이다. 내년 진출을 목표로 하라는 회장의 지시에 따라, 이미 시장에서 자리매김한 선발주자들과 경쟁하며 최대한 빠르게 브랜드 인지도를 넓혀야 한다. 개발 중인 휴대폰 시장이 워낙 트렌드에 민감하기 때문에 개발자들도 다 함께 모인 중요한 날이다.

그런데 엄마의 전화에 그만 맥이 풀려버렸다. 이기적인 사람, 이렇게 싫어할 거면 나를 왜 낳은 거지? 아니, 이렇게 싫어하려고 나를 낳은 건가. 감정 쓰레기통인 걸 알면서도 엄마를 거절하지 못하는 자신이 참 한심하다. 내가 지금까지 어떻게 살아남았고, 어떻게 여기까지 왔는데….

"쟤는 계집애가 왜 소름 돋게 이를 악물고 공부를 저렇게 해? 인간미 없이 독해 빠졌어. 아이고, 우리 귀한 아들 왔어? 오늘 하루는 잘 보냈어? 뭐가 먹고 싶어 우리 아들!"

다섯 살 많은 오빠보다 잘하는 건 공부밖에 없던 수현이다. 여자로 태어난 건 수현의 뜻이 아닌데, 여자로 태어났다는 이유로 엄마의 미움받이로 자라났다. 자식은 참 힘이 약하다. 아무리 엄마가 나를 싫어해도 한 번의 따뜻한 눈길만 받으면 마음이 녹는다. 수현은 늘 엄마의 사랑이 고팠지만 언제나 오빠에게만 애정과 관심이 돌아갔다. 그나마 성적을 잘 받아 오면 엄마는 머리를 한 번 쓰다듬어 주며 동네 아줌마들에게 전화를 돌렸다. 엄마의 눈에 들기 위해 내내 공부를 잘하던 수현은 좋은 성적으로 우리나라 최고의 대학 법학과에 들어갔지만 적성에 맞지 않아 방황했다. 그리고 우연히 친구가 가입한 공대 창업 동아리에 들어갔다. 엄마가 여자는 공대에 가면 안 된다고 했는데… 그럼에도 수현은 재밌어도 너무 재미있었다. 그때 만든 화장품 사용 리뷰 어플을 폭풍처럼 성장시켜 스타트업을 창업했고, 높은 금액에 매각해 현재 회사에 스카우트된 지 2년 차다.

수현이 창업해 온라인 시장을 장악한 회사는 오프라인 매장 진출과 글로벌 확장에 성공했고 K뷰티 붐을 타고 해외 시장에서 더욱 가파른 성장세를 보였다. 이를 눈여겨

보던 지금의 회사에 스카우트 되면서 수현은 파격적 조건의 초고속 승진으로 이목을 끌었고 최연소 상무까지 달았다. 높은 연봉과 반짝이는 명함에는 그 이상의 성과에 대한 기대와 부담이 동반되었다. 매년 계약을 갱신하기 때문에 올해는 눈에 띄는 퍼포먼스를 보여주어야만 한다. 부담은 되지만 능력을 입증할 수 있어 짜릿하다. 그런데 집에 못 들어간 지가 며칠 째더라. 일주일인가. 입고 있던 후드 티의 냄새를 맡다 헛구역질을 한다. 아무래도 사무실에 있는 정장으로 갈아입어야겠다.

"후… 릴렉스, 마음을 가라앉히자. 명상 음악이라도 좀 들어야지."

수현은 명상 어플을 켜고 잠시 눈을 감는다. 두 손을 모으고 릴렉스… 릴렉스….

지이이이잉, 지이이이이잉, 지이이이잉.

릴렉스하려는 찰나, 휴대폰 진동과 함께 '엄마'라는 두 글자가 뜬다. 수현의 표정이 괴롭게 일그러진다.

"그만 좀 해, 그만 좀! 나 좀 내버려 두란 말이야!"

신경질적으로 휴대폰을 던진다. 휴대폰이 바닥에 몇 번 구르더니 깨지지도 않고 지속적으로 진동을 보낸다. 자사 제품을 사용하는 수현은 힘껏 내던져도 액정에 실금 하나 가지 않는 핸드폰을 보고 실성한 듯 웃으며 박수를 친다.

"우리 회사, 제품 기가 막히게 잘 만든다! 우리 내년 미국 시장 진출 성공하겠네!"

핸드폰을 집어 들어 몇 걸음 걷던 수현은 물고기 없이 물만 가득 찬 어항을 물끄러미 바라본다. 바다를 보고 싶은데 시간이 없으니 큰 어항을 들여 물을 본다. 물고기 한 마리라도 키우는 순간 책임져야 할 대상이 생기는 것 같아 물고기는 넣지 않았다. 수현은 왼손에 들린 휴대폰을 어항에 넣는다. 서서히 가라앉으면서도 진동은 끊어지지 않고 울린다.

"생명이 없는 전자제품이 생명체 같네. 너도 헤엄칠 수 있니?"

어항 속에서 진동이 울리며 생기는 물의 파동을 바라보던 수현에게 섬광처럼 어떤 아이디어가 스친다. 그래, 바로 이거야. 노트북을 열고 페이지를 한 장 추가한다.

똑똑.

"상무님, 회의 20분 전입니다."

"아정 씨, 우리 자료 다시 뽑을 수 있을까?"

"지금…요?"

"어, 지금. 한 장만 더 추가하면 되니까 기존 자료 그대로 두고 한 장만 인원수대로 출력하자. 미안해, 너무 타이트하지. 지금 메일로 쏴줄게. 부탁해!"

"네, 알겠습니다 상무님. 그런데 괜찮으세요? 안에서 큰

소리가 나서요."

"괜찮아. 그럼 자료 출력해서 회의실로 와줘, 난 옷 좀 갈아입고 갈게."

"알겠습니다. 정장은 여기 있고, 회의실 내부 세팅은 마무리했습니다."

"역시 우리 아정 씨, 고마워."

수현이 패드를 챙겨 방을 나선다.

"저 상무님! 슬리퍼 갈아 신으셔야죠! 곰돌이 푸 슬리퍼가 귀엽긴 하지만… 머리는 감으셨죠?"

"맞다, 신발. 땡큐! 머리는 어제 감은 거 같아. 묶으면 돼!"

수현을 부르는 아정의 다급한 목소리에 수현은 뒤돌아 아정에게 오른쪽 눈을 찡긋하며 윙크를 한다. 칼날처럼 단정하게 떨어진 단발머리가 윙크와 함께 경쾌하게 흔들린다. 거울을 보며 손목에 걸려 있던 머리끈으로 머리를 단정히 묶는다. 등 뒤에서 아정의 동경의 눈빛을 읽은 수현은 살짝 웃어 보이며 검은색 구두를 갈아 신는다. 수현은 그룹 내 여자 사원들의 롤 모델이다. 여자를 임원으로 잘 채용하지 않는 그룹사에서 실력으로 임원이 된 수현을 닮아가고 싶어 하는 이들이 많다. 수현은 거울을 보며 옷매무새를 점검한다. 정장이 답답해 괜히 몸이 간지럽다. 평소엔 청바지에 운동화를 신고 백팩을 메는 수현은 회장

보고가 있는 날만 정장을 입는다.

"왜 우리 회사는 상무가 운동화를 신고 회의에 들어가면 가재 눈을 뜨고 보는 거야, 불편하게. 꼰대들."

아정이 듣지 못하게 혼자 중얼거리며 수현은 방문을 열고 나선다. 이제 나의 무대다.

"상무님! 핸드폰이 어항에 있어요! 제가 뺄까요?"

"그대로 둬. 핸드폰도 숨 좀 쉬라고 해. 받을 전화, 아니 받고 싶은 전화 없어."

핸드폰에서 멀어져 나는 나의 일을 해야 한다. 내 이름은 지수현. 거꾸로 하면 현수지.

현수지라는 이름에 드리운 그림자가 싫어 스타트업 창업 이후 선택한 나의 이름은 지수현. 나는 지수현이다. 할 수 있다. 심호흡을 한다. 긴장되네. 괜찮아, 마인드 컨트롤. 두려워 할 것은 두려움 그 자체일 뿐이야. 나는 할 수 있어. 속으로 자신을 응원하며 감았던 눈을 뜨니 방금 전의 감정은 사라지고 여유로운 미소를 짓는 수현이 여기서 있다. 어느새 임원들과 회장이 착석하고 아정이 추가된 한 장의 슬라이드를 나누어 준다. 지금부터 시작이다. 마이크를 잡은 수현이 3초간 침묵하더니 말문을 뗀다.

"지금부터 내년도 해외 시장 진출을 위한 신제품 전략 기획 발표를 시작하겠습니다. 모두가 잘 아는 애플의 스티브 잡스는 직관과 혁신으로 지금의 애플을 일구어 냈습니다. 하지만 우리는 애플과 달라야 합니다. 우리는 이제부터 제품을 팔지 않을 것입니다. 제품이 아닌, 살아 있는 생명체를 판매할 것입니다. 살아 돌보아 주어야 하는, 나를 케어할 수 있는 반려 생물과 함께하는 라이프 스타일을 판매할 것입니다. 이제부터 혁신의 아이콘은 우리가 될 것입니다."

수현의 한마디, 호흡 한 번에 회의장 공기의 흐름이 바뀐다. 임원들의 꼿꼿하던 자세가 수현을 향해 기운다. 오늘도 해낼 수 있겠다. 내 이름은 지수현. 거꾸로 하면 현수지. 지금 이 회의장에는 지수현이 서 있다. 껍데기는 가라는데, 껍데기 말고 내면의 현수지는, 가라!

우레와 같은 박수갈채와 회식의 잔흔은 밤에서 그대로 아침으로 건너왔다. 다만 어제의 박수는 반짝였고, 오늘 회식의 잔흔은 아름답지 않다. 진한 숙취로 잠에서 깨어 수면 안대를 벗은 수현은 침대 옆 협탁을 더듬어 리모콘을 집고 커튼 오픈 버튼을 누른다. 짧은 시간에 촤라락, 암막 커튼이 열리는 모습을 보며 침대에 걸터앉은 수현은 창문 너머 한강 뷰를 바라본다. 강을 바라보던 수현이 일어나 창밖을 바라본다. 눈앞의 강변북로는 토요일 아침부터 분주하게 오가는 차들로 가득하다. 멍하니 밖을 바라보던 수현은 문득 스산한 기운이 들어 잠옷을 여민다.

"다들 휴일엔 어디로 가는 거야? 나도 좀 데려가지. 나는 갈 데가 회사밖에 없는데."

중얼거리며 대충 겉옷을 걸치고 거실로 나온다. 높은 층고의 거실 벽 한가운데에는 김환기의 그림 〈어디서 무엇이 되어 다시 만나랴〉가 걸려 있다. 아무리 보아도 모조품인 것 같은데, 박동욱의 모친은 진품이라고 우긴다.

"무식한 사람."

박동욱 모친이 빨간 립스틱을 바른 입술로 얼토당토않게 우길 때마다 수현은 속으로 되뇌며 그녀의 말이 끝나기만을 기다린다. 사채로 돈을 벌어 월급 사장을 세우고 투자회사를 설립한 박동욱의 모친은 '가성비'를 외치는 사람이다. 그녀가 수현을 맞선 시장에서 며느리로 점찍은 건 '가성비'가 뛰어나서라고 했다. 의사나 변호사 같은 전문직이어서 자기 아들을 기죽이지도 않으면서도 기사에도 나오고 언론에도 가끔 얼굴을 비추니 내놓기 좋은 며느리. 멋도 많이 내지 않고 명품도 좋아하지 않아서 유지비가 적게 들 것 같은 며느리. 결혼 6개월 만에 자신을 가성비로 선택했다고 말하는 박동욱 모친의 빨간 립스틱 삐져나온 입술을 보고 수현은 헛구역질을 했다. 임신 초기였고, 그날 스트레스성 유산을 했다.

"쯧쯧쯧… 재는 튼튼하게 생겨서 몸이 왜 저렇게 약해. 보약 한 재 지어 보낼 테니까 감사하게 먹어. 동욱아, 너는 재 아파서 밥 차려줄 사람 없으니까 이번 주엔 엄마 집에 와서 지내."

"엄마, 그래도 저 사람 혼자 있는데…."

"뭐가 혼자야, 아줌마가 와서 청소해 주고 냉장고에 반찬도 넣어주는데 호강이지. 그리고 너는 지금 판사 임용된 지도 얼마 안 됐는데 스트레스가 얼마나 많겠어, 우리 아들. 뭐 필요한 건 없어?"

"그렇긴 하지. 요즘 일이 많긴 해. 엄마, 그럼 나 정장이나 사러 갈까?"

"그래그래, 정장도 사고 구두도 사자. 얘, 새아가, 너는 편하게 집에서 푹 쉬어라. 너 밥할 기력 있을 때 동욱이 보낼게."

"네, 어머니…."

차별과 정서적 학대에 익숙한 사람은 동일한 상황에서 자신을 지킬 용기가 나지 않는다. 박동욱 모친의 차별과 폭언은 수현이 집에서 엄마에게 받던 대접과 큰 차이가 없었다. 다만 차별 받는 대상이 오빠에서 남편으로 바뀌었을 뿐. 선을 본 지 3개월 만에 집안의 뜻으로 결혼한 박동욱은 사람이 착해 보여서 좋았다. 착한 사람은 자신을 아프게 하지 않을 것 같았다. 하지만 '착한 사람'과 '우유부단한 사람'은 의도치 않아도 다른 대상들을 충분히 아프게 할 수 있다는 걸 결혼 3년 차가 되어서야 알았다.

빈 거실을 지나 부엌 냉장고 문을 열려던 수현은 손잡이에 붙어 있는 파란색 포스트잇을 떼어낸다.

**엄마 집에 가 있을게.**

무표정하게 떼어낸 포스트잇을 싱크대 첫 번째 서랍에 넣는다. 이미 서랍에는 비슷한 내용의 파란색 포스트잇이 수십 장 포개져 있다. 수현이 그 위에 포스트잇을 붙이고 힘없이 서랍을 닫는다.

"아, 냄새. 이게 뭐야? 웬 날파리가 이렇게 끓어! 이 사람은 대체 배달 음식을 몇 끼를 시켜 먹고 안 치운 거야! 아후, 냄새!"

개수대엔 시켜 먹고 남은 음식이 그릇째로 그대로 포개져 있다. 어림잡아도 서너 끼를 먹은 양이다.

"물컵도 하나 없어. 참 내, 박동욱 왕자님, 미치겠다."

속이 상해 물을 마시려던 수현은 물컵을 모두 꺼내 쓰고 커피잔까지 개수대에 쌓아놓는 광경에 아찔하다. 냉장고에서 생수를 꺼내 뚜껑을 열자마자 목 안으로 들이붓는다. 박동욱에게 전화를 걸려던 수현은 이내 작은 한숨을 쉬며 청소도우미를 신청하고 곧이어 배달 어플을 연다. 자신이 먹을 음식을 고르기도 귀찮아서 맨 위에 있는 식당에서 김치찌개를 시킨다. 지금 박동욱 때문에 감정 소모할 기력이 없다. 오늘 저녁 뉴욕행 비행기를 타고 가서 고객사 기술 제휴를 위한 미팅을 준비해야 한다. 그새 전화기의 진동이 울린다. 화면에 뜬 이름을 본 수현의 미간에 삼각형의 슬픈 신호가 잡힌다.

박동욱 모친

수현은 전화를 받지 않고 진동이 멈출 때까지 물끄러미 바라본다. 감정이 텅 빈 얼굴로 진동이 멈춘 핸드폰을 들고 항공사 어플을 열어 비행기 시간을 체크한 뒤 택시를 예약한다. 항공권은 비즈니스 클래스로, 택시는 기사가 승객에게 대화를 걸지 않고 클래식 음악을 틀어주는 모범택시로 예약을 마무리하고 다시 배달 어플을 열어 커피를 두 잔 배달시킨다. 한 잔으론 잠이 깨지 않을 것 같다. 모든 예약을 끝내고 고개를 드니 수현의 눈앞에서 날파리 두 마리가 엉겨 붙어 날아다닌다. 물끄러미 파리를 바라본다. 저 작은 날파리도 두 마리가 저리 사이좋게 붙어 다니는데. 나는 작은 파리보다 못하단 말인가. 박동욱과 신혼여행 이후 둘이서만 식당에 가거나 여행을 간 적이 있나 생각해 본다. 박동욱은 모친의 말이라면 벌벌 떤다. 수현은 박동욱에게 왠지 모를 동정심과 동질감을 느꼈다. 다른 이유로 엄마를 거절해 본 적 없는 사람의 애처로운 연민에 그를 탓한 적이 없었다.

— 김치찌개, 배달이 완료되었습니다. 분실 우려가 있으니 식기 전에 가져가셔서 맛있게 드세요.

— 커피 두 잔, 배달이 완료되었습니다. 문 앞에 두었습니다. 맛있게 드시고 향기로운 하루 되세요.

수현이 날파리를 보는 사이 배달은 완료된다. 대체 어떻게 음식들이 주문한 지 10분 만에 도착할 수 있단 말인가. 물끄러미 배달 완료 문자를 보던 수현의 마음이 씁쓸해진다.

"다정하네. 엄마보다, 남편보다. 낯모르는 배달원분들 메시지가 제일 다정해."

현관에서 배달 음식을 가져와 국물을 몇 수저 떠먹고 커피를 마신다. 비행기에서 자료를 검토해야 하기 때문에 지금 잠이 깨야 한다. 의무적으로 카페인을 들이켜는 수현에게 새 문자가 도착한다.

— 사랑합니다, 고객님! 생일 축하 쿠폰이 발급되었습니다. 오늘부터 일주일 동안 모든 세탁물에 20프로 할인이 적용됩니다.

"사랑도 생일 축하도 다정도 밥 챙겨주는 것도 다 모르는 사람들이 자동 문자로 해주는구나. 근데 오늘 나 생일이었어? 미역국 시켜 먹을걸."

생일이면 왜 좋아하지도 않는 미역국이 먹고 싶은 건지. 생일이면 왜 나를 좋아하지도 않는 엄마 생각이 나는

지 모르겠다. 이번엔 인스타그램을 연다. 화면에는 남편이 해준 음식에 남편이 사준 명품 가방이라며 동창들이 자랑하는 사진이 올라와 있다. 갑자기 입 안이 쓰다.

"니들은 좋겠다. 밥도 해주고 선물도 사주고."

쓴 침을 삼키며 씁쓸함에 핸드폰을 내려두고 수현은 서둘러 샤워를 한다. 캐리어를 꺼내 들고 출장용 가방을 빠르게 싼 뒤 예약한 택시가 10분 뒤 도착이라는 알람 문자를 받고 현관 앞에 선다. 현관 앞 거울을 보며 마지막 체크를 하는데, 낯선 여자가 저기 서 있다. 누구지 저 여자는? 전자회사 최초이자 최연소 여성 임원 지수현인가, 생일에 축하해 줄 사람 하나 없이 배달 음식을 먹고 있는 현수지인가. 너는 누구니? 진동벨이 울린다.

"여보세요. 네, 도착하셨어요? 1층 현관 앞에서 기다려주세요. 지금 내려갑니다, 딸…꾹."

택시 기사의 전화를 받고 딸꾹질이 시작된다. 딸꾹, 딸꾹. 아직 마르지도 않은 머리에선 물이 뚝뚝 흐른다. 운동화를 신으려던 수현이 중요한 미팅임을 떠올리고 하이힐을 신는다. 딸꾹, 딸꾹, 딸꾹. 문을 열고 나서려는데 엄마의 전화가 울린다. 그래도 딸 생일인 건 기억하고 있나 보네.

"여보세요, 어 엄마, 나…."

"야 현수지! 너 뭐가 잘났다고 우리 박 판사 며칠을 밥도 안 차려주고 야근을 하니? 사부인한테 전화 왔잖아! 박 서방 밥도 못 얻어먹어서 피골이 상접하다고!"

"그 사람이 애야? 자기는 손이 없어, 발이 없어. 왜 같이 일하는 내가 밥을 차려줘야 해?"

"어머어머, 얘 말하는 것 좀 봐. 여자가 남편 밥 차려주는 게 당연하지 유별날 일이니? 그리고 네 주제에 판사 남편 얻은 걸 감지덕지 해야지. 박 서방 아니었으면 너 지금 사는 그 대궐 같은 집이 가당키나 해? 얘가 주제를 몰라."

"이 집 월세야. 내가 월세의 반 부담하고 있고, 판사 월급 적다고 박 서방은 집안에 들어가는 생활비는 아무것도 안 내. 다 내가 부담하고 있다고."

"판사 남편씩이나 두었으면서 네가 돈 더 벌면 더 내면 되지 속물스럽긴. 복에 겨운 소리 하지 말어. 너네 오빠는 25평 코딱지만 한 집에서 사는데 안쓰럽지도 않니?"

"엄마 코딱지는 25평이야?"

"말장난 하지 말고 너 인센티브 받은 거 있지? 그거 오빠한테 보내. 올케한테 미안하지도 않니?"

"내가 왜 올케한테 미안해야 해? 그리고 오늘 내 생일이라고 전화한 거 아니야?"

"생일이 뭐가 대수야. 너 낳느라고 내가 힘들었지. 넌 내 배 속에서 편하게 열 달 있다가 나온 거밖에 더 있어?"

"끊자. 나 출장 가야 돼."

"어머, 박 서방 밥도 안 차려주고 또 출장을 가?"

"지금 전쟁 중이야? 밥 못 얻어먹어서 죽은 귀신 있어? 그리고 93킬로그램 나가는 박동욱이 말랐니, 43킬로그램 나가는 내가 말랐니?"

"이게 막 나가네. 너 어떻게 엄마한테 이렇게 말할 수가 있어! 부모 자식 간에 이러기야?"

그 사이 딸꾹질은 멈추었다. 1층에서 기다리고 있는 택시 기사에게서 전화가 걸려 온다. 바쁘다, 바빠. 참 바빠. 수현은 전화기를 귀에서 떼고 하이힐을 신으며 캐리어를 끌고 나간다.

"아얏, 굽이 부러졌잖아!"

어젯밤 회식이 끝나고 들어오는 길 비틀거리며 어딘가에 끼었던 걸 뺀 기억이 난다. 발목이 아프다. 아직 끊기지 않은 전화기에선 야단스러운 소음이 들린다. 전화기를 들어 올려 수현은 말한다.

"나 구두굽이 부러졌어."

"뭔 소리야 갑자기. 칠칠치 못하게 쯧쯧… 구두굽이 부러졌으면 다른 신발을 신으면 될 거 아니야! 돈도 잘 버는 계집애가 그게 문제야?"

"나 구두굽이 부러졌다고. 발목이 아파."

"그래, 그러니까 다른 신발을 신어!"

"엄마. 보통 사람이 구두굽 부러져서 발목이 아프다고

하면 괜찮냐고 물어보는 게 먼저야."

"보통 사람들이 누군데 그래, 그거야 가족이 아닌 사람들한테 하는 거고."

"엄마는 오빠한테도 그러고 아빠한테도 그러잖아. 나한테만 안 그러잖아."

"딸이랑 엄마 사이에 그런 걸 왜 하니! 넌 내 몸으로 낳은 내 딸인데 내 맘대로 하면 되지!"

"그렇구나. 딸한테는 그런 걸 안 하는구나. 그렇지. 나는 왜 엄마 몸에서 나온 거지? 피곤하다…. 이만 끊자."

엄마의 대답을 듣지 않고 전화를 끊은 수현은 벽에 기대어 고개를 숙인다. 뚝뚝 떨어지는 물이 머리에서 떨어지는 것인지 눈에서 흐르는 것인지. 몇 방울의 물줄기를 바라보는데 다시 전화기의 진동이 울린다. 수현이 고개를 들어 발신자를 확인한다.

"수현! 생일 축하해! 밥도 안 먹고 오늘도 일하고 있는 건 아니지?"

"이서야… 흑흑… 나 구두굽이 부러졌어…."

"구두굽? 발목은 안 다쳤어? 괜찮아? 병원 가봐야 하는 거 아니야? 동욱 씨는 오늘도 집에 없어?"

"이서야… 나 너무 힘들어… 안 괜찮아…."

"무슨 일 있구나. 안 괜찮아도 돼. 울어도 돼."

"이서야… 나 어떻게 살아야 하니…. 엉엉… 도저히 모르겠어. 내 인생이 엉망이야."

"무슨 일인지 모르겠지만 일단 지금은 좀 울자. 너 너무 오랫동안 참아왔어. 너무 잘 살았어, 수고했어."

"고마워…. 내가 조금 이따 연락할게. 오늘 뉴욕 출장이라."

"…괜찮겠어? 일도 좋지만 지금 마음 그대로 가도 괜찮겠어?"

"내 마음이 뭐가 중요해. 일단 일부터 해야지. 전화해줘서 고마워. 연락할게."

"그래. 근데 수현아, 일보다 중요한 건 네 마음이야. 무엇보다 가장 중요한 건 너 자신이고 네 마음이야. 너무 무리해서 일만 하지 말고 여행이라도 좀 다녀와. 알았지?"

"알겠어…."

유일하게 생일을 축하해 주는 이서와 통화를 끊었다. 이서는 대학 시절에 이력서용 봉사활동을 위해 시작한 노숙인 밥 퍼주기 현장에서 만났다. 통통한 볼을 한 이서의 주변에선 반짝반짝 빛이 났다. 달콤한 냄새를 풍기며 행복한 웃음을 짓는 이서의 표정이 신기해서 수현은 넋을 놓고 바라만 보았다. 1년 간 밥을 퍼주면서도 선뜻 말을 걸지 못하던 수현에게 먼저 다가와 주고 친구가 되어준 건 이서였다. 그리고 자신의 고향 메리골드에 대해 많은

이야기를 들려주었다. 선한 마음을 가지고 서로를 도와주는 꽃내음 가득한 착한 마을이라고 했다. 밥을 지어 나누어 먹고 서로의 안부를 걱정해 주지만 지켜야 할 선은 적당히 넘지 않는 사람들이 있는 마을. 마음 세탁소라는 공간에서 마음 아픈 이들의 상처와 얼룩을 빼주는 사람이 있다는 말을 들을 때마다 수현은 비현실적이라고 생각했다. 그런 유토피아 같은 마을이 정말 있단 말인가. 설령 있다 한들 그런 삶은 제 몫이 아니라 생각해 여러 번 이서의 초대를 거절했다. 다정을 경험하고 돌아와 현재의 차가운 삶을 견뎌낼 자신이 없기도 했다. 자신의 하루는 매일이 눈보라 치는 겨울인데 이서의 하루는 매일이 봄꽃이 흩날리는 꽃날 같아 보였다.

눈물을 닦고 신발을 갈아 신으려 신발장을 연 수현은 멍해진다. 이 넓은 신발장에는 선택에 필요한 시간을 줄여 불필요한 고민을 제거하기 위한 최대의 효율이 적용돼 있다. 굽 5센티미터의 검은색 구두 다섯 켤레와 색만 다른 똑같은 디자인의 운동화 다섯 켤레가 전부다. 취향도 기쁨도 없는 오직 효율성만 추구한 삶이 신발에도 똑같이 묻어난다.

내가 원하는 삶이 바로 지금이었나.

내가 원하는 것이 무엇이었지.

내가 저 디자인의 신발을 좋아하는 사람인가?

휴대폰에 저장된 연락처가 이리도 많은데 생일에 축하해 주는 이는 이서밖에 없다.

아, 돈을 지불하는 서비스 업체들도 열렬히 축하 쿠폰을 보내주는구나.

지이잉, 문자가 울린다.

— 상무님, 이사님께서 시간 맞추어 공항 라운지에서 뵙자고 하십니다. 곧 뵙겠습니다.

아정의 문자를 눈으로 읽는다. 나는 누구이고, 지금 여기는 어디이고, 나는 앞으로 어떻게 살아가야 하지? 모르겠다. 도저히 모르겠다. 일은 분명하고 정직했다. 나라는 사람이 어떤 사람인지는 몰라도, 일은 투여하는 에너지만큼 성과와 보상이 확실하고 명확했다. 그래서 마음이 허할 때마다 더욱 일에 매달렸다. 하지만 상무 지수현은 반짝이고, 인간 현수지는 초라하다.

수현인지 수지인지 모를 여자가 여기 서 있다. 수현은 뒤를 돌아 휑하니 넓은 거실을 본다. 사람이 살지 않는 집처럼 온기가 없다. 이 집을 얻을 때에도 박동욱 모친은 보증금을 대출로 마련하고 월세는 반씩 부담하라 요구했다. 반면 예단과 예물은 두 트럭을 받아 갔다. 수현은 대출을 받아 박동욱 모친의 요구를 수용했다. 선 자리에서 만난 선한 눈빛의 박동욱이 마음에 들었기 때문이다. 부모에게

눌려 아직 어른이 덜 된 남자가 꼭 자신과 닮았다고 느꼈다. 하지만 수현의 앞으로 돌아온 건 금은방에서 맞춘 사이즈가 맞지 않는 24K 쌍가락지와 진열장에서 오랫동안 빛바랬을 화장품 세트가 전부였다. 반지가 크다 말하자 그럼 살을 찌우라고 했다. 한눈에 보아도 새 상품이 아닌 듯한 조악한 박스에 담긴 쌍가락지를 건네며 박동욱 모친은 당당했다.

"너는 복 많은 줄 알어. 얘한테 좋은 집안 선 자리가 얼마나 많이 들어왔는 줄 알어? 신 회장네 막내딸은 우리 동욱이가 다른 여자랑 결혼한다니까 울었다더라. 네가 시집오면서 땅을 해 왔니, 벤츠를 해 왔니. 요즘 모피 코트 안 받는 시어머니가 어디 있니? 다른 며느리는 시어머니 차까지 바꾸어 준다더구만… 쯧쯧. 꼴랑 옷 몇 벌에 가방이랑 이불 몇 채 사준 게 전부잖아. 그리고 판사 남편에 이렇게 좋은 집을 골라주는 안목 있는 시어머니가 어디 있니. 나 죽으면 어차피 내 재산 다 너네 거니까, 젊을 땐 스스로 벌어서 해결하는 훈련 좀 해. 이런 훈련 시켜주는 시어머니가 어디 있니. 감사한 줄 알고 우리 교회에 감사헌금 두둑하게 해라. 목사님 이번에 해외선교 가시는데 힘 좀 드리게."

박동욱 모친의 말들이 고막을 스쳐 지나갈 때면 수현은 몸에 흐르는 수분이 모두 증발하는 기분이 들었다. 모친의 폭언에 한 마디도 대꾸하지 못하고 얼굴이 빨개져 고개만 숙이고 있는 박동욱을 보며 분노가 아닌 연민이 들기도 했다. 분노는 자신에게 일었다. 화를 내기보다 자책이 편했다. 나는 왜 그런 무례에 고개 숙였을까. 나는 왜 부당한 일들을 부당하다 말하지 못한 걸까. 수현은 거실에서 시선을 거두고 신발장 문을 닫는다. 굽이 부러진 하이힐을 쓰레기통에 넣고, 운동화를 꺼내 신는다. 핸드폰을 꺼내 문자 메시지를 쓴다.

— 아정 씨, 미안한데 이번 출장은 다음 달에 가기로 했던 메리골드 인사이트 트립으로 대체할게. 아정 씨는 PM으로 뉴욕 건 진행해. 회사에 보직 변경 신청해 둘게. 이번 건 아정 씨가 서류 모두 준비했으니 잘 할 수 있어. 아정 씨 믿어. 그리고 이사님께는 개인 사정으로 출장에 불참해 죄송하다고 전해드려. 자세한 내용은 나중에 설명할게.

단숨에 문자를 보내고 이서가 그토록 아름답다고 했던 메리골드의 주소를 검색해 메모지에 적은 뒤 핸드폰 전원을 끈다. 전원이 꺼져야 이 세상에서 나의 역할도 꺼지는 것 아닌가. 머리카락의 물기가 말랐는지 더 이상 물이 바닥에 떨어지지 않는다. 캐리어에서 태블릿을 꺼내 쓰레기통에 처박는다. 운동화를 갈아 신고 집을 나선다. 발끝이… 간지럽다. 발끝이.

"어디서 무엇이 되어 다시 만나랴."

거실의 김환기의 그림 제목을 되뇐다. 박동욱, 우리는 어디서 무엇이 되어 다시 만날 수 있을까. 아니, 우리는 무엇이 될 수 있기는 한 걸까. 발끝이 간지럽다. 문을 나서야지.

"지금이 너무 그리워질 거 같아. 아름다워."

혼잣말을 중얼거리며 수현은 왼쪽 가슴을 오른손으로 감싼다. 마음이 일렁일 때 수현의 버릇이다. 아름다운 순간 앞에서, 다시 이 순간이 머지않아 그리워질 거라는 생각이 드는 순간은 처음이다. 메리골드에 도착해 하염없이 걸었다. 이상하다, 왜 이러지. 그 동안 출장으로 아름다운 나라들을 숱하게 방문했지만 몇 시간 걸은 것만으로도 이렇게 기분이 좋아진 적은 없었다.

수현이 울먹이며 택시 기사에게 메리골드의 주소가 적힌 메모지를 내밀던 순간이 아주 오래된 전생 같다. 백발이 성성한 택시 기사는 수현의 표정을 보고 아무것도 묻지 않았고 트로트가 흘러나오던 라디오를 클래식 채널로 바꾸어 볼륨을 높였다. 택시는 메리골드에서 제일 높은 언덕에 멈추었다. 내리자마자 '마음 사진관'이라는 간판이 눈에 띈다.

"마음을… 찍어준다고? 어느 기업에서 발 빠르게 이런 팝업 스토어를 오픈했지? 특이한 바이럴 마케팅이네."

들어가 보려던 수현은 여기까지 와서 일을 궁리하는 자신이 한심해 웃는다. 그리고 하염없이 걸어본다. 지도를 보지 않고, 시간에 쫓기지 않고, 목적지도 없이 발길 닿는 대로 하릴없이 걸어본 적이 얼마만이던가. 아니, 그런 적이 있기는 했던가. 늘 목표와 목적이 분명했던 수현이었다. 1분 1초도 허투루 쓰는 게 아까워 잠자는 시간도 줄여가며 살아왔다. 이서의 말이 귀에 맴돈다.

"중요한 건 내 마음이라…. 내 마음보다 소비자의 마음을 파악하는 게 더 쉬울 거 같은데."

마음이라는 게 있기는 한 것인지. 수현은 어느새 마음 사진관 앞에 다시 도착했다. 팝업 스토어라고 하기엔 오래된 안정감이 있었다. 팝업이 아니라면 누가 행복한 마음을 찍어준다는 이벤트를 한단 말인가. 궁금해서 못 참겠다. 들어가 봐야지. 성큼성큼 일곱 개의 계단을 지나 문이 열린 마음 사진관 안으로 들어선다. 카메라를 들고 있던 해인이 수현을 보고 걸어 나온다.

"어서 오세요, 마음 사진관입니다. 앉고 싶은 자리에 앉으시면 됩니다."

"안녕하세요, 지수현입니다. 그런데 여기는 어떤 브랜드의 팝업 스토어 인가요? 뭔가 홍보하려는 의지는 전혀 없어 보이는데…?"

의아해 하는 수현을 향해 해인이 사람 좋은 웃음을 짓는다. 경계를 허물어 버리는, 누구라도 무장해제시킬 것 같은 무해한 웃음을 짓는 남자를 보며 이서의 웃음을 생각했다. 미소의 결도 닮을 수가 있는 건가. 이서한테 오빠가 있었나….

"정말로 마음을 찍어드려요. 보고 싶은 마음을 찍어드립니다. 차부터 한잔 드릴게요. 일단 마시고 천천히 이야기 나누죠."

해인의 말을 듣고 마음 사진관 내부를 자세히 둘러본다. 브랜드 로고가 없는 걸 보니 정말 사진관이 맞나 보다. 기왕 들어왔으니 경험이나 해보자 싶어 마음이 가는 대로 살펴보다가 어차피 찍을 사진이니 미리 준비하려고 의자에 앉는다.

"지수현 정말… 여기까지 와서 효율 못 버리네. 그나저나 뉴욕으로 잘 출발했겠지?"

내심 뉴욕 출장이 걱정되었지만 오늘만큼은 생에 첫 이기심을 부리고 싶었다. 해결해야 할 일은 돌아가서 생각해야지. 평소 수현의 성격과 다르게 오늘은 이상해도 정말로 이상하다. 효율을 따지는 수현은 익숙하지만 해결할 문제를 뒤로 미루는 수현은 낯설다. 해인이 찻잔을 들고 사진관 유리문을 팔로 밀며 들어선다.

"수현 씨라고 했죠? 반가워요. 차 드세요."

"네, 반갑습니다. 잘 마실게요. 고마워요."

"메리골드엔 어떻게 오셨어요?"

"인사이트 트립으로 출장 왔어요. 사실 제 친구의 고향이라 이 동네 이야기를 많이 들어 궁금했어요. 사실 오늘 제 생일이기도 하고요. 생일이 뭐 별일이라고 센티해졌는지 갑자기 안 하던 짓이 하고 싶어져서 무작정 택시를 타고 왔어요. 저 원래 이런 사람이 아닌데."

"잘 오셨네요. 생일은 별일이죠. 세상에서 살아갈 결심으로 나온 날이잖아요. 좋아요, 생일이시니까 선물로 사진 찍어드릴게요. 행복사진, 마음사진, 증명사진 모두 가능해요."

"저를 오늘 처음 보셨는데 생일 선물을 주신다고요? 왜요?"

칼 같은 수현의 단발머리가 의아해하는 고갯짓을 따라 흔들린다. 마음이 선한 사람들이 산다고는 들었지만 낯선 타인에게 생일을 축하해 주는 사람은 처음 본다. 진지한 표정을 보니 심지어 진심인 것 같다.

"마음 사진관은 마음에 대한 이유가 필요 없는 공간이니까요. 그럼 편히 차 마시고 계세요. 저는 잠깐 음악 좀 틀고 올게요."

피로 누적으로 눈이 충혈된 수현을 뒤로 하고 해인은

LP판 앞으로 간다. 왜인지 무슨 일인지 설명하지 않아도 수현의 감정이 전해진다. 프리드리히 굴다와 니나 시몬을 지나쳐 드뷔시의 음반을 고른다. '달빛'을 틀려던 해인이 다시 판을 내려두고 엘라 피츠제럴드와 루이 암스트롱의 〈April in Paris〉가 들어간 음반을 꺼내어 흡족한 표정으로 레코드플레이어에 판을 올린다. 동그란 판이 빙글빙글 돌아가며 음악이 흘러나온다. 음악은 이내 공간을 가득 채운다. 해인은 음악을 튼 뒤 카메라를 들어 렌즈를 닦는다. 오늘 저 사람의 마음을 닦아주려면 내 마음도, 카메라도 단정해야지, 생각하며 천천히 렌즈를 닦고 손님의 마음이 차오르는 시간을 기다린다.

'April in paris, chestnuts in blossom. Holiday tables under the trees.'

음악이 흘러나오자 수현은 가사를 들으며 여름의 한가운데에 유독 이 사진관만 꽃이 가득 핀 봄 같다고 느껴진다. 이서에게서 느껴지는 따뜻한 봄기운이 이 공간에서도 느껴진다. 그러고 보니 오늘은 올해 중 유일하게 일을 하지 않는 휴일이고, 쉼 같은 하루를 보내며 지금은 사진관 테이블 앞에 앉아 있다. 가사처럼 정확한 나무 아래는 아니지만 나무로 지어진 집에, 나무 서까래가 있는 편안한 건물에 들어와 있다. 마치 나무의 품에 안겨 있는 것처럼.

'공간은 힘이 세구나. 공간이 사람의 생각을 담는 그릇이라더니, 여기를 두고 한 말이네. 그래서 어디에서 어떻게 살아가는지 장소가 중요하다고 하나 봐. 확실히 이 공간에는 마음을 녹여주는 무언가가 있어. 대체 그게 뭘까? 몇 가지 요소가 있는지 정리해 볼까?'

공간 마케팅 공부를 다시 해야겠다고 생각하며 현상분석을 하는 스스로를 발견하고 피식 웃는다. 못 말린다 지수현. 쉬자고 와서 습관처럼 일하고 있네. 숨 쉬듯 일하고 있어. 그러고 보니 이서에게 메리골드에 있는 사진관 이야기를 들었던 기억이 난다. 이서가 맥주 한 잔에 취해 장난을 치는 줄 알았는데 장난이 아니었나 보다.

"메리골드에 마음 사진관이 있어. 그냥 사진관이 아니라 행복을 찍는 사진관이야. 보고 싶은 마음을 찍어주거나, 보여주고 싶은 마음을 찍어주거나, 내 인생의 행복한 순간을 포착해 찍어주거나, 어떤 마음을 찍어서 행복으로 바꾸고 싶으면 그렇게 해주는 공간이야. 멋지지? 수현이 네가 언젠가 꼭 가봤으면 좋겠어."

"말도 안 돼. 마법도 아니고, 그런 공간이 현대에 어디 있어. 드라마나 영화도 아니고. 혹시 증강현실 체험이니?"

"말이 된다니까. 그러니까 메리골드지, 마침내 오고야 말 행복이 있는 마을, 메리골드! 메리골드에선 말 안 되는 일이 없어."

"너도 마법학교 출신이야? 재밌네."

"믿어봐, 믿음은 보이지 않는 것의 실상이라 했으니까."

농담인 줄 알았던 그 대화가 이토록 진실한 대화였다니. 수현은 새삼스레 이 공간이 달리 보인다. 영리를 목적으로 하지 않는 공간 운영이 실제로 존재함에 감탄한다. 사회적 공헌을 기업이 아닌 개인이 하고 있다.

"그런데 이 차는 뭔가요? 처음 마셔보는 차인데 색도 없고 향도 없는데 맛있어요. 마실수록 마음도 점점 편안하게 풀려요."

"이 공간이 원래 마음 세탁소였는데, 그 사장님이 전수해 주신 특제 레시피로 만든 위로 차예요. 맛있죠?"

"굉장히요. 호텔 라운지에서 마신 차보다 훨씬 맛있네요."

기분이 한결 나아진 수현을 보며 해인은 한 장의 작은 메모지를 건넨다. 오늘은 왠지 수현에게 다른 질문을 건네고 싶다.

"수현 씨, 우리는 사진을 찍기 전에 나에게 보내는 편지를 써요. 과거의 나도 좋고, 오늘의 나도 좋고, 미래의 나도 좋아요. 주소를 써주면 오늘로부터 1년 후에 제가 편지를 보내드리는데, 오늘은 다른 걸 적으면 좋을 거 같아요. 괜찮을까요?"

"네, 무엇이든 상관없어요."

"수현 씨, 만약에 말이에요. 만약에 아무거나 다 이룰 수 있는 능력이 수현 씨에게 있어요. 그런데 인생에서 마법처럼 딱 하나만 이루어질 수 있는 게 있다면 무엇을 선택할래요? 그걸 한 번 적어봐요. 저는 조명이랑 카메라 세팅하고 있을게요. 시간 구애받지 말고 편히 적어요."

해인의 질문을 받은 수현의 동공이 확장된다. 인생에서 딱 하나만 이루어질 수 있는 마법이라. 무얼 빌어야 할까. 평소의 수현이라면 자리를 박차고 일어서겠지만 오늘은 이 질문에 답을 하고 싶어진다. 해인이 건넨 종이와 연필을 받아 들고 골몰히 한참을 생각한다. 그러고 보니 나는 가진 게 많다. 좋은 직업, 좋은 집, 만족스러운 업무 성과, 이서 같은 친구까지. 막상 인생에서 딱 하나의 소원을 빌려고 생각하니, 로또 같은 건 생각도 나지 않는다. 평범한 외모라고 생각하지만 불만족스럽지 않다. 노력을 기울이지 않고 요행을 바라는 건 딱 질색이다. 한참을 생각하던 수현은 종이에 느릿느릿 다섯 음절로 글자를 적는다.

행복한 가족.

적은 글귀를 물끄러미 바라보다 괄호를 열고 문장을 추가한다.

(다정하고 따뜻하게 서로를 아끼는) 행복한 가족.

"사장님, 다 적었어요. 주신 봉투에 주소를 적으면 될까요?"

"네, 적어서 그 책상 옆 작은 빨간 우체통에 넣으시면 돼요."

"우체통에 편지 넣는 건 처음인 거 같아요. 이메일이나 메시지만 보내면 되는 시대에."

"저는 빠른 디지털도 좋은데, 편지를 주고받는 과정이 좋아서요. 더욱이 나 자신에게 말을 거는 경우는 잘 없잖아요. 다들 바쁜 삶을 사니까. 그래서 이 순간만큼은 여기에 오신 우리 사진관 손님들께도 자신과의 편지를 주고받는 시간을 선물해 드리고 싶었어요."

"그렇군요. 이상하게 기분이 조금씩 좋아지는 건 왜일까요."

"아마도 그 마법이 일어날지도 모르기 때문 아닐까요? 혹시 알아요? 우체통이 진짜 마법을 부려줄지. 원하는 대로 적으면 그 일이 일어날지도 몰라요. 다만 타인에게 해를 끼치지 않는 선에서요."

"진짜 일어나요? 이것도 마법인가요?"

"하하, 1년만 기다려 봐요. 진짜 일어나나. 혹시 사진 찍을 마음의 준비가 되어 있지 않으시면 그냥 가셔도 좋아요. 모든 것은 자신의 선택에 따른 결과니까요."

"찍고 싶어요."

"어떤 사진을 찍으시겠어요?"

"행복사진이요. 저는 대기업에서 전략 기획을 담당하는

데, 소비자의 마음은 쉽게 읽으면서도 제 마음이 원하는 것은 생각해 본 적이 없어요. 이 사진관에 들어와 있는 내내 어떤 순간에 내가 행복한지를 떠올려 보려 해도 잘 모르겠어요. 저도 모르는 제 인생의 행복들을 보고 싶어요."

"좋아요. 자, 그럼 이쪽으로 앉아요. 가장 편안한 자세를 하고 앉으면 됩니다. 사진을 찍고 나서 2층으로 올라가시면 지금 찍은 필름을 상영해 주는 영사기가 있어요. 마음 세탁소와 마음 사진관이 함께 있는 공간이라 2층에는 세탁기도 있고, 영사기도 있고, 편안한 의자들도 있어요. 마음에 드는 자리에 앉아 계시면 지금 찍은 사진의 필름이 영사기에서 상영됩니다.

"고객 체험이 엄청나군요. 저희 제품에도 적용시키고 싶은데."

"하하, 일단 수현 씨 인생의 행복사진을 들여다보고 제품에 적용시키실 수 있다면 얼마든지요. 지금 마음 편안해요?"

"나쁘지 않아요."

"좋아요. 지금부터 눈을 감고 10초간 인생에서 가장 즐거웠던 순간을 떠올려 보세요. 깊게 생각하지 말고 눈을 감은 순간 떠오르는 걸 그대로 생각하고 계시면 됩니다. 자 하나, 둘, 셋!"

찰칵!

카메라 플래시가 번쩍 터진다. 수현은 플래시 빛에도 눈을 감지 않고 정면으로 렌즈를 마주 본다. 인생에서 가장 즐거웠던 순간을 생각하는 10초 동안 인생의 기억이 조각처럼 흘러간다. 10초가 이리도 긴 시간이었나. 마음을 내보이면 상대가 실망할까 봐 늘 일 속에 숨어 있던 수현은 렌즈를 사이에 두고 마주한 해인에게 투명하게 마음을 열어버린 기분이다. 들킨 것 같은 느낌이 아니라, 어떤 마음이든 공감해 줄 것 같은 투명함이 저이에게 있다. 속마음이 물길처럼 투명하게 열린 시원한 기분이 든다. 어떤 공감은 백 마디 말보다 깊구나. 말을 다 하지 않아도 마음을 알아줄 것 같은 기분. 무언의 대화에 옥죄이듯 답답하던 심장이 부드럽게 뛴다. 늘 사람을 경계하는 수현은 오늘 처음 본 해인이 낯설지 않다. 카메라를 사이에 두고 있어 그럴까. 혹은 마음을 무장해제시키는 능력이 이 공간에, 혹은 저 사람에게 있는 것일까. 수현은 해인이 오른쪽 검지로 사진기의 버튼을 누르는 순간이 아주 천천히, 느리게 느껴진다.

"저리 다정한 사람이 된다면 얼마나 좋을까, 나도."

수현의 마음을 다독이듯 다정한 꽃잎들이 감싸 안는다.

행복 카메라는 본인이 정말 간절히 행복해지기를 원할 때 더 선명하고 아름답게 작동한다. 카메라 플래시가 터지면서 라일락 꽃향기가 진하게 번지고, 눈부시게 하얀 빛은 곧 보라색 라일락꽃으로 변하여 카메라 주변을 빙글빙글 돈다. 수현이 넋을 잃고 바라본다. 카메라 주변을 빠르게 돌던 짙푸른 꽃잎들이 불꽃놀이를 하듯 사방으로 부서진다. 부서진 불꽃들은 카메라 주변을 맴돌며 초록 나뭇잎으로 일부 바뀐다.

"촬영 끝났습니다. 꽃잎들이 안내하는 2층으로 가 계시면 곧 영사기가 상영될 거예요."

놀라 입을 벌리고 있는 수현에게 해인이 정중히 양손으로 2층을 가리켜 보인다. 해인의 손짓을 따라 푸른 꽃잎들이 수현을 포근히 감싸 안는다. 꽃잎은 보라색인 듯 푸른색인 듯 신비롭다. 꽃잎의 포옹은 부드럽고 따뜻하다. 다정한 꽃잎들의 손길에 수현이 일어선다.

"꽃잎의 포옹을 받다니. 꿈인가? 이토록 생생한 꿈이 있을까? 이 도시에 오다 사고가 나서 지금 천국에 있는 건가. 아니, 죽기 전 마지막으로 가는 곳, 거기 어디야. 거기서 지금 문지기랑 이야기하는 건가."

"저 문지기 아니고 해인이라고 해요. 죽지 않고 잘 살아 계시고요. 믿기지 않으시겠지만 저는 사람의 마음을 읽고 찍는 행복 카메라를 다루는 능력을 가지고 있어요."

"그렇군요. 삶은 늘 믿기지 않는 놀라운 일의 연속인데 오늘은 즐거운 놀라움의 연속이군요."

“즐거운 놀라움이라니 다행입니다. 행복사진을 보기 원하시면 올라가 계세요. 원하는 대로 편히 계세요. 저도 필름 꺼내서 곧 갈게요. 혹시 보지 않길 원하시면 그냥 돌아가셔도 좋습니다. 필름은 안전하게 폐기됩니다.”

“원하는 대로 있으면 된다… 참 듣기 좋은 말이네요. 그러고 보니 평소에는 제가 원하는 대로 있지 못했던 거 같아요. 취업할 때 찍은 증명사진이랑 결혼할 때 찍은 웨딩사진 빼고 제대로 사진 찍은 거 처음인 거 같아요. 폐기하지 말아주세요. 보고 싶어요.”

대답을 마친 수현은 마른 눈물을 닦는다. 울지 않았는데 시원하다. 이전보다 개운한 마음이 들었다. 한바탕 비가 쏟아지고 난 후의 맑은 공기를 마신 기분. 긴 장마 끝에 만난 한 줄기 햇살의 따스함 같은 기분을 오랜만에 느낀다. 사진을 찍은 것만으로도 이렇게 마음이 투명하게 비워진 기분이 들다니. 살면서 처음으로 무조건적인 공감을 받은 것 같다. 아주 오랫동안 깊이 묵혀둔 감정을 게워낸 것처럼 속이 말끔하다. 무언의 공감, 무언의 포옹이 저 카메라에 있는 것일까. 혹은 아까 마신 마음 세탁소 특제 위로 차에 있는 것일까? 조건 없이 환대를 받은 기분이 낯설고도 좋아서 심장이 뛴다. 수현은 오른손을 들어 왼쪽 심장을 만진다.

“불안이 아니라 좋아서 심장이 두근거리는 걸 느껴본

게 얼마 만이지. 지금 이런 감정을 타인들은 행복이라 부르는 건가?"

세상에서 가장 긴 10초의 시간이다. 행복이 무엇인지 살필 겨를도 없이 살아온 나의 행복사진에는 무엇이 찍혀 있을까. 기대라는 감정이 몽글몽글 피어 올라오면서 수현의 발끝으로 짙푸른 꽃잎들이 양탄자처럼 몰려든다. 수현은 꽃잎 중의 하나를 집어 들어 조심스레 손에 담는다. 고민하던 수현이 다문 아랫입술에 힘을 꾹 주고 일어선다.

"끝의 끝인 것만 같은 아침이었는데, 시작의 시작인 것만 같은 밤이네."

자신의 입에서 절로 흘러나온 말에 수현은 조금 놀란다. 이렇게 감성적인 말을 내가 하다니. 나쁘지 않네. 이제 무엇이 내 앞에 기다리고 있을까. 우연의 우연이 아닌 필연의 필연인 밤이다. 2층 상영실을 향하는 수현의 발끝은 더 이상 간지럽지 않다.

"세탁기도 있고, 건조기도 있고, 카페 같은 테이블들도 있고, 저 아이보리색 소파도 너무 편안해 보이고. 어디 제품인지 찍어가야겠어. 우리 매장에 둬야지. 이렇게 편안한 조도에 영사기를 쏠 수 있는 하얀 벽까지 있어? 공간 구성

알찬데. 우리도 신제품 팝업 스토어를 이런 느낌으로 재현해 봐야겠어."

수현은 2층의 세탁실 겸 영사실에 올라와 구석구석 인테리어를 살핀다. 휴대폰이 있어야 사진으로 찍어 두는데. 아쉽네. 행복사진을 보고 나면 1층에서 핸드폰 들고와 이 공간을 영상으로 기록해야겠다고 생각한다.

"그만 좀 일해 지수현. 뉴욕 출장은 도망쳤으면서…."

분명 아정 씨와 이사님이 계약을 원활히 성사시켰을 것이라 생각하면 그다음 스텝을 고민하는 자신이 그간 일로 도망친 게 아니라 일을 정말 사랑한 것일 수도 있겠다는 생각을 한다. 그러고 보면 사랑의 대상에 대한 정의가 살아 있는 생명체에게만 부여되었던 건 아닐까. 꼭 사람만 사랑해야 하나. 식물이든 반려동물이든 애착 물건이든 일이든. 사랑할 수 있는 대상을 사랑한다면 좋지 아니한가. 사랑 없이 말라버린 삶보다는 일이라도 사랑하는 자신의 삶을 좋아했다. 수현은 메리골드로 도망치듯 달려와서도 가장 먼저 일을 떠올렸다. 일 속에 숨어 숨을 쉬고, 일 속에 파묻혀 지냈지만 역시나 일이 가장 재미있다. 소름 돋는 성취의 기쁨이 오늘의 수현을 버티게 했다.

"아이러니하네. 어쩌면 신의 축복일지도."

일에 대해 생각하며 구석구석을 살피다 영사기를 본다. 전 그룹사 최고경영자를 꿈꾸는 수현은 자신이 맡은 부분

뿐만 아니라 전 계열의 제품을 자세히 학습했다. 특히 핸드폰에서 빼놓을 수 없는 기술인 카메라 부문도 주의 깊게 살펴본 수현은 오래된 영사기를 살펴보다 흥미로운 점을 발견한다. 오래된 모델의 영사기는 수현의 회사 제품과 동일군인 듯한데, 작은 필름 여든한 컷이 돌아가도록 제작된 자사 제품과 달리 마음 사진관의 영사기는 열두 컷의 필름 섹션으로 구분되어 있다. 인생이 열두 장의 사진으로 축약될 수 있는 것일까. 마음을 찍어주는 사진관이라기에 말장난인 줄 알았더니 진짜 마음이라도 찍혀 있나 궁금하다. 수현이 두리번거리다 영사기 옆 베이지색 의자에 걸터앉는다. 푹신하다. 사람들이 엄마의 품이라 말하는 부드러움이 이런 것일까.

수현의 엄마는 수현이 아들이 아님을 받아들일 수 없어서 태어나자마자 젖 한번 물리지 않고 차가운 방바닥에 두었다고 한다. 갓난아이가 어찌나 세게 왕왕 울어대던지 분유를 주지 않을 수가 없었다. 이후 수현은 유모의 손에 키워졌다. 눈을 감고 의자에 앉아 세탁소 안에 맴도는 향을 맡는다. 흉곽까지 숨을 크게 들이쉬고 내쉰다. 이내 엄마 생각을 해도 화가 나지 않음이 처음임을 깨닫는다. 수현이 눈을 뜨자 조명은 천천히 어두워지고 영사기가 켜지며 하얀 벽에 수현의 마음 행복사진이 상영된다.

'You make me happy.'

첫 장의 글자를 읽으며 수현은 추억에 잠긴다. 저 문장은 동욱과 세 번째 만난 날, 피곤에 절어 카페에 앉아 있는 수현에게 동욱이 냅킨에 적어 건넨 말이다. 매일 야근에 치이고 있는 내가 저이를 행복하게 해준다니. 문장이 낯설어 수현은 한참을 들여다보았다. 엄마 때문에 의무감으로 데이트에 나왔던 수현은 그 순간 동욱이 다른 남자로 느껴졌다. 마음이 맑은 동욱이 좋아진 건 아마 그 순간부터가 아니었을까.

곧이어 수현이 좋아하는 단골 카페의 커피, 수현이 어린 시절 키우던 강아지 푸름이, 가을 하늘, 첫사랑과 함께 보던 첫눈의 순간, 가을 낙엽, 도서관 수현의 자리, 시험 끝난 후 개운하게 앉아 있던 도서관 벤치, 함께 일했던 동료들, 수현이 좋아하는 책, 여행지에서 만난 바다, 스타트업 창업 초기 시절 동료들과 포장마차에서 먹던 소주 한잔, 프로젝트 성사를 축하하던 치맥 파티, 수현을 향해 환하게 웃는 이서의 얼굴이 차례로 지나갔다. 영사기는 마치 시곗바늘이 쉼 없이 돌듯, 1년 열두 달이 지나가듯 자연스럽게 수현의 행복했던 순간들을 띄워 보낸다. 크고 작은 순간들 앞에서 수현은 새삼 놀란다. 행복이라는 감정을 모르고 산 줄 알았더니, 저렇게 아름다운 장면들이 많았단 말인가. 수현은 어느새 일어서서 사진을 보고 있다.

"저 사진은 뭐야? 수학의 정석? 내가 스트레스 받을 때마다 수학의 정석을 푸는 버릇이 있긴 한데… 저것도 내 행복이었어? 푸하하, 몰랐네!"

행복이 무엇인지 잊고 살던 수현이다. 그저 오늘 하루 주어진 일을 무사히 마치고, 승진을 하고, 실적을 내고, 어디까지 가야 만족할지 모를 성취를 위해서만 살았다. 그 성취감만이 인생의 효용을 증명하는 것이라 생각했다. 행복을 모르는 게 아니라 행복을 미루어 두고 산 게 아닐까. 행복은 언제나 내 손 닿는 곳 가까이에서 느껴주길, 바라봐 주기를 기다리고 있는데 말이다. 수현의 눈가가 촉촉해진다. 부지런히 돌아가던 영사기의 속도가 느려진다. 어느새 거의 마지막 사진에 와 있나 보다.

"더 보고 싶은데… 아쉽네. 좀 더 성의 있게 열심히 생각할걸."

내 인생의 한 장면들을 모으면 지금까지 보았던 그 어떤 영화보다 더 흥미롭고 재미있는 영상이 된다니. 수현은 남은 사진을 조금 더 꼼꼼히 눈에 담는다. 사진엔 수현의 초등학교 졸업식에 꽃을 사 들고 온 엄마가 찍혀 있다. 사진 속 수현과 엄마는 어색하게 서 있다.

아무리 반장을 해도 학교에 오지 않는 엄마였다. 비가 내리는 날 엄마가 우산을 들고 데리러 와주는 아이들이는 부러웠다. 수현이 입고 있는 비싼 옷을 다 주어도 좋으니 다정한 엄마의 눈길을 받고 싶었다. 시장에서 엄마 손을 잡고 장을 보는 아이들이 부러워 학교 끝나고 일부러 시장을 지나 온 적도 있었다. 자신을 향해서만 냉기가 도는 엄마 말고 온기로 가득 찬 엄마들은 어떤 표정을 하고 있는지 궁금해서 훔쳐보았다. 놀이터에서 괜히 그네를 타다 늦은 밤까지 들어가지 않은 적도 있었다. 엄마가 자신을 찾으러 올까 봐. 왜 이제야 왔냐고, 네가 없어졌을까 걱정했다는 말을 해줄 거라 기대하고 늦은 밤 집으로 들어섰을 때, 그때 깨달았다. 엄마에게 수현은 투명의 물성이라는 것을.

그 늦은 밤 집으로 돌아온 어린아이에게 엄마는 시선조차 주지 않았고, 배가 고프다는 오빠를 위해 서둘러 라면을 끓였다. 오빠가 라면 한 그릇을 다 비울 때까지 엄마는 사랑스러운 눈길로 오빠를 바라보았다. 바라만 보아도 배가 부르다는 건 저런 표정이구나…. 밤늦게까지 놀이터에서 기다리던 수현은 메고 있던 책가방을 풀지도 못하고 배가 고파 부엌을 서성거렸다. 오빠를 사랑스럽게 바라보던 엄마가 자신을 향해 보내는 차가운 시선의 냉기를 견딜 자신이 없어 물로 배를 채우고 오지 않는 잠을 청했던 어린 수현이었다.

그런 엄마가 수현의 초등학교 졸업식에 꽃을 사 들고

처음으로 나타났다. 내키지 않는 표정이었지만 수현은 내심 기뻤다. 드디어 엄마가 자신을 인정해 준다고 생각했다. 그날 찍은 사진 한 장이 수현과 엄마가 함께 찍은 유년 시절 사진의 전부였다.

"그래도 한 장, 행복한 추억이 있네."

수현은 헛웃음을 지었다. 수현이 동욱과 결혼한다고 했을 때 엄마는 가장 크게 기뻐했다. 부모로서의 책임감을 드디어 떨쳐낸다는 해방의 미소였다.

지난 기억들이 수현을 빠르게 스치고 지나가는 사이, 마지막 행복사진이 아주 느리게 영사기에 상영된다. 찰칵. 수현은 사진을 보고 눈물이 뚝 떨어진다. 마지막 사진엔 결혼 후 첫 생일에 동욱이 차려준 생일 밥상이 찍혀 있다.

"수현 씨. 어… 사실 내가 요리를 할 줄 모르는데 생일을 직접 축하해 주고 싶었어. 여기 즉석밥이랑 레토르트 미역국인데 맛은 없겠지만 한 숟갈 먹고 회사 가."

"아… 동욱 씨. 고마워."

레토르트 미역국에 즉석밥을 말아 수현의 앞에 수줍게 건넨 동욱이 냉장고에서 마카롱을 꺼내 초를 꽂는다. 수현이 가장 좋아하는 제과점의 마카롱이다.

"그… 이건 실패가 없을 테니까. 혹시 마카롱 싫으면 당신이 좋아하는 생초콜릿도 저녁에 사 올게."

"아니야, 너무 좋아. 나 태어나서 생일 아침에 미역국으로 밥상 받은 거 처음이야. 너무 감동이야. 맛있게 먹을게."

수현은 동욱의 따뜻한 마음에 오랜만에 아침을 한 그릇 든든하게 먹었다.

"맛없으면 그만 먹어도 되는데…."

"아니야, 동욱 씨가 사 온 거라 더 맛있네."

"다행이다. 세련된 사람이라 이런 거 싫어하면 어쩌나 고민했거든. 아, 이따 저녁에 뭐 해? 내가 레스토랑 예약해 뒀는데 제대로 된 음식 같이 먹을까?"

"오늘 저녁에? 미안해서 어쩌지. 야근 예정인데."

"아… 야근이구나. 일해야지. 알았어."

"그럼 우리 주말에 같이 가자. 미안해."

"어, 알겠어. 미안해하지 않아도 돼. 나는 그럼 엄마 집에 가서 저녁 먹을게. 잘 다녀와."

"그럴래? 알겠어. 이따 봐! 잘 다녀오고."

생일은 태어난 날일 뿐이니 축하 파티보다는 일을 하는 게 익숙한 수현이었다. 결혼을 했다고 해서 자신의 생일이 달라질 것이라는 생각은 없었다. 다음 주에 있을 경쟁 프레젠테이션을 위해 오늘 최종 점검 리허설을 하기로 했고, 오늘 아침 동욱의 밥상을 받고 나서야 생일인 것을 알았다. 그러고 보니 그 주 주말에도 수현은 회사에 나가 일을 했다. 아마 동욱은 군말 없이 예약했던 레스토랑을 취소하고 혼자 집에 있었을 것이다.

"동욱 씨… 아…."

관계를 망친 건 자신이었다. 수현은 동욱에게 미안한 마음이 올라왔다. 1층으로 뛰어 내려가 가방에서 휴대폰을 꺼냈다. 최근 두 사람은 이혼을 이야기했었다. 수현이 자신의 엄마 때문에 힘들어하는 것을 중재하지 못하는 동욱이 이제 수현을 놓아주고 싶다고 말을 꺼냈다. 그 말을 들은 수현은 긍정도 부정도 하지 않았다. 무언의 동의로 느낀 걸까. 그러고 나서 동욱은 짐을 싸서 집을 나간 것이다. 지금 당장, 동욱에게 전화를 걸어야만 한다. 휴대폰을 꺼내 동욱의 번호를 찾으려는데 이메일 알림이 울린다. 당연히 업무일 줄 알고 넘기려는데, 발신자는 동욱이다. 연애 시절 한창 주고받다가 결혼 후 조용해진 메일이었다. 늘 회의와 미팅으로 바쁜 수현은 전화보다 메일이 더 빠르고 편리했다. 동욱의 메일을 읽던 수현이 외마디 탄성을 지른다.

"동욱 씨… 당신 정말… 참…."

dear. 수현

수현 씨, 생일 축하해. 전화나 메시지로 말을 하면 서로 오해가 커질 것 같아서 메일을 보내. 오랜만에 당신에게 메일을 쓰네.

내가 남편으로서 많이 부족한 거 알아. 처음 수현 씨를 만났을 땐 눈이 부셔서 제대로 바라볼 수 없었어. 내게 호감이 없는 거 알고 있었지만 나는 수현 씨의 눈빛이 좋았어. 수현 씨는 자체로도 태양 같았거든. 소심한 내가 용기를 내서 연락을 하고 세 번 째 만났을 때 내가 냅킨에 적어준 글을 보고 수현 씨가 처음으로 웃어 보였어. 그 문장은 영화를 보고 연습한 건데, 직접 하면 따귀라도 맞을 것 같아서 냅킨에 적었던 거야. 그리고 기적처럼 수현 씨랑 결혼을 하게 됐지.

결혼이라는 걸 처음 해봐서, 남편도 처음이라, 그리고 우리 엄마에게는 아빠도 없고 나밖에 없어서 모든 것이 낯설고 어려웠어. 당신도 엄마도 내게 너무 소중한데 관계를 어떻게 조율해야 할지 모르겠더라. 차라리 고시 공부는 외우기만 하면 돼서 쉬웠는데. 법전이 아닌 진짜 인간관계는 너무 어려웠어. 가족 관계가 공부처럼 된다면 얼마나 좋을까.

지난주에 내가 이혼 이야기를 꺼낸 건 비겁했던 거 같아. 엄마 때문에 힘들어하는 당신을 놓아주기만 하면 된다고 생각했어. 그런데 요즘 심리학 책도 읽고 상담도 받으면서 관계에 대해 공부하다 보니 어쩌면 우리는 서로 제대로 된 부부가 되지 못한 게 아니었을까 싶어.

수현 씨. 내가 부족하지만 한번 더 노력할게. 우리 처음부터 다시 시작해 보자. 느리지만 학습은 잘하니 이제 관계도 학습을 해보고 적용을 해볼게. 알고 보니 공부처럼 관계를 연습할 수 있는 책과 프로그램이 많더라. 부부 학교도 있고 말이야. 당신만 괜찮다면 바쁘겠지만 우리 다시 시작해 보자.

그리고 수현 씨. 아니 수현아. 내가 너를 사랑하는 데에는 너의 결점, 상처, 아픔까지 모두 이유가 되는 거야. 그러니까 나한테 아픔 좀 나누어 주고 기대도 돼. 멋진 모습만 보이지 않아도 괜찮아. 오늘 뉴욕 출장이라고 비서한테 들었어. 냉장고에 미역국이랑 마카롱 넣어뒀어. 시간 있을 때 먹고 메일 확인하면 편한 시간에 답장 줘. 만날 수 있으면 더 욱 좋겠지만 바쁘면 이메일로 이야기하자.

생일 축하해 수현아. 그리고 사랑해.

—너의 남편, 동욱

수현은 이메일을 보며 울다 웃다 한다. 동욱의 잘못만이 아니다. 그리고 수현의 잘못만도 아니다. 서로에게 미숙했고 모든 것들을 내어주지 않았다. 아름답고 반짝이는 모습만 보여주는 가족이 어디 있단 말인가. 수현은 엄마처럼 동욱이 자신에게 실망할까 봐 열심히 일하는 모습만 보여주었다는 사실을 깨닫는다. 엄마는 수현이 성과가 있을 때에만 희미한 기쁨을 내비추었으니까. 수현은 이메일의 답장 버튼을 누른다. 무엇을 쓸지 고민하다 두 사람이 연애 시절 좋아하던 시를 적는다.

dear. 동욱

저렇게 많은 별 중에서
별 하나가 나를 내려다본다
이렇게 많은 사람 중에서
그 별 하나를 쳐다본다

밤이 깊을수록
별은 밝음 속에 사라지고
나는 어둠 속에 사라진다

수현의 언어를 동욱이 알아챌 수 있을까? 수현은 메일을 보낸 뒤 핸드폰을 양손으로 잡고 기다린다. 첫사랑과 첫눈이 보고 싶어 기다리던 마음보다 더 설레고 간지러운 마음이다.

"어, 답장 왔다!"

빛의 속도로 온 답장을 열어본 수현이 핸드폰을 심장에 대고 웃는다. 이 사람 센스 좀 봐. 내가 이래서 동욱 씨랑 결혼을 결심했었지. 이렇게 많은 사람들 중에 너와 내가 만나 결혼할 확률은 몇 프로였을까. 아주 작은 확률로 우리가 만나 결혼을 하고 함께 살고 있지. 우리의 결혼은 그런 통계적 확률로도 소중한 것이지.

dear. 사랑스러운 수현

이렇게 정다운
너 하나 나 하나는
어디서 무엇이 되어
다시 만나랴

집에서 같이 밥 먹으면서 다시 이야기하면 어떨까.
가능한 시간 알려주면 청소해 두고 밥 시켜둘게.

김광섭의 시 「저녁에」를 읽으며 동욱이 프로포즈를 했었다. 「저녁에」라는 시는 교과서에 나와서 수현이 외우던 시였는데 동욱에게 들으니 생전 처음 듣는 시 같았다. 동욱이 내미는 반지를 받아 들고 해사하게 웃던 그날이 생생하게 떠오른다. 영사기가 상영되지 않음에도 불구하고 눈앞에서 행복사진이 흘러가는 것 같다. 실로 오랜만에 느끼는 행복한 설렘이다. 행복이라는 감정을 잊은 줄 알았는데 어디로 도망가지 않고 흘러가지 않고 내 안에 있었구나. 다행이야.

수현은 진심으로 행복해 잇몸이 만개한 웃음을 짓는다. 수현의 행복한 웃음소리에 마음 사진관의 푸른 꽃잎들이 하트 모양으로 빙글빙글 돈다. 모든 마음이 웃고 있는 밤이다. 하늘의 별도 달도 웃고 있는 밤. 숨을 쉬고 살아 있다는 사실 만으로도 충만하게 행복한 밤이다. 수현은 이메일을 닫고 동욱에게 전화를 건다. 동욱은 송신음이 한 번 울리자마자 전화를 받는다.

"수현 씨! 아… 아니 수현아! 어디야? 한국이야 뉴욕이야? 어디든지 말만 해. 내가 그쪽으로 갈까?"

"한국이야. 다른 출장으로 메리골드에 왔어."

"아… 이서 씨가 이야기하던 그 아름다운 마을에 갔구나. 뉴욕은 안 갔어?"

"어, 안 갔어. 동욱 씨 연차 많이 남았지?"

"한 번도 안 썼지."

"그럼 우리 다음 달에 산티아고 갈래?"

"당신 회사에서 산티아고에 프로젝트 런칭해?"

"아니, 여행. 우리 둘이. 신혼여행 말고는 한 번도 못 갔잖아."

"여행? 정말 그냥 여행을 가자는 거야? 회사는 어떻게 하고?"

"나도 그간 못 쓴 연차랑 휴가 좀 써보지 뭐. 한 번도 안 써서 엄청 많을걸? 그리고 회사는 나 없어도 잘 돌아가. 내가 회사랑 떨어져 있어도 괜찮은지가 문제지. 동욱 씨 산티아고 별로면 뉴욕 갈까?"

"아, 아니 산티아고 좋아! 나도 가보고 싶었어."

"응, 다음 달에 당장 가자. 많이 걸어야 할 테니까 신발이랑 옷도 사고, 저녁마다 시간 내서 걷는 연습도 하자. 동욱 씨 월요일에 출근해서 연차 얼마나 뺄 수 있는지 알려줘. 그리고 돌아와서 우리 이사하자."

"알겠어. 시간 내주면 나야 너무 좋지. 근데 지금 집이 별로구나?"

"별로라기보다… 이번에는 우리가 둘이 살고 싶은 동네랑 집을 직접 골라보자. 한옥주택도 좋고 마당이나 중정이 있어서 햇빛 볼 수 있음 좋을 거 같아. 근처에 카페나 맛집도 있으면 좋겠어. 우리 그동안 못했던 데이트 실컷 하면서 가구도 다시 사고, 그릇도 사자."

"좋지. 데이트하자고 해놓고 여러 지역 돌아다니면서 소비자 심리와 소비 행태 시장 조사하는 건 아니지?"

"동욱 씨, 나를 너무 잘 아네. 시장조사 할 수도 있지! 일타쌍피 몰라? 풉. 그래도 자제할게."

"알겠어. 자제하지 말고 하고 싶은 대로 해. 그게 당신다워. 내가 메리골드로 데리러 갈까?"

"번거롭게 그럴 필요 없…지 않고, 그래 좋아. 고마워.

근데 하루 자고 갈 거라 내일 오후에 와줘. 문자로 주소 보낼게. 그리고 청소 어플로 방문 요청해서 집 청소 좀 해줄 수 있지?"

"어… 아… 해본 적 없는데 검색해서 매뉴얼 찾아보고 따라 해볼게."

"좋아. 어렵지 않아서 금방 익힐 수 있을 거야. 그리고 동욱 씨. 나 동욱 씨랑 함께해서 행복해. 고마워."

"수현아…."

"사실 우리가 풀어야 할 문제는 많지만 천천히 같이 노력해 보자. 부부 학교도 다녀보자. 상담도 같이 가고. 후회 없이, 할 만큼 해보자. 나도 노력할게. 어, 이서 기다린다. 그럼 내일 봐! 잘 자고."

동욱과 통화를 끝낸 수현이 휴대폰을 가방에 집어넣으려다 다시 꺼낸다. 아직 수현에겐 해결해야 할 문제가 많다. 회피하고 외면하고 도망치고 싶지만 결국 해결해야 할 사람은 나 자신이니 문제를 직면하기로 선택한다. 일단 지금 출장을 펑크 낸 수현 때문에 이사님이 펄펄 뛰고 있을 것이다. 이사님에게 문자를 보내려 몇 자를 쓰다 말고 전화를 건다. 송신음이 두 번 울리자 바로 전화가 연결된다. 두근두근. 어떡하지. 끊어버릴까. 도망치고 싶네. 아니야, 용기를 내자. 할 수 있어. 입술을 열어 목소리를 낸다.

"지수현입니다. 이사님 죄송합니다. 면목 없지만 개인적 사정이 있었어요. 뉴욕에 도착하셨나요?"

"지 상무, 생각보다 일찍 전화하네? 물론 잘 도착했습니다. 집에요."

"네? 뉴욕이 아니라 집에 가셨다구요?"

"지 상무 없이 뉴욕 프로젝트를 어떻게 진행하나. 아정 대리가 보고한 사항도 있고, 최근 자네 표정 보고 번 아웃 온 것 같아서 안 그래도 조마조마하긴 했어. 이번에는 좀 쉬어가는 게 어때?"

"죄송합니다 이사님. 파트너사에서는 별말 없나요?"

"그건 지 상무가 걱정할 일이 아니야. 미팅 보류는 내 판단이었으니 내가 해결할 일이지. 염려 마. 지 상무 요즘 머리 복잡한 거 같은데 연차 좀 쓰는 게 어때?"

"아… 네… 배려해 주셔서 감사합니다. 그럼 이번 프로젝트 마무리하고 저 휴가 좀 다녀올게요."

"그렇게 해."

"그럼 죄송한 김에 한 번 더 죄송한 말씀 드릴게요. 지금까지 했던 거 뒤집고 콘셉트 처음부터 다시 잡아도 될까요?"

"이래야 지수현이지. 뭐 다른 획기적인 아이디어라도 발견했나?"

"감사합니다. 획기적인지는 모르겠지만 지금 현대인들

에게 가장 필요한 콘셉트로 다가가려고 해요. 늘 쓰는 제품인데 너무 튀는 것도 버거울 거 같아요. '나에게로 떠나는 여행, 쉼과 힐링, 마음의 포레스트'라는 콘셉트로 제품 개발을 다시 해보겠습니다. 필요하다면 어플 개발도 동시에 진행하고 싶습니다."

"마음의 포레스트라, 듣기만 해도 좋구만. 오케이! 그렇게 해. 예산과 인력은 신경 쓰지 말고 최대한 좋은 제품 만들어."

"믿어주셔서 감사합니다."

"감사는, 지 상무 일 잘하는 거야 내가 더 잘 알지. 그리고 지수현 인마! 생일 축하해."

"어떻게 아셨어요?"

"지 상무 내가 스카우트했고 인사 카드도 직접 받았는데 모를 리가 있나. 생일이면 밥도 좀 사달라고 하고 그래! 자네도 이사 한번 돼봐. 직원들 부담스러울까 봐 밥 먹자고 먼저 제안하기도 어려워. 얼마나 외로운 줄 아나? 하하. 월요일 점심 사줄게. 밥 잘 먹고 이번 프로젝트 멋지게 진행하고 쉬다 와."

"저는 이사님 바쁘실까 봐… 그리고 저도 누구한테 밥 사달라고 하는 게 익숙지 않아서요. 하지만 식사 제안 감사합니다. 식당 예약해 둘게요. 월요일에 뵙겠습니다."

이사님과의 통화를 끝낸 수현은 허공을 향해 90도로 폴

더 인사를 건넨다. 접은 몸을 펴며 최 이사를 생각한다. 수현을 스카우트한 최 이사는 겉으론 냉철해 보이지만 눈길이 따뜻해서 마음으로 수현이 의지하던 사람이다. 뉴욕 미팅을 펑크 내면서도 왠지 최 이사라면 이해할 거라 막연히 생각했는데 역시는 역시. '나도 이사 되면 이런 사람이 되어야지. 내가 부모 복은 없어도 동료 복은 있네' 중얼거리며 마지막으로 엄마에게 메시지를 적는다. 어차피 그녀가 이 글을 읽고 달라질 거라 기대하지 않는다. 기대하지 않으면 실망도 적음을 그녀의 딸로 살며 학습했다. 단지 그간 표현하지 않던 마음을 꺼낼 뿐. 사랑받지 못한 사람은 사랑하는 방법도 모른다던데, 자신은 그 말을 깨고 싶다. 사랑받지 못한 사람은 사랑하는 방법을 연습해서 사랑하고 사랑받음에 더 감격할 줄 알게 된다고 말하고 싶어졌다.

마음의 행복한 순간을 사진으로 찍어 뭉클해졌을 뿐인데 이렇게 달라진 마음이 될 수 있는 것일까. 아니면 사진 찍기 전 적어 넣은, 그 우체통이 사실은 적은 대로 말하는 대로 소원을 들어주는 마법의 우체통인 것일까? 이런들 어떠하고 저런들 어떠한가. 잊고 살던 아니, 인지하지 못했던 행복이란 감정을 소중히 지키고 향유하고 싶어졌다.

— 엄마. 만약 다음 생이라는 게 있다면 엄마는 내 자식

으로 태어나. 그럼 내가 엄마를 듬뿍 사랑해 줄게. 사랑하고 사랑받는 법을 배워서 그 다음 생엔 내가 다시 엄마 자식이 될게. 그럼 지금처럼 아프게 하지 말고 듬뿍 사랑해줘. 할 수 있는 게 사랑밖에 없는 사람들처럼 우리 그렇게 살아보자. 엄마를 이해하려고 노력하지 않을게. 엄마의 상처와 사정이 있을 테니까. 오늘 내 생일인데 엄마도 나 낳느라 고생했어. 미역국은 각자 사 먹기로 해. 이 문자에 답장은 하지 않아도 괜찮아.

"휴, 급한 연락 다 끝냈다. 나도 모르는 내 마음을 사진으로 들여다보았을 뿐인데 마음이 다시 태어난 기분이야. 행복한 마음이 들었던 순간만을 모아둔 사진이라니… 눈물 나게 좋네. 내 마음도 신제품 개발처럼 새 이름을 붙여주고 싶을 정도야. 사진 찍는 거 은근 재미있는데 문 앞에 스티커 사진도 찍어볼까?"

아침엔 분명 구두굽이 부러지고 삶도 무너지고 모든 것이 엉망이라 느껴졌다. 삶에 지쳐 얼떨결에 메리골드로 달려와 목적지 없이 걸어 다니고 이상하고 수상한 사진관에서 사진을 찍고, 그 사진을 봤을 뿐인데 수현은 자신이 지금 '행복하다'고 느낀다. 인생은 멀리서 보면 희극 가까이서 보면 비극이라는데, 오늘은 멀리서 보면 비극이고 가까이서 보면 희극인 날이었다. 참 긴 하루다.

마음 사진관에서 행복사진을 찍을 때마다 해인은 마음 속으로 작은 기도를 한다. 저 사람 마음의 행복이 촘촘하게 사진으로 찍히게 해달라고. 그리고 불행한 마음이 찍힌 필름은 새벽에 일어나 옥상 빨랫줄에 널어둔다. 사람들 마음의 멍과 아픔은 푸른 새벽이 밝아올수록 서서히 증발해 푸른 꽃잎이 된다. 푸른 꽃잎은 하늘로 날아가 아침 첫 해의 얼굴을 마주한 순간 파랗게 부서진다. 부서진 꽃잎들은 하늘이 되고 그 순간 마을은 진한 라일락 향기가 퍼진다. 불행 필름이 옥상에서 날려 하늘로 날아가는 순간마다 해인은 사람들 마음에 다시는 이런 기억이 찍히지 않기를 바란다.

해인은 마음 사진관을 운영하며 매일 아침 눈뜨는 것이 기다려지는 삶을 살고 있다. 첫 새벽을 놓치지 않아야 불행 필름을 하늘에 태워 보낼 수 있고, 그래야 마음 사진관을 다녀간 사람들도 진정한 새 아침의 마음으로 개운하게 하루를 맞이할 수 있다. 매일 새로이 해가 뜨는 건 매일 새로이 사람들의 마음을 달래어 주기 위함이 아닐까.

"지은 씨가 이래서 마음 세탁소를 차려 아픈 상처와 얼룩을 지워주고 다려준 걸까."

한 손을 주머니에 넣고 천천히 걷는 해인 앞에 익숙한

얼굴이 등장한다.

"이서 왔니? 친구분 사진관에 있어. 가봐."

"제 친구인 줄 어떻게 아셨어요?"

"다 알지. 스티커 사진 기계 새로 들였는데 찍고 가. 문은 열어두어도 괜찮아."

해인을 향해 손을 흔들며 이서는 사진관을 향해 빠른 걸음을 걷는다.

"수현아! 나 왔어!"

마침 문을 열고 나오는 수현과 문 안으로 들어서려던 이서가 마주 본다. 이서는 수현의 말갛고 개운한 낯빛을 보며 안도한다. 사실 몇 년 전부터 수현의 마음 건강이 위험해 보여 신경 쓰였다. 마음 사진관에 출장 서비스가 있다면 좋을 텐데. 일 때문에 바빠 집에도 들어가지 못하는 수현이 걱정스러워 애꿎은 손톱만 잘근잘근 씹었다. 그런데 오늘 예상치 못하게 수현이 왔다. 가장 좋아하는 친구의 생일에 오히려 이서가 선물을 받은 기분이다. 가장 사랑하는 친구의 행복 찾기 여정에 이서도 행복하다. 사랑하는 이를 행복하게 해주는 게 행복의 속성인 걸까. 그렇다면 그 속성은 영원히 변치 않기를 소망한다.

"나를 메리골드에 불러줘서, 그리고 마음 사진관 이야기를 들려줘서 고마워. 무엇보다 오랫동안 곁에 있어줘서 고마워. 나 친구 별로 없는 거 알지?"

"고맙기는. 나도 친구 별로 없어. 나처럼 늘 몽상에 빠져 있는 사람, 부담스러워 하는 애들도 많았는걸."

"나는 너의 그런 몽상가적 기질이 낭만적이라 생각해서 되게 부러웠는데?"

"진짜? 네가 나를 부러워했다고? 나는 세련되고 똑똑한 네가 부러웠는데?"

10년지기 친구는 서로를 부러워했던 이야기에 놀라 함께 눈을 동그랗게 뜬다. 우리는 자신의 아름다움보다 타인의 아름다움에 더 눈이 밝은 것일까.

"고백할 게 있어. 나는 예전에 마음 세탁소에서 어떤 얼룩을 지웠어."

"그랬구나. 힘든 일이 있었던 줄도 몰랐어. 미안해."

"에이 미안은… 다들 웃고 있고 말 안 하면 아무것도 모르는 게 당연하지. 사실 어떤 얼룩인지는 지워서 기억 안 나는데, 그 후로는 매일 자주 웃게 됐어. 기억나는 건… 얼룩을 지운 다음에 세탁소 지은 언니가 해준 말이야. 자신의 마음을 양육할 수 있는 사람이 행복할 수 있다고 했어. 길게 자주 웃고 낙관적인 생각을 하라고 했어. 그리고 사소한 기쁨을 느끼게 되는 순간이나 그때의 행동을 기억하래. 그 행동을 반복하다 보면, 마음이 슬프더라도 쉬이 행복에 자신을 도달하게 할 수 있다고 했어."

"행복도 반복된 습관이라는 의미 같다."

"응, 아마 그런 말이겠지? 너는 언제나 이유를 묻지 않아서 고마웠어. 왠지 나와 다른 사람이지만 서로를 이해하고 있는 기분이랄까? 근데 몇 년 전부터 네 표정이 심상치 않더라. 네가 메리골드에 꼭 와보면 좋겠다고 생각했어. 여기 마음 사진관에. 여기 왔다는 네 문자가 얼마나 고맙던지. 나 반차 쓰고 달려온 거 알아? 그 마음 상태로 살았다간 자칫 유일하게 마음을 터놓는 친구 잃을 뻔했을지도 모른단 생각에 아찔해."

"그 정도로 내가 위험해 보였구나. 내가 잘살고 있다고만 생각했어."

"물론 너 잘 살지! 멋진 집, 멋진 차, 근사한 남편, 우아한 동안 외모, 커리어까지. 근데 나는 알잖아. 그게 전부가 아니라는 거."

"알아줘서 고맙네. 이래서 나이 들수록 친구가 필요하다는 건가."

"당연하지! 우리 앞으로 힘든 일 있으면 어깨동무하며 이겨내고! 재미나게 살면서 나이 들면 같이 찜질방도 가고 여행도 다녀야지! 알록달록한 등산복 입고 산에도 다니고 꽃 사진도 찍고 말야!"

"음. 알록달록한 옷이라…. 그건 생각해 보자. 무채색 등산복을 골라도 되는 거니까. 근데 이서야 정말 행복이 뭘까?"

"행복? 음… 행복은… 어! 수현아, 저기 봐봐! 불꽃놀이 해!"

정답게 이야기를 나누는 두 사람의 눈앞에 크고 아름다운 불꽃이 터진다. 마치 이 순간을 위해 기다렸다는 듯이 찬란하고 눈부시다. 수현은 마치 불꽃을 처음 본 사람처럼 눈이 동그래져서 바라본다.

"어머머, 오늘 주말이라 불꽃놀이 하나 봐. 여기 두 면이 도시고 두 면은 바닷가잖아. 평일엔 조용한데 주말엔 관광객들 몰려와서 불꽃놀이 하는 날들이 있더라고. 근데 오늘 무슨 행사라도 있나? 불꽃이 엄청 큰데? 수현아, 우리도 해변 내려가서 불꽃 몇 개 쏴볼까?"

"좋지, 불꽃 오랜만에 본다. 회사가 여의도인데 불꽃 터지는 거 볼 여유도 없었네. 있잖아, 내 삶이 타고 남은 불꽃 같다고 생각했어. 앞에서는 화려하게 불타고 실제는 연기와 재만 남아 살고 있는 거 같았어."

"너무 힘들었겠다 수현아."

"응. 근데 지금 보니까 이서야, 불꽃은 원래 어두울 때 터지잖아. 마음이 마냥 어두운 날들도 사실은 저렇게 크고 아름다운 불꽃을 터뜨리려고 준비 중이었던 거야."

"아름답다… 역시 지수현 멋져. 그런데 찬란하고 근사한 순간이지만 정말 순간이잖아. 불꽃놀이는 끝나도 우리 삶은 계속되니까."

"그렇지. 지금이 순간임을 알기에 더 아름다운 게 아닐까. 매일이 불꽃놀이 같다면 어떨까?"

"일상이 매 순간 불꽃놀이면… 음… 불꽃에 데어 죽을걸? 혹은 심장 터져 죽거나. 아니면 불꽃같은 아름다움도, 화려함도 결국 질리겠지."

"그렇겠지? 나는 지금까지 매일을 불꽃놀이 준비하듯 산 것 같아. 맹렬하게 타고 싶었나 봐."

"우리 수현이… 너무 고생 많았다. 잘했어. 너 지금까지 잘해왔고, 충분히 잘하고 있고, 앞으로도 너무 잘할 거야. 가장 어두울 때가 가장 빛나는 순간일 수도 있다는 말이 있잖아. 지금 어둡고 힘들다면 삶의 축제를 준비 중일 수도 있으니 현재를 즐기라고 했어. 어제를 살지도 내일을 살지도 말고 오늘만 살자고 생각하니까 그 뒤로 정말 자주 웃게 됐어. 웃기지 않은 일도 웃고 나니까 글쎄 재미있어지는 거 있지? 자주 웃으니까 삶이 축제 같더라."

"삶의 축제, 페스티벌이라."

"무튼 마음 세탁소에서 얼룩을 빼고 나니 세상이 맑고 환하게 보이더라. 그때부터 몽상이 시작된 거야. 이루지 못할 꿈일지라도 꿈을 꾸며 행복하고 말도 안 되는 일이라도 즐거워졌어."

담담하게 마음 세탁소에 다녀온 이야기를 하는 이서가 조금 낯설게 느껴진다. 지금까지 알던 이서는 누구보다 밝고 사랑스러운 사람이라 아픔 같은 건 없을 줄 알았는데. 어떤 기억을 품고 살았기에 마음 세탁소에서 얼룩을 지운 것일까. 수현은 묻고 싶은 말을 목구멍에서 꿀꺽 삼킨다.

"네가 왜 이곳으로 나를 초대했는지 알 것 같아. 그리고 우린 가장 친하다고 하지만 아직 서로 모르는 게 많네."

"그래서 앞으로 더 알아갈 날들이 많고 말이야! 그치?"

"맞아. 우리 불꽃 쏘러 가기 전에 문 앞에 있는 스티커 사진 먼저 찍어볼까?"

"지금 네 입에서 먼저 사진 찍자고 한 거야?"

"나도 그런 말 할 수 있다 뭐. 흡. 아까 사진 찍은 걸 보니까 예쁘고 재미있더라고. 앞으로는 순간의 행복을 기록에 남기고 살아야겠어. 근데 이 사진도 찍으면 무슨 마법 같은 일이 생기는 거니?"

"글쎄… 정말 마법이 이뤄지게 해놨으면 재밌겠다! 일단 찍어보자."

두 사람이 신나게 스티커 사진 기계 안으로 들어선다. 앞장서 들어간 이서가 프레임을 고르는 동안 수현은 하늘을 바라본다. 이상하게 마음의 말들이 흘러넘친다. 편지를 쓰고 싶다. 수현은 마음에서 천천히 흘러나오는 말을 듣는다.

'앞으로 나아가는 길엔 언제나 진통이 따릅니다. 때론 그 진통이 아프고 괴로워 도망가고 싶습니다. 왜 내게만 이런 일이 생기나 싶죠. 하지만 내게만 이런 일이 생기는 것은 아니겠지요. 당신도 고통스럽고 힘들었을 것입니다. 하지만 나는 고통 속에 머물지 않는 행운을 얻었습니다. 고통을 지나오며 마음이 조금 어른이 된 거 같아요. 성장통이라 해야겠지요. 나의 성장통은 당신이었습니다.'

마음의 말은 하늘의 불꽃이 되어 터진다. 나의 성장통이었던 당신. 당신의 몸을 통해 세상에 나왔다는 이유만으로 늘 당신의 사랑을 갈구했고 당신의 무례를 견디어 냈으며 당신의 기대에 부응하기 위해 살아왔다. 그런 삶이 익숙해져 타인의 무례에 대처하는 법을 잊었으며 나를 사랑하는 법도 잊었다. 나를 사랑하지 못하니 남을 사랑하지 못했다. 하지만 이제 사랑을 갈구하던 어린아이가 아니라 어른이다. 어른이 되어도 이리 한참 아플 줄 몰랐지만 어찌됐든 어른이다. 진짜 어른은 나에게 상처 주는 사람을 탓만 하지 않고 자신을 보호할 줄 아는 사람이 아닐까. 성장통을 딛고 앞으로 나아가는 사람이 아닐까. 그렇다면 이제 앞으로 나아갈 수 있을 것도 같다.

"뭐 해 수현, 프레임 다 골랐어."

"하늘이 예뻐서 봤어. 다 골랐어? 찍자."

"좋았어! 사진 찍고 우리 집 가서 넷플 보면서 맥주 마시자. 늦잠 자고 일어나선 우리 동네 최고의 식당에 갈 거야! 우리분식이라고, 기대해!"

두 사람은 다양한 포즈로 사진을 찍는다. 하나 둘 셋 넷. 네 컷의 사진이 완성되는 동안 기대감과 설렘이 작은 기계 안에 퍼진다. 정성스레 사진을 찍고 인화될 사진을 고르듯 우리네 일상도 매일 매일의 한 컷을 행복하게 찍어보고 싶어졌다. 매 순간 성심을 다해 성실히 인생의 장면을 찍는다면, 행복 카메라에 영사될 장면들도 더 많아지겠지? 매일이 베스트 컷일 수는 없지만 흔들리고 이상하고 웃기고 슬프고 화나고 짜증나는 장면들이 모여 삶이 된다. 온통 아름다웠다고 할 수는 없지만 어느 순간에 아름다움을 느낄지는, 자신의 선택에 달려 있을 것이다.

"사진 찍는 거 재미있네."

수현은 스티커 사진을 핸드폰 케이스에 넣는다. 일상으로 돌아가도, 오늘을 기억해야지. 오늘을.

"12시 되기 1분 전이야! 생일 축하해 수현아! 오늘 마지막까지 축하는 내가 했다!"

우리는 인생의 베스트 컷을 위해 성실하게 열심히 살아가지만, 어쩌면 매 순간이 베스트 컷임을 모른 채 살아갈 수도 있겠다. 내일 동욱이 오면 마음 사진관까지 들어올지는 모르겠지만 스티커 사진은 같이 찍어봐야지. 때맞춰 터지는 불꽃을 향해 박수를 치며 환호하는 이서를 보며 수현의 마음에도 빛나는 불꽃놀이가 시작된다.

이토록 아름다운 밤에, 우리는 흘러가는 시간이 아쉬워

추억으로 남기려고 사진을 찍는지도 모른다. 사진으로라도 소중한 시간을 담아두고 싶어서. 온 마을 사람들이 밤하늘을 바라보며 마음속에 차곡차곡 사진을 찍어 저장하는 밤이다.

지은이 해인의 곁에서 빨간 꽃잎으로 수놓인 하늘 아래 행복하게 눈을 감은 지 1년이 되었다. 떠난 뒤에도 즐겁고 시끌벅적하게 웃으며 자신을 떠올려 달라고 했던 지은의 바람대로, 마을에서는 그녀를 기억하는 추모 파티가 한창이다. 파티의 준비는 마음 세탁소가 피어나는 걸 보았던 첫 손님이자 해인의 오랜 친구이기도 한 재하와 연희가 맡았다. 주민들은 물론이고 여행객들도 한데 모여 파티는 점점 골목까지 분주해진다.

"파티도 이제 슬슬 끝나가네. 연희야, 사장님이 너한테 남긴 영상 메시지가 있댔지?"

"어, 여기 있어."

"근데 사장님이 USB에 영상을 담을 줄도 알았어?"

"그러니까. 진짜 놀랍지?"

너무 울어 코끝이 빨갛고 눈이 퉁퉁 부은 연희가 재하에게 USB를 건넨다. 재하는 마이크를 들고 파티의 마지막 인사를 전하려다 울컥 올라오는 슬픔에 고개를 숙인다. 울지 말아야지, 사장님이 내가 우는 거 알면 속상할 거야. 재하는 마이크를 내리고 말없이 빔 프로젝트로 영상을 재생시킨다. HAPPINESS가 적힌 하얀색 긴팔 티셔츠를 입고 파티를 즐기던 사람들이 스피커에서 나오는 지은의 음성을 듣고 일제히 동작을 멈춘다.

정원 한쪽에 설치된 빔 프로젝터의 화면에서 지은이 긴장한 듯 심호흡을 하고 있다. 처음 이 마을에 왔을 때처럼 검은색 바탕에 빨간 꽃잎이 그려진 원피스를 입고 있는 지은이 짧은 침묵 끝에 말문을 열었다.

"저는 메리골드에서 마침내 행복해졌습니다. 그러니 내가 없어도 너무 오랫동안 슬퍼하지 않았으면 좋겠어요. 애도는 짧게 부탁해요. 그리고 혹시 알아요? 제가 백만 번째 삶을 끝내는 것에 실패할지."

지은이 농담으로 던진 말에 마을 사람들의 눈이 휘둥그레진다.

"농담입니다. 위로 차 레시피는 해인 씨에게 전수해 두었으니 차가 필요할 땐 마음 사진관으로 가세요. 여름에 가을을 그리지 말고 가을에 겨울을 그리지 말아요. 마지막 부탁입니다. 부디 오늘을 사세요. 지금 이 순간 행복하세요. 먼 미래의 거창한 행복을 좇느라 오늘의 사소한 기쁨을 놓치지 말고 오늘을 살아요. 나 자신을 위해서. 삶은 여행입니다. 여행 온 듯 매일을 살길 바라요."

지은의 마지막 말이 끝남과 동시에 꽃잎들이 하늘로 날아 올라간다. 빨간 동백 꽃잎과 푸른 라일락 꽃잎이 원을 그리며 섞이고 진하게 꽃향기가 번진다. 이토록 아름다운 추모 축제가 있었던가. 사람들이 아득한 꽃냄새와 아름다운 풍경에 넋을 잃는 사이, 해인이 아름다운 음악을 틀어 분위기를 고조시킨다. 그러고는 지은이 좋아하던 책을 가방에 넣고 모자를 고쳐 쓰고 사람들 몰래 문을 빠져나온다. 다급히 뒤따라 나온 재하와 연희가 무엇을 예감한 듯 해인을 꼭 안아준다.

"너 없는 동안 마음 세탁소랑 사진관은 걱정하지 마. 우리가 잘 돌보고 있을게. 청소도 매일 하고. 사람들에게 위로 차는 못 내어주지만 따뜻한 차를 내줄게. 우리 엄마 연자 씨가 같이 도와주기로 했으니까 염려 말고 다녀와."

"고마워."

"다녀와 해인아. 기다릴게."

짧은 인사를 나눈 해인은 고개를 숙인 채 길을 걷는다. 언제 돌아올지 모르는 기약 없는 여행을 떠난다. 지은이 없는 메리골드에 다시 돌아올 수 있을까. 해인은 벌써 자신이 없다.

"그러고 보면 엄마랑 아빠가 같은 날 간 게 다행이었네. 한 사람만 먼저 갔으면 외로웠을 텐데 둘이 같이 갔으니 괜찮았겠어."

고개를 숙이고 성큼성큼 빠른 걸음으로 걷던 해인이 멈추어 선다. 문득 오래전 사고로 한 날 한 시에 세상을 떠난 부모의 상실에 대한 슬픔이 마음에서 풀려나감을 느낀다. 이해할 수 없던 일들은 이해하려 노력할 땐 도저히 풀리지 않는 문제가 되고, 이해하려 노력했었다는 사실조차 잊을 때에야 이해하게 됐음을 알게 된다. 머리로는 이해했다고 생각하지만 마음으로 받아들이지 못한 일들은 때론 오해가 되기도 한다. 그러고 보면 마음은 머리보다 받아들이는 속도가 느리다.

머리에서 마음으로 가기 위한 시간 동안 발걸음은 어디를 향해야 하는 것일까. 지난 1년간 상실 앞에서 해인은 마음껏 울지도 못했지만 이미 폭풍처럼 눈물을 흘린 것 같다. 마음의 눈물인가. 그렇다면 오늘은 머리와 마음의 속도가 일정한 날이구나.

"어디로 가야 할까. 길을 잃었네, 정말."

어디로 가야 할지는 모르지만 길을 걷고 있다. 걷고 있으니 어딘가에 도착할 것이다. 해인은 할 수 있는 일이 걷는 것뿐인 사람처럼 그저 걷는다. 가방의 열린 틈으로 빨간 꽃잎과 파란 꽃잎이 춤추듯 슬그머니 들어가는 것도 모르고, 해인은 그저 걷는다. 책과 물통, 옷 몇 벌과 일회용 필름 카메라들, 그리고 꽃잎들이 가방 속에서 해인의 걸음에 맞춰 함께 흔들린다. 혼자 걷고 있지만 혼자만은 아닌 길이다.

"길을 잃었을 때 길을 찾는 방법이 있나. 내가 가고 싶은 길은 구글 맵에 나오지 않는 길인데."

해인은 바지 주머니에 두 손을 넣고 모자를 벗는다. 어디로 가야 할까 대체. 허공을 응시하는 해인의 눈동자에 붉은 노을이 담긴다. 지은 씨가 했던 삶을 여행처럼 살라는 말은 어떤 의미일까. 여행을 떠나 보아야 그 말의 의미를 알게 되지 않을까. 언제 다시 돌아올 수 있을까. 자신이 없다.

"아빠 신발 있네? 아빠 집에 있었어? 마트에서 장 봐 왔어! 김치찌개랑 계란찜 해 먹을까?"

"어 범준아, 아빠 방금 들어왔어. 오늘 알바 일찍 끝났니?"

"요즘 카페에 손님이 별로 없어서 사장이 일찍 들어가래. 시급 주기 힘든가 봐. 아빠는 오늘 택시 매출 맞추고 들어온 거야?"

"맞추긴 했는데 밥 먹고 다시 나가볼까 생각 중이야. 장거리 하나 뛰고 왔는데, 고급 아파트에서 젊은 여성분이 울면서 타시더니 주소가 적힌 종이를 주시더라고. 두어 시간 거리라 고민하다 그 여성분이 너무 슬퍼 보여 다녀왔어."

"거기가 어딘데?"

"메리골드라는 덴데, 얼핏 보니 도시가 아주 아름답더라. 다음에 우리도 가보자."

"메리골드? 아, 나 들어본 거 같은데. 그리고 아빠 쉬엄쉬엄 해! 뭐 그렇게 열심히 살아! 장거리 뛰었으면 오늘이만 쉬자!"

"껄껄, 그러게 말이다. 시간 많은데 놀면 뭐 하니. 이 아빠 대신 범준이 네가 쉬엄쉬엄 살고 있잖니."

"그렇긴 해, 킥킥. 스물다섯에 알바만 하고 사는데도 잔소리 안 하는 부모는 세상에 아빠밖에 없을걸? 우리 아빠 최고!"

"뭐든 다 때가 있는 거니까. 나는 너 믿어. 그리고 아빠는 범준이가 무슨 일을 하든 다 좋아. 네가 재미있고 즐겁다면, 그게 사람들을 해치거나 범법 행위만 아니라면 아빠는 그걸로 행복해."

"킥킥. 나 같은 쫄보가 범법 행위를 어떻게 해. 근데 진심임? 세상에 이런 아빠가 어디 있냐! 에이, 기분이다! 오뎅볶음도 해줄게. 얼른 씻고 오셔!"

범준은 아빠의 등을 떠밀어 욕실로 들여보낸다. 평생 은행원으로 성실히 살다 퇴직하고 연금 받으며 쉬엄쉬엄 살아도 되는 사람이 작년부터 택시 기사를 한다고 나섰다. 아빠는 어쩜 저렇게 성실할까. 하고 싶은 것도 없고, 무얼 좋아하는지도 모르겠고, 딱히 하고 싶은 게 없는 범준은 이해가 되지 않는다. 집에서 아무도 만나지 않고 누워 있는 게 제일 좋다. 집에만 있어도 잠도 자고 유튜브도 보고 게임도 하고 넷플릭스 보고 하루가 바쁘다. 정말 종일 집에 틀어박혀 아무것도 하고 싶지 않지만 아빠에게 부담을 주기는 싫어서 용돈이라도 벌려고 아르바이트를 전전하고 있다. 자신이 꼭 아니더라도 상관없는, 언제 그만두어도 이상하지 않은 자리가 자신의 자리 같다. 정사각형으로 썬 오뎅에 간장을 넣고 볶으니 맛있는 냄새가 올라온다. 어제 아빠가 끓여서 냄비째 냉장고에 넣어 둔 김치찌개를 꺼내어 데우고 계란찜을 하기 위해 오늘 사 온 계란을 꺼낸다. 마트의 세일 알림 문자를 보고 범준이 시간 맞춰 가서 사 온 소중한 무항생제 유정란이다.

"평소에 먹던 계란보다 배로 비싼 계란인데 아껴 먹어야지. 두 알만 할까? 에이, 아빠 오늘 장거리 뛰었다니까 사치 좀 부려보자. 네 알 간다! 어우 맛있겠다, 벌써 침 고이네. 아빠, 얼른 씻고 나와!"

"다 씻었어, 냄새가 아주 좋다 야. 장 본 거 얼마 들었어? 아빠가 줄게."

"아빠, 나도 돈 벌거든요! 장은 볼 수 있습니다요! 얼른 이리로 오시죠."

너스레를 떨며 범준과 아빠는 식사 준비를 한다. 단 두

식구뿐인 식탁이지만 다정으로 꽉 채운 식탁은 따뜻하다. 아빠는 범준을 지그시 바라본다. 어릴 때보다 덩치는 컸지만 아빠의 눈에는 아직도 손가락을 빨며 자신을 바라보던 세 살 아기 같다.

"아빠 아빠, 계란찜 좀 먹어봐. 내가 오늘 세일해서 큰맘 먹고 뒷자리가 2인 계란을 샀거든? 아주 고소해."

"냄새가 아주 좋네. 먹어볼게. 근데 뒷자리가 2라니, 그게 무슨 말이야?"

"아빠, 계란에도 번호가 있는 거 알아?"

"번호가 있어? 난 그냥 마트에서 제일 싸고 양 많은 것만 집어 왔지. 뭐가 달라?"

"이 계란은 말이야. '동물복지 유정란'이야. 행복한 닭이 낳아 건강하고 영양이 풍부한 계란이지. 자연 방목해서 항생제 없는 자연 목초를 먹고 자란 닭이 낳은 계란은 여기 찍힌 뒷번호가 1번이야. 봐봐, 이 번호 보이지?"

"안경 좀 벗고 봐야겠다. 글씨가 작아 잘 안 보이네. 아… 정말 맨 뒷자리에 똑같이 2가 찍혀 있네? 그럼 몇 번까지 있는데?"

"내가 다른 나라는 모르겠고 우리나라는 사육 환경에 따라 1번부터 4번까지 나뉘어. 그동안 우리가 먹던 계란은 4번인데. 똑같이 생긴 케이지에 갇혀서 주는 사료만 먹고 알만 낳고 딱 그 케이지만큼의 생을 사는 닭에게서 나온 계란이 가장 낮은 등급인 4번인 거지."

"계란에도 그렇게 심오한 뜻이 있구나. 우리 범준이 아는 게 정말 많아."

"유튜브에서 봤어. 어쨌거나 아빠, 내가 생각을 해봤는데 닭도 자유롭고 행복하게 살 때 신선한 알을 낳는단 말이지. 케이지에 갇혀 제자리걸음 하는 닭의 달걀이 가장 저렴하고. 근데 지금 내 인생이 4번 계란의 삶인지, 1번 계란의 삶인지, 혹은 2번이나 3번 계란의 삶인지 잘 모르겠어."

"아빠 생각엔 남들이 스탬프로 찍어준 뒷자리의 숫자가 어떤 등급을 의미한다고 생각하지는 않아. 만약 계란의 뒷번호를 사람에 비유해 생각한다면 말이야. 내가 어떤 뒷번호인지는 스스로 정하는 게 아닐까? 근데 계란찜 먹으면서 그런 말 하니까 뭔가 되게 심오하다 야. 범준이 너 오늘따라 이상한데?"

"역시 아빠는 눈치가 빨라. 아빠, 아빠는 은행원이 하고 싶어서 했어?"

"나는 뭐… 하고 싶어서 했다기보다는 우리 때는 공부 잘하면 들어갈 수 있는 직장이 금융권이었는데 그나마 은행에 다니는 게 규칙적인 생활을 좋아하는 나한테 맞을 것 같더라고. 딱히 하고 싶은 일도 없고 좋아하는 일도 없었는데 아빠가 입사한 은행은 연봉이 높았지."

"좋아해서라기보다 할 수 있는 일을 한 거구나."

"그렇지, 그땐 그랬지. 어떤 걸 좋아하는지 생각하기보다 학교에서 정해준 공부를 하고 성적을 잘 받는 게 가장 중요하다고 생각했으니까. 근데 돌아보면 학교 수업 시간에 배운 거, 한글이랑 연산 빼곤 인생에서 쓰이는 게 없더라. 회사 다니며 매일 밤 새워 공부만 하던 게 어찌나 억울하던지. 껄껄."

너털웃음을 짓는 아빠의 잔에 범준이 막걸리를 따른다.

"오늘 범준이 서비스가 아주 좋은데? 알겠어, 다시 일 안 나가고 집에서 쉴게. 아빠는 네가 지금 당장 취업하지 않더라도 불안해하지 않으면 좋겠어. 학교에서 좋아하는 일을 찾는 걸 배운 적이 없는데 네가 어찌 알겠어."

"아빠는 정말 천사야. 근데 영원히 좋아하는 일이나 하고 싶은 일을 찾지 못하면 어쩌지. 그땐 그냥 나도 아빠처럼 할 수 있는 일을 해야겠지?"

"그것도 나쁘지는 않지. 아빠가 살아보니까 사람이 모두 좋아하는 일을 하면서 살거나, 하고 싶은 일을 알고 살지는 않더라고. 다만 하는 일을 좋아해 보려고 노력하거나 퇴근하고 재미있는 어떤 취미를 찾던가 해야지."

"아… 근데 정말 난 아무것도 하고 싶지 않은데 말이야. 평생 좋아하는 일도 못 찾고 허송세월만 보낼까 염려가 되긴 하는데 도통 모르겠어."

"살면서 좋아하는 일을 찾은 사람은 복권 당첨된 거랑 똑같지 않을까."

범준과 아빠는 저녁을 먹으며 즐겁게 대화를 한다. 범준은 어떤 이야기든 비난하지 않는 아빠가 세상에서 제일 편하다. 자신을 제일 잘 이해해 주는 건 역시 가족이다. 아빠가 막걸리 안주로 가장 좋아하는 범준의 오뎅볶음이 금세 동이 난다. 범준은 프라이팬에 남겨둔 오뎅을 모두 담아 온다.

"근데… 그럼 퇴직하고 왜 택시 일을 하는 거야? 솔직히 아빠 연금 나오니까 쉬어도 되잖아. 택시 일은 하고 싶었던 일이었어?"

"아빠는 하고 싶은 일을 아직도 모르겠어. 정년이 되어 퇴직하니까 그동안 못 다녀본 이곳저곳을 다녀보고 싶은데, 어디부터 어떻게 가야 할지 모르겠는 거야. 근데 어느 날 등산이나 갈까 싶어서 택시를 타니까 기사님이 "손님, 어디로 가실 건가요?" 묻더라고. 그때 머리를 탁 쳤어."

"탁! 이렇게?"

"껄껄, 그렇지. 탁! 어디를 가보고 싶어도 어디로 가야 할지 모르겠는데, 손님들이 어디로 가자고 말해주는 거야. 그럼 나는 매일 어디를 갈 수가 있잖아. 대부분 평생 안 가본 동네들이더라고. 힘들긴 하지만 그게 좋더라."

범준이 퍼 온 오뎅을 밥 위에 얹어 삭삭 긁어 먹으며 아빠는 오늘 낮에 다녀온 메리골드를 떠올린다. 범준이도 그런 동네에 가보면 좋을 텐데. 그때 범준이 반으로 접힌 종이를 꺼내서 아빠에게 건넨다. 종이를 펼쳐본 아빠는 눈이 동그래진다.

"청년 도시 체류 프로그램? 이런 것도 있어?"

"아빠, 내가 누구야. 알바 갔다 와서 종일 인터넷만 하잖아! 게임할라고 사이트를 탁 열었는데 이상한 팝업이 뜨는 거야. 닫으려다 실수로 클릭했는데 거기에 1년간 숙식 제공, 체류비 지원, 도시 내의 단기 일자리 알선 가능이라고 써 있더라? 엄청나지!"

"그런 거 다 해주면 뭐가 남는다니. 청년 지원해 주는 건가?"

"맞아. 청년 지원 프로그램인데 뭐 다 준다니까 일단 신청을 했거든?"

"설마 합격했어?"

"어! 합격했어! 대박이지! 남들이 취업 성공하면 이런 기분이겠지? 잠깐, 근데 도시 이름이 낯익은데… 종이 줘 봐, 어 맞다 맞다! 메리골드! 아빠가 오늘 다녀온 거기네!"

"이야 축하한다 우리 범준이, 합격도 하고. 대단하네. 그런데 메리골드에 간다고? 아까 잠깐 들렀는데 꽃도 많이 피어 있고 바다도 있고 참 좋더라. 아빠가 주말에 들러도 될까?"

"당근이지! 안 올라 그랬음? 안 오면 나 삐짐! 서운함!"

"좋지. 언제 출발이야? 아빠가 데려다 줄게."

"오 콜! 아빠가 데려다 주면 완전 땡큐지. 다음 주 수요일인데 아빠 일 안 나가도 돼?"

"그날은 범준이 위해 미터기 내가 직접 꺾지 뭐. 우리 집 VIP 손님이 타시는데."

아빠는 범준이만 생각하면 무엇이든 다 해주고 싶다. 고등학교 졸업하고 입학한 2년제 대학을 한 학기 다니다 휴학한 범준이 아무것도 하고 싶지 않다며 집에 있기 시작한 뒤 3년이 흘렀다. 집에 종일 누워만 있던 녀석에게 답답해도 아무 소리도 하지 않았다. 왠지 청년 시절의 자신에게도 필요했을 것 같은 시간들. 꼭 무엇이 되라고 강요하는 사회에서 꼭 무엇이 되지 않아도 괜찮지 않나 하는 생각이 들기도 했다.

아들이 집에서 수년째 놀고 있는 걸 본 동네 사람들이 혀를 끌끌 차도 아빠는 한 번도 불편하게 하지 않았다. 술에 취한 아빠가 슈퍼마켓 김 씨의 부축을 받아 집에 들어오며 나누던 대화를 듣기 전까지는, 대충 라면을 끓여 먹고 유튜브를 보거나 게임을 하는 것이 하루 일과의 전부였던 범준이었다.

"이봐 자네, 범준이 저렇게 둘 거야? 젊은 녀석이 집에만 있어 되겠어? 뭐라도 좀 시켜봐."

"여기 어디야, 우리 집이구나. 김 씨, 범준이 그냥 둬. 나이 들면 뼈마디가 아파서 저렇게 누워 있고 싶어도 못 누워 있어. 다 자연스러운 때가 있는 거야."

"자연스럽긴 개뿔. 자네 범준이가 자네 친아들이어도 그랬을 건가? 범준이 친엄마 출가하고 나서 그렇게 범준이도 같이 보내라니까, 내 말을 안 듣더니. 쯧쯧…."

"다시는 그런 말 하지 말어. 범준이는 세 살 때 범준 엄마 손 잡고 들어오던 때부터 이미 내 마음으로 낳은 자식이야. 단 한 번도 내 친자식이 아니라고 생각한 적 없네. 자네 말이 지나쳐."

"생각해서 해준 말에 그렇게 칼 갈기는… 착한 거 같아도 은근 고집 있어 아무튼! 범준 엄마랑 결혼할 때도 뭔가 마음이 다른 데 가 있는 거 같고 불안해서 그리 말렸건만. 쯧쯧…."

"그게 삶의 이치라면 받아들여야 하는 거 아닌가? 어쩔 수 없는 일 아닌가. 그 사람 욕하지 말게. 자네 눈에 좋지 않아 보일지 몰라도 내게는 좋은 사람이야. 그리고 범준 엄마는 출가했지만 범준이는 내게 남았고. 우리가 너무 허물이 없었나, 자네 오늘 실언을 많이 하는구만. 그만 돌아가시게."

"자네가 하도 착하고 물러터져서 답답하니까 그러지 이

양반아. 허긴, 태어나 한 번 사는 자기 인생인데 지 맘대로 사는 게 당연지사인 거 잘 아는데, 우리 땐 그렇지 못해서 자꾸 쉰 소리를 하게 되네."

"우리 때는 한참 옛날인데 우리가 힘들게 살았다고 요즘 애들까지 힘들게 살라는 법 있나. 요즘 애들은 또 요즘 애들만의 고민과 어려움이 있을 건데 우리는 응원해 주고 지지해 주면 좋지 않겠어. 나는 그러고 싶네. 내가 택시 일 하면서 요즘 젊은 청년들 보니까 다들 너무 힘들어. 우리가 청춘을 응원해 줍세. 자네가 나를 생각해 주는 마음은 잘 아네. 하지만 아무리 가까운 사이라도 그렇지. 범준이 이야기는 각별히 조심해 주게."

"요요 입이 방정이야. 그… 거… 뭐시기냐. 무례했던 건 사과하네. 내 앞길도 첩첩산중인데 남의 일에 훈수를 두니 이거 참 늙어갈수록 입을 잘 놀려야 하는데 말이지. 요 놈의 주둥이! 요 주둥이가 문제야. 이제부터 젊은 사람들 사는 일에 잔소리할라믄 벌금을 내든가 해야지. 젊은이들은 우리한테 잔소리도 안 하고 이상한 짓거리를 하든 꼰대처럼 굴든 나이 들었다고 대우도 해주는데 말이여. 에헴… 오늘 일은 내 반성하겠네. 그럼 난 이만 감세."

"알겠네. 우리부터 좋은 어른이 되어야지. 우리 때는 먹고사는 일이 바빠 좋은 어른을 못 만났잖나. 그럼 문 잘 닫고 가게 김 씨. 범준이 녀석은 오늘 무슨 일로 집에 없는 모양이야, 이렇게 조용한 걸 보니."

"알았네. 거… 거시기 뭐냐… 내일은 내가 슈퍼에서 막걸리 한잔 사리다. 요 입방정을 떤 벌금이라 칩시다. 일 끝나고 들리시게."

"좋네… 좋아…."

김 씨는 범준 아빠가 은행에 취직해 근처에 방을 얻어 살 때부터 연을 이어온 사이다. 속은 여린데 오지랖이 넓은 김 씨는 가까워졌다 싶으면 선을 넘어 사람들의 마음을 상하게 하는 일이 종종 있었다. 김 씨는 인테리어 일을 하다 시간이 남을 때마다 아내의 슈퍼마켓 일을 돕는데, 요즘은 일이 줄어 거의 슈퍼마켓에 있다.

범준 엄마는 범준이가 중학교를 졸업하자마자 출가를 했다. 범준은 아빠와 살고 싶었다. 집에 있으면서도 1년의 반은 집을 떠나 있는 엄마가 낯설었다. 범준은 친아빠에 대해 듣지 못했지만 지금 아빠는 언제나 부족함 없이 범준을 사랑했다. 사랑한다는 말이 없어도 그 눈에 가득 찬 사랑, 다정한 배려, 손짓과 말투에 묻어나는 사랑을 모를 수 없을 만큼 범준 아빠는 범준을 사랑했다. 말로만 하는 사랑이 아니라 온몸으로 느껴지는 사랑을 받고 자란 범준은 엄마가 떠난 후 큰 결핍 없이 자랐다. 슈퍼마켓 김 씨가 다녀간 날, 방에서 잠을 자고 있던 범준은 둘의 대화를 듣고 다음날 아침 엄마에 대해 오랜만에 물었다.

"아빠. 엄마는 출가가 그렇게 하고 싶었대?"

"우리 범준이, 엄마 얘기 오랜만에 하네. 얼마 전에 연락했는데 잘 지내고 있대. 사실 엄마는 하고 싶은 게 분명했어. 늘 그 삶을 살길 원했지. 근데 아빠가 잡았어. 사랑해서 곁에 있으면 가지 않을까 내심 기대했는데, 하지만 언젠가 떠나리라는 걸 알고 있었어."

"아빠도 알고 있었구나. 실은 나도."

"범준이도 알고 있었구나."

"어떻게 몰라. 엄마 마음에 우리가 없는 게 보이는데. 아빠는 엄마한테 화 안나?"

"화가 왜 나. 보물 같은 범준이가 엄마 덕분에 아빠한테 왔잖아. 너는 내 인생에 가장 큰 선물인걸. 그리고 사람이 하고 싶은 일이 명확히 있다는 건 멋진 일이라고 생각해. 그래서 우리 집에서 한 사람이라도 하고 싶은 걸 하는 사람이 있어도 좋겠다는 생각이 들었어."

"아빠 역시 대인배. 크… 아빠 사랑해! 근데 있잖아, 나는 하고 싶은 게 없어."

"그 나이 때 하고 싶은 게 있는 게 이상할 수도 있어. 천천히 생각해. 괜찮아."

"그래도 될까? 남들 다 치열하게 사는데 가끔 죄책감 들어. 근데 맨날 누워 있으니까 등도 아프고. 동네 편의점 알바 공고 붙었던데… 거기 함 가보려고."

"아르바이트를 하게? 대단한 결심을 했네."

그렇게 편의점 아르바이트를 시작한 범준은 석 달 뒤 그만두고 슈퍼마켓 김 씨 아저씨의 인테리어 현장 일을 따라 몇 달을 해보더니 집에 와서 다시 몇 달을 누워 있었다. 누워 있다 지루해진 범준은 좋아하는 대형 프랜차이즈 카페에서 아르바이트를 하다 시급이 좀 더 높고 일하는 시간이 적은 동네 카페로 알바를 옮겼다. 불경기에 손님이 급격히 줄어들자 이번엔 포토그래퍼 보조 알바를 해볼까 생각하던 중 청년 도시 교류 체험 프로그램에 지원했고, 합격을 했다.

합격 발표 문자도 누워서 핸드폰 게임을 하다 손목이 아파서 잠깐 쉴 겸 감자탕이나 시킬까 생각하던 중에 갑자기 날아왔다. 누워 있던 범준이 합격 문자를 받고 놀라 벌떡 일어났다.

— 아무것도 하고 싶지 않은 청춘 범준 님이 내주신 용기에 박수를 보내드립니다. 합격하셨습니다.

"신기하네. 아무것도 하고 싶지 않은 청춘이 아무것이 무엇인지 찾고 싶다고 딱 석 줄로 대충 지원서 써서 넣었는데 합격이라니. 지원자가 없나? 대학도 대충 정원 미달인 데 넣고 들어가서 좋은 줄도 몰랐는데. 근데 이게 뭐라고… 기분 좀 좋은 거 같다?"

범준은 핸드폰의 문자를 들여다보고 또 봤다. 아무리

봐도 스펨 문자 같지는 않다. 혹시 모르니 발신자 번호로 전화해 합격 확인을 해보니 맞단다. 이럴 수가. 문자를 받기 전까지는 케이지 안에 갇힌 4번 계란 같았는데, 문자를 받으니 왠지 좀 더 가능성이 있는 3번이나 2번 계란 같잖아! 1번 계란까지 바라는 건 좀 양심 없는 것 같은데. 가만, 그러고 보니까 며칠 전에 마트 세일 문자가 왔는데 그게 오늘이지? 그래, 내가 오늘만 기다렸다. 기다려라, 자유롭게 방목해 낳은 유정란 뒷자리 2번 계란아!

범준은 그렇게 신나게 달려가 통장에 남은 25만 원 중 무려 거금 2만 원을 막걸리, 계란, 오뎅, 양파에 지출했던 것이다. 범준은 아빠에게 합격 사실을 알리고 저녁을 먹은 뒤 방으로 들어와 침대에 누웠다.

“아우, 내 방 내 침대가 제일 편하다. 이렇게 좋은데 왜 열심히 나가서 일하고 치열하게 살아야 하는 거야. 도통 모르겠어.”

치열하게 살아야 한다는 생각을 하니까 머리가 아파온다. 범준은 영화나 한 편 볼까 생각을 하지만 일어나기 귀찮아 그대로 누웠다. 내일이 없는 것처럼 오늘만 사는 청춘, 누워 있고 싶을 때 마음껏 누워 있어도 되는 청춘, 먹고 바로 누워도 되는 청춘, 통장에 돈이 많이 없어도 되는 청춘, 하고 싶은 일도 가고 싶은 곳도 없는 청춘이지만 지금 당장 하고 싶은 건 있다. 바로 이거다.

"하아암… 영화 틀기도 귀찮으니까 오늘은 그냥 자자. 이빨 닦기도 귀찮네. 그냥 잘래. 하아암."

이렇게 알바만 하고 거의 누워 살아도 뭐라고 하는 사람 없는데, 대체 뭐 때문인지 마음이 너무 힘든 하루다. 아무도 뭐라고 하지 않는 사회에서 스스로 눈치를 보는 건가. 에이, 모르겠다. 일단 자자!

"세상에서 누워 있는 게 제일 좋아. 지금 이 순간이 천국이구만, 이놈의 세상은 자꾸 뭘 하래. 하아암."

"안녕하세요, 여기가 사진이 잘 나온다는 사진 맛집인가요?"

"네, 어서오… 어머 해인아! 어서 와! 꼬박 1년 만이네."

"야, 이 자식! 너 왜 이제야 와! 우리끼리 지내느라 얼마나 재밌고 즐겁고 좋았는지 알어 인마! 콱, 그냥! 일루 와! 시커멓게 타서 멋있어져가지고!"

네 번의 계절과 열두 달을 지나 해인이 돌아왔다. 온다는 연락 없이 소란스럽지 않게 조용히 들어오려 했는데 마침 주말이라 사진관 마당에 앉아 햇볕을 쬐며 졸고 있던 재하와 옆에서 책을 읽고 있던 연희가 해인을 맞이한다. 어제 만나고 오늘 헤어진 듯 시간의 공백 없이 세 사람은 농담을 주고받으며 안부를 묻는다. 연희는 내심 해인이 돌아오지 않을까 걱정했고 재하는 해인이 틀림없이 돌아올 것이라고 장담했다.

"자, 10만 원 내놔."

"치사하게 그걸 기억하냐. 송금해 줄게, 기다려!"

둘은 해인이 1년 안에 돌아올지 그 이상이 걸릴지를 놓고 10만 원 내기를 했고 재하가 이겼다. 하루만 늦게 왔어도 연희가 이기는 건데 딱 1년 만에 돌아와 준 해인이가 고마워 기쁨의 춤을 추던 재하가 해인을 살핀다. 전보다 검게 그을렸고, 여행을 떠난 그날보다 표정이 좋아 보인다. 다행이다.

"해인, 이런 성실의 아이콘, 여행지에서 책까지 내고 말이야. 일회용 카메라로 찍은 사진으로 이렇게 근사한 책이 나오다니 대단한데? 근데 어떻게 책을 쓸 생각을 했어?"

"사진이 해상도가 많이 깨졌는데 나름대로 느낌 있지? 일회용 카메라로 사진을 찍다 보니까 핸드폰이나 디지털 카메라처럼 확인을 하거나 지울 수 없잖아. 단 한 번만 찍을 수 있는 거지. 그러니까 한 컷 한 컷에 정성을 기울이게 되더라고. 뷰파인더를 섬세하게 보고 사진을 찍을 때 최대한 숨을 참고 흔들리지 않게 정성을 다해서 말이야."

"송금했다 재하, 어머 정말 그렇겠다. 그래서?"

내기에 져서 10만 원을 송금한 연희가 재하를 한번 흘겨보고는 해인의 이야기에 다시 집중한다.

"여행을 떠난 그날부터 일기를 썼거든. 그리고 하루에 딱 한 컷만 찍었어. 매일이 이렇게 한 장면씩 모여 이루어지는 것이라면 단 한 순간도 소중하지 않은 장면이 없겠더라고. 기록은 과거를 기반으로 미래의 자신을 찾는 것이라고 하잖아. 기록을 하는 순간 오늘이 어제가 되는데, 어제와 오늘과 내일을 굳이 구분 지으려 하지 말고 시간에 얽매이지 말고 살아가야겠다고 생각했어. 마침 내 전시를 담당했던 분이 여행에서 찍은 사진으로 사진집을 내자고 제안해 주셔서 책을 내게 됐지. 공간에서 하던 전시를 책으로 하는 것이라 생각했어. 공간의 크기만 다르고 표현의 질감만 다를 뿐인 거지. 변화 없던 내 인생에 1년이 참 다이나믹했어."

"그래 다이나믹하다. 너 지금 1년 치 말을 다 하고 있는 거 알아? 숨 좀 쉬어. 숨차겠다. 근데 팔에 새긴 그건 뭐야. 스티커야? 설마 타투 했어?"

해인의 오른팔에 새겨진 시계 모양의 타투를 재하가 손으로 벅벅 문질러 본다. 손으로 문지르다 침을 묻혀 살이 빨개질 때까지 밀어보아도 지워지지 않는다. 대답 대신 해인이 웃고 있다.

"타투 한 거 맞네! 와… 부내 풀풀! 이런 게 부티지. 하고 싶은 걸 실행할 수 있는 여유! 나 같은 회사원은 꿈도 못 꾸는 팔에 타투라니! 연희야, 난 여기 배에다 할까? 아님 등에 할까?"

"옷 내려라. 뱃살 출렁인다. 근데 시계에 분침과 초침이 없네? 일부러 그런 거야?"

"영원을 담아두고 싶었어. 시간의 흐름에 연연하지 않아도 되는."

"영원을 담아둔다… 역시 심오해. 멋있어."

"여행을 하면서도 내내 지은 씨 생각에만 사로잡혀 있었어. 그러다 지은 씨가 남긴 마지막 말이 생각났어. 함께 했던 과거에 갇히지 않고 현재를 사는 것이 진짜 지은 씨가 바라는 일이겠구나 싶었어. 왜, 너희들 그런 때 있지 않아? 정말 좋은 순간은 시계를 보지 않아도 시간이 훌쩍 가 있고, 어떤 순간엔 분, 초마다 언제 끝나나 시간을 확인할 때?"

"완전 있지. 매일 있지. 점심시간은 왜 이리 빨리 가고 퇴근시간과 회식시간은 분초가 왜 이리 안 가니!"

"맞아. 그런데 시간이 가는 순간도 내 인생이고, 시간이 가지 않는 순간도 내 인생이잖아. 주말의 나도 내 인생이고, 평일의 나도 내 인생이듯이. 모든 순간의 시간 흐름에 연연치 말자는 생각이 들어서 잊지 않으려고 팔에 타투를 새겼어."

"완전 멋있어…! 나 너한테 반해도 되냐?"
"아니. 사양할게, 재하야."
"그나저나 해인이 피곤하겠다, 지금 왔는데."
"괜찮아. 사실 이따 저녁에 수현 씨네 책방에서 북토크가 있어."
"아, 이서랑 친구분이 같이 하는 책방? 도착 첫날인데 괜찮겠어? 좀 쉬었다 하지 그래."
"적당히 피곤한데 기분 좋은 피로감이야. 예정돼 있던 북토크가 무슨 사정으로 취소가 돼서 이서가 부탁하더라고. 우리 마을에서 하는 건데, 끝나고 쉬면 되지."
"아무튼 대단해. 근데 수현 씨는 왜 갑자기 이서랑 책방을 낸 거래?"
"이서가 디지털 노마드잖아. 프리랜서 편집 디자이너로 일하는데 요즘 외주가 좀 줄어든 차에 이서도 다른 일을 해보고 싶어졌대. 그래서 수현 씨가 투자하고 이서가 직원으로 일을 한대."
"그럼 책방 운영을 이서가 전담하겠네?"
"줌으로 회의하고 업무를 분담해서 운영한대. 좋은 세상이야 요즘은."
"신기하다. 그렇지만 아무리 온라인이 발달해도 오프라인 공간의 감성을 채워줄 순 없지. 사는 게 좀 편리해진 건 있지. 맞다 해인아, 마음 세탁소랑 마음 사진관은 그동안 다녀간 분들한테 나에게 쓰는 편지 쓰게 해드리고 사진도 찍게 해드렸어. 청소도 잘해놨으니까 들어가 봐. 쉬어, 그럼 우린 간다!"

"고마워."

"왜 벌써 가? 우리분식에서 같이 밥 먹고 가자! 나 해인이랑 더 있고 싶… 아얏! 꼬집지 마, 이연희! 알았어. 갈게 갈게!"

연희가 재하의 귀를 잡고 끌고 나가는 모습을 보며 해인은 둘을 향해 가볍게 손을 흔든다. 그리고 천천히 뒤를 돌아 지은과의 추억이 가득한 공간을 바라본다. 익숙한 이 공간이 내가 있을 자리구나. 여행을 떠나 그동안 돌보지 않았던 자신의 감정과 일상에 집중하게 되었다. 매일 무엇을 먹을지, 나 자신과 무엇을 할지가 가장 큰 선택이었다. 이래서 지은 씨가 삶을 여행처럼 살라고 한 걸까.

"다녀왔어요. 그리웠어요, 지은 씨."

해인이 읊조린다.

"야옹."

온몸이 새하얀 털로 덮인 예쁜 고양이가 사뿐사뿐 걸어와 해인의 발 주변을 맴돈다. 그러고 보니 해인이 가는 여행지마다 하얀 고양이를 만났다. 한 번씩 슬픔이 벅차올라 망연자실해 있을 때나 너무 아름다워서 슬픈 순간에 하얀 고양이가 나타났다. 그때마다 모두 같은 고양이인가 싶을 만큼 희고 아름다운 고양이였다. 고양이가 움직이는 모습에 시선을 따라가다 보면 이미 슬픔은 제 갈 길을 찾아 사라진 뒤였다.

"지은 씨 떠나는 날, 머리칼도 네 털처럼 이렇게 새하얗게 아름다웠지. 너는 이름이 뭐니?"

"야옹."

"이름이 야옹인가. 야옹이라 불러줄까?"

"야옹."

하얀 고양이는 도도한 걸음으로 정원에 놓인 의자에 올라가 낮잠을 잔다. 세상에서 가장 편안한 얼굴로 낮잠을 청하는 고양이에게 해인이 인사를 건넨 뒤 집으로 발길을 돌린다.

"다시 태어나면 고양이로 태어나야겠다. 너는 참 편안해 보이는구나. 네 이름은 레이지로 하자. 한없이 늘어지고 게으르게 살아도 괜찮은 휴일 같은 고양이 레이지."

"야옹."

햇살은 뜨겁고 고양이의 낮잠은 달디 달다. 달콤한 한낮, 낮잠 자는 고양이의 등 위로 비눗방울이 번진다. 꽃잎인가, 비눗방울인가. 무엇이면 어떠리. 생각조차 졸고 싶은 평화로운 한낮이다.

"가보지 않은 길은 두렵고 어렵고 막막하죠. 하지만 그 길이 내 길인지는 두려워도 가보아야 알 수 있는 것 같아요. 어디에도 처음부터 길이라고 불린 곳은 없었으니까요. 누군가 그 길을 간 다음에 결과가 생기면 우린 그걸 '길'이라 부르잖아요."

"그렇다면 해인 님은 무엇을 위해 가보지 않은 길을 가기로 결심하신 건가요?"

"겁이 났어요. 어떻게 살아야 할지 막막해졌어요. 사랑을 잃고 울고만 있다면 사랑하는 이가 슬퍼할 거 같았어요. 사랑하는 사람이 이곳을 떠나 새로운 길을 찾아 가는 걸 보며, 저도 길을 떠나면 무언가를 알 수 있지 않을까 생각했어요. 살아야 할 이유와 의미를 찾고 싶었어요."

대답을 마친 남자가 마이크를 내리고 멋쩍은 듯 웃으며 갈색 머리를 손으로 쓸어 올린다. 테이블엔 오랜 세월 손때가 묻어 반질반질해진 카메라와 그가 출간한 사진집이 놓여 있다. 어스름한 노을이 내려앉는 시간, 메리골드 마을의 중턱 책방에선 열 명 남짓의 소규모 북토크가 열리고 있다. 언제나 꽃향기가 나는 아름다운 도시에 유일하게 책을 파는 '마음 책방'이다.

열 평 남짓한 서점에서 무릎이 닿을 듯 동그랗게 모여

앉은 사람들이 해인의 책을 손에 들고 이야기를 나누고 있다. 허름한 구옥 1층에 위치한 작은 책방은 형광등 없이 서너 개의 스탠드 불빛으로 공간을 채웠다. 신기하다. 화려한 장식이 없어도 온기를 머금고 있다. 그러고 보면 공간을 채우는 온기는 사물이 아닌 사람이 아닐까. 따스하게 서로를 바라보는 이 공간에서 사람들은 그리운 무언가를 추억하는 듯 생각에 잠긴다.

"야옹."

정적을 깨고 열린 문으로 들어온 새하얀 고양이가 대화가 오가는 틈으로 들어온다. 걸음이 가볍고 우아하다. 해인은 독자들의 질문에 대답하며 왼쪽 소매를 무심히 접어 올리다가 고양이와 눈이 마주쳤다. 푸른빛이었던 고양이 눈동자가 순간 붉은 빛으로 바뀐다.

고양이에게 슬며시 미소 짓는 해인이 고개를 돌려 오른쪽 소매를 마저 두 번 접어 올린다. 고양이는 사뿐사뿐 나비의 날갯짓처럼 가볍고 우아하게 걸어와 해인의 오른쪽 손목에 새겨진 타투에 볼을 비빈다. 고양이의 걸음을 눈길로 쫓으며 범준이 묻는다.

"그러고 보니 팔에 초침도 분침도 없는 시계 모양 타투를 새기셨는데 어떤 의미가 있나요?"

"여행지에서 찾은 인생의 의미를 새겼어요."

"와. 완전 멋있어…! 인생의 의미를 찾았다구요? 저

는 살아갈 이유도 못 찾겠는데. 대박, 형! 형이라고 불러도 되죠? 저도 인생의 의미 찾으러 여행 떠날래요! 아 맞다, 지금은 못 가지. 그래서 형이 찾은 인생의 의미가 뭐예요?"

1년 전부터 메리골드에서 아르바이트를 하고 있는 범준의 질문에 해인은 대답 대신 테이블에 올려둔 책을 들어 올린다.

"아마 이 책으로 그 대답을 할 수 있을 거 같아요."

진지한 표정의 해인이 이를 드러내고 눈가에 잔뜩 주름을 지으며 웃으니 어두운 실내에 환히 불이 켜진 듯하다. 곁에 있는 것만으로도 공기를 순하고 따스히 만들어 주는 해인을 바라보며 사람들도 함께 웃는다. 편안하고 기분 좋은 밤이다.

북토크를 마치고 책방을 나서는 이들을 배웅한 해인이 카메라를 어깨에 메고 한 손엔 책 두 권을 들고 천천히 골목길을 오른다. 어느 날 언덕 끝에 꽃처럼 마음 세탁소가 피어났고, 운명처럼 지은과 만났고, 지은의 마음의 결계를 해인이 행복 카메라로 열었으며, 지은은 백만 번을 태어나도 죽지 못하던 자신의 마법을 풀고 꽃잎으로 돌아갔다. 해인은 지은의 격려를 받으며 마음 사진관을 열었고, 그녀가 떠난 사진관을 홀로 운영하다 그녀의 추모 파티를 기점으로 1년간의 여행을 다녀왔다.

그간의 일들이 꿈결처럼 스쳐 지나간다. 걸음 하나에 추억 하나씩을 상기하며 높은 계단을 올라와 마음 세탁소와 마음 사진관 앞에서 숨을 크게 쉰다. 사랑하는 이가 인생에서 가장 중요한 건 숨 쉬는 일이라 했다. 그래, 숨을 쉬자. 숨이 잘 쉬어지면 이제 인생을 살아가면 된다고 했다. 아무리 어려운 일이 있어도 일단 숨이 쉬어지면 문제를 살아갈 수 있다고 했다. 살아가다 보면 극복이 아니라 문제 그 자체의 의미를 알게 될 것이라고도 했다. 길이 무엇인지 찾고 싶다면 길을 걸어보면 되는 것이다. 길을 걷고 돌아온 해인이 자신의 자리로 돌아가는 걸음을 걷기 시작한다.

'당신의 말처럼 살아볼게요, 이제.'

깊게 들이쉰 숨에 라일락 꽃향기가 짙게 퍼진다. 그리운 향이다. 그리운 무언가가 안으로 모이는 그런 밤, 고개를 드니 짙은 구름이 서서히 달을 가린다.

"마음의 결계가 풀리는 날이구나, 오늘이."

하늘을 바라보며 크게 숨을 들이쉰 해인이 하늘을 향해 기도하듯 두 손을 모은 뒤 어깨에 메고 있던 카메라를 들어 하늘을 찍는다.

찰칵.

모두 잠든 시간, 해인이 하늘을 향해 사진을 찍자 라일락 꽃향기는 점점 진하게 번지고 파란 꽃잎이 빙글빙글 돌며 하늘을 덮는다. 그리움이 번지듯 꽃잎이 번진다. 마법의 시간, 푸른 하늘의 시간, 푸른 새벽의 시간. 하늘의 마음을 찍은 해인은 잠든 이들의 안녕을 기도하는 마음으로 길을 나선다.

'기도하는 마음으로 잠든 이들의 안녕을 간절히 빌다보면 신기하게 내 마음이 순해져요. 마음의 얼굴이 예뻐지는 기분이랄까. 이상하죠. 그래서 나는 마음이 더 예뻐지고 싶어서 다른 사람의 행복을 위해 더욱 기도하게 돼요.'

다른 이들을 위해 기도하는 마음으로 하늘에 올린 꽃잎이 된 지은이 눈앞에 있는 듯 생생하다. 하얀 면 티에 새겨진 손님들의 얼룩이 깨끗하게 빠지는 순간, 지은의 얼굴도 더없이 해사하고 행복했었다.

'어쩌면 그렇게 아름다운 사람이 있을까. 슬프도록 아름다웠어.'

지은은 자신의 길을 떠났지만 해인에게는 과거가 되지 않는다. 정말 사랑하는 사람은 마음속에서 생생히 살아 숨 쉰다고 하던데. 해인은 지은과의 추억만으로도 평생을 살 수 있을 것만 같다. 이 그리움이 잦아들지는 모르겠지만.

해인을 따라 푸른 꽃잎들은 건물 안으로 빨려 들어오고,

마을에는 순하고 부드러운 기운이 감돈다. 푸른 꽃잎들이 입구로 모여들며 조금씩 글자 모양을 이룬다. 세탁소와 사진관을 여는 나무 문 앞에서 머뭇거리던 해인이 결심한 듯 걸음을 걷는다. 입구의 간판을 손으로 슥 만진다. 먼지 하나 없이 반질반질한 간판에서 메리골드 사람들이 얼마나 이 공간을 아끼는지가 느껴진다.

해인이 여행을 떠나 있는 동안 마을 사람들이 수시로 이 간판을 닦았다. 지은을 아끼고 해인을 아끼듯 소중히 보살폈다. 기다리는 사람의 마음은 그런 것인가. 작은 정성이라도 다하면 기다리는 이가 올 것이라는 간절함이 배어나온다. 사람들의 마음을 받아 해인은 숨을 다시 크게 들이쉰다. 글씨의 결을 따라 간판을 손으로 쓰다듬는다.

"마음 세탁소 안 마음 사진관."

이번에는 소리를 내어 글씨를 찬찬히 읽은 해인의 카메라로 푸른 꽃잎들이 빨려 들어온다. 어느새 구름에 가린 달이 다시 얼굴을 드러낸다. 옆 건물 우리분식의 불 꺼진 내부를 살펴본 뒤 일곱 개의 나무 계단을 지나 무거운 나무 문 앞에 선다. 문 앞에 걸린 CLOSED 안내판을 뒤집어 OPEN으로 놓고 어디선가 듣고 있을 이를 향해 조용히 읊조린다.

"어서 오세요, 여기는 행복한 마음을 찍어드리는 마음 사진관입니다."

혼자인 시간이 버거워 여행으로 도망쳤지만, 돌아온 지금의 마음이 여행의 날들보다 편안하다. 여기가… 내가 있을 자리인가.

"형 안녕하세요! 드디어 다시 만나네요! 저 형 다시 오실 때까지 기다렸어요!"

북토크를 끝낸 해인이 마음 세탁소와 사진관의 문을 열어두자 동네에 활기가 돈다. 멈추어 있던 시계가 움직이는 듯 사람들은 즐거이 그 앞을 걸어 다닌다. 범준은 계단을 뛰어 올라 언덕 끝 마음 사진관을 찾아왔고, 유리창으로 해인이 있는 걸 확인하자 반가워 뛰어 들어온다.

청년 도시 교류 체험 프로그램에 합격해 메리골드에 온 범준은 일손이 필요한 업체들에서 하루에 다섯 시간씩 직업 체험을 하고 있다. 3개월마다 순환 운영되는 덕분에 한 가지 일에 질릴 만하면 이동할 수 있다는 장점이 있다. 주거 지원을 받고 알바비도 벌면서 범준은 자신이 버는 돈 안에서 최소한의 소비에 만족하며 살고 있다.

그리고 이 도시에 온 첫날, 범준은 사진관에서 열린다는 추모 파티에 초대돼 엉겁결에 사람들과 웃고 이야기하다가 분위기에 녹아들고 말았다. 정원을 거닐다 우연히 들어간 세탁소 안에서 오래된 듯해도 반짝이고 있는 카메라들을 본 순간 범준의 심장이 이상하게 마구 뛰었다. 첫사랑을 다시 만났을 때와 비슷하게 뛰어대는 심장 박동에 범준은 한참을 그대로 서 있었다.

범준이 무언가 하고 싶다는 소망을 품는 일은 흔치 않았다. 축제가 끝난 뒤에도 범준의 머릿속에 사진기가 아른거렸고, 그 공간에 이유 없는 호감이 생겼다. 지금 이 생각이 호기심인지 혹은 남들이 말하는 꿈이라는 건지 범준은 알 수가 없었다. 그래서 축제가 열렸던 곳으로 돌아가 일을 해보고 싶어졌다. 1년간 기웃거렸지만 해인이 돌아와야 가능하다는 재하의 대답에 범준은 내내 기다렸다.

"형, 사실 제가 여기서 일하려고 1년을 기다렸거든요? 제가 뭐 일하려고 기다리는 그런 사람 아닌데, 아 맞다. 제 소개가 늦었죠? 안녕하세요. 저는 메리골드에 청년 도시 교류 체험을 하러 온 20대 청춘 범준이라고 합니다. 3개월씩 순환 알바를 하다가 이제 프로그램이 종료되는데, 여기서 꼭 알바를 하고 싶어서요! 지원해도 되겠습니까?"

해인은 회색 트레이닝 세트를 입고 삼선 슬리퍼를 신은 범준의 맨발을 바라본다. 키가 큰 해인의 턱 즈음에 닿을 높이에서 범준의 머리카락이 기름으로 번들거린다. 해인은 범준이 입은 트레이닝 집업의 지퍼를 목 끝까지 채워 올린다.

"어 형, 왜 이러세요!"

"여기서 일하고 싶으면 일단 머리부터 감고, 슬리퍼 벗고, 이 트레이닝복부터 갈아입고 와."

"복장 차별하세요? 왜 사람을 겉모습 보고 판단하고 그래요? 형 잘생겼다고 이러기예요? 어떤 옷을 입고 있는지가 사람을 판단하는 기준이 되면 안 되죠!"

"어떤 옷을 입는지는 중요하지 않아. 다만 이 공간에 맞는, 냄새 나지 않는 깨끗한 복장이 필요할 뿐이지. 이곳은 사람들이 드나드는 공간이야. 자신의 마음에 낀 얼룩을 지우고 싶은 이들이 이제는 마음의 얼룩을 사진으로 찍기 위해 오는 곳 말이야."

"마음에 얼룩덜룩 상처 있는 사람들이 여기서 알바하는 사람 복장을 왜 봐요? 형 그렇게 안 봤는데 편견 덩어리네요."

"사람들이 어떻게 볼지가 아니라 내가 나를 어떻게 볼지가 중요한 거야. 일을 대하는 내 마음의 자세를 단정히 해야지, 마음을 찍고 싶어 하는 이들에게 더 집중할 수 있지 않을까? 그게 내가 생각하는 일에 대한 예의야. 이 사진관에서 아르바이트를 하고 싶다면 내가 생각하는 일의 예의를 너도 지켜줬으면 좋겠어."

"일에 대한 예의라고요? 이런 말 하는 사람 처음 봐요. 와… 형은 얼굴만 잘생긴 게 아니라 뇌도 잘생겼네요? 세상 불공평하네. 인생 혼자 다 살아! 툴툴대서 죄송해요! 뭐 그럼 형처럼 셔츠 입고 와야 돼요?"

"셔츠까지는 아니어도 김치 국물 묻고 밥풀 붙어 있는 트레이닝만 빼면 다 좋아. 머리는 매일 감고. 여기서 퇴근하면 네가 어떤 옷을 입건 상관하지 않을게. 다만 여기서 알바를 하고 싶으면 청바지를 입든 운동화를 신든 일단 깨끗하게 세탁된 옷을 입고 와. 내일 오전 11시까지 여기로 와. 그 뒤엔 알바를 시켜줄지 말지 결정할게."

"인생 참 빡빡하게 사…시지만 아쉬운 건 저니까. 그렇게 할게요."

"좋아. 그런데 어떻게 1년이나 기다릴 생각을 한 거야?"

"제가 원래 행복하거나 즐거운 게 없는데, 마을에서 누가 그러더라고요. 나도 모르는 내 마음을 사진으로 찍어주는 데가 있다고요. 그래서 찾아와 봤더니 형이 여행을 가셨다지 뭐예요? 미치겠대요…."

"그랬구나."

"그래서 무작정 기다렸죠. 어차피 별로 하고 싶은 것도 없고, 프로그램에서 정해지는 대로 순환 알바 하면서 형 오시기만 기다렸죠."

"그러고 보면 너도 하고 싶은 게 있네."

"에? 제가요? 제가 뭘 하고 싶은데요?"

"여기서 알바 하고 싶다며. 사진에 관심이 있을 수도 있지. 세탁소 일을 배우고 싶거나. 근데 지은 씨가 떠나서 세탁소 일은 못 배우니 우선 사진부터 찍어보자."

"에… 말도 안 돼. 저는 뭐 하고 싶은 일 있고 그런 사람 아니에요. 학교 다닐 때도 꿈을 적어 내라길래 '내 꿈은 방울토마토'라고 썼다가 교무실 불려갔어요. 장난 아니고 진짠데… 귀엽고 탱글하고 어디서나 만날 수 있어서 쉽고 편한 사람이 되고 싶다 생각했거든요. 그 뒤로 그냥 알바 다섯 시간 때우고 집 가서 누워 있는 게 제일 좋아요. 퇴근한 아빠랑 맛있는 거 먹고 또 누워 있구요."

"즐거운 삶이네. 어쩌면 너는 이미 네가 뭘 좋아하는지 알고 있는 것 같다. 네가 원하는 것을 너만 모를 뿐이지."

"푸하하. 말도 안 돼요! 하암… 형, 저 밖에서 너무 오래 있었더니 충전이 필요해요. 아까 라면 사러 나왔다가 이서 누나가 불러서 북토크 간 거거든요. 너무 오래 밖에 있었더니 방전돼 가요. 충전이 필요해… ! 집 방바닥이 저를 부르네요. 집 들어가서 침대에 다리 올리고 폰이나 볼래요. 하암. 제가 내일 안 오면 그냥 딴 데 가서 일하나 보다 생각해 주심 돼요! 너무 기대는 하지 마시고요."

"그래. 오늘 북토크도 사진관도 찾아와 줘서 고마워. 한 가지 분명한 건 모든 선택이 너의 자유라는 거야. 마음 사진관에서 일하고 싶은 생각이 드는 것도 너의 자유고, 때론 아무것도 하지 않을 자유도 청춘의 특권이지. 어른이 된다는 건 아무것이라 불리는 역할을 매일 성실히 반복해서 해내면서 책임과 의무가 늘어가는 거라고 생각한 적이 있어. 자유의지에 따라 네가 하는 청춘의 선택을 존중해. 그 뒤에 따르는 책임을 지는 법도 언젠가 익힐 수 있을 거야."

"하암… 네 형! 저 졸릴 때 길게 말하면 집중력 떨어져서 듣기 어려워요. 하지만 끝까지 멋진 말… 아흑, 오늘 진짜 멋있었어요. 최고! 갈게요!"

하품을 연달아 하는 범준의 눈에 졸음이 가득하다. 이 동네에 온 뒤로 범준은 살이 조금 붙고 잠이 늘었다. 별다른 걱정 없이 주어진 알바를 하고 돌아와 가끔 우리분식에서 김밥을 사 먹고 집에서 밥을 해 먹는 1년을 보냈다. 아무도 범준에게 왜 일하지 않느냐고 물어보지 않는 1년이었다. 이상했다. 젊은 사람이 왜 알바만 하고 있는지 물어볼 법도 한데 아무도 묻지 않았다. 그러고 보니 범준에게 알바 하러 올 때 깨끗이 씻고 오라고 말한 것도 해인이 처음이었다.

"귀찮은데 내일은 아침부터 씻어야 되네. 빨래해 놓은 청바지가 있나 몰라. 하암…."

아직도 메리골드에 들어오던 날 끌고 온 캐리어를 서랍장 삼아 쓰고 있는 범준이 자신의 방에 널어둔 옷을 떠올린다. 깨끗한 옷 한 벌 있네. 앗싸. 그거면 됐어.

“그 형 빡빡한 거 같은데… 늦으면 알바 안 시켜주겠지? 아쉬운 내가 알람 맞춘다. 씻고 아침 먹고 가려면 9시에 일어나야겠네. 아이 참 귀찮어. 하암.”

범준은 연신 하품을 하면서도 9시에 알람 하나, 9시 5분에 또 하나, 9시 10분, 9시 30분까지 모두 네 개의 알람을 맞춘다. 이 정도 맞췄으면 못 일어날 일은 없겠지. 눈을 감았던 범준이 벌떡 일어나 핸드폰을 켜고 9시 40분에 다섯 번째 알람을 맞춘다.

“자자, 다섯 개나 했으니 됐다. 내가 대학교 입학시험 치를 때도 이렇게 성실하게 알람 안 맞췄는데 하암… 그나저나 아빠는 퇴근 했을라나. 문자 하나 보내야겠다.”

— 아빠 퇴근했어? 막걸리만 먹지 말고 안주도 먹어. 난 내일 새 알바 감. 잘게. 꿈에서 만나 아빠!

문자를 보낸 범준은 핸드폰을 충전기에 꽂고 누워 이불을 머리끝까지 끌어 올린다. 이상하게 몹시 피곤했는데도 잠이 오지 않는다. 뭐지, 왜 살짝 설레는 거야 나. 귀찮아서 연애도 포기하고 살지만 난 여자 취향인데. 왜 설레느냐고…! 낯선 감정을 느끼며 범준은 뜬눈으로 밤을 새운다.

“몇 시야? 알람 아직도 안 울렸어? 아 새벽 4시밖에 안 됐네. 시간 왜 이렇게 안 가!”

"심장아 나대지 마, 아우. 왜 이렇게 두근거리냐."

뜬눈으로 밤을 지새운 범준은 가진 옷 중에서 가장 깨끗하게 세탁한 옷을 입고 마음 사진관으로 향했다. 시간은 10시 반, 인생에서 기준 시간보다 이리 빨리 도착한 적이 있었던가? 기억나지 않는다. 지각과 결석을 물에 밥 말아 먹듯 하던 범준이 새벽부터 내일 입을 깨끗한 옷을 위해 캐리어에 있는 빨래를 몽땅 세탁기에 돌려버렸다. 빨래가 끝난 뒤 건조대에 옷을 널어두고 정성 들여 면도를 하고 양치도 벅벅 해 구취를 점검하고 나왔다. 열일곱에 첫사랑 여자 친구랑 처음으로 둘이 떡볶이 먹으러 가기로 한 날도 이렇게 깔끔하게는 준비하지 않았는데. 이상하다.

범준은 지난 1년간 메리골드에 머물며 사진관 앞을 오갈 때마다 저 공간에 함께 소속되고 싶었다. 사람들이 어우러져 풍겨 나오는 분위기 속에 자신도 들어가 동화되고 싶었다. 슬쩍 카메라를 만져보기도 했다. 사진을 찍어보고 싶다는 생각도 들었다. 이상한 일이다. 어떤 일을 하고 싶거나 공간이나 단체에 소속되고 싶다는 생각이 든 적이 없었는데. 범준은 마음의 소리에 충실히 몸을 맡기기로 했다. 드디어 사진관 앞에 섰다.

"범준, 일찍 왔네? 자, 여기 정원에 물부터 주자."

"안녕하세요! 다른 데에서도 알바 오라고 하도 불러서 안 오려다가, 형이 혼자 일하시는 거 마음에 걸려서 왔어요."

"그렇구나, 잘했어. 자 여기 호스 받아. 정원 전체에 물 뿌리고 들어오면 된다. 나는 들어가서 위로 차 좀 만들고 있을게."

"헐 대박. 말로만 듣던 위로 차, 형도 만들 줄 알아요? 형도 무슨 마법 같은 거 있어요?"

"지은 씨한테 위로 차 레시피를 선물 받았어. 나도 언젠가 지은 씨처럼 이 레시피를 선물할 날이 오겠지. 식물들 목말라 하니까 신경 써서 물 뿌려줘. 너무 많이 주지도, 적게 주지도 말고. 할 수 있지?"

"그럼 그럼요!"

범준이 올 것을 예감한 해인은 평소보다 마음 사진관 문을 일찍 열었다. 새벽에 일찍 일어나 사진관 옥상에서 불행 필름을 빨랫줄에 걸어 말리며 사람들 마음의 불행을 푸른 꽃잎에 태워 해의 첫 얼굴에 부서지게 만든 뒤 러닝을 하고 아침 겸 점심을 먹고 정오에 출근하는 것이 평소 해인의 패턴이지만 오늘은 러닝을 생략하고 사진관 문을 먼저 열었다. 범준이 사진을 찍는 일에 관심이 있는 것인지, 다른 이유가 있어 마음 사진관에 오고 싶어 하는지는 모르겠지만 산다는 건 늘 이해되지 않는 일투성이니 이유를 찾아 스스로를 납득시키기보다 마음의 소리를 따르며 사는 편이 때론 유용하다는 것을 지은에게 배웠다.

“물 주는 거 재밌네, 호스에서 물이 이렇게 나오는구나. 꽃들아 나무들아 많이 먹어라! 내가 너희에게, 아니지, 식물에게 처음 주는 물이다! 하하하!”

범준은 왠지 모르게 신이 나서 호스를 잡고 분사되는 물줄기를 바라보며 웃었다. 흠뻑 물에 젖은 식물들에선 생기가 돋는다. 물을 잠그고 생기 있는 식물의 잎을 조심스레 만진다.

“너네가 나보다 싱싱하네. 에휴. 들어가자.”

범준이 손에 묻은 물을 청바지 허벅지에 닦으며 사진관 안으로 들어선다. 늘 열려 있는 이 공간은 이미 여러 번 들어와 봐서 익숙하지만 왠지 조금 새롭기도 하다. 해인이 형이 와서 그런가.

“형, 저 물 다 줬어요! 이제 뭐 하면 돼요?”

“수고했어. 너 앉고 싶은 데 잠깐 앉아 있어. 나는 위로 차 한 통 더 올려둘게.”

“넵. 그럼 저 형 앞에 여기 바 테이블에 앉을게요. 근데 위로 차 냄새가 왜 이렇게 좋아요?”

“향긋하지. 공간도 차도 만든 사람의 마음이 담기면 더 좋은 거 같아. 오늘은 지은 씨를 생각하며 끓였더니 지은 씨처럼 아름다운 향기가 나네. 범준이 너도 한잔 줄까?”

"완전 좋죠! 안 그래도 목말랐는데 잘 됐다. 히히."

범준은 걷어 올린 티셔츠의 팔을 내리며 손가락까지 끌어 내리고 박수를 친다. 티셔츠를 손가락 끝까지 길게 내려 입으면 밖에서도 이불을 덮고 있는 포근한 기분이 들어 범준은 늘 소매가 긴 티셔츠를 사 입는다. 집에 있어야 온전히 보호 받는 느낌이지만 지금은 밖이니까 어쩔 수 없다. 해인은 여유롭게 범준 앞에 찻잔을 올려두고 정성스레 위로 차를 따른다. 해인이 차를 따라주는 정중함에 범준은 귀한 대접을 받는 기분이 들어 순간 황송해진다. 내가 이래도 되나….

"마셔봐. 메리골드 돌아와 처음 끓인 위로 차야."

"잘 마실게요 형. 저 아침 굶어서 배고픈데 이거 마시고 더 마셔도 되죠?"

"마시고 싶은 만큼 마셔. 차는 많으니까. 다 마시고 배고프면 우리분식에 가서 김밥 먹고 와."

"아싸! 점심 식사까지 제공돼요? 형, 여기 알바 시작부터 꿀인데요. 킥킥."

범준이 신나게 위로 차를 들이키는 동안 해인은 바에서 나와 음악을 고른다. 어떤 음악을 틀까. 해인은 음반들을 뒤적이다 지은과의 추억이 깃든 〈Autumn leaves〉 음반을 물끄러미 바라본다. 그래, 시작은 지은 씨와 함께 해야지. 과거에만 머물러 있지 않고 현재를 살기로 다짐했지만 아직도 지은이 해인의 곁에 없다는 것이 믿기지 않는다.

"형, 저 티포트에 따라주신 거 다 마셨더니 배불러요. 물 배 찼어요. 킥킥. 근데 신경 안정제 같은 거 차에 들어갔나 봐요? 마음이 왜 이렇게 편하대요."

"3인분인데 많이 마셨네. 신경 안정제보다 더 좋은 게 들어갔지. 범준이 신경 안정제 복용하니?"

"아, 지금은 안 해요. 대학교 입학했을 때 힘들어서 좀 먹었어요. 나는 아직 그대로인데 대학생이 됐다고 교수들이랑 선배들이 자꾸 하고 싶은 일을 찾고 꿈을 찾으라잖아요. 나는 어른이 된 거 같지도 않고 아무것도 모르겠는데. 말했잖아요, 내 꿈은 방울토마토라고 썼다가 불려가서 혼났다고. 근데 동기들 보니까 막 뭐를 하대요? 다들 자기가 뭘 하고 싶은지 어떻게 알았는지 공부에 알바에 자격증도 준비하고, 그 와중에 스펙 쌓는다고 다양한 활동도 하고요."

"너도 같이 했니?"

"저요? 아니요. 뭘 해야 될지도 모르겠는데 뭘 해요. 그렇다고 무작정 뭔가 하기엔 겁나고. 그래서 그냥 누워 잤어요. 학교 벤치에서 자고 강의실에서 자고 집 와서도 잤어요. 하도 자니까 조교가 학교 상담센터에 보냈는데, 거기서 또 정신과에 보내서 신경 안정제를 주대요. 그거 먹으니까 또 졸려요. 그래서 잤죠. 그러니까 형, 주변에서 저한테 뭐라는 줄 알아요?"

"뭐라고 했는데."

"하루살이처럼 팔자 좋은 해충이래요. 집이 부자냐고, 왜 이렇게 안일하고 한심하게 사냐대요?"

"해충이라니. 말이 좀 심한 것 같은데."

"그러니까요. 아 근데 형, 저 오늘 두 번째로 형 보는 건데 왜 이렇게 제 얘기를 많이 해요? 근데 이상하게 속에서 뭐가 끓는 것처럼 말을 안 하면 간지러워 미치겠어요."

"위로 차를 마시면 원래 마음에 힘들었던 것들이 풀어지면서 말로 흘러 나와. 괜찮은 거야. 정상이야."

"아 진짜요. 고마워요. 제가 또 해충 짓을 하나 해서요."

"왜 자꾸 너를 해충이라고 하니?"

"그냥, 세상이 저 같은 애들은 해충으로 봐요. 하루살이란 말을 주변에서 하도 듣다 보니까 제가 하루살이 같아요. 하루만 살고 사라져 버리면 끝인 쓸모없는…. 사실 우리 아빠 빼곤 다 저를 한심하게 봐요. 저도 알아요. 그래서 집 밖에 나가기 싫었어요. 이불 밖은 너무 위험하니까. 집 밖에 나가는 순간 사람들 시선이 느껴져서 불편해요. 눈으로 욕하는 거 같아. 한심하다고."

"그럴 리가. 사람들은 생각보다 너한테 크게 관심 두지 않아. 그런데 왜 범준이가 하루살이야? 내일은 없을 것처럼 하루를 살아서?"

"모르겠어요. 이유라도 알면 반박할 텐데. 그냥 열심히 병에 걸린 사회에서 열심히 살지 않는 사람은 도태되고 청춘을 낭비한다, 소모한다. 뭐 이런 평가를 받는 거 같아요. 형, 근데 사실 하루살이가 하루보다 더 오래 사는 거 알아요?"

"몰랐어. 이름만 하루살이인 거구나."

"맞아요. 걔네는 그렇게 살다, 죽기 직전의 시간 동안 열심히 불태운대요. 먹지도, 자지도 않고 짝짓기와 놀기만 하는 거죠. 그리고 걔네는 입도 없어요. 잡아먹힐지언정, 잡아먹지는 못하죠. 그리고 모기나 파리처럼 세균이나 병균을 옮기지도 못해요. 그나마 덜 유해한 해충인건데, 입도 없고 날아다니는데 그 존재만으로 하루살이를 싫어하잖아요. 죽이려고 하고, 가만두지 못하고."

"음…."

범준이 속사포처럼 내뱉는 말을 해인은 가만히 들으며 끄덕끄덕 고개로 맞장구를 친다. 지금 범준의 마음에선 오랫동안 묵혀둔 말이 흘러나온다. 위로 차는 보통 마음이 서서히 번지고 풀리는 시간이 필요한데 평소 양보다 많이 마신 범준은 마음이 풀릴 시간이 없이 말을 흘려보낸다. 해인은 위로 차를 내어주는 데에도 양 조절이 필요함을 생각하며 범준의 이야기에 집중한다. 지금 범준은 마른 눈물을 언어로 흘리고 있다.

"형, 근데 저는 제가 정말 하루살이 같아요. 세상이 쓸모없는 사람으로 바라보는 시선이 버거워요. 근데 있잖아요, 왜 모두가 나비나 꿀벌로 살아야 하죠? 하루살이가 세상에 존재하는 이유가 있잖아요. 모두가 똑같은 얼굴로 똑같은 삶을 살아야 하나요? 하루살이도 있고 모기도 있고 파리도 있을 수 있잖아요."

"모든 사람은 저마다 다른 고유성을 가지고 있지."

"근데 형, 자꾸 꿈을 찾아 나비나 꿀벌이 되라고 하니까 숨 막혀요. 다른 얼굴이나 다른 인생을 산다고 해서 루저는 아니잖아요. 아 답답해. 근데 이상하네요. 되게 답답했는데 말하면서 뭔가 마음에서 스르르 빠져나가는 기분 들어요. 뭐 때문이죠? 형, 진짜 위로 차에 뭐 탄 거 아니에요?"

"타기는. 아마도 네 마음에서 풀어내야 할 갈증이 있어서 위로 차를 그렇게 마셨나 보다. 사실 지금까지 한 잔 넘게 마신 사람은 범준이 네가 처음이야."

"그래요? 뭔가 처음이라니까 기분이 썩 나쁘지 않은데요. 킥킥."

범준이 뒷머리를 긁적이며 머쓱함에 일부러 장난스러운 표정을 짓는다. 그러다 불현듯 눈을 크게 뜨며 소리친다.

"아 근데 형! 저 오늘 여기 사진관 손님 아니고 알바 온 첫날이잖아요! 원래 알바할 때 이렇게 농땡이 피우는 사람 아닌데, 설마 저 하루 일하고 잘리는 거 아니겠죠?"

해인은 울다 웃다 울상을 짓는 범준을 보며 웃는다. 사람이 저렇게 감정이 투명하게 비칠 수 있다니.

"괜찮아. 그리고 사진관에서 어떤 방식으로 손님들이 마음을 풀고 사진을 찍는지 알아야 범준이 네가 보조를 하지. 일종의 업무를 익히는 순간이라 생각하면 되겠다."

"진짜요? 다행이다. 휴. 근데 형, 행복사진은 자기가 원하는 시점의 마음을 찍을 수도 있어요?"

"가능하지. 원한다면."

해인의 이야기를 들은 범준이 일어서서 사진관 내부를 서성인다. 언제 어느 시점의 나를 찍어야 할까.

"형, 그럼 행복 카메라로 사진을 찍으면 제가 모르는 저의 행복도 찍을 수 있어요?"

"네가 행복하다 느낀 순간들이 있었다면 찍을 수 있지."

"그럼 안 봐도 비디온데…. 누워 있고 게임하고 아빠랑 밥 먹고 하루 종일 늘어지게 자다 라면 먹고… 또 자고… 이런 거만 찍힐 것 같아요. 형, 그럼 행복 카메라에 불행 필름도 있다고 하셨는데 불행만 찍을 수도 있어요?"

"있긴 한데, 아직까지 불행만 찍어서 인화한 사람이 없어서 나도 해본 적은 없어. 지금까지 불행 필름은 내가 현상한 다음에 아침 이슬 맞으며 해의 첫 얼굴에 태워 보냈어. 믿기 어렵겠지만 일종의 마법 능력이야. 나와 지은 씨에게는 이 도시 사람들에게 없는 능력이 있어. 마음 세탁소에 방문한 손님들이 입었던 하얀 면 티의 얼룩은 옥상에 잘 마를 때까지 널어둔 뒤 지은 씨가 지는 태양을 향해 간절히 기도를 했어. 사람들 마음의 얼룩과 주름을 지우고 다려달라고. 그때부터 마법이 일어나기 시작해서 얼룩은 빨간 동백꽃잎이 되어 하늘로 올라가 노을이 되어 부서지지. 사라지는 거야. 그러면 사람들 마음 속 얼룩이 지워져."

"형 능력자였구나. 역시…."

"태어날 때부터 부여된 능력이었지만 지은 씨와 나 모두 사용법을 늦게 깨달았어. 우리가 범준의 나이였을 때에는 제대로 이 능력을 사용할 줄 몰랐지. 아무리 능력자여도 방황하고 실수하고 배우면서 깨닫고 성장하는 건 같은 거 같아. 뭐, 그래서 마음 사진관의 불행 필름도 세탁소에서 쓰던 빨랫줄에 널어. 그리고 새벽에 떠오르는 해를 향해 간절히 기도하지. 그럼 사람들 마음에 들었던 푸르딩딩한 멍이 풀어지면서 필름에서 푸른색 라일락 꽃잎이 나와. 푸른 라일락 꽃잎이 하늘로 올라가 푸른 새벽이 시작되고, 우리는 어제의 불행을 잊고 새 아침을 시작하는 거지."

"대박 소름… 형! 굉장해요! 누가 이거 영화로 만들면 대박 날 거 같아요. 너무 비현실적이야! 저 지금 잠 깨 있는 거 맞아요? 하도 잤더니 지금 꿈꾸고 있는 거 아니죠?"

"지금이 꿈이면 나도 수면 중이겠구나. 때론 비현실적인 게 가장 현실이지."

범준은 자신보다 나이가 많은 어른과 이야기를 하며 비난이나 충고를 받지 않고도 대화할 수 있음이 신기했다. 충고, 조언, 평가, 판단이 없는 대화라니. 있는 그대로의 자신을 인정해 주는 기분이 들어 마음이 편안했다. 마침내 범준은 진짜 속에 가두어 둔 말을 꺼낼 용기를 내본다.

"형. 저 사실은 꿈이 있어요. 다들 제가 꿈이 없는 줄 아는데 사실은 있어요 저도."

"들려줄 수 있어?"

"네, 있잖아요. 저 사실은 말이죠…!"

범준의 눈이 반짝이기 시작한다. 메리골드에 온 이후 처음으로 긴 말을 쏟아내는 범준의 마음이 간지럽다. 이래서 사진관에 오고 싶었나. 아니 이래서 메리골드에 오고 싶었던 건가.

"있잖아요, 이건 형한테 처음 말하는 건데… 저는 이번에는 나비가 되고 싶은 꿈이 있어요."

해인이라면 범준의 꿈을 터무니없다 비웃지 않을 것 같아 용기를 내본다. 범준은 말을 하고 눈을 질끈 감는다. 피상적이고 추상적인 꿈이라고 핀잔할 것 같아서.

"아름다운 꿈이네."

"헐 정말요? 아름다운 꿈이에요?"

"나비가 되는 꿈은 아무나 꿀 수 있는 게 아니니까. 만약 지은 씨가 여기 있었다면 지금 너처럼 눈을 반짝이며 손을 모으고 들었을 거야."

"지은이 그 누나, 언젠가 만나보고 싶네요. 근데 그 누나 여기 없어도 있는 거 같아요, 형."

"나도 그래."

"근데요 형, 제가 나비가 될 수 있을까요? 저는 평생 해충이나 누에고치로 사는 거 아닌가 은근 걱정돼요. 하고 싶은 일이 없다고 해서 행복하게 살고 싶지 않은 것도 아니고, 즐겁게 살고 싶지 않은 것도 아니거든요? 근데 정말 하고 싶은 게 없어요. 하고 싶은 게 없는 게 나쁜 건 아닌데 죄스러워요. 그리고 두려워요. 나비가 되려고 집 밖으로 나가 막 시도하고 노력했는데 맨날 실패만 하면 어떡해요?"

"그럼 어쩔 수 없지."

"뭐야 에이…. 보통 다른 어른들은 할 수 있다고 말하지 않아요? 그냥 실패하지 않고 아프지 않고 정해진 길로 안

전하게 가고 싶은데 대체 나비가 되는 길은 어떤 길인지를 모르겠어요. 그래서 시도해 볼 엄두도 안 나요. 그냥 막 겁만 나요. 그리고 세상에 나가 사람들하고 관계를 이어가고 감정을 주고받는 것도 너무 어려워요. 갈등도 어려워요. 그래서 친구도 없어요."

"정해진 길을 알고 가는 사람이 있을까. 나도 궁금한데?"

해인과 범준이 각자 골몰히 생각에 잠긴다. 정해진 길을 따라가는 것이 정답이라 누가 말했던가. 어려운 명제다.

"근데 친구를 안 만나면 문제 있는 사람이라고 또 생각하잖아요. 그래서 억지로 동아리 모임 같은 데 나갔는데 너무 에너지 빨리고 어지럽더라구요. 애들 하는 말에 관심도 없고. 차라리 아빠랑 노는 게 제일 재밌어요."

"그럴 수 있어. 나도 익숙지 않은 사람들이랑 모르는 화제로 이야기하는 거 힘들 때가 있더라."

"형도 그럴 때 있어요? 저만 이상한 건 아니네요. 형처럼 멋진 어른은 그런 거 없을 줄 알았어요. 여기 와서 사람들이 서로 어울리며 사는 거 신기해서 드라마처럼 봤어요. 매일 끝나지 않는 드라마가 눈앞에서 플레이 되는 기분이랄까. 맞다 형! 그럼 저 부탁이 있어요. 사실 우리 아빠 나이에도 제가 이렇게 살긴 좀 그럴 거 같아요. 한

5년… 아니지, 10년쯤 뒤에 제가 나비가 될 수 있는지 사진으로 찍어볼 수 있어요? 여긴 그런 사진 못 찍죠?"

"찍을 수 있어. 네가 원한다면."

"정말요? 대박 사건. 진짜 게임하다 팝업 뜬 거 안 지우고 눌러본 게 제 인생 최고의 행운이었던 거 같아요. 저 팝업에 청년 도시 교류 체험 프로그램 모집 공고 뜬 거 보고 지원해서 여기 왔거든요. 팝업을 누른 게 운명이었던 거죠!"

운명은 그것을 우리가 운명이라 부를 때에만 운명이 된다. 스쳐 지나간다면 운명이 아닌 흘러가는 사소한 일일 뿐이다. 스스로 우연을 운명으로 만들기로 선택할 때에만 우연은 운명이 된다. 범준이 우연히 클릭한 프로그램을 흘려보낼 수도 있었지만 지원을 하는 용기를 냄으로 인해 운명이 되었다. 청년 교류 프로그램에 합격하고서도 이 도시에 오지 않을 수 있었지만 낯선 도시로 건너오는 용기를 냄으로써 운명이 되었다. 운명이라는 길은 자신의 선택과 용기로 만들어진다.

범준은 자신이 낸 길을 모른 채 길을 찾는 방법에 대해 궁금해하고 있다. 청년 도시 교류 체험 프로그램에 지원한 것도 범준이 유일했고, 메리골드에 와서 체험을 하고 있는 청년도 범준이 유일하다는 사실을 모른 채 말이다.

삶이라는 여행에서 어떤 길을 지나오고 나서 한참을 걷다 뒤돌아보아야만 그것이 길이었음을 알게 될 때도 있다. 아니, 사실 대부분의 길이 그렇지만.

"범준아. 우리는 사진관에 손님이 오시면 이쪽 책상에 앉아서 나에게 보내는 편지를 쓰시라고 해. 그리고 이 빨간 우체통에 넣으면 1년 뒤에 미리 적어둔 주소로 발송해 드려. 네가 이 편지들을 발송시기에 맞춰 분류해 줄 수 있겠니?"

"아, 1년 뒤를 맞춰서요? 네 그럴게요! 형, 그럼 저도 이거 써요?"

"쓰고 싶으면 써."

"쓸까 말까… 할 말이 별로 없는데."

"네가 원하는 대로 해. 그럼 나는 카메라 세팅하고 있을게. 준비 다 되면 말해줘."

"네, 형!"

범준은 고민하다 연필을 들어 종이에 4음절을 적고 바라만 본다. 무얼 써야 하지? 하고 싶은 것도 없는데 쓰고 싶은 말도 없네.

**친애하는.**

종이에 글자를 적고 범준은 연필을 소리 나게 탁 내려두고 뒤집어 버린다. 모르겠다, 안 할란다. 범준은 아무도 없는 주변 눈치를 살피며 두 손을 크게 비비며 사진기를 세팅하고 있는 해인의 반대편에 선다. 하고 싶은 게 없는 것도 눈치가 보이고 쓰고 싶은 게 없는 것도 눈치가 보인다. 도대체 왜….

"준비 됐니? 만약 지금이라도 사진을 찍고 싶지 않다면 찍지 않아도 괜찮아. 선택은 너의 자유야."

"그런 건 아니고요… 지금까지 저 별 생각 없이 살았는데 아무것도 안 나오면 어쩌나 쫄려서요. 맞다 형, 불행사진을 찍은 사람은 없다고 했잖아요. 저를 테스트로 한 장만 찍어주시면 안 돼요?"

"불행했던 순간을 딱 한 장만 찍어달라는 말이니?"

"네. 너무 많이 보면 좀 슬플 것 같은데 딱 한 장 정도면 괜찮을 거 같아요. 아 아니다… 형, 그냥 제가 찍고 싶은 미래의 행복한 순간, 그 반대편에 있는 불행한 마음을 보고 싶어요. 좀 이상해요?"

"하나도 안 이상해. 네 마음을 네가 보고 싶다는데 뭐가 이상하니. 대신 어떤 사진이 나와도 그 순간을 고치거나 지울 수 없어. 선택은 네 몫이야. 감당할 수 있겠니?"

"예 뭐, 괜찮을 거 같아요. 지금까지도 큰 고민 없이 누워 살았으니 혹시 큰 불행이 올 수도 있지 않을까 예상은 했어요, 형. 저 마음의 준비 됐어요."

범준은 침을 꿀꺽 삼키고 해인의 반대편 의자에 엉거주춤하게 앉았다 선다. 앉아야 하는지 서야 하는지 해인이 말해주지 않아서 눈치를 본다. 해인은 범준의 행동을 바라보다 말한다.

"범준아. 네가 앉는 게 편하면 앉아서 찍고 서는 게 편하면 서서 찍어. 원하는 대로 해."

"저는 이 원하는 대로가 어색해요. 히히. 그럼 저는 서서 찍을게요. 저는 딱 10년 뒤에 제가 어떤 마음으로 살아가고 있을지가 궁금해요. 서른이 넘으면 지구 종말이 닥치는 기분일 것 같아요. 상상이 안 돼요."

"10년 뒤 오늘의 네 마음의 행복과 불행을 한 장씩 보고 싶다는 거구나. 그럼 가장 편한 자세로 서서 범준이 네가 가장 행복한 순간을 상상해 봐. 행복 카메라는 자동으로 그 이면의 불행을 찍어줄 거야. 웃고 싶으면 웃고 무표정하고 싶으면 그렇게 해."

해인은 범준이 편안할 수 있도록 정면으로 눈을 바라보지 않고 카메라를 가슴 아래로 내려 뷰파인더를 바라본다. 범준은 어색한 듯 서 있다가 해인의 말을 듣고 눈을 감는다.

"어서 오세요, 여기는 행복한 마음과 불행한 마음을 찍는 마음 사진관입니다. 이제 숫자를 셀게요. 하나, 둘, 셋!"

찰칵.

번쩍하고 빛이 비추며 사진이 찍힌다. 카메라의 플래시가 터지는 순간 진한 라벤더 향이 번지며 푸른 꽃잎들이 빛을 타고 날아오른다. 인생의 많은 장면을 보려 욕심내기보다 단 한 순간만을 보려 마음을 비우기가 더 어려운데 젊은 범준이 그걸 한다. 대단히 단단한 마음을 가진 아이가 범준이 아닐까. 단 한 장면의 행복과 불행을 보고 싶은, 바라는 게 적은 마음도 대단한 마음이다. 푸른 꽃잎들은 범준과 해인의 주변을 빙글빙글 돌며 사진을 인화한다. 푸른 라일락 꽃잎들의 원이 찬찬히 잦아들며 범준의 손에는 두 장의 사진이 뒤집혀 놓인다.

손바닥의 간지러운 감촉을 느낀 범준은 천천히 오른쪽부터 실눈을 뜬다. 해인이 뒤돌아 움직이고 있는 걸 확인한 뒤 다시 왼쪽 눈을 뜬다. 말로만 듣던 아름다운 푸른 라일락 꽃잎들이 눈앞에서 빙글빙글 돌고 있는 장면에 놀라 눈동자가 꽃잎을 따라 굴러다닌다.

"웬일이야! 게임에서나 보던 마법이 지금 눈앞에서 펼쳐지는 거네요! 너무 아름답네요. 기절할 거 같아요. 형, 지금 꿈 아니죠? 현실에서 꿈을 안 꾸니까 눈앞에 이런 꿈 같은 일이 펼쳐지나 봐요! 히히. 근데 제 손에 있는 게 행복과 불행사진이에요? 형, 찍히긴 찍힌 거예요?"

"그럼, 찍혔지. 30분만 기다리면 나올 건데… 퇴근해서 돌아갈 때 볼래?"

"당연히 아니죠! 기다렸다가 바로 볼래요. 근데 형, 신기해요."

"마음을 찍는 일이?"

"예, 뭐 그것도 신기한데 누군가 나도 모르는 내 마음을 말하지 않아도 읽어준다고 생각하니까 기분 오묘하고 되게 좋은데요? 뭔가… 온전히 이해받는 느낌이 드는 거 같아요. 맞다, 마음을 엑스레이로 찍어본 기분이랄까? 왜 건강검진 같은 거 하면 막 여기저기 장기를 찍잖아요. 그리고 안 좋으면 주의하라고 하고. 여기 마음 사진관에서 마음 엑스레이를 찍고 어디가 아프다! 그럼 딱 약 지어주고 그럼 대박일 거 같은데. 형 마음 약국 같은 거 안 할래요?"

"안 할래. 하고 싶으면 네가 해보든가."

"에이, 제가 약국 같은 걸 어떻게 해요. 약사 되려면 공부 되게 열심히 해야 하는데 저는 태어나서 공부라는 거 자체를 해본 적이 없어요."

"20대에만 인생의 진로가 결정되는 건 아니야. 서른 이후에 안정되게 사는 사람은 기대보다 적어. 그리고 생각보다 삶이 길어. 서른 이후도 마흔 이후도, 쉰, 예순, 일흔, 여든, 아흔 이후에도 삶은 지속되잖아."

"하긴… 뉴스 보면 어르신들이 새로운 일에 많이 도전하시긴 하더라구요."

"그렇지. 어찌 보면 정해진 길이라는 건… 우리가 스스로 제한하는 것일지도 몰라."

"그렇죠. 근데 형, 꿈을 꿀 자유가 있다잖아요. 그렇게 나이에 연연하지 않고 새로운 도전도 하는데, 꿈꿀 자유가 있다면 꿈꾸지 않을 자유도 있는 거 아닌가요?"

"있지."

"근데 또 꿈꾸지 않을 자유라면서 저처럼 이렇게 살다가 아무것도 되지 못하면요?"

"아무것이 되지 않아도 괜찮아. 지금까지 살아온 것만으로도 충분한걸. 아무것이 된다든가 평범하다든가 특별하다든가, 그런 기준들도 어차피 사람이 정한 거 아닌가? 내 삶에 대한 기준은 내가 정하면 되는 거야. 그리고 아무것이 되지 않아도 괜찮은 시절이 청춘 아닌가. 방황하고 헤맬 특권을 낭비해도 될 거 같아. 사실 나는 그런 청춘을 보내지는 못했지만 말이야."

해인은 범준을 향해 마음에서 진심의 말이 우러나온다는 사실이 놀랍다. 범준의 질문에 답을 건네며 해인의 마음 안에서도 풀리지 않았던 의문이 풀리는 것 같다. 지은이 떠나며 남겨준 선물은 바로 지금 이런 순간인가. 스스로 답을 찾아가는 과정을 따라가며 마음의 자유를 누리라는 것이었을까. 그래서 지은은 여행을 떠나라고 한 것인가. 아니, 여행을 하듯 오늘을 살라 한 것일까. 여행지에서 만난 낯선 사람들로부터 타인에게 마음의 문을 여는 자세를 배웠다. 길에서 만난 사람들은 친절했고 다정했다. 해인은 혼자여서 외롭다가도 그들의 다정에 금세 온기를 느끼곤 했다. 마치 지은과 마음 세탁소를 운영하며 찾아온 이들의 마음의 얼룩을 다려주고 세탁해 주며 느낀 따스한 온기와 유사하달까.

"그리고 범준아. 정해진 길이라는 건 애당초 없어. 솔직히 고백하자면 나는 아직도 길을 잃는걸. 그냥 묵묵히 할 일을 하며 걷다 보면 결과물이라는 게 생기고 사람들은 그걸 길이라 부르는 거 같아. 아직 나도 확실하진 않지만. 그저 우리가 할 일을 멈추지 않고 걷는 게 아닐까? 여기 사진 다 됐다. 뒤집어 둘 테니까 너 혼자 보고, 나는 옥상에 널어둔 필름 정리 좀 하고 올게. 오늘은 사진관에 손님이 더 안 올 것 같으니까 편하게 있어."

"옛썰! 고맙습니다! 오늘 알바 꿀이네요. 그런데 형, 저는 감정 소모가 시간 아깝고 싫어서 친구도 곁에 안 두는데 왠지 여기 오니까 사람들이랑 감정을 부대끼면서까지 어울리는 이유를 알 것도 같아요. 아직 자세히는 모르지만요."

"그래. 찬찬히 알아가자."

해인은 범준이 10년 뒤 오늘에 느낄 행복과 불행의 장면을 뒤집어 두고 옥상을 향해 천천히 걸어 올라간다. 웬

일인지 기분이 좋다. 정체 모를 콧노래를 흥얼거리며 오른쪽 바지 주머니에 손을 집어넣고 천천히 한 칸씩 계단을 오른다. 산다는 건 이렇게 계단을 오르내리는 일 아닐까. 계단을 올랐다고 해서 끝이 아니고 내려왔다고 해서 끝이 아니다. 원한다면 계단을 다시 오를 수도 있고 중간에 내려올 수도 있다. 계단이 버겁다면 엘리베이터나 에스컬레이터를 탈 수도 있고 계단이 없는 곳을 선택할 수도 있다. 살며 절대로 계단을 마주치지 않을 일은 없지만 최소한 반복에 대한 선택은 할 수 있다. 범준이 불안한 건 아직 살아온 날이 적어 계단을 오른 경험이 적은 탓이다. 계단을 오르내린 날들이 많은 덕분에 해인은 이 계단이 끝이 아님을 알고 있을 뿐이다.

옥상으로 올라와 하늘을 바라본다. 범준과 함께한 시간이 생각보다 길어져 벌써 해 질 녘이 되었다. 여행에서 돌아와 사진관에서 보낸 첫날이다. 생각보다 슬프지 않고 생각보다 나쁘지 않은데, 그리움은 여전하다. 매일 지은이 이 노을을 바라보며 사람들 마음의 얼룩을 빨간 꽃잎에 태워 보냈는데. 구름 한 점 없는 하늘에 진하게 노을이 번지는 광경을 바라본다. 해인의 어깨에 푸른 꽃잎들이 톡톡 떨어진다.

"왔니, 수고했어."

꽃잎을 향해 다정한 말을 건넨 해인의 머릿속에 순간 섬광처럼 윤동주의 「길」 한 구절이 흘러 지나간다.

"길은 아침에서 저녁으로 저녁에서 아침으로 통했습니다…. 내가 사는 것은, 다만, 잃은 것을 찾는 까닭입니다. 길이 아침에서 저녁으로… 저녁에서 아침으로 통했다… 아… 그런 것인가."

내가 사는 것은, 해인이 사는 것은 다만 잃은 것을 찾는 까닭인 것인가. 해인은 하늘을 보며 어딘가에 있을 지은의 안녕과 평안을 마음으로 빈다. 간절한 소망은 어떻게든 닿게 되리라 믿으며. 잃은 것을 찾기 위한 까닭으로 나는 오늘을 살아야겠지. 고개를 끄덕이는 해인의 손바닥에 푸른 라일락 꽃잎이 떨어진다. 시들지 않는 생생한 꽃잎이 해인의 손을 잡아주기라도 하듯 손바닥을 굴러다닌다. 해인은 꽃잎의 위로를 받으며 소중히 그 하나의 꽃잎을 두 손으로 감싸 쥔다. 뜨거운 포옹이라도 하듯이.

혼자 남겨진 범준은 사진을 볼까 말까 고민을 한다. 손바닥에 뒤집혀진 사진을 지금 보면 10년 뒤가 바뀔 것도 아닌데, 그냥 보지 말고 쓰레기통에 버릴까. 아니지, 그냥 지금 빨리 봐버리고 쓰레기통에 버리자. 범준은 의자에 앉아 다리를 덜덜 떨다 일어선다. 그러다 다시 앉는다.

"그래, 보자 봐! 지금도 대충 사는 인생인데 10년 뒤에 아무것도 되어 있지 않으면 어때!"

결심하고 사진을 뒤집어 본 범준은 눈이 휘둥그레진다. 뭐야 대체 이거.

"사진 잘못 찍힌 거 아니야? 뭐가 불행사진이라는 거야 대체? 저 형도 사기 아니야?"

범준이 의아함에 연신 눈을 비비고 사진을 본다. 아무리 뒤집어 보고 불빛에 비추어 보아도 사진은 그대로다. 인화가 덜 되었나 싶어 사진을 흔들어 봐도 그대로다. 한 장의 사진에는 물체가 아닌 파란색만 찍혀 있고, 다른 한 장의 사진에는 지금보다 머리숱이 조금 줄고 배가 나온 범준이 양손으로 브이를 하며 웃고 있다.

"아니 이거 뭐야… 10년 뒤에 내가 배 나오고 머리숱은 줄어든다는 거야? 이게 불행사진 아니야?"

대체 뭐가 불행이고 뭐가 행복인지 분간이 가지 않아 의아한 범준이 사진을 양손에 들고 반대편으로 교차시켜 본다. 눈을 크게 뜨고 사진을 다시 보던 범준이 한 손에는 치킨을 포장해 들고 다른 한 손에는 휴대폰을 든 채 양손으로 브이를 하는 30대 중반의 자신의 모습에 안도한다. 아무것도 안 되어 있을 줄 알았는데 그래도 손목에 치킨 봉지를 걸고 있는 걸 보면 돈을 벌기는 하나 보다. 휴대폰도 있는 걸 보니, 통신비 낼 돈도 되나 보다.

"근데 배가 왜 이렇게 나왔어? 머리숱은 왜 이렇게 줄었고. 너무 누워 있어서 근육이 다 빠졌나. 단백질도 먹고 가끔 달리기라도 해야겠네. 치."

범준은 어떤 장면도 없이 파란색으로 찍힌 불행사진을 바라보며 어떤 의미일지 골똘하게 생각한다. 해인이 형한테 물어보면 알려나. 마침 해인이 급한 용무라도 있는 듯 옥상에서 서둘러 내려온다.

"말도 안 돼, 형! 저 불행사진에 파란색밖에 안 찍혔어요. 카메라 고장 아니에요? 마법 카메라도 불량이 있어요?"

손안에 소중한 무언가를 쥔 듯 두 손을 포개어 내려오던 해인이 범준의 외침에 시원하게 이를 드러내며 웃어 보인다.

"고장 아니야. 10년 뒤 마음의 불행이 그런 색인거지. 진짜 장면이 찍히는 경우도 있고 보기 힘들 만큼 괴로운 장면이 찍힐 수도 있다고 해. 그나저나 너 알바 끝날 시간인데 배고프지? 우리분식 가서 김밥 먹고 가. 계산은 내가 조금 있다 가서 할게."

"마법의 세계란 참 신기하네요. 이제부터 게임도 환상적인 거 나오는 걸 해야겠어요. 감사합니다! 근데 김밥 말고 김치볶음밥 먹어도 되죠?"

"맘대로. 그럼 내일 오전 11시에 보자."

"옛썰! 근데 형, 저 궁금한 거 있는데요, 물어봐도 돼요?"

"범준이는 궁금한 게 참 많구나. 이번엔 뭐가 궁금하니?"

"형은 인생에서 가장 행복했던 순간이 언제예요?"

범준의 질문을 받은 해인이 자리에 서서 생각에 빠진다. 해인을 스쳐가는 기분 좋은 기억들로 서서히 얼굴에 미소가 번진다. 해인은 대답 대신 범준에게 햇살 같은 미소를 지어 보이고 밖으로 나선다. 해야만 할 일이 있다. 지금 바로.

"알았다. 그 미소가 대답인거죠? 근데 지금 말하기 싫죠? 이래 봬도 제가 눈치는 아주 쪼오금 있습니다! 뒷정리는 제가 해두고 갈게요! 내일 봬요!"

범준은 해인의 뒷모습에 대고 소리친다. 범준은 자신이 마신 찻잔을 들고 바 테이블로 가서 설거지를 하며 흥얼흥얼 콧노래를 부른다. 종일 굶었는데 배가 고프지도 고단하지도 않다. 왜 이렇게 기분이 좋은 거야 정말. 이상한 곳이야.

"야박하게 알바는 왜 다섯 시간만 하는 거야. 기왕 일을 시키려면 일곱 시간이나 여덟 시간쯤 해야 제대로 일을 파악할 수 있는 거지. 안 되겠어, 내일부턴 자체적으로 근무 시간을 늘려야겠어."

범준은 고개를 절레절레 흔들며 중얼중얼 다짐을 한다. 마침내 설거지를 끝낸 범준이 사진관을 나서려다 문 앞에 멈춰 서서 공간을 둘러본다. 나무 향기 때문인가 이상하게 마음이 편안하네. 범준은 아까 자신이 쓰다 덮어둔 편지지를 손에 들고 쓰레기통에 버리려다 멈칫한다.

**친해하는, 친애하는.**

반으로 접어 청바지 뒷주머니에 꼽는다.

"지금처럼 살아도 나쁘지 않을 수도 있을 것도 같고."

집에 가서 '친애하는'으로 시작하는 편지를 써야겠다. 누구에게 쓸지는 걸어가며 생각해야지. 집에 도착하자마자 생각나는 사람에게 쓸 거다. 왜인지 모르게 기분이 좋다. 그러고 보면 모든 일에 이유가 꼭 있어야 하나 싶기도 하고. 이유 없는 이유도 있지 않을까. 그냥 기분이 좋다 오늘은. 기분 좋으니까 새로운 게임이나 발굴해서 한 판 하고 자야지.

"왜 내가 너를 이제야 알아보았을까."

옥상에서 낙하하는 저녁놀을 보며 지은을 그리워하던 해인은 자신의 손을 잡아주던 꽃잎을 물끄러미 바라보다 순간 눈을 번쩍 떴다. 푸른 꽃잎들 중 이 하나의 꽃잎만 묘하게 색과 향이 다르다. 해인은 소중한 보물을 다루듯 양손을 포개어 꽃잎이 날아가지 않게 감싸 안는다. 꽃잎의 향을 맡다 기억이 났다. 해인이 상실의 아픔을 안고 떠난 여행지에서도 이 향기가 났었다. 해인의 마음에 슬픔이 몰려오거나 그리움으로 잠을 이루지 못할 때 푸른 꽃잎은 향을 뿜었다. 이 향을 맡으면 잠이 들 수 있었다. 그런데 왜 몰랐지 대체.

서둘러 내려와 범준의 질문을 듣고 해인은 지은을 떠올렸다. 지은과 함께한, 그리고 메리골드에서 사람들과 함께한 보통 날들이 모두 행복이었다. 해인은 심장 한쪽이 푸른 꽃잎으로 번지는 기분이 든다. 해인은 시들지 않는 꽃잎을 살포시 바닥에 내려두고 마음 사진관 입구 앞 정원의 흙을 손으로 판다. 적당한 크기로 공간이 만들어지자 시들지 않는 꽃잎을 그 안에 넣고 심는다. 조금씩 조금씩, 흙을 꽃잎 위로 덮으며 해인이 꽃잎에게 말을 건다.

"라벤더였어 너는. 그렇지? 다른 꽃잎들은 라일락인데 너만 라벤더였어. 라벤더의 꽃말은 진심 어린 사랑과 약속이잖아. 지은 씨는 스스로를 많이 사랑할 때, 그리고 나 역시 지은 씨에게만 기대지 않고 내 삶의 행복을 찾게 될 때 돌아오겠다는 약속을 하고 떠난 게 아닐까."

해인은 푸른 꽃잎들이 엄마의 라일락 꽃잎인 줄만 알았

다. 언제나 해인의 곁에 있던 시들지 않는 꽃잎이 그저 잔흔인 줄만 알았다. 그러고 보니 지은이 떠난 순간부터 이 향이 해인의 곁을 맴돌았다. 해인과 지은은 서로를 만난 뒤 마음의 결계가 풀렸다. 지은은 오랜 시간 자신의 능력을 사용하는 법에 대해 고민하고 다시 태어나기를 반복했지만 해인은 스스로 인생의 의미를 찾을 여유도, 이 능력을 어떻게 사용해야 하며 어떻게 살아가야 하는지에 대해 고민할 여유도 없었다. 어쩌면 지은은 자신이 찾은 답을 해인도 알아가길 바라며 이 생을 떠난 게 아닐까? 얼결에 지은의 눈물을 찍어 행복 카메라를 처음 사용하게 되었던 해인은 홀로 남겨진 뒤에야 지금까지 하지 않았던 생각들을 마주하고 삶의 다양한 감정을 경험하고 있다. 해인은 지은이 떠난 뒤 훌쩍 커버린 마음의 키를 생각한다.

살아 있을 때 살고 죽어 있을 때 죽는 삶을 살아야겠다고 생각한 해인은 삶의 소중한 시간을 소중히 지키고 싶어 팔에 타투를 새겼다. 지은을 만나기 전까지의 해인은 살아 있지만 죽어 있는 듯 시간을 흘려보내며 살았다. 이제는 생생히 모든 시간의 삶을 누리며 소중히 살아가고 싶어졌다. 살고 싶어지다니. 엄마와 아빠가 동시에 세상을 떠난 그날에 감정의 시계가 멈춰버렸는데, 지은을 만난 뒤부터 초침이 움직이기 시작했다. 해인에게는 실로 놀라운 변화였다. 시간에 연연치 않고 시간의 주인이 되어 살고 싶어졌다. 자유로이 시간을 운영하며 산다면 먼 훗날 지은을 만나는 순간이 왔을 때 그녀에게 부끄럽지 않을 것 같다. 엄마와 아빠에게에도, 그리고 무엇보다 나 자신에게 부끄럽지 않기 위해 살아야겠다고 생각했다.

인도쯤이었나, 갠지스강에서 사람들의 생과 사를 보며 이런 생각도 했다. 이리 흘려보낸 시간이 방금 죽어간 누군가에게는 간절히 살고 싶던 5분이었을 수도 있다고. 그렇다면 나는 한 순간도 허투루 살 수 없다. 일회용 카메라를 들고 사진을 찍었다. 그리고 글을 적었다. 여행의 날들은 온전히 자신을 소중히 여기고 돌보아 주고 생각하는 시간이었다. 여행에서의 삶만큼 나를 양육할 수 있다면 남은 날들은 그리움을 안고 행복하게 살 수 있을 것만 같았다. 지나간 것은 지나간 이유가 있을 테니. 의미 없어 보이는 사소한 것들이 때로는 어떤 신호가 되기도 하듯이, 우리는 그저 오늘 이 삶을 여실히 그리고 생생히 살아가면 된다. 기쁨이든 슬픔이든 아픔이든 행복이든, 이름만 다른 소중한 삶의 한 부분들에 매몰되거나 휩싸이지 않고 살아간다면 어떨까.

어쩌면 엄마는 행복 카메라를 찍으며 행복이라는 감정도 스쳐가는 하나의 장면일 뿐이라는 것을 알았을까. 초침이 성실히 움직여 분을 만들고 시를 만들듯, 행복도 초침의 움직임이고 불행도 초침의 움직임일 뿐인 것이다.

엄마는 이 사실을 알려주고 싶어서 내게 행복 카메라를 남긴 것 같다.

"엄마, 나 좋은 친구들도 만나고, 사랑도 하고, 몸도 마음도 많이 자랐어. 행복 카메라를 사용할 줄도 알게 됐어. 스스로 사용법을 터득했어. 기특하지? 그러니까 이제 안심해."

오랜만에 그리운 이름을 불러본다. 초침과 분침과 시침이 성실히 제 갈 길을 가듯이 우리가 할 수 있는 건 삶이라는 이 여행을 포기하지 않고 가는 것 아닐까. 물도 보고, 하늘도 보고, 나무도 보고, 바람도 만지고, 운이 좋으면 무지개를 만나기도 하고, 울기도 하고 웃기도 하고, 낯선 이들과도 어울려 보며 전혀 무용할 수 없는 것들을 누리며 살아가는 것이다. 이 아름다운 순간을 간직하고 싶어서 우리는 사진을 찍는다. 슬픈 순간이 아닌 행복한 순간을 찍는 이유는 행복이 영원하지 않음을 알기 때문일 것이다. 순간의 행복을 영원으로 남기고 싶은 마음에 우리는 사진을 찍고, 안개 끼고 폭풍우가 몰려오는 날에는 어제처럼 선명한 행복의 사진을 꺼내보며 살아갈 힘을 낸다.

"오늘 살아 있다는 것 그 자체가 기적이구나."

기적을 바랐던 까닭은 기적 안에서 살고 있음을 인지하지 못했기 때문이었다. 해인은 문득 돌아갈 곳이 있다는 사실에 안도했다. 도망치지 않기로 했다. 인생의 문제는 어차피 도망치거나 해결하거나의 선택이 아닐까. 사랑하는 이들에게 배운 삶의 방식은 도망치지 않고 해결하고 방법을 찾는 것이었다. 잃었다고 생각한 길은 내 안에 있었다.

생각한 순간 타투를 하는 가게를 발견했다. 자고 일어나면 오늘의 다짐이 달라질 수도 있을 테니 오늘의 마음을 간직하고 싶어졌다. 해인은 타투 가게에 들어가 시침과 분침이 없는 시계를 직접 그려 보여주었다. 그리고 그 생각을 담은 그림을 오른팔에 새겼다. 언제나 이 시간이 지나면 행복해지겠지, 이 순간을 잘 넘기면 행복해지겠지 생각하던 해인이다. 인생에 어떤 큰 사건이 일어나야만 행복한 건 아닌데. 살아 있는 이 순간, 바람이 불고 해가 뜨고 밥을 먹고 친구와 이야기하고 할 일이 있는, 때론 아프고 슬프고 이유 모를 짜증이 몰려오는 지금이 행복임을 해인은 여행을 떠나와 느꼈다. 돌아가고 싶은 그곳을 생각할 때면 이 향이 번졌다. 해인은 지은이 남겨준 소중한 삶의 의미를 생각하며 눈물을 흘린다. 해인의 눈물이 흙에 심은 라벤더에 떨어지자 신비로운 푸른빛과 보랏빛이 회오리처럼 피어오른다. 피어오른 빛은 순식간에 라벤더 꽃이 되어 정원을 덮었다. 보라색 라벤더 꽃이 가득한 정원을 해인은 지은을 바라보듯 다정한 눈길로 바라본다.

"지은 씨, 내가 기다리고 있는 거 알고 있는 거죠? 햇살로, 바람으로, 꽃잎으로, 나뭇잎으로, 때론 밤의 달로, 별빛으로 나에게 와달라고 한 마음의 소망을 듣고 있는 건가요? 나에게 대답해 줘요."

해인의 말소리에 바람이 불며 라벤더 꽃잎들이 해인을 향해 흔들린다. 아름답다. 지기 위해 피어나는 꽃이 아름다워 보인 적이 있던가. 사랑을 잃고 감정 없이 살기만 하던 해인에게 다가온 지은이라는 꽃처럼, 아름다운 사랑은 보기만 해도 너무 아름다워서 슬펐다. 피어나면 저버리는 꽃처럼 아름다운 사람이 언젠가 꽃처럼 날아가 버릴 것 같았다.

"왜 울어요?"

"너무 아름다워서 슬퍼요."

"슬픔은 아름다운 감정이죠."

"꽃은 지기 위해 피잖아요. 시들지 않고 지지 않는 꽃은 없나요?

"꽃은 시드니까 아름다운 거예요. 시들 걸 알기 때문에 한철 아름다움을 화사하게 밝힐 수 있는 것 아닐까요. 그리고 시들지 않는 꽃잎이 왜 없어요. 여기 있어요. 당신 마음에, 그리고 내 마음에."

해인의 질문을 바람결에 라벤더 꽃잎을 타고 지은이 대답해 주는 것만 같다. 정답은 사랑이었다. 진심을 다한 사랑이 있다면 그 시절이 한철이건 평생이건 사람의 마음을 피어나게 해준다. 피어난 마음으로 일상을 윤기 나게 살다보면 사랑이 없는 순간에도 행복을 느낀다. 해인은 이제 즐겁거나 웃음 짓는 순간에도 미안해하지 않기로 했다. 그것이 아마도 지은이 바라는 삶일 것이다. 기쁠 때 기뻐하고, 슬플 때 슬퍼하고, 배고플 때 먹고, 졸릴 때 잠잘 수 있는 사소한 행복을 살기를 바랄 것이다. 주어진 삶에 충실히, 도망치지 않고, 질문을 피하지 않고, 성급하게 질문에 답을 내려 하지 않을 것이다.

"오늘을 살자, 그저 오늘을 살자. 후회도 회한도 슬픔도 번뇌도 모두 내 것으로 감싸 안으며 살자. 세상에서 무엇보다 나 자신을 사랑하며 살자. 그럴 수 있어. 나는 이제야 비로소 삶이라는 여행을 살아갈 준비가 된 것 같다."

해인의 혼잣말에 라벤더 꽃잎들이 일렁인다. 저녁 바람을 타고 기분 좋은 향이 온 마을에 번진다. 보랏빛 물결을 타고 밤이 찾아온 저마다의 창문에는 불이 켜진다. 매일 같은 일상을 사는 우리의 창문에 불이 켜지고 조금 지루하지만 평범하고 아름다운 오늘의 일상이 이어지고 있다. 하늘에는 별빛이 반짝이고 땅에는 일상을 살고 있는 우리 안의 별빛이 반짝인다.

"하늘에만 별이 반짝이는 게 아니었네. 밤에 반짝이는 별빛들이 우리들의 집 창문에도 있었어. 아름답다. 반 고흐 그림 같아. 별이 빛나는 밤에."

해인은 핸드폰 카메라를 열고 저마다의 창문에 켜진 별빛을 담는다.

"밤하늘의 별을 보고 있으면 난 항상 꿈을 꾸게 된다."

해인이 반 고흐의 그림을 보며 그가 남긴 글들을 읽을 때 좋아서 메모해 둔 글귀가 떠오른다. 밤하늘의 별을 보며 꿈을 꾸게 되는 행복한 감정이 좋아서 반 고흐는 그토록 별을 그렸나. 그렇다면 눈앞에 반짝이는 일상의 별빛들을 사진으로 찍을 수 있는 오늘의 나는 썩 괜찮은 오늘을 살고 있지 않은가. 행복을 행복으로 알 수 있고, 담을 수 있으니까.

"나는 바람으로, 햇살로, 별빛으로 언제나 해인 씨 곁에 있을 거예요. 내가 없어도 길게 자주 웃고 용기를 내어 살길 바라요. 무엇보다 나 자신을 가장 사랑하는 삶을 해인 씨는 일찍부터 살았으면 좋겠어요. 정말 자신을 진심으로 사랑하게 되는 날 우리는 만나게 될 거예요."

해인이 진심으로 오늘의 일상에 행복을 느낄 때 지은의 마지막 말이 라벤더 꽃물결을 타고 일렁이며 들려온다. 기적을 바라는 어떤 마음은 마법보다 강렬하기도 하다던데. 진보라색 라벤더 꽃물결이 온 마을에 번진다. 해인은 아름다운 꽃물결을 바라보다 카메라를 들고 와 간절히 기도하는 마음으로 사진을 찍는다. 사진을 찍은 해인은 카메라를 소중히 품에 안고 하늘을 향해 말을 건다.

"무언가를 간절히 바라면 생각하지도 못한 방법으로 그 소망이 이루어진다지. 오늘 밤은 나를 위한 소망 꽃이 피어나길 기대해 볼까."

"너는 참 나 같다."

화초에 물을 주던 상미가 오래되어 금이 간 화분을 만지며 혼잣말을 한다. 스물한 살, 상미가 우철과 결혼하던 해부터 오랜 시간 함께한 화분이라 더 마음이 간다. 고등학교를 졸업하고 놀이공원 매표소에서 일하던 상미와 대학교 등록금을 벌기 위해 인형탈 아르바이트를 하던 우철은 만난 지 1년 만에 결혼을 했다. 우철은 국화꽃 화분을 수줍게 건네면서 꽃이 상미와 닮았다고 했다. 상미는 이 화분이 프러포즈 같아 일곱 번의 이사를 하면서도 깨지지 않게 소중히 챙겼다.

우철은 결혼 후에 대학을 졸업하고 직업 군인을 선택했다. 상미는 첫째 딸 민희를 낳아 기르면서 남편의 근무지를 따라 움직였고, 둘째 민영이 태어나고 3년 뒤에 우철은 군대를 전역하고 새로운 회사에 취직했다. 상미는 우철의 선택을 존중했다. 어느 지역이든 가족이 함께 살 수 있는 집이라면 넓건 좁건 문제가 되지 않았다. 그는 늘 가족을 위한 선택을 하는 사람이니까. 아이들이 초등학교에 입학하자 우철은 아이들의 교육을 위해 도시로 가자고 말했고 3개월 뒤 이직을 했다.

"당신 대단해, 목표한 걸 늘 이뤄내네. 가족을 위해 노력해 줘서 고마워 여보. 도시로 이사하면 생활비가 전보다 더 들겠지만 내가 아껴볼게."

상미는 엄마들과 커피 한잔 마시지 않고 아끼고 아꼈다. 하루에 믹스커피 한 봉이면 충분했다. 원룸에서 시작해 방 하나 거실 하나인 집으로 이사했다가, 방이 두 개인 구축 18평 아파트로 넓혔고 삶에 만족했다. 하지만 돈을 모으는 속도보다 집값이 오르는 속도가 더 빨랐다. 아이들은 자신만의 방을 갖고 싶어 했다. 우철과 상미는 대출을 받아 방 3개에 화장실 하나가 있는 24평 아파트를 전세로 얻었다. 더 이상 우철의 벌이로만 살 수 없었다. 아이들이 커갈수록 학원비는 많이 필요했고, 대출 이자와 원금을 내고도 시골에 계시는 양가 부모님들에게 생활비를 드려야 했다. 둘째아이가 초등학교 3학년이 되자 더 이상 마이너스 통장을 쓸 수 없다고 생각한 상미는 자신도 다시 돈을 벌어야겠다고 결심했다.

"민희 아빠, 아무래도 안 되겠어. 애들 중학교 고등학교 올라가면 학원비가 지금보다 두 배로 필요할 텐데, 나도 돈 벌어서 보태야지."

"…할 수 있겠어?"

"그럼 할 수 있지! 인사 잘하고 싹싹한데 일할 데 없겠어? 열심히 찾아보면 되지."

"당신 맘대로 해. 피곤하다. 먼저 잘게."

야근에 지친 우철은 상미의 어깨를 한번 툭 치고 화장실로 들어간다. 한번 들어가면 휴대폰 게임으로 30분이 금방이다.

우왕좌왕한 끝에 구인 구직 사이트로 캐셔 업무에 지원한 상미는 집에서 20분 거리에 있는 마트로 출근하게 되었다. 아이들 밥을 챙겨주고 뛰어나가 아침 9시부터 일을 시작했고, 일을 마치는 저녁 7시면 곧장 집으로 달려와 저녁밥을 준비했다. 밀린 청소와 빨래, 설거지까지 다 하고서야 상미는 쓰러지듯 잠이 들었다.

반복되는 일상에 시간이 화살처럼 흘러 어느새 첫째 민희가 고등학교 2학년이 되었고 둘째 민영이는 중학교 2학년이 되었다. 많은 계절이 흘러 아이들이 자라는 동안 상미는 스물한 살이 아닌 마흔아홉 살이 되었다.

"오래됐나 보네. 금이 간 줄도 몰랐어. 미안하다 얘."

상미는 서랍에서 종이테이프를 꺼내 와 금 간 부분에 붙인 뒤 어루만진다. 여러 해 동안 화분에 어울리는 화초를 사 오고 그때마다 새 흙을 넣어 정성스레 가꾸었다. 쉬는 날이면 온 집안을 쓸고 닦으면서 덩달아 먼지 하나 없도록 화초의 잎을 닦았다. 그 덕분에 화초와 흙은 윤기가 나는데 화분은 언제부턴가 금이 가 깨져가고 있었다.

"갔다 올게."

첫째 민희가 제 몸집보다 큰 가방을 메고 방에서 나온다. 놀란 상미가 화분 앞에서 일어나 부리나케 부엌으로 간다.

"엄마, 나 아침 안 먹어. 속 안 좋아."

"아침을 왜 안 먹어, 너 요즘 공부하느라 힘들어서 소화도 잘 안 되잖아. 엄마가 미역국 금방 끓여줄게, 한 술이라도 뜨고 가."

"웬 미역국이야, 진짜 눈치 없게! 나 오늘 모의고사 보는 날인 거 몰라? 미끄러지라는 거야?"

"민희야, 그런 거 다 근거 없는 말이야. 뜨끈하게 먹어야 속이 편해서 시험도 잘 보지. 그리고 너 아직 고3도 아니고 2학년인데 쉬엄쉬엄해."

"무슨 소리야, 다른 애들은 나보다 학원도 많이 다니고 과외도 하는데! 답답하게 진짜! 엄마는 대학을 안 가봐서 몰라!"

"아… 그건 그런데… 엄마도 주변에서 보고 들은 게 있잖아, 왜 몰라."

"아 몰라, 짜증나. 오늘 시험 망치면 엄마 때문이야. 나 갈래!"

"민희야, 그럼 계란이라도 먹고 가. 엄마가 금방 부쳐줄게. 우리 공주 기분 풀어, 엄마가 미안해."

"그놈의 미안하단 소리 좀 그만해! 미안하면 미안할 행동을 하지 말든가. 아 몰라. 나 갈래!"

"……."

민희는 말을 뱉어놓고도 좀 심했다는 듯 후회하는 표정이었지만 가방을 메고 그대로 현관을 나선다. 상미는 물이 끓는 포트에서 눈을 떼지 못하다가 이내 서둘러 보온병을 챙겨 엘리베이터로 달려 나간다. 다행히 민희는 아직 내려가지 않았다.

"민희야, 날씨 추우니까 따뜻한 물이라도 마셔. 시험 잘 보고 와!"

"알겠어. 갈게."

민희가 가방에 보온병을 넣는 걸 보고서야 상미는 집 안으로 들어온다. 찬기에 몸이 떨린다. 상미가 우철의 오래된 점퍼를 걸치고 아침식사를 준비하는 사이, 방에서 나온 우철이 말없이 식탁에 앉아 국과 밥을 뜬다. 우철이 밥을 먹는 동안 상미도 씻고 출근 준비를 한다. 어느새 아침 7시 반이다. 소시지를 좋아하는 둘째 민영을 위해 전날 마트 세일 상품으로 사 온 소시지를 구워놓고 우철을 배웅하려는데, 현관을 나서려던 우철이 멈칫한다.

"왜 그래, 당신 무슨 할 말 있어?"

"어 그게… 아버지가 영 걱정되네. 전화 한번 드려봐."

"아버님 혼자 적적하시겠지. 주말에 우리가 다녀올까?"

"그것도 좋은데… 아버지 더 나이 드시면 병원 다니기도 불편하시잖아. 요즘 자꾸 깜빡깜빡하시는 것도 걱정되고. 내년에 민희 학교 들어가면 아버지 우리 집으로 모셔올까 해."

언제나 그렇듯 의논이 아닌 통보를 하는 우철의 말에 상미는 놀라 눈만 깜빡거린다. 지금까지는 상미가 감당할 수 있는 통보였지만 이번에는 상미의 머릿속이 복잡해진다.

"그… 그래? 병원은 모시고 가본 거야?"

"병원은 당신이 모시고 가야지. 며느리가 그런 거 하나 신경 안 쓰고 뭐 하냐."

"여보, 나도 일하잖아…. 쉬는 날도 하루밖에 없고. 아니다, 아침부터 언성 높이지 말자. 미안해. 그런데 우리 집에 아버님 모실 방이 없잖아."

"대출금 거의 갚았으니까 다시 대출 받아서 방 하나 더 있는 집으로 이사 가야지. 애들도 커서 이제 손 갈 일도 적은데, 당신도 일하는 시간 늘려서 더 벌면 좋잖아."

"요즘 금리가 높아서 너무 부담인데… 그리고 애들한테 손 갈 일이 적다니, 무슨 말이야 민희 아빠. 민영이가 미술하고 싶다 그래서 옆 동네로 학원 보내려 하는데, 밤늦게 애 혼자 얼마나 위험하겠어. 그거 때문에 내년부터 근무시간 두 시간 줄이려던 참인데… 집안 살림은 또 어쩌고."

"이자를 내면서 자산도 불리고 그러는 거야. 시간 날 때 경제뉴스 좀 보고 그래. 학원은 차 타고 가고, 밥은 밥솥이 하고, 청소는 청소기가 하는데, 살림 그거 뭐 힘들다고 유세야. 그리고 당신답지 않게 왜 이렇게 말이 길어? 나이 든 아버지가 안쓰럽지도 않나, 답답하다."

성난 표정의 우철이 상미의 대답을 듣지도 않고 가방을 챙겨 나간다. 멀어지는 우철의 구두 소리를 들으며 상미는 눈을 질끈 감는다.

"아침부터 왜 이렇게 시끄러워, 나 졸린데…."

"우리 민영이, 일어났니? 별거 아니야. 아침 먹어. 너 좋아하는 소시지 구워놨어."

"엄마, 내가 무슨 어린애야? 아직도 소시지나 좋아하는 줄 알고. 안 먹어. 다른 거 줘."

"……."

"알았어, 먹을게. 하암… 졸려."

입술을 삐죽이며 밥을 먹는 민영의 뒷모습을 물끄러미 바라보던 상미가 체념한 듯 겉옷을 입는다.

"엄마, 나 케첩!"

"케첩 정도는 네가 꺼내 먹을 수 있잖니."

상미는 말하는 동시에 냉장고에서 케첩을 꺼내어 접시에 짜주고 다시 냉장고에 넣는다. 몸에 익은 행동이 말보다 앞서 나간다.

"엄마가 해주면 되지! 엥? 근데 엄마 그거 입고 나갈 거야? 아빠가 입다 버리려고 한 거잖아. 그거 10년도 넘은 잠바 아냐?"

"괜찮아, 엄마는 일 나가면 유니폼으로 갈아입어서 아무거나 입어도 돼. 옷은 원래 한번 사면 10년 20년씩 입고 그러는 거야. 꼭꼭 씹어 먹어, 김치도 먹고."

민영의 젓가락 앞으로 김치를 담은 접시를 밀어주며 상미는 천 가방을 든다.

"엄마, 그 가방은 나 초등학교 때 박물관에서 기념품으로 받은 거잖아. 아 진짜, 너무 촌스럽게 하고 다니지 말어! 나 창피해! 내 친구들 엄마는 얼마나 예쁘게 하고 다니는 줄 알아? 머리도 노란 고무줄로 묶지 말고, 화장도 좀 하고!"

"엄마 시간이 없어서… 버스 놓치겠다. 나중에 이야기하자. 학교 잘 다녀오고, 학원 가면 도착했다고 문자해. 엄마 간다."

입술을 삐죽이는 민영을 뒤로 하고 서둘러 집 밖으로 나온 상미는 엘리베이터를 기다리며 현기증이 돌아 벽 한쪽을 짚는다. 숨을 몇 번 고르자 엘리베이터가 도착한다. 힘없이 엘리베이터에 올라 고개를 드니 거울 속에 흰머리가 성성하고 푸석푸석한 여자가 서 있다.

몇 년째 승진 누락이 된 우철은 다음 달 승진 대상자 심사를 앞두고 있어 힘들 테고, 수험생 민희는 입시를 앞두고 한창 예민해져 있고, 민영이는 사춘기라 외모에 민감하다. 가족인데… 세상에서 가장 사랑하고 가장 소중한 가족인데, 내가 이해해 줘야지. 속마음 드러낼 데가 집밖에 없고 엄마밖에 없을 것 아닌가. 그래, 내가 이해해 줘야지. 내가… 내가 이해해야 하는데… 그럼 나는 누가 이해해 주지?

"아침부터 뭐가 이렇게 숨이 막히니."

코끝에 겨울이 차갑게 스쳐 지나가는데 속 안이 더운 상미는 괜스레 목 폴라를 잡아당겨 바람을 쐰다. '괜찮아. 시간이 지나면 괜찮아질 거야, 다 지나갈 거야.' 만원 버스에 몸을 싣고 옴짝달싹 못하면서도 속으로 생각한다. '별

거 아니야. 지나갈 일이야. 나만 참으면 돼….'

상미의 마음은 목적지 없이 흔들리고 상미를 태운 버스는 목적지를 따라 움직인다. 상미는 연신 흐르는 땀에 손으로 부채질을 한다. '왜 이렇게 더운 거야. 한겨울에 난방을 이렇게 세게 틀면 기름 값은 어쩌려고. 버스 기사도 참 생각이 없네. 나만 더운가? 내일 모레면 50인데 아직도 뭐 하나 쉬운 게 없네.'

상미를 태운 버스가 지하철역 앞에 멈춰 선다. 상미는 내리자마자 겉옷을 벗고 종종걸음을 걷는다. 출근 시간은 9시, 지금은 8시 40분. 걷자, 걸어. 걷는 거 말곤 지금 할 수 있는 일이 없다. 걸을 수 있는 두 다리가 성하니 얼마나 감사한가 생각하며 직장을 향해 걷는다.

마트에서 상미가 가장 좋아하는 일은 규격이 같은 물건을 가지런히 진열하는 일이다. 상표 라벨을 한 치의 오차 없이 정면을 보도록 진열한 뒤 한 걸음 물러서서 바라보면 왠지 모르게 웃음이 난다. 가지런히 하루를 시작하는 상품들을 손님들이 데려가고, 그 제품들로 손님들의 생활을 영위시켜줄 수 있다는 생각으로 정리를 한다.

"너희들은 효용감 있는 아이들이야."

상미가 정리를 마치고 두 손을 박수 치듯 두 번 부딪히며 계산대로 향한다. 계산대 포스에 물건 바코드를 찍고, 계산을 하고, 영수증을 건네는 행위가 한 편의 공연 같다고 생각한다. 상미는 어떤 책에선가 "우리의 인생은 모두가 한 편의 소설이다"라는 구절을 읽은 뒤로 자신의 인생이 한 편의 소설이자 영화라면 어디쯤에 와 있을지를 상상했다. 지금이 이 소설의 결말은 아닐 거라고, 소설이 계속 쓰이고 있는 중이라고 생각하면 오늘의 고단함은 견딜만한 일이 되었다. 그저 한 줄 혹은 한 문단으로 기록될 하루일 뿐이니까.

"상미 씨, 오늘따라 기분이 좋아 보이네? 무슨 좋은 일 있어?"

단골손님이 상미를 보며 말을 건넨다.

"안녕하세요, 아니에요. 오늘 고등어 싱싱한 거 들어왔는데 못 보셨어요?"

"오늘은 삼겹살이 당기네. 이따 고기나 구워 먹을라고."

"고기도 좋죠, 마침 상추랑 깻잎도 싱싱해요. 2만 3천원입니다. 봉투 필요하세요?"

"상추 겉절이도 좀 해 먹어야지. 봉투 안 줘도 돼요, 가방 여기에 가져갈게."

"가벼운 장바구니 가지고 다니면 편하죠. 넣어드릴게요."

"고마워! 상미 씨, 이거 요구르트 하나 마셔."

"어휴, 아니에요, 지난번에도 박카스 주셨잖아요. 괜찮아요."

"맨날 아니래. 상미 씨가 친절해서 내가 여기만 오잖아.

나 갈게!"

"잘 먹을게요, 어르신. 좋은 하루 되세요."

상미는 마트에 어르신들이 올 때마다 따듯한 인사를 건네며 마음을 나눈다. 긴 세월을 지나온 어르신들을 보며 자신이 주인공인 책의 결말은 아직 완성되지 않았을 거라는 희망을 가진다. 그런데 이렇게 어르신들이 음료를 건네고 말 한마디에 고마움을 표할 때면 가슴 한편에 죄책감도 든다. 그럴 때면 상미는 일말의 죄책감을 털어내고 싶어 일을 더 열심히 한다.

"이거, 사과 얼마예요? 어머, 민영이 엄마! 여기서 일해?"

"어머, 안녕하세요, 서희 어머님."

"너무 오랜만이야! 어떻게 지냈어? 나 기억해?"

"그럼요, 기억하죠. 이 동네에 무슨 일이세요?"

"나 애들 학원 때문에 이사 왔어. 마침 잘 됐다. 민영 엄마, 다음 주 월요일에 시간 있어?"

"월요일이요? 마트 휴점일이긴 한데…."

"잘됐네! 우리 이번에 엄마들 여행 가는데, 두 명이 일이 생겼지 뭐야. 민영 엄마 불편하지 않으면 같이 갈래?"

"여행이요…?"

"응, 당일치기니까 부담 없어. 요즘 메리골드에 그 파란 꽃 뭐냐. 라벤더였나… 아무튼 그게 엄청 예쁘게 폈다네?

민영 엄마, 꽃 좋아하잖아. 시간 되면 같이 가자, 맛있는 거 먹고 사진 찍고 기분 전환하고 오는 거지 뭐."

"그건 또 어떻게 기억하시고. 고마워요."

"그러게, 아이고! 내가 오랜만에 만나서 너무 수다를 떨었나? 갱년기 오니까 자꾸 말이 많아져. 민영 엄마, 시간 되면 오고, 부담스러우면 안 가도 돼. 알았지?"

"그럴게요. 연락드릴게요."

"그나저나 요즘 왜 이렇게 덥니. 겨울이 겨울 같아야지 이렇게 더워서야. 어머, 전화 온다. 브런치 먹으러 가기로 했는데 늦었네. 그럼 연락 줘! 안녕!"

서희 엄마가 사과 봉지를 든 손으로 땀을 닦으며 다른 한 손으로는 열심히 인사를 한다.

"가만 보자… 서희 엄마 이름이 뭐더라? 뭐라고 저장이 돼 있지?"

휴대폰 연락처를 잠깐 살펴보던 상미는 마트를 둘러본다. 손님이 한창 몰릴 때는 정신없이 바쁘지만, 때론 이리 한적한 시간도 있다.

찰나의 정적을 깨고 휴대폰 진동이 울린다. 상미는 핸드폰을 꺼내어 메시지를 확인한다.

— 민영 엄마, 나 서희 엄마야. 번호 찾으려고 보니 민영 엄마라고만 돼 있네. 나는 김미경이야. 다음 주에 갈 수 있는지 시간 될 때 편히 답장 줘! 좋은 하루 보내고!

웃음기 가득한 이모티콘 메시지를 얼마 만에 받은 걸까. 상미는 핸드폰에서 웃음소리가 들리는 것만 같아 메시지 창의 스크롤을 쓸어내리다가 고개를 들어 마트를 살핀다. 아직 손님이 없다.

— 나는 이상미야. 다음 주에 갈 수 있을 것 같아. 장소랑 시간 알려주면 그리로 갈게.

상미는 전송 버튼을 누르려다 말고 몇 마디를 더 적는다.

— 문자 줘서 고마워. 미경 씨도 좋은 하루 보내.

이모티콘을 눌렀다가 차마 쑥스러워 보내지 못하고 휴대폰을 집어넣는다.

"저기요, 우유가 어디 있어요?"

"네, 손님. 왼쪽 끝에 코너 돌아서 가시면 유제품 칸이에요."

손님이 미소를 지으며 우유를 향해 걸어간다. 상미는 물건을 사러 오는 이들의 모습과 물건을 고르는 모습, 그리고 물건을 사서 나가는 이들의 모습이 좋다. 물건을 고르는 이들을 보며 저 사람은 어떤 삶을 살고 있을까 상상하곤 한다. 그리고 자신의 삶을 본다. 이 정도면 되지 않았는가. TV나 잡지에 나오는 사람들처럼 대단한 성취를 이룬 삶은 아니지만 이 정도의 인생을 사는 것도 다행이지 않을까. 상미는 가지지 못한 것에 욕심내지 않고 주어진 삶에 만족하며 충실하게 살아왔다고 자부했지만, 요즘 들어 가슴 한편에 구멍이 뚫린 듯 바람이 숭숭 들어와 마음이 춥다.

"상미 씨 추워? 몸을 부르르 떠네. 여기 불 앞으로 좀 와봐. 따뜻해. 근데 자기는 이번 쉬는 날에 뭐 할 거야?"

외주 업체에서 시식코너 담당으로 온 선희가 말을 건다. 고정으로 몇 년째 마트에 오다보니 자연스럽게 대화가 오간다. 시식용으로 나온 커다란 만두가 바삭하게 구워지면 가끔 상미에게도 한 개씩 건넨다. 친구를 만난 지도 오래된 상미에게 선희는 사적인 안부를 주고받는 친구와도 같다.

"민영이 친구들 엄마 모임에 가볼까 해."

"자기가 엄마들 모임도 나가? 일하느라 바쁠 텐데 수고가 많네. 자기 이번에 새로 출시된 신상 감자만두 한번 먹어볼래?"

"괜찮아. 곧 저녁거리 사러 손님들 오실 시간이라 양치할 여유가 없네."

"자기는 참 성격 깔끔해. 이 마트에서 아마 자기가 제일 부지런할 거야. 쉬는 날에도 맨날 살림하더니, 모처럼 잘 생각했다."

선희의 말에 상미는 수줍게 웃으며 시계를 본다. 바늘이 4시 55분을 넘어가고 있다. 마트에는 저녁거리를 준비하려는 손님들이 하나둘 들어선다. 상미도 덩달아 마음이 바쁘다. 야간 파트 직원이 교대하러 오기 전까지 분주히 일하고 집으로 가서 저녁을 해야 한다. 오늘은 뭘 해줘야 하나. 시험 보느라 수고한 민희한테 고기라도 구워줘야 하는 거 아닌가. 아침도 못 먹고 종일 긴장해서 피곤할 텐데. 이런 날 외식이라도 하면 좋으련만 네 식구가 고기를 먹으려면 적게 먹어도 10만 원이 넘는다. 그래서 외식하는 날이면 상미는 배가 고프다. 상미가 적게 먹어야 가족들이 한 점이라도 더 먹을 수 있으니까. 그런데 민영이 미술학원에 가면 학원비에 재료비가 추가돼 생활비가 빠듯해진다. 그냥 계란말이라도 해서 저녁을 차려야 하나 짧은 순간 고민한다.

"고마워. 일하러 가볼게."

"그래, 수고해 자기! 아 맞다, 오늘 전단지 보니까 치킨 원 플러스 원 행사하더라? 아까 슬쩍 보니까 큰 거 튀겨주던데, 퇴근할 때 사서 한 마리씩 나눌까?"

"치킨 행사하는구나? 그래 좋지."

잘됐다. 아이들과 우철이 좋아하는 치킨을 사 들고 들어가면 모처럼 웃는 얼굴을 볼 수 있을 것이다. 우철이 좋아하는 캔맥주도 사가야겠다. 그럼 아침에 기분 나빴던 일들이 고소하고 바삭한 치킨을 뜯어 먹으며 날아갈 거야. 잘 됐다, 정말.

"계산해 주세요."

"네, 잠시만요."

미소를 지으며 손님이 집어 온 물건을 계산해 주다 보니 어느새 성실한 하루도 끝을 향해 간다. 치킨을 사 들고 버스를 기다리는 동안 둘째 민영에게서 메시지가 왔다. 기분 좋게 메시지를 연 상미는 순간 한참 동안 화면을 바라보다 정류장 벤치에 앉아 민영의 문자를 다시 읽는다.

— 엄마! 친구들이랑 우리 집에서 숙제하고 라면 끓여 먹기로 했으니까 두 시간만 늦게 와줘! 아빠는 야근이고 언니는 공부하다 온대. 애들 가면 문자할게! 그때 들어와야 해! 엄마 땡큐!

치킨 상자에서 풍겨오는 냄새에 상미는 진한 허기를 느낀다. 두 시간 뒤면 치킨이 식을 텐데… 민희가 공부하고 들어와 먹으면 맛이 없을 텐데… 어쩌지… 상미는 정류장 유리벽에 머리를 기대고 고단한 눈을 감는다. 어쩌지, 정말 어쩌지. 피곤이 짙은 건지 허기가 짙은 건지 정말 모르겠다. 품에 안은 치킨은 식어가고 버스는 벌써 여러 대 상미를 지나쳐 간다.

"어머, 민영 엄마 오랜만이야! 같은 동네 사는데 얼굴

보기 힘드네. 잘 왔어. 여기 티셔츠 받아요. 기념으로 단체 티셔츠 한번 맞춰봤어. 오호호호."

민영과 초등학교 내내 같은 반이었던 하린의 엄마가 진보라색 티셔츠를 나눠준다. 가슴 한편에 손바닥만 한 크기로 '꽃보다 아름다워'라는 문장이 적혀 있다. 초등학교 내내 같은 학교를 오가면서 낯익은 엄마들이 모였다. 서희 엄마의 초청으로 입장한 단체 카톡방에는 열 명의 엄마들이 있었다. 아마도 오래전부터 이어져 온 사이 같았다. 상미는 말없이 메시지들을 지켜보다가 출발일과 시간이 정해지자 간단히 대답하고 아침 일찍 집을 나섰다.

"제가 일을 하느라 그간 연락드릴 여유가 없었어요… 반가워요."

"그럼 그럼, 일하면서 집안일 하고 애들 보느라 얼마나 바빠, 만날 시간이 없지. 이제 시간될 때 우리랑도 가끔 놀자. 우리도 오랜만에 놀러 가는 거야. 가면서 귤 좀 먹어봐, 요즘 귤이 새콤달콤하고 아주 맛있더라? 승우 엄마 출발하자!"

서희 엄마의 명랑한 사인에 9인승 카니발이 시동을 건다. 똑같은 티셔츠를 입은 엄마들은 신나게 이야기를 나누고 상미는 가끔 고개를 끄덕이다 창밖을 본다. 차창 밖으로 시시각각 바뀌는 풍경들이 신기하다. 그러고 보니 결혼하고 처음으로 아이들과 남편 없이 여행을 떠난다.

평소보다 일찍 일어나 식탁 위에 아침을 차려놓고 가족들이 깨지 않게 살금살금 나온 게 못내 미안한 상미다. 남편은 일하고 애들은 공부하는데 혼자만 좋은 데 가는 미안함이다.

현관을 나서려던 차에 본 우철의 낡은 구두 뒤축이 떠올라 더욱 그런지도 모른다. 구두굽은 유난히 오른쪽만 기울어져 닳아 있었다. 이 사람은 오른쪽으로 발을 끄는 습관이 있구나. 언제부터 우철이 오른쪽 발을 끌었지? 다리를 다쳤는데 말을 하지 않은 건가. 같이 산 지 오래되었는데 아직도 남편에 대해 모르는 게 많다는 생각이 든다. 다음 달에는 구두를 사줘야지. 창밖 풍경을 보면서도 상미는 내내 우철의 구두 뒤축이 마음에 걸린다. 노면을 달리는 자동차의 흔들림에 자연스레 몸을 맡기고 깜빡 잠이 든 사이 상미를 태운 차는 벌써 낯선 도시에 도착했다.

"메리골드에 도착했습니다! 내려서 우리 단체복 사진 찍고 밥부터 먹자. 아우 배고파."

"승우 엄마, 운전하느라 수고했어! 경민 엄마, 티셔츠에 글귀 너무 좋다. 근데 '사람이 꽃보다 아름다워'는 왜 쓴 거야?"

"응, 내가 예전에 디자인 했던 사람이잖아. 의미를 부여해서 맞췄지. 메리골드의 꽃말이 '반드시 오고야 말 행복'

이잖아. 우리 모여서 사진 찍으면 보라색 꽃다발처럼 나올 거 같아서. 깔깔, 재밌지?"

"어머 역시 센스. 너무 이뻐! 민영 엄마, 이리 와봐. 사진 찍자! 민영 엄마는 음식 뭐 좋아해? 특별히 가리는 거 있어?"

"저는 다 잘 먹어요."

"그래? 잘됐다. 우리 사진 찍고 마을 꼭대기에 있는 분식집에 김밥 먹으러 가자. 인터넷 후기 보니까 할머니 사장님이 말아주는 김밥이 우리 어릴 적 할머니 김밥처럼 맛있대! 자 모여 모여, 김치!"

상미는 떠들썩한 엄마들 사이에서 수줍게 손가락을 올려 브이를 해본다. 고등학교 수학여행 이후로 이런 여행은 처음이다.

"아우, 근데 여기는 우리 동네보다 따뜻하네! 겨울인데도 왜 이렇게 봄 같아?"

"그러게. 마을 이름이 메리골드라 그런가 동네에서 꽃냄새가 나. 여기 누가 오자 그랬어? 너무 잘 골랐네. 호호호!"

다들 기분 좋게 상기된 목소리를 들으며 상미도 숨을 크게 들이 쉬어 냄새를 맡는다.

"라일락… 냄새랑 또 다른 꽃향기가 나는 것 같아요."

"어머, 이게 라일락 향기야? 나는 맡아도 모르겠어. 그냥 좋은 향! 깔깔!"

꽃내음을 맡으며 골목의 계단을 올라가던 상미는 무리의 맨 뒤에서 계단을 오르다 멈춰 서서 그들을 바라본다. 네 명의 엄마들은 잎사귀가 제각각 흔들리는 보라색 꽃처럼 홍겨워 보인다.

"정말 사람이 꽃보다 아름답네."

한참 올라온 듯해 뒤를 돌아보니 아름다운 전경이 눈앞에 펼쳐진다. 벽돌색 단층집들이 모여 한 폭의 그림 같다. 마을 여기저기엔 꽃과 나무가 가득하고 나비가 날아다닌다. 멀리 보이는 바다마저 비현실적으로 느껴지는 아름다운 풍광에 아득한 아찔함마저 느껴진다.

"아름다워… 동화 속에 들어와 있는 것 같아."

아름답다고 입으로 내어 말한 적이 얼마만인지. 상미는 마을의 전경에 취한 것인지 꽃향기에 취한 것인지 두 손을 가슴 앞으로 모으고 시간에 취한 채로 한참을 서 있다. 훈풍이 분다. 바람이 상미의 머리칼을 어루만지며 스쳐 지나가고, 작고 하얀 나비가 손등에 앉는다. 나비가 날아갈 새라 숨도 쉬지 않고 바라본다. 나비는 상미의 손등 주위로 나풀나풀 날아다니다 계단 위로 날아오른다. 나비를 따라 언덕 끝까지 올라가니 목조로 된 2층 건물 정원에 라벤더가 한가득 피어 있다. 누가 이리 아름다운 정원을 가꾸는 것인지. 호기심에 발걸음을 움직여 건물 주위를 둘러보니 작은 판넬의 간판이 있다.

"마음… 사진관?"

마음을 찍어주는 사진관인가? 짧은 생각이 스치는 동안 나비가 손짓이라도 하듯 날개를 팔랑거리며 첫 번째 계단 위를 빙글빙글 돈다. 나비를 따라 일곱 개의 나무 계단을 걸어 올라가며 상미는 1부터 7까지 초를 센다. 1, 2, 3, 4, 5, 6, 7…. 어쩌면 인생을 바꾸는 데 7초면 충분하지 않을까? 마침내 도착한 계단의 끝, 마음 사진관의 둥그런 아치에 라벤더와 라일락이 얼기설기 얽혀 있다.

"사진만 찍는 곳은 아닌 것 같은데… 문이 열려 있는 걸 보니 들어가도 되겠지?"

하얀 나비가 들어와도 괜찮다고 대답하듯 날아와 어깨에 앉는다. 나비의 날갯짓을 느끼며 숨을 크게 들이쉬자 들숨에 꽃바람이 들어오고 날숨에 풀내음을 내쉰다. 사진관 안으로 걸음을 내딛자 상미의 얼굴이 놀이공원 입장객들의 표정처럼 기대와 설렘으로 생기를 띤다. 존재만으로도 위로가 되는 사람이 있듯, 어떤 공간은 들어서는 것만으로도 치유의 기운이 온몸을 타고 흐르기도 한다. 지금 이 순간, 상미의 마음처럼.

"안녕하세요, 실례합니다. 문이 열려 있는데 들어가도 될까요?"

마침 청소를 마치고 나온 범준을 보고 상미가 인사한

다. 범준은 사진관에서 처음 맞는 손님 앞에서 긴장한 나머지 손에 땀이 맺힌다. 얼른 청바지에 손을 문지른 뒤 범준도 꾸벅 인사를 한다.

"그럼요, 그럼요. 어서 들어오세요. 여기는 보고 싶은 마음을 찍어드리는 마음 사진관입니다."

❋

"엄마야, 심장이 고장 났나! 왜 이리 사방팔방 세게 뛰고 난리야!"

범준은 첫 번째 손님의 실루엣을 보자 쿵쾅쿵쾅 심장이 뛰기 시작했다. 상미를 바 테이블로 안내하고 위로 차를 내어준 뒤 옥상에 있는 해인을 불러 오려다 순간 무엇부터 해야 할지 머릿속이 깜깜해진다. 범준이 다시 사진관에 들어가 종이와 펜을 챙겨 상미의 찻잔 옆에 조심스레 내려둔다.

"고맙습니다."

"아… 네… 저… 제가 오늘 알바 시작하고 손님으로 처음 오셔서 좀 긴장했어요. 여기는 마음 사진관이고 기존의 사진관과는 좀 다른 환상적인 사진관입니다. 흠흠."

범준은 오른손으로 입을 가리고 헛기침을 한 뒤 다시 말을 잇는다.

"들어오시면서 간판에 적힌 안내 문구를 읽으셨을 텐데, 다시 말씀드릴게요. 나도 모르는 내 마음 있죠? 그런 마음을 찍을 수 있다고 보시면 됩니다. 내 마음의 행복이나 미래의 어느 날 어떤 감정을 가졌는지 사진으로 찍어 보실 수 있어요. 아, 사기나 다단계 혹은 이상한 곳 아닙니다!"

손을 절레절레 흔드는 범준을 향해 상미는 고개를 끄덕인다. 이상하게도 들어오면서부터 긴장이 풀리고 나른하다. 나비의 날갯짓처럼 공간도 팔랑팔랑 살아 숨 쉬는 느낌이랄까. 사진관의 공기가 사랑을 가득 담아 품 안에 안아주는 듯 다정하다.

"그렇군요. 아름다운 공간이네요. 저도 마음 사진을 찍을 수 있을까요?"

"네, 물론이죠. 차 드시면서 여기 종이에 나에게 쓰는 편지를 적으시면 됩니다. 찍고 싶은 시점의 나에게 쓰시면 되는데요, 과거의 나와 미래의 나 모두 좋다고 합니다. 혹시 하실 말씀이 없으시면 적지 않아도 됩니다."

"그럼 이 편지는 제가 가져가나요?"

"저기 빨간 우체통에 넣으시면 저희가 보내드립니다! 아, 그리고 사진은 후불제인데요, 언젠가 타인에게 조건 없는 친절을 베푸시면 됩니다. 그럼 저는 사진관 사장님 모셔 올게요! 안녕히 계세요!"

귀까지 빨개져서 90도로 인사하는 범준을 향해 상미도 일어서서 90도로 인사를 한다. 범준은 부끄러워 도망치듯 계단을 뛰어 오른다.

'지금 오신 손님한테… 안녕히 계시라니…! 뭘 안녕히 계셔! 아… 진짜, 해인이 형한테 손님들 오시면 무슨 말 해야 하는지 물어봐야지. 창피해.'

불타는 듯 목까지 새빨개져 땀이 흐르는 범준의 얼굴은 긴장감과는 달리 개운하고 상쾌해 보인다. 실수를 했는데 기분이 좋은 건 무슨 이유일까. 범준은 단숨에 옥상 계단까지 뛰어 올라와 해인을 향해 소리친다.

"해인이 형! 사진관에 손님 오셨어요!"

모닥불을 피워두고 의자에 앉아 책을 읽던 해인이 소리치는 범준을 바라보며 부드럽게 웃는다.

"형! 저한테 그렇게 멋있게 웃어주실 일이에요? 와 근데 모닥불 피워놓으니까 캠핑 온 거 같아요. 멋져요!"

"그냥 웃어도 멋있는 걸 어쩌란 말이니."

"형…?"

"장난이야. 위로 차 내어드리고 편지지도 드렸어?"

"그럼요! 제가 누구예요. 척척 알아서 다 해드리고 올라왔죠. 근데 형, 사진관에서 사진 찍기 전에 왜 자신에게 보내는 편지를 써요?"

"마음은 물성이 없어서 보이지 않잖아. 매일 하는 생각도 그렇고. 나에 대해 돌아볼 수 있는 여유는 더더욱 없지. 사진 찍기 전에 생각할 수 있는 시간을 드리고 싶어서 쓰시라고 했어. 마음의 실체를 사진으로 만나기 전에 글자로 직접 써보면 어떨까 싶어서."

"소름 돋아요. 멋있는 건 형 혼자 다 해. 와…."

해인은 일어서며 오들오들 떠는 시늉을 하는 범준을 자신이 앉았던 자리에 앉힌다.

"내가 사진 찍을 동안 범준이 해야 할 새로운 업무를 줄게. 여기서 모닥불이 꺼지지 않게 장작을 추가해 줘. 내가 올라올 때까지 불을 꺼뜨리기 없기야. 알겠지?"

"옛썰! 활활 불타오르게 하고 있겠습니다! 걱정 마시고 다녀오세요!"

거수경례로 번쩍 손을 들어 올리는 범준의 장난에 해인은 머리칼을 헝클이는 것으로 대답을 대신한다. 사람은 또 다른 사람의 온기로 채워지는 것인지, 사진관을 혼자 운영하던 때와 달리 범준이 오고 나서는 종종 웃을 일이 생긴다. 해인은 가볍게 농담 같은 삶을 살고 싶다 했던 지은의 바람을 떠올리며, 읽던 책을 왼쪽 옆구리에 끼고 계단을 내려온다.

해인은 계단의 맨 아래 도착해 바 테이블에 앉아 있는 손님을 바라본다. 인기척도 느끼지 못하고 편지 쓰기에 열중하는 상미다. 어떤 마음을 가진 이가 어떤 마음을 찍고 싶어 이곳에 왔을까. 그녀에게 방해되지 않도록 조심스레 서가에 책을 꽂고 벽면을 가득 채운 책장을 둘러본다. 지은이 있을 때 1층의 두 벽면을 나무 책장으로 채웠는데, 측면에서 보니 한쪽 벽면의 책장이 조금 튀어나와 있다.

'이상하네, 원래 저기가 튀어나와 있었나?'

고개를 갸우뚱하며 사진관으로 걸어 들어가 책장을 한 번 더 살펴본다. 착시인가? 이번엔 튀어나온 곳이 없어 보인다. 해인은 사진관 안에 들어가 카메라를 들어 초점을 확인한다. 한참 무언가를 써 내려가던 상미가 해인을 보고 반사적으로 일어선다. 카메라를 들고 있는 걸 보니 저 분이 사진을 찍어주시는구나. 상미의 기척을 느낀 해인이 유리벽 안으로 들어오라고 손짓을 한다. 처음 사진관에 들어올 때와 달리 긴장감이 든다. 새로운 사람을 대하는 일에 익숙하다 생각했는데 마트 밖에서의 새로운 만남은 낯설게 느껴진다.

"안녕하세요, 저는 이상미라고 해요. 앞에 간판 보고 들어왔는데 어떤 학생이 안내를 해줘서 그대로 하고 있었어요. 혹시 지금 사진을 찍을 수 있나요?"

상미의 맞잡은 두 손에 힘이 들어가 있다. 해인은 카메라를 테이블에 내려두고 상미에게 고개 숙여 인사한다.

"잘 오셨어요. 원하시면 가능합니다. 저는 해인이라고 해요. 차는 입에 맞으셨어요?"

"맛있게 잘 마셨어요. 따뜻한 차라 그런지 마실수록 마음이 편안해지고 기분이 좋아요. 그런데 보고 싶은 날의 마음을 찍어주신다는 게 사실인가요?"

"네, 주로 보고 싶은 미래의 행복사진을 찍어드려요. 일단 여기 의자에 편히 앉으세요."

"좋은 일 하시네요… 이 공간도 너무 아름다워서 동화 속에 들어온 것 같아요. 꿈속 같아요."

"정말 간절하게 행복을 찾고 싶은 분들에게만 보이는 마법 같은 공간일 수도 있겠죠? 나가시면 이 공간이 신기루처럼 사라질지도 몰라요."

"정말요?"

해인의 말에 상미는 눈을 동그랗게 뜬다. 그러고 보니 놀이공원에서 보았던 환상의 나라 같기도 하고. 놀란 마음에 다물어지지 않는 입을 두 손으로 가리며 공간을 살펴보는 상미에게 해인이 멋쩍게 웃음을 터뜨린다.

"아… 농담인데 너무 진지했죠. 공간이 사라지지는 않지만 일종의 마법 같은 일이 일어나기는 합니다. 조금 있으면 꽃잎들이 나타날 건데 놀라지 마세요."

"아름답네요. 여기 오는 길에 나비가 날갯짓을 하도 곱게 해서 따라왔어요. 마치 이리로 오라고 안내해 준 것처럼요. 메리골드에는 처음 왔는데 일행이랑 왔다가… 아 맞다! 일행이 있어요! 제가 여행을 너무 오랜만에 와서 정신을 잃었네요.”

“그러셨군요. 사진 찍고 일행분들과 다시 오세요. 제가 사진 찍어드릴게요.”

“감사합니다. 그런데 누구나 행복사진을 찍을 수가 있나요?”

“그럼요. 누구에게나 미처 간직하지 못한 행복의 순간들이 있으니까요. 사진으로 보고 싶은 때를 한번 생각해 보세요.”

“아… 누구나 행복한 때가 있다… 해인 님도 행복하신가요?”

행복인지 불행인지 구분할 겨를 없이 정신없이 지나온 날들이었다. 잠시 기분이 나쁘거나 좋은 적은 있었지만 그 찰나의 감정을 깊게 파고들 여유가 없었다. 상미의 질문을 듣고 해인도 잠시 생각에 잠긴다.

“글쎄요… 행복이 노력으로 되는 건지 모르겠지만… 지금 생각해 보니 어쩌면 저의 행복이 무엇인지 알고 싶어서 이 사진관을 운영하는 것 같아요.”

“행복을 찍는데 행복을 모를 수 있군요.”

“그러게요. 하지만 우리 모두가 삶의 의미를 알고 살아가는 건 아니잖아요. 왜 태어났고, 무엇을 위해 살고, 어떻게 살아야 할지 찾아가는 여정이 삶인 거 같아요."

상미는 해인의 말을 듣다 순간 눈을 커다랗게 뜨며 손뼉을 탁 친다.

"행복을 위해 애써 노력하지 않는 것이 오히려 행복한 거 아닌가요?"

"그런가요?"

"굳이 행복의 이유를 찾지 않는다면… 오늘을 충분히 만족스럽게 살 수 있지 않을까요."

"아… 그럴 수 있겠군요. 좋은 생각입니다. 사실 상처받지 않으려고 아무와도 교류하지 않았던 적이 있었어요. 마음의 거리를 지키며 살았죠. 안전거리라고 생각했어요. 어느 날 우연히 마음의 거리를 지킬 겨를도 없이 누군가 문을 열고 들어왔고, 그 후로 삶이 훨씬 더 즐겁게 느껴졌어요. 그 뒤로 행복이 무엇일지가 궁금해졌고요."

해인은 무언가 알아낸 표정으로 상미를 바라보았다. 위로 차가 상미의 마음을 녹이고 속마음을 꺼내게 했듯, 상미의 진심이 해인의 마음도 움직인다.

"그런데 상미 님은 어떤 순간에 행복하세요?"

"저요? 저는 아침에 일어나서 가족들 밥 배불리 먹이고, 출근하는 마트에 들어설 때 행복한 것 같아요. 저는 마트에서 일해요. 마트에 들어서면 절대로 먹을거리가 떨어질 리 없는 안전한 공간에 들어선 것 같아요. 먹어도 먹어도 끝이 없는 마법 창고에 들어온 느낌이랄까. 먹을 게 떨어지면 가족들이 배고프잖아요. 제 속도 아프고.”

“마트에서도 마법이 일어나는군요?”

해인과 상미는 동시에 웃는다.

“제가 처음 뵌 분 앞에서 별소릴 다 하네요. 너무 오랜만에 속마음을 이야기해서 그런가….”

“저도 이야기를 나누니 즐거워요. 그럼 이제 어느 시점의 자신이 보고 싶은지도 생각해 보세요.”

보고 싶은 내 모습이라. 미래를 보고 싶다는 생각을 한 적이 없다. 만약 어느 과거로 돌아간다면 결혼 전으로 가 보고 싶다. 놀이공원의 귀여운 캐릭터 복장으로 손님들을 환영하던 시절, 입장객들의 설렘과 기분 좋은 발걸음을 지켜보던 그때로. 동물 탈을 쓰고 아르바이트 하던 우철도 참 풋풋했던 것 같다.

“불만스럽지는 않은데 마음이 허해지는 순간이 종종 있어요. 외로운가 싶기도 하구요. 지금보다 작은 집에 살았어도 아이들에게 엄마가 전부였던 시절이 그립기도 해요. 아이들이 좀 자라니 이제 나에게 시간을 쓰려고 해도 뭔가 시작할 엄두가 안 나고, 대체 무얼 좋아하는지 대답할 수가 없더라고요. 가족들이 좋아하는 대로 같이 먹고, 같이 입고 하다 보니 제 취향은 사라졌나 봐요. 다른 사람들도 다 이렇게 사는데 저만 유난 떠나 싶어서 마음속에 담아두고 있었는데… 이제 저를 찾고 싶기도 해요. 제가 너무 우유부단한가요?"

"아니요. 제가 아이를 키워보지는 않았지만 어떤 마음인지는 이해할 수 있어요."

"고마워요. 어쩌면 저를 잃어버린 것 같기도 해요. 가족들에게 제 사랑을 모두 나눠주었는데, 가족들은 이제 저와 함께하는 시간보다 각자의 시간이 필요한가 봐요. 저희 남편 회사에서 참 성실하고 일 잘하는 사람인데, 친구도 안 만나고 주말에도 일하느라 바빠요. 그 사람 취미라곤 기껏해야 화장실에 들어가 핸드폰으로 이런저런 영상 보는 건데, 집에 화장실이 하나라 오래 있지 말라고 문 두드릴 수밖에 없어요. 저이도 저리 사는데 나만 나 찾자고 하면 이기적인 거 아닌가 싶어서 죄책감도 들어요."

"상미 님, 무엇보다도 나부터 사랑해 주어야만 그 힘으로 타인을 사랑할 수 있지 않을까요. 자기 자신을 제외하면 모두 타인이고, 가족도 사실은 가장 가까운 타인이잖아요."

해인의 말에 상미는 조금 놀라며 주머니에 넣어둔 편지를 꺼낸다.

"어… 아까 나에게 쓰는 편지를 쓰라고 종이랑 펜을 주셔서… 딱히 쓸 말은 없고 '나를 사랑하자'라고 여러 번 적었는데 어찌 아시고…."

대답 대신 해인은 웃으며 행복 카메라를 다시 든다. 마음의 행복을 떠올릴 수 있을 만큼 상미의 표정에 여유가 돈다. 해인이 카메라를 들자 상미는 옷매무새를 살핀다. 손으로 턴다고 구겨진 주름이 펴지는 것은 아니지만 손다림질도 해본다.

"보고 싶은 날의 행복을 찍어드릴게요."

"그럼… 저는 첫째가 대학 가고 둘째가 고등학교 가면 제가 어찌 살고 있을지 궁금해요. 너무 먼 날도 아니고, 너무 가까운 날도 아닌… 한… 3년 뒤의 오늘을 보고 싶어요."

"보고 싶으시면 봐야죠. 이야기 나누다 보니 보고 싶은 걸 보고 사는 것도 행복이 아닐까 하는 생각이 드네요. 그럼 지금부터 눈을 감고… 가장 행복한 미래를 상상해 보세요. 숫자 열을 셀게요. 하나 둘 셋…."

찰칵.

눈을 뜨자마자 라일락 꽃향기가 진하게 번지며 푸른색 꽃들이 아름답게 흩날린다. 꽃이 흩날리는 황홀한 풍경에 놀란 상미는 온 얼굴로 웃음을 터뜨린다. 이렇게 크게 웃어본 적이 언제였는지, 해인은 행복해하는 상미를 보며 함께 웃는다. 흩날리던 꽃잎이 상미의 두 손에 동그랗게 소용돌이치며 모여들고, 상미는 한 장이라도 떨어뜨리지 않으려 손바닥을 오므린다. 마지막 한 장의 꽃잎까지 손 안으로 들어오자 사진 한 장이 눈에 들어온다. 보고도 믿기지 않는 광경에 상미는 눈을 깜빡거리며 귀한 선물을 받은 듯 꽃잎들에 공손히 인사를 한다.

"30분쯤 뒤에 사진을 뒤집으면 행복사진을 확인하실 수 있어요. 3년 뒤 오늘 상미 님의 가장 행복한 마음을 찍은 사진입니다. 사진을 보시고 2층으로 올라가시면 영사기로 짧은 필름 영상이 상영됩니다."

"와… 영화 같아요!"

"우리의 인생은 모두 한 편의 영화니까요. 그럼 편히 보세요."

해인이 낮은 소리로 노래를 흥얼거리며 나가고 어느새 시간이 흘렀다. 계속해서 시계를 확인하던 상미가 한쪽 눈만 살짝 뜨고 사진을 뒤집는다. 희미하게 보이는 사진 속 장면에 깜짝 놀란 상미가 두 눈을 번쩍 떴다.

"이 사람들은 대체 누구야…? 처음 보는 분들인데?"

사진 속 상미는 눈이 보이지 않을 만큼 활짝 웃고 있다. 평소라면 이를 드러내고 웃을 일이 없는데, 사진 속의 상미는 피아노를 치며 목젖이 보일 만큼 시원하게 웃는다. 상미의 옆에서 처음 보는 세 명의 할머니들도 활짝 웃고 있다.

“새댁 피아노 칠 줄 알어?”

“그래, 이 아가씨는 피아노 잘 칠 겨. 손이 곱잖아.”

“어르신들, 저 새댁 아니에요. 오십이 넘었어요!”

“워메 오십이면 아직 한창 애기제. 저기 저 형님은 팔십일곱이고, 이 형님은 구십 하나여. 오십이면 돌도 막 씹어 먹을 나이제. 임플란트 하나도 안 하고. 그챠 형님?”

“그럼 그럼! 인생도 2차전이라고, 젊어서는 바쁘다고 거르던 끼니도 그때부터 제대로 챙겨 먹었다니까. 김치 담그는 법부터 새로 배웠잖여?”

“김치 담그는 법을 새로 배우셨어요? 가족들 해주시려고요?”

“아아니! 평생 먹였는데 뭘 또 해 먹여! 나 맛있게 먹을라고 했지! 내 입에 맞는 김치 해 먹을라고 김치 담그는 수업도 듣고, 식당 가서 비법도 물어보고! 나는 김치 없음 못 살어!”

“형님 김치가 제일로 맛있지. 형님 올해도 김치 담글 거야?”

“해야지. 파는 김치는 내 김치만큼 맛있지가 않어. 내가 김치 없으면 밥을 못 먹잖아.”

“이 형님은 기운도 좋아. 아흔이 넘었는데 아직도 그리

밥이 맛나요?"

"맛나지. 아주 달아. 김장 안 하려고 꾀부리지 말고 2주 뒤에 시간 비워놔! 배추는 내가 절여놓을 거니까."

"형님을 어찌 말려요."

"그나저나 새댁, 우리 같이 피아노 한번 쳐볼까?"

"좋지요, 어르신들 피아노 치실 줄 아세요?"

"당연히 모르지! 그냥 치면 되는 것이지 뭐가 중헌디?"

"맞네요. 눈앞에 있는 피아노, 치고 싶으면 그냥 치면 되는 거죠. 그럼 우리 젓가락 행진곡 한번 쳐볼까요?"

"그랴. 우리 다 같이 한 음씩 쳐봐!"

건반 위를 춤추는 손가락들이 자꾸만 불협화음을 만들어 내지만 아무렇지 않게 웃어넘기며 다음 건반을 누른다.

뜻밖의 사진을 보다가 무언가 생각난 듯 2층으로 뛰어올라간 상미 앞에, 기다렸다는 듯 곧바로 영사기가 돌아갔다. 상미는 앉을 새도 없이 우두커니 서서 인생의 아름다운 한 장면을 쭉 바라보았다.

"내가 피아노를 치고 있네? 초등학교 이후로 쳐본 적이 없는 피아노를 친다고? 내가?"

피아노 앞에 앉아 웃는 상미 곁으로 마음 좋아 보이는 할머니 셋이 피아노에 기대기도 하고 만져보기도 하며 깔깔 웃는다. 네 명이 피아노 앞에 모여 뭐가 그리 즐거운지, 상미는 두 눈을 비비고 다시 한번 영상을 본다. 상미가 입은 앞치마에 핑크색 자수로 글자가 써 있다.

"아름다운 요양원? 그럼 내가 요양보호사야? 마트 일을 관둔 거야? 아니면 봉사활동을 간 건가? 다른 사람을 잘못 찍은 거 아니야?"

모두가 고개를 젖히고 웃는 영상 앞에서 상미는 아직 멀게만 느껴지는 3년 뒤의 저 모습이 자신의 인생이라 생각하니 갑자기 행복해진다. 지금도 못 치는 피아노를 3년 뒤에도 저리 못 친다니. 상미는 자신인 듯도 하고, 아닌 듯도 한 웃음을 보며 따라 웃어본다. 사진 속의 표정은 자연스러운데 오늘의 웃음은 조금 어색하다.

"자주 웃어야겠네. 웃는 연습을 해야겠어."

상미는 사진을 품에 안고 사진 속 자신처럼 웃는다.

"어머어머, 여기 왜 이렇게 예뻐, 사진관이 아니라 카페 같다 얘. 어머! 민영 엄마 여기 있었어? 전화해도 안 받고 한참 찾았네. 벌써 사진 찍은 거야?"

우리분식에서 식사를 마친 보라색 꽃다발 같은 엄마들이 떠들썩하게 올라온다. 그들의 시끌벅적한 소리에 상미는 사진을 주머니에 넣고 수줍게 웃는다. 오늘 여러 이유로 참 많이 웃네. 1년 치 웃음을 하루에 다 얻은 것 같다.

"먼저 연락했어야 하는데 미안해요. 식사는 하셨어요?"

"그럴 수도 있지, 미안은 무슨! 우리는 이 옆에 우리분식에서 식사하고 왔어. 김밥 너무 맛있더라. 상미 씨 배고프지? 우리 여기서 사진 찍고 있을 테니까 가서 식사하고 와. 다 먹으면 요 앞에 스티커 사진 기계에서 단체사진 찍고 가자! 오호호호!"

"승우 엄마는 참 사진 찍는 거 좋아해."

"사진 찍어야지! 기록하지 않으면 흘러가! 좋은 건 찍어놨다가 기분 안 좋을 때 탁 꺼내서 보고 힘내고 그러는 거야. 생각해 봐. 슬프고 기분 나쁠 때 사진 잘 안 찍잖아?"

"그렇긴 하지. 민영 엄마, 어서 밥 먹고 와. 우린 여기 구경 좀 더 하고 있을게."

상미는 고개를 숙이고 계단을 내려와 들어왔던 문 앞에 선다. 문을 나서기 전 사진관을 둘러본다. 발걸음을 떼고, 길을 나서고, 차에 타고, 문을 열고 행복을 만났다. 행복을 만나는 길은 문을 여는 일부터가 시작인 걸까. 아름다운 동화 속에서 깨어나 이제 현실로 돌아갈 때다. 이 문을 나서면 신데렐라의 호박 마차가 사라지듯, 행복이 사라지는 건 아니겠지.

"저… 작지만 선물입니다."

상미가 몸을 돌려 바라보니 해인이 정원의 라벤더 모종

을 옮겨 담은 작은 컵을 내밀었다.

“너무 예뻐요. 제가 꽃을 정말 좋아하거든요. 이렇게 받기만 하고 미안해서 어떡하죠, 감사해요.”

“괜찮습니다. 때론 호의를 받기만 해도 됩니다. 덕분에 마음의 허기가 채워진다면 다른 사람에게도 그 마음을 조건 없이 나눠주면 돼요. 좋은 마음을 나누는 건 전혀 미안할 일이 아닌걸요.”

“네… 고맙습니다. 오늘 일은 잊지 못할 거예요. 정말 고마워요.”

라벤더 모종을 받아든 상미가 꽃보다 더 아름다운 미소를 머금으며 사진관 계단을 지나 우리분식으로 향한다. 상미가 가는 길을 눈길로 배웅하며 해인이 손을 흔든다. 상미도 해인을 보고 덩달아 손을 흔든다. 때론 가장 뜨거운 위로가 낯선 타인의 마음을 타고 온다.

“‘사람이 꽃보다 아름다워’라고 적힌 옷을 입고 라벤더를 선물 받는 날이 올 줄이야. 인생 살 만하네. 그나저나 너무 배고프다. 김밥 많이 먹어야겠어.”

김밥 세 줄을 시켜 허겁지겁 먹는 상미가 체할까 염려된 연자가 오뎅 국물을 가져다준다. 우리분식 사장이 병원에 가는 날이라 오늘은 낮부터 연자가 나와 있다. 방금 다녀간 손님들과 같은 옷을 입은 손님인 걸 보니 일행인 듯하다. 손님의 표정이 말갛고 개운하다. 연자는 왜인지 알 것 같아 괜스레 기분이 좋다. 식사를 마친 손님이 행복한 포만감으로 가득 차서 계산을 하러 일어선다.

"방금 다녀가신 분들과 일행이시지요?"

"네 맞아요. 너무 맛있게 잘 먹었어요. 이 도시는 처음 왔는데 밥도 맛있고 참 아름답네요."

"살림하는 사람들은 남이 차려준 밥이 제일 맛있지요. 이 마을은 너무 아름다워서 저절로 사치 부리게 되는 동네예요. 저는 요즘 여기서 사치 부려요. 제가 먹으려고 깎았는데 사과 한 쪽 드세요."

"고맙습니다. 그런데 사치요?"

상미는 사과를 받아 들고 연자를 본다. 사치라곤 조금도 찾아볼 수 없는 수수한 차림에 의아해 눈을 동그랗게 뜬다. 사치의 정의가 바뀌었나? 상미의 얼굴에 가득한 물음표를 보며 연자가 답한다.

"네, 저 진짜 사치해요. 아침에 일어나면 아침은 뭐 먹지, 생각하고 아침 먹으며 점심은 뭐 먹지, 생각하고. 오후 되면 저녁은 뭐 먹지, 생각해요. 다른 걱정 하지 않고 해결해야 할 문제에 치이지 않고 '오늘 뭐 먹지' 같은 하루의 끼니만 걱정하면 되는 사치스러운 삶을 오랫동안 바라왔거든요.”

“아… 그런 사치요.”

“저 사치 부리려고 식품영양학 공부도 했어요. 손님도 사치 부리고 싶을 때 자주 와요.”

“네… 고맙습니다. 그런데 유튜브나 블로그만 봐도 레시피를 금방 알 수 있잖아요.”

“저는 글로 익히고 직접 해보는 걸 좋아해요. 한창 공부하고 싶었을 때엔 집안이 어려워서 공장에 나가야 했고, 나중엔 아들이랑 끼니만 해결하기에도 바빴거든요. 이제는 무엇을 먹을지 고민하고 재료를 다듬고 준비할 여유가 생겼어요. 사랑하는 사람들이 맛있게 먹어주는 상상만으로도 저절로 행복하죠. 마음의 여유가 없으면 이런 게 어렵잖아요.”

“그렇네요. 오늘 식사도 잘하고 덕분에 사치 부리고 갑니다.”

“네, 사치 부리고 싶을 때 또 오세요.”

기분 좋은 포만감에 얼굴에 윤기를 띈 상미가 사과 한 쪽을 깨물며 우리분식 문을 나선다.

행복은 달콤한 사과 한쪽, 커다란 김밥 몇 줄, 그리고 라벤더 모종에 있었다. 상미는 핸드폰을 꺼내 인터넷 서점에 들어가 책을 하나 주문한다.

“오늘은 사과도 이렇게 달고 맛있네. 좋은 날이다. 참 좋은 날이야. 행복하네."

"엄마! 택배 왔어! 책 주문했어? 나 문제집 필요 없다니까, 왜 시켰어?"

민희가 현관에서 상자를 들고 들어오며 짜증을 부린다. 상미는 부엌 식탁에 앉아 노트북으로 강의를 듣다가 민희를 본다. 벌써 밤 11시다.

"네 거 아니고 엄마 책이야. 그리고 말 예쁘게 해줘. 짜증 부리면 엄마 기분도 안 좋아."

상미는 쓰고 있던 안경을 벗어 내려놓고 택배 박스를 받아 뜯는다. 어느 때고 짜증을 다 받아주던 엄마의 달라진 반응에 민희가 놀라 책가방을 내려놓고 엄마를 살펴본다.

"요양보호사 자격증 책을 샀어? 엄마 요양보호사 되게? 하고 있는 일은 어쩌고?"

"인생 길다. 마트에서 영원히 일할 건 아니니까. 요양보호사가 될 수 있을지는 모르겠지만 관심이 생겨서 일단 공부 좀 해보게."

"엄마 마트 관뒀어?"

"안 관뒀어. 너 대학 등록금 내야 하는데 벌써 관두면 어떡해. 걱정 마. 퇴근하고 와서 저녁에 보거나 쉬는 날 공부해야지.”

“힘들게 일하고 공부했는데 떨어지면?”

“떨어지는 거지 뭐. 그런데도 정말 하고 싶으면 다음 시험에 또 도전하면 되고, 뭐가 걱정이야.”

“엄마 요즘 좀 달라졌어. 엄마 나이에도 새롭게 하고 싶은 일이 있어? 지금 하는 일이 별로야? 요양보호사가 갑자기 왜 하고 싶어졌어?”

“마트 일은 할 수 있어서 시작했는데 하다 보니 좋아졌어. 그리고 요양보호사가 정확하게 하고 싶은 일인지는 잘 모르겠어.”

“어른인데 그걸 몰라? 그럼 시간 아깝게 공부는 왜 해?”

“가슴을 두근거리게 하니까. 왜 두근거리는지 이유를 알고 싶어서 이번에는 정말 하고 싶은 일이 맞는지 보려고 하는 거야. 가보려면 공부를 하고 일을 직접 해봐야지. 요양보호사 시험 합격해도 마트 일은 당분간 계속 할 거야. 그 일도 보람 있거든. 쉬는 날에 실습 나가서 어떤 일이 더 엄마한테 맞는지 찾아볼 생각이야.”

“멋있다! 사실 말이야… 내가 올해 진짜 답답한 게 뭔 줄 알아? 학교에서 맨날 공부해라, 공부해라, 그러잖아. 기껏 열심히 공부해서 좋은 성적 만드니까 이제 대학원서 넣어야 된다고 꿈을 정하고 목표를 정하고 가고 싶은 과를 찾으래. 나는 그런 거 찾을 겨를 없이 공부만 했는데! 공부 말고 뭐가 하고 싶은지 모르겠거든."

"그럼 공부하는 일을 좋아하는 거 아닐까? 공부할 수 있는 학과를 찾으면 어때?"

"그것도 어려워. 어떤 공부를 할 거고, 그러려면 또 어떤 과에 가야 하는지 모르겠어. 이런 것도 학원에서 숙제 내듯이 정해주면 좋겠어. 너무 머리 아파."

"그럴 수 있지. 너희는 학교에 학원 다니느라 뭘 좋아하는지 찾을 겨를도 없었을 테니까. 우리 딸 힘들겠다. 그럼 대학 안 가고 여러 가지 아르바이트를 해보거나 워킹 홀리데이 가보는 건 어때? 여러 일을 해보면 네가 하고 싶은 일을 찾을 수 있지 않을까?"

진심을 담아 말하는 엄마의 표정을 보며 민희가 놀란다.

"엄마, 내 성적 안 아까워? 다른 엄마들 같으면 지금 공부 더 하라고 난리일 텐데. 내년에 성적 떨어지면 어떡하려구?"

"공부를 잘하면 물론 좋지만 성적이 인생의 전부는 아니야. 대학도 인생의 전부는 아니고. 엄마는 공부 잘하는 민희를 사랑하는 게 아니라, 민희 그 자체를 사랑해. 네가 공부할 때 행복하면 옆에서 지지해 주고, 네가 다른 일을 하고 싶다고 하면 그것도 응원할 거야. 네가 어떤 삶을 살든, 그저 너라는 이유로 엄마는 민희의 선택을 믿어. 그게 무엇이든. 그러니까 당장 무언가를 선택해야 한다는 압박 갖지 않아도 돼."

"그래도… 엄마랑 아빠 고생하는 거 다 아는데…. 우리한테 새 옷 사주면서 엄마는 우리가 안 입는 옷 가져가서 입고… 나도 다 알아. 그래서 좋은 대학, 좋은 회사 가서 빨리 돈 벌고 엄마 일 그만하게 해주고 싶어."

속 깊은 민희의 말에 상미는 눈물이 핑 돈다. 어느새 이만큼 커버렸구나. 천천히 어른이 되어도 되는데. 상미는 민희를 품에 안고 말한다.

"우리 딸 언제 이렇게 컸어? 민희야, 천천히 해도 괜찮아. 엄마 아직 돈 더 벌 수 있어. 엄마는 일하는 거 좋아. 너는 좋은 대학, 좋은 회사 말고 네가 좋아하는 걸 찾아."

"내가 좋아하는 거? 이름 있는 학교에 알아주는 회사 가면 좋은 거 아니야?"

"그런 데 가면 네가 행복해?"

"몰라… 다들 가고 싶어 하니까."

"민희야, 엄마는 대학교도 안 나오고 이름 있는 회사에 다니지도 않지만 지금 내 인생이 너무 좋아. 나는 내 인생이 마음에 들어. 나이 쉰이 다 되어서야 무얼 할 때 행복한지 이제 조금 알겠는데, 우리 이쁜 공주님은 엄마보다는 이른 행복을 맛보았으면 좋겠어."

"그래…?"

"일이 인생에서 차지하는 시간이 생각보다 많아. 그러니 남들 보기 좋은 거 말고 네가 느끼기에 좋은 일을 해. 그게 꼭 내년이 아니어도 되니까. 무엇을 할 때 즐거운지 어렴풋하게라도 느껴지면 그때부터 시작해도 늦지 않아. 엄마도 마트에서 일하면 생각보다 꽤나 즐겁다? 열 맞춰서 물건 정리하면 얼마나 쾌감 드는 줄 아니?"

"정리병이야 그거… 근데 엄마, 즐거운 줄 알았더니 잠깐 반짝거려서 착각한 거면 어떡해? 확실하지 않잖아. 실패할까 봐 겁나."

"엄마가 확실하게 말해줄 수 있는 건, 인생에 확실한 건 아무것도 없다는 거야. 가보지 않고 미리 걱정하지 마."

"고마워… 엄마. 오늘 되게 감동이다… 시험 핑계로 자주 짜증 부려서 미안해. 나도 안 그러고 싶은데, 초조해서 그런지 조절이 잘 안 돼."

"알지. 살다보면 내 감정인데 내 마음대로 안 되고 유독 예민한 시기가 있어. 그럼 이제 짜증 덜 부리는 거다? 그런데 너 배 안 고프니? 라면 끓여줄까?"

"좋지. 아니다 엄마, 오늘은 내가 라면 끓여줄게. 잠깐만!"

금세 웃음을 되찾고 물을 끓이는 민희를 본다. 물이 끓기를 기다리는 동안 상미는 젓가락과 그릇을 놓고 책을 펼친다.

"엄마 공부할 거야? 그럼 나도 옆에서 문제 좀만 더 풀다 잘래."

"그럴래? 라면 먹고 우리 딱 한 시간만 공부하다 자자."

"좋아! 으앗, 물 끓는다!"

전기 포트에 보글보글 물이 끓어오르고 상미의 부엌에도 행복이 수증기처럼 피어오른다.

"뭐야 치사하게… 나 빼고 라면 먹어?"

잠든 줄 알았던 민영이 잠옷 차림으로 눈을 부비며 나온다.

"그럴 줄 알고 네 젓가락이랑 그릇도 놨지. 어서 와!"

냄새를 맡고 나온 민영까지 합세해 한밤에 라면 파티가 벌어진다. 행복은 어쩌면 늦은 밤 아쉬운 듯 두 젓가락씩 나누어 먹는 라면에 있는 건 아닐까, 민희는 입맛을 다시며 생각한다.

"하나 더 없어? 벌써 끝났네, 배고픈데."

"야, 얼굴 부어. 그만 먹어."

"치, 내가 언니보다 얼굴 작거든? 라면 더 없으면 아빠한테 사 오라고 문자 보낼까?"

"아빠 이미 들어와서 주무셔. 현관에 신발 있잖아."

"그래? 자느라고 몰랐어."

민희와 민영의 대화를 심각하게 듣고 있던 상미가 젓가

락을 탁 내려놓고 비장하게 입을 연다.

"안 되겠다 얘들아. 찬밥 말자."

아, 행복은 운이 좋게 남아 있는 찬밥인 것 같기도 하고.

다음날 아침 출근하려던 우철이 식탁 위에 어질러진 그릇과 책을 보고 눈살을 찌푸린다. 냉장고에서 우유를 꺼내고 찬장에서 시리얼을 꺼내 지난밤의 흔적들을 피해 식탁 가장자리에 겨우 앉고 보니, 엎어진 책의 제목이 눈에 들어온다.

"요양보호사 자격증? 그럼 그렇지."

기분이 좋아진 우철이 시리얼을 꼭꼭 씹어 삼킨다. 잠에서 깬 상미가 부엌에 나와 식탁을 정리한다. 우철은 먹던 그릇을 그대로 두고 일어나서는 상미에게 말한다.

"당신, 아버님 모신다고 요양보호사 공부까지 하게? 성의는 가상한데 이런 거 공부한다고 일 관두려는 건 아니지?"

"여보. 내가 생각해 봤는데 효도는 우리 셀프로 하자. 그게 요즘 트렌드래."

"셀프? 트렌드? 어디서 그런 이상한 말을 듣고 온 거야?"

"당신은 시골에 계신 우리 부모님 모실 수 있어? 내년에 우리 부모님도 집으로 모셔 올까?"

"이 좁은 집에 어떻게 어른 셋을 모시냐. 말이 되는 소리를 해!"

"그치, 말이 안 되지. 말이 안 되는 일을 나한테만 하라는 당신이 더 말이 안 돼. 요양보호사 따면 우리 부모님한테 내려갈 거야. 외동딸이 부모님 챙겨야지. 당신은 아버님 챙겨."

"나라고 그런 마음이 없겠어? 일하는 사람이 어떻게 그러냐? 돈은 누가 벌고?"

우철의 말에 상미가 주머니에서 통장를 꺼낸다.

"애들 돌반지 판 돈이랑 그동안 보너스 받은 거 모아둔 거야. 회사 휴직하고 이걸로 아버님한테 가. 거기서 새 직장을 구하든 요양원에 모시든 당신 마음대로 해. 주말에는 당신이 집에 왔다 갔다 하면 되잖아."

"여보. 아니 상미야. 아침부터 뭐 잘못 먹었어? 갑자기 일까지 휴직하라니. 그럼 우리 애들은 어쩌라는 거야?"

"애들 핑계 대지 말고 당신도 인생에 쉼표를 좀 둬. 당신 맨날 핸드폰으로 자연에서 집 짓고 사는 사람들 보잖아. 자연으로 가는 게 그리 소원이면 소원대로 해야지. 월세 얻어서 살다가 정착하고 싶을 때 당신 퇴직금 정리하면 아버님 계신 동네에 집 얻을 정도는 되잖아. 정 안되면 민희 대학교 앞에 자취시키고 여기 전세금 빼서 작은 집으로 이사하면 돼."

"당신 진짜 뭐 잘못 먹었어? 갑자기 왜 이래?"

"아직 아침도 안 먹었는데 뭘 잘못 먹어. 우리라고 세컨드 하우스 짓지 말라는 법 있어? 학교 다니는 애들도 방학이 있고 수업 50분 하면 10분을 쉬는데, 당신이나 나나 쉬는 시간 없이 전력질주하며 살아왔잖아. 소풍 한번 못 가 보고. 인생이 방학을 맞이하는 거라 생각하고 잘 결정해. 이 편지 한번 읽어봐. 나 빨래 돌려야 하니까 당신 먹은 건 당신이 설거지하고 나가. 빨래는 세탁기가 한다지만 빨랫감 분류해서 세탁기에 넣고, 다 된 빨래 널어 말리는 건 사람이 하는 거 그동안 몰랐지?"

상미가 어안이 벙벙하게 서 있는 우철의 손에 편지를 쥐어주고는 베란다로 향한다. 우철이 받아 펼친 종이에는 같은 문장이 여러 줄 적혀 있다.

"나를 사랑하자, 나를 사랑하자, 나를 사랑하자…? 뭐야 이게? 대체 왜 이러는 거야?"

"잘 읽어봐! 뒷장도 있어! 나는 이제부터 나를 더 사랑할 거니까 당신도 당신을 사랑해!"

상미는 빨래를 세탁기에 집어넣으며 우철을 향해 외친다. 마음 사진관에서 썼던 편지를 우체통에 넣지 않고, 직접 우편배달부가 되어 우철에게 전달한 것이다. 우철은 머리를 긁적이며 편지의 뒷면을 읽는다.

"그동안 참 애썼어. 고생 많았어. 수고 많았어. 잘했어. 잘 견뎠어."

우철이 편지를 읽는 걸 확인한 상미가 건조대에 널려 있던 마른 수건들을 거실로 가져와 접는다. 수건 다섯 개가 상미의 손에서 금세 반듯하게 접힌다.

"그리고 이제부터 나도 안 참아! 할 말은 하고 살 거야. 당신도 나를 함부로 대하지 말아줘. 세상에서 가장 소중한 관계가 가족이면, 가족한테 제일 잘해야 하는 거야. 알지?"

"내가 언제 당신한테 함부로 대했다 그래. 말을 왜 그렇게 하냐."

"가슴에 손을 얹고 생각해 봐. 그리고 당신, 젊어서는 어머님 병환으로 고생하고 결혼해서는 애들 키운다고 하고 싶은 거 못 했잖아. 이제 조금씩 하고 싶은 거 하면서 살자. 우리가 그렇게 사는 모습을 보여야 애들도 자기 살고 싶은 대로 인생을 대차게 살지. 보고 배운다잖아!"

상미가 흘끗 시계를 본다. 아직 6시 반이다. 외투를 걸치고 밖으로 나서려던 상미가 걸음을 멈추고 말을 잇는다.

"당신 출근하려면 한 시간 정도 남았지? 빨래 다 되면 널고 나가. 당신 아버님한테 내려가기 전까지 이제 아침은 당신이 차려줘! 계란프라이이든 빵이든, 아니면 밥에 김만 있어도 상관없으니까."

"민희 엄마, 잠이 덜 깼어? 그리고 새벽부터 어디 가는데?"

"수영 새벽반 끊었어. 오늘부터 한 시간씩 수영하고 출근하려고. 건강해야 오래 돈 벌지! 아, 그리고 화분에 물도 좀 주고. 먼저 갈게."

신발장 앞에 선 상미가 가방에서 깨끗한 로퍼를 꺼낸다. 며칠 전 백화점을 열심히 돌면서 고른 가장 편안한 구두다. 우철의 낡은 구두는 신발장으로 들어가고, 새 로퍼가 구두코 가지런히 현관 앞에 놓인다.

"좋은 신발이 좋은 곳으로 데려다 준대. 이제 우리 편한 신발 신고 편히 걷자."

상미가 문을 열고 나가자 상쾌한 겨울바람이 코끝을 스친다. 마음 사진관에서 찍은 행복사진처럼 앞으로 그토록 밝게 웃게 된다면, 오늘부터도 행복하게 살 수 있다고 상미는 깨닫게 되었다. 그리 마음먹으니 잘 살아온 자신에게도 고맙다. 주민센터까지 걸어가는 길에서 코끝에 차가운 무언가가 떨어진다.

"눈··· 눈이잖아···! 코끝에 겨울이 걸렸네. 참 좋다."

찬바람 불면 감기를 달고 살던 상미가 이번 겨울엔 어째서인지 옷깃에 스미는 바람도 시원하고 상쾌하게만 느껴진다. 눈을 크게 뜨고 내리는 눈을 바라보다 불쑥 혀를 내밀어 눈의 맛을 본다.

"입맛이 좋아지니까 눈도 맛있네. 이렇게 하니까 꼭 애들 같다."

태어나 처음 눈을 보는 사람처럼, 태어나 처음 겨울을 맞이하는 사람처럼 눈을 맞고 선다.

"어휴… 근데 춥긴 춥다. 내일은 더 두껍게 입고 나와야겠어."

몸이 떨리도록 한기가 느껴지는데도 수영장으로 향하는 상미의 발걸음은 가야할 길을 알고 걸어가는 사람만의 리듬으로 경쾌하다.

"내년에 민희 대학 입시 끝나면 메리골드에 함께 가야지."

"아이고 꼬수운 냄시가 온 동네에 진동을 하네 그랴. 둘이 뭔 전을 이렇게 부친대? 동네 잔치하는 겨?"

우리분식 사장이 지팡이를 짚고 절룩이며 가게에서 전을 부치고 있는 영미와 연자에게 함박웃음을 짓는다. 부쩍 다리가 아파 힘들어하는 우리분식 사장의 제안으로 연자와 영미가 일주일에 반은 가게를 운영하고 있다.

"사장님 나오셨어요? 오늘 영미네 야채가 좀 남았다고 다 전 부쳐서 같이 먹자고 해서요. 보리새우 넣어 미나리전 부치고, 배추 송송 썰어 배추전 부치고, 부추랑 당근이랑 썰어 부추전까지 부쳤더니 양이 많아져 버렸어요. 다 같이 나눠 먹을 수 있으니 얼마나 좋아요. 그죠."

"그람 그람, 모쪼록 사람은 따수운 음식을 노나 먹으면서 정이 붙는 것이제. 추억의 반은 음식 아니여. 배 속이 뜨뜻해져야 마음속도 뜨뜻해지는 거여."

우리분식 사장이 의자에 앉아 전을 부치는 영미와 연자를 흐뭇하게 바라본다.

"택배 왔습니다."

"영희 삼촌 왔는가? 이리 와서 한 장 먹고 가."

택배 배달을 왔던 영희가 불판 위에서 지글지글 부쳐지는 전을 보며 침을 꿀꺽 삼킨다.

"감사합니다. 그럼 저는 부추전 먹을게요."

"으잉, 여기 부추전 하나요! 껄껄, 연자야. 재하는 언제 온다냐? 마음 사진관에 손님들 왔을지도 모릉께 저기는 여러 장 부쳐서 좀 갖다 줄까?"

"재하 금방 올라올 거예요. 요즘 퇴근하고 달리는 재미에 빠졌대요. 뱃살도 좀 뺀다나 봐요. 어, 영미야. 사진관에 전은 이거 가져가면 돼."

연자는 전을 수북이 쌓아 일어서는 영미를 향해 전이

더 높이 쌓인 쟁반을 건넨다. 영미는 손으로 입을 가리고 웃더니 쟁반을 내려놓고 주머니에서 수첩을 꺼내어 적어 보인다.

**부침개 탑 같아.**

연자와 영미는 마주 보며 깔깔 웃는다. 메리골드에서 만난 두 사람은 조용하고 차분한 성미와 내면의 강인함으로 인생을 살아가는 삶의 지향이 잘 맞아 친구가 되었다. 매일 밥을 같이 먹고, 분식집에서 일을 같이 하는데도 다툼 없이 사이가 좋다. 서로 배려하는 성향과 적정선의 영역을 침범하지 않는 조심스러움이 닮았다. 좋은 관계란 함께 노력해야만 오래 유지가 가능하다.

"오늘은 부침개 잔치해요? 마을 초입에서부터 고소한 냄새가 나서 마음이 급해 달려 올라왔어요. 지글지글 전 부치는 소리가 꼭 비 오는 소리 같아. 너무 맛있겠다!"

퇴근 후 고픈 배를 부여잡고 들어오던 연희가 가방을 던지고 손으로 커다란 부침개를 찢어 입에 넣는다. 기름이 잔뜩 묻은 손가락을 쪽쪽 빨고 있는 연희를 우리분식 사장이 따뜻한 눈길로 바라본다.

"천천히 묵어. 여기 사이다 한잔 하고."

"네, 고맙습니다! 요즘 왜 이렇게 배가 자꾸 고픈지 몰라. 밥 먹고 뒤돌면 또 배고파요. 근데 우리 마을 사람들은 참 가족 같아요."

연희가 부침개를 두 장째 찢어 먹다 말고 말한다. 우리분식 사장은 고개를 끄덕이며 연희에게 대답한다.

"그렇제, 우리는 피가 섞이지 않았지만 가족이제. 이리 모여 맛난 거도 묵고 기쁨도 나누고 슬픔도 나누며 살아가는 게 가족 아니겠으. 근디 연희야. 결혼은 언제 할 겨?"

"사장님, 밥 먹는데 설마 결혼 얘기하시는 거예요? 요즘 싱글한테 결혼 재촉하시면 5만 원 벌금 내야 하는 거 아시죠?"

"아이고 벌금이 비싸네. 껄껄. 그름 두 번 얘기함 10만 원이겠고만? 껄껄."

"사장님은 특별히 50프로 할인해 드릴게요."

"흐미흐미 마음씨도 고와라. 근디 정말 결혼은 안 할 겨? 애인이랑 좋아 보이던디."

"사장님, 저 비혼주의인 거 모르셨어요?"

"비혼주의였어? 몰랐제. 하도 사랑을 열심히 하길래 나는 결혼이 하고 싶은 줄 알았지."

"이제부터 알아주세요! 사랑을 하는 거랑 결혼을 하는 거랑은 다르다고요. 전에는 사랑하면 당연히 결혼을 해야 한다고 생각했는데 아픈 이별을 겪고 나니까 제가 더 잘 보이더라고요. 그 사람이 떠날까봐 결혼으로 잡아두고 싶었던 것 같아요. 사실 결혼이 제 인생에서 정말 필요하고 원하는 일인지 잘 모르겠어요. 때가 되어서 한다기보다는 평생을 함께해도 편안하고 즐겁겠다는 그림이 그려질 때 결혼하려고요. 완전한 비혼주의는 아니에요. 근데 연자 이모, 나 이거 몇 장 싸줄 수 있어요?"

"얼마든지 싸줄 수 있지. 그래 연희야, 네가 원하는 대로 해. 다른 사람이 뭐라고 해든 네 생각이 옳아. 누가 대신 살아주지 않는 네 인생이니까. 이만큼이면 돼?"

"완전 좋아요. 영희 삼촌, 전 더 드세요! 오늘 배추전이 왜 이렇게 맛있어요?"

"배추가 달아. 요즘 영미네가 배추 농가에서 직거래로 들여오는데 품질이 아주 좋더라고."

"역시네 역시. 근데 연자 이모는 여기서 음식 하는 거 안 힘들어요? 이제 쉬실 때도 됐잖아요."

"안 힘들어. 이게 쉬는 거지. 있잖아, 나는 놀라운 상상을 했었어. 어떤 책에서 읽었는데 놀라운 상상을 하면 정말 그렇게 된대. 재하한테 맨날 전 부쳐주던 시절에 언젠가 돈 걱정 없이 마음 편히 사람들과 전 부쳐 먹는 날을 상상했는데, 봐봐. 오늘 이렇게 이루어지잖아. 나는 이렇게 음식 나누어 먹을 때가 행복해. 내가 해주는 음식을 먹고 배불러하고 기분 좋아하는 표정을 보면 내 마음도 얼마나 좋은지 몰라."

"연자 이모는 어떨 때 보면 천사 같아. 잘 먹었습니다! 이따가 제가 운동하고 와서 설거지 할게요. 두세요!"

"그래 연희야, 다녀와!"

"저도 잘 먹었습니다. 감사합니다. 가게에 도와드릴 일 없나요?"

"영희 삼촌, 오늘은 없고 며칠 있다가 물탱크 청소하는 날에 오셔서 도와주실 수 있나요?"

"그럼요. 연락 주시면 시간 맞춰 오겠습니다."

영희 삼촌이 고개를 꾸벅 숙이자 연자가 전을 포장한 봉지를 내민다. 영희는 습관적으로 봉지를 받기 전 시계를 차던 손목을 만진다. 양쪽 손목에 차던 시계를 이제 하나만 차고 다녀서 편안하지만 왠지 손목이 허전해 가끔 쓰다듬게 된다. 습관적으로 빈 손목을 만져보던 영희는 포장된 봉지를 받아 들고 정중하게 인사하며 가게를 나선다. 몇 걸음 걸어 도착한 택배 트럭의 조수석 문을 열고 소중한 사람을 태우듯 전이 든 봉지를 내려둔다. 두툼하고 거친 손으로 가만히 봉지에 두 손을 가져다 댄다.

"따뜻하네."

영희는 핸드폰을 꺼내 검은 봉지에 따뜻하게 담겨 있는 전을 사진으로 찍는다. 오늘 블로그에 쓸 글의 제목은 '살아 있는 따뜻한 행복'으로 해야지. 영희의 무뚝뚝한 얼굴에 작은 미소가 번진다. 사진을 찍고 이내 누가 볼 새라 모자를 고쳐 쓰고 택배 트럭에 시동을 건다.

"살아 있길 잘했다, 김영희."

영희 삼촌이 떠나는 뒷모습을 바라보던 우리분식 사장이 행복하게 웃는다. 우리분식 사장은 지난달부터 주민센터에서 컴퓨터를 배우기 시작했고, 영희의 블로그와 이웃을 맺어 글을 구독하고 있다.

"내가 새 메뉴 개발하지 말라 그랬지? 왜 온 동네에 고소한 냄새를 풍기고 난리야. 기왕 부친 거니까 나도 한 장 먹어볼게. 뭐, 생각보다 맛있네."

지은 사장이 있었다면 입으론 툴툴대도 눈으로는 잔뜩 행복하게 웃으며 그 참새 같은 입술로 따뜻한 정을 오물오물 받아 먹었을 텐데.

"기다려이, 이 늙은이 갈 날 얼마 안 남았응께 외로워하지 말고 거 있어. 지은 사장 있는 곳에 나도 갈 테니까. 재미지게 잘 살다 만나자고."

우리분식 사장은 하늘을 보며 그리움을 달랜다. 사장의 눈가가 촉촉해지는 걸 본 영미가 다가와 오른쪽 팔을 톡톡 두드린다. 눈시울을 훔치며 고개를 돌린 사장에게 영미는 두 손을 코앞까지 들어 올려 컵을 내민다. 우리분식 사장도 두 손으로 따뜻한 컵을 받아 든다.

"뭐여 이 따뜻한 건? 오뎅 국물이고만. 영미가 끓인겨?"

영미는 대답 대신 고개를 끄덕거린다.

"시원하네. 무랑 디포리를 더 넣었나. 맛있네. 꽃게도 큰 놈 하나 들어갔구만? 역시 음식은 정성이고 사랑이제.

고마우이."

우리분식 사장은 맛있게 국물을 비운다. 영미는 사장이 국물을 끝까지 다 마실 때까지 앞을 지켰다가 컵을 받아 온다. 이제 저녁 장사를 준비할 시간이다.

영미와 연자가 근무하는 날에는 심야 식당으로 그날의 요리가 준비된다. 매일 봉수와 영미의 야채 트럭에 들어오는 재료에 따라 그날의 메뉴가 바뀌는데, 오늘은 뼈 없는 고등어를 올린 가지덮밥과 닭꼬치구이가 메인이다. 그날의 요리에 따라 반주를 하는 손님들도 늘어갔다. 기름때가 눅진하던 테이블은 영미의 야무진 손놀림으로 반질반질해졌다.

금요일마다 가게 일을 돕는 연희가 집에서 옷을 갈아입고 도착했다. 연희는 머리카락을 단단히 올려 묶고 베이지색 앞치마를 멘다. 연자와 영미도 같은 앞치마를 멘다.

"그럼 심야 식당 오픈 준비를 시작해 볼까? 어서 오세요, 여기는 마음의 고단함을 풀어줄 만큼 따뜻한 국물이 있는 우리분식입니다."

연희의 말에 사람들은 웃는다. 그리움을 안고, 즐거움을 안고, 슬픔을 안고, 고단함을 안고, 그럼에도 불구하고 오늘을 행복을 살아가는 사람들이 웃는다. 웃는 사람들 곁엔 웃고 싶은 사람들이 온다. 웃고 싶은 사람들이 와 함께 웃고 나간다. 사람들은 즐겁다.

해인이 근처 카페에서 버려지는 테이크아웃 컵을 받아와 라벤더 모종을 옮겨심기 시작했다. 꽃에 물을 주고 정원을 가꾸는 일도 좋았는데, 정성스레 키운 꽃을 나누어주는 기분은 더 좋았다.

선물은 받은 사람보다 하는 사람의 기쁨이 더 큰 순간이 있다. 좋아하는 상대방의 모습을 상상하며 선물을 준비할 때 먼저 행복해지고, 선물을 들고 나서는 길에도 행복해지며, 선물을 받고 기뻐하는 이를 보면서 또 행복해진다. 해인은 사진관에 들어오지 못하는 누군가를 위해서 일곱 개의 라벤더 모종을 사진관 입구에 세워두고 메모가 적힌 작은 팻말을 꽂는다.

**향이 좋은 라벤더입니다. 말려서 차로 마실 수도 있어요.**

편히 가져가세요.

“형! 여기 계셨어요? 저 옥상에서 불씨 지키려고 장작 하나씩 집어넣었어요! 근데 군고구마 구워 먹으면 맛있을 것 같아서 고구마 좀 사 오려고요. 형도 드실래요?”

“좋지. 여기 카드 줄게. 이걸로 사 와.”

“아이 참, 형! 저도 고구마 살 돈… 있지만 감사히 잘 긁겠습니다! 간식 더 사도 되죠?”

“그래. 먹고 싶은 거 사 와. 그런데 범준아, 너 사진 찍어 봤니?”

“핸드폰으론 많이 찍어봤는데, 사진기로 찍어본 적은 없어요.”

“그럼 다녀와서 군고구마 익는 동안 사진 하나 찍어 줄래?”

“에이… 제가 어떻게 찍어요. 저는 형처럼 마법 못 써요!”

범준이 손사래 치자 해인이 사진관 안에 있는 카메라를 가리키며 말한다.

“행복 카메라는 저거 딱 한 대야.”

“진짜요? 그럼 나머지는 전부 보통 카메라였어요?”

“그럼. 나도 저 카메라들로 사진 찍어서 책도 내고, 전시회도 했는걸. 너 카메라 볼 때 눈이 빛나더라. 내가 사진이 필요해서 그래. 부담 없이 한번 찍어봐.”

"아… 부담스러운데. 그래도 정 사진이 필요하시다면 해볼게요!"

해인은 범준이 카메라를 볼 때마다 눈이 빛나는 걸 보았다. 눈은 마음의 창이 아닌가. 해인의 친구 재하가 그랬다. 입은 거짓말을 하지만 눈은 거짓말을 할 수 없다고. 눈동자까지 거짓말을 할 수 있다면 그야말로 완벽하게 타고난 거짓말쟁이일거라고. 맑은 범준의 눈동자가 생각보다 한발 앞서 마음을 보여준 것이다.

라벤더 모종을 가지런히 정리하고 범준에게 줄 카메라를 고르려 사진관 안으로 들어오던 해인이 벽면 책장에 어깨를 부딪혔다.

"책장이 원래 이렇게 튀어나와 있나? 이상하네."

벽 크기에 딱 맞추어 제작된 책장이라 튀어나올 리가 없는데, 얼마 전부터 튀어나와 보이더니 이제 어깨까지 부딪히다니. 나무가 오래되어 틀어진 건가. 해인은 책장의 균형을 맞추기 위해 양팔로 힘껏 책장을 민다.

"들어간 것 같은데. 조금 더 넣어야 하나. 자, 하나 둘 셋… 어…! 어…?"

벽에 밀착된 듯한 책장에 한번 더 살짝 힘을 더 가하자 부드럽게 책장이 밀리면서 벽면이 열린다. 대체 어찌된 영문인지, 해인은 놀라서 반쯤 열린 벽 앞에 섰다. 크게 놀라는 일 없는 해인이지만 이번에는 그 자리에서 굳은 듯

숨도 쉬지 못하고 서 있다. 지금까지 책장 뒤에 숨어 있던 이 벽은 그냥 벽이 아니었다. 정확히 말하자면 바로 문이었다. 넘지 못할 벽이라고만 생각했던 그곳에 어떤 이유에선지 틈이 생기고 벽을 밀어볼 용기를 낸 순간, 해인의 앞에 새로운 문이 열렸다.

"정원이잖아…!"

벽 너머에는 시들지 않을 것 같은 이름 모를 꽃들이 가득하고 아름다운 나비가 날아다녔다. 창밖은 겨울인데 벽면 너머의 세상은 봄인지 가을인지 모를 따스한 온기를 바람으로 실어 날랐다. 해인은 정원에 들어가려고 걸음을 떼다 멈칫했다.

"이 세계로 들어가면 다시는 나오지 못하는 걸까?"

정원에 들어가려던 해인은 뒤돌아 문을 닫으려다가 다시 생각을 바꿔 문 앞으로 간다. 사는 일은 계단을 오르내리는 일이라는 생각을 했는데, 이제 보니 사는 일은 문을 열고 닫는 일인 것 같기도 하다. 예상치 못한 순간에 새로운 문을 만나고, 문을 열고 닫는 건 자신의 의지다. 해인은 닫으려던 책장의 반대편으로 가 문을 활짝 연다. 심호흡을 크게 하고 정원 안으로 들어선다.

"다른 마을로 들어가는 입구인가? 한 걸음 내딛었는데도 벌써 공기가 순해. 왜 이리 평화롭지? 누구도 미워하고 해칠 수 없는 세상에 온 것 같아."

처음 만난 세계가 마냥 낯설지만은 않은 해인은 용기를 내서 몇 걸음 더 걸어본다. 해인이 걸음을 옮길 때마다 새로운 꽃들이 한 송이씩 피어난다. 본 적 없는 형형색색의 꽃들이 해인의 걸음을 따라 봉우리를 연다. 문득 뒤를 돌아보니 생각보다 더 멀리 와 있다. 들어올수록 더 아름답게 펼쳐지는 꽃밭을 바라보며 요정의 숲 같은 풍경을 사진으로 남기고 싶은 해인이다.

"아름다운 호수가 있네."

걸음을 옮기던 해인 앞에 맑은 호수가 나타났다. 몇 걸음 앞에서는 에메랄드 색으로 빛나더니 가까이 다가가 들여다보니 거울처럼 반짝이는 투명이다. 해인은 손으로 물을 떠 마른 목을 축이다가 호수에 비친 자신의 얼굴에 시선을 멈췄다. 너무 맑아서 속마음까지 투명하게 투영될 것 같은 수면에 손가락을 대어본다. 고요했던 수면이 파동을 일으키며 퍼져나간다. 물결이 잔잔해지기를 기다리며 한참을 물속을 바라본다.

"편안해 보인다."

해인의 말에 호수 속 해인이 물결에 따라 흔들리며 대답한다.

"편안해 보인다."

대답하는 자신의 모습을 보며 해인이 웃는다.

"행복해 보인다."

해인의 말에 호수 속 해인이 대답한다.

"행복해 보인다."

대답을 들은 해인이 턱에 손을 괴고 생각에 잠긴다.

"행복이 뭔데?"

대답하는 물결 속 자신을 보며 해인이 말한다.

"행복이 무엇인지는 모르겠지만, 몰라도 되는 거 같아. 행복 카메라에 행복과 불행 필름이 맞닿아 있듯 행복과 불행도 어깨를 나란히 하고 살아가는 감정 아닐까. 불행한 순간이 오면 행복했던 날을 기억하며 견뎌내고, 행복한 순간이 오면 다시는 불행하지 않을 사람처럼 행복해하고 싶어. 이제 나는 그렇게 살고 싶어졌어. 오늘이 마지막인 것처럼."

물을 한 번 더 떠 마시고 일어서려던 해인은 호수에 비친 자신에게 손 인사를 건넨다. 해인이 이 정원으로 계속 걸어 들어간다면 새로운 세계가 열릴 것이다. 미지의 세계를 만날 수 있을지도 모른다. 하지만 해인은 망설임 없이 뒤를 돌아 자신이 왔던 길을 향해 걸어간다. 해인의 발걸음을 따라 피어났던 꽃들이 해인의 뒷모습을 따라 다시 사라진다. 이윽고 들어왔던 문 앞에 서서 다시 뒤를 돌아보니 아름다운 꽃들이 흔적 없이 사라지고 푸른 잔디만 무성하다. 그 많던 나비들은 어디로 갔을까.

해인은 마지막으로 찬찬히 정원을 둘러보고 돌아서 나

가려다 멈춰 섰다. 아름다웠던 정원으로 걸음을 옮기자 해인의 발끝을 따라 다시 꽃이 피어난다. 세 걸음만치의 꽃밭을 만든 해인이 다시 뒤로 돌아 사진관으로 향한다. 입구에서 뒤를 돌아보니 역시나 꽃밭은 흔적 없이 자취를 감추고 남은 건 잔디뿐이다.

걸어갈 길이 꽃길인 줄 알았는데 뒤돌아보니 흙과 풀만 뒤덮인 길이다. 꽃길도 흙길도 잔디 깔린 길도 모두 좋지만 해인은 어떤 길인지 모르고 가는 오늘을 살고 싶어졌다. 내가 가는 길이 꽃길인지 잔디밭길인지 고민하며 길을 만들어 가고 싶어졌다.

마지막 걸음을 떼서 사진관 안으로 들어오니 한 걸음 차이로 사진관 안이다. 열려 있는 벽을 힘주어 다시 당기자 문은 순식간에 닫히고 책장은 벽에 매끈하게 딱 들어맞는다. 언제 튀어나와 있었냐는 듯 빈틈없는 책장을 바라보고 있으니 범준의 목소리가 들린다.

"형! 형! 왜 이렇게 대답이 없어요! 고구마 다 익었어요! 옥상으로 올라오세요!"

"어, 금방 갈게!"

범준이 고구마를 굽는 동안 다녀온 아름다운 세계를 떠올리며 해인이 계단을 올라간다. 문득 계단을 오르는 일이 즐겁다고 느낀다. 배가 고파서인가, 서둘러 올라가고 싶다. 옥상에선 범준이 불을 꺼뜨리지 않고 고구마를 굽고 있다.

"범준아, 너 지금 되게 아름답다."

"네에? 형 많이 배고파요? 고구마 하나 구웠다고 이러시기예요?"

"그런가. 노을 지는 하늘을 등지고 고구마를 굽는 네 모습이 아름다워 보여서. 범준아. '아름답다'가 무슨 뜻인 줄 알아?"

"뭐 그냥… 이쁘단 말 아니에요?"

"'아름답다'의 어원에 대한 가설이 여러 가지인데, 그중에서 '아름답다'가 '나답다'로 해석될 수 있다는 설도 있어. 즉 '아름답다'는 '나답다'인 거지."

"아… 그러니까 가장 나다울 때 가장 아름답다는 거네요?"

"그렇지. 그래서 자연스러운 모습이 가장 아름다워 보이잖아? 사진을 찍을 때도 마찬가지야. 나다울 때 아름다운데, 보통 우리가 카메라 앞에 서는 일이 많지 않으니까 사진 찍으려고 하면 긴장하는 경우가 많아."

"그래서 마음을 열고 자연스러울 수 있도록 위로 차를 주시는 건가 봐요? 앗 뜨거, 이제 고구마 다 빼야겠다. 형, 이 고구마 되게 맛있네요. 하나 더 드세요."

"고마워. 여기서 아르바이트를 하면서 언젠가 네가 사진을 찍고 싶은 날이 오면 이 말을 기억해. 피사체가 가장 나다운 순간을 기다리면 가장 아름다운 사진을 찍을 수 있어."

"뭔가 되게 오묘하고 철학적인 말인데 멋있어요 형!"

"형은 원래 멋있어."

해인의 말에 범준이 온 얼굴 근육을 사용해 놀라는 시늉을 한다. 장작을 넣느라 장갑에 묻은 그을음이 범준의 볼에도 묻는다. 그 모습을 바라보며 해인이 웃는다.

"형도 이렇게 웃을 줄 아는 사람이었어요? 저 형이 잇몸 만개한 거 처음 봐요! 형은 미소만 짓는 줄 알았더니!"

범준이 너스레를 떨자 해인이 더 크게 웃는다. 범준과 해인이 마주보며 눈물이 맺히도록 웃는다. 이렇게 배가 아플 만큼 웃을 수 있다니. 아무 거리낌 없이 단순한 마음으로 이리 웃는 게 얼마만인지.

어쩌면 벽 뒤에 숨겨진 미지의 세계에서 상상할 수 없는 매력적인 일들을 만날지도 모른다. 공기에서 느껴지는 순한 기운처럼 마음 아플 일 따위 없을 것만 같다. 하지만 해인은 가보지 못한 세계보다 오늘을 살기로 선택했다. 마음이 내키지 않은 게 아니라, 살아가는 오늘이 행복하다고 어렴풋이 느꼈기 때문이다. 사실 행복이 무엇인지 아직도 정확히 모르겠다.

"너무 웃었더니 뱃가죽까지 아파요 형! 기분 좋다. 맞다, 그거 알아요? 제가 어제 유튜브에서 강연을 들었는데 행복은 강도가 아니라 빈도래요."

"빈도?"

"네. 강한 즐거움이나 기쁨은 자주 오지 않을 뿐더러 기대할수록 실망도 크니까, 매일의 작고 소소한 기쁨이나 즐거움을 늘리면 행복한 일상을 살 수 있대요."

"좋은 말이네. 그러고 보면 즐겁고, 기쁘고, 살짝 설레고, 웃음이 나고, 왠지 기분이 좋고. 그런 감정들도 행복의 표정일 거야."

범준이 웃는 모습을 보며 어쩌면 행복은 표정이 많은 얼굴이라 구운 고구마를 먹을 수 있는 적당한 허기 같은 것일지도 모른다고 생각한다.

무엇이 됐건 나의 행복은 지금 여기에 있다. 내가 옮기는 발걸음 끝에. 그 끝에 꽃이 피건, 빗물이 튀건, 자갈밭이건 상관치 않는다. 걸음을 멈추지만 않는다면 원하는 길을 모두 만날 수 있을 테니까. 그 길이 어떤 길이건 나답게 걸어간다면 아름답게 받아들일 수 있을 테니까. 가지 못한 길에 대한 미련을 버리고 스스로 걷는 길을 아름답게 받아들인다면 아름다운 인생이었다고 자부할 수 있지 않을까.

해인은 장작불에 차가워진 손을 녹인 뒤 온기를 간직한 채 주머니에 손을 넣고 의자에 몸을 비스듬히 기댄다. 어느새 캄캄한 밤이다. 쏟아질 듯 많은 별이 하늘에서 반짝거린다. 눈앞의 별을 헤며 낮은 허밍으로 좋아하는 음악을 흥얼거린다. 행복하다. 한 치의 의심도 없이 행복하다. 순한 밤이다.

"별이 빛나는 건 어둠이 있기 때문이겠지."

# 에필로그

평일은 도시에서 보내고 주말은 메리골드에서 보내는 수현이 마을에 책방 문을 열었다. 음악을 틀고 커피를 내리며 느리게 흘러가는 책방에서의 일상이 요즘 수현에게는 충전의 시간이다. 환기로 열어둔 문들을 닫으려고 보니 어느새 손님이 한 명 들어와 있다. 방해가 되지 않게 수현은 멈춰 서서 조용히 노트북을 열고 책의 재고를 살핀다.

책방 한쪽에서는 하나로 내려 묶은 길고 검은 머리에 와인색 야구 모자를 쓰고 고개를 푹 숙인 여자가 해인의 책을 소중히 쓰다듬고 있다. 모자를 쓰고 있어도 하얀 피부와 빛나는 생기가 가려지지 않는 사람이다. 여자는 책 끝을 덮으며 마지막 문장을 읊조렸다.

"모든 것은 흐르고 시간도 흐릅니다. 시간의 흐름을 우리는 꼭 시계를 봐야 알 수 있을까요? 행복한 사람은 시계를 보지 않는다고 합니다. 저는 이제 시침과 분침을 지우려 합니다. 굳이 행복을 찾으려 애쓰지 않겠다고 마음먹는 순간 행복해졌습니다. 허나 자주 궁금합니다. 당신도 지금 행복한지요? 분명 행복할 거라 믿어요. 그리고 언제나 행복하길 바라요."

그녀의 나지막한 목소리를 끝까지 듣고 있던 수현이 카운터에서 돌아 나와 말을 건넨다.

"그 책 정말 좋죠? 저도 참 좋아하는 문장이에요."

"네, 참 좋네요."

"우리 마을에 사는 분이 쓰신 책이에요. 마을 꼭대기에서 마음 사진관을 운영하시는 해인 님인데요. 여행 오신 거면 돌아가시기 전에 잠깐 들르셔도 좋을 것 같아요."

"고마워요."

"약간… 낯이 익은데… 예전에도 마을에 오신 적 있으세요?"

"처음은 아니죠. 저는 이 마을을 굉장히 좋아하는 사람이에요."

"어쩐지… 친근하게 느껴져서요. 저는 주중에는 도시에서 회사를 다니고 주말만 여기 내려와 책방을 열어요. 평일에는 주민들이 돌아가면서 책방을 지키고요. 신기하게,

메리골드는 오기만 해도 마음이 편안해져요. 뭘 먹어도 맛있어서 살쪄서 돌아간다니까요."

"메리골드가 그런 매력이 있죠."

"한두 번 오신 게 아니구나! 실례가 되지 않는다면 이름을 여쭤봐도 될까요?"

"제 이름이요, 제 이름은…."

여자가 말하려는 순간 열어둔 문 앞으로 지나가는 커다란 트럭의 소음에 수현은 미처 대답을 듣지 못했다. 큰 소리에 놀라 황급히 문을 닫고 돌아오니 여자는 어디론가 가고 없다.

"어디 가셨지? 어, 책값을 두고 가셨네. 누구신지 몰라도 다음에 오시면 제대로 이야기 나눠봐야지. 기품이 흘러나오시던데. 같은 여자가 봐도 반하겠어."

수현은 카운터에 턱을 괴고 앉아 밖을 바라본다. 서점의 시간이 느리게 흐르고 손님들이 들어왔다 나간다. 들어오는 이도 나가는 이도 얼굴이 편안하다. 책을 읽다가 졸다가 손님들과 이야기를 나누고 커피를 내려 나누어 마신다. 자연스레 흘러가는 책방 풍경 안에서 치열했던 어제의 마음은 비워지고, 비워진 마음은 새롭게 살아갈 힘으로 채워진다. 주말마다 메리골드의 책방에서 얻는 힘으로 수현은 일상을 잘 살아가는 중이다. 수현이 창밖을 보며 멍하니 생각에 잠긴 사이 문이 스르륵 열린다.

“문이 왜 열리지? 제대로 안 닫혔나? 어머, 네가 열었구나, 레이지? 물그릇 줄게. 조금만 기다려.”

“야옹.”

서점에 자주 오는 흰 고양이가 새하얀 털을 뽐내며 우아하게 걸음을 내딛더니, 서점에서 볕이 가장 잘 드는 자리로 올라가 눈을 감는다. 자리가 마음에 드는지 햇볕에 실눈을 뜨고 뒹굴 때마다 마치 웃는 얼굴처럼 보인다. 더 바랄 게 없이 만족스러운 듯한 고양이는 나른한 잠에 빠져든다. 온전한 무해함 속에서 늘어지게 게으름을 만끽한다. 조금만 더 자야지. 조금만 더 이렇게, 살고 싶은 대로 살아야지. 아니… 조금 아니고 이대로 오랫동안 살아도 괜찮고.

“한낮의 나른한 낮잠 같은 삶이라니. 달콤한 인생이야. 이번 생, 마음에 들어. 낭만적이잖아.”

고양이는 목에 걸린 와인색 리본에 코끝을 문지르다가 기분 좋게 다시 눈을 감는다. 시계를 볼 필요도 없이, 느리게 흘러가는 오늘이다.

가벼운 산책 같은, 즐거운 농담 같은.

# 메리골드 마음 사진관



**초판 1쇄 발행** 2024년 1월 12일
**제2판 1쇄 발행** 2025년 6월 18일
**제2판 2쇄 발행** 2025년 7월 10일

**글** 윤정은
**기획편집** 정다움
**디자인** 상록
**콘텐츠 그룹** 정다움 이가람 박서영 전연교 김신우 정다솔 문혜진 기소미

**펴낸이** 전승환
**펴낸곳** 책읽어주는남자
**신고번호** 제2024-000099호
**이메일** book_romance@thebookman.co.kr

**ISBN** 979-11-93937-73-0 03810

* 북로망스는 '책읽어주는남자'의 출판브랜드입니다.

* 책값은 뒤표지에 있습니다.

메리골드
마음 세탁소

# MARIGOLD MIND LAUNDRY

# 메리골드 마음 세탁소

윤정은 장편소설

북로망스

만약에 말이야.

후회되는 일을 되돌릴 수 있다면,

마음에 상처로 새겨져 굳어버린

얼룩 같은 아픔을 지울 수 있다면,

당신은 행복해질까?

정말 그 하나만 지우면

행복해질 수 있을까.

# 차례

# 프롤로그

봄이 지나면 가을이 오고, 가을이 지나면 다시 봄이 오는 마을이 있다. 축구공만 한 지구본을 돌리고 돌리다 보면 먼지처럼 작은 마을 하나가 눈앞에 떠오른다. 이곳은 지구에 있지만 아무나 그 존재를 알 수는 없다. 신비로운 꽃과 나무가 가득하고, 상상할 수 없는 힘을 가진 사람들이 모여 산다. 날개는 없지만 요정처럼 아름다운 사람들이.

이곳은 언제나 꽃 같은 날들이 이어진다. 하늘은 시리게 푸르고 날씨는 덥지도 춥지도 않다. 먹을 것이 풍족하고 웃음이 끊이지 않는다. 눈빛과 마음이 선한 이들이 모여 살기에, 그들은 '미움'이나 '아픔' 혹은 '슬픔'이라는 감정을 모른다. 날이 선 말을 하는 사람이 하나도 없어 늘 평화롭다.

이 마을에서는 세상에 빛이 되는 아름다운 능력을 가진 이들이 사람들이 사는 곳마다 온기를 불어넣으며 달이 뜨면 은은한 달빛 아래 춤을 추고, 해가 뜨면 따뜻하고 눈부신 웃음으로 하루를 살아간다. 살을 에는 몸의 추위도, 어깨가 움츠러드는 마음의 추위도 없다.

그러던 어느 날, 마을에 사는 한 남자의 마음에 뜨거운 여름이 찾아왔다. 예고도 없이.

"저기요, 정신 차려보세요. 괜찮아요?"

"…목…."

"뭐라고요? 안 들려요."

"…물…."

"아, 물이요! 여기 있어요."

마을 전체를 구석구석 꿰뚫는 오솔길을 한 남자가 걷고 있었다. 마을의 지킴이로서 크고 작은 일을 맡고 있는 남자는 팔을 양옆으로 흔들고 숨을 크게 내쉬며 자연을 만끽하다, 길가에 쓰러진 여자를 발견했다. 유난히 하얀 얼굴에 머리가 검고 긴 여자는 어떤 말을 하려는 듯 입술을 들썩이다 남자가 건넨 물을 몇 모금 마시고는 다시 풀썩, 쓰러지고 만다. 이 마을에서 한 번도 본 적 없는 여자다.

그녀가 쓰러지는 순간, 나뭇잎들이 날아들어 그녀를 받치며 푹신한 이불을 만들어 준다.

"어어, 저기요! 여기서 쓰러지시면 안 됩니다! 집이 어디예요? 데려다줄게요!"

남자는 맥없이 기절한 여자 옆에서 엉거주춤 서 있다. 여자가 입은 하얀 원피스에 초록물이 배지는 않을지 신경쓰던 남자는 결국 자신의 옷을 벗어 덮어주고 그 옆에 앉는다.

'여기서 잠들면 안 되는데… 일단 지금은 어쩔 수 없지. 깨어나면 집을 묻고 데려다줘야겠다. 그런데, 왜 갑자기 마음이 편안하고 졸리지? 이상하다.'

남자는 주저앉은 채 무릎을 끌어안고 스르르 잠이 든다.

"저기요, 여기가 어디예요?"

어깨를 흔드는 가벼운 손길에 깨어난 남자는 잠에서 깨자마자 자신을 빤히 바라보며 묻는 여자의 파란 눈동자에 자기도 모르게 빨려든다. 바다 같기도 하고, 하늘 같기도 한 깊은 눈동자는 빛이 비치면 파란색으로 보이고, 아름답고 긴 속눈썹을 깜빡이면 갈색으로 보이기도 한다. 여자의 신비로운 눈동자에 반해 멍해진 남자가 겨우 정신을 차리고 대답한다.

"어, 여기는 그러니까, 어… 아름다운 능력을 가진 마을인데요."

"아름다운 능력이요? 여기선 그동안 맡아본 적 없는 냄새가 나요. 난 냄새로 공간의 에너지를 구별하는데… 여긴 평화롭고 좋은 냄새가 나요. 그런데 이상하게 낯설지가 않아요. 바람도 공기도 순해요. 가능하다면 여기서 살고 싶을 정도로 편안한 공기네요."

"그럼… 이 마을에서 같이 살래요?"

여자의 눈을 보며 자기도 모르게 튀어나온 말에 남자는 놀라 벌떡 일어서고 말았다. 귀까지 빨개진 채 어쩔 줄 몰라 주춤거리는 남자를 보면서 여자는 아주 예쁘게 웃으며 답한다.

"그래요. 살아요."

첫눈에 반한다는 말은 이율배반적이지만, 여자와 남자는 아름다운 능력을 가진 마을에서 예쁜 딸까지 낳고 평온하게 살았다. 신묘한 능력을 가졌지만 그 능력을 나쁜 일에는 절대 쓰지 않는 이들과 함께, 봄의 다음 계절은 가을이라는 게 당연한 마을에서 행복하게 살아갔다.

할 수 있는 일이 사랑밖에 없는 사람처럼 살던 여자는 문득 너무 행복해서 불안한 마음이 든다.

'아니야, 아니야, 그럴 리 없어. 이 마을은 외부에 알려

지지 않은 마을이야. 이 마을에서 불안이라는 감정을 아는 사람은 나밖에 없는 걸….'

여자는 고개를 흔들어 생각을 지운다.

깊은 밤, 불은 꺼져도 사랑의 온기가 남아 빛처럼 비추며 따뜻함이 집에 감돈다. 매일 밤 잠들기 전 여자는 집의 냄새를 맡으며 평온과 고요에 안도한다. 세월이 흐른 만큼 편안함이 더해져 온화한 표정마저 닮아가는 두 사람은 침실에서 작은 조명을 켜고 손을 잡은 채 이야기를 나누다 잠이 들곤 한다.

여자와 남자는 머리카락이 희끗한 중년이 되었고, 사랑스러운 소녀는 건강하게 자라 성년을 앞두고 있다. 오늘은 평소보다 걱정스러운 표정으로 여자가 말한다.

"여보, 이제 우리 딸이 가진 힘을 이야기해 줘야 하지 않을까요?"

"음… 아직은 일러요."

"이르긴요, 내년이면 성년인데. 이제 슬슬 능력을 필요할 때만 사용하고 조절하는 방법을 익혀야 해요."

"아직 우리 딸은 자기가 가진 능력이 없는 줄 알고 있는데, 갑작스레 너무 놀랄 거예요."

"놀라긴 하겠죠. 맞아요."

"…조만간 적당한 시기를 봐서 알려줍시다."

"그래요, 당신 말대로 해요. 그리고 능력이 있다는 걸 알게 되면 다른 마을 이야기가 적힌 책은 당분간 읽지 않게 해야겠어요."

"그렇죠. 다른 마을 이야기에는 다양한 감정이 있으니… 그 감정이 힘으로 연결되지 않도록 조심해야지요."

부부는 그동안 여자를 닮아 능력이 없는 줄 알았던 딸에게 뒤늦게 보이는 징후들이 걱정스러웠다. 사실 예전부터 눈치채고 있었지만, 단순히 공감 능력이 좋거나 실천력이 강한 것일 거라 넘기곤 했다. 그런데 선한 마법을 쓸 줄 알도록 선택받았기에, 세상에 빛이 되는 능력을 가진 이들이 꼭 넘어야만 하는 시련이 찾아오고 만 것이다.

시련을 극복하지 못하면 능력을 제대로 활용할 수 없고, 마음의 상처를 스스로 치유하는 방법을 오래도록 찾아 헤매야 한다. 그렇지만 시련을 극복하면 능력을 완전하게 갖추고 빛이 되는 존재로 살아갈 수 있다. 그 삶은 존경받는 아름다운 삶이지만 외롭고 고통스럽기도 하다. 빛이 밝으면 어둠도 깊은 법이니까. 달의 이면처럼.

자신이 살던 도시에서 회복할 수 없는 상처를 받아 도망치듯 뛰다 정신을 잃고 이 마을에 들어선 여자였다. 여자는 이곳에 살면서 마음의 상처를 오직 사랑으로 치유할 수 있었다. 그렇기에 자신의 아이가 시들지 않는 꽃처럼, 한 번도 상처받지 않은 사람처럼, 세상에서 가장 아름답고 비밀스러운 이 마을에서 맑게만 살아가길 바랐다.

그러나 언제나 바람은 바람으로 남곤 했다는 걸 기억해내고 말았다. 딸과 이야기를 나누는 이들은 마음이 편안해졌고, 자신이 원하는 것을 이루는 딸의 능력이 점점 부각되었다. 이제 마을에 없는 다양한 감정을 익히고 조절해 마을 밖으로 나가야만 하는 시기가 오고 있었다. 이 마을에서는 선택받은 소수만이 세상으로 나가 선한 마법과 능력을 사용해 빛이 된다. 원래라면 아주 어릴 때부터 징후가 나타나 트레이닝 스쿨에 다니지만, 여자의 딸은 성년이 다 되어 능력이 발현된 특수한 케이스였다.

'어… 나한테도 능력이… 있었…어?'

늦은 밤까지 책을 읽다 물을 마시러 나온 소녀는 열린 문틈으로 흘러나온 불빛을 따라 나갔다가 엄마와 아빠의 이야기를 듣게 된다. 소녀는 너무 놀라 그 자리에 멈춰 선다. 이상하게 가슴이 두근거린다. 나에게 대체 어떤 능력이 있는 걸까. 그 힘으로 누구를 도와야 할까. 다른 마법 능력을 가진 이들처럼 마을 밖으로 나가야만 하는 걸까? 한 번도 경험해 보지 못한 세상은 어떤 모습일까. 걱정과 기대가 동시에 몰려온다. 벽에 몸을 붙이고 숨죽여 엄마와 아빠의 이야기를 엿듣는다.

"그런데 우리 마을에 두 가지 이상의 능력을 가진 사람이 있었나요?"

"아마도 지난 세기에 있었다고 들었어요."

"…."

작은 말소리에 집중하다가 일순간 다리에 힘이 풀린다. 벽을 붙잡고 두 걸음 떼어 간신히 의자에 앉는다. 능력이 있다는 것도 놀라운데 두 가지라니. 어지럽고 혼란스럽다. 창밖을 보니 유난히 평소보다 깊고 어두운 밤이다. 달도 별도 얼굴을 가린 밤. 마을 밖으로 나가는 경계의 문이 열리는 밤.

'괜찮을 거야. 아무 일도 일어나지 않을 거야. 정말….'

마음을 가다듬고 차분히 심호흡을 하며 눈을 감는다. 하나, 둘, 셋….

"가지 마. 엄마, 아빠. 나만 두고 가지 마. 제발 돌아와…."

깜빡 잠이 든 소녀는 울며 잠에서 깬다. 사랑하는 이들이 회오리바람에 휩쓸려 모두 떠나버리는 악몽을 꾸었다.

거센 바람이 불어와 자신만 남겨두고 사랑하는 모든 것이 떠나가는 꿈이다. 이런 기분은 처음이다. 도서관 비밀 서가에서 몰래 읽은 책에 나온 '불안'과 '공포'라는 감정이 이런 건가? 부모님이 자기 전에 다른 마을 이야기는 읽지 말라고 했는데…. 소녀는 호기심에 비밀 서가에서 빌린 책을 모두가 잠든 밤에 꺼내 읽곤 했다. 소녀가 오늘 읽은 책은 사랑하는 이들이 마법의 블랙홀로 빨려 들어가 다른 세기의 경계로 사라져 그들을 찾아다니는 이야기였다.

소녀는 좀처럼 진정되지 않고 쿵쿵 울리는 심장에 손을 얹고 한참을 흐느낀다. 이상하다. 이렇게 울고 있으면 엄마나 아빠가 달려와 줘야 하는데, 왜 이리 고요하지. 모두 깊이 잠들어 있는 건가? 아니면, 지금 이 순간이 꿈인가? 왜 아무 냄새가 나지 않지? 불안한 마음에 주변을 둘러본 소녀는 눈앞의 풍경이 믿기지 않아 눈을 비빈다. 눈을 감았다 떴다가, 또 눈을 비빈다.

그런데 아무리 눈을 비벼봐도 소녀의 눈앞에 아무것도 남아 있지 않다. 꿈이다. 분명 꿈이다. 악몽이라는 걸 거야. 다시 눈을 감고 잠에 들어야지. 그리고 새로운 꿈을 꿔야지. 이상한 밤이야. 다시 눈을 꼭 감는다.

그때, 소녀가 잠에 들기 전 의자에 앉아 들었던 마지막 말이 떠오른다. 꿈인 줄 알았는데.

“타인의 슬픔에 공감하고 그걸 치유하는 능력은 참 좋은데, 원하는 것을 실현하는 능력이라니. 너무 위험하고 강력해요.”

“우리가 왜 이제야 발견한 걸까요. 미리 알았으면 좋았을 텐데. 트레이닝 스쿨에서 배워야 하는 걸 혼자 터득하려면 얼마나 벅차고 힘들까요.”

“자책하지 말아요. 이미 일어난 일을 후회한다고 일어나지 않은 일이 되는 게 아니잖아요. 우리가 이제라도 알았으니 곁에서 많이 도와줘요.”

“알았어요. 그런데 능력을 처음 발견하게 되면 당분간은 생각하고 꿈꾼 일이 즉시 일어나잖아요. 험한 생각을 하지 않게 조심해야 해요. 내일 저녁 편안한 분위기를 만든 다음에 사실을 말해줘야겠어요.”

“그렇게 해요. 그런데 두 능력이 제대로 발휘되려면….”

뒷말은 미처 듣지 못하고 잠에 들어버렸던 소녀는 끝없는 후회에 빠진다. 뒷말을 마저 들었어야 하는데. 아니, 물을 마시러 나오지 말았어야 하는데. 아니, 늦은 밤까지 깨어 있지 않았어야 하는데. 아니, 부모님의 이야기를 엿듣지 말았어야 하는데. 아니, 애초부터 다른 마을의 책을 읽지 말았어야 하는데. 비밀 서가에 들어가지 말았어야 하는데. 생각할수록 눈덩이처럼 불어나는 숱한 후회들이 흘러간다. 감았던 눈을 떴지만 꿈이 아니다. 현실이다. 말 그대로 폐허다. 사랑하는 이들이 나 때문에 휩쓸려 간 자리에 홀로 남겨져 있다.

후회되는 순간을 되돌릴 수 있는 기회가 주어진다면 얼마나 좋을까. 그렇다면 나는 다른 선택을 할 수 있을까. 정말 그럴 수 있을까.

아니, 나쁜 일을 미리 알고 막을 수 있는 능력을 가졌다면 얼마나 좋을까. 어쩌면 내가 할 수 있지 않을까?

이럴 수는 없다. 이렇게 허무하게 한순간에 모든 것이 사라질 순 없다. 눈을 감았다 뜬 것뿐인데, 빛나던 세상이 암흑으로 가득하다.

이건 꿈이다.

분명 꿈이야.

"꿈이 아니야. 현실이야."

때로는, 아니 자주. 현실은 꿈보다 잔인하다.

아무리 눈을 감았다 떠도, 앉은 자리에서 잠들었다 깨기를 반복해도 혼자다. 소녀는 자기가 가진 능력을 어떻게 사용하는지를 몰랐다는 이유로 사랑하는 이들을 잃고 만다. 어떻게든 다시 되돌릴 수 있을 거라 믿으며 트레이닝 스쿨 교재를 모조리 찾아보다 이런 글귀를 발견한다.

능력을 알게 된 초기엔 힘 조절이 미숙해 꿈꾸길 각별히 주의해야 합니다. 특히 훈련 초반에는 많은 일을 실현시킬 수 있게 됩니다. 잠들기 직전에 하는 생각이 현실로 나타나는 일이 생길 수 있으니 이를 악용하거나 위험에 빠지지 않

**도록 주의하세요. 자기 직전에는 반드시 명상을 하고 기분 좋은 생각을 하세요.**

절망적이다. 사랑하는 가족이 다시 돌아오도록 아무리 생각하고 꿈을 꾸어도 눈을 뜨면 혼자다.

'책의 내용처럼 엄마, 아빠가 다른 세기로 넘어간 건 아닐까? 온 세기를 다 뒤져서라도 다시 만날 거야. 다시 만날 때까지 절대 늙지 않을 거야. 백만 번쯤 태어나면 다시 만날 수 있겠지? 꼭 찾을 거야. 내가 다시 돌려놓을 거야.'

사람이 궁지에 몰렸을 때 자신도 모르는 초인적인 힘이 나오는 것처럼, 소녀 역시 절박함과 깊은 슬픔에 특별한 능력을 발휘할 수 있었다. 본인의 능력을 발견한 지 얼마 되지 않은 순간의 힘을 빌려, 백만 번을 다시 태어나 세기를 넘나들도록 스스로를 봉인했다. 위험에 빠질 수 있다는 경고 따윈 무시했다. 사랑하는 이들을 잃은 지금보다 더 큰 위험이 어디 있단 말인가. 선한 일에 능력을 사용해야 한다는 경고도 무시한 채 온 세기에 걸쳐 가족을 찾아다녔다. 빨갛게 생기 가득한 양 볼에 늘 사랑스러운 미소를 띠던 소녀는 수도 없이 다시 태어나고 세기와 세계를 넘나들며 웃음을 잃어갔다. 그래도 괜찮았다. 가족을 찾을 수만 있다면. 소녀는 계속해서 다시 태어나 셀 수도 없이 많은 일을 하며 세상을 헤맸다.

'어디 있어. 이제 제발 나타나 줘… 제발… 차라리 꿈이었으면.'

아무리 다시 태어나고 애타게 찾아다녀도 사랑하는 이들을 찾을 수 없었다. 결국 소녀는 자신을 죽지도, 행복하지도 못하게 만들었다. 사랑하는 이들을 찾아야지만, 다시 태어나는 삶을 멈추고 마침내 늙어 죽어갈 수 있도록. 혼자서는 좋은 걸 좋다 느낄 수 없었고 자연스럽게 늙어갈 자유조차 없었다. 사랑하는 이들을 찾고 나서 함께 웃으리라 다짐했다. 능력을 선하게 사용해야 한다는 마법의 명분을 외면한 채 자신을 위해서만 능력을 사용했다.

그러나 반복해서 다시 태어날수록 소녀의 검고 깊은 눈에는 슬픔만이 가득했고, 소녀는 울지도 웃지도 않는 무표정한 사람이 되어갔다. 지독하게 쓸쓸하고 공허한 눈빛으로 제대로 먹지도, 잠을 자지도 않아 앙상하게 말라갔다.

헤어질 때의 외모를 그대로 간직해야 가족들이 자신을 알아볼 수 있을 것 같아 얼굴이 변하지 않는 나이까지만 늙도록 했다. 어느 세기의 소녀는 20대였고, 어느 세기의 소녀는 30대였다. 몇 번은 40대로 산 적도 있었지만 그 이상은 나이 들지 않았다. 사랑하는 이들이 자신을 알아보지 못할까 봐, 아니 사실은 기억이 희미해져 자신이 그들을 알아보지 못할까 봐 불안했다. 지치고 또 지치는 여정이었다. 약속한 시간이 마음보다 빠르게 흘러갔다.

'벌써 백만 번째야. 차라리 오늘이 꿈이면 얼마나 좋을까.'

왜 이 생각은 현실로 이루어지지 않는 건지, 대체 제대로 능력이 발휘되는 시점은 언제부터인지, 아무리 생각해도 모르겠다. 모르는 일을 내내 물고 늘어지는 것만큼 어려운 일은 없는데. 트레이닝 스쿨의 책을 챙겨서 마을 밖으로 나왔어야 하는데.

몇 번째인지도 모르게 다시 태어난 첫날, 눈을 뜬 소녀는 천천히 침대에서 일어나 따뜻한 물을 끓이기 위해 주전자를 집어 든다.

"물 끓어라, 얍. 부글부글…. 이런 건 왜 안 되는 거야."

혼잣말에 익숙한 소녀는 오른손으로 뚜껑을 열고 왼손에 있는 주전자에 물을 받는다. 다시 태어날 때마다 같은 나이, 같은 외모, 같은 공간이도록 꾼 꿈은 이루어지는데 말이야. 뭐가 부족한 거지.

"컵이 어디 있지? 매번 같은 곳에 있도록 했는데."

고개를 들어 위 선반을 뒤지고, 아래 서랍을 열며 두리번거리던 소녀는 그제야 눈앞 선반에 놓인 하얀 컵을 발견한다. 물끄러미 컵을 바라본다. 언제부터 여기 있었지….

치이익 하고 그사이 물이 끓어오른다.

"보-고-싶-다."

지난 세기에 소녀의 곁에 있던 이들이 떠오른다. 보고 싶다고 말하니 더 보고 싶다. 사실 소녀는 오래전부터 많이 지쳐 있었다. 즐거움과 행복은 모르고 살도록 감정의 자유마저 차단해도 사람이란 어찌 이리 온기를 주는 다정한 존재들인지. 잘해주는 것 하나 없는 자신이 부담스럽지 않도록 곁에 있어주던 이들에게 익숙해질 때쯤이면 서둘러 곁을 떠나야만 했다. 애써 모르는 척하고 차갑게 대해도 자신에게 온기를 베풀어 주던 이들의 얼굴이 눈앞에서 흘러간다. 가끔은 그만 헤매고 그들과 어울려 살고 싶기도 했다.

"내가 그럴 자격이 있을까."

머물고 싶다는 마음이 들 때마다 소녀는 서둘러 그 세계를 떠났다.

항상 슬프기만 한 건 아니었다. 소녀가 좋아하는 일도 있었다. 소녀는 곁에 있는 이들의 이야기를 가만히 들어주는 것을 좋아했다. 그들의 이야기를 듣다 보면 소녀의 탁월한 공감 능력으로 감정이 전이돼 마음이 아팠고, 감정이 진정될 즈음 차를 내어주면 말하는 이가 천천히 미소를 짓곤 했다.

그렇게 서로 편안해지는 순간의 공기가 좋았다. 슬프고 우울하고 짜증나는 이야기를 듣는 일이 소녀에겐 힘들지 않았다. 사람들보다 오랜 시간을 살아오며 기쁨의 순간들보다 힘든 순간들이 생에 널려 있음을 자연스레 알게 되었고, 그들이 털어놓는 속내가 소녀에게는 음악 소리와 같은 '말소리'로 들렸다.

그리고 그 이야기들을 가슴속에 담고 살아가다 마음에 얼룩을 남기는 것보다, 자신에게 풀어내며 천천히 그들의 마음이 풀려 깨끗해지는 시간이 좋았다. 내심 많은 이의 마음을 어루만져 주다 보면 언젠가 소녀의 마음도 채워지지 않을까, 기대하기도 했다.

사실 소녀는 그것이 자신이 가진 능력이라는 것을 알았다. 하지만 능력을 온전히 사용하는 것이 겁이 났다. 다시 누군가를 잃을까 두려웠다. 누군가를 사랑한다는 건 그를 잃을 수도 있다는 두려움이 꼭 동반되는 것일까. 나이가 들지 않도록 스스로를 봉인한 소녀는 곁에 있는 이들이 나이 들어가는 걸 바라보며 매번 떠날 준비를 해야만 했다. 발길이 쉽게 떨어지지는 않았지만.

혹시 그 사람들이 그토록 소녀가 찾아 헤매던 사랑하는 이들은 아니었을까? 이렇게 긴 시간에 걸쳐 다시 태어나면서도 지난날의 과오를 자책하느라 정작 찾아야 할 것을 눈앞에 두고 보지 못하는 건 아닐까. 이 컵처럼.

소녀는 응시하던 하얀 컵을 집어 들고 물을 따르며 생각한다. 물을 끓이는 것도, 채우는 것도 선택인데 말이야. 별생각이 다 드네…. 다시 태어나는 일도 이제 너무 힘들어. 이제 그만 포기해야 할 때가 온 건가. 아니야, 아직 아니야. 그런 생각은 하지 말자.

생각을 지우려 고개를 양쪽으로 흔든다. 잔에 뜨거운 물을 따라 후후 불어 마시며 집을 살펴본다. 다시 태어날 때마다 동네는 달라져도 같은 구조의 집에 살기에 낯설지 않다. 방 하나, 거실 하나에 작은 부엌이 있는 단출한 구조의 열두 평짜리 집이다. 가구라고 해봤자 침대 하나, 작은 화장대 하나, 장롱 하나, 의자 하나, 테이블 하나가 전부다. 오랜 세기 전에는 크고 화려하게 집을 꾸며보기도 했지만 혼자 사는 외로움이 더 커질 뿐이었다.

새롭게 태어날 때마다 일을 하지만 번 돈을 쓰지 않으니 돈이 모였다. 가진 돈은 늘어났지만 거듭 태어날수록 필요한 것들은 줄어들었다. 익숙한 구조의 집을 훑어보며 천천히 거실로 걸어가 창문 앞에 선다.

"아름답구나."

이번 동네 메리골드는 지명이 마음에 들어 골랐다. 엄

마가 좋아하던 꽃 이름과 같은 이름의 도시라니. 친근감이 감돈다. 소녀가 사는 곳은 벽돌색 집들이 꽃처럼 모여 있는 동네의 가장 높은 집이다. 골목 어귀에서는 밥 짓는 냄새가 나는 듯하다. 평화롭게 해가 지고 다시 뜨는 동네. 창밖으로 보이는 집들 가운데 몇은 노란 불빛을 밝히고 있고 굴뚝으로 연기가 올라온다.

소녀는 꼼짝 않고 서서 창밖을 응시한다. 사람이 붐비지 않지만, 그렇다고 인적이 드물어 쓸쓸하지도 않은 동네다. 컵을 든 채 창문을 열고 베란다로 나간다. 맨발에 닿는 타일의 촉감이 차갑다.

바다를 등지고 선 소녀 앞으로 바람이 분다. 그리고 해가 진다. 왼쪽으로 고개를 돌리자 숨이 멎을 것 같다. 온 힘을 다해 하늘을 붉게 물들이며 해가 지고 있다. 타오를 듯한 해가 아주 천천히 바다로 들어가고 있다. 지는 해가 이토록 아름다웠던가.

산 아래 꼭대기 마을의 두 면은 바다를 품고 두 면은 도시를 품고 있다. 눈을 감고 숨을 아주 크게 들이쉰다. 물 냄새가 난다. 도시와 바다와 마을이 어우러지는 풍경을 바라보며 소녀는 쓸쓸해진다. 문득 뜨거운 눈물이 흐른다.

"뭐야, 해 지는 거 왜 이렇게 예뻐. 세상에 예쁜 게 아직 남아 있네."

보는 이라도 있는 양 황급히 눈물을 닦으며 소녀는 해

지는 풍경을 물끄러미 응시한다. 바람이 분다. 꽃 냄새가 코끝을 스치고 지나간다. 바람에 흩날리는 머리카락을 쓸어 넘기며 소녀의 눈동자에도 노을이 물든다.

“왜지? 익숙한 냄새가 나네.”

한껏 크게 숨을 들이마시며 소녀는 오래전 맡았던 냄새를 떠올린다. 어디서 이 냄새를 맡아봤더라. 그리움의 냄새를 떠올리며 식어버린 컵의 물을 마신다. 순간적으로 해는 바다 너머로 완전히 넘어갔다. 해는 졌지만, 해의 잔해는 하늘에 남아 노을로 붉게 번진다.

해가 지자마자 어둠이 시작되는 것이 아니다. 해는 천천히 빛을 내며 지고 있었고, 보이지 않아도 남은 빛이 지속되고 있었다. 그렇다. 빛과 어둠은 양면이 아닌 한 면으로 이어져 있다. 소녀는 찬찬히 어둠이 드리우는 광경을 바라본다. 깊은 어둠이라 해도 빛이 들어오는 부분이 있다. 완전한 어둠 속에 있다고 생각돼도 눈치챌 수 없을 정도로 희미하게 빛이 비춘다.

그리고 밤이 서서히 내려앉는다. 깊은 어둠 속에서도 해가 지듯 천천히 어둠은 밝음으로 이어져 달과 해가 같은 하늘에 공존한다. 낮의 달을 보지 못하는 건 낮의 해를 보려고만 하기 때문이 아닐까. 소녀는 가만히 무릎을 안고 웅크려 앉아 밤을 꼬박 샌다. 새벽이 오고 아침이 온다.

어둠이 영원할 것 같아도 아침은 다시 온다. 살아 있는 한 노력하지 않아도 얻을 수 있는 건, 이 아침을 맞이하는 날들 아닐까.

"살아 있는 한, 영원한 어둠도 빛도 없구나."

그 순간, 소녀가 지난 세기에서 만났던 이들에게 '위로차'를 내어줄 때의 손길과, 차를 마시던 이들에게서 서서히 걷어지던 캄캄한 어둠, 천천히 해가 떠오르듯 차를 마신 이들이 고개를 들며 미소 지을 때의 순간들이 스쳐 지나간다.

"…기억…났어."

쨍그랑!

하얀 컵이 소녀의 손에서 떨어진다. 새하얀 파편이 사방으로 튄다. 무의식 속에 다 남아 있었다. 왜 이제야. 소녀는 양손으로 입을 틀어막는다. 소리를 질러도 듣는 이 하나 없는, 동이 터오는 새벽이다. 엄마와 아빠가 나누던 대화를 듣다 쓰러진 소녀의 의식 속에 남아 있던 아빠의 마지막 말이 귓가에 들려온다.

"그런데 두 능력이 제대로 발휘되려면, 먼저 슬픔을 위로하고 치유하는 능력을 제대로 익혀 사람들의 마음을 치유해 주는 일을 하고 나서 꿈을 실현시키는 능력을 사용해야 해요. 아마 어려움을 돕는 보조 능력이 아닐까요? 마을에서 이런 능력을 가진 사람은 몇 명 없는데, 특별하고 소중한 능력이네요. 선택받았어요."

왜 이제야. 왜 이제…서야…. 울 힘도 남아 있지 않은 소녀는 가만히 서서 자신의 소멸을 상상한다. 그러다 정말로 소녀의 몸이 서서히 투명해진다. 등 뒤로는 오늘도 성실히 자신의 할 일을 하고 있는 해가 떠오르고 있다.

"아… 머리야. 왜 나의 소멸은 이루어지지 않는 거야."

소멸되기 직전, 소녀가 주먹을 꽉 움켜쥔다. 그 순간, 깨진 컵 조각들이 하얀 꽃잎이 되어 창문 밖 하늘로 날아간다. 구름 틈에 자리 잡은 꽃잎들이 소녀의 창문에 해가 환하게 비치도록 구름을 지운다. 새파란 하늘에 쨍한 햇살이 내리쬐고 소녀가 입고 있던 옷은 빨간 동백이 새겨진 검은 새틴 드레스로 삽시간에 바뀐다.

소녀가 눈을 뜨자, 가지런히 묶여 있던 머리가 스르르 풀린다. 오늘은 그런 날이다. 거세게 몰아치는 폭풍이 온 것만 같은, 고요하고 스산한 폭풍 전야.

“이 동네는 매일 해가 애처롭게 지네. 마지막인 것처럼 해가 져. 내일이 없는 것처럼.”

며칠을 꼼짝 않고 해가 지고 뜨는 것만 지켜보던 소녀는 드디어 집 밖으로 걸어 나왔다. 가장 아팠던 날의 마지막 기억이 이제야 떠올랐음이 너무도 원망스럽다. 알게 된 이상 이대로 있을 수는 없다. 원망과 자책을 당분간 멈추자. 자책할 시간에 문제를 풀고 문제 안에서 살아내 보자. 그 끝엔 답이 있지 않을까. 이제 소녀는 사람들의 마음을 본격적으로 치유해 줄 장소와 일을 찾아야 한다. 이 도시 메리골드에서.

“아이고, 딸내미 애까지 이제 셋이나 봐주는 겨? 밥은 먹었고?”

“응, 글치. 주말엔 지들 집으로 가고. 어묵 좀 싸줘 봐.”

소녀의 곁을 스치는 동네 사람들은 길을 지나며 자연스레 말을 섞는다. 검은 비닐봉지에 뜨끈한 음식 뭉치와 천 원짜리 몇 장이 오간다. 작고 소박한 이 동네는 오래 거주한 이들이 많아 이웃끼리 숟가락 개수까지 알고 있는 곳이다.

“김밥은 서비스여, 허허.”

"아니 무슨 어묵을 샀는데 김밥을 서비스로 준대? 뭐가 남어! 돈 받아, 여기."

"아이고 됐어! 내일 또 사 먹어."

소녀는 기분 좋게 농이 오가는 광경을 바라본다. 이상하다. 이야기를 듣다 보니 배가 고파진다. 오랜만에 허기를 느낀 소녀는 이야기 소리가 들리는 '우리 분식'이라는 이름의 낡은 식당에 들어간다.

기름때가 눅진하게 밴 빨간 테이블은 행주로 닦아내도 끈적끈적하다. 맞춤법이 틀린 메뉴판의 글자를 고쳐주고 싶은 마음을 참으며 김밥 한 줄을 시킨다.

'그런데 마지막으로 밥을 먹어본 게 어느 생이었지? 최소한 이 생에서는 처음인 것 같은데.'

해야 할 임무가 있는 자신에게 음식을 씹고 즐기는 여유는 사치라 생각했다. 그래서 그동안은 한 알만 먹으면 하루치 에너지를 얻을 수 있는 알약으로 연명해 온 소녀였다. 지난 어느 세기에서 만난 이의 마지막을 지키며 알약 제조법을 넘겨받았었는데… 그 얼굴도 이제는 희미하다. 씹는 법도, 삼키는 법도 잊은 것처럼 허망한 표정의 소녀에게 분식집 사장이 김밥을 내주며 말한다.

"안 멕혀도 밀어 넣어야 해. 안 그러면 말라서 허리 꼬부라져! 나도 오늘 입맛 없는데 억지로 밀어 넣었어. 겨우 먹었어. 그래야 뱃고래도 늘어. 안 먹음 자꾸 줄어."

누군가 이렇게 자신에게 밥 잘 먹으라고 이야기한 것도 어느 시대였나 회상하며 소녀는 기계적으로 김밥을 입에 밀어 넣는다. 분식집 사장의 불룩 나온 배와 오래된 꽃무늬 앞치마를 무심히 바라보며 고개를 갸우뚱한다.

'오랜만에 밥을 먹어서 그런가? 맛이 없네.' 하고 생각하는 여자에게 사장은 뜨거운 김이 모락모락 나는 어묵 국물을 툭, 가져다주며 묻는다.

"근데 아가씨는 이름이 뭐야?"

국물에 뜬 파와 후추를 눈으로 세어보던 여자는 멈칫한다. 옆 테이블에 펼쳐진, 누렇게 바랜 전단지에 적힌 '지은 마트'라는 글자에 눈길이 머무른다. 김밥을 씹으며 몇 초간 침묵하던 소녀는 입술을 찬찬히 들썩이며 이름을 말한다.

"지은."

"지은이? 예쁜 이름이네. 맛있게 먹고 다음에 올 때는 라면도 시켜 먹어!"

그렇지. 지은이, 예쁜 이름이지. 이야기를 짓는 지은이. 급하게 지어낸 이름이 마음에 들어 소녀는 작게 미소를 지으며 숟가락으로 파와 후추 가득한 국물을 입에 넣는다.

따뜻하네, 국물이.

소녀, 아니 지은은 김밥 한 줄을 다 먹고 입을 뗀다.
“아줌마, 이 건물 얼마야? 내가 살게.”
“이 건물을 아가씨가 어떻게 사, 머리가 아픈 겨? 아가씨 돈 많어?”
“음… 많다면 많지.”
“워메, 집이 부자여?”
“돈이 얼마나 있으면 부자라고 할 수 있지? 열심히 벌긴 했는데 어느 순간부터는 돈 쓰는 재미가 없더라고. 안 쓰니까 모여. 그래서 많아. 아무튼 누가 주인인지만 알려줘. 건물 가격은 세 배로 쳐준다고 해. 대신 아줌마는 지금 월세 반으로 깎아주고 평생 동결.”
“아이고 부자 맞구만! 얼굴 이쁜 아가씨가 마음도 이쁘네. 살 수만 있음 그렇게 혀봐! 주인네 번호 알려주는 게 뭐 어렵다구. 자! 여기.”
낡은 메모지에 적힌 번호를 찬찬히 읽고서 지은은 씩 웃으며 말한다.
“아줌마, 대신 앞으로 음식 맛 지금처럼 쭉 유지해야 해. 갑자기 신메뉴 개발하고 그러지 말고. 초심을 잃지 마!”
“워메, 또 사람 볼 줄 아네. 내가 음식을 잘하긴 하지. 근데 아가씨는 왜 사람 보자마자 반말이여?”
“내가 보기보다 나이가 꽤 많아. 아줌마보다 오래 살았거든."

"껄껄, 그려. 그렇다 치자. 오래 살았다 치자."

구불구불한 검고 긴 머리가 허리까지 닿아 있고 얼굴이 창백하게 하얀 지은의 심각한 표정을 보며 분식집 사장은 껄껄 웃는다. 20대 같기도 하고 40대 같기도 한 아가씨다. 사장은 분식집 앞에 멍하니 선, 텅 비어 있는 듯 슬픈 눈빛의 지은을 보자마자 왠지 안쓰러웠다. 안아주고 싶을 만큼 말라비틀어진 저 아가씨가 가게로 들어오라고 일부러 더 크고 우렁차게 말을 했는지도 모른다.

"아가씨, 아니 지은 씨. 그 꽃무늬 원피스 어디서 샀댜? 나도 마음에 드는디. 내가 입음 딱 어울리겄어."

지은이 입고 있는 까만 바탕에 빨간 꽃이 새겨진 원피스를 보며 분식집 사장은 불룩 나온 배 아래 걸쳐 있는 자신의 핑크색 꽃무늬 앞치마를 어루만진다. 사장의 주름지고 마디가 두툼한 손을 보며 지은은 그리운 기억이 떠올라 가슴이 욱신, 저리다.

"엄마, 마음이 없으면 어떻게 돼?"

"음, 사랑도 기쁨도 슬픔도 아무 감정도 느낄 수 없게 되겠지?"

"슬프지 않으면 좋은 거 아니야?"

"슬픈 일이 있었어?"

"아니, 책에서 슬픔이랑 아픔이란 감정을 읽었어. 그래서 궁금했어."

"만약에 말이야, 마음이 아프면 꺼내서 얼룩을 지우고 햇볕에 널어 잘 말리면 돼. 다음 날이면 깨끗하게 마른 마음으로 편안해질 거야."

"마음을 꺼낼 수 있어?"

"꺼낼 수 없으면 이렇게 하얀 종이에 마음을 그리면 어떨까?"

"좋아! 그런데 내 마음이 아프면 엄마가 안아주면 되잖아."

반짝이는 맑은 눈으로 말을 하는 아이에게 대답 대신 등을 가만히 쓰다듬으며 토닥이던 엄마는 앞치마에서 쿠키를 꺼낸다. 노란 원피스를 입고 양 볼이 빨간 아이는 쿠키를 받아 들고 베어 문다. 쿠키 가루를 얼굴에 묻히고 양팔을 벌려 날 듯이 뛰어다닌다. 꽃바람이 회오리치듯 몰려와 아이를 감싼다. 빨간 꽃잎들 사이에서 뒹굴듯 놀던 아이는 꽃잎이 되어 사라진다.

"이 원피스 한 50세기 전에 샀어. 지금은 없을 거야. 다음에 봐, 아줌마."

검고 긴 속눈썹에 슬픔이 걸린 지은은 우리 분식 사장의 앞치마에서 시선을 거두고 그리운 기억에서 빠져나와 계산을 마치고 가게를 찬찬히 둘러본다. 짧은 한숨을 내쉰 뒤, 이내 휴대폰을 꺼내 건물 주인의 번호를 하나씩 꾹꾹 누른 다음 통화 버튼을 누른다. 연결음을 들으며 분식집 옆 건물에 붙어 있는 낡고 바랜 간판을 발견한다.

**마음 세탁소**
**모든 얼룩 지워드립니다. 명품 드라이 크리닝**

글자를 찬찬히 읽는다. 스티커가 벗겨져 글자가 비어 있기도 하다.

"세탁소라, 얼룩을 빼준다…. 마음에 있는 얼룩까지 세탁할 수 있나."

**컴퓨터 크리닝, 최신 기계 시설 완비**

"최신…기계 시설이라. 최신…은 딱히 아닌 거 같은데."

이미 폐업한 지 오래된 세탁소 내부를 둘러보며 지은은 무언가를 결심한 듯 결연한 표정을 짓는다. 구겨진 옷을 다리듯 마음을 다리면 어떨까. 그런데, 마음에 진 얼룩을 빼면 완전히 행복해질 수는 있을까? 검고 깊은 지은의 눈동자가 빛나기 시작한다.

여기라면 가능하겠다. 눈을 감고 무언가를 구상하는 지

은의 심각한 표정이 조금씩 펴진다.

등 뒤로는 서서히 밤이 찾아온다. 어김없이.

어떤 마음은 조금만 다리면 펴지고, 어떤 마음에 진 얼룩은 지우지 않고 간직하는 편이 더 좋을 텐데. 어떤 마음은 구멍이 너무 많이 나서 세탁도 하기 전에 잔뜩 기워야 하고, 어떤 마음은 아무리 세탁해도 구정물이 멈추지 않을 텐데.

그 마음들을 안고 편안히 들어올 수 있는 공간을 상상한다. 지난 시절 지은의 곁에 있었던 이들과 대화를 나누던 순간에 가장 편안했던 장소를 떠올린다. 그리운 사람들을 떠오르게 하는 공간이 많다. 호숫가 근처의 춘복 이모네 이층집, 바닷가 앞의 영수 삼촌네 거실, 유럽 시골 마을에서 머물렀던 소피 할머니의 정원까지. 햇빛을 잘 받아 마음의 얼룩이 바삭하게 마르도록, 해가 온통 잘 들어오는 방향으로 지어야지.

가장 기억에 남는 소피 할머니의 집은 사람들이 매일같이 드나들었다. 수백 년은 넘게 자랐을 큰 나무가 정원 한

가운데에 있었고, 그 아래서 동네 사람들은 일상을 나누고 음식을 나누었다. 할머니의 집처럼 사람들이 매일 이곳으로 올 수 있다면, 그늘이 되어주고 쉼이 되어주는 곳이라면 어떨까. 지은은 골몰히 생각하느라 자신이 슬며시 미소 짓고 있는지도 모른 채 눈을 감고 꿈을 꾼다.

호두나무로 만든 튼튼한 목재 집에 사계절 푸른 정원이 있는 2층짜리 건물을 만들어야겠다. 겉은 유럽식이고, 속은 한옥의 서까래를 넣어 만들어 볼까!

"이곳에 들어오면 마음을 회복해서 돌아가는 거야. 마음의 얼룩을 세탁해서 나무의 나이테처럼 마음 나이테를 만들어 돌아가면 좋겠어."

일곱 개의 나무 계단을 지나면 동백이 흐드러지게 핀 동그란 아치형 입구가 나온다. 오래된 나무로 만든 문을 열고 들어서면, 비밀의 정원으로 들어서듯 문밖과 다른 세상이 펼쳐진다.

"언덕에 있으니 낮에는 따듯한 해가 종일 들어오고 밤에는 은은한 달빛이 비출 거야."

모두가 잠이 든 깊은 밤, 커다란 꽃이 피어나듯 마음 세탁소가 조용히 빨간빛 속에서 생겨난다. 한 잎, 한 잎, 웅크리고 있던 몽우리에서 꽃잎들이 기지개를 켜듯 한 층씩 건물이 피어난다.

1층은 세탁물을 받는 공간과 차를 우려내는 공간을 겸해 높은 바 테이블을 만든다. 2층은 세탁실이다. 이곳에서 마음의 얼룩을 빼고 구겨진 마음을 다림질해야 하니 장식은 최대한 배제한다. 기계 세탁실과 다림질 공간을 만들고, 기다리는 이들이 쉴 수 있도록 4인용 테이블과 두 개의 소파를 배치한다.

"아, 조명을 달아야지."

실내는 속내를 털어놓기 부담스럽지 않도록 편안한 노란 조명을 달고 조도를 낮춘다. 민낯이 환히 보이는 빛보다는, 마음을 숨길 수 있는 어두운 여백이 편안할 테니.

2층으로 이어지는 계단 구석으로는 사람 한 명이 겨우 올라갈 법한 동그란 철제 계단을 설치한다. 철제 계단을 타고 올라가면 펼쳐지는 옥상 정원 한가운데에는 손님들을 위한 빨랫줄을 걸고, 자신을 위한 빨랫줄도 건다.

지난 시절에 누군가의 슬픔을 듣고 위로를 건넨 날이면 지은은 집으로 돌아와 그들의 이야기를 떠올리며 빨래를 했다. 조물조물, 세제를 넣고 빨래를 주무르고 하얀 거품을 바라봤다. 빨래를 물에 헹궈낼수록 거품과 함께 옷에 묻은 먼지와 때들도 물에 흘러 내려갔다. 빨래가 끝나면 그들의 슬픔과 아픔도 깨끗이 지워지길 바라며 빨랫감을 탈탈 털어 널었다. 빨래를 걸어두고 물이 뚝뚝 떨어지는 장면을 멍하니 보고 있으면, 세상의 모든 감정의 찌꺼기도 같이 말라가는 기분이 들었다. 지은이 간절한 마음으로 빨래를 한 다음 날이면, 어두웠던 이들의 표정은 말끔하게 펴 있었다. 구름이 걷힌 말끔한 하늘처럼.

"마음 세탁소를 다녀가면 당신들은 편안해질 거야."

편안함이 가득한 공간이 되길 바라는 지은의 간절한 바람으로 동네에서 가장 높은 언덕에 마음 세탁소가 그렇게 탄생했다.

"…다행이다."

감았던 눈을 뜨고 세탁소를 바라본다. 오랜만에 쓰는 실현 마법이 통하지 않을까 조마조마했다. 언젠가부터 지은은 생을 끝내고 싶어 간절히 늙어가길 바랐지만 이루어지지 않았다. 젊음의 육체로 반복해 태어난다는 것은 사랑하는 이들을 잃은 것과는 또 다른, 찢어질 듯한 고통이다. 심지어 바로 직전의 인생에서는 지은이 부여받은 능력으로 무언가를 해내려고 아무리 꿈을 꿔도 이루어지지 않았다. 이 생은 또 다른 능력을 부여받은 생인 걸까. 잔뜩 지친 기색이 역력한 지은은 낮은 한숨을 쉬며 세탁소로 발걸음을 옮긴다.

하나, 둘, 셋, 넷, 다섯, 여섯, 일곱.

일곱 개의 나무 계단을 천천히 올라가 입구 앞에 선다.

건물을 피워낸 빨간 꽃바람이 지은의 발밑으로 몰려와 지은이 입은 원피스 무늬 속으로 빨려 들어간다.

고요한 밤이다. 문을 열고 불을 켜자, 생각했던 대로 실내는 조명의 노란빛으로 따뜻함이 감돈다. 나무 냄새를 맡으며 숨을 쉬자 서서히 마음의 귀가 열린다. 어떤 이들의 말소리가 가까이 있다. 마음이 들려주는 이야기에 집중하던 지은이 바 테이블의 주방 안쪽으로 움직인다.

한동안 만들지 않았지만 오랜만에 정성껏 위로 차를 우려내야겠다. 이 차를 마시면 사람들의 마음속 작은 주름이 펴지고 잠시나마 편안해진다. 오늘처럼 깊은 밤에 누군가는 따뜻한 차 한 잔의 위로가 절실히 필요할 것이다.

아니, 어쩌면 오늘은 나 자신에게 더 필요할지도.

"할 수만 있다면 마음을 통째로 꺼내서 박박 빤 다음에 다시 집어넣고 싶어."

연희는 가파른 계단을 오르며 중얼거렸다. 사방이 슬프도록 아름다운 계절이다. 5월이고, 초록이 가득하고, 꽃향기가 훈풍을 따라 사방으로 퍼지는 아름다운 밤이다.

"마음을 어떻게 꺼내지? 심장을 꺼내면 그게 바로 마음인가?"

무거운 노트북이 든 탓에 어깨를 짓누르는 백팩을 고쳐 메고 숨을 헐떡이며 재하가 묻는다. 마음에 형체가 있었던가. 그렇다면 한번 꺼내서 만져보고 싶다고 생각한다.

"만약에 말야. 만약에 괴로웠던 기억을 다 지워버리면 행복해지지 않을까? 마음이 너무 아파서 계속 그 생각만

나잖아. 근데 밥도 먹고, 일도 하고, 친구도 만나. 분명 나는 웃고 있는데 마음은 욱신거려. 일을 하는데 마음이 욱신거려. 이거만 없음 살 거 같은데."

계단의 중간쯤에 멈추어 선 연희는 긴 넋두리를 내뱉고 천천히 숨을 쉰다. 들숨에 온기를 넣고 날숨에 찬기를 빼고 싶은데 반대로 된다. 숨 쉬는 것마저 뜻대로 안 되는구나.

"그거 알아? 마음도 물건처럼 많이 쓰면 닳아 없어지는 거 같아. 요즘은 닳다 못해 형체가 사라진 기분이야."

"마음이 닳는 것 같은 기분 잘 알지. 이렇게 살아 뭐 하나 싶네. 의미 없다."

이번에는 재하가 말했다. 재하는 도통 살아 있음에 의미와 행복을 느끼지 못한다. 자기 삶을 사랑하며 사는 사람들은 대체 어떤 기분일까? 얼마나 빛나는 사람일까? 늘 궁금하다.

"눈 떠지니까 뜨는 거고, 사니까 살아지는 거야. 넌 안 그래?"

재하는 가방 앞주머니에서 오징어를 꺼내 입에 넣으며 눈을 가늘게 뜨고 밤하늘을 올려다본다. 반짝이는 별을 세며 우물우물 오징어를 씹는다.

재하의 말을 듣고 연희는 고개를 오른쪽으로 내리며 폴 발레리의 문장을 생각한다.

'바람이 분다. 살아야겠다.'

스치는 바람에도 살아야 하는 이유가 생기는데 우리는 왜 이렇게 사는 게 힘든 걸까. 재하와 연희는 가로등이 깜빡거리는 계단의 중간에 나란히 걸터앉아 말없이 밤의 고요에 잠겨 있다.

"오늘은 하늘은 맑은데 달이 없네."

재하는 차가운 시멘트 계단의 냉기에 소름이 돋아 엉덩이를 두 손으로 부여잡는다. 사는 일이 시멘트에 닿은 엉덩이만큼 차고 고되지만 손바닥만큼의 온기는 느끼고 싶다.

"어어, 잠깐만. 연희야, 지금 저거 뭐야?"

재하는 등 뒤에서 벌어지는 광경에 자지러지게 놀라 연희를 붙잡고 벌떡 일어선다. 연희와 재하는 동시에 서로를 끌어안다시피 잡는다. 눈을 뜨고 보고 있지만 믿기지 않는 풍경에 둘은 동시에 생각한다.

'드디어 우리가 미치기까지 한 건가?'

계단 가장 꼭대기에 있는 분식집에서 새빨간 꽃이 바람을 타고 회오리치고 있었다. 자세히 보니 분식집 바로 옆으로 동백꽃이 빠르게 휘몰아치고, 소용돌이 안에서는 건물이 올라가고 있다.

"피어나, 건물이…."

"그러게, 피어나네…!"
"우리 지금 혹시 동시에 꿈꾸고 있어?"
"그런가? 꿈속에서 만난 건가?"

어쩌면 손을 잡고 저 꽃잎 속으로 빨려 들어가도 아름다울 것 같다. 마주 잡은 두 손에 땀이 차오른다. 순식간에 빨간 꽃잎 사이로 주택을 개조한 느낌의 2층짜리 건물이 생겨났다. 꽃에서 나무가 피어난 것처럼 충격적인 장면이었다.

"재하야… 원래 저런 건물이 저기 있었지?"

연희는 양손으로 눈을 벅벅 비비며 물었다.

"내가 알기론 없었어."
"우리 사는 게 팍팍해서 정신까지 이상해진 건가?"
"그럴 수도 있을 거 같아."
"가보자."
"응?"
"가보자고."
"내가 알…."

재하를 끌어당기며 연희는 계단을 마저 올라 건물 가까이 다가갔다. 때론 1초가 천 년처럼 느껴지기도 하는데 지금이 그렇다. 계단을 올라 바라본 낡은 간판 앞에서 억겁의 세월이 흘러가는 듯하다.

연희는 낡은 간판에 쓰인 글씨를 또박또박 힘주어 읽

었다.

"마음 세탁…소?"

"간판이 낡은 거 보니까 이 세탁소가 전에도 여기 있던 건가 봐."

"그러게, 우리는 왜 이제 봤지?"

**모든 얼룩 지워드립니다. 명품 드라이 크리닝**

색이 바래 찢겨 나간 시트지의 글자를 천천히 읽으며 오른쪽으로 고개를 돌린다. 우리 분식은 그대로다. 불이 꺼진 매장 안을 들여다보려 손으로 망원경 모양을 만들고 창문에 붙어 요리조리 내부를 살핀다. 끈적한 기름때가 묻은 빨간 테이블, 지저분한 쿠킹 호일, 대놓고 조미료를 들이붓는 식당 아줌마의 양념통도 그대로다. 팔고 남은 눅눅한 튀김까지 쌓여 있다.

"우리 동네 식당 없어서 밥 사 먹을 데 없는데, 여기 김밥 진짜 배고플 때 아니면 못 먹잖아. 조미료를 쓰는데도 맛이 없을 수가 있어."

불 꺼진 내부를 살피던 재하가 말했다. 둘은 동시에 분식점에서 세 걸음 물러서 다시 건물을 올려다본다. 맞는데, 아니다. 아닌데, 맞다. 오늘은 달이 없는 밤이니까 맞다고 믿는 쪽이 맞을지도 모르겠다. 때론 어떤 절실한 믿음이 현실로 이어지기도 하니까.

두 사람은 한순간 나타난 건물 앞에서 입을 다물지 못하고 휘둥그레진 눈으로 서 있다. 그 순간 꽃 향이 섞인 바람이 불어온다. 초록 내음이 진하게 섞인 바람이다.

마음의 얼룩을 지우고
아픈 기억을 지워드려요.

당신이 행복해질 수 있다면
구겨진 마음의 주름을 다려줄 수도
얼룩을 빼줄 수도 있어요.

모든 얼룩 지워드립니다.
오세요, 마음 세탁소로.

— 주인 백

바람을 타고 두 사람 앞에 섬광처럼 종이가 날아든다. 먼저 종이를 잡은 연희가 천천히 글을 읽어 내려가는데, 왼쪽 심장 한편이 욱신거린다. 한 손으로는 종이를 들고 다른 손으로는 욱신거리는 심장을 연신 문지른다.

"있지, 재하야. 나, 희재에 대한 기억을 지울 수만 있다면 다시 웃을 수 있을 것 같은데."

눈을 감고 크게 숨을 들이켜는 연희를 재하는 가만히 바라본다. 연희의 어깨에 가만히 팔을 올린 재하는 종이의 다른 편을 잡고 눈을 감는다.

"상처를 지울 수 있으면, 그럴 수만 있다면 마침내 오고야 말 행복을 우리도 만날 수 있을까?"

재하가 혼잣말을 중얼거리던 순간, 스르르 하고 세탁소로 들어가는 문이 저절로 열린다. 문이 열렸으니 선택은 이제 두 사람의 몫이다. 기이한 밤을 따라 흘러갈지, 이대로 뒤돌아 집으로 돌아갈지.

두 사람은 동시에 발을 내딛는다. 어느 방향일까.

"하아암, 어서 와."

잠에 취한 지은이 세탁소로 들어오는 두 사람의 인기척을 느끼고 일어나 내려왔다. 순식간에 눈앞에 나타난 지은을 보고 놀란 연희와 재하를 보며 지은은 검고 긴 머리를 쓸어 올리며 바 테이블 앞으로 오라고 손짓을 한다.

"갑자기 나타나서 놀랐지? 여기선 걸어 다니려고 했는데 오랫동안 습관이 돼서. 차 우려놓길 잘했네. 일단 앉아서 마셔."

연희와 재하는 엉거주춤한 자세로 지은을 바라본다. 마음의 얼룩을 지우고 싶다 생각했더니 낯선 공간의 문이 열렸고, 웬 여자가 나타나 차를 마시라고 한다. 재하는 이생에 잘못한 일들을 되새긴다. 아무리 그래도 죽을 만큼의 잘못은 아닌 것 같은데. 헛것이 보이나.

"괜찮아, 여기 세탁소야. 전단지 보고 들어왔지? 내가 직접 쓴 건데. 원래 글을 좀 쓰거든. 놀라지 말고 여기 앉아."

하얀 도자기에 위로 차를 천천히 우려내며 지은은 연희와 재하를 바라본다. 그들의 슬픔을 마음으로 읽는다. 아픔이 느껴진다. 얼마만큼의 얼룩을 지워내야 할지 가늠하며 작은 찻잔에 따뜻한 차를 졸졸 따른다. 다림질로 해결될 만큼만 구겨진 마음이면 좋을 텐데.

연희는 지은이 건네는 차를 받아 들며 바 테이블에 앉는다. 저 여자는 20대인 것 같기도 하고 30대 혹은 40대인 것 같기도 하다. 한쪽의 얼굴은 20대고 한쪽은 나이 든 노인의 얼굴 같기도 하다. 묘하게 슬픈 분위기의 여자가 보자마자 반말을 내뱉는데 이상하게 친근하다. 표정과 말투는 시크한데 희한하게 다정하다. 대체 뭐지, 어디서 본 적 있는 여자인가…. 이 동네 살던 여잔가? 밥도 안 먹고 사는지 젓가락처럼 마른 몸으로 차를 우려내러 걸어 다니는 모습이 사뿐사뿐 가볍다. 걸음 하나하나가 꽃잎이 움직이는 모습 같다. 예쁘다기보다는 되게 매력적이랄까. 아니, 그게 예쁜 건가. 아무튼 묘한 여자다.

연희는 지은을 힐끔거리며 덜덜 떨리는 손으로 차를 한 모금, 두 모금 마신다. 마음이 조금씩 편안해진다. 아직 서 있는 재하를 끌어당겨 자리에 앉히고 눈길로 차를 권한다. 어릴 때부터 동네에서 나고 자란 두 사람은 눈빛으로 대화하는 데 익숙하다.

'마셔봐.'

'뭐 들어 있는 거 아니야?'

'뭐 들어 있음 어때. 지금 우리 현실보다 더 구리겠어.'

'하긴.'

고개를 끄덕이며 재하는 백팩을 테이블에 내려놓고 앉아 찻잔을 받아든다.

차를 몇 모금 마시며 두 사람은 주위를 둘러본다. 겉에서 보기엔 사진으로 보던 프로방스 어디쯤 시골 카페 같은데, 안으로 들어오니 20평 남짓한 공간에 내부는 한옥 느낌이 나서 고즈넉하고 편안하다. 어쩐지 들어오고 싶더라니 막상 들어오니 더 좋다. 천장이 통창으로 되어 있어 달빛이 고스란히 들어온다. 가만, 언제 달이 떴지? 아까는 달이 없었는데.

"밤인데도 햇살이 내리쬐는 나른한 기분이 들어요. 여

기 왠지 따스하고 여유로워요."

연희는 원목 책장 앞으로 걸어간다. 잎이 큰 식물과 작은 식물이 조화롭게 배치되어 있고, 가구들은 원목의 따스한 무드로 마음을 편안하게 한다. 다시 찻잔을 들어 보니 눈썹달이 잔에 담겨 있다. 잔에 비치는 달과 2층의 전경이 그림 같다. '그림 같다'는 말은 이럴 때 쓰는 거구나. 2층엔 뭐가 있을까 궁금해진 연희는 다시 지은을 향해 걸어와 한껏 호기심 어린 얼굴로 묻는다.

"그런데, 여기 세탁소 맞아요?"

"맞아, 세탁소. 참고로 세탁비는 안 받아. 마음의 빚으로 후불이야."

"빚이요? 저 지금도 대출 많은데… 아직 학자금 대출도 못 갚았어요."

"그런 빚 말고. 지금 지우고 싶은 마음의 얼룩이나 다리고 싶은 구겨진 부분 있지? 여기서 그걸 다려주면 마음 편안하게 살다가, 낯선 타인이 도움이 필요해 보이면 대가 없이 도와줘. 그게 세탁비야. 오케이?"

"막 동화에 나오는 천사 느낌은 아니신데… 좋은 일 하시네요?"

차를 마시던 재하가 키득거리며 말한다.

"…."

연희는 말없이 재하를 흘깃 노려보고 서랍에서 하얀색

반팔 티셔츠 두 개를 꺼내는 지은의 곁으로 간다. 어떤 사람이 좋으면 그저 곁에 있기만 해도 좋을 때가 있다. 처음 보는 이 여자가 왠지 모르게 좋다. 이상해 정말. 이상한 밤이야.

"둘 다 하나씩 받아. 오랫동안 아파서 얼룩진 마음이나, 조금 구겨져서 다림질이 필요한 마음이 있으면 입어봐. 대신 마음을 지우면 그 시절의 기억도 지워져. 그러니까 지워져도 될 기억인지 잘 선택해."

"얼룩진 마음이면 기억이 지워지는 게 더 좋은 거 아닌가요? 불행하지 않잖아요."

재하가 웃음기를 거두고 지은이 건네는 티셔츠를 양손으로 공손히 받아 들며 진지하게 묻는다. 지은은 속을 알 수 없는 검은 눈동자를 내리깔며 대답 대신 고개를 가로젓는다. 고개를 두어 번 흔들던 지은은 바 테이블에서 걸어 나와 1층 거실의 통창 앞에 서서 밤하늘을 보며 말한다.

"불행하지 않으면 좋은 거야?"

"불행하지 않다면 행복한 거 아닌가요?"

"삶에서 불행을 빼면 행복만 남아?"

"…그렇지…않을…까요?"

"하루 중에 불행과 행복 딱 두 가지 감정만 느껴?"

"아니요! 두 가지만 느끼면 어떻게 살아요!"

"그럼 어떤 감정들을 느껴?"

"뭐 졸리고 짜증나고 배고프고 일 가기 싫고 집에 있는데도 집 가고 싶고 뭐 그래요. 가끔 살아 있는 거 느끼고 싶으면 오징어 씹어요. 한참 씹어도 질겨요. 제 인생 같아요. 질겅질겅 씹어도 잘리지를 않아요. 또 그렇게 한참 씹으면 이빨 아파서 확! 짜증나잖아요? 그럼 살아 있는 거 같아요. 웃기죠…. 이게 불행인지 행복인지 사실 그것도 잘 모르겠어요."

진지하게 랩을 하듯 말을 쏟아낸 재하는 스스로 당황한다. 연희 말고는 남에게 속을 털어놓는 일 없이 실실 웃고 다니던 재하였다. 웃는 사람에게는 돌을 못 던진다고 했으니 눈앞에 있는 사람들이 죄다 짜증나고 싫어도 웃었다. 행복이라는 게 뭔지는 모르겠지만 최소한 오늘 하루 욕을 덜 먹자는 게 재하 삶의 모토였다. 그런데, 처음 만난 여자에게 왜 이렇게 속을 내보이는 건지.

"어떤 아픈 기억은 지워져야만 살 수 있기도 하고, 어떤 기억은 아프지만 그 불행을 이겨내는 힘으로 살기도 하지. 슬픔이 때론 살아가는 힘이 되기도 해."

군더더기 없이 담백한 지은의 말투를 들으며 티셔츠를 멍하니 바라보던 재하가 잔에 담긴 차를 크게 한 모금 마시고 지은에게 받은 옷을 입는다. 장난기 가득하던 재하의 얼굴에 웃음이 거둬진 지 오래다. 티셔츠를 입는 재하를 바라보며 연희는 눈을 감는다. 어떤 말을 시키건 술술 하고 싶은, 잊은 게 아니라 외면하고 살던 기억이 절로 상기되는, 오늘은 그런 밤이다.

"지우고 싶은 얼룩인 거야, 조금 다려주면 되는 주름인 거야?"

한참 멍하니 말이 없는 재하를 향해 지은이 묻는다. 재하는 대답 대신 고개를 푹 숙인다. 지우고 싶은 건지, 다리고 싶은 건지 잘 모르겠다. 그런 재하를 보며 지은은 일어나 2층 계단을 향해 걸어간다.

"남은 차 마저 마시고 따라 와."

"…네…."

잔에 얼마 남지 않은 차를 모두 마신 재하는 연희를 바라본다. 연희는 재하를 보며 단단한 눈빛으로 고개를 끄덕, 한다. 연희는 재하의 가방을 열어 책을 꺼내 아무 장이나 펼쳐 읽기 시작한다. 재하는 천천히 2층으로 올라간다.

2층 창가에는 커다란 세탁기가 두 대 있고 은색 재봉틀과 다리미가 있는 판이 있다. 신기하게 세탁기와 다리미가 있는데도 카페 같은 느낌의 공간이다. 원목 가구들과 노란색 조명이 마음을 편안하게 해줬다. 4인용 테이블과 두 개의 소파가 있다. 재하는 가장 가까운 소파에 털썩 주저앉는다.

"눈을 감고 지우고 싶은 기억을 떠올려 봐. 그럼 서서히 입고 있는 옷에 얼룩이 생길 거야. 진짜 그 기억이 지워져도 되는지 그 티셔츠를 벗을 때까지 잘 생각해. 선택도 결과의 책임도 네 몫이야."

"제가 이걸 벗어드리면 그다음은요?"

"날 믿어. 금방 깨끗이 지워줄게."

지은은 세탁기가 있는 쪽으로 오른손을 들며 말한다. 사실 얼룩을 지울 수 있는 방법은 많지만, 얼룩이 묻은 옷을 세탁기에 넣는 건 작은 배려다. 명색이 마음 세탁소니까. 위로 차와 털어놓음만으로도 얼룩을 지워줄 수 있지만, 간직과 지움 사이에서 선택할 수 있도록 시간을 벌어주는 셈이다.

"세탁이 끝나면 얼룩은 지워질 거야. 원래 없던 일인 것처럼 말끔하게 그 부분만 싹 지워지지. 지워서 좋은 마음이 있고, 간직해서 좋은 마음이 있으니 잘 판단해. 원래 내가 가지고 있을 땐 뭐가 좋고 나쁜지 모르니까."

눈을 감고 있는 재하를 보며 지은은 소리 나지 않게 나와 옥상 계단을 향해 올라가 남은 하루의 시간을 짐작한다. 시계를 보지 않는 지은은 빛과 하늘을 보며 시간을 가늠한다. 달은 가장 오래된 시계니까.

"종일 밝게 웃는 사람들 보면 왠지 마음이 짠해. 욱신거려. 종일 웃을 수 있는 사람이 어딨어. 웃음 뒤에 슬픔을 감추어야만 살 수 있으니까 웃는 거지. 마음에 얼룩으로 남은 아픔을 지워야만 숨 쉴 수 있는 사람도 있어."

마냥 웃던 재하를 떠올리며 혼잣말을 하던 지은은 팔짱을 끼고 서서 재하처럼 두 눈을 감는다. 숨을 크게 들이쉬며 양팔을 벌려 날갯짓을 하듯 길게 뻗는다. 등에서 진짜 날개가 돋아 금방이라도 날아가 버릴 것처럼.

그런 지은의 뒷모습을 어둠 속에서 누군가 물끄러미 지켜보고 있다.

— 연자 씨, 점심 챙겨 먹었어? 끼니 거르지 말고 살살 일해!^^

기사 식당에서 찬모로 일하는 엄마에게 메시지를 보낸 재하가 휴대폰을 주머니에 넣고 기지개를 켠다. 지하 단칸방에서 석 달 전 촬영한 영화를 편집하다, 쓰러져 잠들었다가, 일어나 라면 하나 끓여 먹고 다시 편집하기를 반복하던 날들이다. 얼마 만에 지하에서 밖으로 나와 햇빛을 보는 건지. 덥수룩한 수염을 만지며 목뒤로 길게 자란 머리칼도 만진다. 모자를 쓱 고쳐 쓰고 한쪽 눈만 뜨고 하늘을 본다. 눈이 부시다. 재하가 가장 빠르게 기분 좋아지는 방법은 하늘을 보는 것이다. 언제 어디서나 볼 수 있고,

넓고 탁 트인 하늘을 보는 데는 돈이 들지도 않으니까. 하늘은 적당한 거리에서 늘 곁에 있다. 너무 가깝지도 멀지도 않게.

"아우 씨… 오늘따라 더럽게 파랗네. 아니지, 파란데 더럽게 파랄 순 없지. 오늘따라 무지하게 맑고 파랗네."

감았던 한쪽 눈을 뜨고 30미터 앞에 있는 편의점을 향해 걸어간다.

재하는 4년제 지방 공대를 중퇴하고 예술학교에 들어갔는데, 졸업 작품으로 만든 단편영화가 유럽의 작은 영화제에서 상을 받게 되면서 촉망받는 영화감독으로 떠들썩하게 소개됐다. 교수님과 동기들의 기대를 한 몸에 받으며 언론에서 주목하는 신예 감독이 됐다. 존재에 대한 고찰을 주제로 한 실험성 강한 소재로 '포스트 박찬욱'이라는 얘기를 들으며 기대를 한 몸에 받았다. 가끔 텔레비전 프로그램에 얼굴을 비추기도 했다. 재하는 세상을 다 가진 기분으로 한껏 들떠 있었다.

하지만 재하는 그 이후 영화를 한 편도 만들지 못했다. 주변의 기대가 큰 만큼 더 멋진 영화를 만들고 싶었지만 시나리오가 나오지 않았다. 한 글자도 써지지 않았고, 사실 만들고 싶은 이야기도 없었다.

식당에서 일하는 엄마의 돈을 받아 쓰던 재하는 그렇게 2년을 보내다 결국 건설 현장 막노동과 배달 아르바이트를 시작했다. 연자 씨가 무릎 연골 수술을 받고도 진통제를 세 알씩 입에 털어 넣으며 일을 나가는 모습을 보고 있을 수만은 없었기에. 그렇게 돈을 모아 드디어 영화를 만들러 지하 단칸방을 구해 나왔다. 상을 받은 지 5년 만에 만드는 영화였다.

— 밥 먹었지~~ 아들만 취직하고 결혼하면 엄마는 더 바랄 게 없어.

지이잉. 편의점 야외 테이블에서 진동이 느껴진다. 칠첩반상 도시락 위에 놓인 휴대폰이 울린다. 연자 씨의 메시지를 확인하며 재하는 캔맥주를 벌컥벌컥 마신다. 크, 술은 역시 낮술이지.

“연자 씨, 취직하고 결혼하고 그게 어디 쉽나요. 저도 뭐라도 하고 싶네요. 조금만 기다려. 내 이번 영화 크게 터뜨려서 연자 씨 호강시켜 줄게!”

양어깨를 실룩실룩 번갈아 흔들며 도시락 뚜껑을 열고는 연자 씨를 향해, 세상을 향해 소리친다. 재하는 밥을 꾸역꾸역 입에 밀어 넣고 미래를 생각하며 웃었다.

“맨날 죽상으로 오더니 오늘은 기분이 좋은가 보네, 총각. 천천히 먹어!”

대기업 퇴직 후 동네에 편의점을 차린 사장 아저씨가 재하를 보며 테이블을 정리한다.

"역시 편의점 도시락은 여기가 제일 맛있다니까. 아저씨는 식사하셨어요?"

"난 이따 폐기 나올 시간에 먹어야지. 아깝잖어~ 총각도 하나 줄까?"

"아니요, 저는 오늘 괜찮아요. 아저씨 폐기 너무 드시지 마시고 건강 챙기셔야지!"

"편의점 도시락 건강에 안 좋다는 거 다 옛날 말이야. 이거 봐봐, 우리 집 도시락은 저염에다가 5대 영양소가 풍부하게 들어 있다고! 하나 줄까?"

"정말 그렇네, 염분 함량이 낮게 표기되어 있구나. 이야, 역시 세상이 갈수록 살기 좋아져. 주세요!"

컵라면 두 개를 사서 편의점 아저씨가 준 폐기 도시락과 함께 비닐봉지에 담아 슬렁슬렁 집으로 돌아온 재하는 다시 일주일을 영화 편집 작업에 매달렸다. 수상 이후 첫 작품이라 주변의 기대에 부응하고 싶었다. 하지만 인생은 대부분 나를 배신한다. 원하는 것은 기막히게 주지 않고, 원하지 않는 것만 지겹게도 준다. 어느 스타 강사가 좋은 일 다음엔 나쁜 일이 오고, 나쁜 일 다음엔 좋은 일이 시계추처럼 온다고 말했는데… 재하의 인생은 시계추가 아닌 타종처럼 나쁜 일만 한쪽 방향을 향해 연속으로 탕탕 치는 것만 같았다.

"이게 영화야?"

"감독은 대체 무슨 생각으로 이런 영화를 만든 거야?"

"시간 아깝고 돈 아까워."

서울의 작은 예술 영화관 두 군데서 개봉한 재하의 영화는 개봉 첫날부터 관객들의 혹평을 받았다. 해외의 모든 영화제에 출품했지만 낙선했다. 지인들은 작품성이 있는 영화라며 재하를 위로했지만, 말과는 다른 눈빛의 언어를 읽을 수 있었다.

오래전 집을 나간 아버지의 짙은 청바지 끝단이 왜 하필 지금 떠오른 걸까. 아버지라는 사람만 가장 역할을 제대로 해줬더라면, 막노동 같은 거 하지 않고 영화에만 전념할 수 있었을 텐데. 집을 나가서 생활비라도 제대로 부쳐줬더라면. 아니, 애당초 내가 공대를 자퇴하지 말고 영화를 취미로만 즐겼다면… 그리고 예술학교에 입학하지 않았더라면… 연자 씨가 바라는 대로 대기업에 취직하거나 공무원 시험 준비를 했더라면…. 아니, 영화 실패 후 광고대행사에 들어가지 않았더라면… 차라리 유튜브 피디를 했더라면… 아니, 그냥 태어나지 않았더라면….

재하는 자신의 실패에 갖다 붙일 수 있는 온갖 핑계란 핑계를 끌어모으고 있었다.

가장 원망스러운 건, 아무도 없는 캄캄한 집에서 식당

일을 마치고 밤늦게 들어오는 연자 씨를 기다리는 동안 영화를 보며 무서움과 외로움을 달래던 그날들인 것 같기도 하고.

"대체 이 중에서 어떤 얼룩을 지우고 싶은 거야?"

원래 인간의 마음은 아기 궁둥이처럼 보송하고 보드라운데, 살아가는 동안 이리 다치고 저리 다치며 얼룩덜룩해진다. 얼룩이 겹겹이 새겨지기도 때론 구겨지기도 하는데, 어떤 얼룩은 서서히 사라지기도 하고 어떤 구겨짐은 자연스럽게 펴지기도 한다. 살아가는 데 힘이 되어주는 얼룩은 마음의 나이테가 되지만, 자연스레 사라지지 않는 얼룩은 간직할수록 상처나 아픔 혹은 결핍 같은 것들이 되어 나타난다.

유난히 밝게 웃던 재하를 보며 지은은 달의 이면을 생각했다. 언제 죽어도 괜찮다는 눈빛은 겪어본 사람만이 알아볼 수 있기에 세탁소에 재하가 처음 들어오던 순간부터 신경이 쓰였다. 재하는 마음의 얼룩이 한두 개가 아닐 것 같아 밤하늘에게 기도하듯 주문을 외던 지은은 서둘러 내려왔다. 아니나 다를까, 하얗던 티셔츠는 여러 군데가 얼룩져 번져 있다.

"이거 다 지울 수 있어요?"

재하는 지은의 인기척을 느끼고 머쓱해져 옷 위에 겹쳐 입은 티셔츠를 벗었다. 괜찮은 척하고 살면 괜찮을 줄 알았는데 괜찮지 않았구나. 새하얗던 티셔츠에 물든 얼룩을 보며 재하는 마음이 놀라면서도 복잡해진다.

영화의 흥행 대참패 이후 작은 광고대행사에 비정규직으로 들어간 지 어느새 5년 차다. 사장은 매년 '올해는 정규직 전환해야지'라고 말만 하면서 인사고과에 반영해 주지는 않는다. 이제 서른셋이 된 재하는 반지하 방과 비정규직을 벗어나고 싶다. 연애를 해도 이런 자신의 환경을 들키기 싫어, 관계가 깊어질 것 같으면 밀어냈다. 일부러 가볍고 짧게 만나고 헤어지기를 반복했다. 무엇부터 지워야 할까. 곰곰이 생각에 빠진다.

"인생을 다 지울 수 있는 건 아니야. 처음부터 리셋 하면 잘 살 수 있을 거 같지?"

"아… 어떻게 아셨어요…."

머쓱하게 머리를 긁적이던 재하는 지은의 시선을 피해 티셔츠만 만지고 있다. 지나온 시간의 모든 얼룩을 지운다면 행복해질 수 있을까 생각하던 중이었다. 얼룩으로 남은 아픈 마음을 지워준다는 저 여자의 정체는 대체 뭘까. 많게 봐야 또래로밖에 보이지 않는데, 눈빛은 천 년을 산 사람처럼 깊고 슬프면서 묘하게 따뜻하다. 온기 있는 슬픔이 느껴진다. 처음 보는 눈빛이다.

재하는 사람들의 눈동자를 관찰하는 습관이 있다. 입은 거짓말을 할 수 있지만 눈동자는 거짓말을 하지 못하니까. 말은 생각의 언어이기 때문에 거짓말을 하는 눈동자의 흔들림까지 막을 순 없다. '사랑해' 하고 입으로 말하지만 눈은 감정 없는 이들. '힘들어' 하고 말하지만 눈은 살아 있는 게 재밌어 죽겠다는 이들. '날 믿어'라고 말하지만 눈에는 진실 한 점 없는 이들. '엄마 금방 올게, 조금만 기다려 줘' 하고 나간 연자 씨의 눈빛은 슬프고도 슬펐다. 연자 씨가 새로운 남자와 같이 산 뒤로는 그 슬픈 눈빛도 본 지 오래지만.

"하나만 지워. 다 지우면 인생에 뭐가 남겠어… 상처도 인생인데. 가장 아픈 얼룩 하나만."

지은의 눈빛은 흔들림이 없다. 눈빛과 말이 일치하는 순간. 재하의 몸이 전율하듯 떨린다.

"외로움을 지우고 싶어요."

"외로움?"

"…네…. 연자 씨가 일 나갈 때마다 밖에서 문을 잠그고 나가던 그날의 외로움이요."

정확히 기억나지는 않지만 재하가 서너 살 무렵에 아버지라는 사람이 집을 떠났다. 얼굴은 몰라도 재하가 붙잡던 청바지 끝단의 촉감은 기억한다. 가지 말라고 엉엉 울며 바짓가랑이에 매달려 있는 재하를 안아주지도, 떼어내지도 못하고 오래도록 서 있던 아버지의 짙은 청바지의 색과 거친 듯 해진 그 촉감만 기억한다.

그렇게 아버지가 떠난 후 연자 씨와 재하는 겨우 둘이 누울 수 있는 쪽방에서 지냈다. 재하를 돌보아 줄 사람이 없어 연자 씨는 하루 동안 먹을 걸 차려두고 요강을 방 안에 넣어주고 밖에서 문고리를 걸어 잠그고 일을 나갔다. 처음엔 문을 열어달라고 울며불며 소리쳤지만, 얼마 지나지 않아 어린 재하는 연자 씨가 그렇게 나갈 때마다 울먹인다는 걸 알았다. 그래서 울음을 멈추고 어디서 얻어온 텔레비전을 친구 삼아 하루를 보냈다. 방 안의 재하는 혼자였지만 텔레비전을 켜면 즐거운 사람들이 많았다. 또래 친구도 있었고 멋있는 아저씨, 아줌마도 있었다. 그러다 지치면 의자를 끌고 창문 앞으로 갔다. 창밖으로 지나가는 사람들을 한참이나 바라보다 가로등에 불이 켜져도 연자 씨는 오지 않았다.

재하가 기다림에 지쳐 쓰러져 잠이 들 때쯤 연자 씨는 식당에서 남은 반찬을 검은 봉지에 싸 들고 조심스레 들어 왔다. 재하는 냄새로 연자 씨의 귀가를 알았다. 고기 냄새, 숯불 냄새, 땀 냄새, 음식 찌든 냄새, 파스 냄새. 재하는 연자 씨의 냄새를 맡고 그제야 안도하며 깊게 잠이 들었다. 지긋지긋하던 그 냄새. 재하는 어느덧 집안일을 스스로 해내는 어린아이가 될 수밖에 없었다. 연자 씨의 냄새 하나 덜어내고 싶어서.

"집에서 연자 씨가 오기를 기다리던 기억을 지우고 싶어요. 밖에서 자물쇠로 문을 잠글 때면 저는 늘 공포스러웠어요. 하지만 소리칠 수 없었어요."

"외로웠겠다. 많이 무서웠겠어."

"네. 가장 무서운 건 연자 씨마저 돌아오지 않을까 봐, 그게 가장 무서웠어요. 무서울 때면 머릿속으로 텔레비전에서 본 영화를 상상했어요. 생각하고 생각하고 또 생각하고. 그러다 보니까 이야기를 상상하고 영화를 만들고 싶어졌어요. 하하… 웃기죠. 영화를 만들게 된 계기가 이런 거라니."

"하나도 안 웃겨. 이런 건 웃긴 게 아니고 슬픈 거지."

"맞아요, 슬픈 거죠. 슬픈 걸 슬픈 거라고 말할 수 있는 게 얼마나 자유롭고 멋진 일인 줄 아세요? 그거 아무나 못 해요."

"…알지."

"사장님, 저 연자 씨가 문을 잠글 때 속으로 울었던, 그 얼룩을 지워주고 싶어요."

"슬펐던 네 얼룩이 아니고?"

"제 얼룩도 지우고 싶죠. 정확히는 다 이해 못하지만 커보니까 알겠더라고요. 그렇게까지 해서라도 저를 지키고 싶어 하던 연자 씨를요. 그때 연자 씨가 지금 제 나이보다 어렸어요. 스물아홉밖에 안 됐더라고요. 허허. 저 지금 좀 멋지죠?"

"음… 뭐, 응. 기특하다."

슬플 땐 웃는 게 습관이 된 재하지만 미세하게 입꼬리가 떨리는 것까지 감출 수는 없다. 재하의 손에 들린 옷을 받아 들며 지은은 선심 쓰듯 말한다.

"오픈 기념 이벤트 해줄게. 원 플러스 원. 오늘은 네가 내 눈앞에 있으니 네 얼룩 먼저 지우고, 다음에 연자 씨 모셔 와. 잘해줄게."

"우왓, 정말이요? 연자 씨까지요?"

"응, 언제든. 자, 이제 시작이야. 지금 지워진 얼룩은 다시 너에게 생기지 않아. 세탁되면서 얼룩으로 인해 파생된 다른 일들도 함께 지워질 수도 있어. 괜찮아? 후회 안 해?"

"…네. 안 해요. 아니, 후회해도 괜찮아요."

재하가 결심한 듯 턱을 굳게 내리며 말한다. 지울 수 있다면 모두 지우고 싶다. 그날도, 영화를 만들게 됐던 날도,

영화가 사랑받았던 날까지 모두. 영화와 관련된 모든 씨앗은 무엇이든 지우고 싶다. 영화를 지우고 싶어 들여다보니 어린 재하의 아픔을 지우고 싶다. 어린 재하의 아픔을 지우려면 연자 씨의 아픔도 함께 지우고 싶다. 그날을 살아내던 모자는 매일 밤 손을 잡고 서로의 온기로 버텨냈으니까. 아침이 오지 않기를 매일 기도했다. 아침이 오면 연자 씨가 슬퍼하며 문을 잠그고 다시 일을 나가야 하니까.

지은은 세탁기 앞으로 가 안에서 밖으로 손을 뻗는다. 발레를 하듯 우아한 지은의 손짓을 따라 세탁기가 열리고 재하의 얼룩이 묻은 티셔츠가 빨려 들어간다.

하나, 둘, 셋, 넷, 다섯, 여섯, 일곱.

세탁 통이 일곱 번 돌아가는 걸 세며 재하의 눈가에 눈물이 고인다. 안녕, 외로움. 안녕, 어린 재하. 안녕, 영화를 사랑했던 시간들.

“인생에서 가장 중요한 게 뭔 줄 알아?”

세탁기가 돌아가는 방향으로 함께 서 있던 지은이 재하에게 묻는다. 재하는 대답 대신 지은을 물끄러미 본다. 재하의 대답을 기대하고 물은 건 아니었기에 지은은 말을 잇는다.

“숨쉬기. 숨쉬기가 제일 중요해. 숨 잘 쉬어야 살 수 있잖아?"

"의외네요, 숨쉬기라니."

"숨 안 쉬면 어떻게 사니. 숨 잘 쉬어야 잘 살지. 숨 쉬고, 밥 먹고, 일하고, 낙담하고, 기뻐하고, 투닥거리고, 미워하고, 때론 사랑하고, 다시 일하고, 잠들고, 걷고, 숨 쉬고. 이게 기본이지. 잘 자고 잘 먹고 잘 웃기 위해서는… 숨 쉬는 게 기본이야."

"숨쉬기라…."

"응. 숨이 잘 쉬어지면, 그때 문제를 마주하며 살아가면 돼. 문제없는 인생은 없어. 인생에 문제가 생기면 극복해 나갈 뿐이야. 도망가고 해결하고 그런 게 극복이 아니고, 그 문제를 끝까지 피하지 않고 겪어내는 거. 그게 극복이야."

"끝까지 피하지 않는 게 극복이라면… 너무 힘들지 않나요?"

"물론 힘들지. 어렵고. 하지만 그렇게 겪어내고 난 뒤에 그 문제는 더 이상 문제가 아닌 게 되는 거야. 마음의 얼룩도 그래. 자기 얼룩을 인정한 순간, 더 이상 얼룩이 얼룩이 아니라 마음의 나이테가 되듯이 말이야.

사는 거, 너무 두려워하지 마. 그날까지 살아 있을지도 모르는, 장담할 수 없는 너무 먼 미래의 일도 생각하지 마. 미리 걱정하지 마. 그냥 오늘을 살면 돼. 오늘 하루 잘 살고, 또 오늘을 살고, 내일이 오면 또 오늘을 사는 거야. 그러면 돼."

"와… 사장님은 어쩜 그렇게 잘 알아요? 사장님 아무리 나이 많게 봐도 저보다 조금 많으실 거 같은데, 인생 천 년은 산 사람처럼 말하네요!"

재하의 말에 지은이 희미하게 웃는다. 녀석, 제법 똑똑하네. 천 년보다는 오래 살긴 했다만.

그때, 세탁기가 덜컹 하고 열리며 건물이 피어나던 순간의 환영처럼 빨간 꽃잎이 회오리치며 빛처럼 일자로 뻗어 나와 재하 앞으로 옷을 가져온다. 재하는 머뭇거리며 꽃잎 위에 있는 옷을 바라본다. 가장 짙은 얼룩은 지워졌고 다른 얼룩은 조금 희미해졌다. 꽃잎은 재촉하듯 재하의 손 주변을 빙글빙글 돈다.

"옷 받아서 옥상으로 올라가서 빨랫줄에 걸어놔. 내일 해가 뜨면 옷이 바싹 마르고, 지우고 싶던 마음의 얼룩이 지워질 거야."

재하는 옷을 받아 들고 당황스럽고 먹먹한 마음으로 한참을 서 있다. 이상하다. 슬프지 않다. 매일 슬펐는데 오늘은 슬프지 않아. 이 이상한 세탁소에서 정말 마음의 얼룩을 빼준 건가? 슬퍼서 매일 웃음으로 감정을 숨기던 재하는 웃음을 거두고 무표정으로 옥상 정원을 향해 올라간다.

"이상한 세탁소야. 이상한 사장님이고."

혼잣말을 중얼거리던 재하는 계단을 내려가려는 지은을 부른다.

"사장님, 근데 왜 하필 메리골드예요, 마음 세탁소가 피어난 곳이?"

재하의 질문을 들은 지은은 뒤돌아선 채 걸음을 멈춘다.

"…예쁘잖아, 해 지는 게."

"해 지는 거 예쁜 동네는 다른 데도 많지 않아요?"

"많지. 그리고 우리 분식 김밥이 맛있잖아."

"에? 우리 분식 김밥이요? 사장님 진짜 맛있는 거 안 드셔보셨구나. 다음에 저희랑 꼭 다른 식당 가봐요. 재슐랭 가이드라고 아세요? 제가 맛집 싸악 꿰고 있어요."

"그래, 기회 되면 가자."

고개를 절레절레 흔드는 재하를 뒤로하고 지은은 계단을 내려간다. 그러고 보니 그날도 오늘처럼 이렇게 노을이 예뻤지. 메리골드에서 눈뜬, 그날.

"사랑의 얼룩을 지우고 싶어요."

지은이 나타나길 기다리던 연희가 떨리는 손으로 읽던 책을 덮으며 지은을 보자마자 말한다. 백화점 1층 화장품 코너에서 일하는 연희는 얼굴을 보자마자 느껴지는 인상으로 성격을 유추하고 관찰하는 습관이 있다. 종일 사방이 막힌 답답한 공간에서 손님이 오길 기다리며 생긴 습관이다.

의심 많은 재하가 지은을 따라 올라간 뒤 마음 세탁소 안의 공기는 점점 순해졌다. 공간의 공기를 채우는 건 물건이 아닌 사람의 기운이라고 생각하는 연희는 아까보다 한결 편안해진 공기에 왠지 모르게 지은이 단단한 사람 같다고 생각한다. 최소한 거짓말을 할 사람은 아닌 것 같다. 처음엔 이상한 말로 현혹시켜 물건을 파는 다단계 회사인가 싶었는데, 아무리 살펴봐도 팔 만한 물건은 없어 보인다. 어쩌면 마음의 얼룩을 지워준다는 게 진실일지도 모른다. 아니, 진실이 아닐지라도 지금 이 순간은 진실이라고 믿고 싶다.

"사랑이 왜 얼룩이야?"

길고양이처럼 웅크리고 떨다가 먹이를 주는 사람을 만난 듯 반기는 연희의 어깨를 어루만지며 지은이 묻는다.

"사실, 그 사람이 다른 여자들을 만나는 걸 알면서도 끝 사랑은 저일 거라고 생각했어요. 처음부터 희재가 다른 여자들을 만난 건 아니었거든요. 한 3년은 서로 죽고 못 살았죠. 아침 여섯 시까지 휴대폰이 뜨거워지게 메시지를 주고받았어요. 첫사랑이었어요, 서로한테.

희재는 꿈이 많은 사람이었어요. 희재가 눈을 반짝이면서 꿈에 대해 이야기하는 모습을 보는 게 좋았어요. 저는 어떤 일을 간절하게 하고 싶다기보다 해야 하니까 하는, 할 수 있는 일을 했거든요. 희재가 작곡을 하고 싶대서 24개월 할부로 좋은 노트북을 사줬어요. 작곡을 하다 보니 연주를 직접 해야 한대서 기타도 사줬어요. 그랬더니 기타보단 건반이래서 전자피아노를 사줬어요. 그러다 직접 음악을 불러봐야 할 것 같대서 마이크도 사줬어요."

조용히 읊조리듯 말하는 연희의 시선은 허공에 있다. 연희가 희재의 생활비까지 책임지게 되면서 둘은 자연스레 동거를 시작했다. 함께 시장에서 장을 보고 밥을 해 먹던 날들, 늘어지게 낮잠을 자고 난 뒤 부스스한 상태로 공원을 산책하며 허리가 끊어져라 웃던 행복한 순간도 있었다. 희미해진 기억이 떠올라 생각에 잠긴 연희를 보며 지은이 손에 쥔 손수건에 힘이 들어간다. 사랑이 무엇이길래. 대체 사랑이 무엇이길래 한 사람에 대한 믿음이 저렇게 절대적일 수 있는 것인지.

"바보 같죠? 근데 그땐 희재가 제 유일한 숨구멍이었어요. 작곡을 한참 해보더니 이번엔 보컬 학원에 다니겠다더라고요. 그다음엔 연기 학원에 다니겠다고…. 그 돈을 대주려고 저는 일 끝나고 편의점에서 알바도 하고, 식당에서 서빙도 하면서 희재의 꿈을 응원했어요. 돈은 벌 수 있는 사람이 벌면 되니까. 전 딱히 돈 쓸 데도 없었거든요. 희재가 꿈을 이뤄서 행복해하면, 저도 행복할 것 같았어요. 제 꿈은 언제부턴가 희재가 됐어요. 어쩌면 제가 가져본 적 없는 달콤한 희망을 희재를 통해 이루고 싶었는지도 몰라요."

희재는 보컬 학원에 다니면서부터 연희와 연락이 잘 되지 않았다. 연습 중이라 연락을 할 수 없었다는 희재의 말을 연희는 믿었다. 연기 학원으로 옮기면서부턴 며칠씩 집에도 들어오지 않았다. 사흘 만에 집에 들어와선 술에 잔뜩 취해 잠만 자다가 인사도 없이 옷을 챙겨 다시 나가기 일쑤였다. 그렇게 3개월, 6개월, 1년… 시간은 계속 흘렀다. 어떤 시기의 희재는 한 달씩 집에만 은둔해 있기도 했다. 둘 사이에 대화가 끊긴 지는 오래였다. 몸의 대화도, 마음의 대화도 모두.

"의무적으로 저를 만지던 손길과 몸이, 차갑고 딱딱해져 가는 걸 느꼈어요. 분명 우리한테도 부드럽고 뜨겁던 날들이 있었는데. 그렇게 기계적으로 서로를 안고 나면 슬퍼져서 내가 그냥 피했어요. 그렇게 연인도 친구도 아닌 상태로 살았어요.

그러다 어느 토요일 오후에 술을 잔뜩 마시고 들어와서

는, 미안하지만 대출을 좀 받아달라고 하더라고요. 엄마가 아프셔서 수술비로 천만 원이 필요하다고, 곧 취직을 해서 갚을 거라고 했죠. 그날 오랜만에 희재랑 밥을 먹었어요. 희재가 고등어를 굽고 된장찌개도 끓였어요. 그날은 밥도 유난히 찰지고 윤기 있게 지어졌어요. 마주 앉아서 밥알 한 톨 남김없이 맛있게 먹고 자연스럽게 아주 긴 밤을 보냈어요. 어느 때보다 깊고 진하고 뜨거웠어요. 진심이라고 생각했어요. 몸은 거짓말을 못하니까."

드디어 희재가 마음을 잡고 자신에게 돌아온 것이라 생각한 연희는 씁쓸하지만 안도했다. 지난 일은 잊고, 처음 우리가 사랑했던 그대로 돌아갈 테니까. 이제부터 다른 사람들처럼 평범하게 가족으로 살아가면 되니까. 그토록 연희가 갖고 싶던, 평범하게 살아가는 진짜 가족.

그리고 다음 날, 대출을 받으려고 반차를 쓰고 집에 들어서던 연희는 현관문을 열자마자 숨이 막혔다. 현관에는 연희 것이 아닌 구두가 희재의 신발과 나란히 놓여 있었다. 둘의 신발은 밖을 향해 가지런히 정리되어 있었다. 사이즈는 230. 발이 작은 여자다. 연희는 방에서 들려오는 소리에 눈을 질끈 감았다. 소리를 지를까, 사진을 찍어야 하나. 아님 경찰에 신고해야 하나, 재하에게 전화를 할까…. 한참이나 굳은 채로 서 있던 연희는 부들부들 떨리는 손으로 발이 작은 여자의 구두를 들고 나와 현관문을 닫았다.

"왜 그 신발을 들고 나왔을까요. 잘 모르겠어요. 계단에 그 얇은 구두 굽을 내리쳤어요. 부러지더라구요. 희재와 내 관계처럼, 너무 연약한 굽이었죠."

지은은 깊은 눈빛으로 연희를 바라보며 다음 말을 기다린다.

고개를 들고 지은이 건넨 손수건으로 눈물을 닦은 연희는 희미하게 웃어 보인다. 웃어도 울음일 수 있구나, 하고 지은은 생각한다. 지은과 재하는 연희의 다음 말을 기다리며 가만히 침묵 안에 존재한다. 고요 안에 머물러 있는 시간, 침묵을 지나 연희는 입을 뗀다.

"어쩌면 헤어지자고 말하는 데 오랜 시간이 걸린 건가 싶기도 해요. 희재는 누구한테 싫은 소리도 못하고 거절도 못하는 사람이거든요. 곁에 오면 머물게 하고, 떠나면 잡지 않아요. 자신의 의지대로 사는 건 없어 보이는 그 사람의 껍데기 말고 속을 내가 채워주고 싶었어요."

사랑이 모두 행복일 순 없지만 사랑하면 할수록 연희는 고갈되어 갔다. 자신이 먼저 많이 사랑하면 그도 그 사랑을 닮아가길 소망했다. 이미 식어버린 찻잔에 따뜻한 차를 따라주는 지은을 보며 연희는 찻잔을 만지작거리다 침을 삼키고 말을 이어갔다.

"끝의 끝까지 가봐야 끝이 나니까, 계속했어요. 자존심 다 챙기고, 진심 주지 않고, 얄팍하게 사랑하고, 밀고 당기고, 저 그런 거는 못해요. 바보 같죠."

지은은 대답 대신 깊은 눈빛으로 연희를 바라본다.

"희재와 사랑했던 추억의 날들을 지우고 싶어요. 분명 그 사람도 사랑이었겠죠. 함께여서 즐겁던 기억이 많아요. 그래서 웃을 때마다, 행복하다고 느낄 때마다 그 사람이 생각나요. 그래서 결국 슬퍼져요."

우리는 사랑을 잃으면 울고 아파한다. 하지만 가장 슬픈 건 사랑으로 행복했던 기억들 때문에 그가 미워지지 않는다는 사실이다. 그래서 기억을 안고 살아간다. 기억 속 우리는 사랑으로 웃고 있다.

"내가 준 옷을 입고, 지우고 싶은 기억을 간절한 마음으로 생각해. 그럼 얼룩이 생겨날 거야."

"얼룩이 생겨나면 세탁은 어떻게 해요?"

"어떤 방식으로 세탁할지는 얼룩을 보고 결정해. 어떤 얼룩은 세탁기로 지울 수 있고, 어떤 얼룩은 직접 손으로 지워야만 지워지거든."

"아… 네. 그럴게요."

연희는 하얀 티셔츠를 입으며 추억을 생각한다. 옷을 입다가 목덜미에 화장이 잔뜩 묻는다. 엉망진창이네. 내가 지나간 자리마다 엉망 또 엉망. 아픈 마음을 깨끗하게 세탁해 보송보송한 새 마음으로 갈아입고 싶었는데, 시작부터 얼룩을 만들어 놨다. 립스틱 자국을 문지르며 희재의 옷깃에 찍혔던, 내 것이 아닌 립스틱 자국이 불쑥 떠오른다. 그가 다른 여자를 품에 안고 있는 걸 보며 마주칠까 숨었던 날들이 스친다. 욱신, 가슴이 아프다.

"괜찮아. 마음 아픈 거, 정상이야. 마음이 아프다는 건 진심으로 최선을 다했다는 거야."

"얼룩이… 얼룩덜룩하네요."

"얼룩이니까 얼룩덜룩하지. 자연스러운 거야. 얼룩 없는 사람이 있을까…. 일단, 이리로 따라와 봐."

계단을 향하는 지은을 따라 올라가며 연희는 얼룩이 묻은 티셔츠를 꼭 끌어안는다. 사랑의 흔적이 까맣게 타거나 연기처럼 하얗게 휘발된 줄 알았는데, 얼룩으로 배어 나온 걸 보니 아련하다. 희재를 안듯, 사랑했던 기억을 안는다.

'다행이다.'

"응?"

"아, 아니에요. 이제 걸어 다니시네요?"

"응, 걸어 다니는 연습 하려고. 손빨래실로 가자."

연희를 앞장서서 걷는 지은의 걸음이 가볍고 우아하다.

1층 바 테이블 옆에 있는 나무 문을 열자, 다른 공간이 펼쳐진다. 하얀 벽으로 둘러싸인 방에 편안한 조명이 켜져 있고, 시냇가의 빨래터처럼 맑은 물이 졸졸 흐르고 있다. 곳곳에 바위도 있고 새소리도 들린다. 마치 숲에 온 듯한 분위기에 놀란 연희는 소리를 지를 것 같아 입을 틀어막는다.

"…세상에. 여기 뭐예요? 어떻게 여기 시냇물이 흐를 수 있죠?"

"마음 세탁소니까."

"마법 같은 걸 쓰시는 거예요?"

"마법까지는 아니고, 그냥 그런 게 있어. 여기 멋지지, 예전에 내가 살던 마을이 이랬어."

희미하게 미소 짓는 지은의 표정이 쓸쓸해 보이는 건 연희의 기분 탓일까. 연희는 고개를 끄덕이며 입고 있던 티셔츠를 벗는다.

"이 물에 빨면 얼룩이 지워지나요?"

"응, 지워질 수 있는 얼룩이라면 빨래를 할수록 얼룩이 옅어질 거야. 그런데 지우고 싶지 않은 얼룩이라면, 빨래를 하다가 멈추어도 돼. 본인 선택이야."

연희에게 하얀색 비누와 통을 건넨 지은은 천천히 세탁실을 나간다. 혼자 남겨진 연희는 얼룩덜룩한 티셔츠를 손에 들고 망설인다. 사랑한 기억을 지우면 뭐가 남지. 사랑이 지나가면 뭐가 남지. 문득, 얼룩을 지우고 싶기도, 지우고 싶지 않기도 하다. 이 양가적 감정은 뭐지.

"아, 모르겠다. 고민 그만하고 일단 물에 넣어보자. 살면서 언제 이런 일이 있겠어."

연희는 결심한 듯 입술을 앙다물고, 입고 있던 옷의 소매를 팔꿈치까지 걷어 올리고서 하얀색 통에 물을 담고 셔츠를 적신다. 그 순간 눈앞의 벽에서 빛이 반짝, 하며 빠르게 기억의 영상이 재생된다.

그와 처음 만났던 날의 설렘, 길을 걸으며 손가락이 스치다 약속한듯 손을 잡던 그날, 월급날 자취방 옥상에서 구워 먹던 삼겹살의 맛, 틈 없이 서로에게 밀착해 있던 날들, 그가 마중 나온 퇴근길, 늘어지게 늦잠을 잔 휴일에 함께 라면을 끓여 먹고 슬리퍼 끌고 동네 슈퍼로 아이스크림 사 먹으러 가던 골목길, 지하철에서 이어폰 한 쪽씩 나누어 듣던 그 음악, 함께 심장이 뛰던 날들, 반짝이는 웃음들, 서로의 아픔에 공감하고 기댈 어깨를 내어주던 사랑의 날들, 서서히 짙어진 외로움에 기대던 연희를 버거워하던 그의 한숨, 사랑이 지나가지 않길 바라는 집착을 안아주던 손길까지.

연희가 본 것은 슬픔보다 행복이었다. 그의 곁에 있을 때 환하게 웃음 지으며 행복해하던 자신이었다.

"나… 참 사랑하면서 예뻤구나."

사실 연희는 알고 있었다. 그는 더 이상 나를 사랑하지 않았고, 그럼에도 헤어지지 못했다. 그가 지쳐갔지만 외로움에 떨고 있는 나를 떠날 수 없어 결국 다른 사람을 만나기 시작했다는 걸 알면서도 모른 척했다. 그랬다. 둘이서 했다. 사랑도, 헤어짐도, 둘이 같이.

헤어짐을 인정할 수 없어 희재를 미워하길 택했다. 보고 싶고 그리운데 내게 오지 않으니까. 미움을 핑계로 그를 생각할 수 있으니까. 많이 사랑했던 기억이 아까워서, 서서히 잊혀가기보다 미워함으로 간직하고 있었다. 이 마음이 자신을 낡고 닳게 하는 걸 알면서도. 마음도 쓰면 쓸수록 닳아서, 새로운 사랑이 들어와 머물 자리가 줄어든다. 이제 그만 닳아야 할 때였다. 언젠가 내게 올지 모를, 아니 꼭 다시 와주길 바라는 다음 사랑의 자리를 남겨두어야 하니까.

"미안해… 고마워… 보고 싶어…. 그리고 많이 사랑했어."

흐르는 기억의 조각들을 끌어안고 연희는 빨래통에서 옷을 꺼내어 안는다. 반쯤 지워진 얼룩이 남아 있다.

어느새 곁에 와 있던 지은은 연희의 어깨에 손을 대며 '미움'과 '원망'이라는 얼룩의 반만 지워지도록 한다.

"저, 이제 그만 지울래요. 사랑했던 기억, 그냥 전부 간직할래요.”

아무도 없지만 누가 듣기라도 하는 듯 연희는 엉엉 소리 내어 아이처럼 크게 운다. 희재와 헤어지고도 이렇게 울어본 적이 없었다. 연희의 눈물이 빨래터에 졸졸 흐르는 물에 떨어지자 빛이 반짝 빛난다. 물줄기가 빨간 꽃잎 회오리바람이 되어 연희를 옥상으로 올려 보낸다.

“뭐야, 이거 또 보니까 놀랍지도 않네….”

눈물을 삼키며 회오리바람을 타고 옥상으로 올라온 연희는 1층에서 올려다보았던 빨랫줄 앞으로 걸어간다. 밑에서 봤을 땐 새하얀 빨래였는데, 자세히 보니 저마다 얼룩이 있다. 새하얀 것도 있고, 서로 다른 부위에 얼룩이 있기도 하다. 대체 이게 다 누구 옷이지? 누군가의 빨래 사이를 지나 연희는 자신의 티셔츠를 천천히 빨랫줄에 건다.

연희는 원망을 멈추기로 했다. 사는 게 외로워 누군가에게 기댔지만 사랑으로 외로움은 사그라들지 않았다. 마음이 공허할수록 희재에게 집착했고 그는 그럴수록 멀어져 갔다. 멀어짐을 인정하고 싶지 않아 애썼던 연희를 아프게 한 건 그가 아닌 자신이었다. 계절처럼 자연스럽게 사랑도 흘러간다는 걸 몰랐다. 봄의 다음 계절은 여름이 아닌 겨울일 수도 있는데.

그렇지만 사랑이 끝나고 나서야 사랑이 남았음을 알았

다. 사랑했던 기억은 힘을 잃지 않고 내 안에 반짝이며 머물러 있다. 잊지 않고 소중히 그 자리에 살게 할 테다. 생생히 살아 있는 기억은 삶에 생기를 잃은 어느 날 꺼내볼 아름다운 추억이다. 행복했던 나, 반짝이는 그때의 나 그리고 그때의 우리를 떠올리면 메마른 마음에 온기가 지펴지겠지. 이제는 정말 그와 헤어질 수 있겠다. 미움과 원망 아닌 그리움으로 간직하며.

얼룩이 덜 빠진 빨래를 줄에 널고 있는 연희의 표정을 보고 지은이 다가왔다. 팽팽하게 잡고 있던 무언가를 놓아줄 때의 편안한 기분이 느껴진다.

“내가 보기보다 오래 살아서 해줄 수 있는 말은 많지만, 안 할게. 대신 선물 줄게.”

“저보다 젊어 보이시는데요?”

“응, 동안 소리 많이 듣지. 자, 이거 입어.”

지은은 연희에게 오른쪽 심장 쪽에 작은 하트 모양 얼룩이 새겨진 티셔츠를 건넨다.

“이 얼룩 참 예쁘네요.”

가만히 얼룩을 바라보던 연희는 입은 옷 위에 선물로 받은 티셔츠를 새로 입는다. 햇볕에 잘 말라 깨끗하고 바삭한 옷을 입으니 왠지 용기가 생긴다. 누구나 홀로 선 나무지. 그러니 기대지 않고 홀로 잘 서봐야겠다. 전에 없던 용기까지 생겨나다니, 참으로 이상한 밤이다.

"빨래가 젖어들수록 떠오른 추억을 보니 사랑하고 있는 그때의 내 모습이 참 행복해 보였어요. 누군가를 사랑할 때만 저렇게 웃을 줄 아는 사람이기보다, 내가 나일 때 스스로가 너무 사랑스러워서 웃고 싶어졌어요. 그래서 그 얼룩들, 지우지 않으려고요. 아픈 기억이 떠오르면 떠오르는 대로 생각하고, 좋은 기억은 좋은 대로 생각하고. 누구보다 나를 더 많이 사랑해 줄 거예요."

떨리는 연희의 목소리를 들으며 지은이 말한다.

"그냥 웃어. 행복한 것처럼 웃어."

"행복하지 않아도 웃어요?"

"그럼, 인간의 뇌는 아주 단순해. 뇌를 속이는 거지. 뇌는 진짜 행복과 가짜 행복을 구분하지 못한대. 가짜로 웃으면 행복한 줄 알고 좋아하는 거지. 뇌한테 농담을 하는 거야."

"에? 뇌한테 농담을 해요?"

"한번 해봐. 농담을 들은 뇌는 너를 웃음 짓게 할 거야. 스스로 웃음 지을 수 있는 사람의 곁에는 좋은 사람들이 오게 되어 있지."

양손 검지로 입가의 끝을 잡고 올리며 지은이 웃는다. 지은을 따라 연희도 두 손가락으로 입꼬리를 올린다. 눈은 웃지 않고 입꼬리만 손으로 올리던 두 사람은 눈이 마주치자 동시에 깔깔깔 웃는다.

"아 뭐예요, 사장님. 솔직히 제대로 웃는 법 모르죠?"

"알지, 설마 내가 모르는데 말하겠어?"

두 사람은 마주 보며 한참을 허리가 꺾일 만큼 웃는다. 지은도 아주 오랜만에 웃어보는 날이었다. 웃는 기분이 이런 거였구나. 뇌한테 농담할 만하네.

"실은 말야, 오늘부터 난 웃는 걸 선택하기로 했어. 인생이 어떻게 흘러갈지 선택할 수는 없지만 울거나 웃는 건 유일하게 직접 선택할 수 있는 거잖아."

"소오름. 사장님도 인생이 흘러가는 걸 선택할 수 없어요?"

연희가 놀라 묻는다. 지은의 얼굴에서 천천히 웃음기가 사라진다.

"선택할 수 있다면 내가 지금 여기에 있지 않았겠지. 밤바람 차다, 이제 그만 내려가자."

왠지 모르게 쓸쓸한 지은의 뒷모습을 바라보며 어쩐지 안아주고 싶다는 생각을 한다.

연희는 문득 어떤 말이 떠올라 주머니에서 펜을 꺼내 들고 입고 있는 옷을 벗어 글자를 적는다.

**춤추라,**
**아무도 바라보고 있지 않은 것처럼.**

사랑하라,
한 번도 상처받지 않은 것처럼.
노래하라,
아무도 듣고 있지 않은 것처럼.
일하라,
돈이 필요하지 않은 것처럼.
살라,
오늘이 마지막 날인 것처럼.

— 알프레드 디 수자

글자를 적은 옷을 다시 입으며 연희는 이 세탁소가 마음에 든다고 생각한다.

"사장님, 같이 가요! 재하랑 저랑 시간 날 때마다 여기 놀러 와도 되죠?"

"여기 세탁소야. 노는 데 아니고."

"사장님 혼자 일하시는 거 같은데 가끔 저희가 도와드릴게요. 오픈 기념 손님이니까. 소주 사 올게요. 아, 와인 드시려나?"

"나 술 안 마셔. 이제 그만 돌아가. 내일 출근 안 해? 이러다 해 뜬다."

"오늘 토요일인데. 일단 오늘은 갈게요. 조만간 같이 또 웃어요, 사장님."

희망, 무엇이든 잘될 것 같다는 설렘 같은 기분을 오랜만에 느끼며 돌아선 채로 잠시 미소 짓는다. 이상하게 마음이 편안하단 말야. 사장이라는 저 여자도 신경 쓰이고.

뒤돌아선 연희가 다시 빙글 몸을 돌려 지은에게 묻는다.

"어… 저… 사장님!"

"왜?"

"그런데 사장님이 예전에 살던 마을은 어떤 마을이었어요?"

"너랑 재하, 엄청 친하지?"

"어, 네! 어떻게 아셨어요?"

"참 둘 다 질문이 많아. 쓸데없는 거 묻지 말고 돌아가. 나 피곤해."

이번엔 지은이 몸을 빙글 돌려 창밖을 바라본다. 팔짱을 끼고, 눈을 감고, 서서 잠을 자듯이. 지은의 곤한 잠을 방해하지 않도록 연희와 재하는 살금살금 걸음을 옮긴다.

"환자 분, 정신이 들어요? 말소리 들리면 눈 깜빡여 보세요."

은별은 웅성거리는 말소리에 눈을 뜬다. 깜빡깜빡. 긴 속눈썹으로 천천히 눈을 감았다 뜬다. 무거운 시간이 흘러간다. 다시 눈을 감는다. 깊은 잠에 빠진 것처럼 숨을 고른다. 병실에 들어온 간호사 둘이 은별의 얼굴을 보고는 소곤소곤 대화를 시작한다.

"저기 누워 있는 저 여자, 연예인이야? 어디서 많이 본 거 같은데."

"텔레비전에 나오던데 왜, 그… 인…플…? 그거 있잖아. 인스타 팔로워 엄청 많은 셀럽."

"인플루언서! 팔로워가 얼마나 많길래?"

"지난번에 봤을 때 백만이었는데 더 늘었는지 검색해 볼까?"

"됐어. 근데 왜 또 수면제를 저렇게 먹었대?"

"몰라. 내가 재였으면 고맙습니다, 하고 잘 살 텐데. 몇 달 전에도 실려 왔지?"

"응. 우리 병원에만 두 번인가 세 번인가. 나이도 어린 애가… 쯧쯧."

"그때 가족들 한꺼번에 몰려와서 울고불고 난리였지."

"지난번에 인스타에서 공구 한 화장품에 무슨 유해 성분 들었다고 기사 났었잖아."

"났었지. 큰일 있었나?"

"아니, 천연 유래 성분이라고 팔았는데 성분 함량이 달랐대. 얼굴에 뭐가 났다고 사람들이 악플이 엄청났대. 안티 계정도 생겼다잖아."

"쯧쯧…. 스물셋밖에 안된 애가 거짓말로 화장품 만들어서 판 거야?"

"만들었겠어, 어디서 물건만 가져와서 수수료 받고 팔았겠지. 사과문 올리고 자기 돈으로 환불해 주고 유기견 봉사 활동 하던데, 실은 나도 팔로우 하고 있거든. 부러워서. 저렇게 한번 살아보고 싶다, 얘. 어머, 호출 온다."

"가자. 아직 안 깨어났다고 우리도 인스타에 찍어 올려볼까?"

"쉿, 저번에 수습 간호사 그렇게 했다가 소송 걸리고 병원에서 징계 먹은 거 기억 안 나? 깨기 전에 얼른 가자."

"아… 알았어. 가자. 근데 얘는 참 자는 모습도 예쁘네. 부럽다!"

두 간호사가 병실을 빠져나간다. 병실 문이 닫히는 소리를 들으며 은별은 눈을 뜬다.

또 시작이야.

지겨워. 또 실패야. 또 살았어. 대체 수면제는 몇 알을 먹어야 자면서 죽을 수 있는 거야. 한숨을 쉬며 눈을 깜빡이다 다시 눈을 감는다. 지금쯤이면 기사 나고 난리 났을 텐데. 지겨워. 은별은 이불을 머리끝까지 끌어올리며 생각한다. 이 모든 괴로움을 끝내고 싶다.

다시 아침이다. 방 안에 시계는 없지만 눈은 절로 떠진다. 불면증에 조용한 환경이 좋다고 해서 초침 소리가 거슬리는 시계도 치우고 침실 가구도 최소한으로 남겼다. 그런다고 불면증이 해결되는 건 아니었지만.

"아우, 머리 아퍼…. 휴대폰 어디 있지…?"

수면제를 먹고 자면 눈을 뜰 때마다 머리가 깨질 듯 아프다. 내성이 생겼는지 이제 한 알로는 잠이 오지 않는다. 한 알을 먹고 뜬눈으로 밤을 지새우다 다시 한 알, 그래도 잠이 오지 않아 다시 한 알. 밤의 시간만큼 천천히 몇 알을 먹으며 쪽잠을 잔다. 뜬눈으로 밤을 새는 것보단 약을 먹고 자는 게 나으니까. 근데 머리가 너무 아프네.

"오늘은 뭐 올리지. 아, 휴대폰…!"

은별은 침대 밑으로 가라앉을 것처럼 무거운 컨디션에 눈도 제대로 뜨지 못하고 침대 옆 협탁을 손으로 더듬거리며 휴대폰을 집는다. 안대를 빼고 떠지지 않는 눈을 한쪽만 억지로 뜨고 인스타그램을 연다. 팔로워 수를 확인하고 좋아요 개수와 댓글을 빠르게 확인한다. 은별은 온라인에서 예쁘고 행복하고 건강한, 시대의 아이콘이다.

"이 콘텐츠는 좋아요가 30만이 찍혔는데, 어제 올린 건 왜 3만이야. 아… 뭐가 문제지. 이거 광고 받은 거라 좋아요랑 댓글 많이 나와야 하는데. 골치 아프네."

아침마다 좋아요 개수에 희비가 오간다. 좋아요 개수는 곧 생명줄과도 같으니까. 불안함에 습관적으로 손톱을 물어뜯는다.

'인스타 팔로워 189만을 거느린 셀럽 인플루언서'가 은별을 칭하는 수식어다. 10대 시절 모델로 데뷔한 은별은 물만 마시며 한 달에 10킬로그램을 감량하는 극한의 다이어트로 건강을 잃은 경험이 있다. 그 뒤로 운동을 하고, 바른 식습관을 가지고, 책을 읽으며 마음 공부를 하는 과정을 인스타그램에 업로드하며 10대와 20대 여자들의 워너

비가 되어 순식간에 유명세를 얻었다. 삽시간에 소위 말하는 '계정이 터졌'다. 스타일리시 하면서도 매력적이고 개념 발언을 하는 은별의 일상은 일거수일투족이 화제가 됐다.

몰려드는 광고와 인기에 솔직히 처음엔 신기하고 즐거웠다. 돈을 더 벌고 '좋아요'를 많이 받기 위해 더 관심을 끌 만한 콘텐츠를 찍었다. 고급 의류, 가방, 신발, 화려한 공간과 외제차를 협찬 받았고 이름만 대면 알 만한 브랜드의 패션쇼에 초대받기도 했다. 그녀가 사진을 올리는 족족 화제가 되었고, 화제성은 또 다른 화제성을 불러오고, 기자들은 그녀에 대한 기사를 펴 날랐다. 은별의 인스타그램 계정은 날이 갈수록 화려해졌다.

그렇게 온라인에서는 화려한 삶을 살지만 은별이 현실에서 마음을 나누는 친구는 없었다. 고등학교를 중퇴하고 바로 일을 시작한 탓에 또래 친구를 사귈 기회가 없었다. 학교를 중퇴하자마자 모델 생활을 했고, 셀럽이 되며 어른들과 일하기 시작했다. 화려한 것들에 둘러싸여 사는 은별은 혼자 있는 시간에 날로 웃음을 잃어갔다. 돈도 벌고 유명해졌는데, 너무 화려한데, 너무 외로웠다. 일이 없거나 혼자 있는 날이면 은별은 불 꺼둔 방에서 멍하니 울기만 했다. 그래도 괜찮다고 생각했다. 가족이 있으니까.

'나한테 남은 건 가족밖에 없어. 가족이면 충분해.'

삼남매의 장녀인 은별이 번 돈으로 투룸 빌라에서 강남의 50평대 고급 아파트로 이사를 했다. 치킨 한 마리 먹고 싶어도 부모님이 부담을 느낄까 말하지 못했던 어린 시절이 무색해진 지 오래다. 돈만 있으면 부모님이 싸울 일도, 동생들이 눈치 볼 일도 없을 줄 알았다. 돈을 벌어 우리가 월셋방을 탈출하기만 하면 행복할 줄 알았다. 그렇게만 하면 가족 모두가 행복할 줄 알았다. 그런데….

"은별아, 엄마 백화점 브이아이… 그거 있잖아, 부자 아줌마들 백화점에서 돈 쓰고 그룹 만들어 커피 마시는 거. 자스민인가 블랙티인가 뭐 그거 해볼래. 카드 한도 좀 늘려줘."

"아빠가 이번에 새 사업을 하려고 하는데 말이야…."

"누나, 나 유튜브 할 건데 장비 사주고 처음엔 누나가 좀 해주면 안 돼?"

"언니, 구찌 백 신상 나왔는데 사도 되지?"

은별의 눈만 마주치면 가족들은 돈 들어갈 일만 요구했다. 은별이 돈을 벌기 전에는 치킨 한 마리를 시켜도 서로 먹으라고 양보하며 행복했는데. 어쩌다 이렇게…. 요구가 버거워 거절할라치면 가족들은 합심한 듯 모두 은별을 비난했다.

세상에서 가장 가까운 가족들을 잃는다는 두려움에 그

들의 요구를 들어주려 더 많은 돈을 버는 일을 찾아야만 했다. 그래서 의류, 다이어트 식품, 화장품, 전자기기 등의 공구를 시작한 게 몇 달 전이다. 업체가 하는 말을 그대로 믿고 제대로 검증되지 않은 제품인 줄도 모른 채 천연 화장품 공구를 시작했고, 팔로워들은 그녀를 믿고 화장품을 구매했다. 하지만 피부가 붉어지고, 피가 나고, 가려움증과 염증을 호소하는 이들이 생기며 안티 계정이 생겨났고 은별에게 소송이 들어왔다. 무서웠다. 은별은 일이 터지자 엄마에게 전화를 걸었다.

"엄마… 나… 있잖아…."

"어머, 얘. 엄마 골프장이야. 너 카드 한도 늘렸어? 엄마 끝나고 밥 사야 해."

"아니, 엄마. 지금 골프장에서 밥 살 때가 아니고 내가 말야…."

"일단 끊어봐. 엄마 지금 공 쳐야 돼! 잊지 말고 한도 늘려놔!"

한숨을 쉬며 이번에는 아빠에게 전화를 했다. 처음 겪는 일이 너무 무서웠다. 실시간으로 그녀를 비난하는 댓글이 달리고 인터넷 기사에도 악플이 도배됐다. 수수료를 30프로 주겠다며 사탕발림을 했던 화장품 공장 사장은 잠수를 탔다. 무서웠다. 세상 모든 사람이 자신을 알아보고 비난하는 것 같았다.

"아빠… 나 있잖아…."

다섯 번 만에 겨우 전화를 받은 아빠는 전화를 받자마자 소리쳤다.

"너 지금 인터넷에 난리 났어! 이게 뭐야!"

"그게 뭐냐면…."

"오늘 건강식품 사업 런칭하는 날인데 기사가 이렇게 나면 어쩌니! 당장 계정에 사과문 올리고 사진 찍어 올려! 죄송하다고!"

"…."

은별은 말없이 전화를 끊는다. 일단은 사과문을 올려야지. 그리고 환불을 해주고… 또 뭘 해야 하지. 담당 변호사한테 메시지를 넣은 뒤 울려대는 휴대폰 알람을 보며 입술을 꽉 깨물고 전원을 끈다. 전원이 꺼지듯 화면에서 나도 사라지고 싶다. 종이처럼 가냘픈 몸에 딱 붙은 화려한 옷을 벗고 하얀색 포플린 잠옷으로 갈아입은 뒤 천천히 화장대를 향해 몸을 움직인다. 서랍 깊숙한 곳에 모아둔 수면제 통을 꺼내어 손에 쥔다. 이 모든 괴로움을 끝내고 싶다. 제발.

"쿨럭쿨럭… 아… 머리야. 머리가 왜 이렇게 아프지. 여긴 또 어디야. 내가 왜 차에 타고 있지?"

머리가 깨질 것처럼 아파 깬 은별은 기침을 한다. 운전석 옆에 놓인 생수를 들이켜 마른 목을 적신다. 겨우 정신을 차리고 젖혀 있는 자동차 시트를 세우며 주변을 둘러본다. 어디까지 온 거야. 비틀거리며 차에서 내린다.

분명 병원에서 눈을 뜬 것까지는 기억이 나는데 직접 운전을 한 건 기억나지 않는다. 고개를 숙여 사이드 미러로 모습을 살펴보니 화장이 되어 있고 새하얀 트위드 소재 정장을 갖춰 입고 있다. 몸을 일으켜 운전석 유리창에 비친 모습을 보니 헤어까지 세팅되어 있다. 숍에 갔다가 패션쇼에서 사진을 찍고 온 것 같은데. 왜 내가 모르는 동네에 와 있는 거지? 아우, 머리 아파. 익숙한 통증이지만 익숙해지지 않는다. 언제쯤 괴로움과 아픔은 익숙해지거나 사라질 수 있는 것일까. 왼손을 들어 왼쪽 머리를 문지르며 주변을 둘러본다.

"세상에…! 이쪽은 바다, 이쪽은 도시… 도시와 바다가 같이 있어! 와…!"

오랜만에 보는 낯선 도시의 풍경에 감탄한다. 이렇게 아무도 없는 곳에서 바다를 보는 게 얼마만이던가. 양 볼을 스치는 기분 좋은 바닷바람에 눈을 감는다. 평온하다. 양팔을 벌리고 바람을 느낀다. 뭐지, 생생한 이 기분. 낯선 풍경의 도시에서 낯설지 않은 기분. 자욱한 안개와 희뿌

연 하늘마저 편안하다. 숨을 크게 들이쉰다. 기분 좋은 습기가 느껴진다.

"바다 짠내… 살 거 같아."

폐부로 들이차는 공기를 맡으며 앞으로 걸어 나가려다 돌에 걸려 휘청거리다 제자리에 섰다. 9센티미터 높이의 하이힐을 벗고 맨발로 뻐근한 종아리의 감각을 느끼며 양손에 신발 하나씩을 든 채 차로 돌아온다. 트렁크를 열어 하이힐을 대충 던지고 신발 박스 사이에서 운동화를 꺼내 든다. 의상에 따라 신발을 갈아 신기 때문에 트렁크는 신발 박스로 가득하다.

아무래도 수면제 부작용으로 환각과 몽유가 도진 것 같다. 모델 시절부터 심한 불면증으로 수면제를 처방받아 왔고 15분 만에 잠드는 기쁨에 지속적으로 복용했다. 하지만 점점 한 알로는 잠들 수 없었고 수면제의 용량을 늘릴 때마다 의사는 지속적으로 부작용이 생길 거라고 경고했다. 의사의 경고를 무시하고 병원을 바꿔가며 수면제를 모았다. 술보다 수면제가 낫지 않나. 잠을 자야 일을 하지. 잠을 자야 사진을 찍고 돈을 벌지. 귀에서 쉬지 않고 들리는 웅웅거리는 모기 소리 때문에 잠들 수가 없는데.

"근데 여기 너무 예쁘다…! 세상의 끝에 온 기분이야. 이렇게 높은 곳에 마을이 있고 바다가 보이네. 사진 찍어

올리면 좋아요 터지겠는데. 이거 올려서 여행 콘텐츠를 해볼까. 어머, 휴대폰 배터리가 없네. 어머, 충전기는 또 어디로 간 거야. 중요한 전화랑 메시지 엄청 와 있고 난리 났을 텐데. 아우, 머리 아파….”

휴대폰 충전할 만한 장소부터 찾아야겠다. 콘센트가 있어야 하는데. 사진 찍으려면 옷도 좀 갈아입어야 하는데. 여기 어디 옷 살 만한 데 없나? 위에 재킷이라도 갈아입으면 다른 날 같아 보일 텐데. 한꺼번에 여러 생각이 몰려든다. 하루라도 사진을 올리지 않으면 팔로워 수가 줄어들까 봐 불안하다. 강박과 불안이 어느새 편안과 기쁨보다 익숙해졌다. 현실의 나는 사는 게 즐겁지 않은데, 정방형의 화면 안에서는 자신이 가장 즐거워야 한다.

‘어디서라도 즐거우면 되지 않나.’ 지독하게 화려하지만 지독하게 외로워 공허가 밀려올 때마다 생각한다. 이렇게라도 생각하지 않으면 견딜 수 없을 것 같아서. 촬영이 없으면 불 꺼진 방에서 매일 운다. 렌즈 밖의 나는 어둠이다. 카메라가 꺼지면 나도 꺼지는 기분이다. 카메라가 켜지면 나는 다시 켜진다. 무엇이 문제인지 알고 싶지만 알기 겁난다. 할 수 있는 역할을 충실히 하다 보면 끝나지 않을까. 그나저나, 일을 해야 하는데.

“이따 라이브 켜야 되는데. 어디 옷도 사고 라이브 할 만한 카페 없나? 동네 좀 둘러봐야겠다. 일단 맛있는 커피나 한잔 마시고 싶네. 샷 추가해서 찐한 아아 한잔 시원하게. 찾아보자!"

혼자 보내는 시간이 익숙한 그녀는 평소처럼 혼잣말을 시작하며 걷는다. 왠지 모르게 친숙하고 편안한 동네에는 소박하고 단정한 주택이 여럿 있다. 길가에 내놓은 작은 화분을 구경하며 걷는다. 이런 동네에 카페가 있으려나.

마침 새카만 긴 머리를 단정하게 묶고 화려한 빨간 꽃이 그려진 원피스를 입은 여자가 지나간다. 어, 저 사람이라면 알 것 같다. 물어야겠다. 눈이 마주친다.

"저기요… 죄송한데 혹시 이 동네에 카페나 옷 가게 있나요?"

"카페? 여긴 없는데. 초입까지 내려가야 해. 이 동네 처음이야?"

"아… 네. 제가 길을 잃을 것 같은데… 옷도 갈아입고 인스타 라이브도 해야 해서요."

"라이브?"

"네…. 혹시 저 모르세요?"

"음… 누구…지?"

"아, 인스타 안 하시나 봐요. 하하. 저 광고에도 나왔는데."

은별은 당연하게 자신을 알아보는 사람들만 만나다, 자

신을 모른다는 여자의 말에 의아하다. 왜 나를 모르지? 모른 척하는 건가. 은별이 작고 예쁜 입술을 오므리며 하는 생각을 읽은 지은이 대답한다.

"음… 인스타가 뭔지는 모르겠지만 안 해. 난 라디오 들어. 텔레비전도 안 보고."

"헐 대박. 요즘도 라디오 듣는 사람 있구나. 근데 저 진짜 모르세요?"

"음. 몰라. 이제부터 알아볼게. 이름이 뭐니?"

"은별이요. 검색해 보시면 저 많이 나와요!"

"그래, 해볼게. 그런데 옷 가게는 아니지만 옷 필요하면 내가 세탁소 하는데 빌려줄까?"

"진짜요? 완전 고맙죠! 빌려주심 제가 집에 가서 깨끗하게 세탁해서 보내드릴게요. 그럼 치마 구겨진 거도 다릴 수 있어요?"

"있지. 마침 내가 지금 출근하는 길인데, 따라와 봐."

"네, 언니! 언니라고 불러도 되죠? 저 스물셋인데 저보다 언니 맞으시죠?"

대답 대신 고개를 끄덕하는 지은의 팔짱을 끼며 은별은 종알거린다. 여자와 눈이 마주친 순간, 속에 있는 말을 전부 털어놓고 싶은 기분이 들었다. 속내를 털어놓을 기회가 좀처럼 없어서 그런가, 처음 만난 사람의 깊은 눈빛에 빨려 들어갈 듯, 감정이 벌거벗겨진 듯 무장해제 된다.

지은은 새벽부터 은별의 차량을 보았다. 집으로 돌아가려고 문을 열고 나왔는데 빨간색 스포츠카가 굉음을 내며 불안하게 멈추어 섰다. 헤드라이트에 눈이 부셔 미간이 찌푸려졌다. 새벽부터 누가 매너 없이. 이내 시동은 꺼지고 흐르는 눈물을 닦지도 않고 운전석에 가만히 앉아 있는 여자가 보였다. 삶에 의지가 없어 보이는 저 눈빛. 익숙한 눈빛. 꽃잎을 보내 여자를 데려올까 고민하다 그냥 자연스럽게 깰 때까지 기다려 보기로 한다.

몇 시간 뒤, 스스로 차에서 나온 은별의 곁을 일부러 천천히 걸으며 지나갔다. 길을 잃고 날개가 부러진 아기 새 같은 아이가 카페와 옷 가게부터 찾는다. 배가 고프니 편의점이나 밥집을 찾아야 정상 아닌가. 아니, 여기가 어딘지부터 물어야 하는 것 아닌가. 저 아이에게 가장 중요한 건 밥도, 위치 파악도 아닌 것이다. 생존. 생존을 위한 행위. 껍데기만 남은 아이는 생존을 위한 날갯짓을 한다.

삶에서 어떤 우연은 우연이 아닌 필연이 되기도 한다. 그 순간에 꼭 만나야 하기 때문에 만나고, 그곳에 가야 하기 때문에 가는 것이다. 저 아이가 지금 내게로 와야 하기 때문에 온 것이겠지. 반짝거리는 빨간 스포츠카를 보며 지은은 은별이 마음 세탁소의 세 번째 손님임을 예감했다.

“근데 밥은 먹었니?”

“아니요, 근데 안 먹어도 돼요! 저 다이어트 때문에 하루에 한 끼밖에 못 먹어요. 44 사이즈 유지해야 되거든요. 그래야 옷이 맞아요.”

“나도 많이 먹는 편은 아닌데, 오늘은 배고프네. 이따가 김밥 같이 먹을래? 세탁소 옆에 김밥 파는 분식집 있어. 음… 맛이 나쁘지… 않… 음….”

지은은 누군가에게 밥을 먹자고 청하는 자신이 적잖이 낯설다. 타인과 밥을 먹는 행위는 불편하다. 음식을 씹으며 대화를 나누는 건 곧 자신의 삶을 나누며 가까워지는 행위 아닌가. 무심결에 은별에게 밥을 함께 먹자고 말한 자신에게 놀란다.

“거기 떡볶이도 팔아요? 떡볶이 먹고 싶은데…!”

“떡볶이 좋아하는구나. 팔지.”

“우와, 진짜요? 저 떡볶이 완전 좋아해요. 언니 원픽은 밀떡이에요, 쌀떡이에요? 전 둘 다 잘 먹긴 해요. 진정한 떡볶이 러버는 밀이냐 쌀이냐를 가리지 않죠. 근데 살찔까 봐 엄마가 못 먹게 한 지 오래됐어요. 최애 음식인데…!”

떡볶이를 먹을 생각에 평소보다 들뜬 은별은 눈을 동

그렇게 뜨며 지은의 뒤를 따라 들어선다. 밀떡이건 쌀떡이건 뭐가 중요할까. 세상의 모든 떡볶이는 옳은 걸. 순대도 시켜서 떡볶이 국물에 콕, 찍어 먹어야지. 김밥도 먹고. 아, 튀김도 팔려나? 어쩜 좋아, 너무 좋아! 오랜만에 들뜬 은별이 신나 조잘거리는 동안 세탁소 앞에 도착했다.

"어머, 언니. 여기가 세탁소예요? 세상의 끝에 있는 카페 같아요! 아일랜드에 있는 카페 사진을 본 적 있는데, 거기 같아요. 입구에 핀 이 꽃은 이름이 뭐예요?"

"능소화. 여름에만 피는 꽃인데 오늘 색다르게 피워봤어. 평소엔 빨간 동백이 펴 있어."

"지금 가을 아니에요?"

"가을이긴 한데, 여기선 필 수 있어. 나중에 설명해 줄게."

"언니 능력자구나…!"

휴대폰 충전만 되면 여기서 라이브를 켜도 될 만큼 카페 같고 편안하고 예쁜 공간이라고 생각한다. 안개가 희뿌옇게 낀 도시의 꼭대기에서 신비로운 분위기를 풍기는 이곳은 꽃과 넝쿨로 둘러싸인 입구도 예쁘고 조명도 좋고 심지어 뷰도 아름답다. 들뜬 은별이 계속해서 조잘거린다. 마치 고등학생이라도 된 것처럼 눈이 빛난다. 어제까지는 왜 안 죽나 싶을 만큼 괴로웠는데 오늘은 이렇게 즐거워도 되는 건가 싶을 정도로 자신이 낯설게 느껴진다. 아주 오랜만에 느끼는 신남이다.

온통 낯선 하루다. 앞서가는 저 언니는 화장도 많이 안 한 거 같은데 왜 저렇게 신비롭고 매력적이지? 관리 어떻게 하는지 꼭 물어봐야겠다 생각하며 지은에게 말을 건다.

“언니…! 여기 너무 좋네요. 무슨 세탁소가 이렇게 예뻐요?”

“예쁘지. 앉고 싶은 데 편히 앉아. 구경하고 싶으면 해도 되고.”

“와, 저 이런 공간 너무 좋아해요. 라이브 예고로 스토리 올려야 되는데…! 아 맞다, 언니 휴대폰 충전기 있어요?”

“어. 이리 줘봐. 커피는 없고 차밖에 없어서 차 우려줄게, 괜찮니?”

“네, 좋아요! 고맙습니다!”

합장하듯 양손을 가슴에 모은 은별은 호기심 가득한 눈빛으로 세탁소 내부를 둘러본다. 따뜻하고 햇살이 잘 들어오는 공간이다. 아주 행복하고 포근한 순간을 떠올리게 하는 깨끗한 빨래 냄새도 난다. 어린 시절 엄마한테 안길 때 맡았던 그 냄새 같다. 가만, 근데 이 동네 어디지. 그걸 안 물어봤네.

삐그덕.

벌컥 하고 커다란 나무문이 열리며 남자가 들어온다. 남자는 은별이 있는 방향을 쓱 보고 고개를 까딱하며 인사를 하더니 입구에 서서 지은을 향해 큰 소리로 말을 한다.

"사장님, 이따 우리 퇴근하고 와인 한잔할래요?"

"재하, 왔니? 연희한테 말했는데. 나 술 안 마신다니까."

"왜 그 좋은 걸 안 마셔요? 살짝 취하면 인생이 얼마나 즐거워지는데요! 일단 우리 캔맥주부터 시작합시다. 맥주 한 캔, 소주 한 잔, 막걸리 한 잔, 와인 한 잔, 위스키 한 잔씩 마시면서 사장님한테 뭐가 맞는지 테스트해 보는 거예요. 어때요?"

"웬 술을 종류별로…. 너 광고 회사 때려치우고 이직하니?"

"사장님 방금 마법 썼어요? 저 오늘 면접 보는 거 어떻게 아셨어요? 이직하려고 정규직 되는 회사로 서류 넣고 있긴 한데, 전공 살릴 겁니다! 사람들한테 또 무슨 말 들으려고요. 뒤에서 수근대는 거 지겨워요. 저 광고 일 하려고요!"

"전공 살리는 게 의미가 있어? 내 인생인데 내 마음이 원하는 대로 해야지. 하고 싶은 대로 해. 괜찮아."

"아 진짜 사장님한텐 무슨 거짓말을 못해. 솔직히 말해

봐요, 독심술 지금 쓰고 있죠?"

"푸훗… 영화 만들다가 광고 회사 다니다 정규직 합격한 다른 회사 다닌다고 해서 누가 뭐라고 하니. 뭐라고 하면 좀 어때, 내 인생인데. 갔다 아님 다시 돌아오면 되는 거지. 눈치 보지 말고 네가 원하는 대로 해. 정답이라 믿으면 그게 정답이야. 다른 사람들 눈치 보지 말고. 그렇게 해도 괜찮아. 그리고 생각보다 사람들은 너한테 관심 없어."

"생각보다 사람들은 저한테 관심 없다니… 뼈 때리네요. 와… 사실 저 소믈리에 과정 자격증 따고 이번 주에 와인 회사 서류 통과했어요. 어떻게 아셨어요? 처음엔 소주 마시는 놈이 무슨 와인이냐 싶었는데, 우연히 땜빵으로 와인 시음회에 갔다 국내 1호 소믈리에의 강연을 듣게 됐어요. 머리가 새하얀 70대 중반 정도 되신 분이셨는데, 그분도 어렵게 사시다 호텔 벨보이부터 시작해서 레스토랑에 취업하시고 서빙을 거쳐 소믈리에가 되셨대요. 그분 눈빛 보는데 온몸에 전율이 일었어요. 저런 어른이 되고 싶다, 저렇게 단정하고 단단한 눈빛으로 늙고 싶다, 저 분의 길을 따라가자, 하는 생각이 들어서 무작정 시작했는데… 이게 생각보다 재미있고 공부할 게 많은 분야더라고요?"

지휘하듯 양팔을 휘저으며 이야기하는 재하를 보며 웃던 지은은 은별에게도 웃음을 지어 보이고 문 앞의 재하를 향해 걸어간다. 보내지 않으면 밤새 이야기할 기세인 재하를 보내기 위해 문을 열어준 뒤 등을 두 번 톡톡, 친다. 이제 그만 가라는 신호다.

"다 알지. 이따 연희랑 들러, 술은 안 마셔도 잔은 내어줄게. 찻잔에 와인 괜찮지?"

"하…! 잔이 얼마나 중요한데요…! 잔도 제가 가져올게요. 이따 봐요, 사장님! 해인이라는 친구 한 명 더 데리고 와도 되죠? 아, 저기 분식집 가서 손님이랑 식사도 하시고요. 면접 보고 올게요!"

평소에 입지 않던 말쑥한 정장 차림에 새로 산 구두를 신고 긴장한 기색이 역력한 재하의 손엔 주류 회사의 서류 봉투가 들려 있다. 1차 면접에서 받은 회사 소개서를 소중히 끌어안고 2차 면접을 가는 길이다. 재하와 이야기를 하는 지은을 바라보며 은별도 따라 웃는다. 이상한 공간이다. 들어오는 순간부터 마음이 들뜨더니 사람을 자꾸 웃게 한다. 웃는 사람들 곁에선 자꾸 웃고 싶고, 우는 사람들 곁에선 울고 싶다더니. 여기가 세탁소라 그런가, 이상하게 되게 편안하다.

'좋은 사람들만 사는 동네인가 봐.'

그나저나 휴대폰 충전은 언제 되나. 밤 되기 전에 라이브 해야 하는데. 고속충전기를 차에서 가지고 올까.

“차 마셔, 휴대폰 충전은 잘 되고 있어. 조금만 기다려.”

“언니, 진짜 독심술 써요? 제 생각 어떻게 알아요? 대박 사건. 근데 이 동네 사람들은 다 친한가 봐요?”

입술이 데일 만큼 뜨겁지는 않은, 딱 좋은 온도의 따뜻한 찻잔을 받아 든다. 생각보다 맛있어서 눈이 동그랗게 떠진다. 차를 마시는 은별의 잔이 비어가는 걸 지켜보던 지은이 하얀색 티셔츠를 건넨다. 티셔츠를 받아 든 은별과 마주 보며 바 테이블 반대편에 앉은 지은은 차분히 입을 연다.

“여기는 그냥 세탁소가 아니야. 마음 세탁소야. 마음에 있는 얼룩을 지워주거나, 주름을 다려주는 세탁소지. 만약 은별이가 지우고 싶은 얼룩이나 주름이 있다면, 여기서 해결해 줄 수 있어.”

“마음… 세탁소…요? 그런 게 있어요?”

“있지. 바로 지금 여기, 이곳은 세상에 하나밖에 없는 세탁소야. 네가 이곳으로 이끌려 온 건 아마 필연적인 이유가 있기 때문이라고 생각해. 나는 이 세탁소에서 치유와 위로가 필요한 사람들의 얼룩을 다정하게 어루만져 주는 일을 하는 지은이라고 해.”

가뜩이나 큰 눈을 더 동그랗게 뜨는 은별을 보며 지은은 평소보다 더욱 친절하게 자신을 소개한다.

마음을 치유하고 싶다며 스스로를 열어 보이는 이들은

꽤나 용감한 사람들이다. 대부분의 사람은 속이 곪아 있다. 곪아 있는지도, 아픈지도 인지하지 못하고 살아가는 이들이 대부분이다. 가장 아픈 상처 한두 개쯤은 치유해 주어야 살 만해진다는 것도 모르면서 살아간다. 지은이 억겁의 세월 동안 사람들에게 위로 차를 건네고 이야기를 들어주며 마음을 어루만져 준 것만으로도 그들은 한결 편안하게 자신의 아픔을 데리고 살아갔다. 그리고 지금 눈앞에 잔뜩 떨고 있는 저 아이에게도 치유가 필요한 순간이 이르렀음이 느껴진다.

"선택은 스스로 해. 만약 마음에 지우고 싶은 얼룩이 있다면, 그 옷을 입고 눈을 감고 천천히 떠올려 봐. 그럼 옷에 얼룩이 생기기도 하고, 주름이 지기도 하지. 옷을 벗은 뒤 그 얼룩을 지우고 싶으면 2층으로 올라와서 내게 주면 돼. 지우고 싶지 않다면 옷을 그냥 두고 가거나 가지고 가도 돼. 원하는 대로. 무엇이든 괜찮아."

은별은 티셔츠를 받아 든다. 절로 입이 벌어진다. 한참을 물끄러미 바라보던 은별은 2층 계단을 올라가는 지은의 뒷모습을 보며 티셔츠를 입는다.

'뭐야 저 언니, 정말 독심술이라도 쓰는 건가.'

낯선 도시, 낯선 하루. 정말 이상한 날이다. 꿈을 꾸고 있는 걸까? 하긴. 안개가 구름처럼 뿌옇게 낀 이런 날은 어떤 일이 일어나도 이상할 것 같진 않다. 가장 이상한 건,

살고 싶어지는 지금 이 순간의 감정이다.

살고 싶다.
지울 수 있는 마음의 얼룩을 지우고,
살고 싶다.

"언니, 제가 가장 지우고 싶은 걸 지우면… 제 삶이 완전히 바뀌어요. 바라는 거긴 한데… 너무 힘들어서 놓고 싶긴 한데… 한편으론 다시 무언가를 시작할 수 있을지 걱정돼요. 화려한 제가 아닌 그냥 민낯의 저를 사람들이 이해하지 못하거나 좋아해 주지 않으면 어쩌죠? 저희 가족들은 저 없음 아무도 돈을 벌 줄 모르는데, 어떻게 살까요."

하얀 티셔츠의 오른쪽 끝을 묶어 크롭티로 만들어 입고 올라온 은별이 창밖을 향해 서 있는 지은의 뒤에 놓인 의자에 스스럼없이 앉는다. 꼭 물처럼 맑고 투명한 솔직함으로 상대를 무장해제 시켜버리는 매력이 있는 아이다. 의심하지 않고, 계산하지 않고, 보이는 그대로 상대를 믿어버리는 아이. 한눈에 보아도 정 많고 사람 좋아하는 아이. 여기가 마음 세탁소라는 말에도 반문하거나 의심하지 않고 진지하게 자신의 얼룩에 대해 고민하는 아이.

타인의 마음 얼룩 제거에 먼저 나서지 않는 게 지은의 원칙이지만, 원칙은 깨라고 있는 것 아닌가. 원칙이 깨지면 원칙을 또 만들면 되지. 마지막 생이라고 마음먹은 뒤로는 마음이 시키는 대로 살기로 한 지은이다. 저 아이의 아픔에 왜 이리 마음이 쓰이는지. 혹시 어느 세기에선가 스쳐 지나갔던 인연인가 싶어 아무리 생각해 보아도 떠오르는 건 없다.

"너를 잘 모르는 사람들한테 이해받으려고 하지 마. 얘, 너 자신도 너를 이해 못하지 않니? 나는 나를 이해 못하겠던데."

"언니도 그래요? 언니는 뭐든 다 알고 이해하는 사람 같아 보여요."

"보이는 게 전부가 아니지. 보이는 건 단지 내가 보고 싶은 모습일 뿐이고, 남이 보여주고 싶은 모습일 뿐이야. 너 팔로우 하는 사람들이랑 친하니?"

"아니요, 대부분 몰라요. 사실 저 수다 떠는 거 되게 좋아하는데, 모델 생활하면서 학교를 못 가서 친구들이랑 연락이 끊겼거든요. 지금 만나는 사람들은 친구라기보단… 서로 필요해서 만나는 사이랄까요? 어느 순간부터 되게 외로웠어요."

"그렇게 남들 시선 신경 쓰고 외롭게 사는 거 힘들었겠다. 괜찮았니?"

"…힘들어요. 사실은… 너무너무 힘들어요, 언니…!"

지은의 힘들지 않았냐는 한마디에 고리가 툭, 끊어지듯 울음이 터진다. 힘들다. 사실 이 모든 것을 그만하고 싶다. 진짜 친구를 사귀고 싶다. 그럴듯한 사진을 찍어 올리지 않아도, 지질한 모습 그대로 보여주고, 힘들고 아프고 기쁜 이야기들을 나누며 지낼, 그런 친구를 사귀고 싶다.

펑펑 우는 은별의 눈물을 보며 지은은 안도한다. 울어야지. 사람이 슬프면 우는 거지. 다행이다.

"마음 풀릴 때까지 울어도 돼. 여긴 아무도 안 와. 안심해."

"언니… 너무 힘들어요…. 저 진짜 인플루언서로 살던 모든 삶을 지우고 싶어요. 이 삶 자체가 얼룩이에요."

한참을 웅얼거리며 우는 은별의 티셔츠에 진하게 얼룩이 새겨지고, 주름이 진다. 구겨진 주름은 다리면 되고, 얼룩은 빼면 된다. 다만 힘들고 슬픈 마음은 한바탕의 울음이 지나가야 해소된다.

"그동안 슬프면 울었어?"

"아니요…."

"그동안 화나면 화냈어?"

"…화를 어떻게 내요…. 누구한테…."

"화나게 하는 대상한테 내야지. 슬프면 울고 화나면 화내고 기쁘면 웃는 거야. 그게 사는 거야. 심심하면 지루한 표정 짓고. 응? 그게 자연스러운 거야."

"언니, 저는 사진이 많이 찍혀서… 잘못 화내면 인스타 올라가고 기사 날까 봐…. 흑흑…."

훌쩍이며 말을 하던 은별의 울음이 서서히 그쳐간다.

"사진 찍어 올리면 어떠니. 기사 좀 나면 어때. 괜찮아. 다 실수하고 그러는 거지. 실수 한 번 안 하고 어떻게 사니? 그건 사람 아니다."

"실수해도 괜찮아요…? 정말요?"

"당연하지. 실수해도 돼. 네가 잘못한 거 있음 사과하면 되고, 누가 잘못했음 사과 받고 이해해 주면 되고. 회복이 안 되면 안 되는 대로 받아들이면 돼. 사는 게 어떻게 언제나 완벽할 수 있겠어. 방황하고 흔들리고 실수하고 넘어지고. 그래도 다시 일어서고 중심 잡으려고 하고. 그러면 돼. 괜찮아."

지은은 은별의 어깨에 손을 올리고 토닥토닥 두드린다. 울음이 잦아들자 지은의 두 손을 잡은 은별의 눈을 따스히 마주 보며 말을 잇는다.

"있잖아, 다른 사람 너무 신경 쓰지 말고 스스로를 보살펴. 힘들 때 좋은 곳 가서 여행도 하고, 화나면 화도 내고, 맛있는 거 먹으며 스트레스도 풀고, 다른 사람 말고 자신을 위해 살아보기를 시작해 봐. 그럼 인생이 생각보다 아름답다. 살 만해."

"살… 만해요? 사실은요, 언니… 저 살고 싶지가 않았어요."

"살고 싶지 않을 수 있어. 나도 많은 순간 살고 싶지 않았거든. 그런데 말이야, 살고 싶지 않다고 느끼는 순간에도 살게 되더라. 살게 되니까 살아져. 살아지니까 별거 아닌 일에 가끔 웃게 되고. 웃으니까 또 살아져. 신기하지?"

"살아…지니까… 웃…어요? 저도 살고 싶어지는 날이 올까요."

"음, 그건 아마도 지금 네가 더 잘 알 것 같은데? 그리고 너 자신을 잃어가면서까지 지켜야 할 관계는 어디에도 없어. 설령 그게 가족이나 사랑하는 사람이라 할지라도. 너 자신보다 중요한 건 없어."

지은의 말에 고개를 끄덕이며 은별은 입었던 옷을 벗어 양손에 소중히 담아 내민다.

"이제부터 네가 한 번도 본 적 없는 아름다운 장면을 보여줄게."

지은이 오른손을 모아 뻗자, 빨간 꽃잎이 동그랗게 회오리치며 은별이 벗은 옷을 세탁기 안으로 가져간다. 마치 반딧불이가 꽃잎의 양옆에 길을 내듯 빛과 함께 꽃잎에 싸인 얼룩 묻은 옷이 세탁기 안으로 들어가 빙글빙글 돌아간다. 은별은 슬픔을 잊고 꽃잎의 향연을 바라본다.

세탁기가 빙글빙글 돌아가며 태양이 빛나듯 빛이 번진다.

"나는 세탁소에서 이 순간이 참 좋더라. 얼룩이 묻은 빨래가 빙글빙글 돌아가는 걸 보는 이 순간 말이야. 때론 상처가 빛이고, 아름다운 꽃이 되기도 하니까. 전부는 아니지만."

지은의 말을 들으며 은별의 눈에는 뜨거운 눈물이 흐른다. 소리 없이 운다. 지은이 건넨 옷을 입으며 인플루언서로 지냈던 모든 날의 기쁨과 슬픔이 얼룩으로 나타나길 빌었다. 너무 화려해서 외로웠던 날들. 하지만 그 안에 고정된 이미지로 자신을 가둔 건 자기 자신이었음을 이제야 알 것 같다. 맞지 않는 신발을 오랫동안 신어서, 신발을 신으면 발이 아픈 게 당연한 줄 알았다.

"은별아, 이 얼룩을 지웠다고 해서 나중에 네가 다시 유명해지지 않으리란 법은 없어. 네가 또다시 사람들의 관심을 받고 살아갈지도 몰라. 그때도 지금처럼 힘들어할까? 마음의 얼룩은 한 번만 지워줄 수 있거든."

"아… 아직 잘 모르겠어요."

"맞아, 아직 모르는 게 당연하지. 아직 그 순간을 살지 않았으니까. 다시 유명해질 수도 있고, 아닐 수도 있고. 행여 다시 유명해지더라도 화면 안의 너와 화면 밖의 너를 동일한 인물로 만드는 방법을 지금보다는 알게 되겠지?"

"그럴까요?"

"그럴 거야. 그렇게 믿으면 그렇게 되더라. 그리고 네가 먼저 마음을 열고 다가가면 사람들은 너에게 마음을 열어. 진정한 친구를 사귀는 방법을 알려줄까?"

"네! 알고 싶어요!"

"네가 그간 만나온 유명한 사람들, 모르긴 몰라도 다들 외로울걸? 일단 카메라 내려놓고 만나. 친해지고 싶으면 먼저 다가가고 마음을 여는 연습을 해봐. 지금처럼 순수하고 솔직한 마음을 보여줘."

"그러다 거절당할까 봐 두려워요."

"거절당하면 뭐 어때. 그 사람도 그 사람만의 사정이 있어서 거절하는 거겠지. 우정은 같이 보낸 시간이나 마음의 깊이만큼 생기는 거 같아. 충분한 시간과 마음과 노력을 들이며 진심을 다해봐. 내가 마음을 주지 않는데 상대방이 마음을 주기 바라면 그건 망상이지. 욕심이고. 용기내서 휴대폰 화면 너머의 사람들을 만나. 너를 위해서."

대화를 마친 두 사람 주변의 공기가 온화하다. 따뜻한 봄의 꽃향기처럼 향기로운 바람이 분다. 마중 나왔던 꽃잎의 잔향인가 싶다.

"언니, 그럼 우리는 지금 친구 된 거예요?"

"그럼, 우리 마음을 나누었잖아. 진심으로 마음을 나누면 한 번을 만나도 친구가 될 수 있어. 배고프지 않니? 옥상에 빨래 널고 떡볶이 먹으러 가자."

"맞다, 떡볶이…! 빨래 어디에 널어요? 제가 뛰어갔다 올게요!"

울다가, 웃다가. 저렇게 감정 표현에 솔직한 아이가 그동안 어찌 참고 살았담. 지은이 손짓으로 가리킨 계단을 향해 뛰어올라 가는 은별을 보며 지은은 속에 민트향이 번진다. 초록의 기운, 나뭇잎이 온몸을 타고 올라와 지은이 나무가 된 듯한 느낌. 다른 이의 얼룩을 빼며 이렇게 속이 시원한 적 있었나. 시원한 게 아니고 배가 고픈 거 같기도 하고. 요즘 배가 자주 고프네.

지은은 피식 웃으며 우리 분식에 전화를 건다.

"아줌마, 김밥 두 줄이랑 떡볶이 2인분이랑 순대 간 섞어서 2인분, 튀김 종류별로. 친구랑 가니까 많이 줘."

"오마나, 우리 지은 사장님한테 친구가 찾아왔어? 너무 좋은 날이네! 국수라도 말아줄까?"

"국수는 됐어. 메뉴 개발하지 말라는 거 안 잊었지? 근데 떡볶이가 밀떡이야, 쌀떡이야? 그게 중요한 거야?"

"중요허지! 식감이 달러! 우리 집은 두 개 다 있는디. 몰랐어?"

"아… 알지, 아줌마. 금방 내려갈게! 어묵은 서비스 해줄 거지?"

전화를 끊으며 모두가 웃는다. 웃으면, 살아가는 거니

까. 살다보면 진짜 웃음이 나오니까.

"언니, 인스타 해킹 당했어? 계정 왜 이래? 경찰에 신고 했어?"

"은별아, 엄마 카드값 안 냈다고 정지됐어. 왜 이러니?"

"은별아, 아빠 이번엔 다른 사업을 해보려고 하는데. 사진 좀 찍으러 가자."

마음 세탁소에서 낯설고도 아름다운 하루를 보내고 온 뒤, 은별의 인스타그램 계정은 사라졌다. 은별은 눈물과 함께 마음의 얼룩을 지워낸 메리골드라는 마을이 이상하게 다정하고 포근했다. 불현듯 언젠가 가본 적이 있는 곳일 수 있겠단 생각이 스쳤다. 기억을 더듬어 오래된 사진 앨범을 꺼내어 살펴보니, 막내가 엄마 배 속에 있고 어린 둘째와 은별이 손을 잡고 떠났던 여행의 사진 속에 우리 분식 간판이 찍혀 있다. 낡은 사진 속 선명한 글자에 놀란 은별은 왠지 모를 그리움에 사진을 손으로 쓰다듬는다. 어쩐지. 낯설지 않더라니. 은별이 그곳으로 간 건 우연이 아니라 운명이었던 걸까.

계정이 사라지자 누구보다 가족들이 가장 먼저 괴로워하고 화를 냈다. 하지만 은별은 계정을 복구시키지도, 새로운 계정을 만들지도 않았다.

은별은 변호사와 협의 후 광고 손해배상액을 전액 지불했고 화장품으로 피해 입은 이들에게 일일이 다시 사과를 했다. 예전처럼 공구로 돈을 벌지 않자 아파트에는 차압 딱지가 붙었고 집은 경매로 넘어갔다. 아빠의 사업도 당연한 수순처럼 파산했고 회생 신청이 기각되어 아빠는 사기죄로 2년간 수감되었다. 집이 차압되기 직전 은별은 타던 차와 가방들을 팔아 가족들은 예전에 살던 동네의 투룸 빌라로 이사를 시켜주고, 자신은 청년주거지원을 받아 원룸으로 독립을 했다.

우연히 벌게 된 많은 돈은 은별에게 모래성 같았다. 써도 사라지지 않을 것처럼 돈에게 오만하게 구는 이에게 돈은 신기루처럼 스르르 사라져 버리고 만다. 무너지는 모래성을 보며 점점 마음이 편안해졌다. 가족들은 인스타그램을 다시 운영하라고 난리인데, 은별은 어떻게 해야 하는지 엄두조차 나지 않는다. 아무리 들여다보아도 피드에 어떤 사진과 글을 올려야 하는지 떠오르지 않는다. 정말 내가 이걸로 돈을 많이 버는 인플루언서였다고…?

"…나 회사 앞이야. 출근해야 해. 각자의 문제는 각자가 해결하자. 끊어."

전화를 끊은 은별은 목에 걸린 헤드셋을 머리에 다시

쓰고 소음을 차단한다. 가족들 전화번호는 차단할까 말까…. 왜 나는 가족을 끊지 못하는 거지. 이상해. 물끄러미 휴대폰을 보고 신호등 앞에 선 은별의 어깨를 어떤 이가 가볍게 친다. 팀장이다. 은별은 석 달 전부터 프리랜서 홈쇼핑 MD로 일하고 있다. 신기하게도 구성하는 상품마다 매출이 급상승 곡선을 이루는 덕에 은별은 일이 재미있다.

"팀장님, 안녕하세요!"

"무슨 생각을 그렇게 해? 그나저나 은별 씨, 이번 공구 구성 어쩜 이렇게 했어? 건조한 시즌에 맞춰서 크림이랑 팩이랑 탁상용 가습기까지. 가격 대비 마진율도 높고, 소비자 만족도도 높고, 제품 판매 실적도 우리 팀 1등인 거 알아?"

"정말요? 와… 잘됐네요."

수줍게 웃으며 은별은 신호등을 힘차게 건넌다. 인생은 초록불인 것 같아도 노란불도 들어오고 빨간불도 들어온다. 가끔 빨간불에만 정체되어 있는 듯해도 어김없이 초록불이 된다. 초록불 다음엔 다시 빨간불. 우리가 할 수 있는 건, 그저 길을 걷고 신호등이 나오면 불빛에 따라 움직이는 일이다. 지금 내게 맞는 신호가 없다면 기다리고, 언젠가 신호가 올 때 또다시 걷는 일이 아닐까.

"그래서 말인데, 지금 프리랜서 MD들 정규직 채용 전환 공고가 다음 달에 날 거야. 팀장 추천제가 있어서, 우리 팀은 은별 씨 추천하려고 하는데 어때?"

"저야 너무 좋죠. 추천 감사합니다, 팀장님. 열심히 해볼게요."

초록불.

이번엔 여과 없이 투명한 초록불이다.

"은별 씨는 주말에 주로 뭐 해?"

"저요, 핫플도 가고 종일 늘어져 쉬기도 하고 그래요."

"아… 대체 일 안 하는 시간은 어떻게 보내길래 상품 구성을 이렇게 잘하나 해서. 안 쉬고 일만 하는 줄 알았지."

금요일 퇴근길, 옆자리 이 대리가 은별에게 진심으로 궁금하다는 표정으로 묻는다. 정규직 전환이 된 은별은 요즘의 삶이 왠지 몸에 잘 맞는 편안한 옷을 입고 사는 느낌이다. 쉬는 날엔 친구들과 집에서 맛있는 음식을 만들어 먹고, 맛집에도 가고, 카페도 간다. 친구들과 찍은 사진을 인화해서 앨범에 차곡차곡 붙인다. 일이 끝나면 화장도 하지 않고 머리도 감지 않고 제일 편한 옷을 입고 모자를 푹 눌러쓰고 걷는다. 목적 없이 걷다 보면 다리는 아프지만 이전에는 보지 못했던 풍경들이 보인다. 가끔 뛰기도 한다. 한참 뛰고 나서 땀을 흠뻑 흘리고 숨을 헐떡이며 심장이 빠르게 쿵쾅거림을 느끼는 순간, 살아 있다고 느낀다. 살아 있지만 살아 있는 날들이 별로 없었는데.

모든 것이 좋지는 않지만 많은 것이 좋다. 가족에게 전해 들은 은별의 화려한 시절의 스포트라이트를 떠올리면, 그리움보다 몸서리치는 차가운 외로움이 먼저 느껴진다. 분명 좋은 순간도 많았을 텐데. 좋았던 기억은 남겨두고 얼룩을 지울 걸 그랬나, 조금 후회도 한다. 생각이 많아질 때면 낯선 도시에서 만난 친구가 해준 말을 적어둔 노트를 꺼낸다.

"일단 살아. 죽지 말고 살아. 의미와 재미 같은 거, 산 다음에 찾아. 그리고 잊지 마. 너는 너로서 충분해. 하늘의 별 말고 네 안의 별을 봐. 어둠 속에서도 너는 빛나고 있어. 기억해. 네가 무엇이건, 화려한 옷을 입지 않아도, 지금 입은 얼룩덜룩한 옷을 입어도 이미 존재만으로도 별처럼 빛나고 있음을."

'언니, 저 잘 지내고 있어요. 보고 싶어요. 조만간 언니한테 갈게요. 그때 그 오빠도 면접 붙었는지 궁금해요. 하암… 편지 쓰고 싶은데 너무 졸리네.'

무거운 눈꺼풀이 눈을 감긴다. 졸리다. 졸려. 졸려서 좋다. 잠을 자서 좋다. 졸려서 잘 수 있음이 좋은 걸 아는… 오늘의 살아 있음이… 좋다…. 하암… 너무 졸리다. 생각은 내일 해야지.

스르르 잠이 든다. 진짜 미소를 머금고.

"해인아, 오늘 저녁에 퇴근하고 뭐 해?"

"별일 없어. 행사가 일찍 끝나서 퇴근하는 중이야. 저녁 먹을까?"

"좋지, 그럼 일곱 시에 동네 맨 꼭대기에 있는 마음 세탁소로 와. 연희랑 같이 보자. 이 형이 중대한 발표가 있으시다! 하하하."

"좋은 일 있나 봐? 그래, 그러자. 근데 세탁소에서 음식도 먹을 수 있어?"

"어, 거기는 그냥 세탁소가 아니야. 가보면 알아. 음식은 적당히 하나씩 사 가자. 너 포트럭 파티 알지? 하하하."

호탕하게 웃으며 들뜬 재하의 목소리를 들은 해인은 빙그레 웃으며 전화를 끊는다. 재하와 연희는 태어날 때부터 친구였고, 해인은 초등학교 3학년 때 할머니의 동네로 이사를 오며 그들과 친구가 됐다. 사진작가였던 엄마와 클래식 피아노를 전공해 밴드에서 건반을 치던 아빠는 공연장에서 만나 사랑에 빠졌고, 해인과 셋이 단란한 가정을 꾸려나갔다. 정말 뜨겁게 사랑하는 이들을 하늘이 질투했던 건지, 교통사고로 엄마와 아빠는 동시에 세상을 떠났다. 어린 해인의 후견인으로 할머니가 지정되어 보험금이 지급되었다.

전학을 온 뒤로 말수가 적고 내성적인 해인이 혼자 다니는 걸 본 재하는 놀이터에 가자고, 달리기를 하자고, 숙제를 하자고, 밥을 먹자며 곁에 있기 시작했다. 재하의 친구 연희까지 셋은 동네에서 함께 자랐다. 일기장처럼 흑역사를 공유하는 세 사람 중 해인은 대부분 듣는 역할이다. 재하와 연희가 말하면 해인은 빙그레 웃으며 이야기를 듣는다. 해인은 속내를 말하지 않고 듣는 게 편안하다.

혼자 자란 해인에게 언어는 음악이다. 쳇 베이커, 듀크 웰링턴, 빌 에반스, 폴 데스몬드를 좋아한다. 그들이 연주하는 음악을 듣고 있으면 해인은 자유로워진다. 대학에서 미술사를 전공한 뒤 독립전시기획자로 일하며 사진을 찍고, 음악을 듣고, 말소리를 들으며 살아간다. 해인은 자신의 삶에 대체로 만족한다. 좋아하는 일을 하고, 음악을 듣고, 책을 읽을 수 있는 여유가 있는 삶이 때론 사치스럽게 느껴지기도 하지만.

재하의 전화를 끊고 버스에서 내릴 준비를 하며 재생 목록에서 〈Take Five〉를 플레이한다. 긴 하루의 끝에서 피아노, 드럼, 색소폰의 3박자로 연주하는 경쾌한 '5분간 휴식'을 들을 수 있는 여유만 있다면 오늘 같았던 어제도, 어제 같은 오늘도, 오늘 같을 내일도 견딜 만하다. 이어폰에서 흘러나오는 선율을 따라 흥얼거리며 버스에서 내린다.

"빠바빠빠, 빰빰빠밤— 빠바빠빠 빰빰빠빰."

천천히 동네의 꼭대기를 향해 계단을 올라가며 음악의 속도만큼 심박수도 올라간다. 쿵, 쿵, 쿵.

"다 왔네, 경치 좋다. 이렇게 높은 데 올라오면 마음이 편안해져."

해인은 목에 걸려 있는 오래된 라이카 카메라를 들어 올려 사진을 찍는다. 마음 세탁소와 우리 분식 간판이 사이 좋게 붙어 있는 걸 찍고 천천히 세탁소 주변을 둘러본다. 바닷가가 있는 도시의 꼭대기 끝에 있는 건물이라고 하기엔 수백 년 전, 아니 시공간을 뛰어넘은 세기의 목재로 만들어진 건물 같다. 구조가 왠지 익숙하다.

'정원 뒤쪽으로 돌아가면 옥상으로 올라가는 계단이 있을 거야. 꿈에서 봤나, 왜 이리 익숙하지.'

해인은 정원 뒤쪽으로 돌아가 옥상을 향해 올라간다. 아무도 없는 것 같지만 조심스럽고 조용히 계단을 오른다. 계단의 끝에서, 해인은 숨이 멎었다.

'뭐지, 이곳은…!'

세상의 끝에서나 볼 수 있을 것처럼 해는 가까이에서 크게 타오를 듯 빨갛게 지고 있었다. 기분 좋은 가을바람에 빨랫줄에 걸어둔 빨래들이 펄럭이고 있다. 물들어 가는 하늘처럼 빨래도 물들어 간다. 빨래가 바람에 마르는 풍경이 꽃잎이 날아다니는 듯 몽환적이다. 해인은 본능적인 이끌림으로 카메라를 들어 셔터를 누른다.

두 면은 바닷가고 두 면은 도시인 이곳은 지구상에 존재하지만 존재하지 않는 풍경 같다. 빨랫줄에 널린 옷들은 하얗다. 바람이 불자 옷에서 꽃잎들이 동그랗게 원을 그리며 흘러나온다. 낙하하는 저녁을 향해 빨간 꽃잎들이 춤을 춘다.

넋을 잃고 바라보던 해인은 카메라를 들어 눈앞에 보이는 믿을 수 없는 광경을 연속으로 찍는다. 살면서 다시는 이런 아름다움을 느끼지 못할 거라 예상되는 순간이 있다면 바로 지금 아닐까. 지는 해를 향해 빨려 들어가듯 날아가는 꽃잎을 정신없이 찍으며 클로즈업을 하다 보니, 긴 속눈썹 끝에 걸린 눈물이 찍혔다.

'…!'

해인은 깜짝 놀라 카메라를 내린다. 침을 꿀꺽 삼킨다. 한 여자가 노을 진 하늘을 향해 꽃잎이 가는 길을 배웅하듯, 아주 소중하고 연약한 물건이 손에 담긴 것처럼 양손을 공손히 모으고 어깨 높이로 들어 올리고 있다. 눈을 감고 주문을 외듯 꽃잎을 날려 보내던 여자의 속눈썹 끝에 맺힌 눈물이 마침내 또르르, 흐른다. 눈물이 뺨을 스치고 지나 꽃잎에게 닿자, 빛이 번지며 날아가던 꽃들이 사라진다. 해인은 두 눈으로 본 광경이 믿기지 않아 카메라를 들지 않은 왼손으로 양쪽 눈을 부빈다. 몇 번이고 눈을 부벼대도 여자는 사라지지 않는다. 해는 사라졌고 노을의 잔해가 하늘에 담아 다가올 밤을 기다린다. 밤이 오는 길이 어둡지 않도록, 밤이 잠에서 깨어나 밤을 홀로 보냄이 외롭지 않도록 지는 해가 마중이라도 하듯이 찬찬히 밤이 오는 길을 비추고 있다.

여자는 올린 손을 툭, 떨군다. 아직 자신의 존재를 눈치채지 못한 여자를 향해 다시 카메라를 든다. 어딘지 익숙한 뒷모습이다. 빨래에서 나와 하늘로 향해 날아간 빨간 꽃잎들이 여자가 입은 옷에 꽃다발처럼 그려져 있다. 검은 바탕에 빨간 꽃이 가득한 옷을 입은 여자가 천천히 몸을 돌려 해인의 카메라를 정면으로 바라본다. 뷰파인더를 통해 본 눈동자는 검고 깊고 슬픔이 가득하다. 여자와 눈이 마주친 해인은 천천히 카메라를 내린다. 생경한 광경을 보았고 여자는 눈물을 흘린다. 해인은 여자를 향해 천천히 걸어간다. 가까워질수록 숨이 턱, 막힌다. 여자는 해인의 첫사랑과 너무 닮아 있다. 해인은 믿을 수 없다는 듯 눈을 비비고 고개를 흔들어 정신을 차리고 인사를 건넨다.

"안녕하세요. 놀라셨다면 사과드릴게요."

"아, 괜찮아요."

엉겁결에 대답을 내뱉은 지은이 스스로에게 놀란다. 어, 내가 왜 존댓말로 대답을 하지. 세기를 넘나들며 너무 오래 살고 나이를 많이 먹은 탓에 늘상 반말이 자연스러웠던 지은이다. 우는 걸 들켜서 그런 건가.

"어, 저는 재하 친구 해인이라고 해요. 오늘 여기서 만나기로 해서요."

"알고 있어요. 나는 세탁소 주인 지은이에요. 다른 사람에게 이런 장면을 보여준 적이 없는데. 놀라지는 않았어요?"

"아… 네. 저는 놀라진 않았어요. 그런데 사장님은 괜찮으세요?"

"누가 나한테 괜찮냐고 물어봐 주는 거 오랜만이네. 매번 내가 물었는데. 괜찮아요."

"괜찮지 않다고 말해도 괜찮은데."

"나, 안 괜찮아 보여요?"

"…네. 눈물, 흘리셨잖아요. 꽃잎 날려 보내면서."

"다 봤구나. 괜찮은 척하는 것도 들키고. 오늘 본 건 비밀로 해줘요. 그나저나 꽃잎들이 왜 빨래에서 날아간 건지 궁금하지 않아요?"

"궁금하긴 한데, 다음에 말해주세요. 지금은 안색이 너무 안 좋아요. 따뜻한 물 있으면 드시고 들어가 좀 쉬는 게 어때요? 꽃잎 아니고 지은 씨가 이 바람에도 날아갈 것처럼 힘들어 보여요."

해인의 말에 지은은 피식, 웃으며 머리를 쓸어 넘긴다. 세탁소를 거쳐 간 이들이 마음에서 지운 얼룩은 햇빛에 바싹 말리면 꽃잎이 된다. 해가 낙하하는 시간, 가장 빠알갛게 타오를 때 꽃잎을 보내 흔적 없이 태워버린다. 해에게 보내도 타지 못한 꽃잎들은 지은의 곁에서 살게 한다. 지은이 마법을 부릴 때마다 나오는 꽃잎은 백만 년의 세월 동안 해에게 가닿지 못한 사람들의 마음이고, 상처고, 얼룩이다. 그 장면을 해인이라는 남자가 보고 말았다. 놀라지도 않고 부드러운 어조로 말을 하는 남자의 차분한 음성에 지은도 마음이 부드러워진다. 이상하다. 어딘가 그리운 아빠의 눈빛을 닮은 듯하다. 아니, 수 세기 전 사랑했던 연인의 눈빛을 닮은 걸까? 어쩐지 그에게서 그리운 냄새가 난다. 긴 대화 없이도 해인이 상대를 존중하는 사람임이 느껴진다. 존댓말을 하는 것, 존중한다는 것, 존중받는다는 것…. 다정과 배려가 이런 걸까. 존댓말 이거, 얼결에 했지만 괜찮네. 세탁소 손님한테도 가끔 써볼까.

"누구보다 당신을 애타게 사랑하고 기다렸어요."

"네…? 어… 저… 저를요? 어… 감사한데… 저희가 방금… 처음 만났는데…."

얼굴이 새빨개져 당황하는 해인을 보며 지은이 웃음을 터트린다. 괜히 놀리고 장난 치고 싶은 마음이 든다. 대체 이 사람을 어느 세기에서 만났던 거지.

"꽃말이요. 이 빨간 꽃잎들은 동백이에요. 사람들 마음의 아픔과 상처가 깨끗하게 지워져서 다시 삶을 사랑할 수 있길 애타게 바라는 마음으로 이 꽃잎들을 하늘로 보내요. 그래서 노을 지는 시간에 보내요. 열렬히 타오르라고."

해인은 고개를 끄덕이며 경청한다. 말을 하며 점점 처음보다 표정이 나아지는 지은을 보며 해인은 안도한다. 처음 만났는데, 이상하게 왜 이렇게 신경 쓰이지. 첫사랑을 닮아서 그런가. 아니, 더 묘하게 사람을 끄는 매력이 있는 여자다. 둘의 주변을 빨간 꽃잎이 동그랗게 맴돈다. 지은이 타인에게 마음속 이야기를 털어놓는 것이 꽃잎들도 신기한 모양이다.

"얘네들 예쁘죠. 꽃잎들은 제 감정에 따라 색이 바뀌는데, 대부분 빨간색이에요. 감정을 일정하게 유지하는 게 더 편하니까요. 아, 제가 말이 많네요…."

울어서 그런가, 이 남자랑 대화가 하고 싶은 건가. 이유가 무엇이든 지은의 마음은 한결 편안해진다. 그나저나, 내가 마법을 쓰는 걸 보면서도 놀라지 않네. 존재만으로도 마음을 열게 하는 재주가 있다, 저 남자.

'부드러운 베이지색 같은 남자네.'

지은은 해인을 바라보며 어릴 적 덮었던 베이지색 이불이 떠올랐다. 오랜만이다. 두고 온 그리운 어떤 물건이 생각나는 일. 해인의 곁을 스쳐 지나 계단을 내려가려던 지은이 멈춰 서 해인을 돌아보며 말했다.

"아, 카메라에 사진은 찍혀 있지 않을 거예요. 사람들이 나를 찍어도 볼 수는 없거든요. 난 내려갈 건데, 계속 여기 있을 건가요?"

허리를 펴고, 양쪽 어깨도 펴고, 몸을 꼿꼿하게 세운 여자가 해인을 향해 말한다. 괜찮지 않은데 괜찮은 척하는 여자의 목소리엔 아직 물기가 남아 있다. 해인은 말없이 지은을 따라 걸어간다. 지은과 해인은 1층 바 테이블로 이어진 계단으로 내려간다. 해인이 올라온 계단과 반대 방향 계단이다.

"어머, 둘이 같이 내려오네요? 해인이랑 사장님이랑 벌써 만나셨구나! 제 친구 해인이에요!"

먼저 도착해 3단 찬합으로 된 도시락 통을 열고 있던 연희가 둘을 반긴다. 지은은 연희를 향해 고개를 끄덕, 하고 웃어 보이며 바 테이블의 안쪽으로 들어가 차를 내릴 준비를 한다. 이번엔 재하가 세탁소의 나무문을 열고 들어서며 잔뜩 기쁨에 찬 음성으로 크게 소리친다.

"여러분, 저 합격했습니다! 드디어 정규직입니다! 4대 보험이 됩니다, 이제! 하하하하!"

"야! 최종 붙은 거야? 어머, 세상에! 축하해!"

연희는 열던 도시락 통을 내려놓고 자리에서 벌떡 일어난다. 이상과 현실 사이에서 재하가 얼마나 오랫동안 진지하게 고민하고 방황했는지 알기에 축하를 하면서도 마음이 먹먹하다. 영화를 그토록 사랑하던 녀석인데, 마음의 얼룩을 세탁한 그날 이후 영화의 '영' 자도 꺼내지 않고 안정적인 4대 보험이 되는 정규직 찾기에만 몰두했다. 연희는 아무래도 재하가 이곳에서 지운 얼룩이 영화를 만들던 그날들인 것 같다. 재하가 기억하지 못해도, 내가 기억해 줘야지. 친구의 찬란했던 날들과 그 마음들을.

해인은 긴 다리로 성큼성큼 걸어가 재하가 들고 있던 치킨 두 마리를 받아 들고 양팔을 벌려 안는다.

"축하한다, 재하야. 고생했어."

둘은 등을 두 번 토닥토닥 하고 떨어진다.

“워메, 저녁 먹으라고 부를라 했더니 다 모인 겨?”

우리 분식 사장이 김밥 두 줄을 들고 문을 열고 재하와 해인과 연희와 지은을 보며 웃는다. 검은 봉지에 든 김밥 두 줄을 지은 앞의 테이블에 툭, 놓고 이들을 둘러본다. 가만, 김밥이 부족한데.

“이모, 여기 앉아서 같이 드세요. 우리 오늘 음식 많아요.”

“아이고 아니여~ 너덜끼리 먹어. 나는 아까 열무김치에 챔기름 두 바쿠 둘러서 보리밥 한 사발 비벼 먹었어. 우리 지은 사장님 오늘도 한 끼도 안 먹고 있을까 봐 왔는디 잘됐네. 어묵 국물 필요하면 가게로 건너와아~ 맛나게들 묵어, 갈게~.”

“고마워, 아줌마. 잘 먹을게.”

김밥을 집어 들며 지은은 빙그레 웃는다. 사람들 곁에서 즐겁다. 즐거우면 불안하다. 마음 주면 또 헤어져야 하는데. 이들은 죽고, 나는 죽지 않으니 그리운 이들은 내 마음에 남아 내내 홀로 그리워하게 된다. 어느 순간부터 상처받기 싫어 사람에게 정이 가고 마음이 가면 떠나기를 반복했던 지은은, 마지막 생을 살기로 한 이곳에서는 마음의 경계를 느슨하게 풀어둔다. 그런데, 정말 이 생을 마감할 수 있을까. 생의 유한함이 지은에게도 해당될 수 있는 걸까. 그동안 꾸지 않았던 꿈을 꾸려는 지은은 이전과는 다른 불안이 어렴풋하게 든다.

'불안하지 않은 삶은 내게 허락되지 않은 걸까.'

지은은 불안에 대해 생각하며 사람들이 마실 찻잔을 뜨거운 물로 데우기 위해 주전자로 찻잔에 물을 담아 버린다. 먼저 찻잔을 데우면 따뜻한 온기가 차를 마시는 동안 지속된다. 모든 일에 저마다의 적당한 온도가 있듯 차를 우려내기 좋은 온도와 찻잔을 데우기 위한 온도는 다르다. 찻잔을 데우기 위해선 팔팔 끓는 뜨거운 물을 먼저 부어야 한다. 찻물은 혀가 데이지 않을 적당한 온도로 우려낸다.

"이 잔들 저쪽 테이블로 가져가면 되죠?"

"어, 굉장히 뜨거워요. 손으로 잡지 말아요."

해인에게 존댓말을 하는 지은을 재하와 연희와 우리분식 사장이 놀라 동시에 바라본다. 우리가 잘못 들은 건가… 귀를 의심한다.

"저기… 사장님 지금 해인이한테 존대하셨어요? 사장님도 존댓말 할 줄 알아요?"

"어… 내… 내가 언제! 말이 잘못 나갔어."

놀라서 눈이 동그래진 세 사람에게 등을 돌린 지은은 찻잔에 찻물을 부어 해인에게 건넨다.

"이거부터 가지고 가."

"에이, 그럼 그렇지. 사장님이 존댓말을 할 리가 없지. 배고프다, 일단 먹자."

"먹자, 먹어, 먹어야 살지. 살려고 먹고, 먹으려고 살고. 먹고 살자!"

"그래, 오늘은 좋은 날이니까! 오늘 하루쯤은 마음 놓고 좋기만 하자."

사람들은 즐겁다. 그리고 오늘은 지은도 즐겁다. 생을 10이라는 숫자로 표현한다면 즐거운 하루가 즐겁지 않은 아홉 날들을 견디게 한다.

"그런데 사장님은 매일 해 질 때마다 옥상에 서서 무슨 생각을 골몰히 하세요?"

김밥을 입에 넣고 오물거리던 연희가 지은을 향해 묻는다. 입가를 두 손으로 올리며 가짜 웃음이라도 함께 웃자던 그녀 덕분에 연희는 매장에서 진상 손님에게 시달려도 손가락을 들어 올려 웃고, 세 걸음 뒤에서 버스를 놓쳐도 웃는다. 가끔 거울을 보며 억지로 웃어보면 '조커' 같아 보이기도 하지만, 웃음을 선택하기로 한 그날부터 숨이 쉬어지는 순간이 늘어났다. 그리고 처음 세탁소에 발을 들인 그날부터 사장님이 혼자 있을 때 짓는 슬픈 표정이 신경 쓰인다.

"왜 궁금해, 그게?"

"그냥요. 옥상에 서서 해가 지는 방향으로 꼼짝 않고 서 있는 사장님 보면 꼭 노을로 빨려 들어갈 거 같아 보여서요. 말해주기 싫으심 안 하셔도 돼요! 헤헤."

멋쩍게 웃으며 머리를 긁적이는 연희를 바라보며 지은은 고개를 두 번 끄덕끄덕 한다. 잠시 고요한 정적이 흐른다. 아랫입술을 살짝 깨문 지은은 생각을 바꾼 듯 입을 연다.

"음… 초를 켜는 마음으로 사람들의 안녕과 평안을 빌어."

"초를 켜는 마음은 어떤 마음인 거예요?"

"기도를 할 때 초를 켜잖아. 초가 자신을 태워 환히 밝히듯 해가 지며 하늘을 환히 밝히는 순간에 세탁소를 거쳐 간 이들의 안녕을 빌어주는 거지. 마음 세탁소를 운영하기 이전에도 나는 사람들에게 위로 차를 건네며 마음의 얼룩을 희미하게 만들어 줬거든."

"아… 세탁소 운영하신 지 오래 되셨구나…!"

"오래오래 되었지. 사람은… 누군가 딱 한 명만 자신을 믿어주고 응원해 주면 살 수 있는 거 같아."

"…한 명만요?"

"응, 진정으로 믿어주는 한 명. 그 한 명을 만나기가 어렵잖아. 그래서 나는 그 한 명이 되어주고 싶어. 누군가 기도하는 마음으로 간절히 안녕을 빌어주면 더 살아갈 힘이

나지 않을까 싶어서."

지은의 말을 들으며 세 사람은 동시에 초를 켜는 마음에 대해 생각한다. 초 대신 지는 해의 빛을 바라보며 누군가의 안녕과 평화를 빌어주는 마음에 대해서도 생각한다. 그러고 보니 세탁비 대신 받은 친절을 어느 날 대가 없이 누군가에게 돌려주라 했던 사장님이다. 대체 무슨 사연으로 우리 동네에 온 것인지….

침묵을 깬 건 재하였다.

"해인아, 우리 음악 들을까? 사장님 얘가 음악 좋은 거 잘 틀어요."

생각에 잠겨 있던 해인은 재하의 말을 듣고 눈썹을 움직여 알겠다는 대답을 한다.

"스피커 여기 있어. 블루투스 연결하자."

연희가 가방에서 스피커를 꺼낸다. 세 사람은 미리 맞추지 않아도 호흡이 척척이다.

해인이 음악을 선택하는 동안 지은은 찻물을 다시 끓이러 일어선다. 주전자에서 물이 끓길 기다리며 귀로는 음악을 듣는다. 부글부글, 오늘도 물은 기다려야 끓는다. 차를 마시기 딱 적정한 온도로 너무 뜨겁지도, 미지근하지도 않게 온도를 맞춰 돌아온 지은이 해인을 향해 말한다.

"쳇 베이커 〈Autumn leaves〉네? 오늘 같은 가을밤에 듣기 좋다.”

“맞아요, 혹시 쳇 베이커 음악 좋아하세요?”

“좋아해. 불안하고 뜨겁고 설레고. 청춘 같아, 쳇 베이커 음악은.”

“청춘 같다… 비유가 어울려요. 어떤 음악을 가장 좋아해요?”

“다 좋아해. 예전에 쳇 베이커랑 친했는데 그 친구가 약을 안 하고 행복하게 살다 갔으면 음악이 어떻게 달라졌을까 듣고 싶기도 해.”

“아, 쳇 베이커랑 친하셨구나.”

“넌 왜 안 놀라? 내가 정신이 좀 이상하거나 꿈꾸는 거 같다고 생각하지 않아?”

“생각하지 않아요. 왠지 지은 씨는 정말 쳇 베이커랑 친했을 거 같거든요.”

“친했지. 당시엔 밴드 하던 친구들이 이야기를 하러 많이 와서 따라서 공연도 많이 다녔어. 쳇 베이커의 얼룩도 지워주고 싶었는데… 그럼 음악이 흔들릴 것 같더라. 때론 고통이나 슬픔이 살아가는 힘이나 예술의 원료가 되기도 하니까.”

처음 보는 사람 앞에선 한 마디도 하지 않던 해인이다. 오늘따라 말을 많이 하는 해인이 놀라워 입을 떡 벌리고 두 사람을 번갈아 보던 재하는 ‘지은 씨’라는 말에 깔깔깔 웃으며 해인의 어깨를 친다.

"지은 씨라니 인마, 사장님이라고 불러야지!"

"사장님이라 부르면 너무 딱딱하잖아."

단정하고 차분한 어조로 해인이 대답한다. 해인의 말은 부드럽고 힘이 있어서 그렇다고 하면 그런 것 같은 기분이 든다. 납득되지 않는 일들도 해인의 입을 거치면 납득된달까.

"어… 그러면 우리도 사장님 말고 지은 씨라… 아! 꼬집지 마, 이연희!"

"눈치 없기는. 철 좀 들어라, 유재하! 낄 데 껴."

서른 하고도 세 살을 더 먹어도 어린 시절 친구들 앞에선 여전히 철들지 않는다. 아니, 철들고 싶지 않다. 시끌벅적하게 먹고 마시는 이들 속에서 늙지 않는 봉인에 걸린 지은이 함께 있다. 어린 시절부터 같이 자란 친구들의 유대감이 부럽다. 차근차근 나이를 먹어가며 주름진 얼굴을 보고 함께 늙어갈 이들 속에서 문득 외로워진다. 같이 늙고 싶다, 나도.

재하를 흘겨보던 연희가 해인을 향해 말한다.

"해인아, 여기는 지우고 싶은 마음의 얼룩을 지워주거나 구겨진 마음을 다려주는 곳이야. 지우고 싶은 마음 있으면 지금이 기회야."

"마음의… 얼룩?"

"왜, 이 상처만 지우면 살겠다, 싶은 순간들 없었어?"
"많지."
"그럼 사장님한테 부탁해 봐."
"…."

대답 대신 해인도 찻잔을 든다. 한 모금, 두 모금. 차를 마시고 빙그레 웃으며 다음 음악을 검색한다. 말 없는 해인에게 더 이상 권유하지 않는 것이 좋다. 대답하기 곤란하거나 거절할 때 해인은 침묵한다. 해인의 침묵을 친구들은 캐묻지 않는다. 침묵할 만하니까 침묵하는 것이다. 침묵의 언어를 존중해 주기. 대신 힘이 들 때는 말없이 곁에 있어주기. 세 사람의 암묵적인 룰이다.

"재하 너, 취직했다고 어머니가 좋아하시겠어?"
이번에 침묵을 깬 건 지은이었다. 재하의 얼룩을 세탁하던 날, 재하는 자신의 상처보다 연자 씨의 아픔을 지워 달라 했다. 아직 오지 않은 연자 씨를 위해서도 마음의 초를 켜고 기다리고 있다.
"안 그래도 연자 씨랑 오면서 통화했는데, 소식 듣자마자 깔깔 웃더라고요."
"웃지, 얼마나 좋으시겠어. 연자 씨는 언제쯤 오신대?"
"아들 보러 맛있는 거 잔뜩 해들고 다음 주에 오시라고 했어요. 여기 같이 와도 되죠?"

"그럼, 오픈 이벤트 잊지 않았지?"

"아, 우리 사장님 센스. 안 잊었죠! 그럼요!"

재하는 연자 씨의 얼룩도 세탁해 달라는 자신의 부탁을 잊지 않고 기억해 주는 지은이 고맙다. 고맙다는 말을 입으로 하면 될 텐데, 괜히 쑥스러워 비어 있는 지은의 접시에 연희가 싸 온 과일을 담는다. 수북이 과일을 건네다 문득 지은의 꽃무늬 원피스의 꽃잎이 눈에 들어와 고개를 갸웃거린다.

"근데 사장님, 그 원피스 비슷한 패턴으로 여러 벌 가지고 계세요?"

"이 원피스? 아니, 하난데."

"어… 그래요? 지난번보다 꽃이 줄어든 거 같아요."

셋은 동시에 지은의 원피스에 그려진 꽃을 바라본다. 지은도 고개를 숙여 자신의 옷을 본다. 꽃이 줄어들 리가 없는데. 해마다 늘면 늘었지.

"그럴 리가. 오늘 재하 좀 피곤한가 봐. 이제 그만 돌아들 가, 세탁소 영업 준비해야 돼."

"오늘은 아무도 안 올 것 같은데 사장님 일찍 문 닫고 들어가시면 안 돼요? 피곤해 보이시는데."

대답 대신 지은은 빙그레 미소 짓는다. 서로를 걱정하는 사이. 피곤과 안부를 묻는 사이라니. 이 생은 미련 없이 떠나고 싶었는데 벌써 곁사람들이 생긴 것인가. 소중한 존재가 생기면 지켜주고 싶다. 지켜주고 싶으면, 그들과 이별하기 어렵다. 그들은 늙어 죽을 수 있지만 지은은 죽을 수 없다. 그토록 많은 이별을 했어도 매번 가슴 아프긴 매한가지다. 하긴, 이 생에 떠날 수 있을지 없을지는 장담할 수 없으니. 자신의 생을 반복하는 마법을 끝낸 적이 없다. 어쩌면 순리대로 늙는다는 건 축복이 아닐까.

"정리하고 돌아들 가. 난 세탁실로 올라갈게."

마음의 얼룩을 잔뜩 묻혀 올 어떤 이를 기다리며 지은은 계단을 걸어 올라간다. 휘청거리게 마른 지은의 뒷모습을 해인은 눈길로 배웅한다. 마음의 얼룩을 제거해 주는 세탁소라니. 마음의 주름을 다려주는 세탁소라니. 그 세탁소를 운영하는 슬픈 여자라니. 지은이 2층으로 올라가 모습이 완전히 사라진 뒤에도 해인의 눈길은 오래도록 그 자리에 머물러 있다. 깊은 생각에 잠긴 채.

잘 살고 싶었다. 잘 산다는 게 무엇인지 모르겠지만 그저 남들처럼 평범하게 살고 싶었다. 하지만 '남들처럼 평범'이라는 게 얼마나 어려운 일인지 어린 연자는 일찌감치 알아버렸다. 알고 싶지 않았지만.

"연자야, 너 대학 등록금 말이야…."

늙고 왜소한 아버지가 초조하게 손을 쥐었다 폈다를 반복하며 연자에게 반쯤 굽은 등을 돌린 채 말한다. 아버지는 늘 불안하고 초조했다. 어머니보다 열 살이 많고 돈을 버는 재주가 없는 남자는 아이를 생산하는 일에 일조하는 재주만 있다. 무책임한 남자.

동생들이 태어나는 것을 보며 언제나 반에서 1등을 하던 연자는 이미 알고 있었다. 아무리 1등을 해도 대학에 갈 수 없다는 것을. 연자가 성인이 되는 순간부터 다섯 명의 동생들을 부양하는 일을 부모가 자신의 몫으로 돌릴 것을 알고 있었다. 알고 있지만, 공부라도 하지 않으면, 집중하지 않으면 지긋지긋한 집을 견딜 수 없을 것 같아 공부를 했을 뿐이다.

"아버지, 나 대학 안 갈 거야."

연자의 말에 아버지는 '왜'인지를 묻지 않는다. 몇 걸음 떨어진 부엌에서 쌀을 씻던 어머니는 하던 행동을 멈추고 굳은 듯 그 자리에 서 있다. '왜'를 물어 무얼 한단 말인가. 이미 답이 정해진 것을.

연자는 방으로 들어와 둘째 동생과 셋째 동생을 지나쳐 짐을 싸기 시작했다. 말없이 단출한 가방을 꾸려 그 길로 집을 나와 공단으로 왔다. 먼저 취직해 있던 옆집 언니 정순의 소개로 두부 공장의 생산 라인에 들어갔다. 딱 1년만. 딱 1년만 일해서 돈을 모아 대학에 갈 거다. 딱 1년.

"연자야, 왜 밥을 안 먹고 갔어. 따뜻하게 새로 지었는데. 방은 안 춥고? 지낼 만해?"

"…응…. 지낼 만해. 정순 언니랑 기숙사 방 같이 써. 여기서 잘 먹어."

"그래, 잘 먹고 다녀야지…. 엄마가 해줄 수 있는 게 없어서… 에휴…."

어머니의 한숨 소리가 짙다. 연자는 체한 듯 가슴이 답답해진다.

"…괜찮아. 월급 나오면 돈 보낼게."

"미안해서…. 우리가 어떻게든 해볼게."

"뭘 어떻게 해. 아버지 이번에 팔 다쳐서 일도 못 나간다며. 일단 내가 보낼게."

"…고마워…."

착하고 힘없는 어머니와 일용직으로 건설 현장에서 일하는 아버지는 평생 가난했다. 1년에 딱 한 번, 크리스마스 날 외식을 했는데 가는 곳은 매번 중국집이었다. 자장면 일곱 그릇에 공깃밥을 추가해 먹었다. 늘 모자라게 시킬 수밖에 없던 현실. 한창 커가는 동생들은 배가 고파 그릇을 혀로 핥으며 무섭게 먹는다. 그 모습을 보던 연자는 자신의 그릇을 동생들에게 밀어주고 단무지를 씹어 먹었다. 짭조름한 단무지를 한참 씹어 먹다 물을 마시면 배가 차는 거 같기도 했다.

지긋지긋한 가난. 그 가난이 진득하게 배어 있는 집이 지겨워 현실에서 도망쳤다. 더 나은 현실이 있을 거라는 안일한 생각은 희망이란 단어까지 품게 했다.

"연자야, 오늘 회식한대. 같이 가자."

전화를 끊고 돌아선 연자의 오른팔에 팔짱을 끼며 정순이 신나게 말했다. 정순은 예쁘다. 취직을 한 뒤부터는 귀를 뚫어 커다란 귀걸이를 하고 미용실에서 머리를 하고 미니스커트를 사 입는 정순에게는 진한 화장품 냄새가 난다. 연자는 희미하게 웃어 보이며 고개를 절레절레 흔든다. 딱 1년만 여기 있을 건데. 이 공장 사람들이랑 어울리고 싶지 않다. 나는 여기에 오래 머물러 있지 않을 거야. 연자는 다짐하며 방을 향해 걸어간다. 공장에서 일한 돈을 모아 대학에 가고 취직을 하고 평범한 남자와 결혼을 하고 아이는 딱 한 명만 키울 거다. 아들이건 딸이건 상관없다. 작은 아파트에 살며 가끔 여행도 다니고 자장면은 가족 수대로 시키고 탕수육도 시켜야지. 평범하게 살고 싶다. 연자의 꿈은 단지 그것이었다. 세상에서 가장 어려운, '남들처럼 평범하게 사는'것.

"연자, 오늘 향수 뿌렸어?"

"아니, 나 향수 같은 거 없는데."

"그래? 오늘 냄새가 평소랑 다른데. 너무 좋아."

애살맞게 연자의 어깨에 기대며 정순이 냄새를 맡는다. 정순의 코는 어린 시절부터 민감했다. 골목 끝을 걸으며 냄새로 저녁 메뉴들을 맞췄다.

"아… 오늘 비누 새로운 거 썼어."

연자가 쑥스러운 듯 웃으며 말했다. 정순은 연자의 어깨에서 고개를 들고 활짝 웃는다.

"그치? 거 봐, 오늘 다르다니까. 나는 냄새로 기억을 저장해. 이제부터 너는 비누 냄새로 기억할래. 음~ 좋아. 아기 냄새 같아. 나도 이 비누 써봐도 돼?"

"…응. 그럼."

"좋았어, 그럼 너도 내 화장품 가끔 써도 돼!"

좋은 사람. 다정한 사람. 정이 많은데 순하기까지 해서 미워할 수 없는 사람. 곁에 있으면 누구나 편안해지는 사람. 정순은 그런 사람이었다. 연자는 정순의 말에 고개를 끄덕이며 걷는다.

"근데 언니… 오늘 회식은 어디로 가?"

"오늘? 중국집 간다는 거 같은데?"

"…중국집? 아… 그럼 나도 갈까?"

"좋지! 완전 좋지! 가자, 가자."

어쩌면, 이 정도면 남들처럼 평범하게 사는 거 같기도 하고. 연자는 속으로 중얼거리며 하늘을 올려다본다. 유난히 구름 한 점 없이 파란 하늘이다.

"아주머니, 인원수대로 자장면 주시고, 테이블마다 탕수육 대짜랑 팔보채 하나씩 주세요."

스무 명 남짓한 직원들이 중국집에서 점심을 먹는다. 작업반장은 가끔 이렇게 회삿돈으로 호의를 부린다. 멀끔하니 도련님처럼 귀티 나게 생긴 남자가 왜 공장에서 작업반장을 하는지. 연자는 가끔 궁금했다. 궁금하지만 묻지 않는다. 묻지 않으면 대화할 일이 없고 오해도 갈등도 없으니까. 사람과 가까워지며 얽히고설켜봤자 머리만 아프다. 딱 1년만 일하겠다고 다짐한 이 공장을 3년째 다니고 있는 이유도 스스로에게 물어봤자 머리만 아프다. 지난 달 입원한 아버지의 병원비를 생각하며 연자는 자장면을 비벼 한입 가득 입에 물고 씹으며 바삭한 탕수육을 집어 입에 넣는다.

"연자 씨, 누가 안 뺏어 먹어요. 그렇게 먹다 체하겠어요. 천천히 먹어요. 아주머니, 여기 사이다 한 병만 주세요."

대답할 겨를 없이 목이 막힌 연자가 쿨럭거리자 작업반장은 등을 두드리며 휴지를 건넨다.

"아… 고맙습니다."

"아하하, 연자 씨 중국 음식 좋아하나 봐요. 중식으로 점심 회식 잡으면 그때만 오잖아요."

"…아… 네…."

연자는 작업반장이 사이다를 건네며 하는 말에 놀란다. 회식은 싫지만, 누구에게 양보하지 않아도 되는 자장면과 바삭하고 고소한 탕수육이 좋아 중식을 먹는 회식에만 나왔다. 회식을 빠진다고 눈치 주는 이들이 있지만 무슨 상관인가. 나는 내년에 여기를 떠날 건데. 그런데 작업반장은 왜 내가 중식을 좋아하는 걸 알고 있는 거지? 연자의 마음속에 물음표가 생긴다.

"제가 그래서 요즘 중국집에서 회식을 자주 합니다. 연자 씨도 오시고 모두 함께하면 좋잖아요. 하하하."

호탕하게 웃는 작업반장을 향해 고개를 끄덕해 보이고 연자는 면발을 들어 올린다. 면이 붇기 전에 먹어야 한다. 탕수육이 바삭할 때 먹어야 한다. 돈을 아끼기 위해 기숙사 밥만 먹는 연자가 유일하게 외식을 하는 시간이 지금이다. 작업반장이 남을 잘 챙기는 성격인가 보지…. 연자는 입으로 탕수육을 씹고 눈으로는 팔보채 접시를 보며 생각한다.

회식을 마치고 나오니 아직도 한낮이다. 뜨거운 여름날

의 햇살에 눈이 부셔 얼굴을 찡그린다. 타오르는 7월의 태양이 이글거린다. 작업반장은 뜨거운 커피가 든 종이컵을 연자에게 건넨다. 커피를 받아들지 말지 물끄러미 바라보는 연자를 향해 그가 말한다.

"커피 안 좋아해요? 자장면 먹고는 이 봉지 커피를 마셔야 개운한데. 하하하."

"아… 네…. 마실게요. 고맙습니다."

가만히 서 있어도 땀이 줄줄 흐르는 뜨거운 여름날, 뜨거운 커피잔을 받아 든 연자는 당황스럽다. 커피는 좋아하지 않는다. 기호 식품에 맛을 들여봤자 돈만 나갈 뿐이다. 좋아해서 못 먹어 괴로우니 처음부터 안 먹어 좋아하지 않는 편이 낫다. 기대하지 않으면 실망도 없고 좋아하지 않으면 실망할 일도 적지 않은가. 연자는 좋아하기보다 포기하기에 익숙한 사람이다.

그런데 오늘따라 왜 이렇게 작업반장은 나한테 말을 많이 하는 거지. 부담스럽게.

"도통 사람들하고 어울리는 모습을 못 봤는데, 연자 씨는 쉬는 날 뭐 하세요?"

"…아… 저… 그냥 있어요."

"그럼 이번 주에 저랑 영화 보실래요?"

"…."

영화관에 가본 적 없는 연자는 뭐라 대답해야 할지 몰

라 망설인다.

“영화 끝나고 연자 씨 좋아하는 자장면이랑 탕수육 사드릴게요. 하하하.”

“뭐… 그래요.”

연자의 대답을 듣고 나서 작업반장은 특유의 서글서글한 웃음을 시원하게 지으며 신이 난 듯 성큼성큼 앞장서 걸어간다. 땀이 주르륵 흐른다. 손에도 땀이 나 들고 있는 뜨거운 종이컵이 축축해진다. 연자는 그제야 커피를 한 모금 마신다.

가만히 서 있어도 몸이 익을 것처럼 태양이 뜨겁게 이글거리는 여름이었다.

쾅쾅쾅! 쾅쾅쾅! 쾅쾅쾅!

아침부터 부서질 듯 문을 두드리는 소리에 잠이 깼다. 작업반장과 쉬는 날마다 영화를 보고 자장면과 탕수육을 먹던 연자는 어느 날 임신을 한 사실을 알고 공장 앞에 단칸방을 얻었다. 작업반장은 어머니 병간호를 핑계로 일주일에 사나흘은 본가에서 자고 온다며 집을 비웠다.

열쇠를 두고 간 건가? 임신 9개월의 무거운 몸을 이끌고 연자는 문을 연다. 문을 열자마자 눈앞에 번개가 치고 고개가 돌아간다. 뺨이 얼얼하다. 무슨 일이지…?

“야 이년아, 어디 가정 있는 남자를 꼬여내서 애까지 가져? 근본 없는 년 같으니라고! 너 이러려고 일부러 공장에서 일하고 우리 남편한테 접근한 거지?”

타오르는 불꽃처럼 화를 내고 있는 여자를 보며 연자는 아득해진다. 이게 무슨 소리야. 뺨을 맞아 헝클어진 머리를 매만지며 연자가 묻는다.

“무슨 말씀이세요. 잘못 찾아오신 거 같아요.”

“이 집에 살고 있는 작업반장 그 인간, 내 남편이라고! 나는 이미 애가 둘이야!”

연자는 다시금 멍해진다. 어느새 여자는 연자를 밀치고 집으로 들어와 몇 개 없는 살림살이를 집어 던지고 있다. 불행이라는 게, 사고라는 게 예고를 하고 찾아올 순 없는 건가. 어떤 불행이 나를 기다리고 있으니 그 불행은 피해 가시오, 혹은 불행하더라도 감당하겠소, 하고 선택할 순 없는 건가. 불행은 불행을 먹고 사는 건가.

문득문득 스쳐 지나가는 불안감과 어딘가 석연치 않은 느낌이 있었지만 묻지 못했다. 어머니가 아프시니 아이를 출산하면 혼인신고를 하고 결혼식을 하자고 했다. 하지만 가정이 있는 남자라니. 말도 안 된다. 그럼 내 배 속의 아이는…? 우리 아이는…?

그 순간, 연자의 가랑이 사이로 뜨거운 것이 줄줄 흐른다. 아이는 이런 상황에도 자신의 존재를 입증하고 있다. 고래고래 소리를 지르던 여자가 양수와 피가 섞여 줄줄 흐르는 연자의 다리를 보고 다시 소리를 지른다.

"어머, 어떡해! 양수 터진 거야? 이 인간 어디 있어? 미치겠네, 진짜!"

한 남자의 아이를 가진 두 여자가 서로를 마주 본다. 이 순간 연자는 자신을 도와줄 이는 저 여자밖에 없다는 것을 직감한다. 연자는 서 있을 힘도 없어 배를 끌어안고 엎드리듯 주저앉아 여자에게 부탁한다.

"죄송해요…. 저… 아이가 나올 거 같아요… 도와주세요… 제발…."

말을 마친 연자는 몽롱해지며 정신이 흐려진다. 아이, 아이를 지켜야 하는데. 아이를 지켜야 해. 몸이 찢어질 것 같은 고통 속에서 어떤 기억이 연자를 스치고 지나간다. 너무 아파서 잊고 산다고 생각했던, 꽁꽁 숨겨둔 기억이다.

"연자야, 이거 먹고 있어. 엄마 금방 올게."

그날따라 예쁜 옷을 입히고 머리를 곱게 땋아준 어머니가 사람이 붐비는 기차역에서 연자에게 우유와 빵을 사주며 기다리고 있으라 했다. 그날의 어머니는 어떤 결심을 한 듯 결연해 보였다. 잡은 손을 놓으며 머뭇거리는 어머니의 손끝이 울고 있다. 정말 사랑하는 사람은 손끝에서도 감정이 느껴진다. 어린 연자는 묻고 싶었지만 묻지 못했다. 매일 슬퍼 보이던 어머니가 오늘은 편안해 보였다.

어머니의 뒷모습이 보이지 않을 때까지 인형을 끌어안고 바라보던 연자는 그제야 울기 시작했다. 소리 내어 크게 울지도 못하고 울다 우유를 먹었다. 빵을 아껴 먹어야 한다. 어머니는 금방 오지 않을 테니까. 어쩌면 아주 오랜 시간이 걸릴지도 모른다는 걸 다섯 살의 연자는 직감했다. 어린아이들은 어른의 감정을 본능적으로 안다. 연자는 울다 지쳐 대합실 자리에서 잠이 들었다.

"연자야, 엄마 왔어. 미안해, 우리 아가. 많이 기다렸지. 엄마가 미안해, 아가…."

캄캄한 밤, 사람들로 붐비던 대합실의 불이 꺼지고 홀로 잠들어 있던 연자를 가슴팍에 끌어안으며 어머니가 운다. 뜨겁게 운다. 연자는 그제야 크게 울음을 터뜨린다. 가랑이 사이로 뜨거운 것이 흐른다. 화장실에 간 사이 어머니가 올까 봐 가지 못하고 참고 있던 소변이 터진다. 어머니는 왜 다시 온 것일까. 곱게 차려입은 어머니에게 왜 다시 왔냐고 묻지 못했다. 다만 어머니의 손을 꼭 잡고 놓지 않고 울었다. 크게 울었다. 그날 이후로 연자는 크게 운 적이 없다.

"정신 차려! 병원 가자. 여기서 애를 낳으면 안 되지! 내가 애를 어떻게 받아? 아우, 미치고 돌아버리겠네!"

연자를 흔들어 깨우며 내 남자의 아내라는 여자가 소리친다. 내 남자의 아내는 난데. 나인데…. 양팔로 배를 부여잡고 고통을 느끼며 다리 사이로 흐르는 뜨거운 것이 아이가 아니길 바라며 연자는 정신을 잃는다. 인생이 나한테 이러면 안 되는데. 정말 안 되는데.

마음의 겨울을 지날 때 우리가 견딜 수 있는 이유는 이 계절이 지나갈 거라는 희망이 있기 때문이다. 희망, 그것은 사람을 살게도 하고 죽게도 한다. 마음에 봄이 오고 때론 여름으로 불타고 그 뒤엔 서늘한 가을도 올 것이라는 희망이 사람을 살게 한다. 희망마저 없다면 우리는 이 삶을 어떻게 견뎌낼까.

연자는 재하를 만나기로 한 세탁소 입구에 피어 있는 동백꽃을 보며 희망에 대해 생각한다. 10월에도 동백이 피어 있을 수 있구나. 바닥에 떨어진 동백꽃을 주워 손바닥에 올리고 한참을 본다.

"예쁘다, 너무 예뻐. 우리 재하도 이 예쁜 거 봤으려나?"

연자는 휴대폰을 꺼내 손바닥에 올린 꽃을 찍는다. 세

탁소 입구의 꽃도 찍어 재하에게 사진을 전송한다. 좋은 걸 봤을 때 떠오르는 사람은 사랑하는 사람이다. 맛있는 음식을 먹었을 때 같이 먹고 싶은 사람은 사랑하는 사람이다. 재하, 이름만 불러도 가슴 아리게 사랑하는 우리 아기. 연자는 오랜만에 찾아온 동네를 둘러본다. 바다 냄새가 짭조름하게 섞인 공기를 맡으며 정순의 옆집에 살던 시절을 떠올린다.

재하를 낳은 뒤로 한 달에 한 번, 두 달에 한 번 오던 남자는 결국 아예 짐을 싸서 돌아섰다. 네 살짜리 재하가 바짓가랑이에 매달려도 남자는 가버렸다. 더 쾌적하고 나은 삶을 위해. 방 한 칸에 셋이 살고 화장실은 집 밖에 있는 이 삶에서 나가버렸다. 연자는 입술을 꽉 깨물고 그를 붙잡지 않았다.

연자는 살기 위해 닥치는 대로 일을 했다. 식당 찬모, 남의 집 가사 도우미, 공장 생산직 등 할 수 있는 일이라면 무엇이든 하며 살던 어느 날, 연자가 일하는 식당에 정순이 찾아왔다.

"연자야, 니가 어쩌다 이렇게…! 대체 그동안 어떻게 산 거야…!"

그리고 한 달 뒤, 연자는 정순이 살고 있는 바닷가 마을로 왔다. 그곳이 이 동네였다. 공장을 그만두고 미용 학원을 다녀 미용실에 취직했다가 이 마을에 미용실을 차린 정순은 결혼하지 않고 혼자 살고 있었다. 미용실을 해서 번 돈으로 작은 집을 샀고 재하와 연자에게 방을 내주었다. 연자는 식당 찬모로 일하며 정순의 집 살림을 해주었다. 연자는 야무진 솜씨로 적은 재료로도 맛있는 걸 만들어 냈다. 따뜻한 집에서 따뜻한 밥을 같이 먹으며 재하를 함께 키워냈다. 정순과 함께 살며 재하도 살이 오르기 시작했다.

정순이 말기 암으로 세상을 떠나던 날, 연자도 같이 따라가고 싶었다. 하지만 재하, 재하가 있어서 연자는 살아야 했다. 뜨끈하고 작은 핏덩이 재하를 처음 안던 날, 연자는 스스로 죽을 자유 따윈 없어졌음을 알았다.

그리고 산다는 것에 지나친 의미를 부여할 여유 따윈 없었다. 태어났으니 사는 것이고 살아 있으니 살았다. 그리고 아직도 살아 있다. 어떻게 그 시간이 지나갔는지 모르겠다. 다 지난 일이지만, 떠올리면 어제처럼 생생하다.

가만, 정순 언니 집이 이 언덕에서 저쪽 골목으로 내려가면 있었는데. 아직도 그 집이 있으려나.

"워메, 연자 아녀! 잘 있었어? 이게 을매 만이여! 아직도 곱네 고와."

"어머, 아주머니 안녕하셨어요! 그대로시네요. 건강은

좀 어떠세요?"

"응, 나야 뭐 여기저기 아프지. 그래도 크게 아픈 덴 없어서 괜찮여. 늙은이는 아픈 몸 돌봐가며 사는 거 아니겠어. 재하는 요즘도 우리 집에서 밥 먹자녀. 재하 만나러 온겨?"

우리 분식 사장님이 불편한 다리를 끌고 장을 봐서 돌아오다 연자를 발견하고 호들갑스럽게 반긴다. 주름진 손으로 주름지기 시작하는 연자의 손을 잡는다. 두 여자의 손에서 오가는 온기가 많은 말보다 깊다.

"네, 사느라 바빴어요. 재하가 마음 세탁소에서 보자고 하더라고요. 아들놈이 한동안 엄마는 오지 말라고 하더니, 이제 엄마가 보고 싶은가 봐요. 어제 전화 받고 한달음에 달려왔어요."

재하가 대학을 가며 그쪽 동네로 따라 이사를 나갔더니, 영화가 하고 싶다고 다른 대학에 입학하고 싶다고 했다. 대학에 들어간 후 재하는 혼자 살아보고 싶다며 엄마와 따로 살기를 원했다. 그리고 이리저리 옮겨 다니다 결국 이 바닷가 마을로 다시 와서 살고 있다. 돌아보면 재하도 연자도 이 동네에서 가장 편안하고 행복했다.

"잘 됐네. 마음 세탁소 문 열려 있응게 미리 들어가서 기다리고 있어. 우리 지은 사장님이 아주 좋아. 만나고 있어봐."

"네, 그럴게요. 안 그래도 재하가 여기 세탁소 사장님이 주시는 차가 너무 맛있다고 자기 퇴근할 때까지 기다리면서 꼭 마시라고 하더라고요. 자기가 이야기해 놨다고, 호호."

"아이고 그놈, 아직도 좋은 거 지 에미 나눠주고 싶어서. 어릴 때부터 그랬잖여, 초코파이 하나 받으면 애들 다 까 먹는데 지는 가방에 넣어놨다 엄마랑 나눠 먹을 거라고. 이쁜 것. 훌쩍, 왜 눈물이 나여, 늙어서 주책이야. 그려, 들어가고 이따 갈 때 들러서 밥 먹고 가, 알았지?"

"…네, 고마워요."

우리 분식 사장이 앞치마로 눈물을 닦으며 돌아선다. 연자는 세탁소 문을 향해 걸어간다. 연자의 발걸음 옆으로 빨간 꽃바람이 길을 터준다. 발끝에서 맴도는 꽃을 보며 연자는 눈을 동그랗게 뜬다. 꽃바람이다. 꽃길이다.

"어디서 왔니, 너희 참 예쁘다…."

연자를 감싸고 맴도는 꽃길이 어서 걸으라고 재촉하듯 연자의 발끝에서 원을 그리며 뱅글뱅글 맴돈다. 태어나서 처음 보는 예쁜 꽃길, 연자는 그 길을 따라 세탁소의 문을 연다.

문을 여는 순간, 기다리고 있었다는 듯이 지은이 문을 열며 연자를 반긴다. 볼록하고 동그란 이마에 반듯하게 웃는 모습이 정순과 똑 닮은 지은을 보며 연자는 숨이 멎을 듯 놀란다. 지은은 연자를 향해 두 손을 모으고 정중히 인사하며 말한다.

“어서 오세요, 여기는 마음에 묻은 얼룩을 지우거나 다려드리는 마음 세탁소입니다.”

꽃잎은 두 여자 주변을 다시 동그랗게 맴돈다. 건물 뒤편에서 연자가 꽃을 보며 기뻐하는 모습을 몰래 바라보던 재하의 곁에도 동그랗게 꽃잎이 맴돈다. 재하는 꽃잎에게 말한다.

“잘 부탁해. 내가 세상에서 가장 사랑하는 우리 엄마 연자 씨야.”

재하의 곁을 맴돌던 꽃잎은 알겠다는 듯 층층이 꽃잎을 쌓으며 다시 날아간다. 꽃잎이 세탁소 안으로 빨려 들어가는 모습을 보고 나서야 재하는 뒤를 돌아 바닷가를 향해 걷는다. 바다의 품에 풍덩 뛰어들어야지. 바다의 품에 안겨야지. 바다는 많은 이야기를 품고 있다. 사람들의 비밀을 가슴에 안고 파도로 소멸시킨다. 그래서 바다는 깊고, 깊다.

“재하 어머니, 편하신 자리에 앉으시면 돼요. 저는 차를 좀 내올게요. 따뜻한 거 괜찮나요?"

꽃잎과 함께 들어온 연자는 입구에서 머뭇거리며 서 있다. 환대에 익숙지 않은 이는 습관적으로 낯선 상황에 경계심이 먼저 든다. 하지만 재하가 그리도 좋은 공간이라 이야기했으니 필시 이곳은 좋은 곳일 것이다. 연자는 옆으로 멘 가방을 양손으로 꼭 붙들고 입구에서 가장 가까운 자리에 앉는다.

지은은 연자의 시간을 기다리며 차를 우린다. 낯선 상황을 거리낌 없이 받아들이는 이가 있고, 경계하며 공포스러워하는 이도 있다. 오랜 세월 위로 차를 사람들에게 내어주며 지은은 상대방의 마음의 경계가 풀리는 시간을 기다리며 존중하는 법을 익혔다.

연자는 천천히 공간을 둘러본다. 편안한 피아노 연주곡이 실내에 흐른다. 재하 친구 해인이가 좋아하는 음악이라며 집에 놀러 오면 같이 듣곤 했던 음악이다. 음악을 들으며 휴대폰을 열어 재하에게 온 메시지가 없는지 확인한다. 아직 퇴근하지 않은 것 같은데 방해하지 말아야지. 연자는 꼭 쥐고 있던 가방을 옆자리에 조심스레 내려놓는다. 불편하지 않은 정적의 시간이다.

지은은 정성스레 차를 우려 연자에게 다가온다. 연자는 용기 내어 입을 연다.

"안녕하세요, 재하한테 이야기 들었어요. 그 녀석이 워낙 상상력이 좋아서 이야기를 재미있게 만든 줄 알았는데, 독특한 컨셉의 세탁소인가 봐요?"

연자의 말에 지은은 찻잔을 조심스레 내려놓으며 빙그레 웃으며 고개를 끄덕한다. 눈을 마주치지 않고 연자의 찻잔에 차를 따른다. 50대 중반 정도 되어 보이는 연자는 머리를 단정하게 묶고 하얀색 니트에 편안한 검은색 정장 바지를 입고 있고 베이지색 면 재킷을 입고 있다. 화장기 없는 얼굴에 무엇 하나 튀지 않는 연자의 손이 거칠다. 고왔을 것 같은 작은 손에 굳은살이 박여 있다. 연자가 천천히 위로 차를 마시기를 기다린다. 차를 반쯤 마셔야 마음이 풀리기 시작할 것이다. 때론 마법보다 시간을 존중하는 것이 더 깨끗하게 세탁을 할 수 있는 요인이 된다.

"제가 차를 즐기진 않는데 정말 맛있네요…."

수줍게 웃는 연자의 경계가 스르르 풀린다. 지은은 바 테이블 밖으로 나가 연자 옆에 의자를 하나 띄우고 앉는다. 얼굴을 마주 보지 않아야 연자가 편안해할 것 같다.

위로 차를 마신 연자는 어느새 재킷을 벗어 가방 위에 곱게 접어 올려 둔다. 스카프까지 푼다. 지금이구나.

"마음 세탁소에서만 드리는 위로 차예요. 제가 직접 만든 특별 레시피인데 한 잔 더 드릴까요?"

"아… 네…. 이렇게 차를 그냥 얻어 마셔서 미안해서 어쩌죠."

"괜찮아요, 재하 좋은 회사에 취업했잖아요. 재하가 와서 계산하기로 했어요."

재하 이야기에 연자는 수줍게 웃는다. 그리고 지은이 따라주는 두 번째 잔을 첫 잔보다 편안하게 올려 든다. 차를 한 모금 마시고 연자는 허공을 바라보며 말을 한다.

"이 동네는 정말 오랜만에 왔어요. 재하가 여기 와서 엄마 힘들었던 마음 편안해졌으면 좋겠다고 했는데 정말 이상하게 아까보다 마음이 편안하네요. 고마워요."

작게 소곤거리는 연자의 말을 들으며 지은은 자연스럽게 연자의 옆 자리에 앉는다. 거리가 조금 가까워졌다. 지은은 하얀색 티셔츠를 연자의 오른쪽 옆에 살며시 올려두며 말한다.

"사람은 누구나 마음에 상처와 아픔이 있잖아요. 종류가 다를 뿐이지, 누구나 저마다의 상처가 가장 아픈 거 같아요. 어떤 기억은 지우거나 다려서 더 편안해지지 않을까요? 재하가 어머니 마음에 얼룩을 지워드리고 싶다고 하더라고요. 이 티셔츠를 입으시고 2층으로 올라가셔서 지우고 싶은 얼룩을 눈을 감고 상상하세요. 그리고 저한테 주시면 깨끗하게 빨래해서 드릴게요."

"재하가 그래요? 녀석…. 뭐 그런 거까지 지가 신경을 써요…. 애면 애답게 굴어야지…."

지은이 건넨 티셔츠를 받아 들고 어린 아기를 대하듯 소중히 품에 안은 연자가 눈물을 글썽인다. 속 깊은 녀석. 재하는 늘 그랬다. 어린아이답지 않게 어른스러웠고 엄마를 챙겼다. 연자는 오히려 그래서 마음이 아팠다. 사탕 사 달라고 떼 한번 쓰지 않던 재하가 영화를 하겠다고 했을 때는 내심 기뻤다.

한숨을 내쉬며 연자가 말을 잇는다.

"지우고 싶은 마음의 얼룩이라. 많죠, 많아요. 어떤 얼룩부터 지워야 하는지 모르겠어요. 그런데 시간이 약이라는 말이 얄궂게도 맞더라고요. 그렇게 힘들었는데 지나 보니 지나왔어요. 지우고 싶다기보다, 보고 싶고 마음 아팠던 순간들이 있어요."

연자의 말을 귀담아 듣던 지은이 묻는다.

"어떤 순간들이요?"

"재하 어릴 때, 집주인이 갑자기 다음 달에 방을 빼라는 거예요. 거기가 그 동네에서 제일 싼 방이었는데. 돈이 없어서 밤에 식당 일을 하나 더 했어요. 재하를 맡길 데가 없어서 며칠 식당에 데리고 나갔는데 눈치를 그렇게 주더라고요. 애가 설거지하는 엄마 옆에서 뭘 하겠어요. 그래서 정순 언니가 이 동네로 데려오기 전까지 한 달 정도 애를 집에 혼자 두고 자물쇠로 문을 잠갔어요. 어린 사내아이가 얼마나 혈기가 왕성한지 알아요? 애 허리랑 내 허리에

끈을 매달고 일할 수도 없고…. 혼자 두면 잃어버리겠더라고요. 그땐 애 잃어버리는 게 세상에서 가장 무서웠어요. 다섯 살짜리가 뭘 알고 집을 찾아오겠어요. 밖에서 문을 잠그며 밖에서 얼마나 마음이 아프던지…. 애가 안에서 우는데 걸음이 무거워서…. 매일 문을 사이에 두고 둘이 울었어요…."

"…."

대답 대신 지은은 연자의 손을 꼭 잡았다. 연자는 지은의 따뜻한 온기를 느끼며 눈물을 닦지 않고 흐르게 둔다. 소리 없는 눈물이다.

"근데 그 어린 게, 에미가 우는 걸 알았는지 며칠 만에 울음을 뚝 그치더라구요. 어린 게 입술을 실룩거리면서도 울지도 않고 꾹 참는데…. 그게 또 속 아파서 걸어가며 혼자 울었어요. 애 있는 데서 울면 애가 얼마나 속상하겠어요. 내가 이 나이 돼서 보니 자식이 부모보다 나아요.

그리고 여기로 와서 정순 언니한테 폐 끼치는 줄 알았지만 염치 불구하고 살 수밖에 없었어요. 정순 언니는 햇살 같은 사람이었어요. 따뜻하고 똑똑하고 웃음 많은."

연자는 정순을 생각하며 이번에는 희미하게 미소 짓는다. 정순은 연자가 얹혀사는 걸 미안해할 때마다 손을 내저으며 말했다.

"연자야, 우리처럼 사랑 못 받고 자란 년들끼리 부대끼면서 사랑해 주고 살아야 돼. 사랑 많이 받고 자란 애들 구김 하나 없이 밝잖아? 우린 그늘이라 그 옆에 가면 눈부셔 타 죽어. 얘, 난 타 죽기 싫다. 우리끼리 서로 그늘 해주면서 살자. 난 연애에 하도 데여서 지긋지긋해. 결혼하긴 글렀어. 그러니까 네가 내 옆에 있어주라. 나 외로워, 너보다 내가 더 네가 필요해."

'있어 달라'든가 '네가 필요해' 같은 말들은 연자가 들어보지 못한 말이었다. 연자의 속을 편안하게 해주기 위한 정순의 말이라기엔 너무도 가슴에 사무쳤다. 햇살 같은 정순의 아픈 속을 연자는 자신의 아픔 때문에 보지 못하고 있었다.

그 뒤로 연자는 더욱 정성스레 정순을 위해 밥을 했고 옷을 다렸다. 밤에는 종일 서서 일하느라 다리가 퉁퉁 부은 정순의 목욕물을 받았다. 연자와 정순은 나이 터울이 두 살밖에 나지 않았지만 서로의 부모가 되어주었다. 정순이 암에 걸리고 병원에서 생을 마감하기 싫다며 항암치료를 거부하고 집에서 몇 달을 살다 가기 전까지의 기억이 어제처럼 생생하다.

"생각하니까 같이 살던 정순 언니가 너무 보고 싶네요. 이제 세상에 없거든요. 재하가 왜 나더러 여기에 꼭 오라고 했는지 알 거 같아요. 이곳은 마음을 마구 풀어내는 힘이 있네요. 아까 꽃잎도 너무 예뻤어요."

이미 오래전부터 연자를 알고 있는 것 같은 기분이 들었던 지은은 자분자분한 연자의 목소리에 귀를 기울이며 끄덕이고 웃는다. 연자가 가슴속 끝의 말을 모두 풀어낼 때까지 들어주고 싶다. 연자는 골몰히 생각에 잠긴 뒤 다시 말한다.

"후회되는 일이 있는데…. 재하 아버지 그 인간이 재하 고등학생 때 자기가 죽을병에 걸렸다고 연락이 왔어요. 얼마 못 산다고 재하를 보고 싶다는데… 양육비 한번 제대로 안 보낸 인간이 죽기 전에 자식은 보고 싶었나 봐요. 재하한테 만나러 갈 거냐고 물었는데 안 가겠다더라고요. 설득할 수 없었어요. 재하는 한번 결심하면 단호하거든요.

근데 그 인간이 죽었다고 연락이 왔어요. 그래도 지 애비 장례식장은 가야 하지 않을까 싶어서 어디 가잔 말도 안 하고 데리고 갔어요. 장례식장 앞에서 둘이 한참을 서 있다 그냥 돌아왔어요. 그때 안 들어가겠다던 재하 손을 붙잡고 들어가 애비 사진이라도 보여줬어야 하나 싶기도 하고…. 보면 뭐 하나 싶기도 하고… 그래요."

연자는 이제 울지 않는다. 눈물도 아깝다. 그 인간한테는.

"사장님, 제가 너무 말을 많이 했지요? 미안해라. 이렇게 이야기하고 나니 속이 시원하게 풀려요. 고마워요. 사장님이 정순 언니 웃는 모습이랑 쏙 빼닮아서 처음에 깜짝 놀랐어요. 그래서 제가 지금 말을 더 많이 하나 봐요."

손수건으로 눈물을 닦는 연자를 보며 지은은 어느 생에선가 그녀를 만난 적이 있는지 떠올려 본다. 흐릿하다. 기억력이 좋은 줄 알았는데 백만 번이나 태어나다 보니 이젠 모두를 기억하기 어려운가.

"말씀하시는 거 듣기 좋아요. 저 이야기 듣는 거 좋아하거든요. 사실 저도 어머니가 낯설지 않았어요. 아마도 우리 어디선가 만났을 거 같아요."

소리 없는 눈물을 흘리는 연자의 잔에 차를 따른 뒤 지은도 차를 마신다. 연자를 위한 특제 차인데, 세탁소 손님과 같은 차를 마시면 감정의 공유가 된다. 음악은 어느새 끊겼지만 오히려 정적이 편안해 내버려둔다.

"그런데 재하 어머니, 마음의 얼룩은 하나만 지워드려요. 그 옷을 입으시고 어떤 얼룩을 지울지 선택해 주셔야 해요."

연자는 감고 있던 눈을 뜨고 지은을 향해 몸을 돌린다. 지은의 눈을 마주 볼 용기가 생겼다. 울음을 그친 연자는 옅은 미소를 띠고 있다.

"처음 보는 분 앞에서 울다니, 실례인 거 알지만 한참 울고 났더니 오히려 개운하네요. 오랜만에 울었어요."

"괜찮아요. 이런 일 하다 보면 제 앞에서 안 우는 게 오히려 어색한 걸요?"

지은의 말에 두 사람은 깔깔 웃는다. 한참 웃고 나서 동시에 차를 마시고 내려놓는다.

"있지요, 전에는 내 불행이, 내 아픔이 가장 힘들다고 생각했어요. 그런데 살다 보니 모두 아픔을 간직하고 살더라고요. 제 불행만 불행이 아니었던 거죠. 저는 요즘 사는 중 가장 행복해요. 편안해요. 저녁 버스를 탔는데 노을이 너무 예쁜 걸 보면 눈물 나게 행복해요. 어떨 땐 낮에 버스를 탔는데 버스에 저 혼자 있어요. 전세 낸 것처럼. 어디 여행 간 거 같더라고요. 사장님 버스 타보셨어요?"

"아… 버스요? 제가 집이랑 세탁소가 가까워서 어디 갈 일이 없어요."

"갈 일은 만들면 되죠. 다음에 버스 타고 시내 한번 나가보세요. 낮에 이 동네 풍경이 얼마나 좋은데요. 큰 창문으로 지나가는 사람들 구경도 하고."

연자의 말에 지은이 고개를 끄덕인다. 버스 여행이라, 이 생에서 하고 싶은 게 늘고 있다.

"행복한 일은 천지에 널려 있어요. 늦잠을 자서 출근해야 되는 줄 알고 허겁지겁 눈을 떴는데 알고 보니 주말이야. 안도하며 눈을 감아요. 마저 자는 잠이 얼마나 달큼한지. 저는 그냥 지금 이런 일상이 좋아요. 불행하다 느꼈던 상처를 지우고 싶던 순간이 물론 많았지만 그날들이 있었으니 오늘이 좋은 걸 알지 않겠어요. 불행을 지우고 싶지 않아요. 그 순간들이 있어야 오늘의 나도 있고, 재하도 있으니까요."

"아… 네…."

지은은 연자의 말에 놀라 눈을 깜빡인다. 연자를 데려가기 위해 곁을 맴돌던 꽃잎들도 멈춘다. 여려 보이는 연자가 실은 가장 단단한 이가 아닌가. 자신의 상처를 기꺼이 안고 가겠다니. 지은은 마음에 조용한 울림이 파장처럼 번진다. 파장은 음표가 되어 음악으로 울린다. 지은의 귀에는 연자의 말이 음악처럼 아름답게 들려온다.

"사장님, 저 지금 사이버대학교 다녀요. 상담심리학 공부하고 있어요. 공부해 보니 제가 가진 상처가 다른 이의 상처를 이해하고 공감하는 데 큰 도움이 되네요. 참 사는 거 이상하죠. 그때는 아파 죽을 거 같아서 제발 그만하게 해달라고 하늘한테 애원했는데, 돌아보니 그 상처들도 다 내 삶이었어요. 상처 없으면 나도 없더라고요.

이 공부 끝나면 식품영양학과에 입학할 거예요. 음식이 사람을 살게 하거든요. 배 속이 뜨뜻해야 살 힘도 나요. 열심히 공부해서 사람 살 힘 나는 음식을 파는 식당을 열 거예요. 이제 남은 생은 돈 벌어 하고 싶은 공부랑 일 실컷 하다 가려고요."

수줍게 웃으며 연자는 품에 꼭 안고 있던 티셔츠를 입는다. 지우지 않겠다더니 티셔츠를 입는 연자를 보며 지은은 조금 긴장한다. 지은이 읽지 못한 마음의 얼룩이 더 큰 게 남아 있었나. 티셔츠를 입고 바 테이블에서 일어선 연자가 지은을 바라본다.

"나는 내 인생 싫어하지 않아요. 전엔 나마저 내 인생 싫어하면 너무 안쓰러워 좋아하려 애썼는데, 이젠 있는 그대로 자연스럽게 좋아졌어요. 좋다고 생각해 보면 내 인생이 너무 예뻐 보여요. 그래도 아들이 엄마 위해서 선물 주고 싶다니까 받을게요. 지우지는 않을 건데, 떠올릴 때 덜 아프게 주름만 조금 다려주세요."

연자의 말이 끝나자 숨죽이며 기다리고 있던 꽃잎들이 빙글빙글 돌며 움직인다. 지은도 웃는다. 연자의 다리 주변을 맴돌며 꽃잎들은 박수라도 치듯 활기차게 연자를 2층 세탁실 다리미 앞으로 데려간다. 연자는 놀라 눈을 휘둥그레 뜨며 꽃잎의 향연을 반긴다.

"어머, 얘들아. 너희 다시 봐도 참 예쁘다, 세상에. 오늘은 너무 신기한 날이네."

살아 있길 잘했다. 태어났으니, 살아 있으니, 살아지고 숨을 쉬었다. 죽지 못해 살았다. 하지만 이제 살아 있으니 살고 싶어지고 살고 싶어지니 사는 게 행복하다. 행복한 삶을 만드는 건 타인이 아닌 나의 마음가짐이라는 걸 연자는 오랜 시간을 지나와서야 깨닫는다. 행복도 연습이 필요하다는 사실을 깨달으려고 그토록 긴 불행의 터널을 지나왔는지도 모른다.

살아 있는 한 모든 얼룩이 아름답다. 좋은 생각만 하기에도 인생이 짧음을 아는 오늘을 살고 있음이 좋다. 연자는 문득 생각에서 빠져나와 주름진 옷을 정성스레 다리는 지은의 뒷모습을 보며 '정순 언니가 딸을 낳았으면 딱 저렇게 예쁠 텐데…' 하고 생각한다.

"여기요, 주름들 판판하게 다렸어요. 하지만 아시죠? 옷을 입으면 다시 주름이 생기는 거."

"알다마다요. 주름도 예쁜 것도 다 내 삶인 걸요. 옷이 따뜻하네요. 고마워요."

옷을 받아 들고 지은의 손을 살며시 붙잡는다. 온기는 온기를 타고 심장으로 흘러 들어가 사람을 살게 하는 온기를 품게 한다. 연자와 지은의 온기가 서로를 오간다. 지은은 오늘따라 마음이 편안하다.

"연자 씨, 나 퇴근했어! 여기 있지?"

세탁소 문을 열고 재하가 부러 소란스레 들어온다. 지

은과 연자는 동시에 웃는다. 꽃잎은 둘을 감싸고 1층으로 빙글빙글 돌아 재하 앞으로 내려간다. 2층을 바라보던 재하가 놀라 뒷걸음질 친다.

"아, 깜짝이야, 연자 씨 벌써 꽃잎 타는 거 적응한 거야? 역시 빨라. 메추리알 장조림 해왔지? 밥 펴왔어. 밥 먹자! 사장님, 같이 드세요. 연자 씨 반찬이 기가 막히게 맛있어요!"

재하의 유쾌한 목소리가 공간을 가득 채운다. 세 사람은 함께 웃는다. 사람의 온기는 그 어떤 온기보다 강하고 따뜻하다. 조금 서늘한 가을밤이지만 세탁소 안은 온기로 훈훈해졌다.

"근데, 오늘 사장님 원피스에 꽃잎들이 보라색으로 보이는데요?"

"그러니? 난 평소처럼 빨간색으로 보이는데."

"다시 보니 빨간색 같아요. 아깐 잠깐 보라색이었는데…. 연자 씨가 꽃을 좋아해서 그런가 요즘 사장님 옷에 자꾸 눈길이 가요. 하하."

똑똑똑.

그때, 문을 두드리는 노크 소리가 들린다. 누구지? 올 사람이 없을 텐데.

지은이 문을 연다.

"이연희 씨가 보낸 택배 왔습니다. 여기가 마음 세탁소 맞죠?"

택배 기사는 작은 박스를 내밀며 사인을 요청한다. 세상이란 이리도 살기가 편안하구나. 연희가 어제 보냈다는 택배가 이 바닷가 도시에 하루 만에 도착하다니. 지은은 사인을 하고 송장을 넘겨주다 택배 기사의 손목에 눈길이 간다. 왼손에는 초 단위까지 숫자가 자세하고 크게 보이는 전자시계를, 오른손에는 휴대폰과 연결된 시계를 차고 있다. 양 손목에 시계를 차고 있는 택배 기사는 송장을 받고 꾸벅 인사를 하고 뒤돌아 수령 시간을 기재하고 모자를 눌러쓰고 어두운 골목길로 걸어간다. 그때였다. 어둠 속에서 누군가 지은을 지켜보는 느낌이 든다.

"누구지? 거기 누구야?"

어둠 속을 향해 소리치지만 아무런 인기척이 없다. 지은은 고개를 갸웃거리며 세탁소 문을 닫고 나와 골목을 살펴보다 이내 하늘을 향해 숨을 크게 들이쉰다. 바다의 냄새, 그리고 차가운 바람이 섞인 낙엽 냄새가 선선한 바람을 타고 깊게 들어온다. 낙엽을 태우는 자작자작한 소리가 들린다. 계절은 참으로 성실하다. 소리 없이 여름이 가고 가을이 왔으니.

"영희 삼촌이 택배 가져왔구나. 사장님, 아무도 없는데 뭐 해요? 얼른 들어와서 식기 전에 밥 먹어요!"

재하가 지은의 팔을 끌어당긴다.

"영희 삼촌?"

"네, 우리 동네 산 지 오래됐는데 이름이 '김영희'래요. 어디서 왔는지 무얼 하던 사람인지 말은 안 하는데 동네에 무거운 물건은 다 배달해 줘요. 높은 데 사시는 할머니들 짐도 들어다 드리고 힘쓰는 일 부탁하면 군말 없이 도와줘요. 우리는 영희 삼촌이라고 불러요."

"좋은 사람이네. 들어가자."

밥을 먹어야지. 밥을 먹어야지. 그래, 밥을 먹자. 먹어서 또 살아보자. 살아서 연자 씨 말처럼 버스도 타고 동네 구경도 하고. 그러며 살아보자.

'살아보자'라고 하는 말끝에 입꼬리가 조금 올라간다. 살아보는 것, 어쩌면 괜찮은 것 같기도 하고.

저녁을 먹고 연자와 재하가 돌아갔다. 다정하게 손을 잡고 돌아가는 모자의 뒷모습을 바라보며 그들의 평화를 마음으로 빈다. 스스로 봉인해 둔 끝없는 삶의 반복을 풀기 위해 시작한 마음 세탁소다. 사람들이 마음의 상처를 모두 빼내고 싶어 하지 않을까 싶었는데, 연자 씨처럼 조금만 다려달라 하는 이를 만나니 지은은 '마음'의 정체가 궁금하다.

그러고 보면 마음이라는 게 보이지도 않고 형태도 없는 것이 참 힘이 세다. 마음으로부터 시작되고, 마음으로부터 해결되고, 마음으로부터 끝이 난다. 마음으로부터 꽃이 피기도 하고, 마음으로부터 불행이 지속되기도 한다. 마음은 어쩌면 모든 끝과 시작의 열쇠인 것일까.

마음에 대해 생각하며 지은은 세탁소 문을 잠그고 택배박스를 들고 우리 분식으로 걷는다. 그러고 보니, 마음에 대해 이렇게 생각해 본 적이 있었나. 백만 번이나 태어나면서도 마음을 들여다보지도, 생각하지도 않고 살았다.

마음은 꽃과 비슷하다. 보살펴 주고 햇빛을 쬐어주면 지기도 하고 피기도 하고 짓무르기도 하고 냄새도 나고 벌레도 생기고, 그러다 잎도 다시 피어나고 다시 꽃도 피는 존재.

아름답기도 슬프기도 한 양가적 이면이 마음인 걸까. 아름답기만 한 마음은 존재하지 않는 걸까? 아니, 과연 아름답다는 것은 무엇일까. 슬픔과 아픔은 아름답지 않은 것이고 기쁨과 환희가 아름다운 것이라는 말은 어쩌면 반대일지도 모른다. 슬픔과 아픔이 아름답고 기쁨과 환희가 아름답지 않은 것이라는 사실을 알면 무너질까 봐, 숨기고 있는 진실일지도 모른다. 모르겠다. 이리 오래 살아도 모르는 것투성이라니.

"아줌마, 아직 문 안 닫았어? 무릎 아프다며, 연희가 이거 아줌마 거라고 택배 보냈어."

"아이고 연희가? 고 이쁜 것이… 이런 거 안 사줘도 되는데이… 고마워라."

안 사줘도 된다는 말과 다르게 우리 분식 사장의 얼굴이 활짝 펴진다. 그러고 보니 사장이 요즘 들어 부쩍 무릎을 두드리는 횟수가 늘었다. 지은은 택배를 빨간색 테이블 위에 올려놓는다. 기름때로 눅진한 테이블은 아직도 끈적거린다.

"아줌마, 이 기름때는 청소가 안 되나 봐?"

지은이 검지로 테이블을 톡톡 치며 말한다. 우리 분식 사장은 다듬던 파를 내려놓고 행주를 가져와 테이블을 훔친다.

"이기 오래돼서 그런가, 안 지네. 우쩌겄어, 이리 닦아도 이런 걸. 괜찮여, 우리는 다 이런 거 괜찮은 사람들만 오는 겨."

"아줌마, 그래서 여기 포장 손님이 많은 거야. 이 안에 들어와 먹게 하려면 테이블이 깔끔해야지. 내가 새로 사 줘?"

"아이고 됐어, 됐어. 여서 더 손님 많아짐 나 혼자 장사 못혀. 돈 더 벌어서 뭐 햐. 지금도 충분햐."

테이블을 새로 사 준다는 지은의 말에 우리 분식 사장

은 다듬던 파를 흔든다. 그러고 보니 이 매장에 새 테이블이 들어오면 어울리지 않을 것 같기도 하다. 오래된 양은 냄비와 낡은 플라스틱 접시를 고집하는 이 공간이 왠지 모르게 편안한 건 사실이다. 지은은 다듬던 파를 치우고 택배 박스를 열어 약병을 확인하는 사장을 바라본다. 무릎을 두드리는 사장을 보며 지은도 무릎이 욱신거린다. 이상하다. 감정의 전이처럼 신체의 아픔도 전이되는 것인가.

"근데 그거 먹으면 무릎 안 아프대? 요즘 나도 무릎이 욱신거리네. 오래 살아서 그런가."

"그려? 이거 먹어봐. 젊을 때부터 관리해야 혀. 안 그럼 나처럼 늙어 고생햐. 자, 이거 한 통 갖고 가."

"아니야, 아줌마 먹어. 나도 연희한테 택배 시켜달라고 할게."

"아이고 괜찮여, 이거 먼저 먹고 시켜달라 그랴."

"그럼… 그럴까?"

못 이기는 척 약병을 받아 들고 지은은 자리에서 일어선다. 이제 세탁소 문을 닫아야겠다. 우리 분식 사장이 지은이 세탁소 문을 닫고 나서야 가게 문을 닫고 간다는 것을 알고는, 낮 시간 즈음부터 오픈하고 새벽까지 세탁소 문을 열어두는 것을 멈췄다.

세탁소 불이 꺼질 때까지 기다려 주는 마음. 인적 없는 밤에 꾸벅꾸벅 앉아 졸면서까지 기다려 주는 그 마음이 처음에는 이해되지 않았지만, 여러 계절을 함께 보내며 요즘은 분식집 불빛에 묘한 안도감이 든다. 가끔 사장이 병원에 가느라 분식집 불이 일찍 꺼진 날이면 지은의 발걸음도 덩달아 힘이 없다. 사람이란 참 묘한 존재다. 서로에게 적당히 거리를 둬야 하지만 적당히 곁에 있어야만 살 수 있는 것인가.

분식집을 나서는 지은의 손에는 어느새 따뜻한 김밥 두 줄이 들어 있는 검은 비닐봉지가 들려져 있다. 지은의 다음 날 끼니를 위해 우리 분식 사장은 퇴근길에 늘 김밥 두 줄을 건넨다. 한 손에는 약병, 한 손에는 김밥 봉지를 든 지은이 문을 열다 뒤를 돈다.

“아줌마, 아프지 말고 관리 잘해서 오래오래 살아. 병원비 아끼지 말고. 병원비 부족하면 김밥 값으로 내가 내줄게.”

“그려그려, 우리 지은 사장님 덕분에 든든허다. 늙은이 아픈 게 뭐 새삼스러울 일인가. 이제 여기저기 아픈 몸 살살 달래가며 남은 날 사는 거지. 어여 들어가, 연자 맞이하느라 고생했어. 수고했어, 오늘도.”

지은을 배웅하며 우리 분식 사장은 하품을 한다. 사장의 하루도 끝이 났다.

닫힌 유리문 밖으로 지은이 걸어가는 뒷모습을 흐뭇하게 바라본다. 당장 부스러져도 이상하지 않을 만큼 마르고 힘이 없던 지은이 조금씩 생기를 되찾아 가고 있다. 지은은 우리 분식 사장이 매일 두 줄씩 건네는 김밥에 매일 다른 재료가 들어 있는지도 모른다지만. 버리지 않고 꼬박꼬박 먹는 거 같다. 그거면 됐다.

그러고 보니 사장의 곁에 아직 꽃잎들이 세탁소로 가지 않고 남아 있다. 빨간 꽃잎들이 사람처럼 서 있는 모습을 보고 꽃잎 하나를 톡, 치며 사장이 웃는다.

"꽃잎들아, 걱정 말아. 모든 일에는 때가 있어. 곧 좋은 일이 생길 거야. 그리 믿으면 그리된다. 그러니께 너들도 너들 자리로 이제 가."

사장의 말에 꽃잎들은 뱅글뱅글 돌며 사라진다. 서로가 서로를 염려하는 온기로 가득 찬 이런 밤은 잠도 순하다. 골목을 환히 밝히는 은은한 달빛도 미소 짓는 밤이다. 이런 밤은 해가 비추지 않아도 낮보다 환하고 따뜻하다. 어둠 속에 있다고 꼭 어둠이 아니고 빛 속에 있다고 꼭 빛이 아니다. 어둠 속에 있어도 빛나는 게 있고, 빛 속에 있어도 어두운 게 있다.

오늘은 순한 밤이다.

바닷바람에 소문을 타고 언덕 끝 마음 세탁소는 한동안 찾아오는 이들로 붐볐다. 시험을 망쳐 속상한 마음을 지워달라는 고등학생부터 시작해 각기 모양도 사연도 다른 얼룩으로 남은 상처들을 빼주고 다려주느라 바쁜 날들을 보냈다. 차를 부지런히 끓였고, 사람들의 이야기를 들었고, 꽃잎을 보내고, 세탁기와 다리미를 바쁘게 돌렸다.

금요일 밤이 되어서야 한가해진 세탁소는 다음 주 영업을 위해 일찍 문을 닫기로 했다. 간판에 불을 끄고 꽃잎들도 바닷가로 날려 보냈다. 꽃잎들은 빙글거리며 바람을 타고 향기를 내뿜는다. 지은은 이 생에서 가진 두 가지 능력을 완성해 죽기로 결심한 뒤로 어느 생보다 활기차게 살고 있다. '죽다'와 '살다'는 한 음절 차이인데 무게감은 참 다르다. 죽기로 결심하며 살기에 열심인 오늘이다.

퇴근 후 재하와 연희가 세탁소에 올 때면 가끔 해인도 함께 와 같이 음악을 듣고 밥을 먹는다. 해인은 개인 사진전을 준비하고 있고, 연희는 우수 사원으로 10년째 선정되더니 본사 서비스 교육팀 팀장으로 승진했다며 신이 나 있다.

서로의 일상을 공유하며 평화롭다고 느껴지기까지 하는 날들이다. 평화라니, 이런 마음을 누려도 되는 걸까. 정말 그래도 되는 걸까. 평화롭거나 행복한 감정이 들면 어김없이 그리운 이들에게 미안해진다. 그리움과 미안함이 범벅이 된 지은은 손을 움직여 하얀 티셔츠를 차곡차곡 접어 서랍에 넣는다.

"도와줄까요?"

늦은 오후, 쿠키를 사 들고 찾아온 해인이 티셔츠를 접는 지은의 곁에 선다. 대답 대신 눈길로 끄덕하는 지은을 보며 미소를 띤 해인은 나란히 서 티셔츠를 함께 접는다. 깨끗하고 하얀 티셔츠에는 잘 말린 햇볕 냄새와 기분 좋은 세제 냄새가 났다.

'하얗고 냄새도 좋으니 기분 좋네. 마치 지은 씨 같아.'

"네?"

"아, 네? 제가 뭐라고 했어요?"

"하얗고 냄새도 좋으니 기분 좋네. 마치 지은 씨 같아, 라고요."

"…아…."

입 밖으로 혼잣말이 튀어나오는 줄 모르던 해인이 지은의 말을 듣고 놀라 귀가 홍옥처럼 익는다.

'이를 어쩌지.'

"어쩌긴 뭘 어째요. 제가 좀 하얗고 깨끗하고 냄새도 좋고 그래서 기분 좋게 하는 사람이긴 하죠."

"…네? 저는 왜 자꾸 생각을 혼잣말로 내뱉죠. 제가 원래 말이 많은 사람이 아닌데, 참…."

놀라는 해인을 보며 지은이 웃음을 터트린다. 참 순수한 사람이란 말야.

"저한테는 말을 하고 싶은가 보죠. 혹시 지금 시간 많아요?"

"어, 마, 많아요!"

"그러면 여기 이 티셔츠 좀 다 접어줘요. 나는 2층 정리 좀 해야 해서. 고마워요!"

해인에게 티셔츠를 한가득 건넨 지은이 빙글 뒤를 돌자, 빨간 꽃잎들도 한 바퀴 두 사람의 주변을 함께 맴돈다.

쿵, 쿵, 쿵. 이상하다. 왜 이렇게 심장이 빨리 뛰지. 뒤돌아선 두 사람이 마음에 손을 가만히 올린다. 똑같이 심장에 얹은 두 손을 서로는 보지 못한다.

"둘이 정리하니 금방 하네요. 오늘 좀 피곤했는데 고마워요. 시간 되시면 빨래 너는 것도 도와주실래요?"

"네, 좋아요. 무엇이든!"

말이 끝나자 빨간 꽃잎들이 두 사람의 발밑으로 몰려온다. 에밀리 디킨슨의 시처럼 '영혼의 꽃마차'를 타듯 빙글빙글 둘을 태운 꽃잎들이 사랑스럽게 맴돈다. 사랑에 빠지기에 필요한 시간은 얼만큼일까. 심장이 뛴다는 것은 이런 기분이었던 건가. 지은은 낯선 감정이 조금 당황스럽다. 하지만 기분 좋은 낯섦이다.

"이 꽃잎, 참 예뻐요."

"예쁘죠? 오랜 시간 이 녀석들 덕분에 외롭지 않았던 거 같아요."

"너무 고마운 꽃잎들이네요."

"오후인데도 햇살이 아직 좋네요. 빨래 마르기 딱 좋은 날씨다."

바구니에서 지은이 빨래를 꺼내 해인에게 건넨다. 해인은 빨래를 받아 두어 번 탕탕, 털어 빨랫줄에 가지런히 넌다. 두 사람의 등 뒤로 오후의 햇살이 따사롭게 빛난다.

햇살을 뒤로한 지은을 보며 해인은 지금 이 순간이 영원했으면 좋겠다는 생각이 들었다. 멈추지 않길 바란 순간 이 지금까지 살면서 있었던가. 슬픔을 속으로 감내해야 했던 해인은 언제나 시간이 빨리 지나길 바랐고, 무언가를 가지고 싶어 하는 욕망보다 있는 그대로의 현재를 받아들이는 일에만 익숙했다. 그런데 마음에 낯선 바람이 분다. 언젠가 미래에 꺼내보고 싶은 하나의 장면이 있다면, 바로 지금 이 순간이 아닐까.

"하얀 빨래가 옥상에 널린 풍경 너무 예쁘죠?"

"네, 너무 예뻐요. 사진기를 가져올 걸 그랬어요."

"눈으로 담아요. 그리고 마음으로 담아요. 진짜 아름다운 풍경은 사진에 담기지 않잖아요. 사진을 찍는 것도 좋지만, 영원히 간직하고 싶은 순간은 잠시도 놓치지 않고 찬찬히 느끼며 마음에 담아두는 게 좋은 거 같아요."

지은의 말에 해인이 고개를 끄덕인다. 마주 보며 웃는 두 사람의 청량함이 닮아 있다. 두 사람은 하얀 빨래가 나부끼는 옥상에 나란히 서 해가 지는 풍경을 바라본다. 영원히 간직하고 싶은 아름다운 한 순간이, 바로 지금 이 순간이다.

쿵, 쿵, 쿵!

빨래를 널고 내려오니 누군가 문을 세게 두드린다.

"사장님, 택배 왔습니다."

연희가 보냈다는 영양제가 도착했나 보다. 서랍을 닫고

택배를 받으러 문 앞으로 걸어간다. 지은이 걸을 때마다 검정색 스커트에 새겨진 빨간 꽃잎들도 춤을 추듯 움직인다.

택배 기사 영희 삼촌이 내민 송장에 사인을 해 건네던 지은은 그가 손목에 찬 두 개의 시계에 눈길이 간다. 맞아, 이 사람 전에도 두 개의 시계를 차고 있었지. 송장을 돌려받은 영희는 전자시계를 보고 택배 수령 시간을 기재한다.

지은에게 택배를 건넨 영희는 할 말이 있는 사람처럼 머뭇거리며 서 있다. 마침내 결심한 듯 모자를 벗어 한쪽 겨드랑이에 끼우더니, 반을 접고 다시 반을 접은 종이를 주머니가 여섯 개 달린 조끼의 안주머니에서 꺼낸다. 고개를 숙인 영희는 귀퉁이가 닳고 해진 종이를 펼쳐 지은에게 내민다.

"저… 예전에 이 종이를 우연히 받게 되어 보관했어요. 여기… 맞나요?"

**마음의 얼룩을 지우고**
**아픈 기억을 지워드려요.**

**당신이 행복해질 수 있다면**
**구겨진 마음의 주름을 다려줄 수도**

얼룩을 빼줄 수도 있어요.

모든 얼룩 지워드립니다.
오세요, 마음 세탁소로.

ㅡ 주인 백

지은은 구겨진 종이 위에 적힌 글귀를 눈으로 따라 읽으며 고개를 끄덕인다. 수없이 펼치고 다시 접기를 반복한 듯 종이는 거의 찢어지기 직전의 상태로, 테이프로 간신히 고정되어 있다. 이 종이를 어떤 마음으로 가슴 안에 간직하고 다닌 걸까. 어쩐지 딱 1인분의 위로 차가 남아 문을 닫고 지은이 마시려던 참이었다. 오늘의 위로 차가 필요한 사람이 여기 있었구나.

"여기 마음 세탁소 맞아요. 이 종이는 오픈 초기에 만들었던 건데 오랜만에 보네요. 여기가 오늘 배달 끝 집이죠? 잠깐 들어와서 목 좀 축이고 가요."

"아… 제가 배달하느라 옷이 땀에 절어서 냄새가 많이 날 텐데…."

"괜찮아요. 여기 세탁소잖아요. 금방 해결해요. 어서 들어와요."

머리를 긁적이며 머뭇거리는 영희다. 들어가고 싶은데

들어가도 될지 고민하는 표정이 역력하다. 지은은 문을 열어 안쪽으로 들어오라는 손짓을 보낸 뒤 먼저 들어선다. 문을 열고 들어오라 청하는 건 지은의 몫이지만, 문턱을 넘는 용기는 들어올 이의 몫이다. 크게 숨을 쉬며 바닷가 쪽 하늘을 향해 꽃잎에게 신호를 보낸다. 바닷바람을 묻혀 돌아온 꽃잎들이 세탁소 주변을 뱅글뱅글 돈다. 영희는 꽃잎을 보고도 놀라지 않는다. 사실 예전에도 본 적이 있기 때문이다.

마음 세탁소가 피어나던 그날, 영희도 우연히 건물이 피어오르는 광경을 목격했다. 배달을 마치고 차에서 잠깐 잠이 들었다 깨어난 그의 앞에서 펼쳐지는 장면을 믿을 수가 없어 몇 번이고 눈을 비볐다. 그리고 재하와 연희가 세탁소를 기웃거리다 들어가는 모습을 지켜보았다.

그때부터 영희는 배달 트럭 창문으로 날아온 종이 한 장을 주머니에 넣고 다니기 시작했다. 계절이 지나도록 지은과 세탁소를 드나드는 이들을 지켜보았다. 겁이 많기도 했지만, 이 마을을 처음 찾은 낯선 이가 이유 없는 친절을 베풀 리 없다고 생각했다. 마음 세탁소에서 선의를 핑계로 나쁜 일이 일어나면 당장 달려가 구해줄 생각이었다. 배달을 다닐 때마다 시간대별로 세탁소에 대해 기록했다.

헌데, 계절이 지나도록 세탁소에서 나오는 이들은 모두 입가에 잔잔한 미소를 머금고 나타났다. 어떤 이는 눈물을 흘리며 나왔고, 어떤 이는 한숨을 쉬며 나왔지만 그 모든 얼굴에서 개운하고 시원한 해소의 감정이 느껴졌다.

영희의 의문은 세탁소 주인인 여자로 향했다. 매일 저녁마다 지는 해를 바라보며 눈물을 흘리는 여자. 흐르는 눈물마저 꽃잎처럼 보이는 여자를 지켜보았다. 누구를 해칠 사람은 아닌 것 같았다.

영희는 굳게 다문 아랫입술을 깨물며 결심한 듯한 표정을 짓는다.

"만약 생에 단 한 번 행운이라는 것이 주어진다면 지금일지도 몰라."

혼잣말을 중얼거리며 세탁소의 나무 계단 끝에 신발에 묻은 흙을 털어낸 뒤 아까 벗은 모자를 두 손에 꼭 쥐고 시계를 본다. 저녁 7시 7분에서 8분으로 넘어가고 있다.

"7시 8분…."

시계 위에 빗방울이 떨어진다. 후두두둑, 소나기다.

굵은 빗방울에 놀란 영희는 무의식적으로 비를 피하기 위해 성큼성큼 일곱 개의 나무 계단을 올라 꽃 처마 밑에 섰다. 영희는 문을 여는 일이 늘 어려웠다. 택배 배달은 문을 열지 않아도 수취인들이 문을 열거나, 문 앞에 택배를 두고 올 수 있어 선택한 일이었다. 손잡이를 잡고 문을 여는 일. 누군가에겐 별일이 아니지만 누군가에겐 마음의 준비가 필요한 일이기도 하다.

세차게 쏟아지는 빗방울에 흔들리는 나뭇잎을 향해 고개를 끄덕, 하며 다시 시계를 본다. 7시 11분, 세탁소 안으로 들어선다. 어떤 3분은 라면이 맛있게 끓어오를 시간이고 어떤 3분은 30년간의 세월을 압축해 둔 시간이기도 하다. 멈추었던 그의 시계가 심장 속에서 째깍째깍 움직이기 시작했다.

터질 것 같다. 심장인지, 시계인지.

오전 8시 55분. 현관문 앞에서 가방을 멘 영희는 초조하게 시계를 보고 있다. 불안하게 손톱을 질근거리다 9시가 되자 어쩔 수 없이 문을 열어 집을 나선다. 이 문을 열지 않을 수 없을까. 혹은 영원히 닫아두거나.

“김영희, 지금 몇 시야? 이 자식은 맨날 지각이야. 옆으로 가서 손 들고 서 있어!”

교복이 흠뻑 젖을 정도로 등에 땀이 흐른 영희는 학생주임의 호통에 손을 든다. ‘상습 지각생’ 영희의 학교는 집에서 도보 10분 거리다. 교수 아버지와 변호사 어머니 그리고 전교에서 1등을 하는 잘난 형 영수와 함께 살고 있는 집이다.

바쁜 가족들에게 시간을 지키는 일은 아주 중요하다. 영희는 가족들이 모두 나간 뒤 식탁에 놓인 제 몫의 샌드위치 두 조각을 천천히 씹어 먹는다.

이 집은 정확히 10시에 일하시는 아주머니가 오셔서 오후 2시까지 청소, 빨래, 반찬 등을 해주신다. 아주머니는 정확히 오후 2시 10분에 그날의 업무를 기록한 뒤 퇴근한다. 영희는 가끔 이 시간에 집으로 도망쳐 온다.

"형도 이 동네에서 공부를 제일 잘하고 너희 부모님은 교수에 변호사신데 네가 이렇게 맨날 지각해서 되겠어! 네 형 반만 따라가 보지. 으이구… 쯧쯧, 들어가!"

무표정하게 손을 들고 서 있는 영희를 향해 학생주임은 혀를 끌끌 찬다. 같은 중학교를 졸업한 형은 공부를 잘하기로 동네에서 유명했다. 영희 옆에서 손을 들고 있던 아이들은 그를 잡아먹을 듯 노려본다. 영희는 그들의 눈치를 보며 학생주임에게 말한다.

"저… 선생님…. 저도 화장실 청소할게요…."

"화장실 청소는 무슨! 들어가! 거기 너희 둘은 얼른 가서 1층 화장실 청소하고! 지각 좀 하지 마라, 이것들아!"

그는 영희에게 화장실 청소를 시켰다는 사실이 학교발전위원회에서 회장직을 맡고 있는 영희 부모님의 귀에 들어가기를 우려하는 모양이다. 차라리 귀에 들어가는 게 나을 텐데. 영희는 힘없는 걸음으로 2층 교실로 올라간다. 문틈으로 교실 안을 보니 이미 1교시 수업이 한창이다. 문을 열어야 한다. 눈을 질끈 감고 문을 연다.

반 분위기는 싸늘하다. 영희는 수업을 하고 있는 선생님께 고개를 푹 숙여 인사하곤 자리에 앉았다. 이제부터 시작이다. 제발, 제발, 제발. 수업이 끝나는 종이 울릴 때까지 초침과 분침 소리가 크게 뛰는 심장 소리처럼 들린다. 불안하다.

딩동댕동.

쉬는 시간을 알리는 종이 울린다. 선생님은 책을 챙겨 나갔고 시끄러운 초침과 분침 소리도 멈추었다. 눈을 질끈 감은 영희 앞에 그 아이들이 왔다.

"야. 너 오늘 일찍 와서 우리 자리 청소해 놓으랬지. 내 말이 말 같지 않냐?"

영희는 고개를 들지 못하고 눈을 꽉 감는다. 가방을 끌어안는다. 도망가야 해, 도망가야 해. 속으로 외치는 영희의 머리 위로 하얀 액체가 쏟아진다. 쿰쿰한 냄새. 오늘은 그나마 하얀색이구나.

"아이고. 손이 미끄러졌네? 미안해라. 야, 이거 너 마셔라."

영희의 머리 위로 반쯤 상한 우유를 붓던 진수는 이내

영희의 입을 벌려 우유를 들이붓는다.

"컥, 컥, 하…하지…마…."

"뭐라는 거야, 이 자식이. 야, 너 지금 나한테 하지 말라고 했냐? 미친 새끼. 얘 끌고 나와."

"자… 잘못했어…. 미… 미안해."

"아이고, 미안하셨어요? 그러게 미안할 짓을 왜 해? 꼬우면 니네 부모님한테 일러보든가."

영희가 울며 끌려 나가도 반 아이들은 진수를 말릴 엄두를 내지 못한다. 진수는 전교에서 가장 싸움을 잘하는 아이다. 영희는 간절한 얼굴로 반 아이들을 바라보지만 진수의 고함에 모두 눈을 피한다. 일전에 반 아이 하나가 담임선생님을 불렀다가 진수에게 된통 당한 적이 있기 때문이다. 영희는 체념한 듯 눈을 감는다. 시간만 지나면 된다. 조금만 견디면 수업이 시작되고 진수의 폭행과 괴롭힘은 끝이 날 것이다. 이 시간만 지나면, 지금만 견디면…. 정말… 끝이 날까?

딩동댕동. 딩동댕동.

그때, 다음 시간을 알리는 종이 울렸고 진수와 패거리들은 자리로 돌아갔다.

멈추었던 초침과 분침이 그제야 다시 흘러가기 시작한다. 어떤 10분은 영원보다 길게 느껴진다. 영원보다 긴

10분이 지나갔고, 50분이 지나면 다음 영원이 올 차례다. 영희는 맞은 티가 나지 않도록 교과서를 들고 책상 깊숙이 머리를 숙이며 시계와 문을 번갈아 바라본다. 도망치고 싶다. 저 문을 열고, 다시 쉬는 시간이 되기 전에. 그들이 다시 내게 몰려오기 전에. 문을 열고 뛰어나가고 싶다. 원하는 것은 그것 하나뿐인데, 그 하나가 그토록 어렵다.

"비 소식 없었는데 갑자기 내리네요. 옷이 젖었죠? 일단 수건으로 몸 좀 닦으세요."

세탁소 안으로 들어와 눈을 감고 서 있는 영희를 향해 지은은 수건을 내밀었다. 어떤 기억 속에 머물고 있는 그의 표정에 뒤틀린 괴로움이 느껴진다. 때로는 세탁보다 온기가 필요한 이들이 있는데 그가 그렇다. 할 수 있다면 그의 마음을 꺼내어 안아주고 싶다. 지은의 마음을 읽은 꽃잎이 치맛자락에서 빠져나와 영희에게 하얀 티셔츠를 가져다준다. 꽃바람에 눈을 뜬 영희의 일그러져 있던 표정이 서서히 펴진다. 그는 습관적으로 시계를 보며 시간을 확인한 뒤, 꽃잎을 한 번 보고 지은을 본다.

"실례 좀 하겠습니다…. 감사합니다…."

꾸벅, 고개를 숙이고 지은이 건넨 수건으로 물기를 닦

고 꽃잎들이 건넨 티셔츠를 손에 쥐고 방금까지 떠오른 생각을 떨치기 위해 고개를 흔든다. 30년 전의 기억이 어제처럼 생생하다니. 괴로운 기억에서 벗어나고자 멀리 이 도시까지 도망쳐왔고 오랜 세월이 지났는데도, 진수 패거리에게 폭행을 당하던 기억은 사라지지 않는다. 어떤 짧은 기억은 사람을 살게 할 수 있지만, 어떤 기억은 이리도 오래 사람을 따라다니며 마음을 비튼다. 벗어나고 싶다. 벗어날 수만 있다면 어떻게든 벗어나고 싶다.

"이리 앉으셔서 차 한잔 드세요. 마침 딱 한 잔이 남았는데, 영희 삼촌을 위한 거였네요."

지은이 위로 차를 머그잔에 가득 담아 건넨다. 영희가 차를 마시기에 거부감이 없도록 부러 편안하고 투박하게 생긴 잔을 골랐다.

목이 말랐던지 그는 미지근한 위로 차를 단숨에 마셔버린다. 마음 아픈 이에게는 어떤 말도 위로가 되지 않는데, 누군가에게 위로 차를 건넬 수 있는 자신의 능력이 있어 다행이라고 생각됐다. 가만, 영희에게서 나는 이 냄새, 낙엽이 타는 냄새, 익숙하다. 왜지.

"저… 사실은 제가 마음 세탁소를 오랫동안 지켜봤습니다. 악의는 없었고, 믿어지지 않는 광경을 목격한 뒤로 동네에 이상한 일이 생길까 싶어서요."

지은의 생각을 읽기라도 한 듯 영희가 말한다. 그러고 보니 차의 효험이 도는 시간이다. 그의 경계심은 확연히 줄어들었고 꽃잎은 빙글빙글 돌기를 멈추고 다시 지은의 원피스 무늬로 들어간다.

"줄곧 누군가 지켜보는 느낌이 들었어요. 그때마다 낙엽이 타는 냄새가 났는데 영희 삼촌이었군요. 악의가 담긴 시선은 아니라 기다리고 있었어요. 언젠가 내 앞에 나타날 것 같아서요. 우리 세탁소가 꽤 흥미롭긴 하죠."

반쯤 웃음을 머금은 지은의 눈빛이 장난기로 빛난다. 이곳에서 꽤 많은 이를 만나 그런가, 요즘 들어 말도 많아지고 농담도 하고 싶다. 물론 상대는 지은의 말이 농담인 줄 모르지만.

"아… 네. 지켜보는 거 눈치채고 계셨군요. 불편하셨다면 사과드립니다."

"사과는 받아들일게요. 그리고 괜찮아요."

"저… 그런데 혹시 오래된 마음의 얼룩도 지울 수 있나요?"

"지금까지는 가능했어요. 방금 꽃잎이 건넨 그 티셔츠로 갈아입고 2층 세탁실로 가세요. 눈을 감고 지우고 싶은 기억을 상상하시면 얼룩이 옷에 번질 거예요. 그걸 세탁하면 마음의 얼룩이 빠지는 거죠. 알고 계시죠?"

"네. 그리고 옥상 위 빨랫줄에 널고…. 참, 궁금한 게 있어요.”

“네, 말씀하세요.”

“빨랫줄 위에 있는 잘 마른 옷들은 어디로 가나요? 그 옷들도 꽃잎이 됩니까?”

평소와 달리 속에서 많은 질문이 터져 나온다. 그간 입을 굳게 닫고 살아왔는데, 이상하게 오늘은 용기 비슷한 게 자꾸 생긴다. 무슨 일이지, 대체.

“지금 들고 계신 그 옷이, 옥상 햇빛에 잘 마른 옷이에요. 마른 옷에서 꽃잎은 나오지 않아요. 매일 오후 지는 해를 향해 날아가는 꽃잎들은 사람들 마음의 얼룩에서 나온 상처예요. 잘 말라서 꽃이 된 상처를 해를 향해 보내요. 뜨거운 태양 빛에 타서 빛이 되고 밤에는 별이 되기도 해요.”

“말도 안 돼요. 상처가… 어떻게 꽃잎이 되고 빛이 될 수 있나요?”

“말이 안 되는 일을 말이 되게 하는 게 바로 마음 세탁소예요.”

“…그래도 제 상처는 꽃잎까진 될 수 없을 것 같아요.”

“그렇게 생각할 수 있죠. 누구나 자신의 상처가 가장 크고 아파요. 너무 아픈 상처는 연고를 바를 용기도, 치료할 용기도 나지 않아 꺼내보지 못하고 마음 안에 꽁꽁 숨겨두고 살아가요. 몸에 난 상처는 피가 말라 딱지라도 지는

데, 마음에 난 상처는 딱지가 지지도 않죠. 베인 데 또 베이면 더 아픈데, 마음도 자꾸 베여 아프고요."

"…맞습니다…. 아파요…."

옷을 물끄러미 보던 영희는 조끼를 벗어 의자에 걸쳐놓은 뒤 하얀색 티셔츠를 입고 시계를 본다. 저녁 8시 55분이다. 어느새 시간이 이렇게 훌쩍 가버렸다니…. 놀란 눈으로 지은을 본다.

"사장님, 제가 너무 오래 있어서 불편하신 거 아닌가요?"

"오래 계시긴 했어요. 영희 삼촌 얼룩에 비하면 그리 오래도 아니지만요. 괜찮아요."

지은은 영희의 마음을 읽는다. 지은이 팔짱을 끼고 빙그레 미소 짓고 있는 걸 보며 꽃잎은 영희 삼촌의 발끝을 맴돌다 나비의 날갯짓처럼 팔랑거리며 2층을 향해 올라간다. 영희는 어서 오라는 듯 주변을 맴도는 꽃잎을 따라 한 발자국을 내딛는다.

뚜벅뚜벅. 그의 발자국에는 온 생이 담겨 있다. 차를 마시고 이야기를 나누는 것만으로도 생을 건 발걸음을 내딛는 용기가 생긴다는 사실이 믿을 수가 없다. 영희는 크게 숨을 들이켜며 단단한 다리로 발걸음을 내딛는다. 뚜벅뚜벅, 세탁실을 향해 걸어 올라간다. 그가 입은 옷에 군데군데 서서히 얼룩이 번진다.

어느덧 시간은 저녁 9시 5분을 지나고 있다.

저절로 열린 문을 지나 영희는 계단을 올라 잠시 눈을 감는다. 숨을 고르고 세탁실에 들어선 순간, 햇살이 비춘 듯한 착각이 느껴졌다. 밤이고, 실내였기에 햇살일 리 없지만 햇살 같았다.

오랫동안 지켜봤던 공간인데, 실내는 밖에서 볼 때보다 따뜻하고 편안하다. 밖에서 보이는 것과 안에서 보는 것은 언제나 다르다. 안과 밖의 다름을 결정짓는 온도는 어쩌면 개인의 생각과 시선일지도 모른다. 사람은 자신이 보고 싶은 것을 보고, 듣고 싶은 것을 듣고, 느끼고 싶은 것을 느끼니까. 또 사람은 자신이 보여주고 싶은 것을 보여주고, 들려주고 싶은 것을 들려주니까. 창밖에는 아직도 소나기가 세차게 내린다.

"아침에 확인할 때 오늘 일기예보에 소나기 소식이 있었습니다. 강수 확률이 30프로라 신경 쓰지 않고 나왔는데 비가 내리네요."

"그렇군요, 일기예보를 매일 확인하시나 봐요."

"아무래도 배달 일을 하니까요. 사장님, 사람 인생에도 일기예보가 있다면 좋겠습니다. 며칠은 소나기가 내리겠지만 다음 주쯤이면 해가 뜰 것이고 내일은 흐리지만 비는 오지 않을 것이라고 알려주면 좋겠습니다. 조금만 버티면 덥지도 춥지도 않은 날들이 당분간 이어질 것이라고 알 수 있다면 얼마나 좋을까요."

"그렇게 알려줄 수 있다면 좋겠네요."

내리는 비를 보며 아련하게 말하는 영희의 가슴속에서 뜨거운 몽우리가 잡힌다. 속에서 불이 타듯 뱅글뱅글 맴돈다. 가슴에서 불이 올라올 때마다 삼키는 일에 익숙한 그였다. 하지만 오늘은 속의 불이 말이 되어 나온다. 흐르는 문장을 볼 수 있다면 아마 활활 타는 붉은색일 것이다. 일그러진 붉은 마음의 초상을 지은은 보면서도 모른 척 한다.

주춤거리던 영희는 세탁기 앞에 서 있는 지은의 뒤쪽에 있는 테이블로 가 앉는다.

"때론 사는 게 죽는 것보다 힘들 때가 있어요."

영희의 말에 지은이 뒤를 돈다. 그렇다. 사는 건 죽는 것보다 힘들다. 죽을 용기로 살아내라고들 하던데, 정작 죽어본 적은 없으니 죽을 용기가 얼만큼인지를 가늠할 수 없다. 얼만큼 용기를 더 내어야 살아갈 수, 아니 행복하게 살아갈 수 있단 말인가. 지은은 오랜 시간 생을 버텨내 온 영희의 고단함을 깊이 공감해 끄덕, 한다. 많은 말보다 한

번의 끄덕임이, 눈빛이, 공명으로 울려 퍼질 때가 있다. 지은의 끄덕임에 영희는 가슴이 뜨거워진다.

“그렇죠. 얼만큼 더 힘을 내고 열심히 살아야 하는지 모르잖아요. 알 수 없는 인생이니 힘들다고 느끼는 거 당연해요. 저도 그런 걸요.”

“사장님처럼 아름답고 모든 걸 다 가진 것 같은 분도 그래요?”

“…제가 모든 걸 다 가진 것처럼 보여요?”

“네.”

“그리 봐주니 고맙네요. 모든 걸 다 가졌을 수도, 아무것도 가지지 못했을 수도 있죠. 그런데 인생이 무언가를 가진다고 행복해지나요?”

“아… 모르겠어요.”

“살아가는 힘은 소유의 문제가 아닌 거 같아요. ‘슬픔을 회복하는 힘’이나 ‘오늘 하루를 잘 버텨낸 나를 칭찬하는 에너지’ 같은 거라면 모를까.”

“그런 힘을 가지는 마법이 있다면 좋겠어요.”

“어머, 제가 왜 그 생각을 못 했지요? 그런 마법을 좀 연구해 봐야겠는데요?”

지은은 일부러 과장되게 눈을 동그랗게 뜨며 손을 입에 댄다. 장난기 가득한 지은의 표정에 영희의 남은 긴장이 마저 풀린다. 그가 입은 옷에 얼룩이 번지며 진해지고 있다. 하얗던 티셔츠가 얼룩덜룩해지는 걸 내려다보며 영희가 말한다.

“제 형의 이름은 영수인데, 둘째는 딸이길 바라는 마음에 영희라고 이름을 지어두었대요. 저는 태어나면서부터 부모님의 기대를 저버린 아이였어요. 어머니와 아버지와 형은 반짝반짝하고 멋진데, 저만 초라했습니다. 공부도 못 하고 학교 시절 내내 왕따를 당하고 친구들한테 맞아도 차마 집에 이야기를 못 했어요. 부모님이 실망하실까 봐. 형보다 못난 저를 창피해하시는 거 같았어요. 하루하루를 버티듯 산 거 같아요….”

어떤 슬픔은 너무 짙어 울음도 나오지 않는다. 마른 울음으로 눈물을 삼키며 영희가 담담하게 지난날을 이야기한다.

“고등학교까지 버텼어야 하는데, 그러지 못했어요. 부모님은 반대하셨지만 학교에 더 다니다가는 제가 걔네들을 죽일 것 같았어요.

자퇴하고 검정고시로 고등학교 졸업장을 따던 날, 어떤 책에서 읽은 장면을 떠올렸어요. 무작정 기차역에 가서 ‘오늘 출발하는 가장 빠른 표로 주세요’라고 말하는 장면이었죠. 무슨 배짱이었는지… 짐을 챙겨서 기차역으로 가 똑같이 따라 했어요. 그게 우리 동네, 메리골드였죠.

여기 오니까 아무도 저를 몰라서 편안했어요. 학교를

다니지 않아도 되고, 저를 괴롭히는 그 아이들도 없고요. 부모님은 돌아오라고 성화셨고 몇 번이고 저를 찾아 사람을 보냈지만 거절했어요."

지은은 영희의 말을 들으며 오른손을 한 번 돌린다. 영희가 더 편안히 말을 할 수 있도록 조명의 조도가 낮추어진다. 가만히 들어주는 사람이 앞에 있음에 안도감을 느낀 영희는 말을 이어나간다.

"한 반 년 정도… 바닷가를 걸어 다니고 마을을 매일 걸어 다녔어요. 눈뜨면 나가서 걷고 해지면 잠시 쉬었다 또 걷고. 걷다 보니 온 동네 지번을 외웠습니다. 그렇게 걷다가 배달할 사람을 구한다는 글이 적힌 종이를 봤어요. 그때부터 이 동네에서 배달 일을 시작했죠."

"힘들지는 않았어요?"

"몸은 힘들었습니다. 그런데 제가 물건을 가져다주면서부터 사람들에게 고맙다는 말도 듣고, 이전과 다르게 쓸모 있는 사람이 된 거 같았어요. 학교에서 친구들한테 맞고 집에서는 늘 형보다 못난 동생이었는데… 그렇게 이 동네에서 매일 물건을 배달하고 하루를 견디며 오늘까지 살고 있어요. 살고 버티다 보니 사장님 같은 분도 만났네요."

"그래서 지우고 싶은 얼룩이 어떤 거예요?"

"오랫동안 생각했습니다. 이 동네에 와서 쓸모 있는 사람으로 인정받으니 괜스레 제가 더 좋은 사람이 된 거 같았거든요. 그런데 왜 저는 다른 사람에게 인정받아야지만 쓸모 있는 사람이라 여겼는지 모르겠어요. 가족들만큼 잘나지 못한 게 잘못은 아닌데…. 친구들에게 맞으면서도 그게 부당하고 나쁜 일이라고 세상에 말할 용기가 없었습니다. 제가 못나서 맞는 거라고 생각했습니다. 많은 불행이 제가 부족해서 오는 거라고 생각했습니다. 모든 일이 나 때문이라고 자책하던 저의 과거와, 누군가에게 인정받아야만 안도했던 날들, 가족들 때문에 생긴 시간에 대한 강박을 지우고 싶습니다."

"그런 이유로 시계를 자주 보신 거군요…. 그동안 고생 많았어요."

"…이제 이 티셔츠 벗어서 세탁기에 넣으면 됩니까?"

쏟아내듯 말을 마친 영희는 개운한 표정으로 얼룩진 옷을 벗어 탈탈 털어 손에 쥔다. 지은이 오른손을 두 번 돌리자 빨간 꽃잎들이 빛을 내며 영희의 손에 있는 옷을 사뿐히 들어다 세탁기로 함께 들어간다. 꽃잎과 영희의 얼룩진 옷이 함께 세탁된다. 마음을 열어 빨래할 수 있다면 지금이 아닐까. 입을 벌리고 황홀한 광경을 바라보는 영희를 향해 지은이 낮은 목소리로 말을 건넨다.

"영희 삼촌, 지난 시간들도 오늘 하루도 견뎌내느라 수고 많았어요. 내일은 버티지 말고 조금은 웃으며 살아내 봐요. 하루 지나 모레도 버티지 말고 조금만 즐거워 봐요. 견디고 버티고 그러다 보면 살아지긴 하는데, 그게 너무 오래되면 삶에서 견디고 버틴 기억밖에 없잖아요."

영희가 버티고 견딘 지난 시간의 고된 마음이 따뜻한 이불로 덮어지고 있었다. 버티고 견딘 기억만 있지는 않았지만, 가장 강렬한 기억들이 결국 버티고 견딘 기억들이다. 영희는 고개를 끄덕이며 눈을 감는다. 세탁기가 빙글빙글 돌아갈수록 영희의 마음에도 빙글빙글 평온이 번진다.

문득 손목이 답답하게 느껴져 생각해 보니 세탁실에 들어온 뒤로 시계를 보지 않았다. 왼쪽 손목시계를 돌리며 손목을 문지른다. 잠시 시계를 바라보던 영희는 왼쪽 손목시계를 풀어 왼쪽 바지 주머니에 넣는다. 시계를 뺀 손목에는 하얀 자국이 있다. 허전한 왼쪽 손목을 문지른다. 언젠가는 시계를 차던 자리의 색도 손목 주변의 색과 같아지겠지. 시간이 지나면, 분명 그리되겠지.

영희가 시계를 빼는 모습을 모른 척하던 지은이 손가락으로 동그랗게 원을 그리기 시작한다. 뱅글뱅글, 돌아가는 원을 두 사람이 바라본다.

"부모님이나 형처럼 똑똑하고 잘나진 못해도 삶에 성실을 다하고 싶었습니다. 1분 1초도 시간을 허투루 쓰기 싫어서 손목시계를 두 개 차고 다녔습니다. 하나의 시계가 느려져도 다른 하나의 시계가 있으니 늘 정확한 시간에 맞추어 일을 했어요. 배달 일을 시작하며 늦지 않게 배달을 해주고, 남은 시간은 동네 사람들을 도왔습니다. 한 번도 이 시계가 답답하다 생각하지 않았는데, 오늘은 이상하게 답답하네요."

영희는 허전한 손목을 반대편 손으로 시계를 차듯 잡는다. 지은이 말을 고르는 사이, 꽃잎들이 영희의 손목을 시계처럼 맴돈다. 영희는 손목을 간질이는 예쁜 꽃잎을 보며 활짝 웃는다. 꽃잎이 지나간 자리에 시계 자국이 사라진다. 놀라서 지은을 바라보는 영희를 향해 말을 고르던 지은이 빙긋 웃으며 입을 뗀다.

"이런 말 알아요? 기억이 열이라는 동그란 원으로 이어져 있다면 좋은 기억 하나가 안 좋은 기억 아홉 가지를 덮어준대요. 그래서 하나의 좋은 기억을 늘리는 게 중요하대요. 지나간 안 좋은 기억은 저 밑에 두고, 새로운 좋은 기억을 제일 위에 덮으면 어떨까요. 영희 삼촌한테 오늘의 기억이 다른 기억들을 이불처럼 덮는 커다란 원이 된다면 좋겠어요."

붉은 원을 그리며 돌아가던 세탁기가 멈췄다. 문이 열리고, 젖은 빨래가 꽃잎을 타고 영희의 손으로 온다. 깨끗하다. 아무 얼룩도 없다. 영희는 개운한 해방감에 오랜만에 크게 미소 짓는다. 오늘을 위해 우리 동네에 왔구나, 내가.

젖은 빨래를 얼굴로 가져간 영희의 어깨가 들썩인다. 지은은 조용히 세탁실을 빠져나온다. 남은 슬픔을 홀로 애도할 시간을 주려고.

'당신의 오늘은 구름이 조금 끼지만, 조금 뒤 맑고 화창해져 외출하기 좋은 날씨입니다.'

몇 주간이라도 영희 삼촌의 인생 일기예보를 해줘 볼까 생각하며 1층으로 내려온 지은은 메모지를 꺼내어 영희의 내일 일기예보를 종이에 적어 그의 조끼 주머니에 넣는다. 때론 마법을 부리지 않는 것이 마법이 되기도 하니까.

삶의 마법을 풀고 싶다면 닫힌 문을 여는 용기를 내야 한다. 아무리 힘껏 밀고 열고 두드려도 문이 잠겨 있을 수도 있고, 문을 여는 열쇠를 잃어버릴 수도 있다.

"어쩌면 열쇠는 자신의 주머니 속에 있는 게 아닐까."

등 뒤에서 낮게 떠 있는 꽃잎들을 향해 지은이 중얼거린다. 언제쯤이면 우리는 나의 주머니, 혹은 당신의 주머니 안에 있는 열쇠를 꺼낼 수 있을까. 열어야 할 문을 밀어볼 용기를 낼 때는 언제일까.

어느새 세차게 내리던 비가 잦아들고 있다.

오랜만에 아침 일찍 눈을 뜬 지은이 집에서 라디오를 틀었다. 라디오를 틀고 창문을 연다. 짭쪼름한 바다 내음에 차가운 공기가 알싸하게 스친다. 한 계절이 지나고 있다.

숨을 크게 들이쉬며 라디오에서 흘러나오는 음악을 허밍으로 따라 부른다. 음악이 끝나고 사연이 소개된다. 지은이 좋아하는 코너에 귀를 기울인다. 시그널 음악이 흐른 뒤 익숙한 디제이의 목소리가 흘러나온다.

"안녕하세요. 라디오에는 처음 사연을 보냅니다. 저는 택배 일을 하면서 시를 쓰기 시작한 청취자입니다. 배달 일을 하며 기다리는 시간에 트럭에서 글을 적다 보니 삶을 많이 돌아보게 됩니다. 저는 오랜 시간 상처로 힘든 시절을 버텨냈습니다. 그런데 수십 년 동안 간직하고 있던 괴로운 마음의 얼룩을 마법처럼 지울 수 있는 기회가 있었습니다. 그 상처 하나를 지운다고 삶이 대단히 달라지진 않지만, 매일 아침 일어나는 일이 편안해졌습니다. 전에는 버티듯 살았지만 지금은 살아 있다는 기분이 듭니다. 어쩌면 이것이 대단히 달라진 일이라 할 수 있겠습니다.

제가 상처를 안고 살다 보니 오랫동안 마음이 지옥이었습니다. 살다 보면 남으로부터 상처 되는 이야기를 들어 마음이 찢어지고 아플 때가 있습니다. 노력해서 좋은 관계를 이어가려 해도 비난받기도 합니다. 또 반대로 어떤 이에게 상처를 주기도 합니다.

제가 마음의 마법을 경험하고 난 뒤 깨달은 점이 있습니다. 만약 누군가 나를 비난하고 욕설을 퍼붓는다면, 받지 마세요. 택배도 수취 거부나 반품이 있듯이 나를 모욕한 그 감정이나 언행을 반품해 보세요. 물건을 주었는데 받지 않으면 내 것이 아닙니다. 누가 나를 싫어하고 미워한다면 그 마음을 받아서 상처로 만들지 마시고 돌려주세요. 받지 않고 돌려주었으니 상처는 내 것이 아니고 상대의 것입니다. 마음의 천국을 방해하지 말고 수취 거부하세요. 그래도 됩니다."

"아름다운 아침 동행 '행복한 오늘을 위한 나의 다짐'에 택배 기사 김영희 님의 글을 소개해 드렸습니다. 말이 참 좋네요. 남에게 받은 모욕적인 언행이나 상처를 수취 거부하거나 반품해 돌려주는 일, 저도 연습해 보아야겠습니다. 마음의 마법을 저도 경험해 보고 싶은데요. 사연에 이어 들려 드릴 곡은 마이클 잭슨의 〈You are not alone〉입니다. 여러분은 혼자가 아니죠, 아름다운 아침 동행이 있으니까요."

"영희 삼촌…!"

라디오 디제이의 소개말이 끝나고 음악이 흘러나온다. 마음 세탁소를 다녀간 뒤 영희 삼촌이 전보다는 편안해 보였는데, 라디오에 사연을 보내기까지 하다니….

지은은 소파에 앉아 양쪽 무릎을 끌어안고 얼굴을 파묻는다. You are not alone, I am here with you…. 가사를 따라 흥얼거린다. 혼자 지내기에 익숙해 외로울 때면 늘 라디오를 듣던 지은이다. 가끔 라디오에서 오늘처럼 좋아하는 노래가 흘러나올 때가 있는데 이런 날은 종일 기분이 좋다. 마음이 뭉클하다. 감동받아 눈물이 난다. 뭉클하고 감동적인 순간을 눈뜨자마자 맞이하다니. 오늘의 인생 날씨는 아무래도 맑고 화창할 예정인가 보다.

음악이 끝나고 지은은 소파에서 일어나 기지개를 켠다. 잠옷을 벗어 세탁기에 넣는다. 세제를 넣고 세탁기를 돌린다. 수건과 속옷과 잠옷이 함께 빙글빙글 돌아간다. 하얀 거품이 보글보글 인다. 옷이 서로를 부둥켜안고 자신들의 몸을 비벼 서로를 깨끗하게 만든다. 초가 자신의 몸을 태워 빛을 내듯, 빨래는 서로를 비벼내며 때를 지워가고 있다. 세상 어디에도 빛이 있구나. 빛이 비추지 않아도 빛은 늘 존재하고 있어. 빛을 생각하며 세탁기 앞에 한참을 앉아 있다.

사람들의 마음 얼룩을 세탁해 줄 때와 입었던 옷을 세탁할 때의 빨래는 같은 빨래일까, 다른 빨래일까. 나는 정말 이 생에서 두 가지 능력을 완성해 봉인을 풀고 늙어 죽어갈 수 있을까. 봉인을 하는 방법은 알았지만, 푸는 방법은 배우지 못했다. 이럴 때 엄마가 곁에 있다면 얼마나 좋을까. 그리운 엄마를 떠올리자 가슴이 욱신거린다.

"요즘 들어 왜 이렇게 심장이 아프지. 이상하다."

지은은 왼쪽 가슴을 움켜쥐고 심호흡한다. 눈을 감고 통증이 깨끗하게 사라지는 상상을 한다. 오늘은 아프면 안 된다. 중요한 손님이 올 것 같은 예감 때문이다. 지은이 간절히 바라자, 얼마 지나지 않아 통증은 가라앉는다. 통증이 사라지는 상상을 해서 사라진 건지, 통증이 가라앉을 때가 되어 가라앉은 건지 모르겠다.

마음이 어지러우니까 청소를 해야겠다. 일이 안 풀리거나, 어디서부터 시작해야 할지 막막하거나, 마음이 답답할 때 청소를 하는 건 지은의 오랜 습관이다. 이불을 개고 안 쓰는 물건을 버리고 여기저기 흩어진 물건은 제자리에 둔다. 창문을 열고 먼지를 털어내고 그릇을 깨끗이 닦고 얼룩진 거울을 닦는다. 닦고 비우고 먼지를 털며 마음의 먼지도 함께 털어낸다. 마지막으로는 얼룩진 거울을 닦는다. 깨끗이 닦아야 자신을 더 잘 볼 수 있으니까.

열어둔 창문으로 신선한 공기가 들어온다. 답답했던 실내가 환기된다. 냉장고에서 우리 분식 사장이 싸준 김밥을 꺼내어 전자레인지에 돌린 뒤 차 마실 물을 끓인다.

어린 시절 엄마에게는 늘 알싸한 차 냄새가 났다. 엄마는 차를 마시는 일은 마음을 정돈하는 일이라 했다. 천천히 차를 우려 준비하는 과정부터가 차를 마시는 일이니, 차를 마시는 일은 마음을 마시는 일이라고도 했다. 엄마를 생각하며 알싸한 초겨울의 공기 속에 따뜻한 차를 마시고 밥을 먹고 세탁소 문을 열어야지.

제 할 일을 다한 전자레인지가 신호음을 울린다. 차를 마시던 엄마의 따뜻한 목소리를 떠올리며 레인지에서 김밥을 꺼낸다.

"하루를 즐겁게 만드는 마법을 알려줄까? 아침에 눈을 뜨며 오늘은 좋은 일이 있을 거라고 기대하면, 진짜 좋은 일이 생긴단다. 자주 웃으면서 오늘도 좋은 하루 보내, 우리 딸. 사랑해."

보고 싶고, 그립다. 사람들의 그리움은 별이 되어 하늘에서 빛나고 있다고 했다. 지은은 낮이라 보이지 않는 밤하늘의 별을 생각하며 하늘을 본다. 엄마의 눈동자를 닮은 하늘을 보며 숨을 크게 들이쉬며 생각한다. 그래, 기대해 보자. 오늘은 좋은 일이 생길 거라고. 꼭 그럴 거라고.

"마음 세탁소 사장님, 택배 왔어요!"

영희 삼촌이 세탁소 문 앞에 서서 큰 목소리로 지은을 부른다. 세탁소를 다녀간 뒤부터 그는 사람들과 눈을 마주치며 이야기하는 시간이 늘었다. 전에는 택배만 가져다 주고 꾸벅 인사를 하며 돌아갔지만 요즘은 만나는 이들을 붙잡고 수다를 떨기도 한다.

강박적으로 시간을 기록하던 노트에는 시를 쓰며 '택배 배달원의 아침 인사'라는 제목으로 블로그를 운영해 글도 적기 시작했다. 그의 글에는 하루에 한두 개씩 댓글이 달린다. 세상을 등지고 마음의 문을 닫고 살던 그가 한 발자국씩 마음의 걸음을 내딛고 있다.

영희는 마음의 얼룩 하나를 지운 뒤부터 다시 태어난 기분이다. 영희가 지운 얼룩은 '모든 일이 나 때문이라고 책망하는 마음'이었다. 나 때문이 아니라 그럴 수도 있는 일이라고, 내 잘못이 아니라는 생각이 들면서부터 지나온 삶을 돌아보지 않고 앞으로의 삶을 살아가기로 했다. 아픈 기억들은 마음에 남아 있지만 '내가 더 잘했다면 그런 일이 일어나지 않았을 거야'라든가 '내가 잘못해서 그런 일들이 벌어졌어'라는 마음은 들지 않는다.

마음이 편안한 영희는 난생처음으로 '행복하다'고 느낀

다. 분명 어제와 같은 하루인데 어제와 다른 오늘을 산다. 마음의 변화 하나만으로.

"안녕하세요, 영희 삼촌. 라디오에 소개된 사연 잘 들었어요."

지은이 택배를 받아 들며 영희에게 물 한 잔을 건넨다. 영희는 수줍은 듯 머리를 긁적이며 시원한 물을 단숨에 들이켜고 고개를 꾸벅하며 컵을 다시 건넨다.

"쑥스럽습니다. 소개될 줄 예상하지 못하고 보내본 건데…. 하하."

영희가 이를 드러내고 웃는 모습을 본 지은이 그를 따라 웃는다. 좋은 기분과 웃음은 절로 전염된다. 두 사람 사이의 평화로운 공기가 온화하다.

"사장님, 시를 쓰니까 제일 좋은 점이 무엇인 줄 아십니까?"

영희의 질문에 지은이 생각하다 아랫입술을 깨문다.

"음… 마음을 글로 표현할 수 있다는 거요?"

"물론 그 점도 너무 좋지만, 잘못 쓰면 다시 쓸 수 있다는 점입니다. 노트에 연필로 시를 쓰는데, 잘못 쓰거나 틀리면 지우개로 지우거나 직직 긋고 다시 씁니다. 지우거나 직직 그으면 흔적이 남지만, 그만큼 고민한 흔적이니까 그것도 참 좋습니다."

"그렇겠네요. 종이에 쓰는 시처럼, 인생도 잘못 쓰면 조금 지우거나 다시 쓰면 되고요."

"맞습니다. 잘못 쓰면 다시 쓰면 된다는 걸 그동안 몰랐습니다. 답을 틀리면 영원히 틀린 답인 줄 알았어요. 인생에 정답이 영원히 하나인 줄만 알고 살았습니다. 종이가 구겨져도 괜찮고, 다시 써도 괜찮다는 걸 이제야 알았습니다."

"이제라도 알았으니 좋네요. 사실 저는 꽤 오래 살았는데, 영희 삼촌이 느낀 것을 요즘에야 깨닫고 있어요. 저보다 빨리 아셨는데요?"

오랫동안 알았던 사이인 듯 편안하게 이야기하며 웃는 사이, 영희의 등 뒤에 숨어 있던 아이가 고개를 빼꼼히 내민다.

"안녕, 넌 누구니?"

지은이 인사를 건넨다. 열 살쯤 되어 보이는 아이는 눈만 내밀고 지은을 바라보곤 다시 영희의 등 뒤로 숨어버린다.

"얼마 전부터 낮에 저를 따라다니는 아이인데, 택배 배달하는 몇 시간 동안 옆에 머물다 가곤 합니다. 그런데 오늘은 제가 무거운 물건 배달이 많아서 자칫하면 아이가 다칠 거 같아요. 조금만 여기 있게 해도 되겠습니까?"

"그래요."

"고맙습니다. 아마 있고 싶은 만큼 있으면 알아서 갈 겁니다. 참, 그리고… 마음 세탁소를 다녀간 뒤로 이상하게 잠도 잘 오고 마음이 편안합니다. 사장님 덕분입니다."

"편하시다니 다행이네요. 정말, 다행이에요."

영희와 지은이 이야기를 나누는 동안 등 뒤에 숨어 있던 아이는 고개를 빼꼼 내밀고 세탁소를 살펴보기 시작한다. 양 볼이 만두처럼 통통한 여자아이는 갈래머리를 하고 노란색 레이스 원피스를 입고 있다. 지은은 아이를 향해 몸을 숙이고 세탁소 넝쿨에 있는 꽃을 따서 건네며 말을 건다.

"안녕, 나는 지은이라고 해. 내가 재미있는 거 살짝 보여줄까?"

아이는 호기심에 고개를 끄덕이며 지은 앞으로 쏙 나온다. 그 사이 영희는 꾸벅 인사를 하고 떠난다. 지은도 눈인사로 화답하고 아이에게 내민 꽃을 양손에 오목하게 담아 쥐고 손목을 두 번 돌린다. 아이는 작은 입술을 오므리며 지은 앞으로 한 발자국 더 다가온다.

"여기에 숨을 후 하고 두 번 불어봐."

아이는 지은에게 바짝 다가와 후- 후- 두 번 숨을 분다. 눈을 동그랗게 뜬 아이를 향해 지은이 손을 벌리자 꽃잎들이 나비처럼 날아간다. 아이는 입을 벌리고 꽃잎 나비의 향연을 쫓아 뛰어다닌다.

한참을 꽃나비의 꽁무니를 잡으러 뛰어다니던 아이가 다시 지은 앞으로 오자, 지은은 오목하게 모았던 두 손을 다시 펼쳐 쿠키를 건넨다. 아이는 쿠키를 냉큼 집어 입에 넣고 오물거리며 세탁소 앞마당을 뛰어다닌다. 새처럼 자유롭게 양팔을 벌리고 꽃나비와 함께 날아다니던 아이가 지은 앞에 멈추어 선다. 지은은 몸을 숙여 아이의 눈높이에 맞게 앉아 눈동자를 마주 본다. 맑고 투명한 아이의 눈동자에 지은의 얼굴이 담긴다. 긴 속눈썹을 깜빡일 때마다 지은의 얼굴도 함께 깜빡인다.

"너는 어디에 살아?"

"나는 집이 없어."

"집이 없어? 그럼 어디에서 잠을 자?"

지은이 짐짓 놀라는 척을 하며 아이에게 묻는다. 아이는 누가 들으면 안 된다는 듯 주변을 살피더니 두 손을 나팔 모양으로 모으고 지은의 귀에 소근소근 말한다.

"이건 비밀인데, 나는 달나라 공주야. 그래서 여기도 집이고 저기도 집이야."

"집이 아주 많구나. 멋진 걸? 엄마랑 아빠는 어디에 계셔?"

"나는 엄마, 아빠가 없어."

"…."

부모님이 없다는 아이의 말에 말문이 막힌 지은은 말없이 서 있는 아이의 손을 잡는다. 아이는 아무렇지 않다는 듯 맑은 눈동자를 깜빡이며 쿠키를 먹는다.

"사실은, 나도 엄마, 아빠가 없어."

"정말? 우리 똑같네."

"그럼 네 이름은 뭐야?"

"나는 이름이 없어."

이름이 없다고 대답하는 아이를 보며 불현듯 메리골드에 와서 우리 분식에 이끌리듯 들어선 그날이 스쳐 지나간다. 사람의 온기가 고파 이곳으로 오게 된 것일까. 엄마, 아빠가 없고 이름이 없던 소녀는 사람을 따라 웃을 줄도 알고, 어울려 살기도 하는 지은이 되었다.

"나도 이름이 없었어. 우리 공통점이 많네?"

"이모도 이름이 없어? 나랑 똑같으니까 비밀 하나 더 말해줄게. 나는 아무도 서로를 미워하지 않는 평화로운 세상을 만들 거야. 그래서 여기로 온 거야."

티 없이 맑은 아이가 또박또박 말한다. 아무도 서로를 미워하지 않는 세상을 만들기 위해 온 공주님이라니. 아이의 맑은 눈을 바라보며 지은은 오래전에 떠나온 마을에 대해 생각한다. 그런 세상이 있었지. 아무도 서로를 미워하지 않고 가을의 다음 계절은 봄이 되는.

"멋진 생각이야. 그럼 우리 공주님, 이모가 여기에서 불릴 이름 지어줄까?"

"음, 좋아. 지어줘."

선심 쓰듯 허락하는 아이를 향해 지은은 팔짱을 끼고 짐짓 심각하게 생각하는 척을 하곤 말한다.

"새로운 세상을 만들 거니까 생명이 싹트는 계절인 봄이, 어때?"

"봄이?"

"응, 너처럼 예쁜 꽃이 피는 계절 봄이. 오래전 내가 살던 마을은 지금 같은 가을이 지나고 낙엽이 무르익고 나면 꽃이 피는 봄이 오곤 했어. 가을의 다음 계절은 봄, 봄의 다음 계절은 가을이었지. 아무도 서로를 미워하지 않았어. 그런 세상을 다시 만나고 싶었는데, 네가 그런 세상을 만들어 줄래?"

"봄이, 좋아! 마음에 쏙 들어. 그런 세상 내가 만들어 줄게!"

이름이 썩 마음에 든 봄이는 지은과 마주 보며 까르르 웃는다. 봄이의 웃음이 햇살처럼 눈부시다. 근처에서 낮게 머물러 있던 꽃잎들도 좋은 기운에 뱅글뱅글 돌기 시작한다. 봄이가 세탁소 정원 옆 계단을 총총 올라간다. 공이 튕기듯 신나게 계단을 오르는 아이를 보며 지은도 함께 옥상으로 올라간다.

옥상에 올라서자마자 봄이는 빨랫줄에 걸린 하얀 티셔츠들 사이를 양팔을 벌리고 뛰어다닌다. 하늘은 구름 한 점 없이 파랗다. 간지럽게 이마를 스치는 부드럽고 잔잔한 바람이 불고 빨래들이 바짝 말라가고 있다. 빨랫줄 사이사이를 꽃잎들과 꼬리잡기를 하며 뛰어다니는 봄이의 웃음소리가 울려 퍼진다.

아이의 웃음소리를 들으며 함께 웃던 지은은 하늘을 올려다본다. 바람이 헝클어트린 머리카락을 쓸어 넘기며 크게 숨을 쉰다. 눈을 감고 양팔을 뻗어 바람을 흠뻑 느낀다. 심장을 꽉 쥔 것처럼 답답하던 마음이 스르륵 풀린다. 문득 지은은 더 이상 예전처럼 슬프지 않다는 걸 자각했다. 메리골드에 온 뒤로는 결코 올 것 같지 않던 행복이 손만 뻗으면 닿을 듯한 거리에 있는 것 같았다.

"이모, 이모, 내가 선물로 그림 그려줄게."

지은의 뒤에서 허리에 손을 감고 와락 안긴 봄이에게 몸을 돌리자 이번엔 치맛자락에 안긴다. 낯선 이에게 경계 없이 안길 수 있는 아이의 순수함에 지은도 동화된다. 그림을 그리고 싶다는 아이의 말에 오른손을 한 바퀴 돌리자, 꽃잎 하나가 사인펜으로 바뀐다. 아이는 깔깔 웃으며 빨랫줄에 있는 하얀색 티셔츠를 들고 온다.

"이모, 여기에 그림 그려도 되지?"

"응, 그려도 돼. 기대할게."

말이 끝나자마자 바닥에 티셔츠를 깔아두고 신나게 그림을 그리는 봄이를 보며 지은은 다시 행복에 대해 생각한다.

매일 창밖에 해가 뜨고 지고, 때로는 비가 내리고, 어두운 밤이 찾아오고, 별과 달이 뜨고, 여명이 밝아오는 것은 선택할 수 없지만 마음의 날씨는 선택할 수 있다. 내 마음은 나의 것이다. 행복은 언제나 내 안에 존재하고 있다. 마음 밖의 날씨는 우리의 것이 아니지만 마음 안의 날씨는 우리의 것이니까.

행복하기로 선택한다면 비바람이 부는 날에도 마음에는 은은한 달빛으로 평화를 가질 수 있지 않을까. 사랑하기로 선택했으니 사랑하고, 슬픔 많은 인생일지라도 웃기를 선택했으니 웃는 것이다. 그래서 이 고단하고 힘든 세상을, 힘들지 않게 살아가는 비밀은 바로….

"이모, 여기 그림 다 그렸어. 내가 아무도 서로를 미워하지 않는 평화로운 세상을 만들었어. 선물이야!"

지은은 생각을 멈추고 봄이가 내민 선물을 받는다. 봄이는 지은이 좋아할 것이라는 기대에 한껏 부풀어 있다. 반으로 접혀 있는 티셔츠를 펼친, 순간 지은은 말을 잃었다. 한참을 티셔츠에 그려진 그림을 보다 봄이를 품에 안는다.

“봄이가 만들고 싶은 평화로운 세상이야? 너무 아름답다.”

지은의 품에 잠시 안겨 있던 봄이는 고개를 끄덕이고 다시 꽃잎과 놀고 싶어 품을 빠져나온다. 지은은 다시 티셔츠의 그림을 본다.

알록달록한 사인펜으로 그린 이층집이 있고, 꽃과 나비 사이에 삐뚤빼뚤한 글씨로 ‘마음 세탁소’라고 적혀 있다. 오랫동안 지은이 찾아 헤매고 그리워하던 고향이 지금 눈앞에 있었다. 그 순간, 섬광처럼 한 줄기 문장이 뇌리를 스치고 지나간다.

“비밀은 바로, 오늘 지금 이 순간이야.”

행복은 내면의 빛이다. 손에 닿을 수 없는 높은 하늘이 아니라 마음의 하늘에서 빛나고 있다. 행복은 이미 우리 마음 안에 있다. 행복은 바로 지금 여기, 이곳에 있다. 과거는 돌이킬 수 없고 살아갈 미래는 아직 오지 않았으니 지금 살고 있는 오늘에 집중해야 한다. 한 걸음만 오른쪽으로 걸어도 이미 과거다. 한 걸음 앞으로 걸어도 미래가 아닌 현재다.

지나간 과거를 후회하느라, 살아갈 미래에 눈이 멀어 미처 오늘을 보지 못했다. 사랑하는 가족을 잃은 과거의 슬픔과 후회를 안고 살아가느라 그리 오랜 시간을 다시 태어나며 살아왔어도 정작 오늘 행복한 적이 없었다. 아니, 행복할 거 같으면 겁이 나서 도망쳤다. 행복하면 안 될 것 같았다. 하지만 사랑하는 엄마, 아빠가 원하는 게 정말 지은이 과거에 얽매여 이토록 행복을 두려워하며 사는 것이었을까?

봄이가 그린 마음 세탁소 그림을 양팔로 끌어안고 주저앉는다. 봄이와 뛰놀던 꽃잎들은 지은의 주변을 걱정스레 맴돈다. 몸이 굳은 듯 초점 없이 허공을 응시하는 지은의 눈에서 뜨거운 눈물이 흐른다. 소리 없이 흐른 눈물은 파란빛 꽃잎으로 떨어져 치맛자락에 무늬로 새겨진다. 지은을 바라보는 봄이의 주변으로 꽃바람이 나비처럼 몰려와 봄이를 감싼다. 꽃나비의 날갯짓에 봄이는 서서히 빨간 잎으로 변해 지은의 옷으로 빨려 들어간다. 흩날리는 꽃잎을 손으로 잡으려던 지은은 봄이가 누구인지 자각한다. 노란 원피스를 입고 볼이 빨간 소녀는 바로 지은 자신이었다. 어린 시절 엄마와 뛰어놀던 정원에서의 행복한 기억이 꽃으로 간직되어 지은과 함께 살아온 것이다. 가장 그립고 아름다운 추억이 내 곁에 항상 함께해 왔단 말인가. 혼자였고 외롭다 생각했던 날들도 혼자가 아니었던 것인가. 그리운 날들에 마음이 사무쳐 눈물이 터져 나온다. 지은은 파란색과 빨간색 꽃잎으로 뒤섞인 원피스에 고개를 파묻고 가녀린 어깨를 들썩이며 울기 시작한다. 소리 내어 울고 있는 지은을 보며 불던 바람도 멈춘다. 바람에 흩날리던 빨래들도 흔들리기를 멈춘다. 그녀를 사랑하는 이들도 그 자리에 멈춘다.

지은의 울음을 1층에서 듣던 우리 분식 사장과, 일찍 퇴근하고 세탁소로 놀러온 연희의 눈이 마주쳤다. 연희는 걱정스레 우리 분식 사장을 바라본다.

"…지은 사장님 괜찮을까요? 올라가 볼까요? 무슨 일 있나 봐요…!"

"걱정 말어. 모든 건 잠시뿐이고 그마저도 전부 흘러가는 겨. 거짓말 같지? 좋은 일도 나쁜 일도 흘러가. 울고 싶을 때 울어야지, 시원하게. 웃고 싶을 때도 맘껏 웃고. 그러면 전부 흘러가. 끝의 끝까지 가보고 두려움의 얼굴을 마주 볼 때 새로운 시작도 할 수 있는 겨."

"…네. 그런데 지은 사장님은 언제나 슬퍼 보여서요."

"슬퍼 보이지, 맞어. 그래도 인간은 누구나 행복하기 위해 태어났응께, 지은 사장도 행복을 위해 가고 있는 길일 겨. 믿어보자고. 우리는 이만 들어가자. 우는 거 우리가 들은 거 알믄 또 을매나 신경 쓰일 겨…."

우리 분식 사장은 연희의 어깨를 툭툭 친 뒤 다리를 절룩거리며 분식집으로 들어간다. 김밥을 말기 위해 새 밥을 짓는다. 어떤 슬픔을 위로하기 위해 따뜻함과 사랑을 듬뿍 넣어 밥솥을 꾹 닫는다. 슬픔이 지나가기 위해서는 뱃속이 따뜻해야 하니까.

연희는 세탁소 입구의 'OPEN' 간판을 'CLOSED'로 뒤집는다. 두 사람은 각기의 방식으로 지은을 위해 마음으로 초를 켠다. 다른 사람들의 슬픔과 아픔과 우울을 지워주던 지은이 누구보다 행복해지길 바라면서.

어떤 어둠은 투명함보다 더 투명하다. 어떤 어둠은 밝음보다 맑다. 어깨를 들썩이며 울고 있는 지은의 슬픔을 애도하기 위해 오늘은 달도 얼굴을 가리고, 쏟아질 듯 빛나는 별도 잠시 빛나기를 멈춘다. 구름 한 점 없이 쨍하게 맑은 밤이다.

어떤 밤의 이야기는 어떤 낮의 이야기보다 길다. 어떤 이의 슬픔은 어떤 이의 배려로 어둠에 덮인다. 마음껏 슬퍼한 뒤 해가 뜨면 울음을 지운 웃음으로 살아가라고 밤이 깊은 것인지도 모른다. 다시 해가 뜨면 어떤 일이 일어날지 모르지만 일단 지금은 조용히 닫힌 밤의 한가운데를 가르며 지나고 있다. 밤은 깊고, 서로를 염려하는 다정한 배려는 더 깊다.

나는 누구일까. 어디에서 와서, 어디로 가는 것일까.

이 모든 괴로움을 끝내고 싶었다. 왜 내 인생만 이토록 고통스러운 것일까. 잘못된 과거를 되돌리고 싶었다. 한순간의 실수로 사랑하는 이들을 잃은 고통으로 스스로를 마음 감옥에 가두어 벌을 받는다 생각했다.

평범한 삶의 행복을 느낄 때쯤이면 생을 끝냈다. 아직은 행복할 수 없었다. 시공간을 넘나들어서라도 온 세상을 뒤져 사랑하는 이들을 찾으면 모든 괴로움을 끝내고 그들과 함께 행복하고 싶었다. 그 마음 하나로 살았다. 외로움이 외로움인지도 모를 만큼 익숙한 쓸쓸함으로 살아왔다. 아니, 익숙하다고 믿었다. 어쩌면 외로움이나 고독이 밀려와도 당연히 받아야 할 형벌이라 생각했는지도 모른다.

이토록 오랜 시간이 지나도 사랑하는 이들을 찾지 못할 줄은 몰랐다. 산다는 일 자체가 농담 같다. 인생은 풀리지 않는 의문투성이다. 이제 그만 포기하고 자신에 대한 마법을 풀고 죽기로 결심한 뒤로, 전보다 자주 웃고 사람들과 어울리며 밥을 먹었고, 바람의 숨결과 냄새를 느끼며 살았다.

살아보니 욕심이 생겼다. 간사한 마음이다. 영원한 건 없다는 걸 알면서도 영원을 꿈꾸었다. 삶은 깨고 싶지 않은 달콤한 꿈이라 했는데, 이 도시 메리골드에서 영원히 깨고 싶지 않은 달콤한 꿈을 꾸었다.

헌데, 정말 내가 살고 싶은 삶은 무엇이었던가? 애당초 살고 싶은 삶이 있기는 했었나. 그토록 간절히 염원하고 소망한 것은 무엇이었던가. 잊은 듯 살았다. 잊은 척했다. 해결되지 않는 질문이 매일 밤 몰려온다.

마음이 저리듯 아프다. 오른손을 천천히 왼쪽 심장으로 가져간다. 심장을 안아주듯 살포시 덮는다. 왼팔을 천천히 올려 오른손을 안아주듯 왼손으로 덮는다. 양손으로 심장을 안는다. 마음에서 동그란 파장이 일며 빨간 꽃잎이 심장에서부터 퍼져 나온다. 꽃잎들은 이내 주변을 감싸고, 원 밖에는 꽃잎이 있고, 원 안에는 내가 있다. 눈을 감는다. 목소리들이 음악처럼 들린다.

"할 수만 있다면 마음을 통째로 꺼내서 박박 빤 다음에 다시 집어넣고 싶어."

"만약에 말야, 만약에 아픈 날의 기억을 다 지워버리면 행복해지지 않을까?"

"사랑의 얼룩을 지우고 싶어요."

"너무 화려해서 외로워요."

"꽃잎들이 왜 빨래에서 날아간 건지 궁금하지 않아요?"
"지는 해를 향해 매일 초를 켜는 마음으로 사람들의 안녕과 평안을 빌어."
"진정으로 믿어주는 한 명만 있으면 살아갈 힘이 나지 않을까?"
"안 지울래요, 대신 조금만 다려줘요."
"인생을 리셋하고 처음부터 다시 시작하고 싶어요."

어느 것이 나의 말이고, 어느 것이 당신들의 말인가.

"사람들의 슬픔을 공감하고 치유하는 능력은 참 좋은데, 꿈꾸는 일을 실현시키는 능력이 있다는 걸 알면… 꿈을 꾸는 것 자체를 두려워하지 않을까요?"
목소리가 들린다. 아무리 떠올려 보아도 모습이 흐릿하다. 그리움 하나로 온 생을 버티며 살았는데 보고 싶은 얼굴이 기억에서 지워지다니. 심장이 저릿, 아프다. 숨이 가빠 주저앉는다. 순간, 주변을 동그랗게 맴돌고 있던 꽃잎들이 빠르게 회전하며 주황색으로 변색한다. 무슨 일이 벌어지는 걸까.
심장에 포갠 손을 하나씩 천천히 떼어낸다. 흔들리던 꽃잎들이 삽시간에 심장으로 빨려 들어온다. 마지막 꽃잎 하나를 손에 쥐고 자세히 살펴본다. 메리골드다. 이 도시

와 같은 이름의 꽃이다. 양손으로 조심히 꽃잎을 쥐고 꽃말을 나즈막히 읊조려본다.

"반드시 오고야 말 행복… 무엇이 행복이지…? 어떻게 해야 행복해질 수 있을까. 모르겠지만 나는 지나간 날들에 대한 후회를 멈추고 싶어. 생의 방랑과 방황을 멈추고 오늘을 살아가고 싶어. 지금 이 순간을 살고 싶어. 할 수만 있다면…."

그때였다. 심장으로 빨려 들어간 꽃잎들이 빠른 속도로 흘러나온다. 주황색으로 변했던 꽃잎이 다시 빨간 동백꽃잎으로 바뀌더니 삽시간에 파란색으로 색이 바뀐다. 물망초다. 물망초 꽃잎이다. 푸른 바다처럼 쨍한 파란색 꽃잎이 사방으로 빛처럼 번져 하늘로 올라간다. 파란 꽃잎은 비처럼 흘러내린다. 꽃비는 웅덩이가 된다. 호수가 된다. 바다가 된다. 끝이 보이지 않는 바다가 되자 꽃비는 멈춘다. 꽃비로 만들어진 바다는 고요하다. 하늘과 바다의 경계 없이 푸른빛으로 이어진다. 나는 천천히 바다의 품에 안긴다.

풍—덩!

헤엄치는 법도 잊었다. 이번엔 잊은 척하는 게 아니라 정말 잊었다. 힘을 풀고 양팔을 벌려 천천히 바다의 품에 잠긴다. 엄마의 품에 안긴 듯 편안하다. 어디로 흘러가는 것일까. 서서히 바다에 잠기며 나를 덮은 파란 꽃의 꽃말을 생각한다.

나를 잊지 말아주세요.

아니, 나를 잊어도 좋아요. 잊어요, 제발.

비밀을 삼킨 바다는 고요하다. 아무 일도 없었다는 듯이. 나는 물거품이 된다. 나는 바다가 된다. 나는 하늘이 된다.

…나는 푸른빛이 된다. 나는 꽃잎이 된다.

나는 이제, 자유롭다.

띠디디디, 띠디디디,띠디디디.

알람 시계 소리에 눈을 뜬다. 머리가 아프고 온몸이 뜨겁다. 달뜬 숨을 가삐 쉬며 몸을 일으킨다. 머리카락을 쓸어 올리며 다시 눈을 감는다. 일어날 기운이 없어 도로 침대에 누워 이마에 손을 올린다. 마치 어떤 생의 터널을 빠져나온 기분이 든다.

“꿈… 이었나…? 꿈이라기엔 너무 생생한데.”

지은은 바다의 품에 안겨 있었다. 물속에서 꽃잎들은 지느러미처럼 움직여 지은을 헤엄치게 했고 지은은 오랜만에 활짝 웃고 있었다. 자유롭게 바닷속을 노닐 듯 유영하며 눈을 감았다 뜨니 침대 위에 누워 있는 지금이다.

“지느러미로 헤엄치는 꿈이라니. 인어공주야 뭐야, 간

지럽게….”

기침을 하며 다시 일어나 앉는다. 땀인지 물인지 분간되지 않을 만큼 옷과 머리가 흥건하게 젖어 있다. 꿈이 아니었나 생각하며 침대 옆 서랍에서 체온계를 꺼내 오른쪽 귀에 넣고 버튼을 누른다.

“…38도네…. 해열제가 집에 있나….”

중얼거리며 약 보관함에서 해열제와 두통약을 꺼내려고 일어서다 소용돌이치는 어지러움에 순간 휘청거린다. 심호흡을 하고 다시 일어나 부엌으로 향한다. 약을 꺼내어 입에 털어 넣고 물을 마시며 휴대폰을 찾아 든다. 숱하게 찍힌 부재중 전화의 발신자와 메시지를 확인하던 지은이 잠시 멈칫한다. 수요일 밤에 잠들었는데, 오늘은 금요일이다. 이틀을 내리 잠들어 있었고 재하, 연희, 우리 분식 사장의 부재중 전화와 메시지가 무수히 찍혀 있다. 대체 무슨 일이지. 꿈이 아니었나.

— 걱정 마, 아무 일도 없어.

부재중 전화에 찍힌 이름들에 같은 메시지를 써서 붙여넣기로 보내고 해열제를 찾으며 마른침을 삼킨다. 생을 넘나들며 다시 태어날 때 느낀 어지러움과 같다. 약을 찾아 입에 넣는다. 떨리는 손으로 생수 뚜껑을 따서 반병을 그대로 마신다.

지은은 봄이를 만나고 돌아와 깊은 바닷속에 잠긴 꿈

을 꾸며 열에 달떠 꿈속을 헤맸다. 슬픔과 후회, 자책으로 기쁨과 행복의 시절을 잊고 살던 지은은 봄이를 만나고 행복했던 기억이 파도처럼 몰려와 추억의 바다에 잠겼다. 봄이는 어린 시절 행복했던 지은이었다. 봄이는 지은의 옷에 새겨진 꽃잎으로 그 오랜 시간을 함께해 온 것이다. 그렇다면 엄마와 아빠도 지은에게 꽃잎으로, 사람으로, 바람으로, 햇살로, 달빛으로 그동안 지은의 곁에 있어준 건 아닐까.

"어쩌면 나처럼 엄마, 아빠도 여러 세기를 반복해 태어나며 나를 찾아다닌 게 아닐까. 익숙한 그리움이 느껴진 그 사람이 혹시 그토록 보고 싶던 당신들이 아니었을까. 혹시 내가 못 알아본 걸까…."

그렇다면, 지금처럼 온 생이 슬픔과 자책이어선 안 된다. 사랑하는 사람들은 내가 이토록 슬프고 텅 빈 삶을 살기를 바라지 않을 것이다. 이제 스스로에게 벌을 그만 줘도 되지 않을까. 지금 살아 있는 오늘 이 순간을 흘려보내는 것이야말로 죄가 아닐까.

흐르는 땀을 닦으며 땀인지 물인지 모르게 흠뻑 젖은 옷을 벗어 빨래통에 넣고 몸을 씻는다. 샤워기를 틀자 물의 기억이 선명하다. 샤워를 마치고 커다란 수건으로 몸을 감싸고 매일 입는 검은 바탕에 빨간 꽃무늬 원피스를 찾았다. 분명 꿈에선 빨간 동백 꽃잎이 파란 물망초 꽃잎으로 바뀌었는데, 옷은 원래 그대로다. 정말 꿈인 건가. 종일 수영이라도 한 것처럼 어깨가 욱신거려 왼팔로 오른쪽 어깨를 주무른다. 약기운이 도는지 슬슬 열이 내려간다.

"마음이 아픈 날에는 연고를 삼키면 좋을 텐데 그럴 수가 없으니, 우리 딸, 엄마가 특제 코코아를 준비해 줄게! 따뜻하고 달콤한 이 차를 마시고 한잠 푹 자면 내일은 속상한 일이 반으로 줄어들 거야. 어쩌면 거짓말처럼 기분이 좋아질지도 몰라. 우리 아가 이리 와봐."

마음이 상해 입을 삐죽거리는 날에 엄마는 얼굴만큼 커다란 머그컵에 코코아를 한가득 끓여 마시멜로를 담아주었다. 눈물을 그렁그렁 달고 입을 삐죽거리다가도 달콤한 코코아를 마시다 보면 어느새 마시멜로가 녹는 것처럼 마음도 녹아내렸다. 따뜻하고 달콤한 것에는 마력이 있는 걸까.

마법을 쓰지 못한다는 엄마가 지은에게는 마음을 풀어주는 마법사였다. 엄마의 치마에서는 늘 달콤한 쿠키 냄새가 났고 목덜미에서는 꽃 냄새가 났다. 지은은 엄마의 치마에 매달려 안겨 쿠키 냄새를 맡고, 엄마가 몸을 숙여 안아주면 꽃 냄새를 맡았다. 엄마의 부엌에는 맛있는 음식이 가득했고 지은은 양 볼이 통통한 사랑스러운 아이로 자랐다.

하지만 웃음 많고 따뜻한 엄마도 가끔씩 허공을 바라보며 한숨을 쉴 때가 있었다. 가을이 시작되면 엄마는 그리움 가득한 표정으로 며칠씩 창밖을 바라보다 부엌으로 갔다. 커다란 냄비에 와인을 콸콸 붓고, 오렌지, 사과, 배, 계피스틱을 넣고 가장 좋은 꿀을 다섯 바퀴 둘러 팔팔 끓였다. 구할 수 있는 과일 중에 가장 예쁘고 맛있는 과일이 깨끗하게 씻겨 냄비로 들어갔다. 엄마의 차가 끓는 동안 집안은 잘 익은 포도 냄새를 품은 수증기로 가득했다.

"엄마, 나도 엄마 차 마셔봐도 돼?"

차를 끓이는 주변을 서성이며 지은이 묻자 엄마는 따뜻한 미소를 지으면서도 단호하게 고개를 저으며 말했다.

"이건 엄마를 위한 특제 차라서 나누어 줄 수가 없어. 어른이 되면 너만을 위한 특제 차를 개발하렴. 그때 엄마가 레시피를 전수해 줄게."

장난스레 눈을 찡긋하며 웃는 엄마에게선 며칠 동안 보이지 않던 생기가 돌았다. 그리고 엄마를 위한 특제 차를 다 마셔갈 즈음이면 엄마는 다시 활기를 찾았다. 차를 끓이기 전 엄마의 눈엔 그리움이 가득했다.

세어보니 오늘쯤의 내 나이를 엄마가 살고 있었다. 아빠와 지은은 엄마가 특제 차를 끓이는 시기를 '그리움의 계절'이라 불렀다. 엄마는 아빠를 만나기 전 두고 온 어떤 것을 그리워했던 것일까. 왜 그리운 대상을 다시 찾지 않은 것일까. 그리움은 그리움으로 남겨두는 건가. 어른들의 삶이란… 그런 것일까?

어린 지은은 엄마의 어깨에 작은 손을 올리며 토닥거려 주었다. 어깨 위에 올려진 손을 잡고 엄마가 웃어주면 품으로 파고들어 안겼다. 한참을 서로의 체온으로 안겨 있는 고요한 평온이 좋았다. 쓸쓸하지만 아름답다고도 생각했다.

"오늘은 엄마처럼 나만을 위한 특제 차를 한번 만들어 볼까?"

그동안 지은이 집에서 마셨던 차는 쉽게 구할 수 있는 찻잎으로 우려낸 차였다. 하지만 사람들을 위한 위로 차를 끓일 때면 재료를 직접 바람에 말려 정성스레 우려냈다. 정성과 마음이 담긴 차는 지은의 아침 차보다 다정한 온기를 품고 있었다. 그러고 보니 오랜 시간 타인을 위한 위로 차를 끓였지만 자신을 위한 위로 차를 끓인 적은 없었다.

엄마의 나이를 살고 있는 오늘, 레시피는 전수받지 못했지만 혼자 할 수 있을 것 같다. 찻물을 올려 두고 가장 아끼는 하얀색 찻잔을 꺼낸다.

"오늘의 위로 차 특별 재료는… 진심으로 내가 행복하길 바라는 마음을 담아야지."

그동안 마음 세탁소를 찾아온 사람들이 마신 위로 차의 비법은 바로 지은의 마음이었다. 이 차를 마시고 마음을 치유할 이를 생각하며 정성을 담는 것, 그것으로 위로를 주고 마음에 온기를 불어넣어 주는 것이 지은의 특별한 능력이었다.

오늘은 자신을 위한 마음을 듬뿍 담아본다. 찻물이 끓을 동안 옷을 갈아입은 지은의 곁에 꽃잎들이 낮게 흘러다닌다. 눈을 감고 양손을 들고 지휘하듯 차가 들어간 솥으로 꽃잎을 흘려보낸다. 오늘은 마른 찻잎이 아닌 생 꽃잎으로 차를 끓인다.

아마도 엄마와 아빠가 지은의 곁에 있었다면, 지나간 과거에 대한 후회로 가득한 메마른 삶을 살아가는 걸 보고 얼마나 슬퍼하셨을까. 양 볼이 통통했던 소녀가 핏기 없이 깡마르고 차가운 삶을 살아가는 걸 안다면 다시 만난다 해도 자신보다 더 슬퍼할 것이다. 지은은 어린 시절 볼이 통통하고 빨갛던 자신을 떠올린다. 웃음과 사랑이 넘치던 엄마의 부엌과 아빠와 뛰놀던 정원을 생각한다.

이내 감은 눈을 뜨고 미소를 머금은 지은이 빨갛게 우린 특제 위로 차를 찻잔에 천천히 따른다. 미리 따뜻한 물로 데워둔 하얀 찻잔에 찻물이 일정한 속도로 가득 찬다. 넘치지도 모자라지도 않을 만큼, 딱 좋게.

잠시 차가 식기를 기다리는 동안 거실로 걸어가 창문을 연다. 이 집에 처음 왔던 그날처럼 베란다에서 눈을 감고 숨을 크게 들이쉬고 내쉰다. 도시 냄새와 바다 냄새가 동시에 들이찬다. 눈을 뜬 지은이 잔을 받치듯 왼손을 들자 찻잔이 흔들림 없이 지은의 손에 자리 잡는다. 미소를 머금은 지은이 차를 마신다. 찻잔에 담긴 붉은 찻물만큼 빨갛게 노을도 저물고 있다.

"오늘 하늘은 구름이 참 많네. 달이 떠도 가려지겠어."

단 한 사람만을 위한 특별한 위로 차를 마시며 차의 온기만큼 마음에도 서서히 기쁨이 차오른다. 어제와 다를 것 없는 오늘이지만 어제와 다른 오늘이다. 반드시 오고야 말 행복, 그 행복이 바로 지금 이 순간 지은의 찻잔 안에 담겨 있다.

마지막 한 모금을 마신 순간, 지은의 치맛자락에서 꽃잎들이 소용돌이치며 하늘로 빨려 올라간다. 오랜 시간 지은의 일부였던 꽃잎들이 빨갛게 불타는 노을을 향해 날아가는 모습을 보며 지은은 손을 흔든다. 빨간 꽃잎들을 품은 구름이 내려와 지은을 감싼다. 엄마의 품처럼 포근한 구름에게 안긴 지은은 편안하다. 하나, 둘, 셋…. 지은을 감싼 구름이 다시 자신의 자리로 돌아간다. 지은은 천천히 걸어 돌아와 현관 앞의 거울을 본다.

구름이 지나간 자리에 구름이 남았다. 지은이 입고 있

던 검은 원피스는 구름처럼 포근한 하얀색으로 바뀌었다. 빨간 꽃잎이 있던 자리엔 파란 꽃잎이 새겨져 있다. 꽃잎은 떠났지만 꽃잎은 남았다. 핏기 없던 지은의 입술에 빠알간 생기가 돈다. 이상하다. 왠지 모르게 마음에 희망이 차오른다.

지은은 서둘러 집을 나서 마음 세탁소로 향하기로 한다. 집 문을 열자마자 세탁소 문이 열렸으면 좋겠다.

"어머, 진짜 현관문 여니까 세탁소 문이 열리잖아?"

자신도 처음 쓰는 마법에 깜짝 놀란 지은은 들어가자마자 세탁소 간판에 불을 켠다. 세탁소 불이 꺼져 있어 걱정하는 이들을 위해 모든 불을 켠다. 1층과 2층을 오가며 창문을 연다. 그리고 옥상으로 올라간다. 그저께 널어둔 빨래가 여전히 빨랫줄에서 바람에 흩날리며 말라가고 있었다.

그렇다. 빨래도 햇살과 바람이 함께 불어야 바싹 마르는데, 마음에도 온기와 찬기가 그리고 기쁨과 슬픔이 함께 오는 게 당연한 일 아닌가. 일어난 일은 받아들여야 한다. 돌릴 수 있다면 돌리고, 돌릴 수 없는 일은 어쩔 수 없다는 사실을 인정해야 한다.

오랜 시간 도망치듯 살았던 삶에 이제 발붙일 테다. 가끔은 빨랫줄에 널려 있는 저 빨래들처럼 흔들림에 몸을 맡겨볼 테다. 비가 오면 비를 맞고 바람이 불면 바람을 맞고 햇살이 맑으면 따뜻함을 즐길 테다. 바람이 불면 이리저리 흔들리는 나를 바라볼 테다. 부족하고 실수하고 방황하고 흔들리는 나를 있는 그대로 사랑하는 것. 그것이야말로 마음의 얼룩을 제대로 흘려보내는 비법이 아닐까?

"워메, 지은 사장 웬일로 하얀 옷을 입었어~? 하이고 이쁘네 이뻐! 진즉 요로코롬 댕기지!"

"사장님! 어디 아픈 줄 알고 걱정했잖아요! 전화는 왜 안 받아요, 진짜!"

"아, 사장님 큰일 난 줄 알고 스트레스 받아서 오징어 두 마리 씹다 이빨 나가는 줄 알았어요! 책임져요!"

세탁소 불이 켜진 걸 본 우리 분식 사장, 연희, 재하가 옥상으로 뛰어올라 와 지은에게 애정 섞인 질책을 던진다. 그들의 말에 담긴 사랑의 온기를 듬뿍 받으며 지은이 웃는다. 이를 가득 드러내고 웃어도 웃음이 난다. 지은은 양손으로 입을 틀어막고 웃으며 그들의 포옹을 받는다.

지은의 원피스에서 빠져나온 파란 꽃잎들이 그들을 감싸고 뱅글뱅글 돈다. 따뜻한, 너무도 따뜻한 보통의 날들이다. 아무래도 오직 한 사람만을 위해 끓여 마신 특제 차 덕분인 것 같다. 이제야 엄마가 자신을 위한 특제 차를 끓이던 기분을 알 것 같다.

"나… 배고파. 밥 먹고 싶어."

지은이 배고프다는 말에 세 사람은 동시에 놀라 눈을 동그랗게 뜬다. 지은이 먼저 밥을 먹고 싶다는 말을 한 건 처음이다. 우리 분식 사장이 서둘러 분식집으로 걸어간다. 재하와 연희가 지은의 양팔을 사이좋게 나누어 붙잡고 뒤를 따라 들어간다.

"근데 사장님, 옷에 빨간 꽃이 아니고 파란 꽃이네요?"

재하가 지은의 원피스에 새겨진 꽃잎을 바라보며 다시 눈을 동그랗게 뜬다. 지난번에도 파란색인지 보라색인지로 보였던 적이 있는데, 이번에도 자신의 눈이 잘못된 것인지 미심쩍어하면서.

"파란 꽃잎도 예쁘지."

대답하며 지은은 재하를 향해 미소 짓는다. 그러고 보니 이 세탁소를 처음 피워낼 때도 이 아이들과 함께했었지. 그날은 달이 구름에 얼굴을 가려 칠흑 같은 어둠이 세상을 덮은 날이었다. 구름이 많은 날이었다. 마치 오늘처럼.

"사장님, 이제 어디 아플 거면 미리 예고하고 아파요! 진짜 걱정했잖아요. 핏기 하나도 없는 사람이 전화도 안 받고 세탁소도 안 나오고 그럼 우리가 얼마나 속이 타는데요!"

퇴근하자마자 달려온 연희가 입고 있던 검은색 재킷 단추를 풀며 볼멘소리로 말한다. 지은이 세탁소에 나오지 않은 이틀 동안 재하와 연희는 경찰에 신고해야 하는 건 아닌지, 신고를 하면 찾을 수나 있는 사람인지를 고민하느라 잠을 설쳤다.

"사장님 집 문을 몇 번이나 두드렸다고요. 오늘까지 안 나타나면 경찰서에 신고하려고 했는데! 아니, 마법을 쓰고 머리 길고 꽃무늬 옷 입은 예쁜 여자 찾아달라고 하면 경찰서에서 우리를 잡아가지 않겠어요? 이상한 애들이라고!"

이번엔 재하가 볼멘소리를 한다. 지은은 미안함과 고마운 감정이 동시에 든다. 소속된 기분, 함께 살아가는 기분이 이런 것인가. 두 사람을 향해 양손을 합장하듯 모으며 고개를 살짝 숙인다.

"미안, 조금 아팠어."

지은의 미안하다는 말에 재하와 연희가 동시에 얼어붙어 행동을 멈춘다. 이내 연희가 더욱 걱정스럽다는 듯 지은의 이마에 손을 댄다. 이럴 리가 없는 사람인데. 사과라니. 머리라도 다친 건가?

"사장님 진짜 어디 많이 아파요? 병 걸린 거 아니죠? 왜 갑자기 사과를 해요, 무섭게…! 그리고 옷은 왜 이렇게 하얗고 예쁜 걸로 갈아입고. 오늘 좀 이상해요. 혹시 사장님 아닌 거 아니에요? 마법 부려서 사장님 분신 이런 거 만든 거 맞죠?"

"치워, 헛소리하지 말고."

연희가 이마에 올린 손을 치며 지은이 눈을 흘긴다. 재하와 연희는 그제야 안심한 듯 가슴을 쓸어내린다.

"휴, 그래요. 사장님 맞네."

"아이고, 뭔 장난들을 그르코롬 한댜, 식기 전에 어서어서 먹어."

빨간 테이블에 두툼하게 썬 김밥이 각자의 앞에 놓여진다.

"헤엑, 무슨 김밥이 이렇게 커? 김밥이 내 얼굴만 해! 아줌마, 이 정도면 안 씹혀요. 칼로 썰어 먹어야 한다고요!"

"아이고 재하 이놈아, 썰어 먹건 베어 먹건 다 먹을 수 있는 겨! 잡소리 말고 어여 먹어! 국물 갖다 줄게. 좀만 기댕기."

재하의 등을 찰싹 치며 연희와 지은에게는 활짝 웃음을 지어 보인 우리 분식 사장이 절룩거리며 국물을 푸러 돌아선다. 연희가 일어나 국물 그릇을 받아 들고 둘에게 나누어 준다.

지은과 재하는 커다란 김밥에 시선을 고정하고 바라본

다. 재하가 먼저 입 근육을 풀며 김밥을 입에 넣는다. 갓 지은 밥에 고소한 참기름과 소금이 적절하게 들어가 있다. 간을 하지 않고 굵게 썬 당근과 오이에 우엉, 계란 지단, 햄, 단무지, 어묵이 조화를 이루며 씹을 때마다 각기 다른 맛을 낸다. 그러고 보니 김밥에 연자 씨가 배어 있다. 입이 짧은 재하가 다양한 영양분을 섭취할 수 있게 연자 씨도 자주 김밥을 싸주었다. 양 볼이 터질 듯 김밥을 씹으며 마음이 찡해진 재하가 김밥을 하나 더 입에 넣고 국물을 마신다.

"아줌마, 김밥이 맛있어졌는데? 뭘 넣은 거야, 말해줘, 말해줘!"

괜스레 눈물이 날 거 같아 너스레를 떠는 재하를 보며 우리 분식 사장은 앞치마에 손을 넣고 웃는다. 얼마 전 연자가 다녀간 뒤로 김밥에 들어가는 재료를 바꿔보았다. 염분이 많으니 당근과 오이는 볶거나 채를 썰지 말고 그대로 넣어보라는 연자의 제안대로 한 것이었다.

"맛있으면 먹고 또 말아줄게. 많이 먹어."

높게 쌓인 김밥 산을 세 사람이 젓가락으로 열심히 오른다. 지은은 접시에 김밥을 덜고 재료를 두어 개씩 빼서 오물오물 씹는다.

연희도 입을 크게 벌린 뒤 한입 가득 차오르는 밥을 씹는다. 사실 오늘 교육이 많아 한 끼도 먹지 못했다. 종일 높은 구두에 정장 차림을 하고 긴장하다 맘 편히 밥을 먹으니 살 것 같다. 세 사람은 대화 없이 씹기에 집중한다. 대화가 없어도 편안한 사이, 조용한 침묵이 불편하지 않은 평온한 시간이다. 성실히 먹어 어느 정도 김밥 산이 내려오자 침묵을 깬 건 재하였다.

"근데, 우리 이렇게 다 같이 밥 먹고 있으니까 꼭 가족 같지 않아?"

재하의 말을 들은 지은과 연희 그리고 우리 분식 사장은 동시에 서로를 바라본다. 시선에 따뜻한 온도가 감돈다. 그래, 대체 가족이란 무엇일까.

지은은 잃어버린 엄마, 아빠를 찾기 위해 그토록 오랜 시간을 헤맸다. 함께 보냈던 따스한 기억을 붙잡고 외롭고 힘든 시간을 버텨냈는데, 지금 이 순간 그 시절의 안온함을 느낀다. 이상하게 더 이상 외롭지가 않다. 엄마, 아빠를 찾지 못했는데도 더 이상 슬프지만은 않다. 지나간 일은 지나갔으니 오늘의 삶을 살아가고 있는 것뿐일까. 받아들이고, 인정하고, 오늘을 살아가는 그런 용기가 나한테 생긴 걸까. 지은은 고개를 갸우뚱하며 빈 어묵 국물 그릇을 숟가락으로 툭툭 친다.

"아이고, 가족이 뭐 별건가. 야들아. 맨날 속 썩이고 사고치고 힘들게 하는데도, 피로 맺어졌다는 이유로 끊어낼 수 없는 가족도 많어. 느무 밉고 속상한디, 또 가족이라는 이유로 기대하고 상처받고 상처 주는 그런 가족보다, 요즘은 우리처럼 이르케 마음 맞는 사람들끼리 모여서 안아주고 보듬어 주고 그러믄서 가족이 되는 거여. 안 그려, 지은 사장?"

절룩이는 다리로 따뜻한 어묵 국물을 들고 와 지은의 앞에 두며 우리 분식 사장은 한쪽 눈을 찡긋한다. 주름진 사장의 표정이 정겨워 국물을 받아 든 지은이 환하게 웃음 짓는다. 따뜻하다. 국물도, 이 사람들도.

"맞네. 서로 아껴주고 챙겨주고 걱정해 주고, 같이 밥 먹고 일상 공유하고. 우리 가족인 거 같아."

지은의 말에 김밥을 씹던 연희의 눈가에 눈물이 맺힌다. 내게도 가족이 생겼구나. 그렇게 갖고 싶던 나의 울타리가.

"어, 분위기 갑자기 왜 이래. 이거, 진지해지고 좋은데? 참, 해인이한테 전화해 줘야겠네. 그 자식도 지은 사장님 연락 안 된다니까 걱정 엄청 하던데요? 내일부터 바다갤러리에서 사진전 오픈이라 정신없을 텐데, 사장님은 찾았냐고 계속 연락 오더라니까요! 작품 설치하고 이틀 밤 내내 세탁소 근처를 맴돌았대요, 글쎄."

부른 배를 만지며 휴대폰을 집어 든 재하는 지은을 흘깃 본다. 재하는 해인의 연모를 진작 눈치채고 있었다. 어떤 영화에서 보았는데 세상엔 숨길 수 없는 게 세 가지가 있다고 했다. 재채기, 가난, 사랑. 마음 세탁소에 처음 온 날 해인의 눈에 지은이 차오르는 걸 보며 재하는 조금 염려스러웠다. 왠지 지은 사장님은 언제고 바람처럼 사라져 버릴 것 같았으니까. 처음 왔던 그날처럼 삽시간에 사라질 것 같았다.

그 녀석이 누군가를 걱정하고 염려하는 건 오랜만에 본다. 다정해 보이지만 경계가 분명해서 쉽게 마음에 누구를 들이지 않는 녀석인데.

"아… 그래…."

속이 풀어진 김밥 재료를 젓가락으로 콕콕 쑤시며 지은이 대답한다. 해인의 눈에 지은이 담긴 건 알겠는데 지은 사장님의 속은 도통 모르겠다. 까칠하지만 친절한 것 같고 차갑지만 따뜻한 사람. 사람들의 마음에 있는 아픈 얼룩을 빼주는 좋은 사람인데, 정작 자기 속의 얼룩은 뺄 줄 모르는 슬픈 사람 같기도 하다. 다른 사람들의 눈동자에선 감정을 읽을 수 있는데 지은의 눈은 감정 없는 검고 푸른 깊은 심해 같다.

재하는 구두를 벗고 종아리를 주무르고 있는 연희에게 물 한 잔을 가져다준 뒤 해인에게 메시지를 보냈다. 에이, 복잡한 건 잘 모르겠고, 일단은 친구들이 행복했으면 좋겠다. 지금은 해인이 속이 타고 있으니까 그 불부터 꺼줘야지.

재하가 메시지를 보내자마자 전화가 울린다. 해인이다.

"재하야, 지은 씨 찾았어? 다친 데는 없고? 무사해?"

숨 쉴 틈 없이 말을 뱉는 해인의 전화를 그대로 지은에게 넘겨준다. 지금 해인이 듣고 싶은 목소리는 재하가 아닌 지은일 테니. 전화를 넘겨받은 지은은 재하를 향해 미소를 지으며 분식집 밖으로 나간다. 오늘은 바람이 좋은 날이다. 바람에 흩날리는 검은 머리카락을 귀 뒤로 넘기며 전화기 너머 해인에게 한 발자국을 뗀다.

"저 괜찮아요. 이틀 동안 내리 잤어요. 아무 일 없어요."

"지은 씨, 어디 다친 데는 없어요? 많이 아파요?"

지은의 목소리를 들은 해인은 심장을 쓸어내리며 안도의 숨을 쉰다. 처음 뷰파인더 속 지은을 보던 날부터 해인은 내내 지은의 슬픈 눈빛이 마음에 얹혔다. 체한 것처럼 지은이 마음에 얹혀 있다가 세탁소에 와서 지은을 보면 체기가 내려갔다. 이상했다. 사랑을 해보지 않은 건 아니지만 이런 아련하고 조심스러운 느낌은 전에 없었다. 슬픔을 온몸에 안고 다른 사람들의 마음을 위로하고 치유해주는 저 여자를 지켜주고 싶다는 생각도 들었다.

하지만 섣부르게 굴면 물방울처럼 사라져 버릴 것 같아 지은의 주변을 맴돌기만 했다. 해인 자신의 마음도 확인해 보고 싶기도 했다. 그런데 재하에게서 지은이 사라졌다는 이야기를 들은 순간부터 이틀간 해인은 걱정이 돼서 미칠 것 같았다. 물방울이건 수증기건 다시 지은을 찾는다면 마음을 꺼내어 보기라도 하고 싶었다. 해인은 전화를 받으며 달리기 시작했다.

"저… 거기 그대로 있어요. 제가 갈게요."

해인의 목소리를 들으며 지은이 한 발자국 다시 뒤로 물러섰다.

"여보세요? 지은 씨 듣고 있어요? 전화 끊은 거 아니죠? 잠깐이면 돼요. 거기 있어요."

"음… 해인 씨, 지금 어디예요?"

"아, 여기 갤러리인데 택시 타면 금방 가요. 내일 전시 오프닝이라 준비하고 있었어요."

"그럼 내가 그쪽으로 갈게요."

지은이 두 발자국 앞으로 걸어가며 말했다. 도로로 나와 택시를 잡던 해인이 놀라 멈추어 선다. 그녀가 온다고 한다. 그녀가 내게로.

"괜찮겠어요? 아팠던 거 같은데 무리하지 말아요."

걱정스러운 해인의 목소리를 들으며 지은이 빙긋 웃는다. 메리골드에 와서 한 번도 하지 않았던 일을 하고 싶어졌다. 오늘은 바람이 좋은 날이니까.

"세상에서 가장 큰 유리창이 있는 버스 알아요?"

"세상에서 가장 큰 유리창이 있는 버스? 음… 알 거 같은데."

"네, 그 버스 타고 갈게요. 가서 이야기할게요. 기다려 줘요."

전화기를 사이에 두고 동시에 빙긋 웃는 두 사람의 머릿결 위로 기분 좋은 바람이 훑고 지나간다. 머리칼을 간질이는 바람을 타고 지은은 분식집으로 들어가 휴대폰을 재하에게 건네고 환하게 싱긋 웃는다. 종아리를 주먹으로 툭툭 치며 김밥을 먹던 연희가 놀라 씹기를 멈춘다.

"사장님 지금… 설마 수줍게 웃은 거예요? 아니 오늘 대체 왜 그래요. 미안하다고 하질 않나, 하루에 여러 번 웃질 않나. 아무래도 병원에 가야겠어요!"

"병원은 네가 가자, 연희야. 사장님, 바다갤러리 주소 문자로 보내드릴게요."

웅얼거리는 연희의 입에 김밥을 하나 더 넣으며 재하가 싱글싱글 웃는다. 분식집 문에 귀를 대고 둘의 통화를 엿들은 재하는 자신도 모르게 환호를 지를 뻔했다. 그쪽으로 가겠다고 말하는 사장님의 눈빛이 처음으로 빛났다. 산송장처럼 마른 눈빛이나 슬픈 눈빛이 전부였던 지은의 눈동자에 생기가 느껴진다.

더군다나 마음 세탁소를 피워낸 그날부터 이 동네를 떠나지 않았던 사람이, 처음으로 자기 발로 어디를 간다고 한다. 심지어 마음만 먹으면 마법으로 이동할 수 있는 사람이 버스를 탄다니. 대체 무슨 일이람.

"재하야, 연자 씨가 이 동네는 버스를 타면 참 좋다고 했어. 다녀올게."

재하에게 휴대폰을 건넨 지은이 문을 열고 나가려다 멈추어서 다시 뒤를 돈다.

"아줌마, 잘 먹었어. 맛있네. 고마워. 내 꽃무늬 원피스 예쁘다고 했었지? 비슷한 거 구해줄게."

또 놀란 세 명이 동시에 지은을 바라본다. 오늘 왜 이리 사람을 놀라게 하는지. 세 사람을 향해 오른손을 한 번 들어 올린 지은이 분식집 문을 열고 걷는다. 이제 조금씩 마음의 소리를 외면하지 않고 들어주기로 했다. 버스 정류장을 향해 마음의 속도만큼 걷는다. 너무 느리지도, 너무 빠르지도 않게. 언젠가 오늘의 걸음을 후회해도 괜찮다. 시간이 지나 어긋난 마음에 아파해도 괜찮다. 일단 오늘은 마음이 시키는 대로 용기를 낼 테다.

세상에서 가장 큰 유리창이 있는 버스를 타러 간다. 스스로 가두어 둔 마음의 경계를 허물고 문을 열고 나가는 시작의 버스를 탄다. 왈츠를 추듯 경쾌한 발걸음으로. 지은의 치맛자락에서 흔들리는 파란 꽃잎들도 함께 춤을 춘다. 흔들리는 꽃잎들과 함께 바람이 분다, 거리에도, 마음에도. 우리 모두에게 같은 바람이 분다.

"바람이 분다, 살아야겠다."

정갈하고 힘이 있는 지은의 목소리가 골목길에 울려 퍼진다. 메리골드의 가로등이 지은의 목소리와 함께 동시에 켜진다. 빛이다. 어둠 가운데서도 길을 비춰주는 빛이 켜진다.

"사장님, 버스 카드 가져가세요! 아무리 마법을 부려도 카드를 찍어야 버스를 탈 수 있다고요!"

정류장을 향해 헉헉대며 뛰어온 재하가 잽싸게 지은의 손에 교통 카드를 쥐여준다. 때마침 도착한 버스를 카드를 들고 지은은 버스를 탄다. 이걸로 무얼 하라는 건지…. 유리창이 큰 자리에 앉으려는 지은을 향해 버스 기사가 소리친다.

"아가씨, 뭐 해! 여기다 카드 찍고 가야지!"

기사가 버스 리더기를 탁탁 치며 지은을 바라본다. 손에 든 카드를 리더기에 찍고 다시 자리에 앉은 지은은 괜히 기분이 좋다. 아직도 처음 해보는 일이 있다니. 백한 번째 생을 얻은 것처럼 설렌다.

창문을 여니 알싸한 바람이 지은의 볼을 간질인다. 버스는 구불구불 높은 언덕길을 내려와 시내를 향해 달린다. 사람들이 타고, 내린다. 바쁘게 길을 걷는 사람, 연인을 만나 포옹을 하는 사람, 양손에 먹을 걸 잔뜩 사 들고 가는 사람, 피곤에 지쳐 이어폰을 귀에 꽂고 휴대폰만 보는 사람, 여럿이 이야기를 나누며 걷는 사람들까지. 버스 안과 밖은 사람들이 살아가는 풍경으로 가득 차 있다. 저마다 다른 표정을 하고 있는 사람들과 어우러지는 도시 풍경을 본다.

낯선 타인들이 서로를 무심히 스치지만 같은 공간에서 함께하고 있다. 그동안 지은은 어떤 삶을 살아도 이질감이 들었다. 하지만 오늘은 눈에 보이는 풍경에 자신도 포함되어 있음에 어색함이 없다. 생을 반복해 태어나기를 선택한 뒤 처음으로 이 세계에서 섞인 기분이 든다. 함께 어우러져 살아가는 기분, 얼마 만에 느껴보는 안도인가. 코끝이 찡해진다.

"이번 정류장은 바다갤러리, 바다갤러리 앞입니다."

한참 즐겁게 창밖 구경을 하다 보니 바다갤러리에 정차한다고 안내 방송이 나온다. 사람들이 정차할 역에서 벨을 누르는 걸 본 지은도 벨을 누른다. 멀리서부터 해인이 기다리고 있는 모습이 보인다. 침착한 사람이 왜 저리 초조하게 서성거리는지. 안절부절못하는 해인을 보며 지은의 심장이 뛰기 시작한다. 신호를 사이에 둔 30초가 꽤나 길다.

"지은 씨! 괜찮아요? 많이 아팠어요?"

초조하게 서성이던 해인이 정류장에서 내린 지은을 보자마자 안색을 살핀다. 그녀가 사라진 줄 알았던 이틀 동안 해인은 일에 집중할 수 없었다. 그리고 후회했다. 고민하고 망설이느라 시간을 허비하지 말고 마음을 고백할걸. 해인만의 방식으로 지은을 향한 연모를 이어왔는데 그녀가 사라져 버릴 수도 있다는 걸 생각지 못했다. 조금만 더 빨리 용기를 냈어야 하는데…. 얼마나 후회를 했던지. 잠을 못 잔 듯 눈이 충혈되고 수염이 자란 해인을 보며 지은이 인사를 한다.

"이틀간 내리 잤어요. 어떤 꿈을 꾸고 나서 깼어요. 그리고 이제 안 아파요."

말을 하는 지은의 눈빛이 전처럼 슬퍼 보이지 않는다. 다행이다. 안도하는 해인을 보며 지은이 눈빛으로 괜찮다며 다시 말한다. 많은 말을 하지 않아도 마음이 오고 간다. 편안해진다.

"해인 씨, 휴대폰 좀 줘봐요."

"휴대폰이요? 아… 여기요."

"여기, 내 번호예요. 저장해요."

해인의 휴대폰으로 지은이 자신에게 전화를 걸어 서로 번호가 찍히게 해서 다시 건넨다. 휴대폰을 받아든 해인이 정성스레 지은의 이름을 입력한다. 방금 전엔 지은을 만나기만 하면 고백하려고 했는데, 막상 눈앞의 그녀를 보니 아무 생각이 떠오르지 않고 머릿속이 하얘진다. 어쩌면 좋지… 고민하던 해인이 입을 뗀다.

"같이 걸을래요?"

해인의 말에 지은은 웃음으로 화답한다. 두 사람은 나란히 걷기 시작한다.

무르익은 가을이 거리에 넘실대고 바다 냄새를 품은 바람이 두 사람의 방향으로 불어온다. 도로의 차가 달리고 서고를 반복한다. 사람들이 만나고 헤어지고를 반복한다. 두 사람도 거리의 풍경에 섞여 함께 걷는다.

"메리골드에 와서 시내에 처음 내려와 봤어요. 다른 세상에 온 것 같은 느낌 드는 거 알아요?"

"알아요. 거기랑은 또 다른 세상 같잖아요. 복잡하고, 빠르고 그래서 심장도 빨리 뛰고. 그래서, 세상에서 가장 큰 유리창이 있는 버스를 탄 기분은 어때요?"

복잡한 시내를 지나느라 심장이 빨리 뛰는 건지, 지은이 곁에 있어 심장이 빨리 뛰는 건지 해인이 고민하다 말이 나왔다. 머리를 긁적이는 해인을 보며 지은이 또 웃는다. 큰일 났다. 심장이 고장이라도 나버린 건가. 왜 자꾸 뛰는 건지.

"버스를 탄 것뿐인데 마음의 산을 하나 넘어서 유리창 밖으로 나온 기분이 들었어요. 사는 일이 때론 매번 산을 넘는 거 같잖아요. 이 산만 넘으면 편안해질 것 같은데 다시 산을 만나게 되잖아요. 그런데 버스에서 내리는 순간 산을 내려와 다시 산을 만나지 않을 것처럼 마음이 가벼워졌어요. 놀랍죠….”

해인이 공감한다는 듯 고개를 끄덕이며 듣는다.

“아마도 마음 세탁소에 얼룩을 지우러 오는 이들도 이런 마음일 거 같아요. 이제야 조금 알 것 같다는 생각이 들었어요.”

그동안 사람들의 마음이 편안해지기를 바라며 얼룩을 지우고 주름을 다려준 지은이었다. 세탁소를 들어올 때의 구겨진 표정이 개운하고 말끔한 표정으로 바뀌어 나가는 것을 보며 안도하면서도 궁금했다. 대체 어떤 기분일까. 초를 켜는 마음으로 그들의 행복을 빌어주면 언젠가 자신도 그 마음을 알게 되지 않을까 내심 기대했지만 알 수 없었다.

하지만 오늘은 어렴풋이 그 마음들을 알 것 같았다. 생각에 빠진 지은에게 방해가 되지 않도록 기다리던 해인이 바다갤러리 앞에 도착하자 멈추어 서서 말했다.

“돌아가는 버스는 저랑 같이 타는 거 어때요? 다시 산을 오를 때, 혼자보다 둘이 의지될 때도 있거든요.”

“음…. 좋아요. 아, 여기서 전시해요?”

“네. 그간 어머니의 카메라로 찍은 사진들을 처음으로

꺼내보기로 했어요. 잠깐 들어갈래요?"

"네."

해인은 그동안 닫힌 마음으로 살았다. 어머니와 아버지가 세상을 떠난 뒤 어머니의 카메라로 꾸준히 사진을 찍었지만 현상하지 않았다. 담아두기만 했던 추억을 꺼내기로 한 건 우연히 옥상에서 눈물을 흘리는 여자를 찍은 뒤였다. 사진은 눈에 보이는 실제만 담아낼 뿐이지 감정을 찍을 수는 없다고 생각했는데, 그녀의 슬픔을 찍은 뒤 필름을 인화하고 싶어졌다.

박스에 수북이 쌓인 필름을 인화해 열 평 남짓한 작은 갤러리를 빌려 사진전을 열기로 했다. 그녀가 이 사진을 봐주기를 바라며 준비했다. 해인이 갤러리의 불을 켜며 지은을 안내한다.

"사실, 보여주고 싶은 사진이 있었어요."

"어… 어떻게 이 장면이 찍힐 수 있죠? 사람들 눈에는 보일 리가 없는데…?"

입구에 들어서자마자 걸린 커다란 사진 앞에서 지은이 놀라 멈춘다. 사진에는 여자의 검고 긴 속눈썹 끝에 달린 눈물이 찍혀 있다. 지는 해를 배경으로 찍힌 슬픈 눈동자의 주인은 지은이었다.

"아마 사람들 눈에는 아무것도 보이지 않는 하얀색으로

보일 거예요. 지은 씨랑 저만 볼 수 있어요."

"어떻게…? 혹시 해인 씨도…?"

"아… 그게… 실은…. 천천히 말해줄게요. 잠깐 이리 와 볼래요?"

놀란 지은에게 차분히 웃어 보이며 해인이 손바닥으로 오른쪽을 가리킨다. 하얀 벽 앞에는 해인이 오랫동안 메고 다니던 카메라가 플라스틱 네모 박스 위에 올려져 있다. 그 옆에는 포토프린터가 놓여 있고 '결정적 순간'이라는 제목이 적혀 있다. 전시장에서 즉석으로 관람객들에게 사진을 찍어주는 행위 자체를 작품으로 만든 것이다.

얼떨떨한 지은의 양쪽 어깨를 해인이 부드럽게 감싸고 벽 앞의 의자로 안내한다. 의자에 앉은 지은이 작품 제목을 읽으며 생각에 잠긴다.

"결정적 순간을 찍기 위해 평생을 찍었는데 매일이 결정적 순간이었다, 앙리 카르티에 브레송이 말했죠."

"맞아요. 그 말을 그대로 제목으로 붙여봤어요. 오늘은 참 좋은 날이네요. 이 작품 구상할 때 지은 씨를 제일 먼저 찍고 싶었거든요. 와줘서 고마워요."

박스 위에 놓여 있던 카메라를 들고 초점을 조절하며 해인이 수줍게 웃는다. 의자에 앉은 지은의 얼굴에도 해인의 웃음을 닮은 미소가 번진다. 미소는 좋은 기분으로 이어진다.

"사진 한 장 찍어드려도 될까요?"

"그래요, 찍어주세요."

"잠시 눈을 감고, 지은 씨가 가장 행복했던 순간을 떠올려 봐요."

해인의 말에 지은은 눈을 감는다. 가장 행복했던 순간이 언제였던가. 뭔가 특별한 순간이 행복일 것이라 생각했다. 실수를 만회하고 돌려놓아야지만 행복할 것이라 생각했다. 자격이 없으니 행복하지 않으리라 결심하기도 했다.

하지만 그럼에도 불구하고 생의 모든 순간은 소중함이고 사랑이었다. 후회로 가득 찼던 어제도, 나를 사랑하는 법을 깨달은 오늘도, 어쩌면 늙어갈지도 모를 내일도. 아니 어쩌면 마법을 풀지 못하고 다시 태어난다 해도 그 모든 삶은 나의 선택이었으므로 행복일 것이다. 뭉클하다. 심장에 손을 대어 따뜻한 온기를 느낀다.

어느 날엔 마음이 없기를 바란 적도 있었다. 마음이 없다면 아프지도, 슬프지도 않을 거 같아서. 마음을 꺼내어 깨끗하게 세탁해 다시 집어넣고 아픔도 슬픔도 없이 살아가고 싶었다. 마음을 꺼낼 수는 없으니 사람들 마음의 얼룩을 지우고 위로할 수 있는 특별한 능력을 가지고 태어난 것이었을까.

어쩌면 마음이 아플 것 같은 날엔 마음을 미리 꺼내어 빈 마음으로 살다, 기쁜 날에만 마음을 다시 넣어 살 수 있었을지도 모른다. 그치만 그렇다면 사람들의 아픈 마음을 공감할 수 있었을까? 초를 켜는 마음으로 해를 향해 사람들의 얼룩을 꽃잎으로 날려 보낼 수 있었을까?

'아… 꽃잎….'

짧은 탄식이 흐른다. 꽃잎들. 사랑하는 이들을 잃고 혼자 남았다 생각했는데, 지은을 따라다니던 꽃잎들이 그간 함께했던 이들의 마음이 아니었을까. 지은이 외롭지 않도록, 얼룩이 바삭하게 말라 아름다운 꽃잎이 되어 곁을 지켜준 게 아니었을까. 지금까지 지은이 사람들을 위로했다 생각했지만 사실 사람들도 지은을 위로하며 함께해 온 것이다.

얼핏 들었던 부모님의 대화로 지은에게는 두 가지 능력이 있다는 걸 알았다. 사람들의 마음을 위로하고 치유하는 능력을 보조하기 위해, 꿈꾸는 일을 실현시키는 능력을 가지게 된 것이 아닐까.

나를 사랑하며, 있는 그대로의 나를 인정하고, 아픔도 슬픔도 기쁨도 모두 느끼며 꽃 피우는 오늘이야말로 우리가 꿈꾸던 그날이 아닐까. 엄마와 아빠가 알려주고 싶어 했던 비밀이 바로 지금 이 순간이 아닐까. 영원처럼 긴 생각이 짧은 순간 스쳐 지나갔다. 이윽고 지은이 눈을 뜬다.

찰칵.

사진을 찍자마자 카메라에 연결된 포토 프린터에서 사진이 나온다. 삶은 놀라운 비밀의 연속이다. 사진 속 지은의 눈동자에는 지은과 함께한 이들의 웃음이 가득 담겨 있다. 지금 지은의 곁은 지키는 이들, 스쳐 지나간 시절 인연들, 그토록 지은이 보고 싶어 했던 이들까지.

이때, 지은의 치맛자락에서 꽃잎들이 빠져나와 두 사람의 곁을 맴돈다. 파란 꽃잎들이 물결치듯 바다갤러리를 가득 채운다.

어쩌면 꿈꾸는 일을 현실로 만드는 능력은 굳이 마법을 쓰지 않아도 우리 모두의 삶에서 가능한 능력일지도 모른다. 삶을 원하는 대로 만들어 가는 힘은 실수하고 얼룩지더라도 자신을 있는 그대로 사랑하는 사람에게 주어지는 용기와 특권 같은 게 아닐까. 그렇다면 이 마법은 선택받은 특별한 이에게만 허락된 것이 아니라 당신도 나도 가질 수 있는 능력이다. 모두에게 이 비밀을 알려주려고 지은이 세상에 온 것일까.

복잡한 감정이 뒤엉킨 지은이 사진과 해인을 번갈아 본다. 그러고 보니 해인에게선 햇살 냄새가 났다. 마음 세탁소 옥상 빨랫줄에 걸린 빨래처럼 양팔을 벌린 그가 햇살처럼 웃고 있다. 햇빛에 잘 말린 바삭한 빨래 냄새가 난다. 해인이 말한다.

"어서 오세요, 여기는 마음 사진관입니다."

둘은 동시에 웃음을 터뜨린다. 눈이 부시게 빛나도록 아름다운 오늘이다.

# 에필로그

"하루하루 살아내는 일이 매번 그래요. 힘든 일 앞에 서면 이게 또 언제 지나가나 싶잖아요. 그런데 막상 평온한 날들이 지속되면 나도 모르게 불안해져요. 이게 무슨 일이지? 왜 아무 일도 없지? 삶에 대한 의심만 가득해지죠. 그럴 땐 마음 세탁소로 오세요. 오셔서 한바탕 수다 떨고 가요. 이야기라도 나누면 마음에서 얼룩이 빠지듯 가벼워지잖아요."

"컷! 은근 소질 있는데, 이연희?"

주말마다 마음 세탁소에서 일을 돕던 재하와 연희는 취미로 개인 유튜브 채널을 만들자며 영상을 찍기 시작했다. 그동안 화장품 판매직을 해온 덕에 사람들 앞에서 말하는 일이 어색하지 않다며 연희가 먼저 제안했다. 영상을 찍을 때면 가슴이 두근거리는 재하는 연희의 제안을 달게 받았다. 주중에는 회사에서 열심히 일하고 주말에는 연희와 촬영을 한다.

그동안 재하에게 산다는 일은 균형 맞지 않은 시소를 타는 기분이었다. 시소의 한쪽이 올라간 적 없는, 내려앉은 방향으로만 앉아 있는 것 같았는데 요즘은 시소가 움직이는 기분이 든다. 마음 세탁소가 피어나는 장면을 보고 그 안으로 들어가 볼 용기를 낸 그날부터 시소가 움직였다. 아마도 삶에서 가장 큰 용기를 낸 날이었을 것이다.

"그냥 너희들이 이 세탁소 운영하는 게 어때?"

우리 분식에서 김밥을 받아 들고 나오던 지은이 두 사람을 보며 말한다.

"아후, 사장님. 그렇게 진지한 표정으로 하는 농담 아직도 적응 안 돼요."

오들오들 떠는 시늉을 하며 재하가 김밥 한 줄을 받아 든다. 연희도 지은 곁으로 와서 김밥을 받으려다 소스라치게 놀란다. 이게 대체 무슨 일인가.

"사장님…! 사장님도 흰머리가 있어요?"

연희의 말에 지은도 놀라 머리를 만진다. 흰머리라니. 태어나 처음 겪는 일이다.

"나 흰머리가 있어? 어디에?"

"여기 오른쪽에 하나 있어요. 와··· 대박 사건."

어느새 두 사람의 곁으로 온 재하도 흰머리를 찾는다. 그러고 보니 지은 사장님의 눈가에 얇게 주름이 잡힌 것도 같다. 평생 늙지 않을 것 같던 사람이 흰머리와 주름이라니.

"뽑아드릴까요?"

"아니, 뽑지 마. 거울 보고 올게."

거울을 보러 들어가는 지은의 발걸음이 이상하리만치 가볍다. 그토록 기다리던 나이 들어감이 찾아와 준 것인가. 흰머리가 나고, 주름이 지고, 사랑하는 이들이 곁을 떠나지 않고, 자연스럽게 함께 나이 드는 그런 일상이 시작되는 걸까.

마음 세탁소를 운영하며 지은이 깨달은 사실은, 오늘이야말로 가장 특별한 선물이라는 것이다. 아무리 후회해도 어제는 이미 지나가 버렸고 내일은 아직 오지 않은 먼 미래이니 오늘을 살아야 한다. 우리 모두가 공평하게 받은 마법 같은 선물이 바로 오늘 하루다.

"연희, 재하, 내가 비밀 하나 알려줄까?"

"우오, 비밀이요? 어떤 비밀이요?"

"잠깐만요, 몰래 엿듣는 사람 없나 살펴보고 들을게요."

"근데, 이건 소문나도 되는 비밀이야."

"에이. 그럼 비밀이 아니죠. 시시하게."

"안 들을 거야?"

"아뇨, 아뇨. 들어야죠! 뭔데요?"

"있지, 너희도 나처럼 특별한 능력이 있어."

"정말요…?"

"응. 바로 '말하는 대로 이루어지는 능력'이야."

연희와 재하는 동시에 서로를 바라본다. 그리고 다시 지은의 입을 응시하며 다음 말을 기다린다. 지은은 검고 긴 머리를 쓸어 올리고 해사하게 웃으며 둘의 어깨에 손을 올린다.

"내가 가고 있는 이 길이 맞는 길이고, 내 선택이 옳은 것이라 잘될 것이라 믿는다면 결국 그렇게 될 거야. 말하는 대로, 믿는 대로, 마음이 시키는 대로 살아가는 능력이 이미 네 안에 있어. 그냥 의심하지 말고 자신을 믿어봐. 충분히 해낼 수 있다고 믿어봐."

올린 손에 힘을 주어 둘의 어깨를 두 번 토닥이며 지은은 말을 잇는다.

"그리고 기억해. 신은 인간에게 최고의 선물을 시련이라는 포장지로 싸서 준대. 오늘 힘든 일이 있다면 그건 선물 받을 준비를 하고 있는 거야. 엄청난 선물의 포장지를 벗기는 중일 수도 있다는 거지."

말을 마친 지은은 골몰히 생각에 잠긴 두 사람을 뒤로

하고 천천히 옥상으로 향한 계단을 오른다. 옥상 한가운데 놓아둔 의자에 비스듬히 눕듯 앉아 햇살을 가만히 바라본다. 꽃잎을 하늘에게 올려 보내기엔 너무 한낮이다.

눈을 감고 평온한 미소를 띠며 세상 가장 편안한 표정으로 내리쬐는 햇살을 느낀다. 뜨겁지만, 뜨겁지 않다. 내가 세상에 온 이유를 알았으니까. 이제야, 이제라도. 자연스럽게 나이 들어갈 수 있는 오늘이 아름답다.

"낮잠 자기 딱 좋은 날씨네."

# 메리골드 마음 세탁소



초판 1쇄 발행 2023년 3월 6일
제2판 1쇄 발행 2024년 11월 6일
제2판 3쇄 발행 2025년 7월 10일

글 윤정은
기획편집 이현주
디자인 상록
콘텐츠 그룹 정다움 이가람 박서영 전연교 김신우 정다솔 문혜진 기소미

펴낸이 전승환
펴낸곳 책읽어주는남자
신고번호 제2024-000099호
이메일 book_romance@thebookman.co.kr

ISBN 979-11-93937-31-0 03810

* 북로망스는 '책읽어주는남자'의 출판브랜드입니다.

* 책값은 뒤표지에 있습니다.